KB063142

질로이야기

옮긴이 김욱

서울대 신문대학원에서 공부했으며, 30년 넘게 신문기자로 일했다. 지은 책으로 《세계를 움직이는 유대인의 모든 것》《희망과 행복의 연금술사》《성공한 리더십, 실패한 리더십》 등이 있으며, 옮긴 책으로 《산다는 것의 의미》《노던라이츠》《나 자신의 노래》 등이 있다.

지로 이야기 2_홀로서기

1판 1쇄 발행 2009년 4월 24일 | 1판 3쇄 발행 2017년 8월 4일

지은이 시모무라 고진 | 옮긴이 김욱
펴낸이 조재은 | 펴낸곳 (주)양철북출판사 | 등록 제25100-2002-380호(2001년 11월 21일)
편집 박선주 김명옥 | 디자인 육수정 | 마케팅 조희정 | 관리 정영주
주소 서울시 마포구 양화로8길 17-9 | 전화 02-335-6407 | 팩스 0505-335-6408
ISBN 978-89-90220-97-4 03830 | 값 13,000원

페이스북 facebook.com/tindrum2001

지로이야기

시모무라 고진 장편소설 | 김욱 옮김

2
홀로서기

양철북

차 례

| 일러두기 |

· 《지로 이야기》 2권은 총 5부 가운데 3·4부를 묶은 것이다.
· 본문 괄호 안에 있는 설명은 옮긴이가 한 것이다.

무계획의 계획1

"지로, 더 갈 수 있겠어? 힘들지 않아?"

오자와가 저만큼 앞서 걷다가 지로를 돌아보며 싱긋 웃었다. 흘끔 지로의 얼굴을 엿보는 교이치의 눈이 써늘하고 쓸쓸했다.

날은 어느새 저물어, 절벽 밑 깊은 계곡에서 흐르는 물소리가 세 사람의 귀에 불쑥 들려왔다. 물가를 따라 홀쭉하게 펼쳐져 있는 흰 얼음 위에 흩뿌려놓은 듯 낙엽들이 길게 얼어붙어 있었다. 지로의 눈에는 그 모양이 아까부터 뱀의 등 무늬처럼 보였다.

"아직 괜찮아요."

지로는 애써 그렇게 대답했지만, 당장이라도 집에 돌아가고 싶었다.

"배고프지?"

오자와는 지로와 어깨를 나란히 하고 걸으며 다시 한 번 물었다.

"괜찮아요."

"손발 튼 덴 아프지 않아?"

"괜찮아요."

"춥지?"

"괜찮아요."

지로는 정말 조금도 춥지 않았다. 외투도 걸치지 않고 교복에 셔츠 한 장만 입었을 뿐이지만, 언덕을 걷기에는 이 차림이 딱 좋았다. 그러나 배고프지 않다는 것과 손발 튼 데가 아프지 않다는 것은 거짓말이었다. 아침에 주먹밥 몇 개를 먹고 물을 조금 마셨을 뿐이며, 양말도 신지 않고 나막신을 신은 탓에 발이 여기저기 텄다.

"조금만 더 걸어가면 분명히 집이 나올 거야. 사람이 살지 않는 곳에 이런 길을 만들어놓았을 리 없잖아. 12킬로미터 안쪽에 반드시 사람이 살고 있을 거야."

오자와는 격려라도 하듯 자신 있게 말했다. 지로는 대답할 기운도 없었다. 그때 교이치가 자리에 멈춰 서며 조심스레 말을 꺼냈다.

"그냥 이쯤에서 돌아가는 게 좋지 않을까?"

"아침에 떠난 그 마을까지?"

오자와도 교이치를 보며 발길을 멈추었다.

"하지만 벌써 8킬로미터는 더 걸어왔어."

지로는 이때다 싶어 길가 나무 밑에 주저앉아 두 사람의 얼굴만 빤히 쳐다보았다.

셋이 엄동설한에 '지쿠고 강 상류 탐험' - 그들은 이렇게 말했다. — 을 시작한 지 벌써 사흘째다. 말이 좋아 탐험이지 특별히 계획을 세운 것도 아니었기 때문에 세 사람 모두 지도 한 장 가지고 있지 않았다. 구르메까지는 기차를 타고 그럭저럭 왔고, 그 다음부터는 강둑을 따라 아무 길이나 골라 발길 닿는 대로 걸었다. 본류와 지류를 구별하지 않고 무턱대고 안쪽으로 걸었다. 그러다 날이 저물면 지낼 만한 곳을 찾아 절이 보이면 절에서 하룻밤 신세를 지고, 농가가 나오면 농가에 부탁해서 하룻밤 묵는 식이었다. 아침은 간단히 해결하고, 낮에 먹을 도시락만 부탁해서 한 사람에 얼마씩 놓고 왔다.

이 무모한 탐험은 2학기 말 시험이 끝나던 날 오자와가 찾아와 셋이 신나게 잡담을 나누는 동안 누군가 우연히 '배수진'이라는 말을 꺼낸 데서 시작되었다. 스스로를 궁지에 빠뜨려 고생해보는 것도 재미있지 않겠냐는 의견이 나왔고, 그것을 오자와가 '무계획의 계획'이란 철학적인 말로까지 발전시켰다. 게다가 오자와는 이튿날 당장 이 '무계획의 계획'을 실행하자고 해서 셋은 '지쿠고 강 상류 탐험'을 하기로 결정했다.

떠나는 날짜가 다음 날로 잡히자 먼저 서둘러 여비를 마련해야 했다. 아무리 여행이 좋아도 교이치와 지로가 허락도 받지 않고 집을 뛰쳐나갈 수는 없는 노릇이었다. 무엇보다 돈 한 푼 없이 어디론가 훌쩍 떠난다는 게 말처럼 쉽지 않았다. 오자와가 돌아가자 둘은 한참 동안 서로 눈치만 보다가 아버지에게 계획을 털어놓았다.

"지로도 가겠다고?"

슌스케는 웃으면서 아무 말 없이 선뜻 여행 경비로 20엔을 주었다. 곁에서 가만히 듣고 있던 할머니까지 교이치의 지갑에 잔돈을 보탰다. 오자와가 가져온 돈까지 합해서 여행 경비로 30엔 정도가 모아졌다. 이 돈은 모두 오자와가 맡았다. 그나마 셋 가운데 세상 경험이 가장 많았기 때문이다. 오자와는 나름대로 계획을 세워서 알뜰하게 돈을 썼지만, 교이치가 계산한데 따르면 이제 여비도 절반이 채 남지 않았다. 아무래도 돈이 다 떨어지기 전에 이쯤에서 돌아가는 게 안전할 것 같았다.

오자와는 교이치가 선뜻 대답하지 못하자 이번에는 지로에게 물었다.

"지로는 어떻게 할 거야? 계속 갈까, 아니면 그냥 집으로 갈까? 이번엔 네가 정해봐."

지로도 교이치만큼이나 이번 여행이 어떻게 끝날지 불안했다. 그러나 8킬로미터나 되는 길을 다시 되돌아간다는 것도 쉬운 일은 아니라고 생각했다. 게다가 오자와가 자기의 용기를 시험하듯 "계속 갈까, 아니면 그냥 집으로 갈까?" 하고 묻는 것이 은근히 자존심 상했다. 집 한 채 정도는 걷다 보면 나오지 않겠느냐는 생각도 들었다.

"조금 더 가보죠."

지로는 최대한 여유 있게 대답하고 앞장서서 걷기 시작했다.

"좋아, 다수결이야."

오자와가 교이치를 보며 웃었다. 교이치도 어쩔 수 없었는지 쓸쓸히 웃으며 고개를 끄덕였다.

"지금부터 진짜 무계획의 계획이다."

오자와는 신이 나서 그렇게 말하고는 크게 소리 내어 웃었다. 그러나 교이치와 지로는 대답없이 잠자코 걸었다.

그렇게 십오 분쯤을 걸어도 인가는 물론이고 지나가는 사람조차 나타나지 않았다. 물소리는 점점 거세져 하얀 거품을 흩날리며 어둠 속으로 사라져갔다. 길과 강 사이 군데군데 보이는 삼나무 숲 속에서는 금방이라도 악마가 커다란 날개를 펄럭이며 튀어나올 듯 을씨년스러웠다.

"여기가 대체 어디쯤일까?"

교이치가 걱정스런 얼굴로 중얼거렸다.

"글쎄."

오자와가 숲에 가려진 좁은 하늘을 올려다보았다. 희미한 별빛이 두서너 개 보일 뿐, 어디가 어딘지 전혀 분간할 수 없었다.

"어쨌든 상류 쪽으로 가고 있는 건 틀림없어."

오자와는 태평스레 말하고는 뚝배기가 깨지는 듯한 탁한 목소리로 교가를 부르기 시작했다. 그러자 메아리가 여기저기에서 떠들썩하게 들려오는 것이 무섭게 느껴졌다.

"혼다, 같이 부르자. 지로도 교가 정도는 알지?"

교가 일 절을 혼자 부르고 나서 오자와가 소리쳤다. 그때 지로는 교가를 부르는 대신 갑자기 그 자리에 서서 외쳤다.

"저기 있다!"

셋은 강에서 꽤 떨어진 산길을 걷고 있었는데, 강 쪽에 벼를 베고 난 논들이 길게 펼쳐져 있었다. 지로가 가리키는 산마루

밑에 작은 초가지붕이 하나 어슴푸레 보였다.

"저게 집 맞아?"

오자와도 제자리에 멈춰 서서 숨죽여 바라보며 말했다.

"사람 사는 집치고는 너무 작은 것 같은데. 등불도 켜지 않았고."

"내가 한번 가볼까요?"

지로는 대답도 기다리지 않고 부리나케 내달리기 시작했다.

"잠깐만."

오자와는 일단 지로를 붙들었다.

"어차피 이 근처에서 집을 찾지 못한다면, 비료 창고든 뭐든 그곳에서 하룻밤 지내야 해. 그러니 일단 둘러보자."

셋은 논두렁길에 깔린 마른풀을 밟으며 서둘러 걸었다. 초가 집까지는 채 오 분도 걸리지 않았다. 오자와가 예상한 대로 그곳은 집이 아니라 작은 헛간이었다. 실내는 바깥보다 훨씬 캄캄했고, 세 평쯤 되는 토방에는 짚이 지붕에 닿을 정도로 쌓여 있었다. 그래도 다행히 사람이 들어갈 만한 문이 있었다.

"이 정도 짚이면 추위에 떨지 않고 잘 수 있어."

오자와는 그렇게 말하며 잠깐 생각하더니 말했다.

"하지만 배고프지? 가까운 데 집이 있는지 좀 더 찾아보고 올게. 너희들은 그동안 여기서 쉬고 있어."

오자와는 재빨리 밖으로 튀어나갔다.

오자와가 보이지 않자 교이치와 지로는 갑자기 한기를 느꼈다.

"마른 나뭇가지 좀 주워와야겠어. 형, 성냥 있어?"

"없어. 오자와가 갖고 있는 거 하나뿐인데."

"쳇."

지로는 자기도 모르게 혀를 찼다.

"성냥이 있어도 이런 데서 불을 피우면 위험해."

교이치가 점잖게 타이르듯 말했다. 그러나 교이치도 배고픔과 추위 때문에 벌벌 떨기는 마찬가지였다.

"형, 그냥 여기서 자야겠다."

지로는 높게 쌓아올린 짚단 꼭대기로 올라갔다. 그러고는 어느새 짚단 속으로 모습을 감추더니 바삭바삭 소리를 냈다.

"형, 이리 올라와 봐. 여긴 따뜻해."

짚단 속에서 지로가 말했다.

"아직 오자와도 안 왔는데 우리만 자도 괜찮을까?"

말은 그렇게 했지만, 교이치도 더는 추위를 견딜 수 없었는지 짚단 위로 올라왔다.

"이쪽이야. 둘이 같이 기대고 있으면 금방 따뜻해질 거야."

지로가 짚단 속에서 꿈틀거리며 말했다. 교이치와 지로는 서로 끌어안듯 기댄 채 짚단을 덮고 누웠다. 그러자 춥기는커녕 주위가 따뜻해지면서 매캐한 지푸라기 냄새가 났다.

"이렇게 여행하니까 재미있어?"

조금 뒤에 교이치가 물었다.

"응, 재밌어. 근데 배가 좀 고파."

"나도 그래. 이렇게 배고파 보긴 처음이야."

하지만 교이치와 달리 지로에게는 배고팠던 기억이 두 종류 있었다. 하나는 그저 배가 고픈 것이고, 또 하나는 자기만 간식을 받지 못했을 때 느낀 배고픔이었다. 지로는 지금도 뒤의 배고픔이 생각난다. '사랑받는 기쁨에서 사랑하는 기쁨'으로 마음을 다잡았다 해도 하루아침에 그런 감정이 핏줄 속에 녹아들 수는 없었다. 지로는 자기도 모르게 '난 지금보다 훨씬 더 배가 고팠던 적도 있어' 하고 교이치에게 말해버리고 싶은 충동을 느꼈다. 그러나 곧 후회했다. 그래서 "오자와 형은 어디까지 간 걸까?" 하며 말을 돌렸다.

둘은 낯선 잠자리와 허기진 위장 때문에 쉽게 잠이 올 것 같지 않아 이야기를 나누었지만, 너무 피곤했는지 꾸벅꾸벅 졸았다. 그때 "혼다, 혼다……." 하고 교이치를 부르는 소리가 헛간 밖에서 들려왔다. 교이치는 깜짝 놀라 윗몸을 일으켰다. 어느새 오자와가 짚단 위로 올라와 캄캄한 어둠 속을 손으로 더듬고 있었다.

"미안해, 오자와. 깜빡 잠이 들었어."

교이치가 어둠 속에서 그렇게 말하자 오자와는 목소리가 들리는 쪽으로 엉금엉금 기어왔다.

"여기서 한 십오 분쯤 가니까 작은 마을이 있더라고. 근데 아무리 사정해도 하룻밤 묵게 해줄 수 없다는 거야. 내 인상이 더럽게 생겨서 그런 것 같아. 그래도 인정은 있어서 막과자를 조금 챙겨줬어. 오늘 밤은 이걸로 해결해야겠어."

오자와는 그렇게 말하며 바지 주머니에서 바삭바삭 소리를 냈다.

"지로 녀석, 깊이 잠든 것 같은데 깨우자니 불쌍하군."

그러나 지로는 이미 깨어 있었다.

"아니에요. 나도 방금 깼어요."

지로는 교이치의 어깨를 잡으며 일어났다.

세 사람은 오자와가 주머니에서 꺼낸 막과자를 먹었다. 신문지로 싸온 과자는 둥그런 모양과 네모난 모양, 막대처럼 길쭉한 모양으로 갖가지 종류가 있었는데, 너무 어두워서 무슨 색깔인지 구별할 수는 없었다. 추운 바깥 날씨에 습기가 차서 그런지 과자가 흐물흐물했다. 딱딱한 흑설탕 맛이 나는 과자도 조금 섞여 있었다. 셋은 아무 말도 하지 않고 어둠 속에서 부지런히 손을 놀렸다. 그렇게 눈 깜짝할 사이에 과자 한 봉지를 다먹어치웠다.

"여기 물도 가져왔어."

오자와가 지로에게 물병을 던졌다. 지로는 꿀꺽꿀꺽 한참을 마시고 나서 다시 오자와에게 돌려주었다. 그러자 오자와는 이번에는 교이치에게 물병을 던져주었다.

"실컷 마셔. 난 아까 그 마을에서 잔뜩 마셨어."

그러면서도 오자와는 교이치가 남긴 물을 한 모금에 털어 넣었다. 갈증과 허기가 어느 정도 가라앉자 쌓인 피로가 몰려왔다. 셋은 몸을 웅크리며 짚단 속으로 파고들었다.

"괜히 나 혼자 갔나 봐."

오자와가 어설프게 놓여 있는 짚단을 매만지며 혼잣말처럼 중얼거렸다.

"나같이 인상이 험악한 놈을 보고 누가 불쌍하다고 생각하겠냐? 적어도 지로처럼 생겨야 사람들이 내 말을 믿지. 아무튼 이런 땐 나이 먹은 게 손해야."

그 말을 듣고 교이치가 웃음을 터뜨렸다. 그러고 보니 지로도 지난 사흘 동안, 하룻밤만 재워달라고 사정할 때마다 아주머니들이 언제나 자기를 보고 불쌍히 여겨 허락하던 게 기억나서 괜히 웃음이 났다. 한편으로는 창피하기도 했다. 어쩐지 비참한 생각이 들었기 때문이다.

"혼다도 나보다야 조금 더 불쌍해 보이겠지만, 아무래도 중학교 4학년쯤 되면 의심받게 되지."

오자와는 그제야 짚단 속에 그 큰 몸뚱이를 고정시킨 듯 잠간 조용해졌다.

"우리가 낯선 곳에서 사흘 밤을 무사히 보낼 수 있었던 것도 모두 지로 덕분이었어. 오늘 아침까지만 해도 내가 말을 잘해서 성공한 줄 착각했는데."

교이치가 또 한 번 낄낄거렸다.

"생각해보면 이런 게 다 무계획의 계획이라는 거야. 역시 인생이란 묘해."

오자와는 꽤 심각하게 말하더니 입을 다물었다.

"그게 무슨 뜻이야?"

조금 뜸을 두고 교이치가 생각났다는 듯 물었다.

"인생을 움직이는 진정한 힘은 생각보다 우리가 모르는 곳에 있다는 느낌이 든단 말이지."

16

"흠, 하지만 그렇다고 해서 무계획의 계획만이 바람직한 건 아니잖아."

"물론 그렇지. 이번 여행은 그렇다 쳐도 무슨 일에나 계획이 필요한 건 말할 것도 없어. 하지만 계획에는 한계가 있어. 인간의 머리로 세운 계획이란 더 큰 힘, 즉 자연이나 신이라는 커다란 힘이 움직이는 데 계기를 하나 만들어줄 뿐이야. 그것을 잊고 거만해지면 큰코다치지."

짚단을 덮고 누워 있는 교이치가 고개를 끄덕거렸다. 그러더니 농담조로 말했다.

"네가 그런 말을 하게 된 것도 역시 무계획의 계획 가운데 하나겠지?"

"그러고 보니까 네 말이 맞는 것 같다. 지로에게 고마워해야 할 일이 한두 가지가 아냐."

지로는 별생각 없이 교이치와 오자와가 나누는 이야기를 듣고 있다가, 갑자기 자기 이름이 튀어나오자 조금 쑥스럽기도 하고 이상한 생각도 들어 오자와에게 물었다.

"왜 나한테 고마워해요?"

"말하자면 네가 사람들 눈에 불쌍하게 보인 덕분에 우리가 사나흘 동안 지낼 수 있었으니까 그렇지. 네가 우리 생명을 지켜준 셈이야."

지로는 기분 나빠해야 할지, 아니면 좋아해야 할지 갈피를 잡을 수 없었다. 그때 교이치가 입을 열었다.

"하지만 자기가 가련하다는 걸 알아차리면 그때부턴 문제가 심각해진다고."

"그야 그렇지."

오자와는 무엇인가 생각하는 듯 했으나 말을 돌렸다.

"자, 이야기는 이쯤에서 그만두고 빨리 자자."

지로는 왠지 기분이 개운하지 않았다. 하지만 오자와도 교이치도 그 뒤로 조용했기 때문에 지로도 어느 사이엔가 잠들어버렸다.

무계획의 계획2

얼마나 시간이 흘렀을까, 지로는 잠결에 헛간 밖에서 고함치는 소리를 듣고 잠에서 깼다.

"야, 거기 숨어 있는 놈, 빨리 나와!"

"당장 나오라고!"

"안 나오면 가만 안 둬!"

목소리로 짐작하건대 한두 명이 아니었다. 지로는 너무 놀라서 가슴이 두근거리고 숨소리가 거칠어졌다. 지로는 교이치에게 살금살금 다가가 어깨를 흔들었다. 교이치도 이미 잠에서 깨어났는지, 지로의 손을 잡고 조용히 하라는 신호를 보냈다.

"내가 알아서 할게."

오자와가 속삭이는 소리가 들렸다.

사람들의 발자국 소리가 점점 더 가까워졌다.

"여기가 틀림없어. 이쪽으로 오는 걸 내가 봤다고. 열어봐."

누군가가 명령하듯 말했다.

헛간 문이 열리자 초롱불로 보이는 누런 불빛이 지붕 밑에 낡고 검게 변한 대나무를 어렴풋이 비추었다. 어둠에 익숙해진 셋은 초롱불빛만으로도 눈이 부셨다.

"뭐야, 이거 한 놈이 아니잖아? 그놈은 구두를 신고 있었는데, 여기 나막신도 있잖아?"

"구두가 두 켤레야. 그럼 모두 세 놈이란 말이야?"

"맞아, 틀림없이 세 놈이야. 좋아, 한 놈도 놓치면 안 돼."

누군가 큰 소리로 외쳤다.

"야, 이 가짜 학생 놈들아! 빨리 나와!"

"안 나오면 불을 질러버릴 거야!"

그때 오자와가 크게 하품을 하며 일어났다. 그러자 시끄럽게 떠들던 목소리들이 갑자기 조용해졌다. 지로는 그 순간 어떤 결의가 느껴지며 온몸이 뜨거워졌다.

"형, 일어나자."

지로는 벌떡 일어났다. 하지만 오자와가 곧바로 지로의 어깨를 누르며 낮은 목소리로 말했다.

"넌 가만있어. 내가 나가볼게."

지로는 왠지 야단맞은 느낌이 들었지만, 안심이 되었다.

조금 뒤에 오자와는 지푸라기 더미를 헤치며 가장자리로 기어갔다.

"죄송하게 됐습니다. 저희는 중학생이에요. 절대로 수상한 사람들이 아닙니다. 오늘 하룻밤만 여기서 묵도록 해주시면 안 될까요?"

오자와는 최대한 공손하게 말했다.

"말 같지도 않은 소리 하지 마!"

고함치는 소리가 들렸다.

"수상한 놈이 아니고서야 이런 곳에서 자겠어?"

"재워주겠다는 집이 없어서 그랬어요."

"그따위 소리 집어치워. 어쨌든 우리와 같이 마을로 가야겠어."

"아, 마을로요? 그러죠."

오자와는 대답과 동시에 쿵 소리를 내며 토방 아래로 뛰어내렸다. 교이치와 지로는 자신들도 모르는 사이 서로 손을 꼭 잡고 숨소리를 죽였다.

"혼자가 아니잖아. 세 놈 모두 가는 거야."

사람들의 목소리에는 어딘지 머뭇거리는 구석이 있었다.

"딱하기도 하네요. 이 시간에 깨워서 데려간다는 게……. 한 명은 아직 어린 1학년생인데."

"그게 우리하고 무슨 상관이야? 일단 데려가자고. 그렇지 않으면 우리 임무를 다하지 못하는 꼴이 된다고."

잠깐 동안 주위는 어색하리만큼 조용했다. 그 분위기를 깨고 지로가 지푸라기 속에서 벌떡 일어나며 외쳤다.

"오자와 형, 우리도 갈게요."

"그래, 그럼 어서 일어나. 따라가는 수밖에 없겠어."

오자와가 체념한 듯 말했다.

교이치와 지로는 재빨리 짚단 밖으로 빠져나왔다. 마을 사람들로 보이는 사내들이 저마다 커다란 몽둥이를 들고 오자와를 둘러싸고 있었다. 서른 살 안팎에서 열대여섯 살까지로 보이는 청년들이 열댓 명 있었다. 사내들은 얌전해 보이는 교이치의 얼굴과 몸집이 작은 지로를 보더니 조금 긴장을 늦추는 듯했다.

나이가 가장 많아 보이는 사내가 초롱불로 교이치와 지로의 얼굴을 번갈아 비춰보더니 미안한 듯 머쓱하게 웃으며 말했다.

"우린 마을을 지키는 파수꾼이란다. 이게 우리 일이라 어쩔 수 없구나. 먼저 우릴 따라서 마을로 가야겠다."

"자, 그럼 얼른 가자고."

사내는 다른 청년들을 재촉해 마을 쪽으로 걸어갔다.

창고 밖으로 나오자 건장한 청년 몇 명이 세 사람을 앞뒤로 에워쌌다. 좁은 논길을 한 줄로 서서 걷자니 줄이 무척 길었다. 초롱불이 맨 앞과 뒤에서 흔들거렸다. 지로는 셋 가운데 맨 앞에서 걸었다. 지로 앞에는 몸집이 커다란 청년이 몽둥이로 땅바닥을 탕탕 치며 걸었는데, 일부러 그렇게 하는 것 같았다. 지로는 청년이 몽둥이로 땅바닥을 내려치는 게 못마땅했다. 한참을 걷다 보니 추위로 몸이 떨렸다. 물집이 터진 발뒤꿈치도 아려왔다. 한 발짝 뗄 때마다 통증 때문에 뼈까지 울렸다. 그래서인지 앞으로 다른 사람을 사랑하며 살고 싶다는 마음까지도 온데간데없이 사라져버렸다.

셋이 끌려간 곳은 깊은 산촌에 어울리지 않게 커다란 대문이 있는 집이었다. 대문 앞에는 다다미 한 장 만한 고풍스런 마루까지 있었다.

셋을 대문 앞에서 기다리게 한 뒤, 청년 두 사람이 부엌 쪽으로 달려갔다. 조금 뒤에 안쪽에서 남자 소리가 들렸다.

"셋이었다고? 그랬구면."

안쪽에서 차분하게 가라앉은 남자의 목소리가 들리더니 이윽고 대문이 열렸다.

"자, 들어오시게."

나이가 여든은 족히 되어 보이는 데다 머리카락이 새하얗고, 얼굴이 긴 노인이 말했다.

지로는 깊은 산속에서 은둔 생활을 하는 검도의 달인을 보는 듯한 착각이 들었다. 지로는 어디선가 읽었던 책 속의 인물 미야모토 무사시가 스루가의 산중으로 이토 잇토사이를 찾아가는 장면을 떠올리며 조심스레 오자와와 교이치를 따라 대문 안으로 들어섰다.

노인은 세 사람을 다다미 열 장쯤 되는 방으로 데리고 갔다. 방 한가운데는 커다란 화로가 있었다. 노인은 빙그레 웃으며 물었다.

"자, 편하게들 앉아 불을 쬐게. 날씨가 꽤 춥지? 얘기를 들어보니 짚을 넣어둔 헛간에서 자고 있었다는데, 그런 데서 어떻게 잘 생각을 다 했나?"

노인은 이렇게 말하며 자신도 화로 옆에 앉아 세 사람에게 차를 한 잔씩 따라주었다.

"이불보다 따뜻했습니다."

오자와가 무뚝뚝하게 대답했다.

"그래? 그렇다면 다행이구먼. 저녁들은 어떻게 했나? 아직 못 먹었지?"

노인은 벽시계를 보며 말했다.

"지금이라도 밥을 짓게 하면 좋겠다만, 다들 자고 있으니 이를 어쩌지. 오늘 밤은 감자로 때워야겠구나. 감자를 화로에 넣으면 금방 익을 거야."

시간은 어느새 밤 열두 시를 지나고 있었다. 오자와는 입가에 웃음을 띠었다.

"감자, 좋습니다."

"그렇게 하겠나?"

노인은 몸소 일어나 부엌으로 건너갔다. 그제야 셋은 서로 얼굴을 마주 보았다. 오자와는 웃으며 가볍게 고개를 끄덕거렸고, 교이치와 지로는 여전히 잔뜩 긴장한 표정을 짓고 있었다.

조금 뒤 노인이 작은 소쿠리를 들고 돌아왔다. 거기에는 토란이 가득 들어 있었다.

"작은 게 낫겠어. 그래야 빨리 익을 테니까. 화로에 넣고 재를 덮으면 금방 익을 걸세."

노인은 손수 토란 서너 개를 잿더미 속에 파묻었다.

토란을 굽는 동안 노인은 세 사람에게 학교와 이름, 나이, 여행 목적 따위를 물었다. 딱히 꼬치꼬치 캐묻는 것은 아니었고, 힘든 일이 있다면 어떻게든 돕고 싶어 하는 마음으로 묻는 것이라 생각되어 지로와 교이치도 묻는 대로 솔직히 대답했다.

"이 마을 젊은이들은 말이지……."

이야기를 듣고 나서 노인이 천천히 입을 열었다.

"요즘 보기 드문 아주 정직한 청년들이야. 너무 정직해서 가

끔은 나 같은 노인네를 깜짝 놀라게 할 때도 많아. 오늘 밤만
해도 도둑놈이 여행을 가장하고 마을에 들어왔다면서 소동을
부렸다네. 그래서 나도 이제껏 자지 않고 기다렸어. 그 도둑이
너희들이었단 말이지, 하하하."

셋은 머리만 긁적거렸다.

그러는 사이에 토란이 다 구워졌다.

"자, 먹고 싶은 만큼 편히 먹게."

"감사합니다."

오자와가 거리낌 없이 소쿠리를 자기 앞으로 끌어당겼다. 그
러자 노인은 "젊은 친구가 아주 쾌활하구먼." 하고 말하더니 다
시 한 번 세 사람을 번갈아 보며 차를 따라주었다.

이야기도 점점 활기를 띠었다.

"젊었을 땐 한 번쯤 엉뚱한 짓을 해보고 싶어 하는 게 당연하
지. 하지만 나름대로 확고한 신념이 없으면 나중에 크게 후회
할 수도 있네."

노인은 그렇게 말하며 "내일은 내가 좋은 곳으로 데려가 주
지." 하고 덧붙였다.

노인은 허겁지겁 토란을 입에 넣는 지로를 물끄러미 보며 물
었다.

"슬슬 방향을 바꿔 히다초에서 하룻밤 묵으며 라이산요를 배
우고, 지쿠스이 강에서 뱃놀이도 해보면 어떻겠나?"

시계는 새벽 한 시 이십 분을 가리켰다. 그제야 노인은 새벽
이 깊었다는 것을 깨닫고 자리에서 일어났다.

"자, 오늘 밤은 이쯤에서 편히 쉬게나. 이부자리는 알아서 펴게. 이불은 여기에 얼마든지 있으니 맘껏 쓰고."

노인은 그렇게 말하며 뒤쪽에 있는 벽장을 열어 보여주었다.

"화로에 이불을 떨어뜨리거나 발을 집어넣지 않도록 조심하게. 뒷간은 저쪽에 있네."

노인은 미닫이문을 열고 뒷간이 있는 곳을 가르쳐준 뒤에 화롯불에 재를 덮고 방을 나갔다.

세 사람은 이불을 덮고 누워서도 노인의 정체가 무척 궁금했다. 어쩌면 지푸라기 헛간 속에서 꿈을 꾸고 있는 것인지도 모른다며 킬킬거렸다. 지로는 문득 마사키 외할아버지와 오마키 노인이 떠올랐다. 마음속으로 이날 처음 본 노인을 포함해 이 세 노인을 가만히 견주어보았다.

이튿날 아침, 눈을 떠 보니 장지문까지 햇살이 비치고 있었다. 셋은 자리에서 일어나 이불을 정리하다 깜짝 놀랐다. 다다미 위에도, 이불 속에도 짚 검불이 엉망으로 흩어져 있었다. 다행히 툇마루 끝에 빗자루가 걸려 있는 것을 보고는 서둘러 짚 검불을 치웠다. 집은 전날 밤에 보았을 때보다 훨씬 넓어 보였다. 주변에는 사람 그림자도 보이지 않았다. 어지간히 청소를 마쳤을 때, 서른네다섯 살쯤 되어 보이는 아주머니가 부삽에 숯불을 올려서 가져왔다. 여자는 화로에 숯불을 넣은 뒤에 방을 한 번 둘러보았다.

"어머, 벌써 청소까지 다 했네요. 어젯밤엔 잘들 잤나요?"

여자는 예의 바르게 앉아 인사를 받고는 지로를 유심히 보더니 말했다.

"어머님이 걱정하시겠어. 빨리 집에 가서 어머님을 안심시켜 드려야죠."

그 말에 지로는 얼굴이 빨개졌다.

아침은 거실에서 먹었다. 넓은 뜰 한쪽에 있는 우물가에서 세수를 하고 거실에 앉자, 어제 저녁과는 달리 많은 사람들이 둘러앉아 있었다.

"자, 어서 이리들 앉아."

칠순쯤 되어 보이는 할머니가 먼저 말을 건넸다. 할머니는 품위가 있고 몸집이 작았다. 할머니가 앉은 밥상 앞에는 사내아이 셋이 나란히 앉아 있었는데, 신기한 듯 셋을 쳐다보았다. 간밤에 토란을 가져다준 노인은 보이지 않았다.

셋을 위해 차린 밥상은 따로 있었다. 오자와가 할머니에게 잘 먹겠다고 인사하고 자리에 앉았다. 교이치와 지로도 오자와가 하는 대로 따라했다.

"자, 어서 먹고 싶은 대로 먹어요."

방에서 숯불을 갈아준 아주머니가 상 위에 올려놓은 밥통과 국 냄비 뚜껑을 열어주고 자기는 아이들 밥상으로 건너가 할머니와 마주 보고 앉았다.

세 사람은 파를 송송 썰어 넣은 된장국이 너무 맛있어서 몇 그릇이고 먹다 보니 얼굴에 땀이 날 정도였다.

밥을 먹으면서 할머니가 이것저것 궁금한 것들을 물었다. 또 할머니도 이런저런 이야기를 했는데, 할머니가 하는 이야기를 들으며 지로는 이 집에 대해 대충 상상할 수 있었다. 전날 밤에 본 노인은 이 마을의 촌장이며, 오늘 아침에도 급한 볼일이 생겨 외출한 모양이었다. 아이들 아버지는 여기서 20킬로미터쯤 떨어진 곳에 있는 소학교 교장으로 토요일에나 집에 온다고 했다.

"할아버지는 열 시쯤에 관청 일을 끝내고 돌아오실 게야. 그때까지 학생들이 기다려주면 좋겠다고 하셨네. 가까운 데 아주 유명한 폭포가 있거든. 아마 거기로 데려가실 모양인가 봐."

할머니는 그렇게 말하며 이 빠진 입을 오므리고 살짝 웃었다.

밥을 다 먹고 아이들은 여전히 세 사람이 궁금했는지 또 한참을 보다 학교에 갔다. 노인이 돌아와서 세 사람이 먹을 도시락을 준비하라고 시키더니, 화로 곁에 앉아 급하게 편지 한 통을 썼다.

"폭포까지 다녀오리다."

노인은 할머니에게 그렇게 말하고 열 시쯤 세 사람과 폭포로 떠났다. 셋은 여느 때처럼 고맙다는 표시로 사례하는 것도 잊어버린 채, 도시락을 허리에 차고 서둘러 노인을 따라나섰다.

노인은 나이에 견주어 걸음이 빠른 편이었지만, 그래도 세 사람이 걷는 속도에 대면 역시 더뎠다. 폭포까지는 노인의 집에서 삼십 분도 걸리지 않았다. 폭포는 노인이 자랑한 대로 세상에 알려지지 않은 것치고는 볼 만했다. 칠십 센티미터쯤 되는 물줄기가 엄청나게 높은 절벽 곳곳에서 물보라를 일으키며 떨어지는 모습이 말 그대로 장관이었다. 웅덩이에는 쉴 새 없이 떨어지는 물보라로 낮게 무지개가 피어올랐고, 바위 모서리에 붙어 여러 색깔로 빛나는 고드름은 장엄해 보이기까지 했다. 그 폭포 이름은 '한다'였다.

추위도 잊은 채 삼십 분이 넘도록 폭포를 구경하고 나서 세 사람이 노인에게 작별 인사를 하자 노인은 안주머니에서 아침에 쓴 편지를 꺼내 오자와에게 건네며 말했다.

"여행 끝날 때쯤 히다초에 한번 들러보게. 히다초에 가면 여기 편지에 쓰여 있는 사람을 찾아가도록 하게. 그럼 알아서 잘 해줄걸세."

오자와는 편지를 받아들었으나, 따뜻하게 배려해주는 노인에게 감동했는지 평소와 달리 자꾸 말을 더듬었다. 편지를 받을 사람은 히다초에 사는 다조에 미쓰코이고, 보내는 사람은 시라노 마사도키였다.

셋은 이날과 이튿날까지 무계획을 실천하며 발길 닿는 대로 돌아다녔다. 그러는 동안 류몬 폭포라는 고전적인 느낌이 풍기는 폭포도 보고, 작은 온천에서 목욕도 여러 번 했다. 그러다 돈이 거의 떨어졌을 때쯤 시라노 노인이 권유한 대로 히다초에 들르기로 했다.

히다초까지는 꼬박 하루가 걸렸다. 마을에서 다조에 미쓰코의 집을 묻자 금방 알 수 있었다. 번듯한 의사의 집이었다. 하룻밤 신세를 지면서 알게 되었는데, 미쓰코는 그 의사의 부인으로 시라노 노인의 막내딸이었다. 미쓰코는 시라노 노인만큼 친절했다. 나이는 마흔에 가까웠지만, 마치 전문학교에 다니는 총명하고 밝은 여학생처럼 보였다. 지쿠스이 강에서 뱃놀이할

배편도 전날 밤 미리 예약해놓은 듯 다음 날 아침 여덟 시쯤 집 바로 뒤편 강가로 나가니 짐배 한 척이 묶여 있었다. 뱃삯도 부인이 알아서 해결해주었다. 지로 일행은 동화에 나오는 주인공이 된 기분으로 배에 올랐다. 배가 천천히 움직이자 미쓰코 부인은 강변에 서서 손수건을 흔들었다.

"무계획도 이쯤 되면 되레 좀 무섭다는 생각이 들어."

오자와는 미쓰코 부인이 흔드는 손수건이 보이지 않자 교이치에게 말했다.

지로와 교이치도 급류를 타고 내려가며 시원한 기분을 즐기기보다 저마다 깊은 감회에 젖어들었다. 강폭이 넓은 곳에는 오리들이 무리 지어 떠다녔는데, 지로는 그런 것들을 보아도 좀처럼 흥이 나지 않았다. 그때 오지와가 말했다.

"이럴 줄 알았으면 소총이라도 가져올 걸 그랬어."

그 말을 듣자 지로는 이상하게 슬픈 감정에 사로잡혔다. 그리고 배가 바위틈을 아슬아슬하게 스치고 지나갈 때에도 감탄한 번 하지 않고, 물끄러미 뱃사공이 노 젓는 모습만 보았다. 갑자기 언젠가 읽은 적이 있는 이야기가 떠올랐다. 물에 빠진 어느 위대한 종교인이 구조를 해주는 사람에게 몸을 맡긴 채, 발버둥도 치지 않고 매달리지도 않았다는 이야기였다.

배가 구르메 근처에 다다라 물살이 조금 완만해졌을 때 지로가 살그머니 교이치에게 말했다.

"형, 무계획의 계획이라는 게 어떤 건지 나도 조금은 알 것 같아."

도미테루 선생님

　지로가 지쿠고 강 상류 탐험에서 받은 영향은 단순하지 않았다. '무계획의 계획'이라는 말은 오자와가 농담 삼아 꺼낸 말이었지만, 지로는 그 말이 어린 시절부터 어렴풋하게 간직해온 운명관과 인생관에 새로운 해답을 안겨주는 것으로 다가왔다. 여행에서 돌아온 뒤 지로는 자기 둘레에서 일어나는 아주 하찮은 일에도, 그 이면에는 눈에 보이지는 않지만 무척 중요한 힘이 작용하고 있는 것은 아닐까 생각하고는 했다. 그 때문인지 눈에 띄게 말수가 줄고, 비활동적으로 바뀌었다. 학교에서 가장 시끌벅적한 점심시간에도 지로는 운동장 한쪽 구석에 혼자 우두커니 서 있고는 했다. 집에서 교이치와 책상을 마주하고 앉아 있다가도 느닷없이 벌떡 일어나 교이치의 책장에서 시집이나 철학 책 따위를 끄집어내 뒤적이기 일쑤였다. 지로는 주로 무엇인가를 골똘히 생각한 바로 뒤에 이런 행동을 했다. 시집이나 철학 책을 펼쳐놓고도 그다지 읽을 생각은 없어 보였다. 같은 쪽만 뚫어져라 노려보며 그 자리에 못 박힌 듯 꼼짝하지 않았다. 이런 상황이다 보니 자연히 지로는 학과 공부에 관심을 두지 않았다.

지로가 이렇게 바뀐 게 주위 사람들의 눈에 띄지 않을 리 없었다. 하지만 사람들은 저마다 다른 눈길로 지로를 바라보았다. 슌스케는 "기운이 없어 보이는구나. 어디 몸이라도 좋지 않은 거냐?" 하고 걱정스러운 듯 물어보았고, 할머니는 "지로도 이제야 마음이 좀 차분해지려는 모양이구나." 하고 만족스러워했다. 오요시는 예나 지금이나 특별한 감정을 드러내지 않고 두 사람의 장단을 맞추는 정도로 그쳤다. 그나마 할머니가 지로를 대하는 태도가 조금씩 부드러워지는 것을 보고 내심 기뻐하는 듯했다.

지로의 진심을 짐작하는 사람은 교이치뿐이었으나 그 자신이 비활동적이고 내성적이었으므로 오히려 지로가 이렇게 바뀐 데 친밀감을 느꼈다.

지로의 모습이 바뀐 것을 가장 진지하게 걱정한 사람은 아마 오자와였을 것이다. 오자와는 어느 날 교이치를 불러 이렇게 말했다.

"지로가 요새 너무 자기 생각에만 빠져 지내는 것 같아. 이대로 그냥 내버려둬선 안 되겠어. 저렇게 나가다간 좋은 면이 쓸모없게 바뀔 거야."

"그럼 어떻게 해야 되는데?"

교이치는 내키지 않는 투로 물었다.

"이따금 싸움 상대가 되어줘."

"하지만 지로는 이제 싸움 같은 건 하지 않아. 두 번 다시 싸우지 않겠다고 맹세까지 했다고."

"그러니까 문제라는 거야. 지로는 아이답지 않게 성인군자처럼 살아야 한다는 착각에 빠져 있다고."

"하지만 우리 집에선 지로가 싸우지 않는다고 식구들이 모두 좋아하는데."

"그거야 너희 할머니를 상대로 싸우지 않으니까 그런 거지. 형제들끼린 가끔 싸워야 한다고. 무로자키를 해치웠을 때 같은 그런 싸움이라면 얼마든지 해도 괜찮단 말이야."

"그때랑 비슷한 상황이 생기면 분명히 또 싸울 거야."

"그래, 그런 상황이라면……. 내가 한 번 시험해볼까?"

"시험하다니, 어떻게?"

"아무 트집이나 잡아서 시비를 거는 거지."

"네가 아무리 시비를 걸어도 너한테 덤비려고 하진 않을걸?"

"덤빌 때까지 약을 올리는 거야."

"그렇게까지 하면서 싸울 필요가 있을까?"

"있어. 나는 있다고 생각해. 저 녀석을 지금처럼 내버려뒀다간 이상하게 생각이 굳어버려서, 어떤 부정한 일에도 화를 내지 않을지 몰라."

오자와의 태도는 자못 진지했다. 진심으로 지로를 화나게 할 기회를 노리는 듯했다. 그러나 오자와는 그런 기회를 만나지 못했다. 뜻하지 않은 사건이 지로를 기다리고 있었기 때문이다.

지로의 수학 담당선생은 도미테루 미치토시(寶鏡 方俊)라는 어려운 이름을 가진 사람이었다. 그는 생김새부터 특이해서 키가 2미터에 이르고, 건장한 체구에 얼굴도 몸집에 걸맞게 남자다웠다. 그런데 생김새와는 달리 소심했다.

그는 처음 교실에 들어가면 가장 먼저 자기 이름을 칠판에 쓰고, 이름 옆에 어떻게 읽는지 표기했다. 선생님의 주장에 따르면, 자신의 이름은 '도미테루 미치토시'로 불러야 맞다. 그러나 그렇게 복잡하고 까다로운 발음으로 선생님을 부르려는 학생은 없었다. 학생들은 언제나 선생님의 이름을 '호쿄 호슌'이라고 불렀다(일본어에는 음독과 훈독이 있어서 이 선생의 이름을 음독으로 읽으면 호쿄 호슌, 훈독으로 읽으면 도미테루 미치토시가 된다.). 선생님 처지에서는 '호쿄'라고 불러도 좋으니 최소한 성만 그렇게 부르면 어느 정도 참을 수 있을 것 같았다. 한데 학생들 처지에서는 '호쿄' 다음에 꼭 '호슌'까지 한꺼번에 붙여서 부르지 않으면 어쩐지 느낌이 약해진다 하여 굳이 '호쿄 호슌', '호쿄 호슌' 하고 불렀다.

하지만 뭐니뭐니해도 도미테루 선생님을 신경질적인 인물로 만든 것은 '히코 산의 야마부시(산속에 숨어 지내는 승려)'라는 별명이었다. 선생님의 고향은 오이타 현 에히코 산 가까운 데 있었다. 이 사실을 알게 된 학생들은 선생님 집안은 조상 대대로 야마부시였다느니, 적어도 선생님의 아버지까지는 야마부시라는 가업을 잇고 있었다느니 하면서 소문을 퍼뜨렸다. 더구나 이런 소문이 사실로 확인되었다는 소문까지 더해지면서 도미테루 선생님은 여간 난처해진 게 아니었다. 그래서 어디선가 '야마부시'라는 말만 들어도 도미테루 선생님은 하루 종일 혼자 투덜거리며 돌아다녔다.

이런 선생님들이 있으면 학생들 사이에서 이런저런 소문이 그럴싸하게 나돌게 마련인데, 도미테루 선생님도 예외가 아니었다. 그중에서도 가장 유명한 이야기는 이렇다. 이것은 학교 사환이 틀림없는 사실임을 증명한 일이다. 어느 비 오는 날 밤, 도미테루 선생님이 한밤중에 교내 순시를 마치고 숙직실로 돌아오다 숙직실 문 앞에 시커먼 괴물이 서 있는 것을 보았다. 선생님은 놀라서 "누구야?" 하고 외치면서 그 거대한 주먹으로 괴물을 때려눕혔는데 괴물은 다름 아닌 비옷을 입고 전보를 배달하러 온 우편배달부였다. 우편배달부는 화를 내며 선생님을 경찰에 신고하겠다고 했고, 도미테루 선생님은 다짜고짜 무릎을 꿇으며 한 번만 살려달라며 빌고는 1엔짜리를 종이에 싸서 배달부 손에 쥐여준 뒤에야 겨우 사태를 수습했다는 이야기다. 당시 중학교 무자격 교사에게 1엔은 그리 적은 돈이 아니었음은 말할 것도 없다.

선생님은 또 거대한 몸집에 어울리지 않게 섬세하고도 깔끔한 글씨로 칠판을 가득 채우는 바람에 보는 이들을 암담하게 만들었다. 복잡한 함수나 대수공식을 칠판 가득 써놓은 것을 보면 아름다워 보이기까지 했다. 그러나 수학 실력은 칠판 글씨만큼 인정받지 못했다. 학생들은 도미테루 선생이 툭하면 그 아름다운 칠판 글씨 앞에서 쩔쩔매는 것을 심심찮게 볼 수 있었기 때문이다. 문제가 잘 풀리지 않을 때는 언제나 "그러니까……" 하고 혼잣말처럼 중얼거렸다. 학생들은 선생님이 왜 그러는지 잘 알고 있었기 때문에 "그러니까……" 하는 말이 선생님의 입에서 튀어나오면 더 참지 못하고 연필로 앞사람의 옆구리를 쿡쿡 찌르며 킬킬거리기 일쑤였다. 상황이 이쯤 되면 선생님은 더욱 막막해져서 고개를 떨어뜨린 채 꼼짝하지 않았는데, 가끔은 그런 선생님에게도 묘안이 떠오를 때가 있었다. 그 묘안은 몸을 획 돌려 학생들을 바라보며 엄청나게 큰 손바닥을 개구리처럼 쫙 펴서 허리에 얹고 "지금 웃은 놈 누구야? 칠판을 보란 말이다, 칠판을! 자, 다시 한 번 처음부터 가르쳐 줄 테니까 이번엔 다른 데 정신 팔지 말고 주의해서 보도록." 하고는 잽싸게 칠판에 쓴 글씨들을 지워버렸다.

처음 중학교에 들어왔을 때 지로는 도미테루 선생님이 교실 문을 열고 들어서는 것을 보고 산적 같은 용모와 엄청난 덩치에 짓눌려 수업 시간 내내 숨이 막히는 것 같았다. 지로는 선생님이 출석을 부르는 동안 마을잔치 때 두드리는 커다란 징을 떠올렸다. 하지만 첫인상에서 받은 충격은 십 분, 이십 분이 지나는 동안 점점 희미해지고, 수업이 끝날 때쯤에는 선생님에게 실망해서 경멸하는 마음만 남아 있었다. 그래도 지로는 아직까지 자기가 도미테루 선생님을 그렇게 평가한다는 것을 누구에게도 드러낸 적이 없었다. 더구나 지난여름 이후로는 도미테루 선생님이 어수룩하게 행동하는 모습을 흉내 내는 아이들을 보면 오히려 한심한 생각이 들었다. 친구들이 선생님을 비웃을수

록 어떻게든 선생님의 편이 되어 응원하고 싶은 마음이 생기고
는 했다.

그런데 이런 동정심 때문에 지로는 오히려 터무니없는 곤경
에 빠지고 말았다.

3학기가 끝날 무렵이었다. 도미테루 선생님은 날씨가 아직
쌀쌀한데도 이마에 구슬땀을 흘리며 대수 문제를 풀고 있었다.
칠판은 세 개가 나란히 이어져 있었는데, 선생님은 중간에 있
는 칠판에서 문제를 풀어나갔다. 시간이 조금 지나자 오른쪽
칠판으로 옮겨가지 않을 수 없었다. 선생님은 처음부터 갈피를
못 잡더니 문제를 제대로 풀기는 이미 힘들어 보였다. 학생들
은 머릿속이 점점 멍해졌고, 선생님도 그에 못지않게 머릿속이
멍해지고 있는 듯했다. 지로는 또 "그러니까……." 하는 말이
나오면 어쩌나 하고 슬슬 걱정이 되었다. 그때까지 선생님의
분필을 따라 움직이던 눈길을 돌려 처음부터 공식을 꼼꼼히 살
펴보았다. 그러자 세 번째 줄에서 네 번째 줄로 이어지는 부분
에서 빼기가 더하기로 되어 있는 것을 발견했다. 지로는 자기
가 잘못 본 것은 아닌지 몇 번 더 확인해보았지만 틀림없었다.

"선생님!"

지로는 자기도 모르게 큰 소리로 도미테루 선생님을 불렀다.
선생님은 벌써 오른쪽 칠판을 반쯤 채워나가고 있었다. 선생님
은 갑자기 지로가 부르자 깜짝 놀라 뒤돌아보았다.

"뭐야? 질문이야? 질문할 게 있으면 나중에 해."

"질문이 아니에요. 선생님이 부호를 잘못 쓰셨어요."

지로는 선생님을 안심시키려고 그렇게 말했다.

"뭐, 내가 틀렸다고? 어디가 틀렸다는 거야?"

평소 불그레한 도미테루 선생님의 얼굴이 순간 파래지는가 싶더니, 좀 뒤에는 푸르스름하게 바뀌었다. 선생님은 화가 났는지 어느새 손바닥이 허리 근처에서 개구리처럼 쫙 펴져 있었다.

"세 번째 줄에서 네 번째 줄로 이어지는 부분이요."

도미테루 선생님의 눈동자가 셋째 줄과 넷째 줄 사이를 오락가락했다. 그때는 이미 다른 아이들도 선생님의 실수를 눈치챈 뒤여서 벌써부터 킬킬거리는 웃음소리가 났다.

선생님은 자기가 실수했다는 것을 깨닫고는 서둘러 칠판에 쓴 글씨들을 몽땅 지워버렸다. 그러나 어찌된 영문인지 "그럼 다시 한 번 처음부터 해보자고." 하는 말은 꺼내지 않았다. 그 대신 갑자기 교단에서 뛰어내려 와 지로에게 달려들었다. 전혀 예상하지 못한 일이었다. 지로는 복도 쪽 맨 앞에서 두 번째 자리에 앉아 있었다. 선생님은 지로 앞에 우뚝 서서 최대한 침착하게, 그리고 위엄을 갖추며 말했다.

"넌 수업을 방해했어. 너 때문에 교실이 시끄러워졌어."

지로는 도미테루 선생님이 무슨 말을 하는 것인지 이해가 되지 않았다. 지로는 눈을 동그랗게 뜨고 선생님을 쳐다보았다.

"교실을 시끄럽게 만든 너 같은 놈을 교실에 둘 수는 없어. 복도로 나가."

선생님은 그렇게 말하며 지로의 오른팔을 꽉 붙들었다.

"제가 언제 교실을 시끄럽게 만들었어요? 알아듣게 설명해주세요."

지로는 모처럼 격한 목소리로 외치면서 왼팔로 책상다리를 단단히 붙들었다.

"이젠 선생님의 명령까지 우습게 보는 거냐?"

도미테루 선생님은 눈을 무섭게 치뜨고 지로를 노려보다 교실을 한 번 빙 둘러보았다.

"전 선생님이 무슨 말씀을 하시는 건지 모르겠어요. 이유를 말씀해주세요."

"이유는 네가 더 잘 알 것 아냐?"

"전 모르겠는데요."

"몰라? 왜 몰라? 선생님이 잘못 쓴 걸 알았다면, 왜 빨리 얘길 안 한 거냐!"

도미테루 선생님은 끝까지 실수라고 하지 않고 잘못 썼다고 우겼다. 그러면서 또 한 번 지로의 팔을 잡아당겼다. 지로도 지지 않고 책상다리를 붙잡고 늘어졌다.

"저도 방금 안 거예요. 그래서 곧바로 말씀드린 거라고요."

"거짓말해도 소용없어. 넌 만날 선생님 흠집이나 들쑤셔대는 놈이잖아. 다른 선생님도 그렇게 말씀하셨어."

지로는 그 말을 듣고는 갑자기 벌떡 일어나 선생님에게 잡힌 오른팔을 힘껏 뿌리쳤다. 그리고 당장이라도 덤벼들듯 서슬이 시퍼레져서 입술을 파르르 떨며 외쳤다.

"전 잘못한 거 없어요! 못 나가요!"

도미테루 선생님은 지로가 완강하게 버티자 조금 당황했다.

그러나 학생들이 모두 자기를 보고 있다는 것을 깨닫자 이내 큰 소리로 외쳤다.

"너 지금 선생님에게 반항하는 거냐?"

"예, 반항하는 거예요! 옳지 못한 명령을 따를 수 없습니다!"

지로도 날카롭게 소리쳤다.

사태가 이쯤 되자 도미테루 선생님은 그나마 유지하고 있던 여유를 완전히 잃어버린 채 반쯤 이성을 잃고 말았다.

"이놈이!"

도미테루 선생님은 자신이 선생이라는 것과 상대가 자기 덩치의 삼분의 일이나 사분의 일밖에 되지 않는 어린 학생이라는 사실도 잊어버린 채, 책상 너머로 커다란 두 손을 뻗어 지로의 교복 옷깃을 우악스럽게 움켜쥐고 복도로 끌고나가려 했다. 이미 다른 학생들의 눈길은 안중에 둘 여유가 없었다. 그러자 지로는 목덜미를 붙들린 상태로 책상에 납작 엎드렸다. 무슨 생각을 했는지 두 손을 책상 밑에 넣어 마치 유도의 누르기 자세처럼 되었다. 그 바람에 필통이 떨어져 연필과 만년필, 작은 삼각자 따위가 요란한 소리를 내며 흩어졌다. 도미테루 선생님은 지로를 책상에서 떼어내지 못하자 조바심을 냈다. 아무리 힘을 써도 지로는 진드기처럼 책상에 달라붙어 떨어질 줄 몰랐다. 선생님이 억지로 떼어내려고 하니 책상이 공중으로 붕 하고 떠올랐다. 도미테루 선생님이 헉헉거리기 시작했다. 안색도 보기 흉할 만큼 시퍼렇게 질려 있었다.

반 친구들도 모두 자리에서 일어나 이 해괴한 싸움을 구경하고 있었다. 하지만 누구도 두 사람을 말릴 생각은 하지 못했다. 지로가 달라붙은 책상은 서너 번 공중으로 올라갔다 바닥에 떨어졌다 했다. 그러자 뒤쪽에서 한 녀석이 더 두고 볼 수 없다는 듯 큰 소리로 외쳤다.

"잘한다, 지로!"

곧이어 여기저기에서 지로를 응원하는 소리가 들렸다.

그 소리는 흥분한 도미테루 선생님의 귀에도 분명하게 들린 듯했다. 선생님은 그 소리가 나자마자 갑자기 지로를 책상에서 잡아끌어 내는 것을 단념하고, 그 대신 책상과 함께 뒤에서부터 지로를 껴안아 복도에 내팽개친 뒤 교실 문을 세게 닫아버렸다. 지로는 복도에 내팽개쳐진 뒤 한동안 책상 위에 얼굴을 묻고 있었다. 눈물도 나지 않았다. 그러나 눈물보다 더한 서러움이 가슴 밑바닥에서부터 끓어오르는 것을 느꼈다.

지로는 그 느낌에 가슴이 북받쳐 올라 얼굴을 벌떡 들었다. 그러고는 긴 복도를 끝에서 끝까지 훑어보았다. 어디에도 사람 그림자는 보이지 않았다. 다만 자신과 자신의 책상만 덩그러니 있는 것이 마치 이상한 세계에 와 있는 것처럼 여겨졌다.

바로 옆 교실에서는 영어 수업이 한창이었다. 하지만 지로네 교실은 기분 나쁠 정도로 조용했다. 지로는 창문 너머로 문이 굳게 닫힌 교실 안을 슬쩍 들여다보았다. 이럴 땐 어떻게 해야 좋을지 생각해보았다. 하지만 너무 황당한 일을 겪어서인지 생각을 정리하기에는 머릿속이 복잡했다. 하나도 잘못한 게 없으니 당당하게 교실로 들어가면 된다는 생각도 들고, 들어가면 미련이 남은 것처럼 보일까 봐 망설여지기도 했다.

그때 교실이 무척 시끄러워졌다. 무슨 말들이 오가는 것 같은데 잘 들리지는 않았다. 선생님이 뭐라고 말하면 여기저기에서 학생들이 대드는 것 같았다. 지로는 창문 쪽으로 다가가 가만히 귀를 기울여보았다. 그제야 목소리가 또렷하게 들렸다.

"혼다는 평소에도 선생님을 흉보거나 한 적이 없습니다. 그건 제가 보증할 수 있어요."

목소리의 주인공은 요즘 들어 친해진 신가 하치오였다. 신가는 장소와 상대를 구분하지 않고 해야 할 말이 있을 때는 거리낌 없이 하는 친구였다. 몸집도 좋고 얼굴에 기품이 넘쳤으며, 중학교에 들어오면서부터 언제나 자기는 나중에 해군이 되겠다고 말하고는 했다.

신가의 말을 받아 "맞아요, 맞아요." 하고 외치는 소리가 여기저기에서 들렸다. 지로는 그 소리를 듣자 왠지 갑자기 울고 싶어졌다. 지로는 복도를 한달음에 달려 운동장으로 나갔다. 그리고 지난여름에 무로자키와 싸운 무기고 쪽으로 갔다. 그곳에서 지로는 눈물부터 닦았다. 종이 울리고, 또 다음 시간을 알리는 종이 울렸지만 지로는 그 자리에서 꼼짝도 하지 않았다. 무단으로 조퇴를 하거나 중간에 수업시간을 빼먹는 일은 교칙으로 엄하게 금지되어 있다는 것을 잘 알고 있었지만, 그런 교칙 따위는 전혀 문제 되지 않았다. 지로는 생각할수록 억울해서 가슴이 터질 것 같았다. 여름 이후 자신이 기특할 만큼 노력했다고 생각했는데, 그것이 다 헛일이었다는 생각만 들었다.

그래서 더욱 억울한 감정이 북받쳐 올랐다. '무계획의 계획'이라는 말로 어느 정도 모양을 갖추어가던 인생관도 이럴 때는 아무 도움이 되지 않았다.

"젠장!"

지로는 하늘에 대고 몇 번 혀를 찬 뒤 겨우 발길을 두서너 걸음 옮겼으나 어디로 가야 할지 몰랐다. 지로는 그곳을 서성거렸다. 발밑에서 미루나무 잎에 가려 아직 새싹이 나지 못한 마른풀들이 버석거리는 소리가 났다. 그렇게 왔다 갔다 하는 동안 문득 머릿속에 좋은 생각이 떠올랐다.

'앞으로 더 열심히 수학 공부를 하겠어. 그래서 수학시간마다 선생님을 골탕 먹여야지.'

그렇게 생각했을 때 지로의 마음에 떠오른 선생님의 이름은 물론 '도미테루'가 아니었다. '호쿄 호슌'도 아니었다. 기껏해야 '야마부시'일 뿐이었다.

지로는 자기도 모르게 이미 반년 넘게 잊고 있던 비웃음이 얼굴에 번졌다. 그리고 구두 굽으로 두서너 번 마른풀을 짓이기고 나서 결심한 듯 교실 쪽으로 걸음을 옮겼다. 교실로 걸어가며 지로는 초등학교 3학년 때 돌아가신 어머니가 할아버지의 주판을 깨뜨린 범인으로 자신을 가리키던 일을 떠올렸다. 그때도 자기는 아무 잘못도 하지 않았는데, 모든 죄를 뒤집어썼다. 그때를 생각하니 역시 기분이 나빴다. 그러자 결심이 무뎌지기는커녕 오히려 더 흥분되었다.

교실에 들어가서 지로는 "늦었습니다." 하고 아무 일도 없었다는 듯 자리에 앉았다. 책상은 어느새 본디 있던 곳에 반듯하게 놓여 있었다. 필통과 교과서도 모두 가지런히 정리되어 있었다. 그 시간은 마침 담임인 오다 선생님 시간이었다. 오다는 젊은 국어 선생님으로 지로가 뒤늦게 들어오는 것을 보고도 왜 늦었는지 묻지 않았다. 지로는 오다 선생님이 벌써 수학시간에 일어난 일을 다 알고 있다는 것을 알아차렸다.

수업시간은 겨우 이십 분밖에 남지 않았지만, 어차피 선생님이 떠드는 이야기는 귀에 들어오지도 않았다. 때마침 국어시간이 끝나면 점심시간이었다. 지로는 조퇴를 하고 집에 가야겠다고 마음먹었다. 그런데 종이 울리자마자 오다 선생님이 지로에게 다가와 말했다.

"점심 먹고 나한테 좀 와. 아사쿠라 선생님도 너한테 할 말이 있다고 하신다."

지로는 아사쿠라 선생님이라는 말을 듣고 갑자기 가슴이 두근거렸다. 무서워서 그런 것도 아니고 기뻐서 그런 것도 아니었다. 말로 표현하기 힘들만큼 긴장되는 데다 선생님을 좋아하는 마음 때문에 가슴이 두근거렸다.

오해하는 사람

오다 선생님이 교실을 나가자 지로네 반 친구들은 저마다 지로를 동정하며 말을 건넸다. 더구나 신가는 지로의 옆자리에 와서 앉으며 격려했다.

"호쿄 호슌이 아사쿠라 선생님에게 멋대로 지껄였을 거야. 하지만 뭐 어때, 걱정할 것 없어. 네가 잘못한 건 하나도 없으니까. 아사쿠라 선생님이든 누구든 선생들한테 기죽을 거 없어. 만약 선생들이 네가 잘못했다고 해도 난 반드시 너를 응원할 거야."

지로는 가만히 고개만 끄덕거렸다. 곧 도시락을 펼쳤지만, 마음은 꽤 복잡했다.

아사쿠라 선생님은 무로자키 사건 뒤로 한 번도 만나지 못했다. 말 한 번 할 기회도 없었다. 그래도 지로는 늘 아사쿠라 선생님을 마음속으로 기억하고 있었다. 가끔 복도에서 마주치면 지로는 수줍은 처녀처럼 얼굴을 붉히면서 고개를 숙였다. 그러면 선생님은 아무렇지도 않게 고개만 살짝 끄덕였지만, 잔잔한 웃음을 머금은 맑은 눈은 특별한 뜻을 담고 자신을 보고 있는 듯이 느껴졌다. 지로는 자기가 이 학교를 다니는 한 가슴 깊은 곳에는 언제나 그 눈동자가 남아 있을 것이라고 생각했다. 아사쿠라 선생님이 있기 때문에 낡은 건물도 아침마다 새로워 보이고, 교실을 들락거리는 평범한 선생님들도 그럭저럭 참고 견딜 수 있었다.

그러나 이날은 달랐다. 아무리 기억을 뒤져봐도 아사쿠라 선생님의 맑은 눈동자는 온데간데없었다. 무로자키와 싸운 무기고 가까이를 오랫동안 혼자 서성거리면서 왜 아사쿠라 선생님이 생각나지 않았는지, 자신도 알 수 없었다. 지로는 아사쿠라 선생님에게 용서받지 못할 죄라도 지은 것 같아 무척 꺼림칙했다. 한편으로는 이제 곧 아사쿠라 선생님을 만나 억울했던 일을 모두 털어놓을 수 있다는 생각에 마음이 한결 편안해졌다. 지로는 존경받아 마땅한 아사쿠라 선생님 앞에서 도미테루를 설복시키고 있는 자기 모습을 상상하고는 자기도 모르게 힘이 솟았다.

'선생님은 분명 나한테 할 말이 있다고 하셨어. 그건 틀림없이 나를 믿고 있다는 뜻이야.'

지로는 그렇게 생각했다.

하지만 한편으로는 두렵기도 했다. 무로자키와 싸우던 날 선생님이 한 말이 생각났다. 그때 아사쿠라 선생님은 "자기보다 강한 사람을 이기면 착해지는 경우도 있지만, 대부분은 전보다 나빠진다."고 말했다. 지로는 아사쿠라 선생님 앞에서 너무 우쭐대며 말하면 안 되겠다고 스스로를 다잡았다.

점심을 대충 먹고 지로는 설레기도 하고 두렵기도 한 마음으로 복도를 걸었다. 교무실 문을 열자 난로에서 숯불 냄새가 훅 끼쳤다. 지로는 텁텁한 공기 속을 뚫고 오다 선생님에게 다가갔다. 오다 선생님은 지로를 보자 기다렸다는 듯이 자리에서 일어나 지로를 교무실 옆방으로 데려갔다. 그 방은 생활지도실 바로 옆에 있었다. 학생들이 심각한 문제를 일으켰을 때 조사하거나 훈계하는 방이었다. 지로는 그 방에 대한 소문을 익히 들었기에 어쩐지 긴장되는 것을 감출 수 없었다.

두 사람은 군데군데 좀이 먹은 푸른색 양탄자가 깔려 있는 탁자를 가운데 두고 앉았다. 오다 선생님이 말을 꺼냈다.

"도미테루 선생님이 화가 많이 나셨어. 도대체 어떻게 된 일이니?"

"저도 잘 모르겠어요."

지로는 될 대로 되라는 식으로 짧게 대답했다.

"다른 애들한테 물어보면 아실 거예요."

"벌써 물어봤어. 도미테루 선생님이 말씀한 것과는 좀 다르더구나."

"어떻게 다른데요?"

이번에는 지로가 선생님을 힐문하듯 물어보았다.

"도미테루 선생님은 네가 자주 선생님의 말꼬리를 잡고 재미있어하는 버릇이 있다고 말씀하셨다."

"말꼬리를 잡는다는 게 무슨 뜻인데요?"

"선생님이 잘못 말씀하신 거나 실수하신 것을 기회로 선생님을 조롱한다는 뜻이야."

국어 선생님답게 오다 선생님은 사전을 읽듯 풀어서 설명했다.

"그럼 선생님이 잘못하셔도 학생은 가만히 있어야 되나요?"

지로는 어느새 반항하는 태도가 되었다. 오다 선생님은 도미테루 선생님이 잘못했다는 것을 뻔히 알면서도 같은 선생이라는 이유로 자신에게 죄를 뒤집어씌우려 한다고 생각했기 때문이다.

"후훗……."

오다 선생님은 말문이 막힌 것을 감추려는지 이상한 웃음소리를 냈다. 지로는 그 웃음소리에 자극받아 덤비듯이 말했다.

"선생님, 분명히 말씀해주세요. 전 선생님들이 실수하신 것을 장난삼아 조롱한 적은 한 번도 없었어요. 선생님이 실수로 잘못 가르치시면 손해 보는 건 우리잖아요. 그래서 말씀드린 것뿐이라고요. 그래도 제가 잘못한 건가요?"

"그걸 나쁘다고 하는 게 아니야. 하지만 도미테루 선생님 말로는 네가 수업을 방해하려고 일부러 그랬다는 거야."

"전 수업 방해한 적 없어요. 호쿄 선생님이 딱해서 그랬을 뿐이에요."

"하지만 도미테루 선생님은……."

오다 선생님은 특별히 '도미테루'라는 말에 힘을 주었다.

"네가 수업을 방해할 목적으로 그랬다고 믿고 계셔. 선생님 말로는 네가 늘 그런 식이었다고 하던데."

지로는 입을 다물었다. 그리고 오다 선생님의 얼굴을 똑바로 보며 선생님이 무슨 말을 시켜도 대답하지 않았다. 선생님은 "도미테루 선생님은 네가 수업을 방해하려고 그랬다고 우기시고, 넌 그런 적이 없다고 하니 내가 누구 말을 믿어야 할지 헷갈리는구나." "네 진심이 그렇다면 도미테루 선생님에게 공손히 사과하면 선생님도 이해해주실 거야." 하며 어떻게든 지로를 설득해보려 했지만, 지로는 입을 굳게 다물고 열지 않았다.

오다 선생님은 이런 일에 경험이 전혀 없어 어찌할 줄을 몰랐다. 그동안 한 번도 지로를 특별하게 생각한 적도 없는 데다 담임으로서 어떻게든 이번 문제를 해결할 책임이 있다는 부담감 때문에 괴로웠다. 처음에는 이제 1학년인 지로를 잘 타일러서 도미테루 선생님에게 사과하게 한 뒤 생활지도 주임인 아사쿠라 선생님에게 넘길 작정이었다. 그런데 뜻밖에도 상황이 복잡해지면서 사건을 해결하기는커녕 자신의 처지까지 난처해졌다. 속물에 가까운 양심으로 임시변통만이 건전한 참교육이라고 믿어온 선생들이 흔히 겪는 비애 같은 것이었다.

"혼다!"

오다 선생님의 목소리는 어느새 비통하게 바뀌어 있었다.

"선생님이 이만큼 알아듣게 얘기했는데, 왜 대답을 안 하는 거냐?"

그러나 지로는 이 정도 비통함에 마음을 움직이는 단순한 학생이 아니었다. 지로는 여전히 선생님을 뚫어져라 보며 입을 다물었다.

"그럼 난 이제 모르겠다. 널 생활지도실로 넘길 건데 그래도 괜찮겠니?"

오다 선생님은 마지막 결론을 내렸다. 지로는 그제야 겨우 입을 열었는데, 그 대답은 선생님이 예측한 것과 달리 간단명료했다.

"괜찮아요."

자포자기해서 한 말도 아니었고, 그렇다고 아사쿠라 선생님을 한시라도 빨리 만나고 싶다는 생각에서 한 말도 아니었다. 생활지도실이 어떤 곳이며, 또 그곳에 어떤 선생님들이 있는지 지로는 거의 몰랐다. 다만 오다 선생님이 아무런 뜻도 없이 충고하는 것을 언제까지나 듣고 있어야 한다는 게 견딜 수 없이 답답했다. 오다 선생님은 어떻게 해서든 자기가 마무리를 지어 보려고 슬쩍 말을 던져보았다가, 지로가 기다렸다는 듯이 그래도 괜찮다고 대답해버리자 이쯤에서 발을 빼야겠다는 생각이 들어 다짐을 받듯 다시 물었다.

"생활지도 선생님에게 넘어갔으니, 담임으로서는 앞으로 네가 어떤 일을 겪든 상관하지 않겠다. 그래도 좋다는 거야?"

"예."

지로는 끝까지 간단명료하게 대답했다.

이렇게 되자 오다 선생님도 더 할 말이 없었다.

"여기서 기다리고 있어."

선생님은 퉁명스레 말하고는 교무실로 사라졌다.

혼자 남은 지로는 이상하게 마음이 무거워지는 것을 느꼈다.

지로는 답답한 마음에 방 안을 한 번 둘러보았는데, 앞에 액자가 하나 걸려 있을 뿐 장식 같은 것은 전혀 없었다. 액자에는 '사무사(思無邪)'라는 글귀가 쓰여 있었다. 그러나 지로는 이 글이 무슨 뜻인지 몰랐다. '무자키(無邪氣, 순진하다는 뜻)'라는 말과 어떤 관계가 있지 않을까 하고 생각했을 뿐, 그 이상 생각하지 않았다.

옆 교실에서는 가끔 웃음소리가 들렸다. 지로는 그 소리에 괜히 화가 났다. 그러나 여러 번 듣다 보니 어디서 많이 들어본 목소리였다.

'맞아, 아사쿠라 선생님이야.'

지로는 목소리의 주인공이 아사쿠라 선생님이라는 것을 확신했다. 그리고 아사쿠라 선생님이 생활지도 주임 가운데 한 사람이며, 자기에게 할 말이 있다고 한 것도 그 때문이었을 거라고 생각했다.

지로는 오다 선생님이 말한 생활지도 주임이 아사쿠라 선생님이라는 것을 깨닫고, 옆 교실의 문이 열리는 소리가 들리기만 애타게 기다렸다. 하지만 웬만해서는 문 여는 소리가 들리지 않았다. 점심시간이 끝나는 종소리가 울렸을 때야 겨우 문이 열렸다.

조금 뒤 오다 선생님과 아사쿠라 선생님이 방으로 들어왔다. 지로는 조금 비틀거리며 일어서서 아사쿠라 선생님에게 인사를 했다. 그러자 아사쿠라 선생님은 싱글벙글 웃으며 의자를 끌어와 지로 앞에 앉았다.

"혼다는 여러 가지 별난 사건을 일으키는군."

"너도 앉아."

아사쿠라 선생님이 지로를 쳐다보며 말했다.

"이번엔 무로자키 때와는 달리 네가 책상째 복도로 끌려나갔다지? 너도 꽤 당황했겠구나."

아사쿠라 선생님은 그렇게 말하며 큰 소리로 웃었다. 조사하거나 훈계하기 위해 찾아온 것으로는 보이지 않았다. 아사쿠라 선생님은 잠깐 창밖을 바라보다 갑자기 진지한 얼굴로 말했다.

"오다 선생님은 담임으로서 너를 무척 걱정하고 계신단다."

지로는 흘끗 오다 선생님을 보았지만, 곧 차갑게 눈을 내리떴다.

"사실은 말이다……."

아사쿠라 선생님은 잠깐 뜸을 들이더니 말했다.

"오다 선생님은 네가 나쁜 뜻이 있어서 그랬다고는 생각하지 않으셔. 물론 나도 그렇게 생각하고. 교장선생님께는 아직 말씀드리지 않았지만, 말씀드려도 아마 나랑 비슷하게 생각하실 거야. 그러니까 학교에서는 너한테 아무 잘못도 없다고 생각한다는 뜻이지. 그건 내가 장담한다."

지로는 마음이 두근거렸다. 하지만 방금 전까지만 해도 자기를 의심하던 오다 선생님이 아사쿠라 선생님의 말을 잠자코 듣고만 있는 것이 이상하기 짝이 없었다.

"그렇지만 말이다……."

아사쿠라 선생님이 지로의 얼굴을 찬찬히 살피면서 입을 열었다.

"사람이 살다 보면 누구나 한 번쯤 오해라는 것을 한단다. 오해라는 건 말이야, 때와 장소에 따라서는 진실보다 더 감쪽같을 수도 있어. 너도 생각해보면 지금까지 남들을 오해한 적이 여러 번 있었을 거야."

지로는 머릿속에서 어릴 때 겪은 일들이 한꺼번에 주마등처럼 지나갔다.

"그렇지?"

아사쿠라 선생님이 확인하듯 부드럽게 말했다.

"예, 있습니다."

지로는 그렇게 대답하고 고개를 떨어뜨렸다.

"오해받은 사람 처지에선 무척 억울하겠지. 그러니까 만일 자기 둘레에 그런 사람이 있다면 그를 위해 변명하는 건 옳은 일이야. 아니, 당연한 일이지."

지로는 고개를 숙인 채 아사쿠라 선생님의 말을 듣고 있다가 문득 오다 선생님이 어떤 얼굴을 하고 있는지 궁금했지만, 눈길은 좀처럼 푸른색 양탄자를 벗어나지 못했다.

"하지만 진짜 불쌍한 사람은 오해받은 사람이 아니란다. 어떤 면에서는 오해한 사람이 더 불쌍할 때가 있어. 그게 바로 오늘 같은 일이야. 넌 아직 이해가 안 되겠지만, 때로는 오해받은 사람이 오해한 사람을 이해해줘야 할 때가 있단다. 넌 아직까지 그런 일을 한 번도 겪어보지 못했지?"

지로는 뭐라 대답할 말이 없었다. 아사쿠라 선생님은 턱을 쓰다듬으며 잠깐 동안 아무 말도 하지 않다가 조금 뒤에 입을 열었다.

"네가 다른 사람을 오해했을 때랑 오늘 일을 한번 비교해봐. 내가 무슨 말을 하는지 이해가 될 거야."

그 바람에 지로는 다시 한 번 지난 시절을 떠올렸다. 많은 사람들의 얼굴이 눈앞에서 어른거렸다. 그중에는 관세음보살을 닮은 돌아가신 어머니도 있었다. 지로는 이미 도미테루 선생님에게 섭섭했던 감정 따위는 완전히 잊고 있었다.

"이해할 수 있지?"

선생님은 그렇게 말하며 지로 쪽으로 몸을 조금 숙였다.

"예, 알겠습니다."

지로는 양탄자에 얼굴이 달라붙을 듯 고개를 숙인 채 들지 못하고 겨우 대답했다.

"흐음……."

아사쿠라 선생님은 또 턱을 쓰다듬었다. 한동안 무언가 생각하더니 곧이어 말했다.

"이번 일도 도미테루 선생님이 너를 오해한 거야. 나나 오다 선생님은 네가 일부러 그런 것이 아니라는 것을 전하겠다. 하지만 이번 일을 원만하게 해결하려면 이런 네 마음을 도미테루 선생님에게 털어놓고 사과하는 게 좋을 것 같은데, 할 수 있겠니?"

지로는 아사쿠라 선생님이 그렇게 말하리라고는 예상치 못했다. 도미테루 선생님이 자기를 부르면 모를까, 자기 쪽에서 먼저 도미테루 선생님에게 찾아가 변명하고 싶은 생각은 눈곱만큼도 없었다. 그것은 한마디로 굴욕이었다. 지로는 고개를 숙인 채 아무 말도 하지 않았다.

"싫은가?"

아사쿠라 선생님은 조용히 한숨을 내쉬며 말했다.

"네가 싫다면 할 수 없어. 싫은 걸 억지로 강요하면 서로 더 큰 오해만 남을 테니까. 어때요, 오다 선생님? 혼다가 마음을 정리할 때까지 기다려보는 게 좋을 것 같은데."

"그렇긴 하지만……. 괜찮을까요?"

오다 선생님은 할 말이 있는 눈치였지만, 말을 얼버무렸다.

"할 수 없어요. 이럴 때 함부로 나서면 결과만 나빠져요. 당분간 이대로 지켜보는 게 좋겠어요."

"예……."

이번에도 오다 선생님은 시원하게 대답하지 않았다. 지로는 오다 선생님이 같은 선생으로서 도미테루 선생님에게 미안하기 때문에 그렇게 행동한다는 것을 대충 짐작할 수 있었다.

"그럼 이쯤에서 마무리 짓지요. 혼다는 돌아가도 될 것 같은데요."

아사쿠라 선생님은 그렇게 말하며 먼저 일어났다.

"예, 그러죠."

오다 선생님은 체념한 얼굴로 지로를 보며 말했다.

"혼다, 문제가 있으면 다시 부를 테니까 그만 교실로 가봐."

지로는 아사쿠라 선생님을 실망시킨 것 같아 괜히 미안하기도 하고 무언가 채워지지 않는 것도 같았지만 일어섰다. 이런 지로의 마음을 아는지 모르는지 아사쿠라 선생님은 여느 때처럼 맑은 눈동자로 지로를 말없이 지켜보다 다시 자리에 앉았다.

"만일을 위해 미리 말해두겠는데⋯⋯."

선생님은 지로에게도 다시 앉으라고 손짓했다.

"너는 지금도 도미테루 선생님에게 오해를 풀어드릴 필요는 없다고 생각할지 모르겠구나. 하지만 그렇게 생각한다면 그건 분명히 네 잘못이다. 상대방의 실수라고 해도 오해는 풀 수 있을 때 빨리 푸는 게 좋아. 사람과 사람 사이에 오해가 있어서 좋을 건 하나도 없으니까. 하지만 이것만은 분명히 해두고 싶구나. 머릿속으로는 받아들여도 마음이 따라오지 않는다면 방금 말한 것처럼 억지로 노력할 필요는 없다. 오히려 나쁜 결과만 생기는 법이거든. 오다 선생님과 함께 네 마음이 정해질 때까지 마음으로 기도하며 기다리마. 그렇다고 해서 마음쓰고 조바심낼 필요는 없어. 암탉이 달걀을 품을 때처럼 천천히 침착하게 생각하는 거야. 알겠지?"

지로는 무로자키 사건 때 만난 아사쿠라 선생님을 그제야 되찾은 것 같았다. 마음 같아서는 지금 당장이라도 도미테루 선생님에게 달려가겠다고 말하고 싶었다. 아사쿠라 선생님은 이어서 말했다.

"또 한 가지 말해둘 게 있다. 이럴 땐 어떻게 해야 오해가 풀리는가 하는 얘기야. 만약 너 스스로 도미테루 선생님에게 찾아가 오해를 풀고 싶다는 생각이 든다면, 넌 어떻게 해야 할 것 같니?"

"⋯⋯?"

지로는 아사쿠라 선생님이 무슨 뜻으로 그런 질문을 하는지 몰라 당황했다.

　"오해에도 여러 종류가 있어."

　아사쿠라 선생님은 목소리를 조금 낮추었다.

　"상대방이 오해를 하고 있으면 그 사람을 설득해서 풀 수도 있고, 증거나 증인을 내세워서 풀 수도 있단다. 하지만 그런 것들로는 도무지 어떻게 해볼 도리가 없을 때도 있어. 상대방을 설득한다거나 증거를 내밀면 도리어 상황이 나빠질 때도 있단 말이지."

　지로는 홀린 얼굴로 선생님을 멍하니 보았다.

　"선생님이 대낮부터 이상한 소릴 한다고 생각할지도 모르겠지만, 세상은 너희들이 생각하는 것처럼 그렇게 단순한 곳이 아냐. 가끔은 한마디 변명도 하지 않고 내가 잘못했습니다, 하고 말하면 그것으로 사태가 해결되는 경우도 있단다. 상식대로라면 오해한 쪽이 오해받은 쪽에게 사과하는 게 당연하지만, 오해받은 사람이 오해한 사람에게 사과해서라도 오해를 풀 수만 있다면 그리 나쁜 일도 아니지. 이렇게 말하면 너는 정당한 행동이 어둠 속에 묻혀버려도 상관없느냐고 말할지 모르겠다. 하지만 네 행동이 떳떳하고 정당했다면 하늘이 이해하고 땅이 기억할 거다. 그냥 어둠 속에서 사라져버리는 경우는 절대 없어. 그리고 너를 오해했던 사람일지라도 그렇단다……."

　아사쿠라 선생님은 갑자기 말을 멈추었다.

　그때 지로의 머릿속에 번쩍 떠오른 사람은 도미테루 선생님이 아니라 할머니였다. 지로는 이제 모든 것을 이해할 수 있을 것 같았다. 하지만 지로는 여전히 고개를 숙인 채 선생님의 다음 말을 기다렸다.

"네가 이런 말을 하는 것이 강요로 들릴지는 모르지만, 나는 결코 너한테 도미테루 선생님에게 사과하라는 말을 하는 것이 아니란다. 사람은 어떤 경우라도 마음을 속여선 안 되니까. 끝까지 사과할 필요가 없다고 생각하면 사과하지 않는 편이 더 좋을 수도 있어. 다만, 너 혼자 깊이 고민해봐야 한다는 거야. 내가 하고 싶은 말은 네가 깊이 고민한 다음 사과를 해야겠다고 생각하면, 오해를 풀기 위해서라도 그렇게 하는 게 괜찮겠다는 거야. 어떻게 보면 그 방법이 가장 좋을 수도 있단다. 모두 마음이 편안해지려면 네가 어떻게 행동해야 하는지, 그 점에 대해 고민해보라는 얘기야. 교장선생님께서 늘 말씀하시는 대자비는 바로 이런 경우에 해당하지. 서로 자기가 옳다고 고집을 부리는 대신 대자비의 마음을 겨루는 거야. 그러고 보니 공자의 가르침에도 이와 비슷한 구절이 있구나. '인(仁)에 이르러서는 스승에게도 양보하지 않는다'는 구절이지. 무슨 뜻인지 이해할 수 있겠니?"

지로는 물론 이해하지 못했다. 아사쿠라 선생님은 오다 선생님을 보며 살짝 웃고는 지로에게 말했다.

"국어 선생님을 앞에 두고 이런 말을 하면 선생님이 비웃을지도 모르지만, 인이라는 건 쉽게 말해 자비로움이란다. 무슨 일이든 선생님에게 양보하는 것이 제자의 도리지만, 인을 실천할 때는 그럴 필요가 없다는 뜻이야. 도미테루 선생님께도 그렇고 그 누구하고라도 경쟁하라는 뜻이야. 어때, 무슨 말인지 알겠지?"

아사쿠라 선생님은 그렇게 말하며 의자에서 벌떡 일어났다.

"내가 할 말은 다 한 것 같구나. 돌아가서 천천히 생각해 봐."

아사쿠라 선생님은 곧바로 생활지도 주임실 쪽으로 걸어갔다. 지로는 서둘러 선생님의 뒷모습에 대고 인사했다. 그러고는 오다 선생님이 자기를 보고 있다는 것을 깨닫고 일부러 딴청을 부리며 물었다.

"이제 가도 될까요?"

"아사쿠라 선생님이 가도 된다고 했으니까 가도 될 거야."

오다 선생님은 잔뜩 풀이 죽은 목소리로 말했다. 지로는 오다 선생님에게 꾸벅 인사를 하고 밖으로 나갔다. 복도를 걸어가는데 마음이 우쭐하기도 하고 무거운 짐을 짊어진 것처럼 부담스럽기도 했다.

지로가 교실에 들어오기 무섭게 반 친구들이 지로를 에워싸고 한마디씩 물었다. 그러나 진심이 담긴 말과 그렇지 않은 목소리를 분별하는 데 민감한 지로는 "별일 없었어." 하고 짧게 대답하고는 자리에 앉았다. 그래도 신가에게는 조금 전에 겪은 일들을 모두 털어놓아야 할 것 같아서 아무래도 결론을 못 내리겠다는 얼굴로 "어떻게 해야 좋을지 잘 모르겠어." 하고 말했다.

오후 수업은 건성으로 시간만 보냈다. 차라리 오늘 중에 눈 딱 감고 도미테루 선생님에게 가서 사과할까 하는 생각도 했지만, 그에 앞서 오다 선생님에 대한 감정부터 반드시 정리해두어야 했다. 게다가 아사쿠라 선생님이 "마음이 따라오지 않는다면 억지로 노력할 필요는 없다."고 말한 게 충고로 와 닿기보다 오히려 위안이 되어 마음 편히 생각할 수 있었다.

지로는 수업이 끝날 때까지 아무런 결심도 하지 못한 채 집에 돌아갈 준비를 서둘렀다. 그때 신가가 지로의 어깨를 흔들며 말했다.

"나, 오늘 너희 집에 가도 될까?"

지로는 기뻐하며 신가와 함께 교문을 나섰다.

미궁

지로는 걸으면서 두 선생님과 나눈 이야기를 자세하게 신가에게 전했다. 이야기하고 있는 동안 자연스럽게 오다 선생님이 어정쩡하게 행동한 데 대해 몇 번인가 입 밖으로 불만이 튀어나왔다. 그러나 지금은 그런 불만을 늘어놓는 것이 목적은 아니었다. 지로는 이제 어느 선생님에게도 아사쿠라 선생님의 뜻을 어기면서까지 반항할 마음은 조금도 없었다.

도미테루 선생님에 대한 일도 앞으로 어떻게 해결해야 좋을지 결심이 섰다. 생각할수록 아사쿠라 선생님의 의견이 모두 옳았다. 단지 문제는 마음속 깊은 곳에서 자신이 아직도 억울함을 호소하고 있다는 점이었다. 지로 또래에 어떤 결정을 내릴 때 가장 큰 문제로 작용하는 것이겠지만, 그런 갸륵한 결심을 친구들이 비웃으면 어쩌나 걱정이 되는 것도 사실이었다. 그래서 지로는 겉으로는 어떻게 해야 좋을지 모르겠다는 태도로 신가에게 아사쿠라 선생님이 해준 말과 그 이야기에서 감명받은 것을 인상 깊게 설명해주며, 신가가 격려해주기를 바라고 있었다.

하지만 신가는 지로의 그런 복잡한 심정은 아랑곳하지도 않았다. 신가의 머릿속에는 수학시간에 일어난 일로 지로를 동정하는 마음과 도미테루 선생님에 대한 불만이 잔뜩 쌓여 있었다. 게다가 신가는 여태껏 한 번도 아사쿠라 선생님을 만나본 적이 없었기 때문에 지로에게 전해들은 선생님의 말에 그다지 감명을 받지 못한 듯했다. 신가는 별일도 아닌데 복잡하게 설명하려 드는 아사쿠라 선생님이 오히려 못마땅하기만 했다. 그래서 신가는 지로가 불만을 솔직하게 털어놓자 두말없이 맞장구를 쳤지만, 아사쿠라 선생님이 해준 이야기에 공감하기는커녕 오다 선생님과 한패가 되어 적당히 지로를 속이려는 것인지도 모른다며 분개했다. 지로가 그런 뜻이 아니라고 다시 설명할 때마다, "내버려둬. 누가 뭐라고 하든 상관하지 마." 하고 지로의 바람과는 완전히 반대되는 방향으로 지로를 격려하기 바빴다.

결국 지로는 신가에게 동의를 얻지 못했다. 도미테루 선생님에게 사과하고 싶다는 본심을 털어놓지도 못했다. 집에 와서 신가와 단둘이 책상 앞에 앉아 있을 때도 지로는 복잡한 심정으로 신가를 볼 수밖에 없었다. 지로는 신가가 아사쿠라 선생님을 도미테루, 오다 선생님과 함께 싸잡아 비난하자 신가를 괜히 데려왔다고 후회했다.

신가는 자기 때문에 지로의 얼굴이 점점 굳어진다는 것은 모르고 더욱 격한 말로 선생님들을 비난하며 지로를 격려했다. 그리고 나중에는 "그까짓 처벌, 아무것도 아냐." "기운 내! 너만 기운 내면 모두 널 응원할 거야." 하고 말하면서 사태가 어떻게 나아가는지 지켜보다가 지로에게 불리한 일이 터지면 자기가 반 친구들을 이끌고 한바탕 소동을 일으키겠다고까지 했다.

그렇게 한 시간 정도 이야기하고 있을 때 교이치가 돌아왔다. 오자와를 데려온 모양으로 층계에서 둘이 이야기하는 소리가 들렸다. 지로는 오자와의 목소리를 듣고 구원받은 사람처럼 얼굴이 밝아졌다.

"야, 손님이 계셨네!"

오자와는 방 안에 들어서자마자 넉살 좋게 우스갯소리를 하며 아무 데나 털썩 주저앉았다. 오자와는 처음 보는 신가를 유심히 살피며 물었다.

"지로랑 같은 반이니? 이름이 뭐지?"

신가는 오자와를 이미 알고 있었다. '영감님'이라는 별명으로 워낙 유명했기 때문에 오래전부터 얼굴을 알고 있었다. 하지만 말을 해보기는 이번이 처음이었다. 신가는 자기 이름을 밝히고, 아닌 게 아니라 '영감님'처럼 늙어 보이는 오자와를 자세히 살피다가 갑자기 지로에게 말했다.

"지금 우리가 했던 얘기, 오자와 선배에게 털어놓자!"

지로는 신가가 굳이 그렇게 말하지 않아도 오자와에게 모두 말할 작정이었다. 이렇게 해서 이날 사건이 네 사람의 입에 올랐다.

지로와 도미테루 선생님이 교실에서 난투를 벌인 대목은 거의 신가가 혼자 이야기했다. 하지만 오다 선생님에게 불려간 뒤에 일어난 일은 지로가 이야기했다. 신가는 화를 내며 거침없이 말했지만 지로는 무척 조심스러웠다. 그리고 이번에는 오다 선생님에 대한 불만은 되도록 말하지 않으려고 애썼다. 신가는 그런 지로의 모습이 성에 차지 않았는지 지로의 말을 끊고 오다 선생님이 어정쩡하게 행동한 것을 비난했다.

교이치는 처음부터 아주 걱정스러운 얼굴로 이야기를 듣고 있었다. 하지만 오자와는 도미테루 선생님이 지로를 책상째 들어 복도에 내팽개쳤다는 대목에 이르자 손뼉을 치며 즐거워했다.

"책상에 달라붙어 떨어지지 않은 건 정말 잘한 일이야. 역시 지로답군. 복도로 끌려나가긴 했지만, 지로가 이긴 거나 마찬가지라고."

오자와는 그렇게 말하며 지로를 보았다. 지로가 조금 쑥스러운 듯 고개를 숙이며 말했다.

"어떻게 해야 좋을지 몰라 신가랑 얘기하고 있었어요."

"음…… 그랬구나. 인을 실천하는 것이라면 스승에게도 물러서지 않는다, 아사쿠라 선생님이 분명히 그렇게 말씀하셨다고?"

오자와는 고개를 저은 뒤 교이치를 돌아보며 말했다.

"이봐, 혼다. 형으로서 네가 지로에게 한마디 해봐."

그러나 교이치는 걱정스런 눈초리로 지로를 볼 뿐, 입은 굳게 다물고 있었다. 그때 신가가 덤벼들듯이 오자와에게 물었다.

"선배는 아사쿠라 선생님이 한 말이 옳다고 생각해요?"

오자와는 말없이 웃기만 했다. 오자와는 잠깐 동안 지로와 신가를 번갈아 보다가 신가에게 되물었다.

"넌 옳지 않다고 생각하냐?"

"당연하죠."

"왜?"

"지로는 잘못이 없다고요. 잘못이 없는 사람에게 사과를 하라니 엉터리 아닌가요?"

"하지만 사과하라고 강요하진 않았잖아. 안 그래, 지로?"

"예, 그냥 생각해보라는 말씀만 하셨어요."

"그럼 사과하지 않아도 된다는 뜻이군?"

신가가 빈정거리는 투로 말했다.

"글쎄다, 지로 본인이 스스로 결정하라는 말이 아니었을까?"

"난 아사쿠라 선생도 다른 선생들과 똑같다고 생각해요. 엉뚱한 말로 지로를 속인 거라고요."

"속인 건지 아닌지는 아사쿠라 선생님만 알고 있겠지. 그런데 지로는 자기가 속았다는 생각은 전혀 안 하는 것처럼 보여. 내 말 맞지, 지로?"

"예……."

지로는 신가에게 조금 미안한 마음을 느끼며 대답했다. 그러자 신가는 벌겋게 얼굴이 달아올라 지로를 쏘아보며 외쳤다.

"넌 비겁한 놈이야. 생활지도 주임이 그렇게 무섭냐? 난 옳은 일을 끝까지 밀고 나가지 못하는 놈을 가장 싫어한단 말이야!"

신가는 거칠게 지로를 몰아세우고 돌아가려 했다. 오자와는 당황한 듯 신가를 가로막았다.

"이봐, 그렇게 간단히 친구를 버리는 놈이야말로 비겁한 놈이라고. 앉아봐."

오자와는 신가의 어깨를 눌러 다시 자리에 앉혔다.

"야, 이 녀석, 성질 한번 되게 급하구나. 급한 성질이 나쁜 것만은 아니지. 나도 요샌 지로가 통 마음에 안 들었어. 혼자 어른스러운 척하는 것하며……. 네가 지로를 화나게 만든다면 좋지."

지로는 갑자기 흥분한 신가 때문에 마음이 무척 혼란스러웠는데, 오자와까지 그런 말을 늘어놓자 머릿속이 어지러워졌다. 그러나 그것도 잠깐이었다. 지로는 어릴 때부터 상대방이 자기를 동정한다고 생각하면 그 사람에게 완전히 마음을 열고 매달리기 일쑤였지만, 상대방이 조금이라도 자기를 비난한다고 여기면 그 사람이 자기에게 아무리 친절을 베풀어도 조금도 개의치 않았다. 이런 고집은 사랑에 대한 갈증 때문에 자연스레 생긴 것으로, 아직도 지로의 내면을 지배했다. 지로는 지금까지 주저하던 태도와 달리 신가와 오자와에게 거리낌 없이 말했다.

"내 맘대로 할 테니까 이제 상관하지 말아요."

지로가 이런 태도를 보이자 가장 충격을 받은 사람은 당연히 교이치였다. 교이치는 지금껏 한마디도 하지 않다가 신경질 섞인 목소리로 지로를 나무랐다.

"지로, 무슨 말을 그렇게 해? 오자와나 신가는 네가 걱정돼서 그러는 거야."

"그럼 형도 오자와 형이나 신가가 한 말에 찬성해?"

홍분한 지로가 교이치에게 덤벼들었다. 교이치는 신가를 슬쩍 보며 조금 주저하는 기색으로 말했다.

"난 네가 어떻게 행동하는 것이 옳다고 생각한 적은 없어. 단지 널 생각하는 사람들을 함부로 대해선 안 된다고 말하는 것뿐이야."

"그렇지만……."

지로가 교이치의 말을 반박하려 하자 오자와가 큰 소리로 웃었다.

"오늘은 형제끼리 싸우는 건 그 정도로 해 두라고. 지로 문제도 이쯤에서 끝내는 게 어때?"

모두 조금 맥빠진 얼굴로 오자와를 보았다. 오자와는 싱글싱글 웃으며 말했다.

"지로가 하겠다는 대로 내버려두자고. 그리고 지금 화를 낸건 무례한 짓이 아냐. 지로는 정당하게 자기 권리를 행사한 거라고. 난 지로의 마음을 이해할 수 있어. 아사쿠라 선생님도 아마 그렇게 생각하셨을 거야. 그래서 지로에게 선택권을 주신 거야. 우리도 지로가 앞으로 어떻게 결정할지 곁에서 지켜보자고."

지로는 오자와가 자기를 비웃는다고 생각했다. 지로는 '빌어먹을!' 하는 눈빛으로 오자와를 노려보았다. 그래도 오자와는 여전히 웃으며 말했다.

"하지만 지로, 아사쿠라 선생님이 마음에 내키지 않는 짓을 해선 안 된다고 말씀하신 걸 잊지 말라고. 선생님은 널 성인군자로 만들 생각은 아니셨을 거야. 그 증거로 천천히 생각해서 네 스스로 선택하라고 말씀하셨어. 물론 선생님이 처음에 말씀하신 대로 네가 그렇게 행동했다면 좋았겠지만 말이야. 어때, 지로? 너 야마부시 앞에서 네가 잘못했다고 한 번도 생각하지 않은 일을 마음으로 사과할 자신 있어? 만약 사과할 자신이 있다면 야마부시가 앞으로 어떤 말을 해도 화를 내면 안 돼. 그걸 네가 과연 견뎌낼 수 있을까?"

지로는 선뜻 대답할 자신이 없었다. 교이치가 불안한 얼굴로 오자와에게 말했다.

"그렇지만 지로가 스스로 사과해야겠다고 생각했다면 사과하도록 내버려두는 게 좋지 않겠어?"

"나도 그런 걸 말릴 생각은 없어. 지로가 그럴 자신이 있다면 당연히 사과하는 편이 좋지. 그렇게 행동한 결과가 어떻게 될지 옆에서 구경하는 것도 재미있을 테니까."

지로는 막다른 골목으로 쫓기는 느낌이 들며 초조해졌다. 교이치도 오자와의 말을 듣고는 지로와는 의미가 다른 불안을 느꼈다. 신가는 무뚝뚝한 얼굴로 조용히 앉아 있다가 오자와가 말을 마치자 일어서려 했다.

"전 이만 가보겠습니다."

"잠깐만! 넌 그 성질 좀 고쳐야겠어."

오자와가 신가를 말리며 지로와 교이치를 보았다.

"난 오늘 밤 아사쿠라 선생님을 찾아뵐까 하는데, 너희들도 가고 싶으면 가자고."

오자와가 느닷없이 이렇게 제안하자 지로와 교이치, 신가가 놀란 얼굴을 했다. 그리고 그 제안으로 답답하던 방 분위기가 한순간 활기로 넘쳤다.

"응, 그거 좋은 생각이군. 그렇게 하자. 지로, 너도 가자. 신가도 갈래?"

교이치가 들뜬 목소리로 떠들었다.

신가는 아사쿠라 선생님을 한 번도 만난 적이 없어서인지 조금 주저하는 기색이었지만, 호기심과는 또 다른 어떤 기대감에 이끌려 곧바로 찬성해버렸다. 누구보다 기뻐한 사람은 지로였다. 지로는 그제야 미궁을 빠져나온 듯 마음을 놓았다.

모두 아사쿠라 선생님을 찾아가기로 의견을 모으자 오자와는 신가의 어깨를 두드리며 말했다.

"자, 그럼 이것으로 그만 실례하자고."

신가는 머리를 긁적이며 오자와를 따라 계단을 내려갔다.

마음의 문제

아사쿠라 선생님은 집세가 십 몇 엔인가 하는 옛 무사가 살던 오래된 주택에서 살고 있었다. 기둥과 천장이 거무스름하게 변한 다다미 열두 장짜리 방이 서재 겸 거실이었다.

지로 일행이 선생님 댁에 갔을 때 아사쿠라 선생님은 목욕을 하고 있었다. 네 사람은 십 분쯤 방 안에서 선생님을 기다렸다. 그동안 오자와와 교이치는 멋대로 방석을 내놓거나 책장에서 책을 꺼내 보았고, 선생님 댁을 처음 방문한 지로와 신가는 무척 거북한 자세로 가만히 앉아 있었다.

"이거 너무 오래 기다리게 했군. 미안하네."

아사쿠라 선생님은 막 목욕을 끝내고 나와 붉게 달아오른 얼굴로 미닫이문을 열고 들어왔다. 그러고는 지로와 신가가 한쪽에 웅크리고 앉아 있는 것을 보고 말했다.

"아니, 오늘은 귀한 손님들이 찾아왔군. 난 또 그 패거리일 거라고 생각했는데."

"예, 앞으로는 후배들도 가끔 인사시키겠습니다."

오자와가 들고 있던 책을 도로 책장에 꽂고 제자리로 돌아오며 말했다.

지로와 신가는 인사할 기회를 놓쳐 머뭇거리고만 있었다.

"응, 그래."

선생님은 오자와의 말에 건성으로 대답하며 겉옷의 끈을 조였다.

"얘는 신가고, 저 아인 제 동생입니다."

교이치가 선생님에게 소개했다.

"응, 그렇군."

선생님은 대답만 할 뿐, 지로와 신가는 돌아보지도 않고 계속 겉옷의 끈만 만지작거렸다. 겨우 끈을 조였는지 방석에 앉으며 처음으로 지로와 신가를 똑바로 보았다.

"잘 왔어."

지로는 오늘 일어난 사건에 대해 선생님이 무슨 말씀인가 하겠지 생각하며 잔뜩 긴장한 자세로 앉아 있었다. 하지만 선생님은 지로를 흘낏 보더니 "아, 참 네가 혼다 동생이었지?" 하고 아는 척만 했을 뿐, 곧 신가에게 이런저런 말을 걸었다. 신가는 평소처럼 선생님이 묻는 말에 시원스레 대답했다.

"음, 해군이라……. 그거 좋지. 1학년 때부터 목표를 세우고 열심히 공부하는 건 좋은 방법이야."

아사쿠라 선생님은 신가에게 유명한 해군 장군들의 일화를 들려주며 신가를 격려했다. 신가는 눈빛을 반짝이며 선생님 이야기에 빠져들었다. 지로는 선생님이 중요한 자신의 문제를 언제까지고 꺼내지 않자 조금씩 초조해졌다. 게다가 오자와도 교이치도 전혀 자기 이야기를 꺼낼 기색이 보이지 않았다. 지로는 은근히 부아가 치밀어 재촉하는 눈길로 교이치의 얼굴을 보았다. 그제야 교이치는 눈치를 챘는지 선생님이 잠깐 말을 멈춘 기회를 틈타 지로 문제를 꺼냈다.

"오늘 동생이 수학 시간에 엉뚱한 사건을 일으켰다고 해요."

"응, 그랬지."

선생님은 가볍게 고개를 끄덕이며 지로에게 웃어 보였다.

"형한테 얘기했니? 잘했구나. 서두를 필요는 없으니까 여러 사람들 의견을 들어보는 것도 좋을 거야. 오자와나 신가에게 얘기해보는 건 어때?"

"사실은 우리 넷이 이미 그 얘기를 했습니다."

오자와가 쑥스러운 듯 털어놓았다.

"그래? 결론이 어떻게 났지?"

"신가는 학생 주임이 무서워서 잘못을 비는 인간과는 절교하겠다고 했어요."

"그렇게 말했단 말이지? 그래서 넌 뭐라고 했냐?"

"전 지로가 되바라지게 성인군자 흉내를 내면 안 된다고 말했습니다. 지로는 그런 행동을 할 만큼 훌륭한 인간은 아닌 것 같아서요."

"하하하! 상당히 엄격한데?"

"그런데 지로는 우리가 그렇게 말하는 게 무척 못마땅한 눈치였어요."

"그렇다면 도미테루 선생님에게 사과하려는 건가?"

"예, 우리가 반대하면 절교라도 하겠다는 태도였어요."

"요새 절교가 꽤 유행이군. 그럼 혼다는 형으로서 어떻게 생각하지?"

"저는……."

교이치가 얼굴을 조금 붉히며 말했다.

"지로가 스스로 사과할 마음을 굳혔다면 사과하는 게 좋다고 생각해요. 하지만 오자와의 말을 듣고 보니 그렇게 하는 것도 조금 불안해집니다."

"으음……."

아사쿠라 선생님은 잠깐 틈을 두고 말했다.

"오늘 지로의 일은 학교의 문제라고 판단되어 교장선생님께도 벌써 보고했어. 이미 마무리된 일이니 걱정은 하지 않아도 돼. 하지만 이런 일은 학교에서만 일어나는 문제가 아니야. 형태는 다르지만 세상엔 이런 일이 얼마든지 있어. 너희들도 언제 지로 같은 일을 당할지 몰라. 이번 일을 기회로 모두 진지하게 생각해볼 문제야."

때마침 아사쿠라 선생님의 부인이 미닫이문을 열며 들어왔다.

"늦어서 미안해요."

부인은 전병을 봉지째 쟁반에 담아 차와 함께 가져왔다. 그리고 지로 바로 옆에서 모두에게 차를 따라주었다. 그 야무진 옆얼굴을 보며 지로는 어딘지 모르게 돌아가신 어머니를 닮았다고 생각했다.

아사쿠라 선생님은 사모님이 건네주는 찻잔을 받아들고 말했다.

"사물의 내용을 하나하나 따로따로 파악해서 이것은 옳다, 저것은 그르다고 판단하는 건 인생에 별 도움이 되지 않아. 그렇게 생각하는 게 버릇이 되어버리면 지로와 같은 일을 당했을 때 어떻게 행동해야 될지 당황하는 거라고. 난 너희들이 한 번쯤 이런 생각을 해보면 좋겠다. 어차피 사람이 살아가는 세상엔 온갖 병폐가 들끓게 마련이야. 이건 누가 어떻게 해서도 바꾸지 못해. 그럴 바에야 잘못된 세상을 조금이나마 질서 있게, 조화롭게 만들 수 있는 방법을 찾으면 좋겠어. 너희들은 그렇게 하느니 차라리 잘못된 것을 바로잡으면 될 게 아니냐고 말할지도 몰라. 물론 할 수만 있다면 그렇게 하는 것이 가장 좋은 방법이야. 하지만 이 세상은 우리가 아무리 노력해도 계속해서 새로운 병폐가 생길 게 분명해. 우리 모두가 죽을 때까지 노력해도 세상은 완전해지지 못한다는 말이지. 좀 지저분한 비유지만 우리 몸엔 보이지 않을 뿐이지 늘 뱃속에 똥오줌이 쌓여 있어. 똥오줌은 어차피 우리가 안고 가야 할 문제야. 그렇다면 어떻게 해야 이 더러운 똥오줌을 조금이라도 의식하지 않고 살 수 있을까? 그건 뱃속에 보관했다가 때가 되면 한 번씩 배설하는 거야. 이런 게 바로 전체의 조화를 유지하고 질서를 세워나가는 방법이지. 그런 걸 생각하지 않고 무조건 왜 더럽게 똥오줌을 만드느냐고 위장을 닦달해봤자 아무 소용없는 짓이야. 또 어떻게든 뱃속에서 똥오줌을 끄집어내야겠다는 신념으로 아침부터 저녁까지 뒷간만 들락거린다면 인생이 어떻게 되겠니? 그러니 뾰족한 해결책이 없을 때는 똥오줌이든 뒷간이든 다 잊어버리고, 차가 나오면 차를 마시고 전병이 나오면 전병을 먹는 게 가장 건전할 때도 있는 거란다."

모두 웃음을 터뜨렸다. 선생님 부인도 소리 내서 웃으며 전병이 들어 있는 봉투를 사람들 앞에 밀어놓았다.

"자, 여러분. 선생님에게 여러분들이 얼마나 건전한지 보여주세요."

오자와, 교이치, 신가, 지로에게 차례로 전병이 돌아갔다. 한동안 전병 씹는 소리로 시끄러웠다. 오자와가 차를 한 잔 들이킨 다음 말했다.

"그래도 선생님, 똥오줌을 쌓아두기만 하는 것도 문제 아닌가요?"

"물론이지. 오장육부가 똥오줌으로 가득차면 견딜 수 없겠지."

"부정한 일이라는 것을 알면서도 문제를 크게 만들고 싶지 않다는 이유로 부정과 타협하는 것도 결국은 뱃속에 똥을 쌓아두는 것과 똑같은 것 아닌가요? 제 생각엔 신가의 의견에도 일리가 있는 것 같은데요."

오자와가 말하자 신가는 조금 흥분한 얼굴로 아사쿠라 선생님의 대답을 기다렸다.

"신가의 말에도 일리가 있지. 하지만 그건 신가 자신이 만든 논리야. 신가의 양심이 그렇게 판단했다면 누가 뭐래도 신가는 그 길을 걸어야 해. 그게 신가한테는 가장 좋은 길일 테니까."

"그렇다면 신가 아닌 다른 사람에겐 그 길이 가장 좋은 게 아닐 수도 있는 건가요?"

"그럼. 경우에 따라 다를 거야. 어떤 사람에겐 신가가 선택한 길이 가장 좋은 길이 될 수도 있고, 또 어떤 사람에겐 가장 나쁜 길이 될 수도 있지. 전체의 조화와 질서를 중요하게 생각하는 사람이라면 신가의 의견보다 더 중요하다고 여기는 자기 논리가 있을 거야."

오자와는 잠깐 생각에 잠겼다. 교이치는 혼자서 고개를 끄덕였다. 아무도 입을 열려고 하지 않았다. 지로는 자기 때문에 이야기가 이토록 심각하게 이어지고 있다는 것도 잊은 채 오자와가 또 어떤 말을 꺼낼지 궁금해졌다. 오자와는 무척 진지해 보였다. 마치 딴사람이 된 것 같았다.

"선생님, 결국 모든 게 마음의 문제 아닐까요?"

무거우리만큼 조용한 분위기를 깨고 뜻밖에도 교이치가 입을 열었다.

"바로 그거야. 모든 건 마음의 문제란다."

선생님은 교이치가 기특하다는 듯 몇 번씩 고개를 끄덕였다.

"세상 돌아가는 이치에 하나하나 연연해할 필요는 없단다. 그렇다고 불의를 보고 무관심해지라거나, 양심을 속이고 사악한 무리들에게 협력하라는 뜻은 아니야. 물론 오자와가 말한 것처럼 자기 주제도 모르고 성인군자 흉내를 내라는 건 더더욱 아니다. 하지만 전체의 조화와 질서에 나를 맞춘다는 것은 너희들이 생각하는 것보다 꽤 어려운 일이란다. 어떤 상황이 닥쳐도 그 상황에 내 마음을 자연스럽게 맞춰야 하기 때문이지. 평소에 마음을 다스리지 않은 사람은 할 수 없어. 너희들은 지금 마음보다 머리를 더 중요하게 생각하는 것 같은데, 실천은 머리가 아니라 마음에서 시작된다는 것을 명심해야 돼. 머릿속에서 얻은 결론은 아무리 그것이 옳은 것 같아도 나 자신을 속이는 일이 될 수 있거든. 그래서 많은 사람들이 성인군자를 흉내 내거나, 불의와 적당히 타협하는 길을 선택하는 거란다."

"무슨 말씀인지 알겠습니다."

오자와는 무릎에 올려놓은 두 팔에 잔뜩 힘을 주며 외치듯 말하고는 그렇게 한 게 쑥스러웠는지 빙그레 웃으며 말했다.

"역시 선생님은 잔혹한 데가 있으세요."

"뭐?"

"그런 엄청난 일을 별일 아니라는 듯이 지로에게 요구하셨잖아요?"

"요구 같은 건 한 적 없다."

"하지만 지로는 선생님의 그 말씀 때문에 얼마나 괴로워했는데요."

"당연히 괴로웠겠지. 괴로우라고 한 말이었으니까. 지로가 내 말을 듣고도 괴로워하지 않을 학생이었다면 처음부터 그런 말을 하지도 않았을 거다."

"그럼 선생님이 말씀하신 걸 마음에 담아두기만 하면 되는 건가요?"

"그것도 지로 스스로 선택할 문제야."

지로는 살짝 흥분한 상태에서 아사쿠라 선생님과 오자와가 나누는 이야기를 유심히 듣고 있었다.

"자, 이 자리에서 한번 선택해보자. 도미테루 선생님께 사과할 거야?"

오자와가 지로에게 물었다. 지로는 대답하기 난처한 듯 다다미만 내려다보다 대답했다.

"좀 더 생각해보겠습니다."

지로는 혹시 아사쿠라 선생님이 자기 대답을 듣고 실망하지 않았을까 걱정스러워 선생님을 보았다.

"그래, 깊이 생각해봐. 네 마음이 정해질 때까지 오 년이 걸려도 좋고, 십 년이 걸려도 상관없어. 나는 네가 어떤 결정을 내리는지 지켜볼 거다. 한편으로는 도미테루 선생님에게 사과하고 싶은 마음이 들 수도 있고, 오자와나 신가와 절교하고 싶은 마음이 들 수도 있을 거야. 하지만 그런 혼란스런 마음으로는 곤란해."

그 말에 다들 또 한 번 크게 웃었다. 아사쿠라 선생님은 웃음 띤 얼굴로 지로를 물끄러미 보았다. 그러다가 나지막하게 말했다.

"고민한다는 것은 좋은 거야."

그리고 이번에는 신가 쪽으로 고개를 돌려 다시 말했다.

"너도 고민 좀 해보지 그러냐? 오자와나 혼다처럼 고민하고 싶은 녀석들에게 내 집은 늘 개방되어 있어. 너도 지로랑 같이 자주 놀러 와라. 지금은 3학년 이상 형들 뿐이지만, 앞으론 너희 친구들도 조금씩 늘어날 거야."

전병을 다 먹어치우고 자리에서 일어난 것은 열 시쯤이었다. 문단속을 겸해서 사모님이 밖에까지 나와 네 사람을 배웅했다. 헤어질 때 사모님이 지로에게 말했다.

"오늘 많이 힘들었지. ……하지만 즐거웠잖아. 이만 한 일에 기죽지 말고, 또 놀러 와."

지로는 또 돌아가신 어머니와 히다초에서 만난 다조에 부인의 얼굴을 같이 떠올리며 공손히 인사를 했다. 그리고 어두워진 큰길로 나가 신가와 어깨를 나란히 하고 말없이 걸었다. 그렇게 걸으면서 아침부터 일어난 일들을 마음속으로 돌이켜보는 동안에 '무계획의 계획'이라는 말이 새롭게 머릿속에서 되살아났다. 지로는 자기도 모르게 발걸음을 늦추었다. 그리고 어둠 속을 뚫고 오자와의 커다란 몸을 뒤에서 바라보았다. 바로 그때 오자와가 말했다.

"이봐, 신가! 이젠 지로랑 절교하지 않아도 될 것 같은데, 와하하!"

오자와가 사방이 울릴 만큼 큰 소리로 웃었다.

백조회

아사쿠라 선생님을 중심으로 한 학생들의 모임이 '백조회(白鳥會)' 다. 회원은 지금까지는 열다섯 명으로 모두 3학년 이상이었지만, 이번에 새로 2학년에서 세 명, 게다가 1학년 지로와 신가가 더 들어와 딱 스무 명이 되었다. 일요일이나 공휴일에는 회원들이 다 함께 모여 소풍이나 등산을 갔지만, 보통은 달마다 첫째 토요일과 셋째 토요일에 저녁밥을 먹고 난 뒤에 아사쿠라 선생의 집에서 모였다. 몇 가지 주제를 번갈아 정해서 서로 의견과 감상을 말하고, 시간이 남으면 선생님이 간단히 한마디 하고 밤 열 시쯤 헤어졌다.

모임은 늘 아사쿠라 선생님의 서재 겸 거실과 곁방을 이용했지만, 그 밖에도 이 층에 있는 다다미 여덟 장짜리 방이 회원들의 도서실로 일 년 내내 개방되었다. 그 방은 현관 끄트머리에 있는 계단을 올라가면 나오는데, 거기에는 한 칸짜리 책장 하나와 옻칠이 벗겨진 커다란 탁자가 다리 하나로 고정되어 있었다. 책장에는 선생님이 읽은 옛날 책들이 빼곡하게 꽂혀 있었다. 대부분 역사와 전기, 고전 비평서와 정평이 난 문예물로 새로운 작가의 작품은 거의 없었다. 또 회원들이 갖다놓은 것으로 보이는 청소년용 잡지도 서른 권쯤 꽂혀 있었다. 이 잡지들은 여럿이 돌려 읽었는지 선생님이 보관한 책과는 달리 표지는 더러워졌고, 쪽마다 색연필로 줄이 그어져 있거나 점이 찍혀 있었다. 백조회 정기모임의 토론 주제는 대부분 이 방에서 읽은 책들에서 나왔다.

지로는 백조회에 들어간 뒤부터 하루걸러 한 번씩 학교에서 돌아오는 길에 아사쿠라 선생님 댁에 들러 책을 읽었다. 선생님 댁에는 하루도 빼놓지 않고 학생들이 찾아왔다. 어떤 날은 대여섯 명이 좁은 서재에서 함께 책을 볼 때도 있었다. 백조회 회원들은 저마다 특색이 있었지만, 시간이 지날수록 지로는 그들이 가진 개성 속에서 어떤 공통점을 발견할 수 있었다. 학생들은 때때로 선생님 댁에 찾아와서 선생님 부인이 힘든 일을 부탁하면 도와주거나 외출한 동안 빈집을 지키기도 했다. 부탁하는 부인이나 부탁받는 학생들 모두 식구처럼 가벼운 마음으로 서로를 대했다. 지로는 이런 분위기가 신기하기도 하고 재미있기도 했다.

선생님 부부는 아이가 없었다. 일손을 돕는 사람도 없이 선생님 부부 둘뿐이었다. 부인은 별 다른 일이 없을 때는 때때로 서재에 올라와 "지금 무슨 책 읽고 있어?" "아, 나도 이 책 읽었어. 꽤 재미있던걸." 하고 방해되지 않을 정도로 한두 마디 말을 걸며 자신도 학생들 틈에 섞여 책을 읽었다. 방 한쪽에 놓여 있는 꽃병에는 언제나 꽃이 가득했고, 또 탁자 위에도 늘 작은 꽃병에 꽃이 한두 송이 꽂혀 있었다. 부인은 꽃이 시들기 전에 반드시 새로 바꾸어놓았는데 이 모든 것은 부인의 정성에서 나왔다.

언제 와서 보아도 바뀌지 않는 것은 족자와 액자였다. 족자에는 와카(일본에서 옛날부터 내려온 정형의 노래. 중국에서 온 한시와 대조하여 일본 고유의 시를 이르는 말로, 좁은 뜻으로는 31음을 정형으로 하는 단가를 이른다.)로 보이는 글이 어려운 만요 가나(한자의 음훈을 빌려서 일본어의 음을 적은 문자. 우리의 이두와 비슷하다.)로 어디서부터 어떻게 읽어야 할지 모르게 쓰여 있었다. 액자에도 한자가 다섯 자 정도 역시 읽기 힘든 초서체로 쓰여 있었다. 지로는 사실 뭐라고 쓰여 있는지 궁금하지도 않았다. 지로가 보기에는 어느 집에나 하나씩 걸려 있는 족자나 액자 정도로밖에 생각되지 않았다. 그러다 자기도 모르게 액자 속에 적힌 첫 두 글자가 눈에 들어왔다. 아무리 보아도 '백조(白鳥)'라는 글씨였는데, 백조회라는 모임 이름과 관계가 있는 게 아닐까 하는 생각이 들며 궁금해졌다.

"저거 백조라고 읽는 거죠?"

어느 날 지로는 이 층 도서실에서 함께 책을 보던 사노라는 4학년 선배에게 물어보았다.

"맞아. 너 지금까지 모르고 있었어?"

지로는 머리를 긁적이며 말했다.

"얼마 전부터 대충 짐작은 하고 있었지만……."

"우리 모임 이름을 저 글에서 따온 거야."

"나도 그렇게 생각했어요. 그래서 물어본 거예요."

"뭐야, 네 형은 그런 것도 너한테 안 가르쳐줬어?"

"예."

"혼다도 보기보다 태평하군. 오늘 집에 돌아가면 가르쳐달라고 해. 백조회가 무슨 뜻인지 말이야."

사노는 그렇게 말하고는 책장을 넘겼다.

그러나 지로는 집에 돌아갈 때까지 참을 수가 없었다. 지로는 액자를 바라보며 어떻게든 그 뜻을 풀어보려고 애썼다.

'백조' 다음 글자는 '입(入)'이라는 글자와 비슷했고, 그 뒤에 이어지는 두 글자는 도무지 읽을 수가 없었다.

"끝에 있는 두 글자는 뭐라고 읽죠?"

지로는 다시 물어보았다.

"노화(蘆花)라고 읽어. 갈대꽃이라는 뜻이지."

"그럼 '백조…… 갈대꽃 속으로 들어가다'로 해석해야겠네요?"

"맞아. 노화에 들다……. 그런데 이 '노' 자는 아무리 봐도 이상해. 누가 가르쳐주지 않으면 알 수 없거든."

"이거 누가 썼어요?"

액자에는 낙관이 찍혀 있지 않았다.

"선생님이 쓰셨다고 들었는데."

"선생님이 쓰셨다고요? 그럼 누구나 알 수 있는 해서(楷書)로 쓰시지 않았을까요?"

"해서로 쓰면 학생들보다 글씨를 못 쓴다는 게 들통날까 봐 일부러 어려운 흘림체로 쓰셨다고 예전에 한번 농담처럼 말씀하신 적이 있어."

사노는 그때 생각이 났는지 빙긋이 웃었다. 지로도 따라 웃다가 금세 표정이 진지해졌다.

"왜 모임의 이름을 이 글에서 따왔을까요?"

"그건 이 문구에 깊은 뜻이 담겨 있기 때문이야."

"그렇게 깊은 뜻이 있나요?"

"당연하지."

"무슨 뜻인데요?"

"그건 말이지……."

사노는 책장을 덮으며 지로를 보았다.

"아 참, 그건 안 돼. 절대 가르쳐줄 수 없어. 함부로 가르쳐주면 안 된다는 게 규칙이거든. 아마 네 형도 규칙이 생각나서 아무 말 안 했을 거야. 하마터면 깜빡 잊을 뻔했네."

지로는 아리송한 얼굴로 되물었다.

"왜 가르쳐주면 안 되는데요?"

"얼마 전에 선생님이 규칙을 만드셨거든. 처음 모임에 들어온 사람에게 글자를 가르쳐주는 건 상관없지만, 뜻은 저마다 생각해서 알아낼 때까지 비밀로 하자고 하셨어. 우리가 백조회에 들어왔을 때는 선생님이 가장 먼저 저 액자에 쓰여 있는 글자부터 설명해주셨지만."

지로는 사노가 설명하는 말을 듣고 더 가르쳐달라고 하지 않았다. 지로는 다시 한 번 액자 속에 쓰여 있는 글자를 보았다. 그리고 여러 번 입속으로 '백조, 갈대꽃 속으로 들어가다' 하고 되뇌어보았다.

사노는 지로의 그런 모습을 싱글거리며 보다 말했다.

"그렇게 조급하게 생각한다 한들 알 수 없을 거야. 아주 어려운 뜻이니까. 그보다는 족자 쪽을 해석해보는 게 어때? 저 족자에 쓰여 있는 글자를 읽을 수 있으면, 뜻도 대충 알 수 있을 거야."

지로는 족자로 눈을 돌렸다. 하지만 마음은 여전히 액자에 미련이 남았다.

"읽을 수 있겠어?"

"이것도 모르겠어요. 어디서부터 읽어야 되죠?"

"저 가운데 크게 쓴 글자부터 읽으면 돼."

사노는 자리에서 일어나 족자 옆으로 가더니, 한 글자씩 손가락으로 짚으면서 읽어주었다. '어떻게 하면 천 년 중 단 하루만이라도 참되게 살아갈 수 있을까' 하는 뜻이 담긴 글이었다. 거기에는 낙관이 찍혀 있었고, 왼쪽 아래 구석에 이상한 모양의 도장도 찍혀 있었다.

"뜻은 대충 알겠지?"

"예, 조금 알 것 같아요."

그동안 교이치에게 받은 영향도 있고 해서 이 정도 와카라면 겉으로 드러나는 뜻은 해석할 수 있었다.

"료칸(와카로 유명한 일본의 스님)이 쓴 글이야."

"료칸이요?"

"응, 너 료칸이 누군지 모르지? 아주 재미있는 스님이야. 여기에도 료칸에 대해 쓴 책이 몇 권 있어."

둘은 바로 책장 앞에 서서 그 책을 찾기 시작했다.

"난 이게 가장 재미있었어."

사노가 지로에게 건넨 책은 《료칸 대사》라는, 사륙판 크기로 깔끔하게 장정된 책이었다.

지로는 자리에 앉아 천천히 책을 읽었다. 그동안 회원 대여섯 명이 들락날락거려도 모를 만큼 열심히 읽었다. 사노도 집에 돌아갔는지 보이지 않았다. 지로는 어둑해진 방 안에 자기 혼자 남아 있다는 것을 깨닫고 그제야 자리에서 일어나 책을 책장에 꽂았다. 아직 절반도 읽지 못했지만 집에 가져갈 수는 없었다. 어떤 경우에도 책은 이 방에서만 읽어야 한다는 규칙이 있었기 때문이다.

지로는 이튿날 수업이 끝나자마자 아사쿠라 선생님 댁을 찾았다. 도서실에는 아무도 없었다. 지로는 책장에서 《료칸 대사》를 꺼내 어제 읽지 못한 부분들을 단숨에 모두 읽었다. 그러다 갑자기 크게 한숨을 쉬며 족자를 찬찬히 훑어보았다. 어제부터 《료칸 대사》를 읽으면서 어떤 불가사의한 세계로 끌려 들어가는 듯한 느낌에 사로잡혔다. 지로는 늙은 료칸이 어린아이들과 술래잡기를 하며 놀다가 따돌림을 당한 모습을 꿈이라도 꾸듯이 마음속에 그려보았다. 이해는 되지 않지만 부정할 수 없는 그리운 모습이었다. '불을 땔 만큼 바람이 가랑잎을 가져오는

86

구나.' 이 구절도 읽으면 읽을수록 지로의 마음을 강하게 사로 잡았다. 책에 나온 설명만으로는 뜻이 잘 이해되지 않았지만, 어쩐지 료칸과 뗄 수 없는 구절이라는 느낌이 들었다.

지로는 어느새 족자 속에 쓰여 있는 '참'이라는 글이 지금까지 수신시간에 배운 '참'과는 의미가 다른 것이 아닐까 하는 생각이 들었다. 그러나 단지 어렴풋이 그런 느낌이 들었을 뿐, 어떻게 다른지 확인할 수 있는 실마리는 전혀 잡히지 않았다. 지로는 다만 몇 번이고 족자에 적힌 글자를 뚫어져라 꿰뚫어볼 뿐이었다.

"어머, 오늘은 혼자 있었네."

언제 들어왔는지 뒤쪽에서 선생님 부인의 목소리가 들렸다. 지로는 깜짝 놀라 몸을 돌려 서둘러 인사했다.

"무슨 책 읽고 있었어?"

"이거요."

"어머, 《료칸 대사》네. 나도 얼마 전에 읽었어. 아주 좋은 책이야. 재미있지?"

"예."

"저 족자에 쓰여 있는 글, 료칸이 지은 와카야. 읽을 수 있어?"

"어제 사노 선배가 가르쳐줬어요."

"그래? 그럼 저 액자는?"

"읽을 줄만 알아요."

"뜻은 자기가 생각해야 한다는 말도 했겠지?"

"예."

"생각해봤어?"

"아직이요. 생각해보지 않았어요."

"저 글이 무엇을 뜻하는지 깨달으려면 꽤 오래 걸릴 거야. 하얀 새가 갈대꽃 속으로 들어간다는 게 전부니까. 선(禪) 문구는 정말 수수께끼 같아."

지로는 상대방이 하는 말의 뜻을 이해하지 못할 때 선문답한다고 표현하는 것쯤은 알고 있었지만, 선문답이 이런 종류를 가리킨다는 것은 이날에야 비로소 알았다.

"하지만 말이지······."

사모님은 지로를 보고 살짝 웃으며 말했다.

"뜻은 잘 모르지만 읽다 보면 기분이 좋아져. 안 그래?"

지로는 문득 자신이 태어난 고향 늪지의 맑은 가을 경치를 떠올렸다. 그곳에는 빽빽한 은색 갈대 물결이 햇살을 받아 눈부시게 빛났다. 새하얀 새 한 마리가 둥실 창공을 날아올라 갈대 물결 속에 자취를 감추는 모습은 말로 표현할 수 없이 아름다웠다.

"어때? 지로는 뭔가 느껴지는 거 없어?"

"아름답다는 생각이 들어요."

"아름답다기보다 명쾌하다는 표현이 더 어울리지 않을까?"

"예."

지로는 여태껏 만난 여성 중에서 - 돌아가신 어머니마저도 - 아사쿠라 선생님 부인만큼 지적이고 아름다운 사람은 없다는 생각이 들었다.

"선생님은 말이지……."

부인은 족자로 눈을 돌리며 말했다.

"료칸의 노래에 있는 '참'이라는 것은 액자의 문구와 같은 뜻일 것이라고 하셨어."

지로는 족자에 쓰여 있는 글귀와 액자 속에 있는 글귀가 어떤 점에서 연관이 있다는 것인지 도무지 이해가 되지 않았다. 지로는 잘 모르겠다는 얼굴로 부인을 보았다.

"그럼 '백조, 갈대꽃 속으로 들어가다'는 말은 백조의 진실을 나타내는 말인가요?"

"꼭 그런 건 아니지만, 굳이 해석한다면 그게 맞는 말일지도 몰라."

"왜죠?"

"그건 지로가 생각해보면 좋겠어."

부인은 그렇게 말하며 또 살짝 웃어 보였다. 하지만 조금 뒤에 이렇게 말했다.

"그렇지만 지금 같아서는 백조의 진실을 이해할 만한 실마리가 하나도 없구나. 선생님이 알게 되면 날 혼낼지도 모르지만, 실마리가 될 만한 것을 가르쳐줄게."

지로는 부인의 도움을 받는 게 조금 비겁하다는 생각이 들기는 했으나, 그 생각이 부인의 호의를 받아들이고 싶은 마음만큼 강하지는 않았다. 지로는 얼굴을 붉히며 부인의 말을 기다렸다.

"갈대꽃은 백조만큼이나 하얗단다. 그렇게 하얗게 핀 갈대꽃 속으로 백조가 들어갔단다. 그게 무슨 뜻일까?"

부인은 액자를 보며 빙그레 웃었다.

"이게 다야, 호호호."

부인은 수수께끼 같은 웃음소리를 남기고 아래층으로 내려가버렸다.

지로는 그 뒤 삼십 분 남짓 족자와 액자를 번갈아 보며 혼자 생각에 잠겼다. 하지만 아무리 생각해도 머릿속에서는 '갈대꽃 속으로 들어간 백조'와 '참'을 연결시킬 수 없었다. 지로는 갈대꽃 속에 우두커니 서 있는 료칸의 모습을 떠올려보고는 어쩐지 자신이 바보가 된 느낌이 들었다.

자아 발견

지로는 두 달이 더 지나서야 '백조, 갈대꽃 속으로 들어가다'의 참뜻을 조금이나마 깨달을 수 있었다. 지로가 2학년에 올라오고 나서 처음으로 백조회 모임이 열린 날 밤에 일어난 일이었다.

그날은 예기치 않게 새로 5학년이 된 선배들이 하급생을 대하는 태도가 이야기에 올랐다. 더구나 선배들은 오자와가 동급생인 5학년생들을 상대로 맹렬한 논쟁을 벌인 것에 감격하며 흥분해서 떠들었다.

"오자와의 논리는 정말 완벽했어. 그 녀석들도 꼼짝 못했으니까."

"놈들이 흥분하면 흥분할수록 오자와는 더 침착해지더라고. 정말 놀랐어."

"하지만 '너희 중에 죄 없는 자가 이 여자를 돌로 쳐라'는 성경 구절을 끄집어내면서 놈들을 노려볼 때는 오자와도 무척 흥분한 것 같던데."

"그때 한 녀석이 구석에서 '아멘' 하고 빈정거리는 소리, 너희도 들었지?"

"나도 들었어. 그런 놈이 가장 비열한 놈이야. 정면으로 대드는 놈은 그래도 패기가 있는 편이라고……."

"오자와가 바닥에 큰대 자로 누워 후배를 강제로 억압하며 다스리는 꼴은 이제 못 보겠으니 나를 밟고 지나가라고 외쳤을 땐, 어쩌려고 그러나 걱정이 되더라니까."

"그땐 놈들도 한 방 먹은 얼굴로 조용해졌지."

사노와 교이치, 그 밖에 다른 5학년생들이 그런 이야기를 나누는 동안, 오자와는 싱글싱글 웃으며 가만히 듣고만 있었다. 아사쿠라 선생님도 팔짱을 낀 채 말없이 듣고 있다가 갑자기 오자와에게 물었다.

"그래서 결국 어떻게 됐지?"

"유회됐습니다. 어차피 처음부터 우리 뜻대로 되진 않을 거라고 생각했는데, 이 정도면 성공한 것이나 다름없죠."

"음……."

아사쿠라 선생님은 잠깐 생각에 잠겼다.

"하지만 아직 끝난 건 아냐. 이대로 가면 후배들을 강제로 길들이려는 악습이 사라지지 않을 거다."

"그렇긴 하지만, 이번 일을 계기로 후배들 앞에서 군림하는 걸 5학년의 특권으로 여기던 관습은 많이 줄어들 것 같은데요."

"반대로 병이 더욱 깊어질 수도 있지."

"예?"

오자와는 무슨 뜻인지 모르겠다는 듯 커다란 눈을 끔벅거렸다. 아사쿠라 선생님이 희미하게 웃으며 말했다.

"오자와는 형식주의자인 것 같구나."

오자와는 당황한 나머지 자세를 고쳐 무릎을 꿇었다. 다른 학생들도 뜻밖이라는 얼굴로 아사쿠라 선생님을 보았다.

"지금까지 5학년들은 단지 상급생이라는 이유만으로 하급생들을 노예처럼 길들이려고 했어. 그게 마치 자기들의 특권이라도 되는 양 말이지. 그것이 학교에서 얼마나 많은 문제를 일으켰는지는 누구보다 너희들이 잘 알 거야. 아마 오자와는 자기가 5학년이 된 것을 기회로 이 악습을 타파하고 싶었겠지. 물론 그것이 잘못됐다고 할 수는 없어. 하지만 방법에 문제가 있었어. 비유하자면, 네 행동은 잔뜩 곪은 맹장을 주먹으로 두들겨서 복막염의 원인을 제공한 게 아닐까 싶다."

"정말 그럴까요?"

"아무래도 그렇게 될 것 같다. 5학년 중엔 과거의 선배들처럼 후배들 위에 군림하고 싶어 하는 녀석들이 반드시 있어. 앞으로 이런 녀석들이 패를 지어서 보이지 않는 곳에서 더욱 멋대로 행동할 거야. 마치 맹장에서 튀어나온 고름처럼 말이다."

오자와는 눈을 내리뜬 채 생각에 잠겼다.

"확실히 네 생각처럼 5학년 전체의 이름을 들먹이며 공공연한 장소에서 후배들을 괴롭힐 수는 없겠지. 그 점에서는 과거보다 발전했다고 할 수 있어. 하지만 그 발전은 겉으로 드러난, 형식만 갖춘 발전에 지나지 않아. 현실에서는 상급생과 하급생의 갈등이 전보다 훨씬 더 심각해질 수도 있을 거야. 학교도 그 점을 염려해서 지금까지 지켜보기만 했던 거야. 해마다 5학년들이 저지르는 행동을 막지 못한 것은 갈등이 더 깊어지는 것을 두려워했기 때문이지."

"그럼 이대로 내버려둬야 한다는 말씀이세요?"

"그런 뜻은 아니야. 너희들 눈엔 그렇게 보일 수도 있겠지만, 오가키 교장선생님은 이 학교에 부임하면서부터 이 문제로 무척 고민하셨어. 교장선생님이 그토록 자비를 강조하신 까닭도 어떻게든 이 문제를 근본부터 해결하고 싶었기 때문이지. 벌써 4년째구나. 지금 5학년들이 1학년 2학기였을 때 교장선생님이 새로 부임하셨지."

아사쿠라 선생님은 감회가 새로운 듯 모두를 찬찬히 둘러보았다.

"일본 메이지 유신의 사상적 지주인 요시다 쇼인이 이런 말을 했단다. '천하는 큰 물건이다. 하루아침에 급하게 마음을 떨쳐 일으켜 바꾸려 한다고 결코 움직이지 않는다. 그것을 무너뜨리려면 오랜 시간 노력해야 한다.' 학교를 움직이는 것도 이와 마찬가지야. 그동안 교장선생님이 참을성 있게 자비를 강조하신 덕분에 지금 너희처럼 스스로 나서서 학교를 쇄신하겠다는 학생들이 나온 거라고. 너희들 만한 열의는 없다고 해도 마음으로 너희들에게 동조하는 학생들도 꽤 많을 거야. 사오 년 전과는 확실히 달라진 점이지. 이렇게 이삼 년만 더 노력한다면 누가 나서지 않아도 그런 쓸모없는 교풍은 자연스레 없어질 거다."

오자와는 여느 때와 달리 고개를 숙이고 잠자코 듣기만 했다.

"제가 교장선생님의 노력을 방해한 거군요."

"그런 건 아니야. 하지만 이번 일로 교장선생님은 5학년들이 두 패로 나뉘어 다투지나 않을까 걱정이 크셔. 학생은 본디 선한 사람도 악한 사람도 없어. 그것이 분명하게 나뉘어 학교가 어쩔 수 없이 선한 쪽을 후원하게 되면 교육은 끝장이라는 것이 교장선생님의 생각이야. 나도 그 말씀을 들었을 땐 정말 많은 걸 반성했단다. 일부러 그런 서툰 솜씨로 글을 써서 걸어놓고 백조회를 만든 것도 교장선생님의 교육 철학에 동감했기 때문이란다."

지로의 눈빛이 반짝였다.

"어쨌든 상황을 대립으로 치닫게 만든 건 실수였어. 백조가 갈대꽃 속으로 들어가는 진실을 네가 진정으로 이해했다면 좀 더 다른 방법을 찾았겠지."

오자와는 연신 고개를 끄덕였다. 다른 학생들도 서로 눈치만 살필 뿐, 아무 말도 못 했다. 아사쿠라 선생님은 차분히 웃으며 학생들을 보다가 다시 입을 열었다.

"얼마 전에 책을 한 권 읽었는데 이런 이야기가 있었어. 중국 선종 출신의 유명한 스님에 대한 일화야. 이 스님이 어느 날 제자 한 명을 다른 절로 수행 보냈어. 몇 년 뒤에 그 제자가 돌아오자 스님은 무엇을 얻었느냐고 물었지. 그랬더니 제자가 말없이 땅바닥에 주저앉아 커다란 원을 그렸단다. 원이 뭘 뜻하는지 우리 같은 풋내기들은 알 수 없지만, 뭔가 깨달음을 얻었다는 뜻이었을 거야. 그런데 이 다음이 재미있어. 제자가 원을 다

그리자 스님은 배운 게 이것뿐이냐고 호통을 치셨어. 그러자 제자는 발로 그 원을 지워버렸어. 어때, 오자와? 원을 지워버렸다는 이야기가 재미있지 않니?"

"예……."

오자와는 조금도 재미있어하지 않았다.

"너도 5학년이 됐으니 어떻게든 원 하나쯤은 그릴 수 있었겠지. 하지만 네가 그린 원을 지울 정도는 못 되었던 거야."

"예……."

오자와는 또 "예." 하고 대답했다. 그러나 이번에는 무언가 집히는 게 있다는 듯 대답했다. 아사쿠라 선생님은 나무라듯이 오자와에게 말했다.

"네가 큰대 자로 누워 동급생들을 마구 몰아세운 건 네가 그린 원 위에 세모를 덧칠한 것과 똑같아. 그렇게 되면 모처럼 만들어진 원도 엉망이 돼."

"죄송합니다."

오자와는 커다란 어깨를 움츠리며 뒤통수를 긁적였다.

아사쿠라 선생님과 오자와가 나누는 이야기를 열심히 듣고 있던 지로는 오자와가 기가 죽은 게 이상했다. 지로는 일고여덟 살 때였던가, 만두 호랑이와 손가락 없는 곤이라는 불량배가 자기 집에서 싸우던 일을 떠올렸다. 아버지 슌스케가 그 둘을 뜯어말리던 모습도 떠올렸다. 아버지는 그때 웃통을 벗고 불량배들 사이에 끼어들어 "그렇게 싸우고 싶으면 먼저 나부터 죽여라! 내가 두 눈을 시퍼렇게 뜨고 있는 한 내 앞에서 싸우는 꼴은 볼 수 없다!"고 외쳤다. 그러자 동네에서 소문난 불량배들이 잘못했다며 아버지께 사과하지 않았던가. 그때 일을 지로는 아직도 잊지 못하고 있었다. 오자와가 한 행동도 따지고 보면 아버지의 행동과 비슷했다. 자기 몸을 내던져 불의를 막으려고 노력한 오자와에게 공들여 그려놓은 원 위에 삼각형을 그렸다는 둥 하면서 자꾸 나쁘게만 몰아가는 이유가 무엇일까. 지로는 참지 못하고 선생님께 따지듯 물었다.

"오자와 선배의 행동을 왜 나쁘게만 보시는 거죠?"

"너한테 그걸 설명하려면 좀 힘들겠구나."

아사쿠라 선생님은 지로의 얼굴을 찬찬히 살펴보더니 이렇게 말하고는 잠깐 생각에 잠겼다.

"넌 저 액자에 쓰여 있는 글의 뜻을 생각해본 적 있니?"

"예, 몇 번씩이나 생각해봤어요. 하지만 아직은 잘 모르겠습니다."

"응……. 그럼 오늘 내가 대충 설명해주마. 처음 듣는 사람도 있을 테니 잘 들어라."

그러고 나서 아사쿠라 선생님은 설명하기 시작했다. 하지만 액자에 쓰여 있는 글에 대한 설명은 하지 않고, 요즘 선생님이 자주 참석한다는 이웃마을 청년회에 대한 이야기부터 꺼냈다.

이웃마을에 사는 청년들이 스무 명쯤 모여 단체를 하나 만들었다. 이들은 어떻게 하면 자기 마을을 더욱 훌륭하게 발전시킬 수 있을지 연구하며 마을 사람들의 무질서한 생활을 변화시키고 싶어 했다. 하지만 세상에 어지럽게 널려 있는 무슨 무슨 단체들처럼 사람들을 모아놓고 개혁을 외치거나, 집단행동을 하지는 않는다. 한 달에 몇 번 정기모임을 열어 서로 의견을 내놓고, 의논하며, 계획을 세우고, 그런 계획을 어떻게 실천할 것인가를 약속하는 게 전부다. 이들은 그렇게 세운 계획들을 단 한 번도 떠들썩하게 발표한 적이 없다. 다만 저마다 자기가 서 있는 자리에서 말없이 솔선수범했고, 마을 전체가 나서야 될 일이 생기면 자기 둘레 사람들부터 설득해서 일을 진척시켰다. 그렇게 몇 해가 지나자 무질서한 마을 기풍이 조금씩 바로잡혀 나갔다. 이들은 지금도 스스로를 내세우지 않고 보이지 않는 곳에서 마을을 위해 애쓰고 있다. 그래서 사람들은 대부분 이런 단체가 있다는 것조차 모른다. 또 알고 있다 하더라도 그리 대수롭게 여기지 않는다. 이렇게 지하수처럼 마을 사람 모두에게 혜택을 주는 것이 진정한 뜻에서 공공을 위한 봉사이다.

선생님이 여기까지 말했을 때는 지로도 '백조, 갈대꽃 속으로 들어가다'는 구절의 참뜻이 희미하게나마 눈에 보이는 것 같았다.

"그에 견주면……."

아사쿠라 선생님은 오자와와 지로를 번갈아 보며 말했다.

"오자와가 내세운 방법에는 조금 부족한 점이 있었어. 물론 자기를 내세우고 싶은 불순한 마음은 없었다고 믿어. 오자와가 그렇게 뻔뻔한 녀석은 아니니까. 하지만 결과를 놓고 보면 오자와라는 인간이 너무 나선 건 틀림없어. 그리고 영웅이라도 된 양 우쭐대고 있단 말이야. 말하자면 새카만 까마귀가 자기 주제도 모르고 하얀 갈대꽃 속으로 뛰어든 것과 마찬가지지."

그 바람에 다들 웃음을 터뜨렸다. 오자와는 벌게진 얼굴이 더욱 붉어졌다.

"어이쿠, 오늘은 내 코가 아주 납작해지는 날이군. 지로 이제 나를 변호할 생각은 더 하지 말아줘."

오자와가 농담을 하자 또 한바탕 웃음소리가 터졌다. 웃음이 그치길 기다렸다가 아사쿠라 선생님은 지로를 보며 말했다.

"어때, 대충 뜻은 알겠지? 하늘을 날던 백조 한 마리가 흰 갈대꽃 사이에 앉는다. 그 순간 백조는 온데간데없이 사라진다. 하지만 날갯짓 때문에 지금까지 잠들어 있던 갈대꽃들이 조금씩 살랑거리기 시작한다는 뜻이야. 우리 모두 이런 백조를 흉내 내보자는 거다. 하지만 아주 어려운 일이야. 우리가 갈대꽃을 깨우기 위해서는 마음을 단단히 바로잡고 나 자신을 갈고 닦는 일부터 최선을 다해야 한다. 내 생각이 옳다는 확신에 사로잡혀 비열한 수단을 써서라도 다른 사람을 이기고야 말겠다는 마음가짐으로는 백조 흉내를 내지 못하는 법이지. 료칸 같은 사람조차도 '천년 중 단 하루만'이라고 노래할 정도니 말이다."

지로는 머리에 뒤집어쓰고 있던 것이 한순간에 떨어져 나가면서 파란 하늘을 보는 것처럼 마음이 밝아졌다. 아울러 아사쿠라 선생님이 언제부터 자기 마음을 이렇게 깊이 꿰뚫어보고 있었을까 하는 두려운 생각도 들었다. 지로는 한숨을 내쉬며 방에 있는 학생들의 얼굴을 하나하나 살펴보았다. 언제 들어왔는지 방문 쪽에 선생님 부인이 조용히 앉아 있었다. 지로와 눈이 마주치자 부인은 생긋 웃었다. 마치 '이제 알겠지?' 하고 말하는 것 같았다.

지로는 지금까지 백조회를 그저 착실한 학생들이 책이나 돌려 읽는 동아리쯤으로 여겼다. 그러나 이날 밤 일을 겪으며 아사쿠라 선생님이 무슨 생각으로 이 모임을 만들었는지 확실히 알 수 있었다. 더구나 특정한 누군가를 위해서가 아니라 되도록 많은 학생들을 위해서 모임을 만들었다는 느낌이 들었다. 그날부터 지로는 책을 읽을 때도, 사람을 만날 때도 예전과 다른 눈으로 보게 되었다. 더구나 위인전을 읽을 때 예전 같으면 감탄했을 대목에서도 별다른 감동을 받지 못했고, 그리 대수롭지 않은 일화에 오히려 깊은 흥미를 느꼈다. 또 일 년 가까이 유치한 사상의 근거가 되었던 '무계획의 계획'이라는 말에 자신도 모르는 사이에 새로운 의미를 덧붙이게 되었다. 그 말은 이제 단순히 지로를 둘러싼 운명의 신비를 뜻할 뿐만 아니라, 자신의 마음을 더욱 자연스럽게 받아들이게 해주는 길잡이가 되었다.

지로의 어린 시절을 잘 알고 있는 독자라면 눈치 챘겠지만, 그 무렵 지로는 여전히 둘레 사람들의 눈치를 보는 데 정열을 쏟았다. 지로가 아무런 자제심과 경계심 없이 대할 수 있는 사람, 거짓이든 과장이든 지로를 있는 그대로 받아줄 수 있는 사람, 화를 내거나 심술을 부려도 그것이 진짜 화가 나서가 아니라 사랑의 감정을 전하기 위해서라는 것을 이해할 수 있는 사람은 오하마뿐이었다. 이렇게 지로는 오하마 앞에서만 자신의 진심을 털어놓는 데 익숙했다. 오하마가 아닌 다른 사람들에게 자연스럽게 진심을 드러낸 적은 거의 없었다. 오죽하면 폭죽을 만들다 화상을 입었을 때도 마사키가 사람들이 놀라는 것을 보고 은근히 기뻐하고, 또 그들이 진심으로 자기를 걱정하는지 남몰래 헤아려보기까지 했을까. 지로가 나쁜 짓을 저지르거나 착한 행동을 되풀이하는 것은 진심과 거의 상관이 없었다. 이런 사실을 모르는 사람들은 지로가 나쁜 짓을 저지르면 무언가 꿍꿍이속이 있다고 생각했지만, 지로가 착한 일을 할 때야말로 다른 꿍꿍이속이 있었다. 지로가 '사랑받는 기쁨'에서 '사랑하는 기쁨'으로 마음을 돌리려고 노력한 것도 그런 위선에 찬 행동에 혐오감을 느꼈기 때문이다. 그렇더라도 아직은 지로의 마음이 진정으로 순수하다고 할 수는 없었다. 여전히 지로의 마음속에는 어머니를 위해 소고기를 살 때처럼 우쭐대는 마음이 숨어 있었다. 누군가를 동정할 때도 그 사람의 처지가 진심으로 불쌍해서가 아니라 불쌍한 사람을 동정할 줄 안다는 자기만족을 위해서 그렇게 했다. 지로는 백조회 동료, 그 가운데서도 오자와나 신가처럼 환경에 얽매이지 않고 솔직하게 행동하는 사람을 무척 부러워했다. 자기에게 없는 '진실함'이 그들의 행동에서 묻어났기 때문이다. 받아들일 수 없는 운명을 파헤치고 설명하기 위해 만들어놓은 '무계획의 계획'을 인생에서 새로운 뜻으로 받아들이게 된 것도 오자와와 신가의 솔직한 태도에 영향을 받았기 때문이다.

지로는 백조회의 참뜻을 알게 되면서 마음속에서 한바탕 투쟁을 겪었다. '원을 그리고 원을 지우다', '백조, 갈대꽃 속으로 들어가다', '무계획의 계획', '참' 같은 말들이 백조회 모임에서는 물론이고 집과 학교, 때와 장소를 가리지 않고 마음을 사로잡았다. 말과 행동을 할 때도 스스로 의식하지 못했지만, 어느새 이런 문장들에 영향을 받고 있었다. 지로는 전보다 더욱 조심스럽게 행동했다. 그리고 조금만 실수를 해도 혼자 오랫동안 반성했다. 그런데 지로는 자신의 행동을 돌아보고 판단할수록 진실에서 더욱 멀어져갔다. 백조회에서 알게 된 잠언들은 지로를 자유롭게 해주기는커녕 언제나 지로의 머리에 착 달라붙어 속박하기 일쑤였다. 사람들 앞에서 좀 더 자연스럽게 행동해야 한다는 강박관념이 오히려 지로를 부자연스럽게 만들었고 지로는 스스로 그러한 모순을 알지 못했다.

하지만 지로가 이런 모순을 겪기 때문에 지로의 앞날이 불행해질 것이라고 단정해서 말할 수는 없다. 지로가 마음속에 그린 커다란 원을 지우기 위해서는 먼저 그 원을 끝까지 그려야 하고, 무계획의 계획은 그것을 지나온 사람만이 할 수 있는 일이기 때문이다.

지로는 청년기에 이제 막 들어섰다. 어린 시절 받은 마음의 상처는 그리 쉽게 잊혀지지 않는다. 그 상처가 깊으면 더욱 그렇다. 그렇다고 그것에 얽매여서는 안된다. 본인은 물론 괴롭겠지만 상처 그 자체에 얽매여 고민한다고 해결되지 않는다. 한 발자국 물러나 냉정히 상처를 바라볼 때 비로소 치유하는 길을 찾을 수 있는 것이다.

쓸쓸한 이별

그로부터 일 년이 지났다. 지로는 3학년이 되었다.

오자와와 교이치는 중학교를 졸업하고, 고등학교(우리나라의 대학) 문과에 진학했다. 오자와는 정치에 뜻을 두고, 교이치는 문학에 뜻을 두었다.

백조회도 그동안 조금씩 회원이 늘어 서른 명이 되었다. 모두 자기 학년에서 제대로 된 생각을 하는 학생들이었다. 이들은 일반 학생들에게 오해를 사는 경우가 많았고, 괴짜 취급받기 일쑤여서 뒤에서는 '거위'니 '알바트로스'니 '부처님 가운데 몸통'이라는 별명으로 일컫기도 했다. 그러나 정작 이들과 마주치면 저도 모르게 존경하는 눈빛을 보이고는 했다. 더구나 오자와가 재학 시절 신입생 환영회를 앞두고 소란을 피운 뒤로는 더욱 그랬다. 많은 하급생들이 선배의 권위를 벗어던지고 학교의 문제를 바로잡으려고 노력한 오자와를 마음속으로 존경했다. 오자와가 노력한 덕분에 5학년생 대부분이 폭력을 써서라도 후배들 위에 군림하겠다는 생각을 버렸다. 아사쿠라 선생님이 걱정했던, 두 파로 갈라져 다투는 일은 일어나지 않았다. 5학년은 물론이고 전교생들은 오자와를 커다란 산처럼 여겼고, 오자와가 속해 있는 백조회도 함부로 범하기 어려운 힘이 있는 단체로 생각했다.

지로도 일 년 동안 확실히 성장했다. 둘레의 평판에 휘둘리는 버릇은 여전했지만, 위선에 가득 찬 거짓 행동이나 말을 하지는 않았다. 그만큼 마음도 훨씬 가벼워졌고, 주위 사람들도 지로가 밝아진 것을 보며 기뻐했다.

"혼다도 많이 밝아졌어. 하지만 진짜 중요한 건 마음이라는 것을 잊어서는 안 돼."

언젠가 백조회 모임 때 아사쿠라 선생님이 지로에게 그런 말을 한 적이 있었다. 백조회에서는 교이치가 학교에 다닐 때는 교이치를 '혼다'로 부르고, 지로는 그냥 '지로'라고 불렀는데, 교이치가 졸업하자 자연스레 지로를 '혼다'라고 불렀다.

도미테루 선생님과 지로의 관계는 그 뒤로 전혀 발전하지 못했다. 1학년이 끝날 때까지 – 사건 뒤 겨우 한 달 남짓이었지만 – 교실에서 마주치면 두 사람은 조금 거북해하며 그럭저럭 넘어갔다. 지로의 학년 성적표에 기록된 수학 점수는 75점으로, 그만하면 괜찮은 점수였다. 다만 지로가 속으로 얼마간 불만을 품은 것은 1, 2학기 모두 갑이었던 행동 평가 점수가 을로 내려간 점이었다(일본은 한 학년이 3학기제로 되어 있다). 물론 그것을 도미테루 선생님 탓이라고 생각하지는 않았다. 행동 평가 점수는 담임이 원안을 작성하고, 그것을 교직원회의에서 결정한다는 것을 진작부터 알고 있었기 때문이다. 그래서 지로는 그 이유가 오다 선생님에게 있는 게 아닐까 하고 생각했다.

2학년으로 올라가자 수학 선생님이 바뀌었다. 지로도 도미테루 선생님과 마주칠 기회가 없어졌다. 지로로서는 무척 다행이었지만, 한편으로는 선생님이 2학년을 맡지 못한 이유가 자기 때문인 것 같아 어쩐지 미안한 생각이 들었다. 그리고 조회시간마다 강당 한쪽 구석에 반듯이 서 있는 도미테루 선생님의 모습을 주의 깊게 보았다. 지로는 선생님이 늘 풀이 죽고 쓸쓸해 보였다. 그때마다 아사쿠라 선생님이 낸 숙제를 풀지 못해 서글펐다.

지로는 그렇게 3학년이 되었다. 첫 학기 시험도 다음 날이면 끝나는 어느 날 아침, 지로가 교문을 막 들어서려는데 교문 오른쪽에 있는 게시판 앞에 열다섯 명쯤 되는 학생들이 서서 웅성거리는 게 보였다. 멀리 있는 친구를 큰 소리로 부르거나 손짓하는 학생도 있었다. 지로도 궁금해서 게시판 쪽으로 다가갔다. 게시판에는 벽보 두 장이 붙어 있었다. 방금 붙였는지 미처 먹물이 마르지도 않았다. 벽보에는 커다란 붓글씨로 '도미테루 미치토시 교사가 개인 사정으로 의원 사직하였음을 공고함'이라고 쓰여 있었다. 그 옆에는 '1학기 종업식이 끝나고 송별식을 함'이라고 쓰여 있었다. 지로는 그 벽보를 보는 순간, 가슴을 쥐어짜는 듯한 통증을 느꼈다. 한동안 게시판에서 눈을 떼지 못하고 옆에서 학생들이 수군거리는 소리를 멍청하게 듣고만 있었다.

"결국 그만두는군."

"그래도 용케 자진해서 그만뒀네."

"자기가 그만두긴……. 이런 게 바로 권고라고."

"권고가 뭐야?"

"권고사직이란 뜻이야."

"권고사직? 그럼 잘렸다는 거야? 선생들도 잘리나?"

"당연히 잘려야지. 그런 게 없으면 어떤 선생이 스스로 그만 두겠냐?"

"호쿄 호슌, 불쌍하게 됐네. 그러게 진작 전근이나 가지."

"다른 학교로 전근 가면 뭐 해? 그 학교에서 또 사고 칠 게 뻔한데."

"어차피 받아줄 학교도 없을 거야."

"역시 야마부시가 더 어울릴지도 몰라."

학생들은 한마디씩 하며 웃거나 손뼉을 쳤다. 지로는 그런 말을 듣고 있는 게 너무도 괴로워 도망치듯 교실로 걸음을 옮겼다.

교실에 들어서자 거기도 도미테루 선생님 이야기로 시끄러웠다. 아이들은 지로가 나타나자 기다렸다는 듯 "야, 혼다 왔다!" "게시판 봤냐?" "어때, 통쾌하지?" 하고 지로가 도미테루 선생님을 이기기라도 한 양 떠들어댔다.

그러나 지로는 상대도 하지 않고 자리에 앉았다. 가방을 책상 위에 올려놓고 턱을 괴고 칠판을 바라보았다.

"왜 그래, 혼다?"

친구 두서너 명이 지로에게 다가왔다. 지로는 여전히 대답하지 않았다. 반 아이들의 눈길이 모두 자연스레 지로에게 쏠렸다.

"호쿄 호슌이 그만뒀다고!"

누군가 큰 소리로 외쳤다.

"알고 있어."

지로는 칠판을 뚫어져라 바라보며 짧게 대답했다. 그러고는 천천히 일어나 어이없어하는 친구들을 둘러보고는 말없이 교실을 나갔다.

지로가 나가자마자 신가가 뛰어들어 왔다. 신가는 지로의 책상에 가방이 놓여 있는 것을 보고 옆자리 친구에게 물었다.

"혼다 어디 갔어?"

"몰라. 지금 막 나갔는데 좀 이상했어."

신가는 걱정스런 얼굴로 고개를 갸웃거리더니 들고 있던 가방을 자기 책상에 내던지고는 서둘러 밖으로 나갔다.

조금 뒤 지로를 찾았는지 둘은 무기고 뒤편에서 수업 종이 울릴 때까지 이야기를 나누었다.

이튿날 강당에서 1학기 종업식이 있었다. 교장선생님은 짧게 훈화를 마치고 도미테루 선생님의 송별식을 했다.

"도미테루 선생님은 이번에 ㅇㅇ현의 ㅇㅇ여학교로 전근을 가시게 되었습니다……."

교장선생님이 그렇게 말하자, 학생들은 '아니, 어떻게 된 거야?' 하는 얼굴로 서로 눈길을 주고받았다. 학생들은 정식 임용교사가 아닌 도미테루 선생님이 다른 곳으로 전근 가지 못한다는 것을 알고 있었다. 그래서 퇴직하는 것으로 생각했다가 갑자기 여학교로 옮기게 되었다는 말에 깜짝 놀랐다. 지로도 마찬가지였다. 지로는 그 순간 내리깔고 있던 눈을 들어 도미테루 선생님을 바라보았다. 도미테루 선생님은 여느 때와 달리 맨 앞줄 교장 자리 바로 옆에 장승처럼 버티고 서 있었다. 잔뜩 긴장했는지 이마가 땀으로 번질거렸다.

교장선생님은 이삼 분 만에 훈화를 끝냈다. 교장선생님은 다른 선생님이 전근을 갈 때도 절대 그 선생님에 대한 칭찬을 장황하게 늘어놓거나, 있지도 않은 일을 꾸며내지는 않았다. 도미테루 선생님에 대해서도 마찬가지였다. 교장선생님은 도미테루 선생님에 대해 이렇게 말했다.

"선생님은 이 학교에서 단 한 시간도 수업을 쉬지 않았다. 여러분은 이 점을 명심하고, 또한 감사해야 할 것이다. 선생님이 남보다 건강했던 덕택이기도 하지만, 난 공식 업무를 가볍게 여기지 않는 선생님의 정신이 그렇게 하도록 만들었다고 생각한다. 선생님이 우리에게 남긴 선물은 바로 그것이다."

지로는 도미테루 선생님을 위해 그 정도 칭찬이라도 해준 교장선생님이 진심으로 고마웠다. 하지만 그 다음 말이 지로의 마음을 무겁게 짓눌렀다.

"여러분은 앞으로 선생님과 언제 다시 만날지 모른다. 그러나 한 번 맺은 사제 간의 인연은 영원한 법이다. 부모 자식 간의 인연이 영원한 것과 마찬가지다. 여러분이 앞으로 제아무리 사회에서 높은 신분을 차지한다고 하더라도, 또는 그 반대로 어떤 어려움에 빠진다 하더라도 도미테루 선생님은 여러분의 스승으로 여러분을 돌보아주실 것이다. 우리는 언젠가 다시 만날 것이고, 그때 도미테루 선생님은 또 한 번 여러분들을 위해 스승으로서 해야 할 일을 다 하실 것이다."

지로는 자꾸만 슬픈 마음이 들어 고개를 떨어뜨리고 말았다.

이윽고 도미테루 선생님이 단상에 올랐다. 얼굴은 조금 창백하고 굳어 있었다. 선생님은 손수건으로 이마에 흐르는 땀부터 닦아냈다. 딱히 누구를 찾는 것 같지는 않았지만, 커다란 눈을 두리번거리며 학생들을 훑어보았다. 그러고는 갑자기 비명을 지르듯 커다란 목소리로 인사말을 했는데, 완전히 뒤죽박죽이었다. 그래도 말은 거침없이 이어졌다. 선생님은 말끝마다 "단 한 시간도 수업을 쉬지 않았다." "개인 일 때문에 공식 업무를 가볍게 여긴 적은 한 번도 없다."고 교장선생님이 칭찬한 말을 혼자 되풀이하며 감격했다.

지로는 듣는 내내 조마조마했다. 학생들은 웃음을 참으며 팔꿈치로 서로 쿡쿡 찔러댔다. 다른 선생님들도 얼굴이 점점 일그러졌다. 그 가운데 눈에 띄는 사람은 교장선생님과 아사쿠라 선생님뿐이었다. 교장선생님은 자세를 흐트러뜨리지 않고 도미테루 선생님이 두서없이 늘어놓는 송별사를 정중히 듣고 있었고, 아사쿠라 선생님은 잔잔한 호수를 생각나게 하는 따스한 눈매로 도미테루 선생님의 뒷모습을 지켜보고 있었다. 지로는 두 선생님을 보는 순간, 아주 중요한 것을 배운 느낌이 들었다.

지로는 아사쿠라 선생님과 교장선생님의 표정을 살펴보느라 그 뒤로도 한참 동안 도미테루 선생님의 송별사를 거의 듣지 못했다.

마침내 도미테루 선생님이 단상에서 내려오자 5학년 대표가 재빨리 단상에 올라가 송별사를 읽었다. 학생 대표 송별사는 판에 박은 내용으로, 읽는 데 채 일 분도 걸리지 않았다. 마지막으로 체육 선생님이 도미테루 선생님이 떠나는 날짜와 기차 시간을 알려주었다. 곧 방학이니 시내에 사는 학생들만이라도 선생님을 배웅하라고 당부했다. 이렇게 송별식은 아무 탈 없이 끝났다.

지로는 긴장이 풀린 나머지 비틀거리며 강당을 나왔다. 신가가 다가와 말했다.

"지금 갈까?"

"응."

둘은 교무실로 들어가 곧장 아사쿠라 선생님을 찾았다. 지로는 조금 수줍어하며 말했다.

"선생님, 도미테루 선생님께 사과드리러 왔습니다."

"그래?"

아사쿠라 선생님은 읽던 서류를 내려놓으며 지로를 보았다.

"어쨌든 잘 생각했다. 학교에서 사과하는 건 좀 그렇고, 선생님 댁을 찾아가는 건 어떨까? 앞으로 사나흘 여유가 있으니까."

지로는 신가를 보았다. 둘은 고개를 끄덕였다.

"신가도 가려고?"

아사쿠라 선생님이 미심쩍다는 얼굴로 신가에게 물었다.

"저도 혼다랑 같이 가야 해요."

"왜? 혼다 혼자 가면 안 되냐?"

"저도 사과드릴 게 있거든요."

"음, 그래?"

아사쿠라 선생님은 잠깐 생각하다가 고개를 끄덕였다.

"좋아, 그럼 둘이 같이 가라."

지로와 신가는 아사쿠라 선생님께 인사를 하고 교실로 돌아가려 했다. 그때 아사쿠라 선생님이 다시 지로를 불렀다.

"하지만 사과를 하겠다고 이제 와서 그때 일을 끄집어낼 필요는 없어. 그때 일에 대해선 아무 말도 하지 마라. 이삿짐 싸는 거라도 도와드리고 싶어서 왔다고 그래."

지로와 신가는 집으로 돌아갔다. 그리고 집에서 저녁을 먹고 도미테루 선생님 댁을 찾아갔다. 이제 와서 사과할 필요는 없다고 한 아사쿠라 선생님의 말을 듣고 두 사람은 마음이 무척 가벼웠다.

도미테루 선생님은 변두리에 있는 작고 낡은 집에 살고 있었다. 전에 누군가가 가게로 쓰던 곳으로 현관도 따로 없었다. 둘이 토방에 올라서자 아직 밖이 환한데도 왱왱거리는 모기 소리가 들렸다. 도미테루 선생님은 풀기 없는 꼬깃꼬깃한 홑옷을 풀어헤치고 가슴에 난 털을 드러낸 채 나왔다. 집을 찾아온 학생 중 한 명이 지로라는 것을 알고 선생님은 조금 언짢은 얼굴을 했다. 그리고 지로 뒤에 몸집이 좋은 신가가 서 있는 것을 보자 당황하는 눈치였다. 선생님은 수상쩍은 눈빛으로 둘을 쏘아보더니 퉁명스레 말했다.

"혼다하고 신가였군. 우리 집엔 왜 왔냐?"

반가워하는 기색이라고는 찾아볼 수 없었다.

지로와 신가는 선생님이 쌀쌀맞게 대하자 조금 당황했다. 그러나 이런 문제로 섭섭해할 때가 아니었다. 지로는 최대한 공손하게 인사하고 말했다.

"신가하고 짐 꾸리는 거라도 도와드리려고 왔습니다."

그제야 선생님은 긴장이 풀린 얼굴로 지로와 신가를 번갈아 보았다. 그러나 아직은 안심할 수 없다는 눈빛이었다.

"짐 꾸리는 걸 도와주러 왔다고? 짐은 벌써 사람을 사서 다 쌌어."

"그럼 다른 심부름이라도 시키세요. 아무거나 다 할게요."

이번에는 조급해진 신가가 나섰다.

"으음……."

도미테루 선생님은 갑자기 신음 비슷한 소리를 내더니 고개를 천천히 떨어뜨렸다. 그렇게 고개를 푹 숙이고는 두서너 번 힘차게 가로저었다.

왱왱거리는 모기소리가 세 사람을 둘러쌌다. 조금 뒤에 선생님은 여전히 고개를 숙이고 말했다.

"와줘서 고맙다."

다시 아무도 말이 없었다.

"어쨌든 이 층으로 올라와. 얘기나 좀 하자."

둘은 선생님을 따라 이 층으로 올라갔다. 다다미 여덟 장이 깔린 천장이 낮은 방이었는데, 족자 하나 걸려 있지 않았다. 값싼 책상과 그 위에 수학 참고서 대여섯 권을 꽂아놓은 책꽂이 말고는 아무것도 없었다. 창밖은 이웃집 지붕과 맞닿아 있었다.

세 사람은 방석도 없이 자리에 앉았다. 앉자마자 도미테루 선생님은 다시 한 번 "잘들 왔어." 하고 자못 기쁜 듯이 말하며 두 사람에게 편히 앉으라고 권했다.

"우리 집에 학생이 찾아온 건 너희가 처음이야. 너희들이 처음이자 마지막이지."

선생님은 그렇게 말하며 웃었지만, 무척 쓸쓸하게 들렸다.

지로와 신가는 할 말이 없어 잠자코 고개를 숙이고 있었다. 선생님은 혼자 이런저런 이야기를 늘어놓았다. "난 말이다, 머리가 좀 나빠. 그렇지만 오늘 교장선생님이 말씀하신 대로 진심을 다해 가르쳤어." "이번에 가게 된 학교는 여학교야. 수학뿐 아니라 담임을 맡은 반의 윤리도 가르쳐야 해." 이런 이야기뿐 아니라 낯 간지러운 이야기들을 쉴 새 없이 늘어놓았다. 그러나 정작 중요한 지로와 부딪쳤던 사건에 대해서는 한마디도 꺼내지 않았다. 둘은 끝까지 듣기만 했다. 그러다 아무리 기다려도 이야기를 끝낼 것 같지 않자 더 참지 못한 신가가 선생님의 말을 끊었다.

"선생님, 언제 이사 가세요? 그때 와서 도와드릴까요?"

"글쎄……."

선생님은 잠깐 말을 멈추었다. 그러고는 커다란 손가락을 꼽으며 날짜를 세었다.

"시험 답안지가 아직 남아 있긴 한데……. 성적표는 다른 선생님이 맡아서 해주겠다고 했지만, 그래도 내일모레까지는 짐을 정리하지 못할 거야."

더 할 말도 없어서 지로와 신가는 그만 자리에서 일어났다. 선생님은 지로와 신가를 따라 층계를 내려오더니 안방 쪽을 보며 나무라듯 큰 소리로 외쳤다.

"학생들이 찾아왔어! 차 한 잔 안 내오고 뭐 해?"

"어머, 저런"

그렇게 말하며 나온 사람은 폐병이라도 앓는 게 아닐까 싶을 만큼 얼굴색이 나쁘고 마른 여자였다. 그 여자는 밖에까지 나와 두 사람을 배웅했다. 지로와 신가는 선생님 댁을 나온 뒤 모깃불 연기가 자욱한 거리를 말없이 걸었다.

이튿날 저녁, 둘은 약속한 대로 도미테루 선생님 댁을 찾아갔다. 놀랍게도 집은 이미 비어 있었다. 닫힌 문에 종이쪽지 한 장이 붙어 있었는데, 그 종이쪽지에는 우편물을 반송해야 할 학교 이름이 쓰여 있었다.

"이거 어떻게 된 거야?"

지로와 신가는 종이쪽지를 보며 멍하니 서 있었다. 그 길로 둘은 아사쿠라 선생님을 찾아가 사정을 들어보기로 했다. 하지만 아사쿠라 선생님도 처음 듣는 말인 듯 지로가 하는 말을 듣고 연신 고개를 갸웃거렸다.

"그럼 벌써 떠난 모양이군. 학교엔 내가 알려야겠다. 혹시 모르니까 너희 둘이라도 학교에서 알려준 시간에 맞춰 역에 나가봐."

이튿날 지로와 신가는 역으로 갔다. 그들이 역에 도착했을 때 다른 선생님과 학생들은 아직 한 명도 와 있지 않았다. 뒤늦게 부랴부랴 달려온 체육 선생님이 지로를 보자마자 말했다.

"도미테루 선생님을 전송하러 왔다면 그냥 가야겠구나. 그저께 떠나신 모양이다. 가다가 다른 학생들을 만나거든 괜히 헛수고하지 않게 꼭 전해줘라."

그래도 혹시나 하는 마음에 지로와 신가는 기차 시간까지 역 둘레를 어슬렁거렸다. 그러자 같은 백조회 회원 네다섯 명이 더 왔다. 지로가 체육 선생님께 들은 이야기를 전하자 "뭐 이래? 어쨌든 끝까지 말썽이군." 하고 화를 내며 돌아갔다. 그 뒤로 다른 학생들은 단 한 명도 나타나지 않았다. 물론 도미테루 선생님도 보이지 않았다.

마침내 기차가 떠났다. 신가는 개찰구 쪽을 보며 말했다.

"진짜 별난 선생이야."

지로는 왠지 모르게 마음이 쓸쓸해졌다.

'두 번 다시 도미테루 선생님을 만나지 못하겠지? 이건 무계획의 계획과도 조금 다른 것 같다.'

지로는 문득 그런 생각이 들었다.

고급술 한 말

4월이 지나서 교이치와 오자와가 지로에게 구마모토 성(규슈 지방 구마모토 현에 있는 성)과 스이젠지(구마모토 시에 있는 정원), 아소 산(구마모토 현 화산대 북단에 있는 이중식 활화산)이 그려진 엽서를 여러 장 보냈다. 엽서에 쓰여 있는 내용은 모두 간단했지만, 지로는 교이치와 오자와가 즐겁게 생활하고 있다는 것을 엿볼 수 있었다. 지로는 엽서를 한 장도 빼놓지 않고 책상 서랍에 소중하게 넣어두고 때때로 꺼내서 보고는 했다.

6월 말에는 교이치가 제법 두툼한 편지를 한 통 보냈다. 편지에는 기숙사 생활을 하면서 겪은 일들이 자세히 쓰여 있었다.

"여기서는 선생님과 학생의 관계보다 학생과 학생의 관계가 더 중요한 것 같아. 학교에서도 학생들끼리 서로 공부하고 노력하는 분위기를 만들어주려고 애쓰는 게 느껴져. 확실히 중학교 때와는 모든 게 달라졌어. 이제야 공동생활이 어떤 건지 알 것 같아. 우리가 백조회 회원이었다는 게 정말 큰 힘이 된다는 걸 여기 와서 알았어. 벌써 오자와랑 이런 얘기를 여러 번 했단다."

지로는 교이치가 보낸 편지를 읽고 또 읽었다. 교이치의 새로운 생활이 궁금했기 때문이기도 하지만, 무엇보다 편지 끝에 교이치가 다음과 같은 글을 적어 보낸 게 마음에 걸렸기 때문이다.

"요즘 아버지는 잘 계신지 모르겠다. 집안에 뭐 이상한 일은 없겠지? 가게는 어떤지도 무척 궁금하구나. 혹시라도 특별한 일이 생기면 감추지 말고 나한테 곧바로 알려줘야 해. 우리 집 일이라면 나도 알아야 할 권리가 있으니까. 오자와와 의논해봤는데, 여름방학은 아무래도 여기서 지내야 할 것 같다. 공부도 더 하고, 또 다른 할 일이 생길 것 같아서 그런다."

편지를 다 읽고 나서 지로는 여태껏 별로 마음 쓰지 않던 한 가지 사건이 떠올랐다. 그러자 마음 한구석이 갑자기 불안해졌다. 처음 장사를 시작할 때부터 아버지를 도와 가게에서 지배인으로 일했던 히다라는 사람이, 교이치가 구마모토로 떠나기 직전에 외상 대금을 모두 챙겨 자취를 감추었다.

히다는 슌스케가 시골에 있을 때 아오키 의사 다음으로 친하게 지내던 사람의 막내 동생뻘 되는 사람으로, 천성이 야무지지 못하여 그동안 여러 곳에서 쫓겨난 경력이 있었다. 그러다가 슌스케가 읍내에 가게를 차린 것을 알고 며칠씩 찾아와서 사정사정하여 슌스케는 결국 그 사람을 고용했다. 슌스케는 히다의 성격을 잘 알아 내키지는 않았지만, 특유의 의협심과 대범한 성품이 발동해 히다를 채용했다. 그런 히다가 외상 대금을 털어 달아났으니, 이 사실을 알고 할머니는 그야말로 노발대발했다. 그래도 슌스케는 대수로운 일이 아니라는 듯 히다의 형에게 앞뒤 사정을 알리기만 했을 뿐, 애써 히다를 경찰에 고발하거나, 어디 숨었는지 찾아보려고 하지는 않았다. 그래서 지로도 가게 운영에 큰 타격을 입을 만큼 대단한 사건으로는 생각하지 않았다. 오히려 히다 같은 사람이 없어져서 아버지 사업이 더 잘 풀릴 거라는 생각까지 하고 있었다.

그런데 교이치가 보낸 편지를 읽다 보니 새삼 그때 일이 생각나면서 불길한 예감이 고개를 들었다. 아닌 게 아니라 요즘 들어 맥주나 정종 병 진열장이 텅 비어 있는 때가 많았고, 가장 바빠야 할 저녁 시간에도 점원 두 명이 멍하니 앉아 있는 모습이 자주 눈에 띄었다. 말은 하지 않았지만 지로도 내심 불안했다.

그날부터 지로는 학교에 갈 때나 집에 돌아와서 반드시 가게 분위기를 주의 깊게 관찰했다. 그러다 이틀도 채 안 돼서 가게 운영이 형편없다는 것을 알 수 있었다. 청소도 제때 하지 않는지 가게 곳곳에 먼지가 날렸다. 평소와 마찬가지로 토방에 너 말들이 술통이 일고여덟 병이나 쌓여 있는 게 그나마 다행이었다. 그런데 어느 날 학교에서 돌아와 점원들과 농담을 주고받다가 혹시나 하는 마음에 살며시 손가락 끝으로 술통을 두들겨 보았다. 역시 술통은 모두 비어 있었다.

지로는 생각다 못해 아버지에게 교이치가 보낸 편지를 보여주고 집안사정이 어떻게 돌아가는지 대놓고 물어볼까 생각한 적도 있었다. 하지만 중학생 주제에 건방지게 어른 일에 끼어드는 게 아닐까 싶어 도무지 그렇게 할 수 없었다. 결국 닷새쯤 뒤 지로는 교이치에게 자신이 본 그대로 상황을 정리해서 답장을 보냈다.

그렇게 시간이 흘러 1학기가 거의 끝나갈 무렵이었다. 지로도 어느새 집안일은 잊어버리고 학기말 고사를 준비하느라 한창 바빴고, 곧 도미테루 선생님의 전근 문제로 또 며칠을 정신없이 보냈다. 그러다 보니 여름방학이었다. 지로가 마음 쓰지 못하는 동안에도 슌스케는 계속 장사를 하고 있었다. 어디선가 너 말들이 술통을 몇 개씩 들여오는 것도 보았기 때문에 지로도 처음 걱정했던 것과는 달리 교이치가 돌아오면 그때 다시 집안일을 살펴보면 되겠지 하고 생각했다.

그런데 교이치는 8월 5일이 지나도 돌아오지 않았다. 할머니는 며칠 전부터 교이치에게 연락을 해보라고 슌스케를 닦달했다. 지로도 속으로 무슨 일이 생긴 건 아닐까 걱정이 이만저만 아니었다. 그래도 차마 입 밖으로 말은 못 꺼내고, 슌스케의 안색만 살폈다. 슌스케는 교이치 이야기가 나올 때마다 "어디 등산이라도 하고 올 모양이죠." 하고 아무렇게나 둘러대며 할머니를 피해 다니기 바빴다.

할머니의 잔소리가 본격으로 시작된 지 이틀째 되는 날이었다. 식구들이 함께 저녁을 먹고 있을 때 우편집배원이 지로에게 편지 한 통을 건넸다. 바로 교이치가 보낸 편지였다.

"이번 방학은 여기서 처음 맞는 여름방학이다. 집에 돌아가기 전에 실컷 여행이나 할 생각이었어. 널 만나면 여행 때 구경한 것들을 실컷 얘기해주고 싶었는데, 아무래도 이번 방학에는 집에 못 갈 것 같다. 오자와와 나는 계속 기숙사에 남아 있을 생각이야. 실은 오자와도 나 때문에 안 내려가는 것 같아. 자세한 내용은 지난번에 아버지께 편지 보냈으니까 잘 설명해주실 거야. 아버지가 아직 답장을 보내시긴 않았지만, 당연히 내 생각에 동의하실 거라고 생각해. 넌 지금까지 강한 인간이 되기 위해 수양을 쌓아왔지만, 난 이제부터 시작이다. 또 편지할게."

지로는 편지를 읽고 나서 슌스케를 한 번 보고는 딴청을 피우며 재빨리 편지를 바짓주머니에 쑤셔 넣었다. 그러나 할머니는 우편집배원이 왔을 때부터 밥상 너머로 지로의 손에 들린 편지를 뚫어져라 보고 있었다.

"교이치가 보낸 게냐?"

"예."

지로는 건성으로 대답하며 슌스케 쪽을 흘끔거렸다.

"뭐라고 썼어? 엽서를 보낸 걸 보니 아직 돌아올 생각이 없는 모양이지?"

"이번 방학엔 그냥 기숙사에서 지내겠대요."

"뭐, 집에 안 오겠다고? 왜?"

"오자와 형이랑 학교에 남기로 했대요."

지로의 대답은 종잡을 수가 없었다.

"오자와는 무슨 오자와야? 교이치가 왜 못 온다는 게냐? 어디 그 편지 좀 보자."

지로는 아버지의 얼굴을 살피며 찜찜한 얼굴로 조금 구겨진 엽서를 밥상 위에 올려놓았다.

그 뒤 슌스케와 할머니 사이에 어떤 말이 오갔는지, 또 집안에 어떤 폭풍이 휘몰아쳤는지는 생략하겠다. 어쨌든 지로는 할머니와 아버지가 나누는 이야기를 듣고 자신이 생각했던 것보다 더 가게 사정이 좋지 않다는 것과 교이치가 학비를 벌기 위해 신문배달이나 가정교사 자리를 찾으려 한다는 것, 또는 이미 그런 일을 찾았을지도 모른다는 것을 알게 되었다.

그날 밤 지로는 모기에 물려가며 교이치에게 긴 편지를 썼다. 지로는 먼저 요즘 자기가 관찰한 집안사정을 적었다. 그리고 오자와와 교이치의 우정에 감탄하는 내용도 썼다. 마지막으로 자기도 이번 여름방학에 아버지를 도와 가게일을 할 생각이라고 썼다.

지로는 이튿날부터 편지에 쓴 내용을 그대로 실천했다. 이삼년 전에 징병 검사를 받은 센키치라는 지배인을 붙잡고 손님이 뜸한 아침마다 술 계량하는 법을 배웠다. 그 밖에도 통에 담긴 술을 매장의 술독으로 옮기는 방법과 물을 타는 방법도 대충 배웠다. 오후가 되면 지로와 나이가 비슷한 분로쿠라는 점원과 윗도리를 벗고 술병을 닦거나 단골집에 술을 배달하기도 하며 여러 가지 허드렛일을 부지런히 도왔다.

슌스케와 할머니는 날마다 가게에서 잔심부름하는 지로를 보고 별다른 말을 하지는 않았다. 그러나 두 사람 모두 내심 불만을 품고 있었다. 슌스케는 "마사키 외할아버지와 오마키 할아버지가 여름방학이 되기만을 기다리셨는데, 무척 섭섭해하시겠구나." 하는 말을 자주 했고, 그때마다 할머니는 못마땅한 눈초리로 슌스케를 보았다.

오요시는 언제나 그렇듯이 가게 일을 돕는 지로를 보고 무슨 생각을 하는지 좀처럼 알 수 없었다. 지배인인 히다가 도망친 뒤 슌스케가 가게를 비우면 가끔 오요시가 가게를 지켰기 때문에 웬만한 일은 모두 알고 있었다. 오요시는 지로가 일하는 모습을 지켜보다가 가끔 자기가 아는 것을 조금씩 가르쳐주기만 했다. 그것조차 특별한 의미가 있는 것 같아 보이지는 않았다.

그 무렵 슌조도 벌써 중학교 2학년이었다. 슌조는 지로와 달리 입학시험에 실패하지 않았다. 그래서 나이는 지로보다 두 살 밑이었으나, 한 학년밖에 차이가 나지 않았다. 슌조는 머리가 좋아서 형제 가운데 공부를 가장 잘했다. 하지만 막내라는 자리에 익숙해서인지 지로가 아무리 권해도 백조회에 들어갈 생각은 하지 않았고, 집안 돌아가는 사정에도 관심이 없었다. 슌조는 가게에서 비지땀을 흘리며 술통을 나르는 지로와 마주쳐도 도울 생각은 하지 않고, "그런 일이 그렇게 하고 싶었어?" 하고 아무렇게나 한마디씩 내뱉었다.

지로가 가게 일을 돕는 것은 교이치 때문이었다. 스스로 학비를 벌기 위해 힘든 일을 마다하지 않는 교이치를 보며 자기도 무언가 해야겠다는 생각이 들었기 때문이다. 그 밖에 다른 이유를 찾는다면, 가게가 정확히 어떤 상태인지 확인하고 싶은 마음이 있었다. 또 자기가 열심히 도우면 가게가 예전처럼 좋아질지 모른다는 희망도 품었다. 그런 희망은 지로가 어린 시절부터 집착했던 호기심과 공명심에서 나왔다고 할 수 있었다. 하지만 단순한 공명심으로 치워버리기에는 집안사정이 좋지 않았으므로, 지로는 그 어느 때보다 최선을 다해 가게 일을 도왔다.

겨우 대엿새 정도만 일을 했는데도 지로는 이미 절망감에 빠져 들기 시작했다. 가게에 진열한 술은 특상, 상, 중, 하 네 단계로 나뉘었는데, 원료로 쓰는 술은 단 한 종류로 단지 물을 섞는 비율을 달리할 뿐이었고, 게다가 원료로 쓰는 술도 늘 일정한 게 아니라는 것을 알아차렸기 때문이다. 지로는 처음 그 사실을 알았을 때 술이 본디 그런 것일지도 모른다고 생각하여 살짝 센키치에게 물어보았다.

　"예전에는 이런 적이 한 번도 없었어. 하지만 요즘은 장사가 잘 안 되니까 어쩔 수 없지. 이렇게라도 하지 않으면 달리 방법이 없으니까."

　센키치는 히죽거리며 대답하고는 빈정거리는 투로 덧붙였다.

　"하지만 술 맛을 제대로 모르는 사람들은 지금도 사러오니까 이보다 더 고마울 순 없지."

　지로는 그 말을 듣고 얼굴이 화끈 달아오르는 것을 느꼈다. 그리고 앞일이 훤히 보이는 것만 같아 더 일할 의욕이 생기지 않았다. 그렇다고 겨우 닷새 일하고 그만둘 수도 없는 노릇이어서 아사쿠라 선생님과 의논해볼까, 마사키 가나 오마키 가에서는 이런 사정을 이미 알고 있는 것일까 하며 이런저런 생각을 하면서도 여전히 일을 돕는 것만은 그만두지 못했다.

　그 뒤 일주일쯤 지난 어느 날, 한 여자가 듣기 거슬리게 쉰 목소리로 "안녕들 하세요?" 하며 인사를 하고서는 목덜미에 연신 부채질을 하며 가게 안으로 들어왔다. 보기에도 답답할 정도로 뚱뚱한 오십대 중년 여인이었다. 얼굴에는 마마 자국이 가득했고, 머리를 들어올리고 있었다.

마침 점심시간이 막 지나 한창 무더울 때라 조용한 가게에서는 센키치가 계산대 앞에 앉아 꾸벅꾸벅 졸고 있었다. 분로쿠는 어디로 갔는지 보이지 않았고, 지로는 빈 술통 위에 앉아 잡지를 넘기고 있었다. 지로는 고개를 들어 목소리의 주인공을 쳐다보았다. 분명히 어디서 한 번 본 적이 있는 얼굴이었다.

"가게 안이 왜 이리 더워?"

여자는 그렇게 말하며 성큼 가게 안으로 들어와 자리를 잡고 앉았다. 그러고는 살피듯 주위를 둘러보다 센키치가 잠이 덜 깬 눈으로 자기를 보자 비아냥거렸다.

"호호호. 태평하시군. 팔자 좋네."

그 말을 들은 센키치가 표정이 확 바뀌며 자세를 고쳐 앉았다.

"어서 오십시오."

그러자 여자는 부채를 접어 허리에 꽂고 계산서로 보이는 쪽지를 꺼냈다.

"술을 마저 받으러 왔어요. 그때 온 뒤로 보름 정도 지났으니 오늘은 꼭 받아야겠어. 이만하면 형편도 나아진 것 같은데, 뭐……."

"보시다시피 사장님이 외출하셨어요. 저 혼자서는 어떻게 할 수 없는데요."

센키치는 미안해하며 여자의 눈치를 살폈다. 하지만 말투에는 어딘지 모르게 귀찮아하는 감정이 배어 있었다.

슌스케는 정말 아침부터 밖에 나가고 없었다.

124

"사장님이 안 계셔도 술은 있을 거 아냐?"

"그야 있죠. 하지만 제가 함부로 건드릴 수가 없어서……."

"뭐가 함부로야? 술이 있으면 내놓는 게 당연한 거 아냐?"

"그게 실은……."

"됐어. 이 더운 날 쓸데없는 말이나 들으려고 여기까지 온 게 아니야. 이걸 봐. '고급술 한 말을 틀림없이 보관하고 있음.' 이렇게 보관증을 가지고 왔잖아요. 난 맡긴 술을 찾으러 온 것뿐이라고."

여자는 허리띠에서 끄집어낸 쪽지를 센키치에게 내밀었다.

센키치는 쪽지를 한 번 보고는 기분 나쁘다는 듯 고개를 돌려버렸다.

"아니……."

여자는 커다란 배를 앞으로 쑥 내밀며 허리를 뒤로 조금 젖혔다. 그러고는 말없이 센키치의 옆얼굴을 노려보다 이윽고 입을 열었다.

"설마하니 이제 와서 모른 척하려는 건 아니겠지? 이건 보관증이라고. 당신네 가게에서 내 고급술 한 말을 보관하고 있다는 증서라고."

"누가 뭐랬나요?"

센키치는 여전히 고개를 돌린 채 말했다.

"하지만, 이렇게까지 하시면 저희 사장님 처지가 너무 곤란해지잖아요. 히다 일이라면 사장님도 충분히 성의를 보인 것 같은데."

"그럼, 이 보관증은? 여기와는 관계가 없다는 건가?"

"그런 얘기가 아니잖아요. 보관증에 우리 가게 도장이 찍혀 있는데 어떻게 모른다고 하겠어요. 그래서 우리 사장님이 형편이 어려워도 지금까지 참고 그 도둑놈이 저지른 짓을 전부 떠안으셨던 거라고요. 그래도 이건 좀 너무하다는 생각이 드네요. 그쪽도 그만큼 받아갔으면 충분하지 않나요? 정당하게 값을 받고 써준 보관증이 아니고, 또 그 돈이라면 히다가 다 써버렸을 거라고요. 게다가 지금 저희 사정이 어떤지도 잘 아시잖아요."

센키치는 웅변을 하듯 거침없이 말했다. 센키치는 오래전부터 가게가 희망이 없다는 사실을 알고도 슌스케의 인품을 마음으로 깊이 존경했기 때문에 가게를 그만두지 않고 이것저것 도우면서 가게를 지켰다. 따라서 이런 일이 일어나면 그냥 잠자코 있지만은 않았다.

하지만 상대도 보통이 아니었다. 센키치의 말 몇 마디에 순순히 물러날 것처럼 보이지 않았다. 그 여자는 센키치가 말을 끝낼 때까지 기다렸다가 끈적끈적한 말투로 센키치를 자극했다.

"젊은 양반이 꽤 이치를 따지시는군. 그 나이에 인정을 들먹거리는 게 쉬운 일은 아니지. 사장님한테 꽤 귀여움을 받으셨겠어, 호호……. 나도 여기서 이러는 건 오늘로 마지막이야. 보관증도 이거 한 장밖에 안 남았다고. 이쯤 해서 그냥 해결해주지 그래? 그야 이쪽 사장님 처지를 생각하면 미안한 일이지만, 나도 말을 안 해서 그렇지 꽤 사정이 복잡하다고. 그나마 열흘이나 보름에 한 번씩 지나가는 길에 들르는 것만 해도 감지덕지해야지. 그리고 장사는 신용이라고, 신용. 이제 한 장 남았는데 마저 갚지 않는다면, 이 바닥에서 소문이 어떻게 돌겠어? 보관증을 가져와도 술을 안 내놓는 가게에 누가 오겠느냔 말이야. 자네가 그렇게 사장님 처지를 생각한다면 이런 것부터 해결해야지."

센키치도 여자가 펴는 논리에 딱히 대꾸할 말이 떠오르지 않는 듯 상대를 보며 입술만 삐쭉거렸다.

지로는 꼼짝하지 않고 이들이 나누는 이야기를 듣고만 있다가 느닷없이 고개를 들고 센키치에게 외쳤다.

"센키치 형, 그냥 달라는 대로 드려!"

센키치는 지로가 이렇게 말하자 당황한 듯 잠자코 있으라는 눈짓을 보낼 뿐, 아무 말도 하지 않았다. 그러자 여자는 지로를 위아래로 훑어보며 부추기듯 말했다.

"그래 맞아, 이 어린 점원이 되레 뭘 좀 아는 것 같군. 넌 술이 어디 있는지 알지? 그럼 얼른 내와."

"아주머니……."

센키치가 착 가라앉은 목소리로 말했다.

"이 친구는 점원이 아니에요. 사장님 아들이요. 술이 어디 있는지도 모르고요."

"아드님이라고?"

여자는 조금 수상쩍어하는 얼굴로 말했다.

"아드님이라니 더 잘됐네. 사장님을 대신해서 그런 말도 할 줄 알고 말이야."

"그런데 아주머니……."

센키치는 더 한층 가라앉은 목소리로 말했다.

"드리고 싶어도 고급술은 단 한 말도 없어요."

그 말을 듣고 여자는 눈을 부라리며 매장에 있는 술독부터 토방에 쌓아올린 너 말들이 술통까지 한 바퀴 둘러보았다.

"진짜 텅 비었군."

여자는 너 말들이 술통을 턱으로 가리키며 말했다.

"거짓말이 아니에요."

여자는 세워놓은 술통들은 두드려보지도 않았다. 그렇다고 지로네 형편을 동정하는 것 같지도 않았다. 잠깐 무언가 생각하는 듯하더니 입을 열었다.

"고급술이 부족하면 부족한 만큼은 다른 거라도 괜찮아. 어쨌든 오늘 깨끗이 끝을 보자고."

"고급술만 없는 게 아니라 사실은……"

센키치는 그렇게 말하고는 고개를 떨어뜨렸다. 그러자 여자는 갑자기 큰 소리로 꾸짖듯 말했다.

"누굴 바보로 알아? 아무려면 술 한 말 없이 가게 문을 열었을라고?"

지로도 그때쯤에는 완전히 이성을 잃었다. 지로는 갑자기 자리에서 벌떡 일어나 센키치에게 화를 냈다.

"우리 집에 왜 술이 없어? 안쪽 곳간에 얼마든지 있잖아! 내가 가져올게!"

지로는 센키치가 어안이 벙벙해서 잠자코 있는 동안에 벌써 선반에 엎어놓았던 술통을 내려 어깨에 짊어지더니 쏜살같이 부엌으로 달려갔다. 그러고는 우물가에서 술통에 물을 삼분의 이 넘게 퍼담고는 다시 어깨에 짊어지고 비틀거리며 가게로 돌아왔다.

가게에서는 여자가 당장이라도 달려들 듯한 기세로 센키치에게 악다구니를 퍼붓고 있었다. 지로는 딱딱하게 굳은 얼굴로 고급술을 담아놓은 술독 뚜껑을 열어 우물에서 퍼온 물을 쏟아부었다.

지로의 얼굴은 새파랗게 질려 있었다. 겨우 물을 다 붓고 술독 뚜껑을 닫고 나서야 혈색이 겨우 되돌아왔다. 지로는 자기도 모르게 거친 숨을 내뱉으며 여자를 보았다. 여자는 그때까지도 센키치를 나무라고 있었다. 그러다 지로와 눈이 마주치자 갑자기 생글생글 웃으면서 말했다.

"도련님, 수고하셨어. 덕분에 이 사람에게 바보 취급당하지 않고 끝났네. ……그럼 어디 한 번 달아볼까? 오늘은 병을 빌리는 것도 미안해서 내가 가져왔지."

여자는 가게 밖을 내다보고 손짓했다. 곧이어 옷깃에 춘월정이라는 술집 이름을 새겨넣은 겉옷을 걸친 사내가 손수레에 빈병을 잔뜩 싣고 가게 안으로 들어왔다.

그 사내가 빈 병들을 매장 앞에 가지런히 내려놓자, 지로는 재빨리 술독 마개를 비틀어 빈 병마다 술을 가득 부었다. 지로의 팔뚝이 가늘게 떨리고 있었다. 일이 익숙지 않아 솜씨도 서툰 데다가 너무 긴장한 탓에 술이 몇 번씩 병 밖으로 새어나갔다.

"아이고, 저런……. 아까워라."

여자는 지로 옆에 바싹 달라붙어서 지로가 서툴게 손을 놀리는 것을 보며 혼잣말로 중얼거렸다.

"너무 연한 것 같은데? 하지만 색깔이 곱상한 게 고급 청주처럼 보이긴 하네."

여자는 술 빛깔이 마음에 들었는지 그렇게 말했다. 그러나 지로는 입을 굳게 다물고 말없이 술독만 기울였다. 여자는 자기가 가져온 빈 병에 술이 가득 차자 저울에 하나씩 달아본 뒤 지로에게 보관증을 돌려주었다. 지로는 보관증을 돌려받자마자 그 자리에서 갈기갈기 찢어버렸다. 아주 오랜만에 지로의 눈에서 눈물이 글썽거렸다.

"어머, 이 도련님도 여간 아니네. 어쨌든 나야 도련님 덕 좀 봤구먼. 이제 두 번 다시 만날 일 없을 테니 마음 풀라고."

그러고는 센키치를 보았다.

"자네도 볼일이 더 없겠구먼, 호호. 사장님한테 안부 전해주고."

센키치는 그때까지 멍한 얼굴로 가게 한쪽 구석에 서 있었는데 여자가 하는 말도 못 들었는지 지로만 보고 있었다. 그러다가 퍼뜩 정신을 차리고 꼭두각시 인형처럼 어색한 자세로 여자에게 고개만 까딱했다.

여자가 가게 밖으로 나간 뒤에야 지로는 이 여자를 어디에서 보았는지 기억해냈다. 학교 가까운 데 있는 춘월정이라는 술집 문간에서 왔다 갔다 하는 것을 몇 번 본 적이 있었다.

천신의 수풀

그런데 가게 옆방에 꽤 오래전부터 할머니가 앉아 있었다. 할머니는 숨소리를 죽인 채 가게 안에서 오가는 이야기들을 모조리 듣고 있었다. 할머니는 상황이 불리하게 돌아가는 것을 알고, 춘월정 마담과 한바탕 싸워볼 작정으로 몸을 반쯤 일으켰다. 하지만 갑자기 지로가, "우리 집에 왜 술이 없어? 안쪽 곳간에 얼마든지 있잖아!" 하고 외치는 소리에 깜짝 놀라 자리에 주저앉고 말았다. 있지도 않은 곳간을 들먹이며 술통을 짊어지고 가는 지로를 보고 할머니는 이상한 생각이 들었지만, 지로가 우물가로 달려가 물을 퍼담는 것을 보고는 내심 흡족했다. 그래서 할머니는 가게 안을 노려보며 혼잣말로 뭐라고 중얼거리기만 할 뿐, 아주머니가 돌아갈 때까지 가만히 앉아 있었다. 할머니는 춘월정 마담이 돌아간 것을 확인하고는 빈정거리듯 웃으며 칸막이가 쳐 있는 장지문을 열어젖혔다.

"지로, 아주 잘했다. 속이 다 후련하구나."

할머니는 지로와 센키치를 보며 여러 번 고개를 끄덕거렸다.

"하지만 이대로 가만있지는 않을 거예요. 긁어 부스럼을 만들었는지도 몰라요."

센키치가 걱정스럽다는 듯이 말했다.

"그렇게 기가 약해서 험한 세상을 어떻게 살려고 그러는 게야? 그 여자에게 물을 준 것도 아니잖아. 술 맛이 조금 약할 뿐이라고. 만약 그 여편네가 또 찾아오면 우리 집에서 파는 고급 술 맛은 본디 그렇다고 둘러대면 된다고. 그렇지, 지로?"

할머니는 못마땅한 듯이 센키치를 나무랐다. 아무래도 할머니는 지로가 처음부터 그럴 작정으로 술통에 물을 담았다고 생각하는 것 같았다.

지로도 정신이 없었는지 토방에 멍하니 서 있었다. 지로는 아무 생각 없이 춘월정 마담이 사라진 문밖만 노려보고 있었는데, 할머니가 하는 말을 듣고는 분한 감정이 깨끗이 지워지는 것을 느꼈다. 지로는 할머니가 의기양양하게 떠드는 소리가 말할 수 없이 비열하게 들렸다. 그리고 할머니의 비열한 태도는 방금 자기가 저지른 범죄를 희석시키기 위해 억지로 갖다 붙이는 변명에 지나지 않는다는 것을 깨닫고, 자기야말로 조금 전에 무슨 짓을 저질렀다 싶어 두려운 생각이 들었다.

지로는 무엇인가에 크게 놀란 눈으로 할머니를 보았다. 그리고 천천히 눈길을 옮겨 술독을 보았다. 지로의 눈빛은 무척 서글퍼 보였다. 마지막으로 지로는 자기가 열었던 술독 뚜껑을 못 박힌 듯 보았다.

"지로는 어릴 때부터 머리가 잘 돌아갔어. 무슨 일이든 저지를 땐 앞뒤 가리지 않고 확실히 처리했다고. 센키치도 지로한 테 좀 배워야겠어."

할머니는 지로가 어떤 생각을 품고 있는지 모른 채 센키치에 게 한마디하고는 장지문을 닫아버렸다.

지로는 술독 뚜껑을 내려다보고 있었는데, 무의식중에 눈이 할머니의 뒷모습을 따라갔다. 그러고는 또다시 술독 뚜껑으로 옮아갔다. 한낮의 더위로 점포는 후덥지근했지만, 지로 주위에 선 찬기운이 감도는 것 같았다.

지로의 눈동자는 움직이지 않았지만 머릿속은 견딜 수 없을 만큼 부끄러운 감정으로 소용돌이쳤다. 그 소용돌이 속에서 아 사쿠라 선생님 부부와 백조회의 동료들이 하나 둘씩 떠올랐다. 오자와와 교이치도 그 속에 포함되어 있었다. 하지만 누구보다 아버지의 얼굴이 마음을 괴롭혔다. 아버지의 얼굴은 맨 마지막 에 떠올랐지만, 아사쿠라 선생님이나 오자와, 교이치의 얼굴을 모두 내몰고 비통한 눈초리로 지로에게 다가왔다.

'내가 조금 전에 저지른 짓은 나 하나만 욕보인 게 아니야. 나 때문에 아버지까지 범죄자 취급을 받게 됐단 말이다. 어쩌 면 내가 한 짓마저 아버지 책임으로 돌아갈 수도 있다.'

그런 생각이 들자 지금까지 괴로웠던 것과는 의미가 전혀 다 른 고통에 몸서리가 쳤다. 선생님이나 친구 앞에서 망신을 당하 는 건 아무렇지도 않았다. 춘월정 마담 앞에서 손을 조아리고 사정을 설명하면서 연신 고개를 수그리는 아버지의 뒷모습이 눈앞에 선했다. 생각만 해도 지로는 몸이 오들오들 떨렸다.

"이왕 이렇게 된 바엔 할머니 말씀대로 버텨 보는 수밖에 없어. …… 하지만 사장님이 돌아오시면 뭐라고 말씀드리지?"

세이키치는 점포 구석에 앉아 고개를 흔들었다. 손바닥으로 이마를 두들겼다 하며 무언가 한참 동안 생각하다 될 대로 되라는 투로 그렇게 말했다. 지로가 아무 말도 못하자, 센키치는 벌떡 일어나 선반 쪽으로 걸어갔다. 그리고 술독 사이에 끼어 있는 자를 꺼내 고급술만 보관하는 술독에 자를 넣고 분량을 재보았다.

"그래도 아직 두 되는 남았어. 하지만 그냥 놔두면 어디 가서 하급술 취급도 못 받을 거야. 그렇다고 새 통이 들어올 때까지 놔두면 썩어버릴 거고……. 차라리 버릴까?"

그러나 지로는 여전히 말이 없었다. 지로는 반쯤 넋이 나간 눈동자로 센키치를 보더니 이내 고개를 숙였다. 그러고는 비틀거리며 가게를 나왔다.

지로는 어느새 읍내 변두리로 발길을 옮기고 있었다. 그곳에는 규한(일본 메이지 유신 이후에 에도 시대의 한을 일컫던 말) 시대의 영주가 축조했다는 큰 성이 있는데, 가까운 곳에 성의 1차 방어선으로 삼았다는 강이 흐르고 있었다. 이 강에는 다리가 있는데 기보시(난간 기둥에 파꽃처럼 생긴 작실을 달아놓는 것) 장식이 새겨져 있는 난간이 아름답기로 이름나 있었다. 강 저편은 벼를 심어놓은 논이었다. 지로는 다리 가까이를 서성이며 논 한가운데를 뚫고 지나가는 메마른 국도를 눈부신 듯 바라보고 있었다. 지로는 다리를 건너지 않고 강을 따라 조금 걷다가 왼편에 나타난 길로 접어들었다. 그렇게 200미터쯤 걷자 커다란 녹나무로 둘러싸인 천신의 신사가 나타났다. 지로는 조심스레 경내로 들어섰다. 신사에 들를 마음은 생기지 않았다. 지로는 녹나무 그늘을 3~4 미터쯤 걷다 그 자리에 우뚝 섰다. 그러고는 다시 조금 걷다가 발길을 멈추었다. 지로는 무엇인가 생각났다는 듯 본전 뒤편의 경내에서 가장 큰 녹나무 쪽으로 걸어갔다.

이 녹나무 밑동에는 누가 파놓은 것처럼 멍석 한 장 정도는 너끈히 깔 수 있을 만큼 커다란 동굴이 달걀 모양으로 뚫려 있었다. 지로도 가끔 이곳을 지나다가 근처 아이들이 그 안에서 소꿉놀이 같은 것을 하는 모습을 본 적이 있었다. 안을 들여다보니 조금 눅눅해 보였지만, 사람들이 하도 들락거려서인지 윤이 날 정도로 반들반들했다. 지로는 그 속에 들어가 벌렁 누웠다.

동굴 안은 썩은 나무껍질들이 수북하게 쌓여 푹신한 이불 위에 누워 있는 것 같았다. 나뭇결마다 손때가 묻어 매끈매끈하게 윤기가 흘렀다. 하지만 위쪽은 사람들의 손길을 그만큼 적게 탔는지 결이 거칠었다. 손을 대보자 까칠까칠한 게 건드리면 부서져 내릴 것만 같았다. 맨 위쪽에는 나뭇결이 소용돌이치듯 비틀려 있기도 했는데, 주위가 어둑어둑해서 그런지 꼭 긴 거미발이 늘어져 있는 것처럼 보였다. 지로는 빨려들듯 나무속을 자세히 살펴보았다. 그러다 다시 자리에 누워 길게 한숨을 내쉬며 눈을 감았다. 마음속 깊은 곳에서부터 작은 진통이 느껴졌다. 그 진통은 목과 입술을 지나 눈가에 매달렸다. 눈매가 가늘게 떨리며 눈물이 쏟아지려 했으나, 정말이지 지로는 울고 싶지 않았다.

"지로는 어릴 때부터 머리가 잘 돌아갔어. 무슨 일이든 저지를 땐 앞뒤 가리지 않고 확실히 처리했다고." 아까 할머니가 한 말이 자꾸 지로의 기억을 먼 과거로 끌고 갔다. 할머니가 이야기한 그 말에 어울리는 과거는 생각만 해도 몹시 위축되는 일들뿐이었다. 결국 지로는 참지 못하고, 할머니가 소중하게 감춰두었던 단팥묵 상자를 몰래 훔쳐 나막신으로 짓밟던 때를 떠올렸다. 소름끼치는 기억들이 되살아나자. 지로는 누워 있지 못하고 일어나 머리가 무릎에 닿을 정도로 몸을 구부리고 앉았다.

조용한 경내에서는 언제부터 울었는지 매미 우는 소리가 들렸다. 지로는 이날따라 매미 울음소리가 듣기 싫은 귀울림처럼 들렸다.

지로는 날이 저물 때까지 꼼짝 않고 그곳에 앉아 있었다. 그러나 굶주린 모기떼가 습격을 해와 버틸 재간이 없었다. 지로는 온몸을 긁적이며 그곳을 빠져나와 둘레를 어슬렁거리며 돌아다녔다. 그때 본전 앞에 지은 신사 근처에 사람들이 꽤 많이 보였다. 바람을 쐬러 나온 모양이었다. 날씨가 더워 다들 무명 홑옷만 걸치고 있었다. 가끔 어디선가 종소리도 들렸다. 지로도 종을 한 번 울려보고 싶은 충동이 일어 참배객들을 위해 산을 깎아 만든 길을 따라 배례하는 건물 앞으로 나아갔다.

배례하는 건물 안은 아주 캄캄했다. 본전에서 새어나온 희미한 빛이 헌금함 테두리를 비추고 있었다. 지로는 멍하니 그것을 바라보았다. 자기도 모르게 왠지 눈물이 북받쳐 올랐다. 이곳을 찾는 사람들처럼 회개하는 마음으로 눈물이 솟구친 건 아니었다. 유모 오하마와 돌아가신 어머니를 떠올릴 때처럼 사람이 그리워 흘리는 눈물이었다. 지로는 이곳에 들르기 전부터 메마른 밤송이가 뒹구는 것처럼 가슴속이 이상하게 따끔거렸는데, 눈물을 흘리면서 가슴속이 시원해지는 것을 느꼈다.

지로는 눈물을 닦고 다시 한 번 본전을 살펴보았다. 저 앞에 종이 보였다. 지로는 살짝 종을 치고 나서 두 손을 마주치며 머리를 숙였다. 그 순간 지로의 머릿속에 떠오르는 사람이 있었다. 뜻밖에도 그 사람은 도미테루 선생님이었다. 거대한 몸집에 어울리지 않게 부끄러움을 잘 타는 선생님이 무척이나 보고 싶었다. 학생들이 전송하러 오는 것을 피하려고 그랬다기보다는, 전송하러 나올 학생이 단 하나도 없을 거라 생각하고 두려운 마음에 기차 시간까지 속여가며 서둘러 역을 빠져나갔을 선생님의 쓸쓸한 뒷모습이 자꾸만 그리워졌다.

참배를 마치고 신사를 나오면서 지로는 인간이 얼마나 나약한 존재인가를 새삼 느낄 수 있었다. 이런 생각을 처음 한 건 아니었다. 그러나 이날처럼 절실하게 가슴을 파고든 적은 없었다. 지로는 이제까지 인간의 나약함은 의지박약이라든가, 불의에 맞서지 못하는 두려움 같은 것이라 생각했다. 그러다 보니 지로는 이제껏 자기를 나약한 인간으로 생각해본 적은 한 번도 없었다. 백조회 모임에서 자기를 내세우기 위해 논쟁을 할 때도 마찬가지였다. 누군가 자기의 그런 본심을 알아차리고 빈정거리는 말을 하면 자기도 모르게 거친 말이 튀어나오기는 했지만, 그것은 나약하기 때문이 아니라 반대로 너무 강하기 때문이라고 생각했다. 지로는 나약한 인간의 표본으로 도미테루 선생님을 떠올리고 있었다. 도미테루 선생님에 대한 지로의 감정은 누가 뭐래도 한낱 동정에 지나지 않았다. 강한 사람이 약한 사람을 생각하고 위하는 마음, 그 이상도 이하도 아니라고 믿었다. 그런데 이날은 단순한 동정심으로 선생님을 떠올린 게 아니었다.

'사람은 모두 나약하다. 도미테루 선생님도 나약하지만, 나도 선생님 못지않게 나약하다. 이 세상에 강한 사람이란 없다. 만약 진짜 강한 사람이 있다면, 그 사람이 스스로 강해진 것이 아니라 우리가 알지 못하는 어떤 큰 힘이 그 사람을 이끌었기 때문이다.'

지로는 어느덧 신의 존재에 대해 생각하기 시작했다. 지로가 생각하는 신은 방금 배례한 천신(天神)과는 다른, 사람의 눈에 보이지 않는 비밀스런 모습을 한 신이었다. 이런 호기심은 신앙과 달랐지만, 단순한 호기심으로 치워버리기에는 무척 심각했다. 지로는 요즘 들어 자기가 아주 약하다는 것을 어렴풋이 느끼고 있었다. 그렇기 때문에 가끔은 자기가 약하다는 것을 숨길 게 아니라 속시원히 사람들 앞에 털어놓고 진심으로 겸손해지고 싶다는 생각을 자주 했다. 처음 중학교에 들어가서 '다른 사람에게 사랑받는 기쁨' 보다 '다른 사람을 사랑하는 기쁨' 으로 행복해지고 싶다는 생각을 할 때보다 훨씬 강렬했다. '다른 사람을 사랑하고 싶다'는 바람은 갑자기 정신이 성숙하는 사춘기 때 흔히 갖는, 조금은 위선이 섞인 바람이었다. 지로는 특별히 누군가를 사랑한 적은 없지만, 그런 생각만 해도 자기가 대단한 일이라도 한 것처럼 우쭐해졌기 때문이다. 하지만 지금 자신 앞에 솔직해지고, 겸손해지고 싶다고 생각하는 마음에는 위선 같은 것은 조금도 없었다. 지로는 이날 여러 번 자기가 얼마나 나약한 사람인지를 뼈저리게 경험했다. 같은 나약한 인간으로서 도미테루 선생님과 친해지고 싶었다. 거기에는 자기 자신에게 가치를 실어 사랑받고 싶다든가 사랑하고 싶다든가 하는 입장은 조금도 남아 있지 않았다. 다만 겸손해지고 싶은 마음뿐이고, 그 겸손한 마음이 겉으로는 동정하고 속으로는 얕잡아보던 도미테루 선생님 같은 사람에게 진심으로 마음을 열게 했다.

이런 순수한 감정이 터질 듯이 답답하던 가슴속을 후련하게 만들었다. 지로는 아버지가 집에 돌아왔는지 궁금해졌다. 지금 당장 달려가서 아버지 앞에 무릎 꿇고 용서를 빌고 싶었다.

'아버지는 벌써 돌아오셨을 거야. 여기서 꾸물거릴 때가 아니야.'

지로는 서둘러 경내를 빠져나와 강둑으로 나왔다. 건너편 강가에 펼쳐진 어둑어둑한 논에서 시원한 바람이 불어왔다. 지로는 들뜬 마음을 억누르며 걸음을 재촉했다.

차양

지로가 집에 왔을 때 슌스케는 거실에 앉아 무언가 들여다보고 있었다. 장부 같은 두툼한 책을 두서너 권 펼쳐놓고 읽고 있었는데, 부채질도 하지 않았다. 그러다 문득 지로가 온 것을 알고 부엌 쪽을 보고 소리쳤다.

"여보, 지로 왔어!"

부엌에서는 오요시가 설거지를 하고 있었다.

"지금 왔구나. …… 배고프지? 어디 갔다 오는 거야?"

지로는 두 사람이 평소와 태도가 다른 것을 보고 자기가 집을 비운 동안 무슨 일이 있었다는 것을 느꼈다. 그래도 지로는 마음을 가다듬고 슌스케 옆에 앉아 고개를 숙였다.

"밥 아직 안 먹었지?"

부엌에서 오요시가 말했다.

"나중에 먹을게요."

지로는 고개를 숙인 채 대답했다.

"배고플 텐데 뭘 나중에 먹어? 얼른 가서 먹고 와."

순스케는 그렇게 말하며 펼쳐놓은 장부를 덮었다. 그러고는 부채를 들고 안방으로 건너갔다.

지로는 거실에 혼자 남아서 흘끔 부엌 쪽을 보았다. 언제부터인지 오요시가 자기를 보고 있었다. 오요시는 묘한 웃음을 지으며 고개를 살짝 끄덕거렸다. 지로는 그게 무슨 뜻인지 몰랐지만, 먼저 밥부터 먹기로 했다.

"할머니는요?"

지로는 밥상을 차리고 있는 오요시에게 물었다.

"조금 전에 널 찾겠다면서 순조하고 나가셨어. 아마 다리 쪽으로 가신 것 같은데……. 넌 어디서 오는 길이니?"

"저도 다리 쪽에서 왔어요. 천신을 모신 신사에 다녀왔어요."

"지금쯤이면 할머니도 다리를 건너실 텐데, 괜히 헛걸음만 하시게 생겼구나."

오요시와 지로는 잠깐 아무 말도 하지 않았다. 지로는 말없이 밥을 먹다가 무슨 생각이 들었는지 밥공기를 상에 내려놓으며 한숨을 쉬었다. 젓가락을 쥔 손이 가늘게 떨렸다.

"저 오늘 아버지한테 사과드릴 일이 있어요."

"응……."

오요시는 벌써 알고 있다는 건지, 아니면 그러냐는 건지 아리송하게 대답했다. 그러고는 잠시 주저주저하다가 말을 꺼냈다.

"실은 아버지도 센키치에게 그 이야기를 들으셨어. 얼마나 놀라셨다고. 그런데 오늘따라 이상하게 할머니가 네 편을 드시는 거야. 이게 다 아버지 때문에 벌어진 일이라며 막 화를 내셨단다. 그래서 아버진 더 속이 상하셨어. 아버지는 네가 그런 짓을 하고도 잘못했다는 걸 모를까 봐 걱정하시는 것 같았어. 두 분이 어찌나 크게 말다툼을 하는지 난 옆에 있으면서도 말릴 생각도 못했단다. 아버지가 오늘처럼 파랗게 질린 얼굴로 할머니와 다투는 건 처음 봤거든. 하지만 지금은 많이 괜찮아지셨어. 나중에 할머니가 생각이 짧았다고 사과하셨거든."

지로는 더 할 말이 없었다. 그제야 생각난 듯 마저 밥을 먹고 차를 마시려다 오요시에게 물었다.

"춘월정에서 누가 오진 않았죠?"

"응, 하지만 사실대로 이야기해야지. 춘월정엔 아버지가 가실 거야. 어쩌면 오늘 밤에라도 찾아가실지 모르겠다."

지로는 잠깐 생각에 잠겼다. 그 모습을 보고 오요시가 안타까운 얼굴을 하고 말했다.

"지로는 이제 걱정하지 않아도 돼. 아버지는 할머니 말씀처럼 일이 이렇게 된 건 모두 아버지가 잘못 처신했기 때문이라고 하셨거든."

지로는 콧방울을 벌렁거리며 거친 숨을 내뱉었다. 그러다 참지 못하고 밥상머리에 뚝뚝 눈물을 흘렸다.

"난……, 난……."

지로는 더듬더듬 말하면서 일어나더니, 두 손으로 눈을 비비면서 안방으로 달려갔다.

슌스케는 벽에 등을 기대고 앉아 조용히 부채질을 하고 있었다. 지로가 자기 앞에 무너지듯이 엎드리자, 몸을 조금 일으키며 다정한 목소리로 말했다.

"울지 마. 넌 아무 잘못도 없다. 네가 한 일이 부끄러운 짓이라는 걸 알면 되는 거야. 그만 울어. 이젠 괜찮아."

하지만 지로는 그 말을 듣고 더욱 서럽게 울었다. 지로는 무슨 말이든 하고 싶었지만, 계속해서 울음이 터지는 바람에 아무 말도 못 했다.

"아버지는 네가 그런 짓을 하고도 잘난 척하면 어떻게 하나, 그게 가장 걱정이 됐어. 하지만 집을 뛰쳐나가서 늦게까지 돌아오지 않는 걸 보고 네 마음을 알았단다. 이제야 안심이 되는구나. 너도 어릴 때하곤 많이 달라졌어."

슌스케는 그렇게 말하며 쓸쓸히 웃었다. 그러고는 잠깐 천장을 올려다보며 한숨을 내쉬고는 말했다.

"아버지도 오늘은 생각을 참 많이 했다. 생각하는 동안 아버지가 세상을 잘못 살아왔는지도 모른다는 걸 알았어. 가난 앞에 나만 부끄러워하지 않으면 그것으로 족하다고 생각했는데, 우리 식구들에게는 한 번도 부끄러워한 적이 없더구나. 그리고 이건 아주 중요한 문제인데 말이지, 아버지가 얼마나 형편없는 사람인가를 오늘에서야 알게 되었단다. 난 다른 사람을 위해선 의리를 지키고 인정을 베풀면서도 내 식구에 대한 의리는 저버리고 산 거야."

"아버지!"

지로는 쥐어짜는 듯한 목소리로 슌스케를 부르며, 눈물에 젖은 얼굴을 들어 올렸다.

"그래도 저버리고 살았다는 건 좀 심한 말 같구나. 실제로 저버린 적은 한 번도 없으니까. 다시 말하면 잊어버리고 살았던 거지. 내가 잊어버린 얼굴을 하고 있으면 모두들 나처럼 태평한 마음으로 살 거라는 생각만 하고 있었던 거야. 지금 생각하면 그것부터가 잘못이었어. 그래야만 식구들이 날 강한 아버지로 여길 줄 알았지만, 사실은 그것 때문에 다들 내 걱정만 하고 있었던 거야."

순스케는 넋두리를 하듯 천천히 이야기했다. 그제야 지로는 조금 눈물을 그치고 물끄러미 순스케를 보았다.

"하지만 오늘부터는 아버지도 생각을 고쳐먹기로 했다. 오늘 당장 생각을 고친다고 가난에서 벗어나는 건 아니지만, 지금처럼 너희들이 고생하는 걸 잊어버린 채 사는 것 같은 표정은 짓지 않을 작정이다. 아무리 풀과 나무라 할지라도 무더운 여름엔 차양을 쳐서 그늘을 만들어줘야 해. 그게 내 임무라는 걸 날마다 되새기며 살아가야 되겠지."

지로는 가슴속이 아려오는 것을 느끼며 자기도 모르게 또 고개를 떨어뜨렸다.

그보다도 지로는 아버지가 하는 말에서 어떤 불안 같은 것을 느꼈다. 그것을 묻고 싶었다. 앞으로 아버지가 다른 사람의 일보다 식구들의 처지를 먼저 생각한다면 그보다 더 반가운 일은 없다. 하지만 지로의 마음속에서 불안감은 쉽사리 떨쳐지지 않았다. 식구를 더 생각하겠다는 아버지의 처지가 현실에서는 어떤 모습으로 나타날까. 지로의 머릿속에서 춘월정이 떠올랐다.

'아버지는 내가 저지른 일을 모두 알고 계셔. 내가 나쁜 짓을 저질렀다는 사실을 알면서도 가만히 계실 분이 아냐. 만약 나를 내버려두신다면 내가 지금까지 존경해온 아버지의 모습은 완전히 사라져버리는 거다.'

지로는 이렇게 생각하고 마음을 진정시키며 아버지의 속내를 떠보기로 했다.

"아버지, 춘월정 일은 어떻게 하면 되죠?"

"춘월정 말이냐? 그건 아버지가 알아서 처리할게."

"처리한다뇨? 어떻게요?"

"그런 건 네가 걱정하지 않아도 돼. 넌 더운 여름에도 차양이 필요 없을 만큼 강한 사람이 되도록 노력만 하면 되는 거야."

슌스케는 웃으며 말했다. 하지만 지로는 역시 불안한 생각이 들었다.

"그냥 제가 사과하러 가면 안 될까요?"

"네가? 춘월정에 너 혼자 가겠다는 거냐? 춘월정은 어른들이 다니는 술집이야."

"술을 마시러 가는 것도 아니고 사과하러 가는 건데 괜찮지 않을까요? 그쪽에서 찾아오기 전에 먼저 가서 사과하는 게 좋을 것 같은데요."

"흐음……."

슌스케는 지로의 얼굴을 물끄러미 보다가 다짐을 받듯 물었다.

"정말 그렇게 생각하는 거냐?"

지로는 당황하며 눈을 조금 내리뜨고 말했다.

"전 꼭 사과해야 한다고 생각합니다. 춘월정도 나빴지만, 제가 한 짓은 더 나빴어요. 제가 한 짓은 비겁한 짓이었으니까요. 비겁한 짓을 하고도 모른 척하는 건 더 비겁하다고 생각해요."

"그래, 네 말이 맞다. 네가 그 정도로 생각할 수 있다면 차양 같은 건 필요 없겠구나. 그럼 다녀오도록 해."

"예, 다녀오겠습니다."

지로는 아버지의 진심을 알게 되어 더없이 마음이 편했다. 더구나 생각지도 못했던 칭찬까지 받게 되니 마치 처음으로 전쟁터에라도 나가는 듯 마음이 설렜다. 지로는 기분 좋게 일어섰다. 하지만 슌스케는 당장이라도 밖으로 나가려는 지로를 붙잡았다.

"가만있어봐. 그렇게 급할 건 없어. 조금 전에 센키치를 시켜서 그 술은 쓰지 말라고 부탁해뒀으니까 말이다. 내일 아침에 아버지가 사과할 작정이었거든."

"전 아버지가 사과하는 건 싫어요."

"왜?"

"잘못한 건 저예요. 그런데 아버지가 그런 여자한테……."

지로는 고개를 숙인 채 말을 더듬었다. 슌스케도 지로의 마음을 알아차리고 아무 말도 하지 않았다. 조금 뒤 슌스케는 일부러 시치미를 떼고 물었다.

"그런 여자라니? 그 주인 말이냐? 아버지가 그런 사람에게 사과하는 게 나쁜 거냐?"

"그런 건 아니지만……."

지로는 적당한 말이 생각나지 않아 답답했다. 슌스케는 지로의 얼굴을 가만히 보다가 낮은 소리로 지로를 불렀다.

"지로."

감정을 억누르는 듯한 목소리였다.

"내가 저지른 실수라면 상대방이 누가 됐든 진심으로 사과하는 게 도리란다. 상대방을 가려서 사과한다는 건 진심으로 사과할 마음이 없다는 뜻이야. 만약 지금 네 마음이 그렇다면 넌 아직도 네가 무슨 잘못을 저질렀는지 모르고 있는 거야. 네가 아버지를 생각하는 마음은 이해한다. 하지만 그런 여자니까 사과하면 안 된다는 건 듣기가 그렇구나."

지로는 슌스케가 무슨 말을 하는건지 이해했다. 그러나 춘월정 주인을 떠올리면 그런 여자에게 아버지가 고개를 숙이도록 내버려두는 것이야말로 자식의 도리가 아니라는 생각이 더욱 굳어졌다.

"하지만……."

지로는 불만스런 표정을 짓고 입술을 씰룩이며 말했다.

"아버지는 조금도 잘못한 게 없잖아요."

"음, 하지만 그건 네 생각이야. 물론 네가 그렇게 생각하는 건 당연해. 그렇지만 이 가게에서 일어난 일은 모두 아버지 책임이야."

"그래도 히다가 훔쳐간 돈 때문에 이렇게 된 거잖아요."

"히다를 고용한 사람은 아버지였어. 네가 아버지의 아들이 된 것과 똑같은 이치야."

지로는 점점 더 헷갈렸다. 아버지의 이런 태도야말로 자기가 사랑하고 존경하는 바로 그 모습이었다. 하지만 춘월정 주인 앞에서 잘못했다며 굽실거리는 아버지의 모습을 보면 아버지를 사랑하고 존경하는 마음도 산산이 깨져버릴 것만 같아 두려웠다.

순스케는 지로가 당황하는 것을 보자 슬며시 웃음이 나왔다. 순스케는 나막신을 신고 좁은 뜰로 나가서 생각에 잠겨 천천히 거닐더니 지로에게 말했다.

"지로에겐 당분간 차양이 더 필요할 것 같구나. 너 혼자 춘월정에 가는 건 아무리 생각해도 위험해. 내일 아버지랑 같이 사과하러 가자."

지로는 더 할 말이 없었다.

그날 밤, 잠자리에서 지로의 머릿속에 떠오른 말은 역시 '무계획의 계획'이었다. 이 뜻이 '운명', '사랑', '영원'이라는 말의 뜻과 함께 마음속에 스며드는 느낌을 받았다.

환멸

이튿날, 슌스케와 지로는 오전 열 시쯤에 춘월정을 찾아갔다.

흰 속옷과 붉은 홑옷만 입은 채 현관 앞을 청소하던 여자에게 슌스케가 주인아주머니를 만나러 왔다고 전하라 하자, 여자는 중학교 교복을 입고 있는 지로를 이상하다는 듯한 눈초리로 훑어보고는 차가운 목소리로 대꾸했다.

"주인아주머니께 볼일이 있으면 계산대 쪽으로 가보세요."

여자는 '요'에 힘을 주며 당신네들이 드나들 곳이 아니라는 투로 쌀쌀맞게 대답하고는 들고 있던 걸레를 다시 물통 속에 집어넣고 점벙점벙 빨았다.

"계산대는 어느 쪽으로 들어가야 있습니까?"

슌스케가 조금 당황한 얼굴로 현관 옆에 붙어 있는 격자창을 보며 물어보자 여자는 쌀쌀맞게 대답했다.

"문밖으로 나가서 왼쪽이에요."

여자는 걸레를 복도에 펼쳐놓고 납죽 엎드리더니 걸레질을 했다.

순스케는 쓴웃음을 띠고 문밖으로 나갔다. 지로도 말없이 순스케를 따라갔는데, 사람을 무시하는 듯한 여자의 태도에 화가 치밀어 눈에 보이는 것은 아무것이나 발길질하고 싶은 충동을 겨우 억눌렀다.

좁은 복도를 돌아서자 곧 계산대가 나왔다. 문은 활짝 열려 있었다. 안으로 들어가자 이상하게도 비린내가 코를 쑤셔 숨을 쉴 수가 없었다.

실내는 아주 조용했다. 인기척도 없었다. 파리 한 마리가 냄비 위를 빙빙 돌아다녔는데, 다른 곳으로 나갔는지 금세 조용해졌다.

"실례합니다!"

순스케가 안에다 대고 큰 소리로 외쳤다.

"누구시죠?"

안에서 어리광부리는 것 같은 목소리가 들렸다. 열네다섯 살 정도로 보이는 여자아이가 현관에서 마주친 여자와 마찬가지로 하얀 속옷에 빨간 홑옷만 걸친 채 복도 쪽으로 고개를 쑥 내밀었다. 어린 나이에 어울리지 않게 목 언저리에 짙게 바른 가루분이 잔뜩 얼룩져 있었다. 지로는 얼른 고개를 돌려버렸다.

"주인아주머니 계신가?"

"예, 그런데 지금 주무시고 계셔요."

"혼다라는 사람이 찾아왔다고 전해줘."

"혼다 씨라고요?"

"그래, 술 도매를 하는 혼다라고 말하면 아실 거야."

150

"아……."

여자아이는 '술' 소리를 듣자마자 괴상한 소리를 지르며 경계하는 눈빛으로 슌스케와 지로를 보았다. 그러더니 지로를 한 번 더 보고는 냅다 안으로 뛰어들어갔다.

조금 뒤 여자아이는 두 사람을 계산대에서 복도를 조금 지나 식당인지 객실인지 분간이 안 되는 어떤 방으로 안내했다.

"어서 오세요."

주인아주머니는 황공하다는 듯한 태도로 슌스케 부자에게 방석을 권했다. 유카타(목욕을 한 뒤, 또는 여름철에 입는 무명 홑옷)에 다테마키(폭이 좁은 여성용 속띠)를 졸라맨 채 누워 있었던 모양으로 주홍색 칠을 한 목침만이 방 한쪽에 덩그러니 놓여 있었다.

"편히 주무시는 걸 이렇게 찾아와서……."

슌스케가 나름대로 격식을 차리며 인사하고는 방석 위에 앉았다. 지로도 방석을 앞에 놓고 앉았다.

"학생도 방석을 깔고 앉지 그래?"

주인아주머니의 태도는 생각보다 점잖았다. 하지만 지로는 끝내 방석을 깔고 앉지 않았다. 어색하리만큼 방 안이 조용해졌다. 마침내 슌스케는 대수롭지 않은 투로 입을 뗐다.

"어젠 제가 없을 때 우리 집에서 실례를 범했습니다. 정말 죄송합니다. 그래서 오늘 이렇게 사과드리러 찾아왔습니다."

"일부러 찾아오실 필요까진 없는데……."

주인아주머니는 웃지도 않고 그렇게 말했다. 상대가 왜 찾아

왔는지 아직 모르는 이상, 섣불리 웃는 모습을 보여서는 안 된
다는 결심이라도 한 모양이었다.

"우리 집 아이가 어제 일로 무척 후회하고 있답니다. 자기도
꼭 사과드려야겠다고 해서 이렇게 데려왔습니다."

"어머, 그래도 꽤 기특한 생각을 했네요. 요즘 서생(남의 집 일
을 도와 학비를 벌어 공부하는 사람)치곤 드문 일이네요."

지로는 '서생'이라는 말을 처음 들어 무슨 뜻인지 잘 몰랐다.
그러나 주인아주머니의 말투에는 처음부터 자기를 깔보는 듯한
감정이 배어 있는 것만은 확실했다. 지로는 모욕감을 느껴 자리
를 박차고 일어서려다가, 여기까지 와서 사과도 하지 않고 돌아
갈 수는 없다고 생각하며 화를 눌렀다. 지로는 무릎 위에 올려
놓은 두 손을 꼼지락거리면서 주인아주머니에게 사과할 기회만
엿보았다. 하지만 주인아주머니는 지로에게는 관심도 없는 듯
홱 뒤로 돌아 장지문을 열고, 그 안에서 도쿠리(주둥이가 잘록한
술병) 한 병을 꺼내 다다미 위에 내려놓았다. 그러고는 슌스케
쪽을 힐끔 보았는데, 조금 전과 달리 희미하게 웃고 있었다. 잔
뜩 긴장하고 있던 지로는 주인아주머니가 술병을 꺼내놓는 순
간 바람 빠진 풍선처럼 짜부라지는 것 같았다.

"아주머니께 사과해야지."

슌스케가 어색하게 웃으며 지로를 보았다. 지로는 대답 대신
눈을 치켜뜨고 주인아주머니를 보기만 했다. 그러자 주인아주
머니는 "호호호." 하고 부자연스럽게 건성으로 웃으며 말했다.

"학생한테 사과받을 마음은 없으니 됐어요. 표정을 보아하니

아버님한테 끌려온 것 같은데, 그딴 사과는 필요 없어요. 그보다 이 술 때문에 엉망이 된 춘월정의 신용을 어떻게 회복시켜 줄 건지, 그게 궁금하군요."

"그 술 파셨나요?"

"당연히 손님들한테 내놓았죠. 설마하니 술가게에서 못 마실 술을 팔았을 거라고는 생각도 못했으니까요."

"어제 저녁에 술이 잘못됐다고 말씀드렸을 텐데요."

"우리 집 손님은 모두 해가 저문 뒤에만 온다고 할 수는 없잖아요?"

"정말이지 죄송하게 됐습니다."

슌스케는 그렇게 말하며 눈길을 떨어뜨렸다. 주인아주머니는 '그러니 어떻게 하겠다는 거야?' 하는 듯한 오만한 눈빛으로 슌스케를 쏘아보았다.

"이봐요, 혼다 씨!"

슌스케가 그 뒤로도 별다른 말을 하지 않자 주인아주머니는 더 참을 수 없다는 듯이 술병을 무릎 앞으로 당기면서 말했다.

"내가 이것 때문에 얼마나 개망신을 당했는지 한 번 말해볼 테니까 잘 들어보시라고요. 어제 오래전부터 우리 가게를 자주 찾는 단골손님이 오셨어요. 그것도 오랜만에 만난 친구들을 여럿 데리고 말이죠. 우리 가게에서 저녁을 대접하려고 했던 거라고요. 아직 탕도 내놓기 전인데 손님이 나를 부르시는 거예요. 무슨 일인가 싶어 가보니 시치미를 뚝 떼고 저에게 잔을 주셨어요. 손수 이 술을 따라주면서 나한테 뭐라고 하셨는지 알기나 해요? 너도 나이를 먹더니 좀 둔해진 것 같구나, 이러시는 거예요. 난 그게 무슨 소린지도 몰랐다고요. 따라주신 잔을 들고 무슨 말을 해야 될지 몰라 눈치나 보고 있으니까 빨리 마시고 잔을 돌려야지, 하시는 거예요. 그래서 이 술을 홀짝거리며 마셨어요."

그러나 슌스케는 그다지 놀라는 기색이 없었다.

"그랬군요."

슌스케는 가볍게 두어 번 고개를 끄덕였다. 주인아주머니는 이 모습을 보고 참았던 화가 울컥 치민 것 같았다.

"이봐요, 혼다 씨!"

주인아주머니가 술병을 난폭하게 움켜쥐었다. 그러고는 한쪽 무릎을 슌스케 쪽으로 내밀며 거칠게 말했다.

"그놈의 술이 바로 이 술병에 들어 있다고요. 이 술병에 댁의 가게에서 준 술이 가득 들어 있다고요. 무슨 말인지 아시겠어요?"

"예, 알고 있습니다. 정말 손해를 많이 봤겠군요. 정말 안됐습니다."

슌스케는 진심으로 미안해서 그렇게 말했을 뿐인데, 주인아주머니는 슌스케가 자기를 약 올린다고 생각했는지 얼굴이 더욱 험악하게 일그러졌다.

"당신, 나를 일부러 놀리려고 오신 건 아니겠지요?"

"그럴 리가 있겠습니까."

"그럼 그 태도가 뭐예요? 손해를 봤겠다느니, 안됐다느니 하는 말로 대충 넘어가려는 것 같은데 내가 이런 창피를 당하게 만든 장본인은 도대체 누구죠?"

"이 모든 게 우리 아이 때문입니다. 아니, 진짜 이유를 찾아본다면 저희 가게에서 조심하지 않아 일어난 일입니다. 그래서 이렇게 우리 아이를 데리고 여기까지 사과하러 온 것 아니겠습니까?"

지로는 아버지가 왜 히다 이야기를 안 하는 건지 답답하기만 했다. 히다 이야기만 하면 저 건방진 여주인도 찍소리 못할 텐데, 하고 생각했다. 바로 그때 지로를 깜짝 놀라게 하는 일이 일어나고 말았다. 슌스케의 입이 아닌, 주인아주머니의 입에서 히다 이야기가 튀어나왔기 때문이다.

"흥, 가게에서 조심하지 않았느니 어쩌니 하면서 슬슬 눈치를 봐서 히다 얘기를 꺼낼 작정이었죠? 내가 그 정도도 모를 줄 알고. 이봐요, 혼다씨, 처음부터 우리가 히다를 붙잡았던 건 아니라고요. 히다가 보관증을 맡기고 놀겠다고 했을 때는 우리가 먼저 말렸다고요. 보관증이 나중에 어떻게 될지 모르니 우리가 계산하기 불편하고, 또 그래서 현금이 없으면 나중에 오라고 몇 번이나 타일렀다고요. 그러니 히다 얘기라면 굳이 나한테 할 필요가 없어요."

"히다가 저지른 짓은 제가 한 짓이나 마찬가지입니다. 새삼스레 여기까지 와서 이렇다 저렇다 이야기할 생각은 없었습니다. 이제 다 끝난 일이기도 하고요. 지나간 일은 지나간 일로 마음에 묻어두시고 오늘은 제 아이도 이렇게 사과드리러 왔으니 먼저 제 아이가 사과하는 것부터 받아주시고 화를 좀 푸시는 게 어떻겠습니까?"

"그렇게 친절히 말씀하셔도 달라지는 것은 없어요. 잘못했다고 몇 번을 조아려도 뭐가 달라지죠? 물이 술로 바뀌는 것도 아니고, 어제 날려버린 제 신용이 다시 회복되는 것도 아니잖아요. 그리고 저는 이 세상에서 미안하다고 애원하면서 용서를 비는 사람을 가장 싫어해요. 세상 사람들 중에는 눈물로 용서를 빌면 무조건 해결되는 걸로 착각하는 사람도 있는 모양이지만, 호호호."

순스케도 이때쯤은 얼굴에 언짢은 빛이 보였다. 그래도 속내를 드러내지 않으려고 애써 웃으면서 창밖을 바라보았다.

"혼다 씨……."

주인아주머니는 순스케를 잠깐 흘겨보다가, 목소리를 낮게 깔고 순스케를 불렀다.

"오늘, 날 찾아오신 게 처음부터 아드님 때문에 그런 거였나요?"

"예, 실은 우리 아이가 혼자 사과하러 오겠다는 걸 마음이 안 놓여서……."

"후훗."

주인아주머니는 코웃음을 치며 고개를 돌렸다. 아주머니는 담뱃대를 입에 물더니 거칠게 성냥불을 그어 불을 붙이고는 길게 한 모금 빨아 후우 하고 내뱉으며 말했다.

"그래도 아드님이 이런 데까지 찾아와서 굳이 사과를 해야겠다고 사정하는데 박정하게 대할 수는 없지요. 아드님이 나한테 죄송하다고 조아린다고 이 집 귀틀에 금이 가는 것도 아니고 말이에요. 뭐 생각나는 대로 대사 몇 마디쯤 해보는 것도 나쁘진 않겠군요. 어쨌든 연극은 연극으로 봐주겠지만 세상일은 또 세상일대로 처분을 해야 되는 것 아닌가요? 아드님 연극과 우리 사이에 처분해야 할 계산은 정확하게 구분해주시면 좋겠네요."

지로는 오래전부터 사과 따위는 하지 않겠다고 마음먹으며 방석을 집어 여자의 얼굴에 내던지고 싶은 충동을 억누르고 있었다. 그런 충동에 사로잡힐 때마다 아버지의 옆얼굴을 보며 기회만 노리고 있었다. 하지만 아버지는 주인아주머니의 악담에도 가끔씩 쓴웃음을 지을 뿐 마치 분노라는 것을 잊어버린 듯한 얼굴을 하고 있었다. 지로는 그런 아버지를 보면서 차마 내키는 대로 행동할 수가 없어 떨리는 무릎을 움켜쥐고 겨우 이 상황을 견뎌내고 있었다. 하지만 이번만큼은 도무지 자신을 억제할 수가 없었다. 지로는 자기도 모르는 사이에 오른손은 방석 끝을 붙잡고, 엉덩이를 주춤거리며 반쯤 허리를 들고, 입술을 바들바들 떨며 주인아주머니를 있는 힘껏 노려보고 있었다.

그때 주인아주머니는 실컷 악담을 퍼붓고는 속이 한풀 꺾였는지 창가를 보며 담뱃대를 빨고 있었다. 그래서 슌스케가 지로의 손을 붙잡고 뜯어말리는 것을 미처 보지 못했다.

슌스케가 목소리를 가다듬고 엄숙하게 말했다.

"아주머니, 전 제 아들에게 사람다운 도리만큼은 지키면서 살아야 한다고 가르칠 작정이었습니다. 또 다행히 자기의 잘못을 뉘우치고 먼저 아주머니께 사과해야 한다고 말했기에 여기까지 데려온 겁니다. 아주머니께서 제 아들의 진심을 몰라주셔도 할 말은 없습니다만, 단지 세상의 기준으로 계산해서 이번 일을 끝낼 생각이었다면 제 아이를 데려오지는 않았을 겁니다. 제 아이는 물론이고 저 또한 오지 않았을 겁니다. 아주머니가 어떤 식으로 나오든 아주머니가 요구하는 대로 처리해드리면 저희로서는 그만이니까요. 제 아이는 이만 돌려보내야 될 것 같군요. …… 지로, 넌 먼저 돌아가 있거라."

"아버지는요?"

지로는 눈가에 글썽거리는 눈물을 닦으며 다급하게 물었다.

"아버진 아직 볼일이 남은 것 같다."

그러나 지로는 움직이려고 하지 않았다.

"왜 그러고 있어. 어서 가라니까."

"아버지랑 같이 갈래요."

"이건 아버지 일이다. 네 일은 다 끝났으니 어서 빨리 나가."

지로는 여전히 입술을 굳게 다문 채 주인아주머니를 매섭게 노려보았다. 주인아주머니는 두 사람이 나누는 이야기를 들으며 무언가 자신이 이해할 수 없는 게 있다는 것을 느끼고는 조심스레 두 사람을 보고 있었다.

"꾸물거리지 말고 빨리 가라니까."

슌스케가 꾸짖듯 말했다.

"아버지도 더 볼일이 없잖아요?"

"아니. 아버진 아직 볼일이 남았어."

"하지만 그것은 집에 가서서 기다리고 있어도 되는 일이잖아요?"

슌스케는 순간 쓴웃음을 지었다. 그렇게 웃다가 흘낏 주인아
주머니의 얼굴을 보자 아주머니는 험악한 기세로 지로를 쏘아
보고 있었다. 슌스케는 곧 정색을 하고 말했다.

"그렇게 말하면 안 돼. 넌 아버지가 말하는 대로 조용히 돌아
가면 되는 거야. 이 세상은 네 생각처럼 오른쪽이 아니면 왼쪽
이라는 식의 그런 만만한 곳이 아냐. 빨리 가."

지로는 자리에서 벌떡 일어나 주인아주머니 쪽은 돌아보지도
않고 빠른 걸음으로 복도로 나왔다.

복도에는 인기척이 없었다. 지로는 이상한 냄새가 진동하는
봉당을 빠져나와 밖으로 나왔다. 힘겹게 지켜온 진심이 짓이겨
졌다 싶어 화가 머릿속에 가득 찼다. 방금까지 겪은 일이 강렬
하게 내리쬐는 햇빛 속에서 추접스럽게만 느껴졌다. 어제 저녁
무렵, 신사를 둘러보고 나왔을 때와는 완전히 마음이 달라졌다.
마음속 깊이 사무치던 그 기분은 찾아볼 수가 없었다. 춘월정
문 앞을 지나던 지로는 탁 하고 침을 뱉었다. 주인아주머니는
차 한 잔 내놓지 않았다. 바싹 말라버린 혓바닥은 아무것도 뱉
어내지 못했다.

거리를 걷는 동안 백조회 선배들이 가끔 이야기하던 '환멸'
이라는 낱말이 문득 떠올랐다. 지로는 이제야 비로소 '환멸'의
의미를 깨닫는 것 같았다. 그리고 어른들이 만들어낸 현실사회
에 분노가 치솟았다. 현실사회는 자기 같은 어린 학생들은 아
무리 발버둥쳐도 어쩔 수 없는 불성실한 세계처럼 여겨졌다.

'춘월정 주인 같은 사람은 아주 특이한 인간일 거야.'

지로는 일단 그렇게 생각하면서 마음을 다잡아보려고 했다. 하지만 그렇게 생각해도 좀처럼 마음이 가라앉지 않았다. 그저 의식의 표면을 가볍게 스치고 지나가는 정도였다. 지로는 춘월정 주인에게서 자신이 살아가는 현실사회를 보고 있었다. 그곳은 이익 앞에서 인간의 성실함과 진실 따위는 아무렇지도 않게 짓밟고 돌아보지 않는 곳이었다.

아버지는 이런 지로를 더욱 괴롭혔다. 춘월정 주인에 견주면 아버지는 그리 심각하지는 않다고 생각했지만, 자신과 함께 돌아가지 않는 것은 부정과 타협하기 위해서라는 생각이 사라지지 않았다.

"이 세상은 네 생각처럼 오른쪽이 아니면 왼쪽이라는 식의 그런 만만한 곳이 아냐."

아버지가 마지막으로 한 말이 예사롭지 않게 들렸다.

'환멸이다. 모든 것이 다 환멸이다.'

지로는 집에 돌아와 곧장 이 층으로 올라갔다. 책상 앞에 벌렁 드러누워 속으로 몇 번씩 '환멸이다'를 되뇌었다. 어제 신사 경내에서 녹나무를 둘러보며 혼자 괴로워한 자신이 비참하기만 했다. 비참하다기보다는 화가 나서 견딜 수가 없었다. 지로는 분노로 뒤덮여 조금 뒤 과거로 돌아갔다. 오랜 시간 자신을 갈고 닦았던 노력이 눈 깜짝할 사이에 물거품이 되는 순간이었다.

어느새 지로의 눈에는 춘월정 주인의 얼굴과 함께 할머니의 얼굴이 떠올랐다. 춘월정 주인과 할머니는 인간의 진심을 이해하려고 하지 않는 현실사회의 숨은 얼굴이었다. 지로는 그런 생각에 사로잡혔다.

'백조회라고? 어차피 인간의 노력 같은 건 물거품일 뿐이야.'

지로는 마침내 백조회까지 부정하기에 이르렀다. 하지만 서둘러 이런 생각을 지워버렸다. 아사쿠라 선생님의 깊고도 맑은 눈동자가 떠올랐기 때문이다. 선생님의 눈빛은 인간의 성실함 그 자체였다. 그 눈빛이 자신을 들여다보고 있었다.

마치 밟아서는 안 되는 신성한 제단을 진흙 발로 더럽힌 것 같은 착각이 들었다. 지로는 벌떡 일어나 책상 앞에 앉았다. 바로 그때 슌스케가 돌아왔는지 아래층에서 센키치와 이야기하는 목소리가 들렸다. 지로는 가만히 귀를 기울였다.

"아, 그러셨어요? 저 같으면 반액 정도로 끝냈을 텐데."

"그렇게 할 수도 없었어. 그 술은 어차피 소용이 없을 테니까."

"하지만 그쪽에선 음식을 만드는 데라도 쓸 것 아니겠어요?"

"그럴지도 모르지. 어쨌든 그런 데까지 세밀하게 생각할 필요는 없을 것 같네."

"그럼 제가 가서 술을 도로 가져올까요?"

"도로 가져온다니, 그 술을 말야?"

"예."

"가져와서 뭐 하게?"

"어디에 쓸 건 아니래도……."

"우리가 버릴 술이라면 그쪽에서 쓰도록 하는 게 나을 거야."

"하지만 화가 나니까 드리는 말씀이죠."

"그런 생각은 버려. 이번 일로 지로도 많은 걸 느꼈을 거야. 세상엔 그런 사람도 있다는 걸 가르쳐줬으니, 그걸로 족해. 그 것만으로도 그쪽에 고마울 정도야."

지로는 자기 귀를 의심했다.

"그래서 어떻게 하셨어요? 지로가 사과했나요?"

"사과하고 싶어도 저쪽에서 믿어주질 않더라고. 우리가 연극을 한다는 거야. 하긴 우리도 잘못이 있었지. 사과할 거면 처음부터 겸손하게 나가야 했어. 그래야 주인도 마음을 열고 기분 좋게 지로를 받아줬을지도 몰라. 하지만 아무리 사과가 중요해도 지로의 감정을 속이면서까지 사과해선 안 된다고 생각했어."

"그러셨군요. 어쨌든 지로가 사과하지 않은 건 다행이에요. 그따위 술집 주인한테 중학생이 사과한다는 건 말이 안 되는 일이죠."

"하하하! 이걸로 다 끝났으니 잘됐지, 뭐. 이왕 이렇게 됐으니, 이쯤해서 우리 가게도 정리해야겠어. 자네한테 늘 미안한 일만 시켜서 마음이 아프네."

"가게를 정리하시게요?"

센키치의 목소리가 갑자기 낮아졌다.

"어차피 정리하려면 하루라도 빨리 해야지. 술 좀 들여놓으려고 도매점 몇 군데에 부탁해놓았는데, 모두 취소해야겠어. 고생한 김에 자네가 좀 맡아서 처리해줘."

"예, 알겠습니다."

"그럼 난 의논할 일이 있어 몇 집 돌아보고 올 테니 잘 좀 부탁하네."

슌스케는 밖으로 나가다 말고 센키치를 보며 말했다.

"우리 식구들에겐 내가 이야기할 테니까 그렇게 알고 있어. 지로는 어떻게 됐지? 돌아왔나?"

"예, 이 층에 있을 거예요."

"그래? 그럼 다녀올게."

지로는 아버지를 쫓아가서 잘못했다고 빌고 싶었다. 아버지를 부정과 타협하는 비굴한 인간으로 의심한 것이 견딜 수 없이 부끄러웠다. 자신은 할머니 말씀처럼 순진하지 못하고, 그렇게 순진하지 못한 마음 때문에 세상도 비뚤게 보는 것이라고 생각했다.

그렇지만 세상에 대한 적대감은 좀처럼 사라지지 않고 가슴속에서 타올랐다. 환멸이라는 말에 세상을 살아가는 중요한 뜻이 숨어 있는 것만 같았다. 지로는 이제 어느 정도 마음의 여유가 생겼다. 춘월정 문 앞에 침을 뱉을 만큼 분노로 가득 찼던 마음도 많이 가라앉았다. 겨우 한 시간 전에 겪은 일들이 며칠 전에 일어난 일처럼 무감각해졌다. 그러면서 또 한 번 '무계획의 계획'이라는 말이 생각났다.

'이것도 무계획의 계획 가운데 하나가 아닐까.'

지로는 이날 일어난 사건을 여러 가지로 고민해보았다. 무계획의 계획으로 연결해 생각해보기도 했다. 하지만 머릿속이 복잡해 아무리 궁리해도 이 사건을 어떻게 받아들여야 좋을지 답이 안 나왔다. 무계획의 계획이기는커녕 모처럼 세운 계획이 무계획의 결과로 끝난 것 같은 느낌이 더욱 뚜렷해졌다.

이리하여 지로의 생각을 뒷받침하던 이 말도 환멸감에서 나온 현실사회에 대한 의혹을 완화하는 데는 아무 도움도 되지 못하고 오히려 불안감을 느끼게 하고 말았다.

지로는 이럴 때 아버지가 곁에 없는 것이 무척이나 쓸쓸했다. 아버지가 집에 있으면 좀 더 많은 이야기를 나눌 것이고, 그러면 틀림없이 오늘과 같은 사건에 어떤 뜻이 담겨 있는지 분명하게 알 수 있을 것이라 생각하니 아쉬움이 남았다. 지로는 이런 생각에 빠져 아래층에서 오요시가 점심을 먹으라고 불러도 좀처럼 내려가려고 하지 않았다.

한참만에야 억지로 밥상 앞에 끌려나와 젓가락을 드는데, 그 순간 문득 아사쿠라 선생님이 생각났다. 아사쿠라 선생님을 만나봐야겠다는 생각이 들자마자 지로는 젓가락을 팽개치고 서둘러 밖으로 뛰어나갔다.

정

아사쿠라 선생님 댁에 와서 지로는 현관 앞을 어슬렁거렸다. 선생님 댁은 덧문을 모두 떼어버려 방안이 훤히 들여다보였다. 그때 사모님이 지로를 보고 종종걸음으로 거실에서 쫓아 나왔다.

"어머, 혼다 아냐? 오랜만이네. 방학하고 처음 온 거지? 그동안 한 번도 오지 않아서 무슨 일이 있나 했어."

지로는 가슴속이 시원해지는 것을 느꼈다. 하지만 표정은 여전히 무뚝뚝했다.

"선생님은 계신가요?"

"지금 밭에 계셔. 이 층에서 책이라도 읽고 있어. 내가 선생님한테 전해 드릴게."

지로는 그 말을 듣고 손사래를 쳤다.

"아니에요, 제가 밭으로 가볼게요."

지로는 서둘러 중문을 지나 밭으로 나갔다. 밭은 뜰과 이어져 있었으며, 낮은 산울타리가 이웃집과 경계를 대신하고 있었다.

아사쿠라 선생님은 오이, 가지, 토마토 같은 채소가 주렁주렁 열린 밭 사이에 바지 바람으로 쭈그리고 앉아 있었다. 잡초를 뽑는 것 같았다.

"혼다 왔구나."

선생님은 지로가 인사를 하자 밀짚모자를 들어올리며 아는 척하고는 다시 잡초를 뽑았다.

지로는 잔뜩 긴장하고 있었는데 우스꽝스런 선생님의 모습을 보자 조금 마음이 풀렸다. 선생님은 잡초를 한쪽 구석에 쌓아놓고 지로에게 다가왔다.

"혼자 왔어? 형도 왔겠구나?"

"형은 아직 안 왔어요."

"안 왔다고? 그쪽도 방학일 텐데……."

"이번 방학에는 안 오겠다고 편지를 보냈어요."

"안 와? 왜? 어디 여행이라도 갈 작정인가?"

"그렇진 않은 것 같아요."

"그래?"

선생님은 목에 두르고 있던 수건으로 얼굴에 흐르는 땀을 닦으며 지로를 보았다.

지로는 오늘 자기가 찾아온 까닭을 설명할 수 있는 좋은 기회가 왔다고 생각했지만, 정작 말을 꺼내려고 하니 어떻게 꺼내야 좋을지 몰라 망설였다. 생각 끝에 지로는 불쑥 오자와 이야기를 꺼냈다.

"오자와 선배도 오지 않는데요."

"오자와도? 그럼 둘이서 열심히 공부할 생각인가보고나."

지로는 기대했던 것과는 달리 이야기가 그런 식으로 대수롭지 않게 끝나버려서 더욱 말을 꺼내기가 어렵게 되어 한동안 잠자코 서 있다가 마침내 결심이라도 한 듯 입을 열었다.

"선생님, 오늘은 선생님께 드릴 말씀이 있어서 찾아왔어요."

밭고랑에 쭈그리고 앉아 있던 아사쿠라 선생님이 그 말을 듣고 벌떡 일어났다. 선생님은 지로를 똑바로 보면서 밭과 욕실 사이에 있는 커다란 감나무를 가리켰다.

"그랬구나. 그럼 시원한 곳으로 가자."

지로는 아사쿠라 선생님과 함께 감나무 그늘에 앉았다. 이렇게 선생님 댁에서 단둘이 앉아 보는 것은 처음이었다. 낯설고 쑥스러웠다. 정작 선생님 얼굴을 보고 있자니, 가슴속에 쌓아 둔 이야기들이 대수롭지 않게 생각되었다. 하지만 할 말이 있다고 해놓고서는 잠자코 있을 수도 없는 노릇이었다. 지로는 교이치와 오자와에 대한 일부터 설명했다. 자연스레 요즘 가게 돌아가는 사정도 털어놓았고, 자기가 얼마 전부터 가게 일을 돕고 있다는 것도 이야기했다. 끝으로 어제부터 오늘에 이르기까지 춘월정에서 겪은 일도 일어난 차례대로 모두 이야기했다.

아사쿠라 선생님께 이야기하는 동안 지로는 감정이 또다시 복받쳤다. 지로는 흥분해서 두서없이 지껄였다. 아사쿠라 선생님은 처음부터 끝까지 한마디 대꾸도 하지 않고 조용히 듣기만 했다. 말이 끊어져도 선생님은 땅바닥만 내려다보며 지로가 다음 말을 할 때까지 기다렸다. 아사쿠라 선생님은 평소에도 말수가 많지 않았다. 학생들과 상담할 때도 학생이 먼저 이야기를 끝내기 전에는 결코 말을 가로막거나 중간에 끼어들지 않았다. 하지만 아무리 그래도 오늘은 좀 특별히 조용한 것 같았다. 평소에 아사쿠라 선생님이 말이 없던 것과는 의미가 다른 것 같았다. 지로는 이야기를 하는 내내 자꾸만 그런 생각이 들었다. 그나마 흥분해서도 겪은 일을 하나도 빼놓지 않고 모두 털어놓을 수 있었던 것은 그 때문이었다.

"그랬구나, 음……."

지로가 이야기를 마치자 아사쿠라 선생님은 한마디했다. 지로의 감정을 이해한다는 건지, 아니면 혼잣말을 하는 건지 분간이 안 되었다. 선생님은 여전히 땅바닥만 뚫어져라 내려다보고 있었다. 지로는 처음에 따분한 생각이 들었지만, 오랫동안 선생님이 입을 열지 않자 조금씩 기분이 언짢아졌다. 지로는 몇 번씩 선생님의 옆얼굴을 보며 발밑에 있는 풀을 뽑았다. 목욕탕 반대편에 있는 닭장에서는 낮잠을 자다 깬 닭들이 홰치는 소리가 들렸다. 아무리 기다려도 선생님은 말씀이 없던 차에 그런 소리라도 들리는 게 반갑기까지 했다.

닭 울음소리가 들리자 아사쿠라 선생님은 포승줄에서 풀려난 사람처럼 손발을 움직이며 지로를 보았다. 선생님의 맑은 눈동자가 지로를 보며 슬며시 웃고 있었다. 그 웃음 속에는 따스함뿐만 아니라 엄격하게 질책하는 눈빛도 스며 있었다.

선생님이 조용하면서도 차분한 소리로 말했다.

"며칠 못 본 사이에 아주 좋은 경험을 했구나."

그러나 지로는 아사쿠라 선생님이 무슨 뜻으로 그런 말씀을 하는 건지 이해가 되지 않았다. 지로는 아버지에게 술독에 물을 부은 것과, 자신이 편협하고 비열했다는 것을 고백하고 춘월정 주인에게 사과하러 갔다. 그러나 오히려 춘월정 주인에게 실컷 모욕을 당하고 나서 현실사회에 대한 환멸만 잔뜩 짊어졌다. 그리고 이 세계는 눈앞의 이익만 좇는 곳이라는 사실을 배웠다. 그런데 이런 자신에게 선생님은 좋은 경험을 했다고 말하고 있다. 자신이 견딜 수 없을 만큼 비참하다고만 생각했는데 선생님은 뜻밖에 이렇게 말하고 있다. 지로는 아사쿠라 선생님이 자신을 놀리는 건 아닐까 하는 생각이 들 정도였다. 그렇게 생각하자 갑자기 분노 같은 것이 느껴졌다. 지로는 말없이 선생님을 보았다. 선생님은 눈에서 천천히 웃음기를 거두더니 지금까지 가라앉혀둔 것 같은 엄한 눈매로 지로를 보며 말했다.

"하지만 말이다……."

"네 얘기를 들어보면 그렇게 좋은 경험을 하고도 엉뚱한 생각을 하는 것 같아 무척 실망스럽구나."

지로는 전보다 더 혼란스러웠다. 선생님이 자기 인생에서 영원히 지워 버리고 싶은 일들을 '좋은 경험'이라고 한 것은 자기를 놀리기 위해 꺼낸 말이 아닌 것만은 분명했다. 지로는 헷갈리면서도 어쩐지 마음이 든든해지는 것 같았다. 그러면서 선생님이 왜 엉뚱한 생각을 하는 것 같다고 말했는지 궁금했다.

"내가 무슨 말을 하는지 알 수 있겠니?"

"잘 모르겠습니다."

두 사람은 서로 얼굴을 마주한 채 또 말이 없었다. 닭이 돌아
다니며 꼬꼭꼭 하는 울음소리만이 고요함을 깰 뿐이었다.

"넌 지금 좁은 벼랑길을 걷고 있는 거야."

아사쿠라 선생님에게 이런 말을 처음 듣는 것은 아니었다.
하지만 선생님의 말투와 표정은 심상치가 않았다. 느닷없는 상
황에 부딪혀 지로는 이마에서 식은땀이 흘러내렸다. 지로는 당
황한 나머지 눈이 휘둥그레져 선생님을 볼 뿐이었다.

"넌 아주 오랫동안 고생고생해서 험한 산중턱 길을 거슬러
올라왔어. 하지만 이 길은 아직 끝난 게 아냐. 네가 앞으로 걸
음을 어떻게 내딛느냐에 따라 너는 더 높은 곳으로 갈 수도 있
고, 눈 깜짝할 사이에 낭떠러지로 떨어질 수도 있단다. 그리고
너의 선택은 말이다……."

아사쿠라 선생님은 여기까지 말하고 잠깐 무언가 생각하는
가 싶더니 다시 말을 이었다.

"한마디로 정의하면 믿음이냐, 불신이냐다. 둘 중 어느 것을
선택하느냐에 따라 올라가느냐, 떨어지느냐가 결정되는 거란
다. 무슨 뜻인지 알겠니?"

말이 어려워 지로는 좀처럼 이해가 되지 않았다. 지로는 땅
바닥을 내려다보며 생각에 잠겼다. 선생님은 지로의 처지를 이
해한다는 듯한 얼굴로 말했다.

"자기 마음이 성실한 사람은 상대방이 악마일지라도 발을 씻
겨준단다. 그냥 내버려두는 것보다는 발이라도 깨끗해지는 게
낫다고 생각하기 때문이지. 그 반대로 세상을 불신하는 사람들

은 어차피 악마인데 발만 깨끗해지면 뭘 하느냐고 생각한단다. 내가 보기에 넌 세상을 불신하게 된 것 같구나. 내 말, 맞지?"

그제야 지로는 선생님이 무슨 말을 하고 있는지 조금이나마 알 것 같았다. 그리고 선생님이 그렇게 생각하더라도 불신이라는 낱말이 그런 뜻으로 쓰이고 있다면 자기야말로 이 세상에서 가장 완고한 불신자가 되는 것이 마땅하다고 여겼다. 하지만 금방이라도 진흙투성이 발바닥이 원망하듯 자기 앞을 서성거리는 것 같아 마음이 찜찜했다. 어차피 더러워진 발바닥이라면 자기에게 책임이 있는 것은 아니지만, 세상 사람들이 자기를 비난하면 어쩌나 하는 생각이 자꾸만 들었다.

아사쿠라 선생님은 지로의 그런 속내를 알아차렸다는 듯이 말했다.

"이 세상엔 헛된 노력이라는 것도 있게 마련이야. 또 헛된 노력을 하지 않는 게 현명하다는 것도 틀린 얘기는 아냐. 그렇지만 말이다, 네가 살아가는 세상을 처음부터 의심한다면 그거야말로 헛된 노력이란다. 자기가 무슨 일을 하든지 그것을 헛된 노력이라고 생각한다면, 이미 그 사람은 벼랑에서 발을 헛디딘 거야. 게다가 그런 인간이 되는 것도 처음부터 비겁한 사람이기 때문이지."

지로는 이건 또 무슨 소린가 하는 표정을 짓고 선생님을 보았다. 예닐곱 살 무렵부터 지로가 가장 싫어하던 말은 '비겁'이었다. 그런데 이런 경우까지 그 '비겁'에 해당될 줄은 꿈에도 생각하지 못했다. 지로는 고개를 들어 선생님을 보았다.

"비겁하다는 건 바꿔 말하면 자신감이 부족하다는 것과 같은 뜻이지. 물 한 방울에도 모래 한 알을 씻어낼 힘은 있는 것이니까. 이런 믿음이 있는 인간이라면 악마의 발이 제아무리 더러워도 포기하려고 하지 않을 거다. 모래 한 알이라도 털어내면 그만큼 악마의 발도 깨끗해지는 거니까."

지로는 갑자기 어제 신사 앞에서 인간의 나약함에 대해 생각한 것이 떠올랐다. 지로는 그때 눈에 보이지 않는 존재 앞에서 자신이 한없이 겸손해진 것을 생각하고 그때의 기분과 지금 선생님의 말 사이에 무엇인가 어울리지 않는 것이 있다는 것을 느꼈다. 그것을 어떻게 표현해야 좋을지 몰라 그저 선생님의 말에 귀를 기울였다.

"어쨌든 절망하는 인간은 용서받지 못해. 술집 주인이 네 진심을 헤아려주지 않는다고 이 세상이 환멸스러워졌다는 것은 억지일 뿐이다."

아사쿠라 선생님은 어느 때보다 격한 말투로 이렇게 말했다. 그러나 이내 예전의 차분한 목소리로 돌아왔다.

"네 나이 때는 자기 인생에 충실하면 충실할수록 그런 마음이 들기 쉽지. 나도 너만 할 때 그런 문제들로 무척 괴로워했단다. 하지만 그 문제를 이겨내지 못하면 인생에 충실해질 수 없어. 언젠가 백조회 모임 때 너희들에게 이야기한 것처럼 성실함이란 말로 만들어지는 게 아냐. 노력해서 조금씩 쌓아올려야만 되는 거야. 물 한 방울이 가지고 있는 힘을 믿어야 하는 거란다. 언제까지라도 끈기 있게 물 한 방울이라도 간직하는 거야. 너처럼 생각하는 사람이 두 명이 되고, 세 명이 되고, 열 명이 되고, 백 명이 되면 바로 그곳에 인생을 창조해나가는 힘이 있다고 할 수 있지."

지로는 선생님이 "자기 인생에 충실하면 충실할수록 그런 마음이 들기 쉽지." 하고 말하자 크게 위안을 받았다. 방금 자기가 품은 감정이 억지일 뿐이라고 꾸중들은 뒤여서 그만큼 더 흥분되었다. 그 때문인지 선생님이 무슨 뜻으로 이런 말을 하는지 웬만큼 이해할 수 있을 것 같았다.

"미켈란젤로라는 이탈리아의 조각가가……."

아사쿠라 선생님은 조금 느긋한 말투로 이야기를 꺼냈다.

"어느 날, 친구와 둘이 길을 걷다가 길거리에 대리석이 굴러다니는 것을 보았단다. 미켈란젤로는 잠깐 거무튀튀한 대리석 표면을 내려다보더니 갑자기 친구에게 큰 소리로 외쳤어. '저 돌 속에 아름다운 여신이 갇혀 있네. 내가 구해주어야겠어' 하고 말이야. 미켈란젤로는 그 대리석을 자기 작업실에 가져가서 날마다 공들여 정으로 다듬어서 훌륭한 여신상을 조각했지. 이 이야기는 별것 아니라 생각하면 대수로운 이야기가 아닐 수 있지. 조각가가 자기 마음에 드는 대리석을 발견하고, 그것을 작품으로 만드는 건 전혀 드문 일이 아니니까. 하지만 생각하기에 따라서는 인생의 진리가 그 속에 숨어 있다고 할 수 있어. 어때, 지로? 이 이야기에서 뭔가 와 닿는 게 없니?"

지로는 고개를 갸우뚱거리다가 말했다.

"여신이 돌 속에 갇혀 있다는 생각이 재미있는 것 같아요."

"재미있다고? 어떻게 재미있는데?"

지로는 아무 말도 하지 못했다. 지로는 그저 미켈란젤로가 생각한 게 우스꽝스럽다고만 느꼈을 뿐, 그게 왜 재미있는지는 생각해보지 않았다. 아사쿠라 선생님은 웃으며 말했다.

"이 돌로 아름다운 여신상을 조각해야겠다고 말하면 되는 것을 돌 속에 여신이 갇혀 있다고 말한 게 재미있었니?"

"예, 그런 것 같아요."

"그게 바로 미켈란젤로다운 발상이지."

선생님이 그렇게 감탄을 늘어놓아도 지로는 미켈란젤로가 누구인지 몰라 그 소리가 엉뚱하게 들릴 뿐이었다.

"미켈란젤로는 위대한 예술가였던 만큼 인생의 진리를 꿰뚫고 그렇게 간단하게 말한 거야."

지로는 아직도 선생님이 말하는 뜻이 이해되지 않아 그저 선생님을 말없이 볼 뿐이었다.

"모르겠니?"

아사쿠라 선생님은 감나무 밑에 던져놓은 밀짚모자를 쓰고 바지에 묻은 먼지를 털면서 느릿느릿 일어났다.

"그럼 이건 숙제로 남겨두마. 네가 겪은 일들과 연결시켜 잘 생각해봐."

그 말을 듣는 순간, 지로의 머릿속에 한 줄기 빛이 지나갔다. 미켈란젤로가 무슨 뜻으로 그런 말을 했는지 알 것 같았다. 지로는 벌떡 일어나 선생님을 가로막듯이 앞에 서서 외쳤다.

"선생님, 알 것 같아요!"

"뭐라고?"

"이 세상은 숲 속에 버려진 대리석 같은 거예요."

"으음……. 그래서?"

"그 속엔 여신보다 더 아름다운 게 들어 있어요."

"그래서?"

"우리가 그걸 새기는 거예요."

"네가 춘월정에 간 이유도 그것 때문이었냐?"

"예, 아마도 그랬을 거예요."

"하지만 네가 갖고 있던 정은 금방 휘어졌잖아?"

"휘어졌다면 펴서 갈아야죠."

"갈아도 얼마 못 가서 또 휘어질 텐데?"

"그럼 또 갈아야죠."

지로는 힘차게 대답했다.

"좋은 생각이구나. 하지만 그렇게 자꾸 갈다가는 정이 완전히 망가지지 않을까? 망가진 정으로 뭘 어떻게 새길 거냐?"

아사쿠라 선생님은 그렇게 말하며 껄껄 웃었다.

지로는 조금 당황한 듯 머뭇거리다가 말했다.

"제가 잘못 생각했어요. 저는 절대로 휘어지지 않는 정이 될 거예요."

"하지만 이 세상에 휘어지지 않는 정이 있을까?"

"있어요."

"그게 어떤 건데?"

"선생님이 조금 전에 말씀해주셨어요. 그 정은 자기가 노력하면 노력한 만큼 세상이 좋아진다고 믿는 성실한 마음이에요."

"맞아, 네 말이 맞다. 사람의 마음은 정과 같은 거야. 하지만 조각가가 쓰는 정과는 다르지. 이 정은 자기 자신을 믿는 힘만 잃지 않는다면 절대로 휘어지거나 부러지지 않을 거야. 아니, 단단한 것에 부딪치면 부딪칠수록 더 날카로워지겠지. 그게 바로 사람의 마음이거든. 사람은 실수를 저지를 수밖에 없는 존재야. 자기 마음을 몰라준다고 다른 사람을 원망할 수도 있고, 다른 사람의 진짜 마음을 모르고 그를 모욕할 수도 있어. 네가 춘월정에서 경험한 그대로야. 실수를 하면 뉘우치고 싶고, 모욕을 당하면 화를 내는 게 사람의 마음이지. 이건 결코 나쁜 게 아냐. 중요한 건 그런 경험 때문에 믿음의 힘이 꺾여서는 안 된다는 점이야. 믿음을 포기하지만 않는다면 후회의 눈물도, 노여움의 불꽃도 엄청난 힘으로 변하는 거란다."

아사쿠라 선생님은 그렇게 말하면서 지로의 어깨에 두 손을 올려놓고 세차게 흔들었다.

"알겠니, 지로? 넌 하마터면 벼랑 끝에서 발을 헛디딜 뻔했단다."

선생님은 애정이 듬뿍 담긴 눈으로 지로를 보았다.

지로도 그런 선생님의 눈을 뚫어져라 보았다. 하지만 그 눈길은 천천히 선생님의 벌거벗은 가슴을 지나 땅바닥에 내리꽂혔다. 땀과 눈물이 뒤섞여 볼을 타고 흘러내렸다. 지로는 부끄러운 생각이 들어 잽싸게 교복 소매로 눈가를 닦아냈다.

아사쿠라 선생님은 여전히 지로의 어깨를 붙들고 있었다. 이

옥고 선생님은 지로의 등을 쓰다듬으며 심각한 표정을 지으며 말했다.

"너는 앞으로 진지해져야 한다. 무엇보다 중요한 건…… 아버지의 힘든 사정을 알고 있다면 이제부터는 너 스스로 앞날을 헤쳐나갈 준비를 해야 돼. 조금 전에 네 얘기를 들어보니 교이치는 이미 자기 인생을 헤쳐나갈 준비가 된 것 같구나. 게다가 교이치 옆엔 오자와도 있으니까 분명 잘 해낼 거야. 너도 자신의 장래에 대해 깊이 있게 생각해보아야 한다."

지로는 또 눈물을 닦았다. 그리고 조금 수줍어하며 짧게 대답했다.

"예."

"중학교를 졸업하는 건 어떻게 되겠지만, 그 뒤로는 아버지께 기대선 안 돼. 넌 마음이 강하니까 걱정은 안 된다. 만약 오자와가 없었다면 교이치는 무척 힘들었을 거야."

"전 아직 뭘 할지 정해놓지 않았어요. 앞으로 좀 더 생각해보려고요."

"그래, 서두를 필요는 없어. 하지만 너무 꾸물대서도 곤란해. 네 나이 때 인생을 설계해놓지 않으면 나중에 힘든 일이 많이 생겨. 이것도 좋은 공부가 될 거야. 춘월정 주인 같은 사람하고 싸우는 것보다 그런 문제로 고민하는 게 훨씬 좋지, 하하."

지로는 머리를 긁적였다. 선생님은 밀짚모자를 챙기며 말했다.

"다시 밭일이나 해볼까? 혼다, 바쁘지 않으면 나 좀 도와줄래? 이런 밭에도 여신이 숨어 있을지 모르니까 말이다."

"예, 도와드릴게요."

지로는 서둘러 교복 윗도리를 벗었다. 더운 여름이라 속에는 아무것도 입고 있지 않았다. 살집이 별로 없는 거무튀튀한 앞가슴이 땀에 흠씬 젖어 짙푸른 감나무 잎사귀 그늘에 그대로 드러났다.

"일하기 전에 목부터 축여야겠다. 부엌에 보리차 식힌 게 있을 거야. 네가 좀 가져올래?"

"예."

지로는 목욕탕을 돌아 부엌 쪽으로 뛰어갔다. 조금 뒤에 지로는 선생님 부인과 함께 즐겁게 이야기를 나누며 돌아왔다. 사모님은 손수 만든 것으로 보이는 과자를 작은 쟁반에 담아 왔는데, 그 위에는 물잔 두 개가 가지런히 놓여 있었다. 지로는 한 되들이 유리병을 끌어안듯 들고 있었다. 유리병에는 성에가 끼어 있었는데 병 속에 가득 담긴 호박색 물 너머로 지로의 가슴이 희미하게 보였다.

"여기가 훨씬 시원한 것 같군요. 여름엔 나무그늘이 최고예요."

사모님은 쟁반을 나무 밑에 내려놓고 나뭇가지 끝을 올려다보며 말했다. 그러고는 손수건을 꺼내 코 밑에 흐르는 땀방울을 훔쳤다.

"당연히 집보다는 여기가 시원하지. 혼다하고 조금 심각한 이야기를 나누었더니 꽤 목이 마르군."

아사쿠라 선생님은 지로가 물을 가득 따른 잔을 받아들고 웃으며 말했다.

"그래요?"

사모님은 그다지 궁금해하는 것 같지는 않았는데, 아사쿠라 선생님이 하는 말을 듣고는 물끄러미 지로를 보았다. 지로는 자기가 마실 잔에 보리차를 따르다가 사모님이 자기를 보는 것을 느끼고 쑥스러운 듯 고개를 숙였다.

"혼다, 이것 좀 먹어봐."

사모님은 과자를 담은 쟁반을 지로 앞으로 내밀면서 말했다.

"오늘 나눈 얘기, 저도 백조회 모임 때는 들을 수 있겠죠?"

"글쎄……."

아사쿠라 선생님은 잠깐 생각하다가 말했다.

"백조회 이야깃거리로 올리기엔 좀 그럴 것 같은데. 주제로는 정말 보기 드문 내용이지만, 혼다네 집안사정과도 관계가 있어서 말이야."

"그래요? 내가 괜한 말을 했군요."

사모님은 그렇게 말하며 걱정스러운 얼굴로 지로를 보았다.

"아냐, 당신은 알고 있는 게 좋겠어. 앞으로 내가 집에 없을 때 혼다가 찾아오면 당신이 상담을 맡아야 하니까. 그럴 때를 대비해서 이 중요한 얘기는 당신도 알아둬야 해."

"내가 혼다를 상담한다고요? 무슨 일인데요? 내가 할 수 있는 일이라면 상관없지만……."

"자세한 건 나중에 얘기해줄게. 이봐, 혼다, 우리 집사람한테 오늘 우리가 나눈 얘기를 들려줘도 괜찮겠지?"

"예."

지로는 조금 창피하기도 하고, 기쁘기도 해서 얼굴을 붉히며 대답했다. 지로는 아사쿠라 선생님이 무슨 생각으로 사모님께만 오늘 나눈 이야기를 들려주려는 건지, 그 의도를 전혀 알 수 없었다. 하지만 어찌 되었든 간에 자기 일을 사모님께 알려준다는 데 이의가 없었다. 이의가 있기는커녕 선생님이 가까운 후배를 대하듯 사모님께도 자기 일을 숨기지 않고 모두 털어놓는 것이 기쁘기까지 했다.

아사쿠라 선생님은 보리차를 다 마시고 나서 사모님에게 말했다.

"그건 그렇고, 지난번에 당신한테 얘기했던 미켈란젤로 있잖아?"

"미켈란젤로가 왜요?"

"그 얘길 방금 혼다에게 해줬다고. 요 며칠 혼다가 겪은 일과 딱 들어맞는 얘기 같았거든."

"어머, 그래요? 혼다가 그렇게 대단한 경험을 했어요?"

사모님은 조금 들뜬 목소리로 되물으며 다정한 눈길로 지로를 보았다. 하지만 사모님이 물어도 아사쿠라 선생님과 지로는 약속이나 한 듯 대답하지 않았다. 두 사람은 서로 마주 보며 의미심장하게 웃을 뿐이었다.

"그래서 혼다는 뭐라고 그랬죠? 미켈란젤로의 마음을 이해했나요?"

"이해한 정도가 아니라고. 아주 멋지게 해석까지 붙였어. 당신보다 나이는 어리지만, 겪은 게 많아서 그런지 당신처럼 이틀, 사흘씩 궁리하지 않아도 단번에 알아내더라고. 그래서 아무리 재미있는 놀이라도 피가 터지는 상처 앞에선 꼼짝 못하는 거야."

"어머, 그게 무슨 말이에요? 놀이라뇨?"

사모님은 언성을 높였지만, 그렇게 화가 난 것처럼 보이지는 않았다. 눈을 샐쭉하게 뜨고 선생님을 보더니 또 금방 웃음을 터뜨렸다. 그러다가 조금 진지한 얼굴로 물었다.

"하지만 혼다가 그런 괴로운 일을……"

"저 나이에 이런 일이 쉽지는 않았겠지. 어쨌든 술집 주인을 상대로 정을 휘둘러볼 작정이라니까."

"정이라고요?"

사모님은 눈을 동그랗게 뜨고 지로를 보았다.

"하하하! 정이란 미켈란젤로에 대한 이야기였어. 혼다는 마음의 정을 쥐고 술집 주인을 여신으로 조각해보려고 한다는 뜻이야."

"어머, 그랬군요. 난 또 진짜 정을 말하는 줄 알고 깜짝 놀랐잖아요, 호호."

"설마하니 혼다가 불량배도 아닌데……. 그렇지, 혼다?"

아사쿠라 선생님은 큰 소리로 웃었다.

하지만 지로는 웃고 싶지 않았다. 지로는 두 사람의 웃음이 그칠 때까지 어두운 얼굴로 발끝만 내려다보다가 가라앉은 목소리로 말했다.

"선생님, 전 춘월정 주인을 여신으로 만들려는 생각은 하지 않았어요. 그 일은 제가 잘못해서 일어났어요. 전 다만 사과하고 싶었을 뿐이에요."

"음……."

아사쿠라 선생님은 텅 빈 유리잔 바닥을 들여다보다가 잠깐 눈을 감고 생각에 잠겼다.

"물론 그럴지도 모르지. 하지만 그게 나쁘다고는 생각하지 않아. 아니, 차라리 잘 된 일일 수도 있어. 그렇게 자기를 반성하면서 겸손하게 마음을 먹는 것이야말로 상대방을 이끌어주고 고쳐주는 수단이 되는 거야. 자신의 힘을 믿는다고 해도 상대방보다 한 단계 높은 곳에 서서 아래를 내려다보며 구해줘야겠다고 생각한다면 상대방을 구해주기는커녕 오히려 이 세상만 어지럽히는 결과가 나올 수도 있단다. 인간이란 진지해지면 그것으로 충분해. 그런 마음가짐을 잃지 않고 나 자신을 갈고 닦으면 되는 거야. 자신감이란 내가 남보다 훌륭하다고 생각하는 믿음이 아니란다. 그저 나 자신을 갈고 닦을 힘이 나에게 있다는 것을 인정하고 의지하기만 하면 되는 거란다."

지로는 예전에 읽었던 《하가쿠레》라는 책이 생각났다. 그 책에는 다음과 같은 구절이 있었다. '다른 사람을 이기는 길은 찾지 못했지만, 나 자신을 이기는 길은 찾아냈도다.' 이 말은 어느 검도 달인이 한 말이었다. 하지만 지금부터 스스로를 갈고 닦아도 춘월정 주인 같은 사람이라면 아주 조금이라도 아름답게 변화시킬 수는 없을 것 같다는 생각이 들었다.

"하지만 선생님……."

지로는 말을 조금 우물거렸다.

"세상에는 아무리 진심을 보여줘도 통하지 않는 사람도 있지 않을까요?"

"예를 들면 춘월정 주인 같은 사람 말이냐?"

"예, 전 그런 천박한 여자에게 여신의 모습이 숨어 있다는 건 현실에 비춰 볼 때 말이 안 된다고 생각해요."

"네가 그렇게 생각한다면 얘기는 다시 원점으로 돌아가야겠 구나."

"하지만 예외라는 것도 있지 않을까요?"

"인간에게 예외 같은 것은 없어. 인간의 본심은 누구를 막론 하고 처음에는 아름다운 거야."

아사쿠라 선생님은 단호하고 진지했다. 그래서 지로는 더욱 당황할 수밖에 없었다.

"인간의 마음에 예외가 있다고 생각하는 것은 그렇게 생각하 는 사람 자신의 마음이 충분히 수련되어 있지 않기 때문이야. 같은 대리석이라도 미켈란젤로는 여신을 보았고, 그의 친구는 이끼 낀 돌을 보았으니 말이야."

세 사람은 한동안 말이 없었다. 지로는 땅바닥을 내려다보았 고, 아사쿠라 선생님은 지로의 옆얼굴을 보았다. 뒤쪽에 있던 사모님은 그런 두 사람을 번갈아 보다가, 지로를 위로하듯이 말했다.

"정말 중요한 일인 건 알지만 우리에게는 어려운 일이에요."

"그거야 누구에게든 어려운 일이지. 이런 말을 하는 나 자신도 날마다 인간의 추악한 면만 보이고 좋은 면은 보이지 않거든. 학교에서도 마찬가지야. 때로는 학생들도 하나같이 형편없는 녀석들로 보이곤 해. 정말이지 그럴 때면 당장이라도 학교에서 뛰쳐나오고 싶은 마음이 들어."

지로는 조심스레 선생님의 얼굴을 보았다. 아사쿠라 선생님은 살짝 웃어 보였으나, 곧 진지한 얼굴로 말했다.

"하지만 아직까지 한 번도 도망친 적은 없으니 걱정하지 마라. 어쨌든 도망치고 싶다는 마음이 생길 때마다 나 자신을 되돌아보는 거야. 그리고 학생들의 마음속에서 신을 발견하지 못하는 이유는 내 마음속에 신이 없기 때문이라고 나 자신을 타이르곤 하지. 그렇게 생각하면 나도 모르게 훨씬 겸손해진 것 같은 기분이 들어. 학생들을 가르친다든가, 지도한다든가 하는 교만한 마음은 그 순간에 사라져버리는 거야. 그 대신 학생들을 위해 기도하고 싶은 마음이 생겨난단다. 그런데 이쯤 되면 말로 설명할 수는 없지만 가슴속에서 어떤 힘 같은 것이 솟아오르지. 내가 생각하기에도 정말 신기한 경험이야. 가끔 이런 생각을 한단다. 내가 지금까지 학교라는 곳에 절망하지 않고 아이들을 가르칠 수 있었던 힘은 방금 내가 말했던 반성이랄까, 아니면 겸손이랄까…… 어쨌든 기도하면서 나 자신을 지켜내려고 노력했기 때문이라는 생각이 든단다."

지로는 어제 신사 앞에서 느낀 기분을 다시 한 번 떠올려보았다. 선생님이 말씀하신 그 힘이라는 게 어쩌면 자기가 느낀 감정과 비슷한 것이 아닐까 하는 생각이 들어 은근히 흥분됐지만, 입 밖으로 그 이야기를 꺼낼 용기는 없었다. 그러자 아사쿠라 선생님은 갑자기 큰 소리로 웃었다.

"어쩌다 보니까 내 신세 한탄이 되었군. 오랜만에 열정으로 가득 찬 이야기를 나눴구나. 오늘은 이 정도만 하자."

그러고는 물잔을 내려놓고 일어섰다.

"과자 안 드세요?"

"아, 참, 과자가 있었지. 혼다, 빨리 먹어 치우고 밭일이나 하자고."

지로는 그제야 보리차를 마시고 과자를 집었다.

그날 지로가 밭일을 끝내고 돌아가려고 할 때 사모님이 저녁을 권했지만, 지로는 왠지 내키지 않아 도망치듯 집으로 돌아왔다. 집으로 오면서 그는 '무계획의 계획'이 자기를 이끌었다고 생각했다. 그러나 이 말은 요즘 자신이 어디에선가 본 듯한 '섭리'라는 말과 연결되어 가슴에 깊이 새겨졌다. '운명', '무계획의 계획', '섭리', 이 세 낱말은 지로의 마음속에서 같은 말로 생각될 만큼 가깝게 느껴졌다. 이것은 인생에 대한 지로의 태도가 아집과 반항에서 한 걸음 한 걸음 겸손과 조화의 새로운 길로 나아가고 있다는 증거라고 말할 수 있지 않을까.

새 출발

지로는 중학교에 들어오면서 교이치가 권유하여 날마다 일기를 썼다. 일기장이라고 따로 정해져 있는 것은 아니었다. 처음 일 년은 작은 수첩을 썼으나 불편한 생각이 들어 일반 공책을 일기장으로 썼다. 일기 쓰는 건 고르지 못해서 쓸 게 많은 날은 몇 장이고 밤늦도록 쓰기도 하고, 어떤 날은 한 줄이나 두 줄에 그치기도 했다. 또 남들이 읽어서는 대체 뭘 쓴 건지 이해가 안 될 정도로 자기감정을 두서없이 적어놓는가 하면, 신문기사처럼 그날 일어난 일을 객관으로 묘사하기도 했다. 그러다 이 년 정도 지나자 일본 고유의 와카나, 시를 적어놓는 날들이 점점 많아졌다.

지로에게 시적인 감수성이란 운명과도 같은 것이었다. 지로의 가슴속에 흐르는 애수의 감정은 교이치에 대한 ― 이것도 어떻게 생각하면 운명이라고 할 수 있는데 ― 경쟁의식으로 자극을 받아 처음 싹텄다. 그런 만큼 지로가 쓴 시에는 교이치가 쓴 일기에서 볼 수 있는 진솔함이나 따뜻함은 찾아보기 힘들었다.

그 대신 어딘지 모르게 사람의 마음을 꿰뚫는 듯한 날카로운 감정과 순간순간 번뜩이는 재치가 다분했다. 그래서 일 년에 세 번 펴내는 교지에 시를 발표하면 언제나 큰 이야기를 몰고 다녔다. 지로는 본명 대신 '혼다 핫코(白光)'라는 필명으로 시를 발표했는데, 학교에서 지로의 필명을 모르는 학생은 거의 없었다. 문학에 관심이 있는 학생들 가운데는 지로를 천재라고 생각하는 학생도 꽤 많았다.

지로가 쓴 일기에서 분량이나, 내용으로 가장 많은 부분을 차지하는 것은 단연 백조회였다. 지로의 백조회에 대한 열정은 – 그것은 아사쿠라 선생님에 대한 마음의 표현이라는 편이 더 정확할지 모르지만 – 거의 무조건에 가까웠다. 그래서 지로는 처음에 '백조(白鳥)'라는 필명을 쓰기도 했다. 그러나 교이치가 너무 생각을 드러낸다고 말했기 때문에 오랫동안 고민한 끝에 혼다라는 성 뒤에 '핫코'라는 필명을 덧붙이기로 했다. 지로는 교지에 시를 발표하면서도 언젠가는 자기 손으로 백조회를 예찬하는 시를 써야겠다고 늘 생각하고 있었다.

8월 21일

아버지는 일어나자마자 손수 폐점 쪽지를 가게 유리문에 붙이셨다. 아버지는 쪽지를 붙이며 웃고 계셨다. 나는 아버지가 무슨 생각을 하며 웃는 건지 알 것 같았다. 하지만 나는 웃음이 나오지 않았다. 아버지가 웃었기 때문에 도리어 마음이 쓸쓸했다.

아버지가 쪽지를 붙인 뒤 나는 적잖이 그 쪽지에 신경이 쓰였다. 종이에 문어체로 긴 문구를 써놓아서 그다지 눈에 띄지는 않았지만 그래도 신경이 쓰여 견딜 수 없었다. 이 더위에 가게 문을 달아놓았기 때문인지도 모른다. 나는 이 층에서 밖을 내다보며 지나가는 사람들의 얼굴을 자세히 살폈다. 속으로는 다 쓸데없는 짓이라고 생각했지만, 그렇게 하지 않고는 견딜 수 없었다. 그러면서도 어릴 적 내 모습이 생각나 씁쓸했다.

길 가는 사람들은 어느 한 사람 우리 가게에 붙여놓은 폐점 쪽지에 신경 쓰지 않았다. 많은 사람들은 돌아보지도 않고 그냥 지나쳤다. 어쩌다 한두 사람이 아침부터 가게 문이 닫힌 것을 보고 발길을 잠깐 멈추기도 했지만, 쪽지에 관심을 기울이는 사람은 없었다. 다만 이웃에서 몇 사람들이 가게 앞을 서성이며 그 쪽지를 읽었다. 하지만 그 사람들은 폐점 쪽지를 읽고도 놀라지 않았고 개중에는 뜻을 알 수 없는 웃음을 짓는 사람도 있었다.

나는 이들이 냉담한 것을 보고 처음에는 안심이 되었다. 하지만 시간이 지날수록 화가 치밀었다. 결국 오후에는 한 번도 창밖을 내다보지 않았다.

센키치와 분로쿠도 다른 곳에 취직한 모양이다. 아마 오래전부터 새로운 일자리를 찾아다녔을 것이다. 아버지는 월급 말고도 금일봉을 따로 준비해뒀다가 두 사람에게 건넸다. 송별회를 겸해서 저녁을 같이 먹자고 했는데, 두 사람 모두 사양했다. 센키치와 분로쿠는 점심을 먹고 우리와 헤어졌다. 그러나 나는 이들이 길 가는 사람들처럼 냉담했다고는 생각하고 싶지 않다.

아버지가 식구들에게 폐점 결심을 이야기한 지 오늘로 나흘째다. 할머니는 어제까지 끼니때마다 울거나 화를 냈는데 오늘따라 잠잠하다. 피곤해서 그런 건지, 체념한 건지 모르겠다. 생각해보면 우리 집에서 가장 큰 충격을 받은 사람은 할머니일 것이다. 할머니는 머잖아 칠순이다. 할머니를 위로해주어야 한다고는 생각한다. 그러나 내 가슴 어딘가에는 아직도 용서할 수 없는 지나간 기억들이 그대로 남아 있다.

형에게 편지를 썼다. 할머니는 가게 문을 닫았다는 사실을 알리지 말라고 신신당부했다. 하지만 난 할머니가 그렇게 말씀하시는 데 동의할 수가 없다. 지금은 무엇보다 서로 사실을 숨겨서는 안 된다.

8월 22일

아버지는 아침 일찍 어디론가 나가셨다. 아버지가 나가시자 곧 어머니도 나가셨다. 어머니는 오후 세 시쯤에 돌아오셨는데, 아버지는 저녁 무렵에야 돌아오셨다.

아버지가 집을 비웠을 때 할머니는 나와 순조를 불러, "어머니가 오늘 밖에 나간 건 아버지에게 말하면 안 된다."고 말씀하셨다. 할머니는 아버지가 무능해서 집안이 어려워졌다는 말을 한참 동안 늘어놓고는 "이래서는 아무래도 학교를 계속 다니기 힘들겠구나. 지로는 나이도 있고 하니 일찌감치 공부는 관두고 돈이나 버는 게 어떠냐?" 하고 물으셨다. 속으로는 기분이 좋지 않았지만, 이상하게 화는 나지 않았다. 그래서 "생각해볼게요.” 라고만 대답했다. 슌조는 할머니가 자기에겐 그런 말을 묻지 않았다고 생각했는지 아무 말도 하지 않았다.

아직은 할머니를 진심으로 사랑할 수 없다. 예전처럼 그렇게까지 밉지는 않지만, 사랑하고 싶다는 생각도 안 든다. 나는 어제 사람들이 냉담하다고 화를 냈지만, 어쩌면 나야말로 할머니에게 가장 냉담한 인간은 아닐까? 그것을 생각하면 나는 아직도 운명을 극복하지 못한 것 같다.

저녁 늦게 머리가 벗겨진 노인이 아버지를 찾아왔다. 지난번에 아버지께 가게와 살림을 그대로 물려받고, 이 집에서 주류 도매를 할 사람이 정해졌다는 이야기를 들었는데, 이 노인이 바로 그 사람이다. 얼굴은 온순해 보였지만, 눈매는 볼수록 음흉했다. “옮기실 곳이 정해질 때까지는 계속 기다릴 수 있습니다.” 하고 말해놓고도 금방 태도를 바꿔, “집주인하곤 이야기가 다 끝났답니다. 헤헤.” 하고 아버지께 은근히 압력을 넣었다. 춘월정 주인보다 이런 사람이 더 못된 인간인지도 모른다. 이런 인간에겐 어디서부터 ‘정’을 대야 좋을지 모르기 때문이다.

이 노인 같은 사람이 세상에는 얼마나 많을 것인가. 어쩌면 대부분 사람들이 이 노인보다 악랄할지도 모른다. 그런 생각만 해도 나는 우울해진다. 하지만 이런 생각은 빨리 떨쳐버려야 한다. 아사쿠라 선생님이 말한 것처럼 사람에게 예외는 없다. 모든 인간은 아름답게 창조되었다. 난 그걸 믿어야 한다.

8월 23일

오늘은 웬일인지 아버지가 외출하지 않으셨다. 그렇다고 집에 무슨 할 일이 있어서 그런 것 같지도 않았다. 아버지는 하루 종일 방에 틀어박혀 책을 읽으셨다. 할머니는 집안이 이렇게 됐는데도 아버지가 그저 태연하기만 해서 속이 상하신 것처럼 보였다. 겉으로는 아무 내색도 없으셨지만, 아버지를 바라보는 눈빛은 언제나 심술궂게 빛나고 있었다.

어머니는 여전히 밝은 얼굴로 부엌과 거실을 드나드신다. 오늘도 별다른 말씀은 하지 않으셨다. 그러나 할머니는 오늘따라 어머니의 그런 모습이 불편하셨나 보다. 할머니는 아버지를 볼 때보다 더 냉담한 눈길로 어머니를 쏘아보셨다. 하지만 어머니에게도 특별한 내색은 하지 않으셨다.

집안 식구들이 하루 종일 집에 있었지만, 어느 누구도 입을 열지 않았다. 어쩐지 평소처럼 말이 없는 어머니에게 짜증이 났다.

저녁 무렵에는 도무지 견딜 수 없어서 순조를 이 층으로 불러 함께 노래를 불렀는데, 할머니가 시끄럽다면서 크게 야단을 치셨다.

8월 24일

간밤에는 잠자리에 누워 내 앞날에 대해 이것저것 생각해보았으나 헝클어진 실타래처럼 어지럽기만 했다. 정말이지 우리가 막다른 골목에 다다른다면 난 어떻게 해야 할까. 할머니의 말씀처럼 학교를 그만두고 뭐든 돈이 될 만한 일을 해야 한다.

몇 번씩 그렇게 생각했지만, 마음은 조금도 진정되지 않았다. 요샌 자꾸만 유모가 생각난다. 그래서 오늘은 아침 일찍 유모에게 편지를 썼다. 내겐 유모도 식구나 마찬가지기 때문에 굳이 가게 일을 숨기고 싶지는 않았다. 나는 편지에 요즘 우리 집 형편을 자세하게 적었다. 이 편지를 받으면 유모는 아마도 깜짝 놀라겠지. 하지만 내가 학교를 그만두게 된 뒤 소식을 알리면 더욱 놀랄 것이다.

오늘도 아버지는 하루 종일 집에만 계셨다. 아침부터 거실에 누워 무슨 책인가를 읽고 있다. 대체 무슨 책이기에 저토록 열심인가 싶어 지나가는 척하면서 살펴봤더니, 놀랍게도 양계에 관한 책이었다. 아버지랑 양계가 무슨 상관이 있어서 그런 책을 들여다보시는지 묻고 싶었지만, 아버지의 얼굴을 보면 말을 걸고 싶은 생각은 금세 사라지고 만다. 아버지는 누가 말이라도 걸어올까 두렵다는 듯이 하루 종일 거실에서 뒹굴며 책만 보셨다. 어제와 마찬가지로 모두 말이 없었다. 할머니 혼자 시도 때도 없이 아버지 머리맡을 지나 불단이 있는 방에 들어가셨는데, 그때마다 징 소리와 염불 소리가 처량하게 들렸다.

나는 할머니가 순수한 마음으로 불단이 있는 방에 들어가는 것은 결코 아니라고 생각했다. 하지만 겨우 그 정도밖에 생각하지 못하는 할머니가 가엽게 여겨지기도 했다. 그러나 할머니가 가엽기는 해도 자진해서 위로하고 싶은 생각은 들지 않는다. 굳이 한다 해도 그것은 거짓말이 될 것이다.

사랑에서 비롯된 거짓이라면 괜찮다. 그러나 거짓된 사랑은 나에게 더 참을 수 없는 고통이다. 진실의 사랑이여, 내 가슴에서 살아나라.

집에 있는 것이 너무 답답해서 점심을 먹고 슌조를 불러내 함께 붕어낚시를 하러 갔다. 그러고 보니 중학교에 들어오고 나서 낚시는 한 번도 하지 않았다. 당연히 낚시 도구 같은 것도 없다. 급한 대로 낚싯바늘만 사고, 나머지는 집에 굴러다니는 물건을 적당히 이용했다. 어디로 낚시를 가야 할지 몰라 고민하다가, 슌조 녀석이 집 근처 사원 뒤에 있는 연못이 시원할 것 같다고 해서 그리로 갔다.

미끼를 꿰어 낚싯바늘을 던지고 찌를 바라보는 동안, 가슴속에서는 마사키 가에서 즐겁게 보낸 일들이 하나 둘씩 되살아났다. 조금 뒤에 낚시찌가 움직였는데, 예전처럼 긴장되고 흥분되었다. 붕어를 낚아올려 보니 꽤 큰 놈이다.

그 뒤로도 삼십 분 동안 나는 크고 작은 붕어를 다섯 마리쯤 낚았다. 하지만 슌조는 한 마리도 낚지 못했다. 찌도 거의 움직이지 않았던 모양이다. 슌조는 화가 나서 장소를 옮겨 낚싯대를 드리웠는데, 그것도 헛수고였다. 슌조는 낚싯대를 집어던지고 그늘에 누워버렸다.

슌조는 팔베개를 하고 누워 있다 갑자기 말했다.

"나도 우리 집에서 할머니가 가장 골칫거리라는 것쯤은 알고 있어."

나는 슌조의 입에서 그런 말이 나올 줄은 생각도 못했다. 당황한 내가 잠자코 있자, 슌조는 내 곁으로 다가와 이야기했다.

"그저께 어머니가 어디 가셨는지 알아?"

내가 모르겠다고 하자, 순조는 무슨 큰 비밀이라도 털어놓듯 사방을 둘러보며 말했다.

"오마키 외할아버지 댁에 갔어. 그런데 어머니가 가고 싶어서 가신 게 아냐. 할머니가 억지로 보낸 거라고."

나는 그제야 무슨 일이 있었는지 모두 알 것 같아 할머니 이야기를 꺼내는 것조차 불쾌했다.

"할머니도 알고 보면 불쌍한 분이야."

나는 결국 이렇게 말하고는 멍하니 낚시찌만 바라보았다. 순조도 그 뒤로 아무 말도 하지 않았다.

할머니는 애가 탔을 것이다. 그래서 생각 끝에 어머니를 이용하기로 마음먹었을 것이다. 그리고 어머니는 할머니가 시킨 대로 오마키 가에 다녀왔다. 아마도 집안사정을 이야기하며 도와달라고 부탁했겠지. 할머니가 그렇게 하라고 시켰다는 말은 끝내 하지 않았을 것이다. 이것도 틀림없이 할머니가 시켰을 것이다. 어머니는 그 말에도 순종했을 것이다. 그런 생각을 하면서 낚시찌를 보고 있자니, 이번에는 그런 것을 생각할 수밖에 없는 내 처지가 너무나도 비참해서 눈물이 날 것 같았다. 그리고 찌도 더 움직이지 않았다. 우리는 곧 돌아갈 채비를 서둘렀다.

집으로 돌아오는 길에 문득 아사쿠라 선생님이 생각났다. "할머니도 알고 보면 불쌍한 분이야." 하고 말한 것이 마음에 걸려서 일 것이다. 선생님은 늘 "자기 자신을 속이는 게 가장 불행한 일이다."고 말씀하셨다. 나는 내가 한 말을 고쳐 말하기 위해 순조에게 다가갔다. "그래도 할머니보다는 어머니가 더 불쌍하지." 하고 말했다. 그러자 순조는, "맞아." 하고 고개를 끄덕였다. 순조의 반응에 나는 왠지 할머니가 어머니보다 더 불쌍하다는 생각이 들었다. 할머니는 정말로 외톨이인 것이다.

집에 돌아오니 마사키 외할아버지와 아오키 의원이 안방에서 아버지와 무엇인가 중요한 이야기를 나누고 계셨다. 나와 순조가 인사하자 외할아버지는 침통한 얼굴로 말없이 계셨고, 아오키 의원은 "류이치가 여름방학에 집에만 있으려니 심심한 모양이더라. 시간 나면 언제 한 번 놀러와." 하고 말했다. 언제부턴가 나는 류이치의 존재를 까맣게 잊고 있었다. 어쩐지 미안한 생각이 들었다.

세 분은 저녁때까지도 이야기를 끝내지 않았다. 저녁을 먹고 나서 어머니는 따로 술상까지 차렸다. 가게에 남아 있던 술을 병에 담아 보관하고 있었는데, 어머니는 그중 한 병을 상에 올려놓았다. 내가 잡은 붕어는 안주가 되었다. 오랜만에 집안이 밝아진 느낌이었다. 아오키 의원은 채 몇 잔도 안 마셨는데 목소리가 상당히 커져 '면장'이라는 말이 자주 들렸다.

그때 오마키 할아버지와 데쓰타로 아저씨가 찾아왔다. 아무래도 이미 무슨 이야기가 있었던 것 같다. 두 사람이 들어오자 안방은 더욱 떠들썩해졌다. 가뜩이나 오마키 할아버지는 목소리가 큰 편이라 혼자 떠들어도 집 안이 쩌렁쩌렁 울렸는데, 취기가 도는 아오키 의원까지 덩달아 목소리가 커지는 바람에 조용한 편인 마사키 외할아버지까지 여느 때보다 소리를 더 크게 냈다. 주의해서 듣고 있자니 이야기 줄거리를 대강 알 수 있었다.

아오키 의원은 아버지가 마을로 돌아와야 한다고 주장했다. 마침 마을 면장 자리가 비어 있으니 아버지가 이 일을 맡아야 한다고 말했다. 마사키 외할아버지는 아오키 의원과 생각이 달랐다. 지금 돌아가면 마을 사람들도 아버지를 환영하겠지만, 한때 마을에서 알아주는 지주로 지내다가 집까지 팔고 물러난 곳에서 면장 일을 보면 어려운 일이 많을 것이라고 염려하셨다. 오마키 할아버지와 데쓰타로 아저씨는 면장 같은 건 골치 아프고, 면장 수입만으로는 아이들 셋을 가르칠 수 없다며 대놓고 반대하고는 아버지께 양계장을 해보는 게 어떻겠냐고 권하셨다.

오마키 할아버지는 어머니가 채소 절임만 잘하는 게 아니라, 양계장도 해본 적이 있다고 말씀하셨다. 우리와 함께 살기 전에 어머니는 남은 인생을 독신으로 보내기로 작정하고, 양계장을 운영하며 닭을 오륙십 마리쯤 키웠다는 것이다. 나는 그 이야기를 듣고 깜짝 놀랐다. 누가 무슨 말을 시켜도 멍청하게 웃기만 하는 어머니에게 그런 능력이 있을 줄은 감히 상상도 하지 못했기 때문이다. 나는 속으로 아버지가 양계장을 택하시기만 간절히 바랐다. 하지만 오늘은 어느 쪽으로도 정하지 않은 채 모두 돌아갔다.

나중에 할머니가 안방으로 건너가 아버지께 물었다.

"어떻게 하기로 했냐?"

"한 이삼일 더 생각해봐야죠."

"면장님이 되는 것도 좋지만, 이제 와서 고향으로 돌아간다는 게 좀 그렇구나."

"그래서 저도 양계장을 해볼 생각이에요."

"그런데 돈이 없잖아?"

"양계장을 하면 아오키 가나 마사키 가에서 조금 도와주겠다고 했어요."

"오마키 가에선 뭐라고 하든?"

"오마키 어르신이 땅을 빌려주겠다고 하셨어요. 집사람이 예전에 양계장을 하던 곳이 아직 그대로 있대요."

"거기가 어딘데?"

"오마키 가 근처래요."

"그럼 당장 살림집은 어디서 구하고?"

"오마키 가가 있잖아요. 집도 넓은데 당분간 같이 생활해야죠. 오마키 어르신은 별채 하나를 통째로 내주고 싶어 하세요."

"살림집까지 오마키 가 신세를 질 작정이냐?"

"상황이 급하니까 할 수 없죠."

"아범이 대체 언제부터 이렇게 뻔뻔스러워진 게냐?"

"이제 와서 오기를 부려봐야 소용없잖아요. 어르신이 그렇게까지 호의를 보이시면 따르는 게 예의라고 생각했어요. 하지만 어머니가 그토록 싫으시다면 지금이라도 관둬야죠."

할머니는 이내 잠잠해졌다. 그때 어머니도 할머니 곁에 앉아 계셨는데, 여전히 밝은 얼굴을 하고 있었다. 어머니의 평온한 얼굴을 바라보면서 문득 어머니를 존경하고 싶은 마음이 간절해졌다. 그러나 나 자신은 어쩌면 어머니와 비슷한 구석은 하나도 없고 이토록 할머니를 닮은 것일까.

8월 25일

아버지는 아침을 먹자마자 곧 밖으로 나가셨다. 나도 집에 있기 뭣해서 아사쿠라 선생님을 찾아갔다. 면장과 양계장 중에 어떤 게 더 좋은 일인지 선생님한테 의견을 듣고 싶었다. 그러나 선생님은, "면장도 자기 이상만 뚜렷하다면 꽤 재미있을 거야." 하고 대답하고는, 조금 뒤에 "양계에 대해선 아는 게 없지만, 식구들이 다 같이 일하다 보면 분명 재미있을 거야." 하고 말씀하셨을 뿐 어느 쪽 의견에도 특별히 찬성한다는 내색은 하지 않으셨다.

오후에 슌조와 함께 사원 연못으로 낚시를 하러 갔다. 오늘은 슌조도 두 마리를 잡았다. 나는 또 다섯 마리를 잡았다. 낚시질을 하다가 슌조에게 면장과 양계장 중 어떤 게 더 좋을 것 같은지 물어보았다. 슌조는 길게 생각할 것도 없다는 듯, "아버지가 면장이라니 우습잖아?" 하더니 정말 우습다는 듯 웃었다.

아버지는 밤 열 시가 넘어 돌아오셨다. 아버지는 이것저것 캐묻는 할머니에게, "내일 얘기할게요." 하고 말한 뒤 잠자리에 들었다.

8월 26일

아침을 먹고 아버지는 입을 떼었다.

"어머니만 괜찮다면 양계장이 괜찮을 것 같은데……."

"나 혼자 반대한다고 누가 듣겠니?"

할머니는 비꼬듯 대답했는데, 진심으로 반대하는 것 같지는 않았다. 하지만 조금 뒤에 내키지 않는다는 얼굴로 물으셨다.

"역시 살림은 오마키 가에서 해야 되는 게냐?"

할머니는 아무래도 그 점이 못마땅한 모양이었다.

"사실 그 문제 때문에 어제 오마키 가에 다녀왔어요. 마침 강가에 빈집이 한 채 있는데, 그 집을 빌리기로 했습니다. 오래되긴 했지만, 굉장히 넓다고 하네요."

그러자 이때까지 말이 없던 어머니가 마침내 입을 열었다.

"저도 그 집을 알아요. 꽤 오래전부터 빈집이거든요. 그 집 바로 뒤에 아버지 땅이 조금 있어요. 거기다가 양계장을 꾸미면 되겠네요."

어머니는 모처럼 신명이 난다는 듯 말했다.

그 뒤 일은 순조롭게 진행되었고, 서둘러 이사 준비를 했다. 나도 무척 마음이 가벼워졌다.

그러나 정작 가재도구를 챙기기 시작하니 육 년 전, 마을에 있던 혼다 가가 망했을 때가 뚜렷하게 떠올라 묘하게 슬퍼졌다. 그때는 집에 별의별 물건들이 다 있었다. 아름답게 장식된 칼이라든가, 마키에(금가루나 은가루로 칠기 표면에 무늬를 놓는 일본 특유의 미술 공예) 상자, 족자, 비단 같은 것들이 산더미처럼 있었다. 그에 견주면 지금은 말도 못하게 빈약하다.

내가 마사키 가에서 살기 시작한 것은 경매 날 저녁부터였다. 마사키 외할아버지가 갑자기 나를 맡겠다고 말한 것이 지금도 귓가에 생생하다. 그때는 외할아버지가 무슨 뜻으로 나를 데려가겠다고 하신 건지 몰랐지만, 지금 생각해보면 대강 그 이유를 알 것 같다. 지금껏 살아오면서 깨닫지는 못했으나 위기가 몇 번 있었다. 다행히 그때마다 나를 구원해줄 누군가가 나타났다.

위기에 말려드는 것도 내 운명이다. 위기에서 구원받는 것도 내 운명이다. 인간의 운명을 지배하는 것은 애증이다. 그 물결을 무시해서는 안 된다. 모든 인간의 운명을 위해서라도 이 사실을 잊어버려서는 안 된다. 하지만 인간의 애증마저도 운명의 일부라고 한다면 나는 어떻게 해야 하나. 이에 대해서는 나도 할 말이 없다.

내가 보기에는 잡동사니에 지나지 않는 가구들을 할머니가 시키는 대로 선반에서 내려놓으며 나는 그런 것들을 생각했다.

8월 27일

오늘도 아침부터 이삿짐을 정리하느라 눈코 뜰 새 없이 바쁘게 지냈다. 불단을 정리하다가 돌아가신 어머니의 위패를 보았다. 위패는 군데군데 낡아 쓸쓸해 보였다. 나는 위패를 땀에 젖은 셔츠 위 가슴으로 끌어안았다. 그때 툇마루에서 서류를 정리하던 아버지가 나를 보았으나 눈길을 돌리고는 아무 말도 하지 않았다.

오후가 되자 어머니는 이사 갈 집을 청소해놓겠다며 나가셨다.

드디어 내일 이곳을 떠난다. 저녁 무렵 아버지는 이웃들에게 작별인사를 하고 오셨다.

8월 28일

이삿짐은 짐마차 세 대로도 충분했다. 낮에 짐을 모두 마차에 쌓아올리고 인부들과 함께 주먹밥을 먹었다. 아버지는 할머니에게 슌조를 데리고 먼저 떠나시라고 했는데, 할머니는 끝까지 맨 나중에 가겠다며 말을 듣지 않았다. 그래서 아버지가 슌조를 데리고 먼저 떠나셨고, 나는 할머니와 함께 맨 마지막에 가기로 했다.

아버지가 떠나고 나서 할머니는 텅 빈 집 안을 한 바퀴 둘러보셨다. 그런 다음 나에게 문단속을 하라고 시키셨다.

짐마차는 한 시가 조금 지나서 떠났다. 우리 집은 이것으로 두 번 몰락했다. 이 집에 미련이 있다는 뜻은 아니다. 그래도 형제 셋이 책상을 나란히 놓고 지내던 이 층은 내 기억 속에 언제까지고 남아 있을 것이다. 그것만 빼면 마음이 홀가분했다. 하지만 그 홀가분함은 십 분도 안 돼 쓰라린 모멸감으로 되돌아왔다. 칠순을 넘긴 할머니와 이제 갓 열다섯 살인 어린 손자가 한여름 땡볕이 무섭도록 내리쬐는 거리 한복판을 짐마차 뒤에서 땀과 먼지로 뒤범벅이 되어 터덜터덜 걸어가는 모습은 너무나도 비참했다. 비참한 몰락이었다.

뙤약볕이 내리쬐는
먼짓길에
칠십을 넘긴
할멈의 그림자
아른거린다.
아른거리며 사라지지 않는
그림자
애증은
끝이 없다

나는 걸으면서 시 한 편을 생각해냈다. 내가 지은 시이지만
마음에 들지 않는다.

새로 이사 온 집은 듣던 대로 오래된 농가였다. 하지만 집 옆
으로 산에서 흘러내리는 깨끗한 시냇물이 있고, 그 옆에는 소
나무 가로수도 있다. 이 시내에 흙으로 만든 다리가 하나 놓여
있었는데, 그 옆에 오래된 백단향이 서 있어서 다리 이름이 백
단향교가 되었다고 한다. 나는 그 이름이 무척 마음에 들었다.
집이 낡기는 해도 무척 튼튼하게 지은 것이라 안심은 되었다.
무엇보다 읍내 집과 달리 흙마루가 아주 넓어서 좋았다. 농가
라고는 하지만, 이 층도 있었다. 다만 이 층에는 천장 대신 그
을린 초가지붕이 그대로 드러났다. 그래도 전망은 좋은 편이
다. 소나무 가로수와 널따란 논이 모두 보인다. 어쨌든 읍내 가
게보단 훨씬 좋다.

오마키 할아버지와 데쓰타로 아저씨가 도와준 덕분에 저녁 무렵에는 대충 정리를 다 할 수 있었다. 저녁도 오마키 가에서 가져다주었다. 여기서 오마키 가는 이삼 분 거리밖에 되지 않는다.

8월 29일

오마키 할아버지가 마을에 사는 목수를 데려와 양계장을 설계했다. 이곳에 온 뒤로 어머니는 적극 나서서 자기 생각을 표현했는데, 오늘도 그랬다. 아버지는 지난번부터 읽고 있던 양계 관련 책을 펼쳐놓았지만, 양계에 대한 경험이 없어서 목수가 설명을 해줘도 쉽게 이해가 안 되는 눈치였다. 그에 견주면 어머니는 말씀은 별로 없으셨지만, 문제점을 그때그때 짚어내셨고 우리에게 필요한 부분도 빼놓지 않고 일러주셨다. 아버지는 결국 "역시 경험이 최고야." 하면서 어머니께 모든 것을 맡기셨다. 그 바람에 할머니는 더욱 침울해지셨다.

8월 30일

아침에 순조와 함께 백단향 고목을 구경하러 갔다. 멀리서 봤을 때는 매력이 넘쳤는데, 가까운 곳에서 보니 생각만큼 아름드리는 아니었다. 나무그늘에 찻집이 하나 있었는데, 안에서 아주머니가 나오셨다.

"너희들 혼다 씨 아이들이지?"

아주머니는 대뜸 이렇게 물었다. 내가 그렇다고 대답하자, 어서 들어오라며 우리를 찻집 안으로 데려갔다. 아주머니는 막

과자를 쟁반에 담아 우리에게 주셨다. 벽에는 '백단 찻집'이라고 쓴 액자가 걸려 있었다. 안쪽에는 제법 훌륭한 손님방이 여럿 있었다. 하지만 아무리 봐도 아주머니가 요릿집 같은 데서 일하는 여자처럼 보였다. 이상한 집이라는 생각이 들어 돌아가려는데 아주머니가 말했다.

"어젠 우리 집 아저씨가 집에 없었거든. 내가 꼭 도와주려고 했는데, 정말 미안하게 됐구나. 어머님께 잘 말씀드려."

그러면서 막과자 봉지를 억지로 순조의 손에 쥐여주었다.

집에 와서 어머니께 그 이야기를 하자, 실은 그 찻집 주인이 우리가 사는 집의 주인이라는 것이다. 부부가 모두 농사일을 싫어하는데다가 아이가 없어서 그런 곳에 찻집 겸 별장을 짓고 마음 편하게 사는 것이라고 했다.

"그 아주머닌 욕심이 없고 아주 재미있는 분이야. 그렇지만 한 번 화가 나면 물불 가리지 않으니까 조심해."

어머니는 이렇게 말씀하셨다.

형과 유모에게 무사히 이사했다는 것을 알리려고 편지를 썼다. 아직 안심하기에는 이르다는 생각이 들었지만, 내가 봐도 편지 내용은 무척 밝았다.

저녁에는 모두 오마키 가에 초대받아 장어구이를 실컷 먹었다.

8월 31일

오늘로써 마침내 여름방학도 끝이다. 방학 중에 집안일이 대충 정리되어 정말 다행이라는 생각이 든다. 학교가 좀 멀어졌지만, 한 시간 정도 걷는 건 아무것도 아니다. 오가는 시간에 시라도 지어볼 생각이다. 백조회 모임이 있는 날은 집에 오는 시간이 늦어지겠지만, 그 정도는 대수롭지도 않은 일이다.

새로운 출발이다. 학교도, 가정도, 그리고 나 자신도.

대체 무엇이 내 삶을 이처럼 새로이 시작하게 해준 것일까. 나는 가만히 생각하다가 새삼 놀랐다. 그리고 무척 충격에 찬 사실을 깨닫게 되었다. 춘월정 마담과 우리 집 돈을 훔쳐 달아 난 히다야말로 우리에게 새로운 삶을 전해준 사람들이었다.

'세상에 악한 자는 없다.' 어디에선가 본 구절이 생각났다. 그리고 '섭리'에 대해 시를 써보고 싶은 생각이 들었지만 쉽사리 시상이 정리될 것 같지는 않았다.

모든 것은 좋다

다행히 지로는 밝은 희망을 품고 새 학기를 맞이할 수 있었다. 그리고 지로가 품은 희망은 적어도 아버지가 시작한 새로운 사업에서는 배신을 당하지 않았다.

조금씩이기는 하나 양계장은 점점 확장되었고, 그해 연말에는 처음 계획대로 진행되었다. 그리고 이듬해 봄에는 닭장마다 백색 레그혼이라든가 미놀카 같은 닭들이 시끄럽게 뛰어다녔다. 자연히 달걀도 날마다 늘어났다. 양계장뿐만 아니라 채소밭도 일구고, 한쪽 구석에는 꽃도 심었다. 그리고 머지않아 넓은 토방과 이 층을 이용해 양잠도 해보고 싶다는 말까지 나왔다.

슌스케와 오요시는 거의 아침부터 저녁까지 함께 일했다. 오요시는 처음에는 손수 끼니까지 준비했지만, 양계장 일이 너무 바빠서 이웃집에 사는 오카네라는 여자아이에게 부엌일을 맡겼다. 슌스케는 이곳에 새로 이사 와서 오요시가 완전히 다른 사람이 되었다고 생각했다. 아니, 본디 이런 사람이었는데, 그동안 몰랐던 것인지도 모른다고 생각했다. 오요시는 이상한 능력이 있었다. 오요시는 아무리 중요한 일이라도 쉽게 처리했다. 순스케처럼 고민하는 것 같지도 않고 생각이라는 것도 여전히 할 줄 모르는 사람 같았는데, 하는 일마다 순스케보다 정확했다. 오요시는 급한 일도 느릿느릿 천천히 했다. 걸음도 답답할 정도로 느려터졌다. 그런데도 양계장에서 일할 때면 순스케보다 훨씬 빨리 일을 마쳤다. 오요시는 본능에 따라 필요한 일만 하는 사람처럼 보였다. 쓸데없는 일에 시간을 뺏기지도 않았고, 그때그때 필요한 일만 처리했다. 게다가 지치지도 않았다.

'경험이란 무서운 거야.'

처음에는 순스케도 그렇게 생각했다. 하지만 시간이 지날수록 오요시는 양계장에서만 그런 능력을 드러내는 게 아니라는 것을 알게 되었다. 양계장 일로 바쁜 나날을 보내면서도 오요시는 집안살림도 완벽하게 했다. 장롱 속이든, 찬장이든 언제나 깨끗하게 정리가 되어 있었다. 오요시가 맡은 일은 제아무리 작은 일이라도 금방 티가 났다. 눈치 없고 재치 없는 사람으로 보이던 사람이 어디에 그런 능력을 숨기고 있었던 것일까. 순스케는 이따금 그런 생각에 고개를 갸웃했는데, 그 무렵 그것이 오요시의 정직한 성격에서 나온다는 것을 알게 되었다.

오요시는 마음속 깊은 곳까지 정직한 사람이었다. 그 정직함이 표정 없는 얼굴과 밝은 성격 – 유난히 큰 보조개 탓이기도 했다. – 으로 나타났고, 오요시는 군이 변명할 필요를 느끼지 못하여 다른 사람들은 오요시를 얼핏 눈치 없는 사람으로 생각했다. 그러나 오요시 자신이 그것을 그대로 받아들였다면 그 또한 정직한 성격 때문이었을 것이다.

명석함과 우둔함은 저마다 두 가지 뜻이 있는데, 그 하나는 선의 세계에서 뜻이 같고 또 하나는 악의 세계에서 뜻이 같다. 오요시가 세상의 눈으로 볼 때 우둔한 여자로 보인 것이 틀리지 않았다고 해도 선의 세계에서 그렇게 보였을 것이기 때문에 슌스케는 이제야 오요시를 확실히 알수 있었다.

만일 지로가 앞으로 우둔하다는 말에 두 가지 뜻이 있는 것을 알 기회가 있다면, 이미 두 번째 어머니인 오요시를 존경하기 시작한 이상, 아사쿠라 선생님을 존경하는 것만큼 존경할 수 밖에 없을 것이다. 또한 그런 존경심이 샘솟을 때야 말로 아사쿠라 선생님한테서 배운 '백조, 갈대꽃 속으로 들어가다' 의 정신이나 '참', '원을 그리고 원을 지운다' 는 말의 참된 뜻을 터득하게 될 것이다.

오요시를 이해하면 이해할수록 슌스케는 오요시를 믿을 수밖에 없었다. 양계장을 하면서 두 사람은 빠른 속도로 믿음이 깊어졌고, 믿음이 깊어지면서 사업은 더욱 발전했다. 교이치의 학비도 처음 두서너 달만 다른 사람에게 도움을 받았으나, 그 뒤부터는 전혀 문제되지 않았다. 그래도 교이치는 언제 집안형편이 나빠질지 모른다고 생각하여 불안했는지, 아니면 세상을 경험하고 싶어서였는지 모르겠지만, 가정교사 일을 계속했다. 그러나 겨울방학에 연락도 없이 불쑥 찾아와 이삼일 동안 집안상태를 확인하고는 완전히 안심이 된 듯 지로에게 말했다.

"이젠 학비 때문에 일은 하지 않겠어. 돌아가면 오자와랑 의논해서 의미가 다른 일을 해보고 싶어."

지로는 생활이 점점 안정되자, 교이치에게 들은 이야기도 있고 해서 날마다 학교에서 돌아오면 닭장 일과 밭일을 도왔다. 단순히 집안일을 돕는 것으로 그치지 않고, 자기 자신의 일로 생각하고 그 일 속에서 되도록 많은 의미를 찾으려고 노력했다. 그렇게 해서 지로는 백조회에서 지금까지와는 다른 존재가 되어 가고 있었다. 지로는 백조회 모임 때마다 집에서 키우는 닭과 채소들을 이야기하며, 생명의 존엄함에 대해 자기가 느낀 감상들을 털어놓았다. 생명과 환경의 관계라든가, 생명이 지니고 있는 자율성, 인간과 생명의 조화, 또는 윤리 문제에 대해서도 거리낌 없이 의견을 발표했다. 언젠가는 "닭이든, 채소든 환경에 주눅이 들면 본디 생명력으로 돌아가지 못한다."면서 흥분한 적이 있었는데, 자신이 경험한 실례를 들어 이야기했지만, 문득 닭에 대한 이야기가 아니라 자신에 대한 이야기를 하는 것 같은 생각이 들어 갑자기 입을 다물어버린 적도 있었다. 하지만 예전에 이런 일이 있으면 며칠씩 혼자 끙끙대며 괴로워했을 텐데, 그때는 아무렇지도 않게 웃으며 넘어갔다. 신기한 일이었다. 지로는 자기가 닭이나 채소와 마찬가지로 새로운 환경에 적응했기 때문에 이렇게 변했다고 생각하며 남몰래 슬며시 웃기도 했다.

식구 모두가 새로운 생활을 기쁘게 받아들이고 자기 자리에서 열심히 노력하는 동안, 오직 단 한 사람, 할머니만은 모든

것을 불만스럽게 여겼다. 할머니는 오요시 때문에 불만스러웠
다. 두말할 필요도 없이 지금까지 식구들에게 희미하게만 비치
던 오요시의 존재가 날이 갈수록 뚜렷한 존재로 새겨지는 게
마땅치 않았던 것이다. 오요시는 할머니의 그런 감정에 아랑곳
하지 않고 자기가 해야 할 일만 열심히 할 뿐이었다. 그럴수록
슌스케와 지로는 오요시를 더욱 믿고 사랑하게 되었다. 할머니
는 오요시 때문에 집안에서 자신의 존재가 희미해지는 것 같아
견딜 수 없었다. 교이치에게 달마다 학비를 보낼 만큼 생활이
풍족해진 것은 그나마 다행이었지만, 할머니가 그토록 애지중
지하게 여기는 교이치를 위해 자기보다 오요시, 더 나아가서는
오마키 가가 노력을 더 많이 했다는 것만 생각하면 화가 치밀
고 억울했다. 이럴 때 오마키 가와 멀리 떨어져 지낸다면 그럭
저럭 생활하는 데 지장이 없겠는데, 오마키 가는 바로 코앞에
있는 만큼 하루에도 몇 번씩 사람들이 왔다 갔다 했다. 할머니
는 늘그막에 오마키 가의 인질이 되어 붙잡혀 있다는 착각을
하며 하루에도 몇 번씩 깊은 한숨을 내쉬었다.

할머니는 이런 오해 속에서 모든 일에 심술을 부렸다. 작은
일에도 빈정거리며 오요시의 마음을 불편하게 만들고는 했다.
하지만 할머니의 이런 행동 때문에 괴로워한 사람은 오요시가
아니라 슌스케였다. 그런데 슌스케마저도 자신의 속내를 감추
고 겉으로는 아무 일도 없는 듯 행동하는 바람에 할머니는 더
욱 답답하고 화가 나기만 했다. 그래서 기회만 있으면 지로와
슌조를 붙잡고 자신의 처지를 푸념하거나, 오요시에 대한 험담

210

을 늘어놓았다. 그리고 슌스케 같은 불효자가 다시는 없을 거라는 말로 끝을 맺었다.

　지로는 할머니가 넋두리를 늘어놓는 것이 세상에서 가장 견디기 힘든 고통이었다. 하지만 이즈음 들어서는 할머니를 완전히 포기하고 있었기 때문에 어차피 할머니는 그런 사람이라고 체념하며 버텼다. 또 한편으로는 할머니의 처지가 이해되어 무슨 말을 하든지 끝까지 들어주었다. 슌조는 할머니가 불평을 늘어놓기 시작하면 비웃거나, 반박하거나, 자리를 박차고 일어났다. 할머니는 그때마다 지로를 붙들고는 "슌조는 아무것도 몰라, 아무것도 몰라." 하고 한탄했는데, 지로는 그런 할머니를 부축하며, 만에 하나 자기가 슌조처럼 행동했다면 할머니가 어떻게 나왔을지 생각해보고는 속으로 쓴웃음을 지었다. 그래도 겉으로는 지긋지긋하다고 생각하면서도 할머니가 푸념하면 하나하나 대꾸해주었다. 그러자 할머니는 마음에 안 드는 일만 생기면 지로를 찾았다. 그 때문에 다른 식구들 눈에는 할머니의 사랑이 지로에게 옮겨가는 것처럼 보일 정도였다.

　그동안 일어난 일에 대해 지로는 일기 ― 지로가 4학년으로 올라가고 나서 한참 후의 일이지만 ― 에 이렇게 써놓았다.

　오늘도 학교에서 돌아오자 할머니는 기다렸다는 듯이 나를 붙잡고 불만을 털어놓았다. 아침에 오마키 할아버지가 찾아와서 지난달보다 닭이 달걀을 3백 개나 더 낳았다며 좋아한 것이 마음에 걸린 모양이다. 할머니는 자기한테만 달걀 수를 가르쳐주지 않은 것도 기분 나빴지만, 자신이 모르는 집안일을 오마키 할아버지는 알고 있다는 데 상처를 받았다. 나는 하도 어이가 없어 그냥 웃었지만, 그래도 할머니가 투정하는 것을 끝까지 들어주었다. 할머니는 나한테 꽤 감격하셨는지 저녁을 잡수시다 말고 "지로는 어릴 때 남의 집에서 고생을 해서 그런지 형제들 가운데서 사리가 가장 밝아." 하고 말씀하셨다. 그때는 정말이지 식은땀이 났다.

그건 그렇다 치고 자신이 가장 사랑하지 않는 상대에게 동정을 구하고 가장 칭찬하고 싶지 않은 상대를 굳이 칭찬하여 자신을 위로해야 하는 존재만큼 비참한 존재는 없을 것이다.

나는 이 비참한 현실 속에서 할머니를 구해내고 싶다. 그것이 옳은 길이라고 생각한다. 그러나 한편으로는 비참해질 대로 비참해진 현실을 그냥 내버려둬야 하는지도 모른다는 생각이 든다. 할머니 같은 성격과 연세라면 방관하는 것이야말로 할머니를 가장 편하고 행복하게 해드리는 길인지도 모른다는 생각이 든다.

이 일기를 쓴 지 며칠이 지나 백조회 모임이 있었다. 그날 모임의 주제는 '타협'이었다. 지로는 그에 대해 여러가지로 솔직한 감정을 일기에 썼는데, 마지막에 다음과 같이 썼다.

할머니에 관한 문제라면 좀 더 깊이 생각해볼 필요가 있다. 지금까지 나는 적당한 선에서 현실과 타협해온 것이 사실이다.

나는 비참해진 할머니의 처지를 지금 상태로 그냥 내버려두는 것이 옳다고 생각해왔다. 그것만이 할머니를 행복하게 해드리는 방법이라고 나 스스로를 합리화시켜왔다. 이런 생각도 현실과 타협한 것 가운데 하나다. 타협이란 서로가 진실한 사랑을 느끼지 못하는 관계에서만 통용되는 관념이다. 그런 뜻에서 타협은 허위다…….

그렇다고 어떻게 해야 진실한 사랑으로 할머니를 바라볼 수 있는지 알 길이 없다. 다만 '섭리'에 의지할 뿐이다. 진실한 사랑을 기대할 수 없는 현실이라면 진실한 사랑이 꽃필 때까지 타협하는 방법밖에 없다고 생각한다. 진실한 사랑도 기대할 수 없고, 타협도 불가능한 것이라면 단지 파괴뿐이다. 백조회에서는 타협을 선택하느니 파괴를 기다리겠다는 의견이 절대적으로 많았다. 그러나 나는 그것이 통쾌하기 때문이라든가 허위가 아니기 때문이라는 것만으로는 찬성할 수 없다. 적어도 나와 할머니의 관계에서는 파괴가 타협보다 낫다고는 말할 수 없을 것 같다. 왜냐하면 우리 두 사람 사이에서 일어나는 파괴가 새로운 건설을 약속하지 못하기 때문이다. 또한 나 자신에게도 참을 수 없는 불쾌한 감정을 덧입히기 때문이다.

내 마음속 어딘가에 비겁한 벌레가 숨어 있는 것은 아닐까? 그럴지도 모르겠다. 하지만 지금으로서는 달리 방법이 없다. 생각해보면 할머니도 비참하지만 나도 그에 못지않게 비참하다. 저주받은 운명이여.

지로는 할머니에 대해 일기를 쓸 때마다 이렇듯 안정을 찾지 못하고 같은 곳을 맴돌기 일쑤였다. 지로는 하찮은 감정들에 휩쓸려 애꿎은 운명을 저주하고는 했다. 그만큼 할머니의 존재는 여전히 지로의 마음을 얼룩처럼 더럽히고 있었다. 하지만 지금 생활에서 할머니의 존재는 얼룩이라기보다는 현실성이 사라진, 예를 들어 고뇌의 제단에 뿌려진 검은 꽃다발과도 같았다. 실제로 지로는 할머니가 푸념을 늘어놓는 아주 짧은 시간을 제외하면 '저주받은 운명'과는 거리가 먼 생활을 했다. 어느 때보다 자유롭고 행복하게 시간을 보냈다. 할머니와 자기의 관계를 바라보는 지로의 감정도 예전과 같을 수는 없었다. 비록 감상에 젖은 문구들을 늘어놓기는 했으나 자신이 표현한 것처럼 고통스럽지는 않았다. 오히려 미지의 세계를 탐험하는 탐험자 같은 기쁨을 느끼고 있는 듯했다.

이렇게 지로는 아버지의 양계장 일과 밭일을 도우면서 몸과 마음에 새로운 기운을 불어넣었다. 중학교 3학년부터 4학년까지, 이 일 년 반쯤 되는 시간은 지로의 삶에서 가장 밝은 시기였다고 할 수 있다. 그리고 이렇게 행복한 시간 속에서 지로는 키 문제에서도 새로운 희망을 보았다. 지로에게는 작은 키가 오직 하나뿐인 걱정거리였다. 지로는 어린 시절에 키가 작아 무척이나 부끄러워했다. 지로가 내면세계에 눈을 뜨면서 키가 작아 부끄러워하는 마음은 눈에 띄게 줄어들기는 했으나, 중학교 3학년 3학기까지는 여전히 마음속에 자리 잡고 있었다. 지로는 체육시간마다 맨 뒤에 섰다. 또한 친구들에게 "너, 동생보다 키가 작은 거 아냐?" 하는 말도 자주 들었다. 솔직히 그 나이 또래에서는 이런 말에 무관심할 수 없었다. 그런데 2학기가 끝나갈 무렵 – 아버지가 양계장을 시작한지 석 달이 지날 무렵 – 부터 지로는 키가 갑작스레 크기 시작하더니 마침내 슌조보다 더 컸다. 뿐만 아니라 3학년에서 4학년으로 올라갈 때쯤에는 반 친구들을 열 명 쯤 앞질렀고, 4학년 여름방학이 끝나고 신체검사를 할 때는 반에서 키가 중간쯤 되었다. 지로가 이 일을 대수롭지 않게 여긴 것은 아니지만, 단 한 번도 이 일을 일기에 쓰지는 않았다. 하지만 슌스케나 오요시, 더구나 오마키 일가에서는 무척이나 다행스럽게 생각했다. 집 주인인 찻집 아주머니도 그제야 지로가 슌조의 형이라는 사실을 인정했으며, 그 때문인지는 몰라도 지로 자신이 자연의 섭리를 어느 정도 이해하는 계기가 되었다. 전보다 몰라보게 키가 자란 자신의 모습을 보면서 가끔은 '섭리'에 관한 시를 써보고 싶다는 충동을 느끼고는 했다.

하지만 지로가 '섭리'에 대해 시를 쓰기에는 너무 어렸다. '섭리' 또한 지로가 '섭리' 자체를 예찬하게 하기 위해 더 많은 것을 준비해야 했다. 그 가운데 하나는 지로네 식구가 오마키가 가까이로 이사 온 지 얼마 안 되어 찾아왔는데, 데쓰타로 아저씨가 결혼한 것이 계기가 되었다.

데쓰타로 아저씨는 슌스케네 양계장이 모두 완성될 때까지 기다렸다가 그해 말에 결혼식을 올렸다. 신부는 이웃마을에 사는 아가씨인데, 지역에서 알아주는 명문가인 시게타 가문의 딸이었다. 이름은 도시코라고 했다. 도시코에게는 부모님 외에도 오빠와 여동생이 하나씩 있었다. 이들도 모두 결혼식에 참석했다.

지로는 그날 식장에서 본 사람 가운데 도시코의 오빠와 여동생이 가장 기억에 남았다. 도시코의 오빠는 대학 교복을 입고 있어서 그랬지만, 여동생은 왜 기억에 남는지 지로 자신도 분명하게 깨닫지 못했다. 자기와 비슷한 또래로 보이는 열대여섯 살쯤 되는 여자는 두세명 있었지만, 도시코의 여동생은 용모가 두드러진 것도 아닌데 지로는 그 아이의 얼굴만이 뚜렷이 기억났다. 나중에는 그 아이를 어디선가 본 듯한 느낌마저 들었다. 그래서 첫눈에 그 아이가 마음에 남았는지도 모른다. 지로는 결혼식이 끝나고 나서도 가끔 그 아이의 얼굴을 떠올리고는 했다.

데쓰타로 아저씨의 결혼식장에서 도시코의 여동생과 마주친 뒤부터 지로는 거의 순간순간 그 여자아이를 생각했다. 지로는 자기가 왜 이렇게 자주 그 여자아이를 생각하고 있는지 답답할 때도 있었다. 운명에 대해 그처럼 많은 고민을 했지만, 이것이 운명의 전형적인 수법이라는 것은 끝내 깨닫지 못했다.

미치에, 이것이 그 여자아이의 이름이다. 미치에는 여학교 2학년에 다니고 있었다. 결혼식이 끝나고 나서는 한동안 미치에를 볼 수 없었는데, 미치에는 정월에 인사하러 오마키 가에 들른 뒤부터 언니를 핑계 삼아 오마키 가에 자주 놀러왔다. 그리고 오마키 가에 세 번 들르면 혼다 가에도 꼭 한 번씩 들러 어머니가 심부름을 시켰다면서 달걀을 사가는 적이 많았다. 그래서 지로와 슌조도 자연스레 미치에와 가깝게 지내게 되었다.

가끔은 오마키 가에서 함께 저녁을 먹기도 했다.

미치에는 지로가 받은 첫인상처럼 이렇다 할 매력은 없었다. 혼다 가나 오마키 가에서 미치에를 칭찬할 때도 대부분 '순진한 아이'라고만 할 정도였다. 할머니도 미치에가 마음에 들었는지 슌스케에게, "마음씀씀이도 착하고, 나이도 교이치랑 딱 맞는구나." 하는 말을 했다. 지로는 할머니가 그렇게 말해도 처음에는 별다른 느낌이 없었다. 단지 희미하게나마 미치에가 식구가 될지도 모른다고 생각하면 기분이 좋아지는 정도였다.

지로가 미치에를 알게 된 지도 일 년이 지났다. 지로는 가끔 미치에가 좋아하는 책을 빌려주거나, 나중에 그 책에 대해 이야기를 나누고는 했다. 하지만 지로가 미치에를 늘 따라다니는 꺼림칙한 눈길을 발견하지 못했더라면, 미치에에 대한 지로의 감정은 지로가 일기 속에 묘사한 것처럼 '똑똑하고 조용한 여자아이'에 지나지 않았을 것이다. 그리고 몇 년 뒤 할머니가 바란 대로 미치에와 교이치가 결혼했다고 하더라도, 만일 그때 지로가 어느 상급학교에 다니고 있었다면 진심으로 축하하는 편지를 교이치에게 보낼 수 있었을 것이다.

하지만 '운명'과 '사랑'과 '영원'은 서로 손을 마주 잡기 전까지는 결코 함께 나타나지 않는 법이다. '운명의 손길'은 아직도 지로를 붙잡고 있었다. 웬만해서는 '영원'에게 지로를 넘겨주려고 하지 않았다. '사랑'도 마찬가지였다. '사랑'은 지로의 앞날에 수많은 미로를 준비해놓고는 지로를 기다리고 있었다. 지로가 어느 젊은 남자의 꺼림칙한 눈길을 미치에의 둘레에서 발견했다는 것은, 이때의 경험이 지로에게 '무계획의 계획' 으로 기억되든, 또는 '섭리' 의 교묘한 계획으로 느껴지든 간에 지로라는 한 인간이 '영원' 의 문을 빠져나가기 위한 통과의례와도 같은 시련에 빠진 것이라고 할 수 있다.

그런데 지로가 이겨내야 할 시련은 이것만이 아니었다. 지로의 앞날에는 이처럼 일상에서 일어나는 사건과는 비교도 안 될 만큼 커다란 시련이 기다리고 있었다. 그것은 한마디로 '시대가 만들어낸 시련' 이었다.

〈3부 끝〉

혈서

"지로 오빠, 방에 있어?"

층계 바로 밑에서 미치에가 부르는 소리가 들렸다.

지로는 그쪽을 잠깐 내려다봤지만, 다시 책상 앞에 턱을 괸 채 골똘히 생각에 잠겼다. 평소 같으면 학교에서 돌아오자마자 닭장이나 밭으로 달려가 저녁 먹기 전까지 부지런히 일손을 도 왔을 텐데, 이날은 어찌 된 일인지 돌아왔다는 말도 하지 않고, 이 층에 올라가서 몇 시간째 책상 앞에 앉아 있기만 했다.

지로도 벌써 중학교 5학년이었다.

조금 뒤에 층계를 올라오는 발소리가 들렸다. 지로는 여전히 책상 모서리를 멍하니 바라보며 꼼짝도 하지 않았다. 가벼운 발자국 소리가 점점 가까워왔지만, 지로는 그다지 마음쓰는 것 같지 않았다. 6월 말의 건조한 바람이 활짝 열어놓은 창문으로 조용히 불어 들어오고 있었다.

"뭐야, 방에 있으면서 왜 대답을 안 해?"

미치에는 조금 들뜬 목소리로 그렇게 말하고는 지로 옆에 앉왔다. 급하게 뛰어왔는지 흰색 세일러 교복이 땀에 조금 젖어 있었다. 오른쪽 앞가슴에 학교 배지가 단정하게 달려 있고, 교복 앞에는 예쁘장한 붉은 리본이 장식되어 있었다. 바로 그 아래 학년을 나타내는 숫자 '4'가 금빛으로 빛나고 있었다. 지로는 눈길을 책상 모서리에 그대로 둔 채 아무 말이 없었다.

"학교에서 안 좋은 일이라도 있었어?"

"대답도 안 했는데 남자 방을 멋대로 올라오면 어떡해?"

지로는 화가 난 듯 말하더니 곧 미치에의 눈을 보았다.

"무슨 일인데?"

"지난번에 빌린 시집 있잖아, 어려운 말이 너무 많아. 아무리 읽어도 잘 모르겠어."

미치에는 그렇게 말하면서 손가방을 열고 책 한 권을 꺼냈다.

하지만 지로는 어느새 또 창밖을 내다보고 있었다. 쓸쓸한 눈빛으로 먼 산을 바라보다가 한참만에야 입을 열었다.

"지금 시집이나 들춰볼 기분이 아니라고."

지로는 신경질적으로 입술을 씰룩였다.

"우리 학교에 문제가 생겼어."

"문제? 무슨 문제?"

미치에도 궁금하다는 듯 책을 쥔 채 눈을 반짝였다.

"아사쿠라 선생님이 학교를 그만두실지도 몰라."

"아사쿠라 선생님? 아, 그 백조회 선생님 말이야?"

"그래."

"갑자기 학교는 왜 그만두는데?"

"그 이유를 모르겠어."

그러면서 지로는 오늘 학교에서 들은 이야기를 미치에에게 대강 말해주었다. 일주일 전쯤, 아사쿠라 선생님은 교장선생님과 함께 현청(우리나라의 도청)에 불려가서 지사에게 조사를 받았는데, 지사는 그 자리에서 아사쿠라 선생님에게 사표를 쓰라고 했다는 것이다. 선생님이 얼마 전에 어떤 강연회에서 한 발언이 문제가 된 것이다. 강연회가 끝나고 선생님은 강연회에 참석한 사람들과 좌담을 했는데, 이야기는 자연스레 세상을 떠들썩하게 만든 5·15 사건, 즉 이누카이(일본 입헌 정치의 아버지로 일컬어지던 정치인) 수상이 암살당한 사건으로 이어졌다. 누군가 이 사건에 대해 어떻게 생각하느냐고 묻자, 선생님은 소신껏 솔직하게 이야기했고 이것이 일부 군인들을 자극하고, 헌병대에서까지 문제 삼기에 이른 모양이었다.

구설수에 오르기는 교장선생님도 마찬가지였다. 얼마 전에 새로 부임한 하나야마 교장은 학생들에게서 존경을 받던 오가키 교장보다 여러 면에서 부족했다. 생김새도 그렇고, 성질도 그렇고 오가키 교장선생님처럼 교육자다운 풍모는 찾아볼 수가 없었다. 거기에다 소심하고, 의심도 많아 학생들에게 인기를 독차지하는 아사쿠라 선생님을 은근히 질투하고 있었다. 그런 교장이 아사쿠라 선생님과 함께 현청에 다녀왔는데, 교장에게는 아무런 책임도 묻지 않고 아사쿠라 선생님에게만 사표를 쓰도록 했다는 것이다. 학생들은 틀림없이 교장이 중간에서 잔머리를 굴렸다고 믿었다. 지로도 당연히 그렇게 생각했다. 그래서 미치에에게 이야기하는 말투 속에 그것이 잘 나타나 있었다.

"하지만 아사쿠라 선생님이 학교를 그만둔 건 아니잖아?"

"어제까진 나오셨는데, 오늘은 안 나오셨어."

"어제까지 나오셨다면 그 말이 사실인지 아닌지는 좀 더 두고 봐야 하는 것 아닐까?"

"현청 교육과에 다니는 녀석에게 들은 말이니까 다들 틀림없다고 생각하는 거야."

"그럼 선생님에게 물어보지 그래?"

"우리가 물어봐도 선생님은 사실대로 털어놓지 않으실 거야. 형편없는 선생 같았으면 벌써 떠들어댔겠지."

미치에는 자신이 다니는 여학교 선생님들 중에는 학생들이 궁금해하지 않아도 학교에서 자기를 괴롭히고 있다느니, 교사로 지내기 괴롭다느니 하면서 넌지시 학생들에게 동정을 사려는 선생님들이 많다는 것을 떠올리며 쓴웃음을 지었다.

"우리 학교에도 선생님에 관한 근거 없는 소문이 많아."

"그래? 하지만 아사쿠라 선생님은 진짜인 것 같아. 지난번 백조회 때도 5·15 사건을 이야기하면서 요즘 젊은 군인들의 사고방식을 심하게 비방하셨거든."

"그 정도였어?"

"응, 평소엔 말씀도 별로 없으신 분인데, 그날은 완전히 딴 사람 같았어. 장래 나라를 망하게 할 사람들이라고까지 말했으니까."

지로가 하는 말을 듣고 미치에는 눈이 동그래졌다. 미치에는 잔뜩 겁을 집어먹은 것처럼 어깨를 움츠렸다.

"그런 말, 괜찮을지 몰라?"

지로는 좋다고도 나쁘다고도 하지 않았다. 하지만 불만스런 눈동자는 미치에가 그렇게 질문하는 데 화가 난 것으로 보였다. 지로는 혼잣말처럼 중얼거렸다.

"요즘 세상에 그런 말을 당당하게 할 수 있는 분은 아사쿠라 선생님밖에 없어."

미치에는 걱정스럽다는 듯이 지로를 보았다.

"만일 그만두신다는 소문이 사실이라면 어떻게 할 건데?"

"당연히 유임 운동을 해야지. 아사쿠라 선생님이 안 계시는 학교는 아무짝에도 쓸모가 없다고. 다들 그렇게 생각할 거야. 아니, 그렇게 생각하도록 만들어놓겠어. 학교에서 처음 그런 소문을 들었을 때부터 유임 운동을 해야 한다고 생각했어."

"하지만 그런 일에 뛰어들면 오빠도 위험해지잖아?"

"내가? 왜?"

"선생님이 학교를 그만두시는 이유가 그렇다면……"

지로는 고개를 숙인 채 대답하지 않았다. 미치에는 그런 지로를 보며 더욱 걱정스런 목소리로 말했다.

"만약에 유임 운동을 벌이면 어떤 식으로 할 건데?"

"아직 몰라. 계속 그 생각만 하고 있었어."

"설마 동맹휴교 같은 건 아니겠지?"

"누가 그런 바보짓을 하겠냐? 그런 짓은 아사쿠라 선생님을 모독하는 거야."

"하지만, 일단 시작되면 무슨 일이 생길지 몰라."

지로는 팔짱을 끼고 생각에 잠겼다. 지로가 아까부터 고민하고 있던 것은 바로 그 점이었다. 지로는 유임 운동 자체가 아사쿠라 선생님이 평소 주장해온 교육철학과는 어울리지 않는다는 것을 누구보다 잘 알고 있었다. 그러나 아사쿠라 선생님이 안 계시는 학교를 다닌다고 생각하면 이대로 앉아서 당할 수만은 없었다. 무슨 일이 있더라도 선생님이 유임하도록 해야 한다. 그것이 어렵다면 학교를 때려치우겠다고 생각하고 있었다. 그렇기 때문에 유임 운동을 하지 않겠다고는 절대로 생각하지 않았다. 아사쿠라 선생님이 자기를 비난하는 일이 생기더라도 그것만은 포기할 수가 없었다.

그러나 철없는 학생들끼리 유임 운동을 시작했다가는 동맹휴교로 발전할 확률이 너무 높았다. 가장 먼저 현 교장의 행태가 학생들에게 반감을 사고 있으며, 나이 든 선생님들에 대한 학생들의 불만도 그 어느 때보다 높다고 할 수 있다. 어쩌면 학생들 중에 동맹휴교를 일으킬 만한 좋은 기회가 찾아왔다며 기뻐하는 사람이 있을지도 모르는 일이다. 혹시라도 일이 잘못되어 유임 운동이 동맹휴교로 번진다면 어떻게 되는 걸까. 동맹휴교, 그중에서도 학생들의 동맹휴교는 아무리 좋은 말로 그 정당성을 설명한다고 해도 협박이며 학교를 상대로 한 폭력이라 할 수 있다. 사건의 의미는 잠깐 접어두더라도 만에 하나 동맹휴교로 진행된다면 아사쿠라 선생님을 모욕하는 것이 된다. 아사쿠라 선생님이 비난한 군인들의 폭력성을 그대로 따르는 것이 된다. 비폭력을 주장했다는 이유로 박해를 당하고 있는 아사쿠라 선생님을 유임시키기 위해 선생님이 그토록 증오하는 폭력을 사용하려고 한다. 이것은 모순이다. 완전한 불합리다. 이보다 더 무의미한 행동은 없다. 자칫 유임 운동 때문에 아사쿠라 선생님의 처지가 더욱 난처해질 수도 있다. 그렇게 되지 않으리라는 보장을 누가 할 수 있는가. 지로는 그렇게 생각하며 마음속으로 고민을 많이 하고 있었다.

"백조회 회원들만 운동하면 안 될까?"

미치에는 잠자코 생각에 잠겨 있는 지로를 동정하는 눈길로 보며 말했다.

"나도 생각해봤어. 하지만 이런 일은 사람이 적으면 하기 힘들어. 적어도 5학년 전체는 단결해야 해. 그리고 백조회만으로 움직인다면 아사쿠라 선생님은 백조회만 지지하는 선생님인 것 같은 인상을 주게 된다고. 그렇게 되면 다른 학생들이 반감을 갖게 돼. 돕기는커녕 외면하면서 비웃겠지."

"하지만 그렇게 해서라도 오빠 마음을 남들이 알아주면 되는 것 아냐?"

"그게 무슨 소리야?"

지로는 어이가 없다는 듯 미치에를 보다가 내뱉듯이 말했다.

"여자들은 본디 그런 건가?"

그러고는 미치에가 무슨 말을 꺼내기도 전에 벌렁 누워버렸다.

지로는 미치에에게 가끔 이런 실망을 할 때가 있었다. 데쓰타로 아저씨 결혼식에서 처음 보았을 때부터 지로의 마음속에는 거의 언제나 미치에가 자리를 차지하고 있었다. 미치에가 오마키 가를 자주 찾아오는 것은 지로에게는 행운이었다. 미치에 곁에 있을 때면 한 번도 느껴 보지 못한 황홀한 감정에 젖어 행복했지만 그것은 어디까지나 감정에 관한 문제일 뿐, 미치에와 지금처럼 진지하게 이야기를 하다 보면 미치에가 식견이 낮아 적잖이 실망하는 때가 많았다. 한 번 그런 생각이 들면 미치에에게서 풍기는 엷은 향기가 시답잖게 여겨지고는 했다.

하지만 이것을 그다지 심각하게 생각한 적은 없었다. 실망감이 마음속을 맴돌거나 하지도 않았다. 조금 뒤 다시 엷은 향기가 지로의 핏줄을 감돌았다. 미치에는 총명하기는 하지만 보통 여자들의 상식에서 한 발자국도 앞서나가지 못했다. 그저 순수하고 친절하며, 또래 여자아이들보다 이해력이 조금 뛰어난 것뿐이었다. 지로도 그런 미치에의 성격을 잘 알고 있었다. 그래서 미치에에게 기대하는 것이 자연 적어질 수밖에 없었다.

무엇보다, 미치에는 마음씨가 착하고 나이도 교이치와 어울린다는 이유로 할머니와 슌스케, 오요시, 그리고 오마키 가에서도 이따금 교이치와 미치에의 결혼 이야기 같은 것이 오가고는 했다. 그 때문에 지로도 가끔 형수가 될지도 모르는 미치에에게 지금처럼 난폭하게 말하는 것이 조금은 미안하게 생각될 때도 있었다. 지로는 두 사람의 앞날은 결정된 것이나 마찬가지라 여겼다.

어쨌든 지로는 미치에에게 자주 실망했지만, 그런 이유로 미치에를 멀리하고 싶지는 않았다. 그리고 지로는 이런 자신의 감정을 단 한 번도 의심해본 적이 없었다. 하지만 자신이 깨닫지 못한 곳에서 미치에에 대한 연정이 싹트고 있는 것을 숨길 수 없었다. 그 연정이 지로의 앞날에 어떤 그림자를 드리우게 될지도 알 수 없는 일이었다.

"지로 오빠, 나 때문에 화났어?"

미치에는 지로 곁으로 다가앉으며 물었다.

"화난 게 아냐. 하지만 넌 너무 속물 같아. 인간이라면 좀 더 진지할 수 없니."

지로는 그렇게 말하며 몸을 반쯤 일으켰다.

"미안해, 하지만 난 오빠가 걱정돼서 그런 거라고. 오빤 좀 과격한 면이 있어."

지로는 자기도 모르게 쓴웃음을 지었다. 어렸을 때 겪은 일이 새삼 떠올랐다. 중학교에 입학하자마자 5학년 선배들에게 대든 일도 오랜만에 마음속에서 되살아났다. 그때 일을 생각하자, 오가키 교장선생님이 입버릇처럼 강조한 '대자비'라는 말이 생각났다. 이번이야말로 자비로운 정신을 발휘해 아사쿠라 선생님을 도와드릴 때라는 생각이 들었다. 그러나 아무리 생각해보아도 그 두 가지가 어울리지 않았다. 아사쿠라 선생님을 유임시키는 운동은 분명 자비로운 정신에서 출발하는 것이지만, 만에 하나 일이 잘못되어 동맹휴교로 변질된다면 돌이킬 수 없는 상황이 벌어질 것이다.

미치에는 지로가 말없이 생각에 잠긴 것을 보고, 방금 자기가 한 말 때문에 그러는 줄로 알았는지 지로에게 물었다.

"꼭 유임 운동을 해야겠어?"

"당연히 해야지. 이건 의무니까. 그렇지만 방법은 좀 더 생각해봐야겠어."

미치에가 예상한 것과 달리 지로는 여전히 단호했다. 그때 갑자기 지로는 심각한 표정을 지었다. 크게 놀란 사람처럼 입을 굳게 다물고 미치에를 보았다. 지금까지 미치에가 한 번도 본 적이 없는 차가운 눈빛이었다.

"미치에……."

"이런 얘길 미치에한테 하면 안 되는 건데……. 난 아직 멀었어."

"뭐가?"

미치에의 얼굴이 조금 창백해졌다.

"미치에를 의심하는 건 아니지만, 지금 우리가 한 이야기를 미치에가 다른 사람한테 말하면 어떻게 되겠어?"

미치에는 이해가 안 된다는 듯한 얼굴로 지로를 보았다.

"만약 이 얘기가 우리 아버지 귀에 들어간다면……. 아냐, 아버지라면 이해하실 거야. 하지만 다른 학부모들이 알게 된다면 틀림없이 나를 방해할 거야."

"그럴까?"

"그럴까라니……. 미치에만 해도 아사쿠라 선생님이 사직하게 된 이유를 듣곤 유임 운동을 하지 말라고 권했잖아? 미치에도 그런 생각을 할 정도인데, 다른 학부모들이 알게 되면 가만있겠냐고. 그랬다간 시작도 해보기 전에 동맹휴교가 일어날지도 몰라."

미치에는 겨우 고개를 끄덕였다. 고개를 끄덕이기는 했지만, 그것이 지로의 마음을 이해했다는 표현인지, 학부모들의 마음을 이해할 수 있다는 뜻인지, 미치에 자신도 분명치 않았다.

"그러니까……."

지로는 다시 한 번 미치에를 보며 다짐을 받아내듯 말했다.

"오늘 우리가 나눈 얘기는 무슨 일이 있어도 다른 사람한테 얘기하면 안 돼."

미치에는 눈을 내리뜨고 살며시 고개를 끄덕였다. 그 모습을 보고도 지로는 불안했다. 총명하지만 순탄한 환경에서 자라나 상식을 벗어나지 못하는 미치에가 오늘처럼 답답하게 느껴진 적은 없었다.

"약속할 수 있지?"

지로는 확인하듯 되물었다. 그래도 마음이 안 놓이는지 협박이라도 하듯 말했다.

"만일 약속을 지키지 않으면 그땐 가만 안 둘 거야."

미치에는 눈앞에 앉아 있는 사람이 자기가 알고 있는 지로가 맞는지 순간 의심이 들었다. 지로가 이렇게 냉정하게 말할 줄은 생각도 못했다. 미치에는 놀란 나머지 눈물을 조금 글썽거렸다. 그러다가 억지로 고개를 끄덕였다.

둘은 서로 아무 말도 하지 않고 잠자코 앉아 있었다. 그때 발자국 소리가 시끄럽게 들리더니 슌조가 올라왔다. 슌조도 어느새 4학년이었다. 오후에 무술시간이 있었는지 꼬질꼬질한 유도

복을 아무렇게나 말아 들고 있었는데, 미치에에게는 인사도 하지 않고 제 책상 가까이에 유도복을 내팽개치며 외쳤다.

"들었어? 아사쿠라 선생님 얘기!"

"응, 들었어."

지로는 미치에의 눈치를 살피며 나지막한 소리로 대답했다.

"듣고도 그냥 집으로 온 거야?"

슌조는 따지듯이 물었다. 지로에 견주면 슌조는 얼굴이 조금 갸름하고 창백해서 겉으로 보기에도 아주 총명해 보였다. 또한 막내티가 태도와 말투에서 스며 나왔다.

"5학년 선배들이 널 찾느라 난리야!"

슌조는 언제부터인지 지로를 '너'라고 부르고 있었다.

"나를?"

"그렇다니까. 하지만 아무리 찾아도 학교에 있어야 말이지. 그래서 5학년 선배들이 우리 집에 온다고 그랬어."

"그래?"

"조금 있으면 올 거야. 그럼 미치에는 여기 없는 게 낫겠는데."

그 말을 듣고 괜히 지로가 당황했다. 지로는 조금 달아오른 얼굴로 미치에 쪽을 흘끔거렸다. 미치에는 슌조가 말하는 뜻을 알아차리고 곧 일어섰지만, 이미 그때는 층계 밑에서 학생들이 왁자지껄하게 떠드는 소리가 들리고 있었다. 봉당에서 이 층으로 연결된 층계가 따로 있었기 때문에 지로의 친구들은 가끔 집 안을 거치지 않고 곧장 이 층으로 올라왔다. 지로는 미치에

보다 한 발 앞서 층계로 달려가 친구들을 맞았다. 그 바람에 미치에는 피할 곳을 찾지 못한 채 지로의 등 뒤에 숨듯 서서 지로의 친구들이 올라오는 것을 가만히 기다리고 있었다.

"어떻게 된 거야? 오늘따라 왜 이렇게 일찍 갔어?"

그렇게 말하면서 신가가 가장 먼저 이 층으로 올라왔다. 신가는 1학년 때 지로와 함께 백조회에 들어갔는데 그동안 지로네 집에 자주 놀러왔기 때문에 미치에와 안면이 있었다. 미치에는 조금 안심이 된 듯 신가에게 눈인사를 건넸다.

신가가 올라오자 지로는 곧 신가와 함께 자기 책상 옆에 앉았다. 그 때문에 미치에는 뒤따라 올라오는 학생들을 층계 위에서 혼자 맞이하는 꼴이 되었다. 미치에는 다다미 위에 눈길을 떨어뜨리며 혼자 서 있었다. 신가 외에도 네 명이 더 찾아왔는데 비슷한 또래의 남학생들이 잇달아 자기 옆을 지나가는 것이 어쩐지 쑥스럽기만 했다. 하지만 미치에는 마지막으로 올라온 학생을 보고 가장 당황했다. 그 학생은 층계를 다 올라오기도 전에 미치에를 보고는 제법 친숙하게 말을 걸었다.

"어, 미치에 아냐?"

그 학생은 무척 친근한 목소리로 미치에에게 아는 척을 했다.

미치에는 깜짝 놀라 고개를 들었는데 순간 조금 달아올라 있던 얼굴에서 핏기가 사라졌다. 그리고 여느 때 같으면 평범하리만큼 온화한 그 눈빛으로 상대방을 뚫어져라 쏘아보았다. 꾹 다문 입술도 가늘게 떨렸다. 얼굴에는 놀라움과 수치심과 분노심과 모멸감이 한데 뒤얽혀 있는 것 같았다. 상대방은 층계를 올라서자 미치에를 가로막듯 서서는 묘하게 웃었다. 귀골로 생겨 이목구비는 뚜렷했지만, 어쩐지 입가가 천박한 게 상스러워 보였다. 시원한 바람을 정면으로 맞고 서 있는 것처럼 눈을 가느다랗게 뜨고 깜빡이는 것도 일부러 그렇게 하는 것 같았다. 그 때문에 더욱 야비해 보였다.

미치에는 우마다의 눈길을 피하며 아래층으로 내려가려고 했다. 그러자 우마다는 미치에가 내려가지 못하도록 층계 쪽에 서서 말했다.

"미치에를 이런 곳에서 만나게 될 줄은 꿈에도 몰랐어. 여기 자주 와?"

하지만 미치에는 대답도 하지 않고 그 학생을 피해 층계를 내려가버렸다.

"이봐, 우마다! 빨리 앉아."

신가가 큰 소리로 외쳤다. 우마다라는 학생은 아직도 층계 앞에 서서 미치에의 뒷모습을 물끄러미 내려다보다가, "응." 하고 건성으로 대답하며 돌아섰다. 우마다는 다른 학생들이 자기를 쳐다보는 것을 느끼고도 전혀 부끄러워하지 않고 아무 일도 없었다는 듯 천천히 다가와 빈자리에 앉았다. 우마다는 지로를 보며 기분 나쁘게 해죽거렸다.

"니네 친척이냐?"

"응."

지로는 무뚝뚝하게 대답했다.

"쓸데없는 말은 그만 하라니까!"

신가가 또다시 외쳤다. 신가는 탐탁지 않은 눈빛으로 우마다를 쏘아보았다.

"자, 꾸물거리다간 다 망치겠다. 빨리 본론으로 들어가자고. 아사쿠라 선생님은 벌써 사표를 내신 것 같아."

그렇게 말한 사람은 살결이 검고, 미소년이라는 별명이 붙은 우에모토였다. 처음에는 조금 쌀쌀맞게 보이지만 볼수록 따뜻한 느낌이 드는데, 야무지지 못하게 생긴 우마다하고는 너무나도 대조가 되었다. 우메모토도 백조회 회원이었다.

나머지 둘은 무엇인가 궁리하는 듯이 조용히 앉아 있었다. 한 명은 히라오, 다른 한 명은 오야마였다. 히라오는 지독한 뻐드렁니로 유명했다. 게다가 근시가 심해 돋보기 같은 안경을 쓰고 다녔다. 늘 기운 없는 맥빠진 얼굴을 하고 다녔는데, 무서울 정도로 기억력이 좋고 공부를 열심히 하는 탓에 3학년 때부터 성적이 오르기 시작하더니, 4학년 내내 단 한 번도 수석을 빼앗긴 적이 없는 것으로 유명했다. 그 전까지는 오야마가 수석이었는데, 어느 때부턴가 학업에 흥미를 잃어 성적이 조금씩 떨어져 지금은 겨우 상위권을 유지하는 정도이다. 넉넉한 성격만큼이나 생긴 것도 동그란 얼굴에 언제나 웃음을 달고 다녀서 별명도 보름달이고, 동급생뿐만 아니라 하급생들 사이에서도 가장 인기가 많았다. 우마다와 히라노, 오야마는 백조회와 관계가 없었다.

이날 모인 여섯 명은 교내에서 활동하고 있는 동아리에서 부장을 맡은 학생들이었다. 그리고 모두 학생회 임원들이었다. 히라오는 학생위원회 총무, 지로는 문예부장, 우메모토는 웅변부장, 신가는 유도부장, 오야마는 궁도부장, 우마다는 탁구부장이었다. 물론 이 밖에도 검도부, 야구부, 테니스부, 등산부, 육상부, 수영부, 독서부 같은 동아리가 있고, 동아리마다 두세 명씩 학생회 임원들이 있었다. 학생회 문제뿐 아니라 학교에 어떤 사건이 생기면 약 오십여 명에 이르는 임원들이 모여 의논하고는 했는데, 이날은 신가와 우메모토가 중심이 되어 학교에 남아 있던 임원들을 모아 지로네 집에 찾아온 것이다. 학교와 멀리 떨어져 있는 지로네 집에 모인 까닭은 비밀 상담소로 지로네 집만한 곳이 없기 때문이기도 했지만, 가장 큰 까닭은 이번 사건이 아사쿠라 선생님에 관한 문제이므로 지로를 제외시키고는 아무것도 결정할 수 없다고 신가가 주장했기 때문이다.

"슌조, 넌 아래층으로 내려가 있어."

지로는 책상에 기대고 앉아 선배들을 유심히 보고 있는 슌조한테 그렇게 말했다.

"슌조가 있으면 어때서? 차라리 우리랑 같이 얘기하는 편이 더 좋은 것 아냐? 어차피 4학년도 참여해야 할 테니까."

우마다가 참견했다. 다른 네 사람 얼굴도 슌조가 함께 있는 것에 불만이 없어 보였다. 그러나 지로는 달랐다.

"안돼. 아직 다른 임원들과는 의논하지도 않았는데, 4학년이 참견했다는 것을 알면 다들 기분 나빠할 거야."

지로가 말을 채 마치기도 전에 슌조는 층계를 내려가고 있다. 그러다가 갑자기 고개를 돌리고 신가를 보며 혀를 길게 내밀고 얼굴을 찡그려 보였다. 슌조와 신가는 같은 유도부여서 무척 친한 사이였다.

"어이, 혼다. 아사쿠라 선생님이 학교를 그만둔다는데 넌 가만히 있을 작정이냐?"

슌조의 발자국 소리가 들리지 않자 신가가 심각한 얼굴로 말했다.

"당연히 가만있을 수 없지. 유임 운동을 해야 해. 그렇지만 방법이 문제야. 나도 계속 그 생각을 하고 있었는데……."

"너 혼자 방법을 생각했다고?"

우마다가 묘하게 웃으며 지로가 하는 말을 가로막았다. 지로는 못마땅한 표정을 짓고 잠깐 우마다를 흘겨보다가 다시 신가에게 말했다.

"어쨌든 정정당당하게 부끄럽지 않은 방법으로 해야 돼."

"맞는 말이야. 먼저 교장에게 건의해보자고. 만약 말도 안 되는 변명으로 우릴 속이려고 든다면 바로 현청과 부딪쳐봐야지."

"교장은 어차피 글렀어. 배속장교의 부하 같은 인간이라고."

우메모토가 고개를 절레절레 흔들며 말했다. 그러자 우마다가 줄곧 하나야마 교장의 코를 들먹이며 혼자 의기양양하게 말했다.

"하나야마 교장의 콧대를 부러뜨리기엔 이번처럼 좋은 기회가 없어. 우리한테도 동맹휴교를 일으킬 기회가 왔단 말야. 그 조그만 콧구멍이 어떻게 벌렁거릴지 궁금하군. 그것만 구경해도 꽤 재미있을 거야."

"지금 그딴 장난이나 칠 때야?"

그 말을 들은 신가가 우마다를 후려갈길 듯한 기세로 소리 쳤다.

"무슨 일이 있어도 동맹휴교는 안 돼."

지로가 조용한 목소리로 말했다. 하지만 그 목소리에는 단호 함이 서려 있었다.

"동맹휴교를 하지 않겠다고? 그럼 대체 뭘 하겠다는 거냐?"

괜히 우쭐해했다가 신가에게 된통 면박만 당한 우마다가 시 비조로 지로가 하는 말에 트집을 잡았다.

"이건 어디까지나 단순한 유임 운동일 뿐이야. 우린 우리 진 심을 사람들에게 알리면 되는 거야."

지로는 여전히 조용한 목소리로 차분하게 말했다.

"그게 성공할 거라고 생각해?"

"성공시켜야지."

"지사가 결정한 일이라고. 중학생 따위가 유임 운동을 한다 고 해서 누가 들어주기나 할 것 같아?"

"전교생이 진심으로 건의하면 지사도 생각이 달라질 거야. 아니, 달라지게 만들어야 해."

"쳇!"

우마다가 코웃음을 쳤다. 그러고는 지로하고는 말이 통하지 않는다는 듯 다른 학생들에게 말했다.

"혼다처럼 고상한 의견에 난 찬성할 수 없어. 형식적으로 교 장이나 현청에 진정서를 넣는다는 생각엔 나도 공감해. 하지만 그딴 걸로 상황이 바뀌지는 않아. 전교생이 진심을 담아 지사에게 진정서를 보냈는데, 지사가 꿈쩍도 하지 않으면 그땐 어떻게 할 거야? 그대로 끝내버릴 거야?"

우마다가 말하자 누구 한 사람 대답하지 못했다. 유임 운동을 한다면 곧 이런 문제와 부딪치게 될 것이다. 여기 모인 학생들 가운데 그 점을 생각해보지 않은 사람은 하나도 없었다. 하지만 이 문제에 대해서는 다들 뾰족한 수가 없었다.

우마다는 아무도 자기가 한 말에 이견을 달지 못하자 다시 말했다.

"그러니까 동맹휴교밖에 없다는 거야. 우리가 동맹휴교를 하면 지사도 겁을 먹을 거라고. 또 그렇게 되지 않더라도 교장이나 눈엣가시 같은 선생들을 내쫓는 것쯤은 간단하게 해결될 거야. 처음부터 동맹휴교를 각오하고 계획을 추진하는 편이 더 현실에 맞다고 생각해. 학생대표를 선출해서 점잖게 진정서를 낸다고 상황이 달라지진 않을 거야."

우마다는 품위와는 거리가 먼 녀석이지만 머리는 꽤 잘 돌아가는 편이었다. 자기 주장을 합리화시키기 위해 억지 이론을 대입하고 자신에게 필요한 논리를 만들어내는 것쯤은 충분히 해낼 능력이 있었다.

지로는 그토록 염려한 동맹휴교 문제가, 그것도 우마다가 공공연히 해결 방안으로 제시하자 무척 조바심이 났다. 처음 친구들이 찾아왔을 때는 자기 생각도 충분히 정리되지 않았고 해서 그냥 몇 마디 의견이나 들어보려고 했는데, 동맹휴교를 해야 한다는 의견이 나온 만큼, 조용히 넘어갈 수는 없었다. 게다가 히라오와 오야마처럼 상식에 어긋나지 않은 성격을 가진 친구들조차 우마다가 낸 의견에 반박하지 않는 것을 보고, 지로는 더욱 불안해졌다.

지로는 히라오와 오야마의 얼굴을 번갈아 보면서 아사쿠라 선생님에 대한 자신의 신앙과도 같은 존경심을 이야기했다. 현재의 상황에서 아사쿠라 선생님이 학교를 그만두면 어떤 일이 벌어질지를 이야기하며 유임 운동이 필요하다고 강조했다. 지로는 스스로 자기 마음을 안정시키려는 듯 우마다를 보며 목소리를 낮추었다.

"아사쿠라 선생님을 유임시키기 위한 운동은 어떤 경우에도 순수한 유임 운동이어야 한다고 생각해. 유임 운동에 불순한 목적이 숨어 있는 것이라면 차라리 운동을 포기하는 게 낫다고 믿어. 우마다는 동맹휴교를 각오하고 교장 선생님을 몰아내야 한다고 생각하는 것 같은데 이런 운동이라면 우리를 욕보이는 것밖에 되지 않아. 난 우마다의 의견에 찬성할 수 없어. 지금 가장 중요한 것은 유임 운동이 동맹휴교로 변질되지 않도록 막는 방법을 찾아내는 거야. 그것이 유임 운동을 하려는 우리들의 의무라고 생각해. 그런데……."

지로는 목소리가 점점 높아졌다. 그러다가 감정이 복받쳤는지 떨리는 목소리로 이어 말했다.

"우리가 선생님을 위해 동맹휴교를 해봐. 겉으로는 아사쿠라 선생님을 위해 동맹휴교를 했다고 변명하겠지. 동맹휴교가 선생님의 인격을 모욕한다는 것은 모르고, 선생님을 사랑하기 때문에 동맹휴교 같은 비겁한 수단을 써서라도 선생님을 붙잡겠다고 난리를 피우는 꼴이 된다고. 만약 우리가 사임 이유를 모른다면 또 몰라. 알면서도 동맹휴교를 하자니 너무 심한 거 아냐?"

"그럼 뭘 어떻게 하자는 거야? 이론만 내세우지 말고 방법을 자세하게 말해봐."

우마다가 짜증스럽다는 듯이 말했다. 지로는 잠깐 숨을 고르며 우마다를 보았다. 그리고 마침내 결심한 듯이 외쳤다.

"피야! 피로 우리의 진심을 알리는 거야!"

"피?"

"그래, 피! 5·15 사건을 일으킨 군인들은 상대방이 흘린 피로 자신들이 세운 목적을 관철시키려고 했어. 아사쿠라 선생님은 그것을 비난하셨기 때문에 학교를 그만두게 됐어. 그리고 우린 아사쿠라 선생님의 제자야. 아사쿠라 선생님의 제자는 자기들이 흘린 피로 자기들이 바라는 것을 이루도록 배웠다는 것을 보여줘야 해."

우마다뿐 아니라 다른 학생들도 모두 눈을 둥그렇게 뜨고 지로를 보았다. 지로는 아랑곳하지 않고 말했다.

"여러 가지로 생각해봤는데, 우리나라에서는 예로부터 진심으로 바라는 것이 있으면 흔히 혈서와 혈판(피로 도장을 찍는 것)을 이용했어. 너희들은 어떻게 생각할지 모르지만, 난 지금이야말로 우리의 진심이 담긴 혈서를 써야 한다고 생각해."

지로가 의견을 말하자 학생들은 서로 얼굴을 보며 입을 굳게 다물었다. 그때 또 우마다가 빈정거리는 투로 말했다.

"혈서라……. 정말 기발하군. 하지만 혈서야말로 야만인 같은 행동이 아닐까?"

"문명인다운 방법은 아냐. 그건 나도 알고 있어. 그래도 동맹휴교처럼 야만스럽지는 않아."

지로도 비꼬는 투로 말했다.

"결국 정도의 문제군. 방금까지만 해도 넌 동맹휴교가 아사쿠라 선생님을 모욕하는 것이기 때문에 반대한다고 하더니, 혈서나 혈판 같은 것은 선생님을 모욕하지 않는 정당한 수단이라고 생각한 거냐?"

지로는 잠깐 생각에 빠졌다. 그리고 다시 마음을 굳힌 듯 단호하게 말했다.

"형식은 야만스럽게 보이더라도 그것이 아사쿠라 선생님에 대한 우리들의 진심을 드러내는 수단이라면 그 한계를 넘지 않는 것이 중요하다고 봐. 질서를 어지럽히고 상대방을 협박하는 동맹휴교와는 근본부터 다르다는 말이야. 세상 사람들도 이런 우리 행동이 아사쿠라 선생님을 모욕하는 것이라고는 생각하지 않을 거야. 난 그렇게 믿어."

"그런데 말야……."

이때 잠자코 있던 히라오가 안경 너머로 눈을 껌벅거리며 입을 열었다.

"혈서랑 혈판은 어떻게 모을 거야? 그렇다고 전교생에게 강요할 수도 없는 노릇이잖아?"

"그렇지. 이런 일일수록 자유의지로 해야 해. 나도 강제로 할 생각은 없어. 그리고 전교생이 모두 혈서를 쓸 필요도 없어. 그래도 5학년에서 대부분이 참가하길 바라지만, 그것도 무리라고 생각한다면 학생회 임원들이라도 참가해야 하지 않을까?"

"하지만 이런 일을 자유의지에 맡긴다면 아무도 나서지 않을 거야. 그렇다고 권유한다면 강요하는 것으로 생각할 수도 있어. 넌 이 점에 대해서도 생각해본 거야?"

"물론 생각해봤어. 내가 가장 많이 고민한 부분도 바로 그 점이야."

"그럼, 어떻게 할 작정인데?"

"먼저 나 혼자라도 해야겠지."

"너 혼자? 하지만 다른 학생들이 모른다면 소용없잖아?"

"적어도 너희들만은 그 사실을 알고 있는 거잖아."

지로는 그 말이 상대방에게 강요하는 뜻을 담고 있고 자기가 지금까지 해온 말과 모순된다는 사실을 모르는 것도 아니지만, 어떻게든 히라오가 유임 운동을 저지하고 싶어 한다는 것을 알고부터는 조금도 개의치 않았다. 유임 운동은 할 수 없다는 히라오의 논리정연한 태도에 우마다에게 느낀 것과는 다른 분노를 느꼈기 때문이다.

"좋아, 나도 혈서를 쓰겠어."

신가가 그 단단한 몸집을 흔들며 말했다.

"그렇다면 나도 가만있을 수는 없지."

이어서 우메모토가 말했다.

"혈서는 나 혼자만 써도 돼. 너흰 찬성한다는 뜻으로 혈판만
찍어줘."

지로가 조금 흥분하며 그렇게 말했다. 그러자 오야마가 얼
빠진 듯한 얼굴로 눈알만 굴리고 있다가 싱글싱글 웃으면서
말했다.

"혈판 정도라면 나도 찍어줘야지. 혼다, 어떻게 찍는 건지 가
르쳐줘. 이런 일은 난생 처음이라 뭘 어떻게 해야 하는지 알 수
가 있어야지."

그 바람에 지로와 신가, 우메모토는 웃음을 터뜨렸다.

우마다는 잔뜩 불만 어린 얼굴로 고개를 돌려버렸고, 히라오
는 뻐드렁니를 너구리처럼 다문 채 눈을 감고 있었다. 그들은
웃지도 않고 입을 열지도 않았다.

아버지와 아들

확실한 결말을 내지 못하고 하나 둘씩 일어서기 시작했다. 히라오는 다른 총무들과 의논한 뒤에 내일 전체 학생회를 열어 이 문제를 제안하겠다고 하면서, 그때까지는 무슨 일이든 우리 끼리 결정해서는 안 된다고 말했다. 지로도, 신가도, 우메모토도 이 말에 대해서는 딱히 반박할 말이 없어 히라오의 속내를 짐작하면서도 그러겠다고 동의하는 수밖에 없었다. 우마다는 히죽히죽 웃으며 곁눈질로 지로의 표정을 살피면서, "당연히 그렇게 해야지." 했고, 오야마는 보름달같이 둥그런 얼굴을 손수건으로 닦으면서, "그것도 괜찮겠군." 하고 찬성했다.

친구들이 모두 돌아가고 지로는 곧 밭으로 나갔다. 내친김에 혈서 이야기를 꺼냈지만, 그렇게 하고 나니 도리어 마음이 안정되고, 모든 것이 결정된 듯했다.

순조는 밭에서 잡초를 뽑다가 지로가 나오는 것을 보고 물었다.

"다들 갔어? 어떻게 하기로 했어?"

"아직 결정한 건 없어. 내일 학생회 때 결정하기로 했어."

"학생회 때 결정한다고? 그 자식들은 겨우 그런 말을 하려고 여기까지 찾아온 거야?"

둘이 그런 이야기를 하고 있을 때, 벌써 집으로 돌아간 줄 알았던 미치에가 닭장에서 나오는 것이 보였다. 미치에는 숨을 할딱거리며 슌조와 똑같은 것을 물어보았다.

"미치에하곤 관계없는 일이야."

지로는 아무렇지도 않은 듯 그렇게 대답하고는 다시 풀을 뽑았다. 조금 전에 층계를 올라오며 느닷없이 미치에에게 아는 척하던 우마다의 얼굴이 자신이 생각하기에도 이상할 만큼 또렷하게 떠올랐기 때문이다.

"너무해."

지로는 미치에가 불만 어린 눈길을 보내 마음이 불편했지만 대답하지는 않았다. 그러자 슌조가 참지 못하고 끼어들었다.

"내일 학생회 때 결정하겠대."

"그래?"

미치에는 좀 안심했다는 듯이 말했다.

"혹시라도 지로 오빠가 주모자처럼 되는 건 아닌가 하고 걱정했거든."

슌조는 그 말을 듣고 웃음을 못 참고, 풋 하는 소리를 내며 고개를 옆으로 돌려버렸다.

미치에는 두 사람이 진지하게 자신을 상대해주지 않는 것을 알고 화가 났는지 평소와는 달리 조금은 버릇없게 굴었다.

"갈게."

미치에는 내뱉듯이 말하고는 안채로 가지 않고 곧장 집 바깥으로 나가버렸다. 지로는 미치에를 쫓아가 우마다와 무슨 관계냐고 물어보고 싶은 충동을 느끼면서 건성으로 풀을 뽑다가 미치에가 완전히 사라지자 걱정스러운 듯이 슌조를 보았다.

"혹시 미치에가 다른 사람들한테 말해버리는 건 아닐까?"

"뭘?"

슌조는 멍한 얼굴로 지로를 보았다.

"유임 운동 말야."

"유임 운동 얘길 미치에한테도 했어?"

"응……."

지로는 조금 부끄러웠다.

"벌써 다 얘기해놓고 걱정하면 뭐할 거야? 아까 닭장에서 어머니한테 뭐라고 소근거리는 것 같았는데, 그 얘길 한 건지도 모르겠네."

지로는 자포자기하는 심정으로 잡초를 뽑았다. 가뭄으로 물기가 말라붙은 흙을 퍼다가 푸성귀 근처에 마구 뿌렸다. 미치에나 우마다, 그리고 자신에게 화가 났기 때문만은 아니었다. 미치에 따위는 안중에도 없다는 듯이 행동하는 슌조를 보고 있자니 이상하게도 화가 치밀어올랐기 때문이다.

밭일을 끝내고 저녁을 먹기 전에 지로는 목욕부터 하기로 했다. 욕조에 몸을 담그고 미치에, 우마다, 슌조는 잊어버리고 오로지 혈서만을 생각했다. 욕조 가장자리에 머리를 내놓고 선반을 쳐다보는데 아버지가 늘 쓰는 서양식 면도칼이 보였다. 지로는 진귀한 보물이라도 발견한 것처럼 허겁지겁 욕조 밖으로 나와 면도칼을 손에 쥐었다. 면도칼은 접이식이었다. 지로는 멍하니 칼날을 보다 무슨 생각이 들었는지 손가락 끝으로 칼날을 조심스레 만져보았다. 그러고는 가만히 제자리에 갖다놓았다. 지로는 안심했다는 얼굴로 열심히 몸을 씻었다.

저녁을 먹고 지로는 문밖을 왔다 갔다 서성거리다, 이 층에 올라가 책상 앞에 앉았다 일어섰다 하면서 안절부절못했다. 머릿속이 온통 혈서 생각으로 꽉 차 있었다. 지로는 간결하면서도 기품이 있고, 사람들 마음을 단번에 사로잡는 문장으로 혈서를 쓰려고 생각하고 있었다. 처음에는 시로 쓸까 하고 생각도 해봤지만, 아무래도 시는 뜻을 함축하고 있기 때문에 혈서에는 어울리지 않는 것 같았다. 누가 읽어도 한눈에 그 뜻을 이해할 수 있게 강하게 표현하면 좋겠다고 생각했다. 하지만 지로는 시에 익숙해서 문구만 머릿속을 맴돌 뿐 좀처럼 제대로 된 문장이 떠오르지 않았다. 그 때문에 지로는 오요시가 부엌일을 하녀인 오카네에게 맡기고 서둘러 오마키 가를 찾아간 것도, 그리고 조금 뒤에 데쓰타로가 찾아온 것도, 또 다다미방 툇마루에서 슌스케와 데쓰타로가 심각한 얼굴로 이야기를 나누는 것도 전혀 눈치채지 못했다.

지로는 밖이 어둑어둑해진 뒤에야 만족할 만한 문장을 구상하고 흐뭇해했다. 지로는 그 문장을 잊어버리기 전에 옮겨적어놓으려고 이 층으로 올라가다가 데쓰타로가 와 있는 것을 알아차리고 무의식중에 그 자리에 서서 귀를 기울였다.

"세상이 이렇지만 않다면 오히려 아름다운 일이겠죠."

데스타로의 목소리였다.

이야기는 대강 끝난 듯했다.

"지로가 무슨 생각으로 그런 일을 하려고 하는 건지 내가 한 번 얘기해봐야겠어."

"예, 그렇게 하시는 게 좋겠네요. 세상이 시끄러워진 뒤에는 소용없는 일이니까요. 그럼 전 이만 돌아가겠습니다."

지로는 서둘러 층계를 올라갔다. 데쓰타로 아저씨도 학교 선생인 만큼, 이런 일에는 무사안일주의인 것 같아 조금 섭섭했다. 걱정한 대로 미치에는 오요시나, 언니인 데쓰타로의 아내 도시코에게 자기 이야기를 한 게 분명했다. 미치에의 믿지 못할 태도에 화가 북받쳤다.

초저녁인데, 슌조는 이미 모기장 속에 드러누워 코를 골고 있었다. 지로는 세상모르고 잠든 슌조가 얄밉기도 하고, 불쌍하기도 했다. 책상에 기대어 슌조가 코 고는 소리를 듣고 있자니 예전 일들이 하나씩 떠올랐다. 자신의 어린 시절에 그토록 깊이 연관되어 있던 슌조가 지금은 완전히 다른 세계에서 살아가고 있다. 인간이란 아무리 가까운 형제지간이라고 해도 세월의 흐름에 따라 이렇듯 멀어지는 것인가 하는 생각이 들었다. 그런 생각을 하니 이상한 기분이 들었다.

지로는 한숨을 내쉬며 공책을 펼쳤다. 마음을 가다듬고 혈서의 문구를 써나갔다. 지로는 어느새 그 내용에 빠져들어 데쓰타로의 일도, 미치에의 일도, 슌조의 일도 모두 잊어버렸다. 마지막 문장까지 다 쓰고 몇 번이고 읽어본 뒤 발소리를 죽여 아래층으로 내려갔다. 그리고 조금 뒤에 지로는 손에 아버지의 작은 면도칼과 접시를 쥐고 있었다. 지로는 이것들을 책상 위에 가지런히 올려놓고 한참을 내려다보았다. 예전에 집이 몰락해서 공개매각될 때 있던 칼이 문득 생각났다. 그러자 눈앞에 있는 서양식 면도칼이 무언가 어울리지 않게 얇은 것처럼 느껴졌다. 하지만 그런 느낌도 잠깐뿐이었다. 지로는 곧 면도칼을 펼쳤다. 그리고 언제, 어디에서, 누구에게 들었는지는 확실치 않았지만, 또 그것이 정해진 방법인지도 분명치 않았지만, 혈판이나 혈서를 쓸 때는 왼손 약손가락을 잘라야 한다는 말을 어디에선가 들은 것 같았다. 지로는 망설이지 않고 약손가락 끝을 칼날에 대고 같은 왼손 엄지손가락으로 지그시 누르면서 단번에 죽 그었다.

차갑지도 뜨겁지도 않은 날카로운 통증이 손가락 끝에 느껴졌다. 하지만 그 뒤로는 아무렇지도 않았다. 그런데 피가 나오지 않았다. 지로는 자기가 실수한 것으로 생각했다. 지로는 실패했다고 생각했다. 하지만 그렇게 생각하면서 엄지손가락을 뗀 순간, 검붉은 피가 반달 모양으로 스며 나오더니 눈 깜짝할 사이에 부풀어 잘 익은 포도송이처럼 되었다. 지로는 잽싸게 손가락을 접시에 갖다댔다. 계속해서 흘러내리는 피가 금세 접시 한가운데에 그려져 있는 나비 몸통을 적시고, 날개를 적시고, 더듬이를 적셨다. 지로는 새하얀 사기그릇 표면을 적시고

248

있는 자신의 피를 내려다보면서 황홀한 기분에 빠졌다. 그렇게 삼십 분쯤 지난 뒤에 애써 만든 문구를 피로 종이에 써내려가는데, 이때만큼 시간이 기묘하게 느껴진 적은 없었다. 마치 얼어붙은 호수 밑바닥에서 불길이 소용돌이치는 것 같은 정적과 흥분이 온몸을 감싸 안는 듯했다.

본디 글씨를 잘 못쓰는 데다가 붓과 피가 익숙하지 않아 농담이 마음대로 표현되지 않았다. 어떤 글자는 피가 제대로 묻어 검붉어 보이는가 하면, 또 어떤 글자는 피가 거의 묻지 않아 누르스름하게 보였다. 전체로 볼 때 몹시 조잡했다. 그러나 한 군데도 지우거나 다시 써넣은 곳이 없고, 솜씨는 서투르지만 한 자, 한 자 아주 정확하게 써서 누구라도 쉽게 알아볼 수 있을 것 같았다. 혈서의 내용은 아래와 같았다.

지사님과 교장선생님께

우리 학생 8백 명은 이루 말할 수 없는 불안감에 싸여 하루하루를 보내고 있습니다. 우리가 존경하고 사랑하는 아사쿠라 선생님이 갑자기 학교를 떠난다는 이야기를 들었기 때문입니다.

우리 학교에 아사쿠라 선생님이 계시지 않는다는 것은 우리 학생들에게서 생명의 싹이 잘려나가는 것과 마찬가지입니다. 우리는 지금까지 아사쿠라 선생님을 존경하고 사모하면서, 양심이 어떻게 자라나야 하는지 배울 수 있었습니다. 아사쿠라 선생님에게 격려를 받아 사랑과 정의를 위해 용기를 내는 법도 배웠습니다. 무엇보다 아사쿠라 선생님과 함께 공부하면서 마음이 평안해지는 기분을 맛볼 수 있었습니다. 아사쿠라 선생님은 우리 학교의 학생들 8백 명에겐 마음의 등불이고 생명수였습니다.

우리는 아사쿠라 선생님이 왜 갑자기 우리 곁을 떠나시는지, 그 참된 이유는 모릅니다. 다만 한 가지 확실한 것은 선생님이 우리를 가르치기에 부족하다고 생각하여 스스로 떠나시는 것은 아니라는 점입니다. 이것은 지금까지 선생님이 우리를 가르치시던 모습을 생각하면 누구나 알 수 있는 일입니다. 또 우리는 선생님이 참된 교육자로서 사회에서 지탄을 받을 만한 말과 행동을 했다고는 생각하지 않습니다. 따라서 우리는 선생님이 학교를 떠나셔야 할 까닭이 없다고 생각합니다.

지사님, 그리고 교장선생님. 부디 저희들 8백 명의 어린 생명들을 위해서라도, 또 우리 학교의 평화를 위해서라도, 무엇보다 이 나라와 사회에 참된 질서를 확립하기 위해서라도 아사쿠라 선생님이 오래도록 저희 학교에 머물 수 있게 도와주시기 바랍니다.

이 혈서를 보고 우리의 마음을 이해해주십시오.

1932년 6월 27일

지로는 혈서를 다 쓰고는 맨 밑에 서명하려다가 그만두었다. 다른 학생들이 먹글씨로 서명한다면 자기도 똑같이 먹글씨로 서명하는 게 좋다고 생각했기 때문이다.

손가락 끝에서 흘러내리는 피는 아직도 멈추지 않았고, 손가락을 감싼 종이는 빨갛게 젖어 있었다. 지로는 새 종이로 그 위를 덧대고는 창가에 기대고 앉아 밤 공기를 들이마셨다. 하늘에 떠 있는 수없는 별들이 보석처럼 가는 바람에 흔들리고 있었다. 지로는 별들을 바라보면서 자기가 쓴 혈서를 다시금 생각해보았다. 이 혈서 때문에 앞으로 어떤 일을 겪게 될지, 또 어떤 세계와 마주치게 될지 무척 궁금해졌다. 낮에 우마다가 혈서를 야만인 같은 행동이라고 비난할 때, 왜 반박하지 못했을까 하는 후회도 밀려왔다. 흥분이 가라앉자 피로가 기분 좋게 몰려와 어느새 온몸이 나른해졌다. 지로는 창가에 기댄 채 깜빡 졸고 말았다. 얼마나 졸았을까.

"모기에 물리면 어쩌려고 그래."

언제 올라왔는지 슌스케가 지로 앞에 서서 지로를 물끄러미 보고 있었다.

지로는 화들짝 놀라며 책상 위를 보았다. 자기가 쓴 혈서가 펼쳐져 있었다. 슌스케는 당황하는 지로를 보며 슬며시 웃었다. 그리고 혈서를 보며 얼굴을 찡그렸다.

"비린내가 나는구나."

슌스케는 책상 위를 대충 둘러보고는 말했다.

"일이 다 끝났으면 내 면도칼하고 접시는 제자리에 갖다놓는 게 어떠냐?"

지로는 아버지의 기분을 짐작하기 어려웠으나 시키는 대로 면도칼과 접시를 들고 아래층으로 내려갔다. 그리고 부엌에서 소리 나지 않도록 접시를 씻어 제자리에 놓고 우쭐한 기분으로 이 층으로 올라왔다.

슌스케는 책상 앞에 앉아 지로가 쓴 혈서를 읽고 있었다. 지로는 말없이 슌스케 옆에 앉았다. 무슨 말이든 아버지가 먼저 하면 좋겠다고 생각했다. 그러나 슌스케는 시간이 꽤 흘러도 지로 쪽으로 돌아보지 않았다. 참다못해 지로가 먼저 입을 열었다.

"이런 일 하면 안 되는 건가요?"

그제야 슌스케는 혈서에서 눈을 떼고 말했다.

"좋은 일인지, 나쁜 일인지 생각해보고 한 일이냐?"

"예, 생각해봤어요. 생각해보고 좋은 일이라고 판단했어요. 그래서 이렇게 된 거예요."

"네가 좋다고 판단했다면 그걸로 됐어."

잔뜩 긴장하고 있던 지로는 조금 맥이 풀리는 것 같았다.

지로는 아직도 슌스케가 어떻게 생각하는지 속마음을 알 수 없었다. 슌스케는 차분하면서도 어딘지 모르게 매서운 눈빛으로 지로를 보고 있었다.

"하지만 말이다……."

슌스케는 또다시 혈서를 보며 말했다.

"아사쿠라 선생님이 이 사실을 알면 틀림없이 야단치실 거다."

"저도 알아요. 그렇지만 할 수 없어요."

슌스케는 이해한다는 듯 고개를 끄덕거렸다. 그리고 잠깐 생각하더니 이어 말했다.

"그런데 네 계획대로 성공할 것 같으냐?"

"어떻게든 성공시켜야죠."

지로는 단호하게 대답했다. 슌스케는 안쓰러운 듯 웃으며 씁쓸하게 말했다.

"하지만 상대는 관리들이야. 일본의 관리들은 중학생 같은 건 안중에도 없단다."

지로는 해마다 졸업식 때 축사를 읽으러 온 관리들을 떠올렸다. 지로는 아버지가 말한 것처럼 관리들이 어떤 인물인지 전혀 모르고 있었다. 그러나 생각해보면 이들과 자신은 너무나도 동떨어진 존재라는 것만은 확실했다. 지로는 어쩐지 불안한 생각이 들었다.

"게다가……."

슌스케는 목소리를 조금 낮추었다.

"데스타로 아저씨에게 이야기를 들으니, 아사쿠라 선생님이 학교를 그만두게 된 건 5·15 사건을 일으킨 군인들을 비난했기 때문이라고 하더구나."

"예, 하지만 아사쿠라 선생님의 말씀이 틀린 건 아니잖아요?"

"그렇지, 틀린 말은 아냐. 확실히 옳은 말씀이었어."

"그런데도 안 된다고 말씀하시려는 건가요?"

"올바른 일에 공무원들이 뛰어드는 세상이라면 문제될 게 없지. 하지만 마루 위를 걷는 대신 천장에 매달려 있는 요즘 공무원들이라면 정당하다는 이유만으로 움직이지는 않는단다."

지로는 마루니, 천장이니 하는 슌스케의 말이 이해될 리 없었다. 지로는 멍하니 슌스케를 보았다.

"일본의 관리는 권력이란 천장에 매달려 있단다. 그러나 마루 위를 걸어다니는 일반 백성들에게 폐가 되는 일에는 아무런 관심도 없이 발을 흔들거리고 있는 거나 다름없단다."

지로는 자기도 모르게 웃음이 나왔다.

"그런데 이 권력이라는 것을 옛날에는 대부분 귀족들이 소유했는데 그 권력이 어느새 정당으로 옮겨가더니 이제는 군인들에게로 옮겨가고 있단다. 다른 일 같으면 백성들 사정을 생각할 수도 있지만 이번 일은 저희들이 매달려 있는 천장에 관여된 일이야. 그게 무엇을 의미하는지 잘 아는 관리들이 과연 너희들 처지에 공감하려고 할까. 지금쯤 낡은 천장의 선반에 한 손을 걸쳐놓고 다른 한 손으로는 새롭게 등장한 천장을 붙잡느라 정신이 없겠지. 천장에 매달린 인생은 하루하루가 고달프지. 옆에서 그들을 보고 있으면 비참한 생각도 들고 가엾다는 생각도 든다. 정작 그들은 자신들의 처지를 비참하게 여기지 않는다는 게 문제겠지. 비참하기는커녕 언제나 당당하다. 그게 오늘날의 관리들이야. 그런 사람들을 상대로 이제 겨우 중학생인 너희들이 혈서를 내밀어봤자 그들은 눈도 깜짝하지 않을 거다. 더구나 자신들이 새롭게 발견한 권력을 비판한 선생을 위한 혈서라면 더더욱 그렇겠지."

지로는 아버지도 예전에는 직위가 낮았지만 관리였다는 것을 생각했다. 그런 생각을 하면서 그냥 듣고만 있었는데 슌스케가 자신의 혈서를 과소평가하는 것 같아 기분이 나빠졌다. 이 혈서는 한 인간이 피를 흘려가며 쓴 마음의 소리다. 아무리 세상물정에 훤한 어른이라고 해도 자신의 진심을 어리석게 평가할 권리는 없다. 아버지는 상대가 권력에 눈이 먼 관리들이기 때문에 가능성이 없다고 하지만, 지로는 그렇기 때문에, 아니 그런 관리들이기 때문에 어린 학생들이 쓴 혈서에 공포를 느낄 거라고 확신했다. 만주사변 이후 청년들 사이에서는 군부에 혈서를 보내는 것이 유행처럼 퍼지고 있었다. 또 이런 사건이 일어나면 신문은 경쟁하듯 청년들이 쓴 혈서 사건을 보도했고, 고위관리들은 그런 청년들을 찾아가 감격에 젖어 감상을 털어놓고는 했던 것을 잘 알고 있었기 때문인지도 모른다.

순스케는 지로의 기분은 아랑곳하지 않았다.

"그렇다고 기껏 쓴 혈서를 휴지통에 버릴 필요는 없지. 어쨌든 탄원이니까 네가 하고 싶은 대로 해봐. 비린내가 조금 나긴 하지만 혈서 자체는 나쁜 게 아니니까. 미리 말해두는데 네가 바라는 대답은 듣지 못할 거다."

"그쪽에서 우리 혈서에 아무런 대답도 하지 않을 거란 말씀이세요? 과연 그럴 수 있을까요?"

"당연하지. 어쩌면 학교 쪽과 손잡고 아무도 모르게 일을 처리하려고 할지도 모른다."

"하지만 이렇게 큰일을 숨길 수는 없어요. 벌써부터 혈판을 찍겠다고 나서는 학생도 여럿이라고요."

"공무원이 가장 잘하는 일이 뭔지 아니? 남들이 다 아는 일을 자기네들끼리 시치미 떼는 일이야, 하하하."

슌스케는 큰 소리로 웃었다. 지로는 조금도 우습지 않았다. 지로는 화가 난 얼굴로 슌스케를 보았다.

"그래서 말인데……."

슌스케의 얼굴이 다시 진지해졌다.

"만약 저쪽에서 너희들을 상대해주지 않으면 어떻게 할 셈이냐? 손을 뗄 수도 없고, 그렇다고 상대해주지도 않는 현청을 붙잡고 늘어질 수도 없고 말야."

"아무래도 곤란해지겠죠."

"암, 곤란해지지. 더구나 너 혼자 하는 일이 아니라면 더욱 그렇게 될 거다."

지로는 한 대 얻어맞은 것처럼 멍해졌다.

"여러 사람들 힘이 모일수록 더욱 조심해야 한단다. 많은 사람이 널 돕는다는 건 네 책임이 그만큼 무겁다는 뜻이야. 그렇기 때문에 아무리 작은 결정이라도 신중하게 내려야 하는 거야. 넌 계속 깊이 생각하고 결정한 일이라고 말하는데, 솔직히 아버지가 보기엔 그렇게 보이지 않는구나."

"제가 쓴 혈서가 그렇게 약할 거라고는 생각해보지 않았습니다."

"흐음, 그랬겠지."

슌스케는 고개를 숙이고 생각에 잠겼다.

"혈서만 쓰면 아사쿠라 선생님도 유임될 것으로 생각한 모양이구나?"

"예, 꼭 그렇게 될 줄 알았어요."

"지금도 그 생각엔 변함이 없는 거냐?"

"지금도 그 희망만큼은 버릴 수가 없어요. 어떻게든 이 혈서로 일을 성공시켜야만 해요."

"흐음……."

슌스케는 또 생각에 잠겼다. 그러고는 무척 곤혹스러운 눈길로 지로를 보다가 결심했다는 듯 말했다.

"아버지가 혈서를 쓴 네 마음에 불순한 것이 섞여 있다고 말한다면 분명히 기분 나쁘겠지?"

지로는 자기 귀를 의심했다. 아버지가 갑자기 왜 저런 말을 꺼내는지 이해가 안 되었다. 지로는 어이없다는 듯 슌스케를 보며 말했다.

"왜 아버지는 그런 말씀을 하시는 거죠?"

"인간이란 명예를 얻을 수만 있다면 자살도 하는 법이거든."

지로의 머릿속은 더욱 복잡하게 뒤엉켰다. 슌스케는 아무렇지도 않다는 듯 웃으면서 말했다.

"네가 그처럼 불순한 뜻을 품고 혈서를 썼다고는 생각하지 않는다. 하지만 혈서를 생각해낸 인간 중에는 혈서의 진짜 목적보다 혈서 그 자체에 이상하리만큼 흥분을 느끼는 사람도 있단다. 세상에는 그런 사람도 있어. 혈서를 쓰고 있다는 데 긍지를 느끼는 거야. 그런 사람일수록 자신이 쓴 혈서를 신성하게 여기려고 들지. 마치 혈서만 한 장 내놓으면 세상 모든 일이 자기 마음대로 이뤄지는 것처럼 착각하는 거란다. 너 자신에겐 그런 마음이 조금도 없었다고 확신할 수 있니?"

지로는 생각에 잠겼다. 몇 번을 생각해도 명예 때문에 혈서를 썼다고는 여겨지지 않았다.

"다른 건 몰라도 이 혈서만은 진심이었다고 생각해요."

지로는 자신 있게 대답했다.

슌스케는 지로의 대답을 듣고 묘한 표정을 지었다. 만족했다는 것인지, 믿지 못하겠다는 것인지 헷갈리는 표정이었다.

"그렇다면 다행이구나. 어쨌든 이건 네 일이니까. 그런데 네 생각대로 일이 풀리지 않으면 그때는 어떻게 할 셈이냐?"

"단념해야겠죠."

"네 성격에 쉬운 결정은 아닐 텐데……."

"방법이 없잖아요."

"이건 개인이 어떻게 할 문제가 아니라는 걸 명심해라. 너 혼자 단념한다고 사태가 해결되는 건 아냐. 너만 단념하고 나머지 친구들은 단념하지 않는다면 어떻게 하겠니?"

"제가 나서서 설득해야죠."

"흥분한 네 친구들이 너처럼 쉽게 포기하리라는 보장이 있니?"

"그건 저도 잘 모르겠어요."

"그렇다면 넌 이 일을 깊이 생각하지 않았다는 뜻이야."

지로는 선뜻 대답할 말이 없었다. 슌스케가 낮게 깔린 소리로 타이르듯 말했다.

"세상은 네 생각처럼 혈서 한 장으로 바뀌는 그런 만만한 곳이 아니란다. 5·15 사건을 생각해보렴. 너희 학교도 결국 갈 데까지 가게 될 거다. 분명히 동맹휴교를 하게 될 거야."

"무슨 일이 있어도 동맹휴교만은 피할 작정이에요."

"피하고 싶어도 피할 수 없는 일이야."

"5학년들 가운데엔 똑똑한 녀석들이 많아요. 그중에 대여섯 명만 단결하면 동맹휴교는 얼마든지 피할 수 있어요."

"그 대여섯 명은 당연히 유임 운동에 찬성하는 학생들이겠지?"

"예, 일단 대여섯 명만 뭉치면 틀림없이……."

"시대라는 것이 호락호락하지는 않단다. 한번 일이 벌어지면 그 일을 계획하고 시작한 사람의 힘으로는 어떻게 해볼 도리가 없어지는 거야. 5·15 사건도 따지고 보면 그렇게 시작된 거란다. 처음에는 단순히 부패한 정당정치에 분노를 느꼈을 뿐이었지. 그러다가 군인까지 부패한 세력과 결탁하는 것을 보곤 더 참을 수 없다고 생각한 사람들이 서로 의견을 나눴단다. 결코 처음부터 폭력을 휘두를 작정으로 모인 건 아니었어. 그런데 사람들이 모이다 보면 시대를 자기네들 멋대로 끌어가고 싶어 하는 불순분자들이 섞이게 마련이야. 처음 이런 모임을 계획한 사람들은 불순분자들이 하는 행동을 보고 이래서는 안 되겠다고 생각하지. 하지만 이미 사태는 돌이킬 수 없는 곳으로 가고 있어. 그들을 막을 방법이 없는 거야. 그리고 5·15 같은 사건이 일어나는 거지."

"그럼 아버지는 우리가 어떻게 하길 바라세요? 유임 운동 같은 건 처음부터 포기해야 하나요?"

"글쎄다, 유임 운동을 하지 않는다면 너희들 양심이 가만있지 않을 것 같구나."

"그야 당연하죠."

"그렇다면 밀고 나가는 수밖에 없지."

"하지만 아버지 말씀대로라면 결국은 동맹휴교라는 뜻이잖
아요?"

"동맹휴교든, 뭐든 너희가 선택한 일이니 하는 수 없어."

지로는 아버지가 자신을 놀리는 것으로밖에 생각되지 않았
다. 지로는 두 손을 무릎 사이에 찔러넣고 입을 굳게 다물고 있
다가 갑자기 고개를 옆으로 돌리고 오른팔로 두 눈을 눌렀다.
참을 수 없이 눈물이 흘러내렸다.

"울 것까지 없다."

슌스케는 당황한 기색 없이 말했다.

"모든 건 섭리에 맡겨라. 네 혈서를 보니 아사쿠라 선생님만
이 너희들에겐 희망이라는 글이 적혀 있더라. 그렇다면 아사쿠
라 선생님을 위해 최선을 다하는 게 도리겠지. 어떤 경우에도
도리를 저버려선 안 돼. 선생과 제자 사이의 도리를 지키기 위
해 유임 운동을 해야 한다면 혈서도 좋고, 동맹휴교도 좋아. 아
사쿠라 선생님이 5·15사건을 비난해서 학교를 떠나게 된 것처
럼 너희가 펼치는 운동이 실패하는 것도 다 섭리에 포함되는
거야. 시국이 너희들 진심을 이해하지 못하는 걸 어쩌겠냐? 네
가 아무리 동맹휴교를 막으려고 해도 시국이 동맹휴교를 바란
다면 결국 일어날 거다. 그것도 역시 섭리야. 세상 돌아가는 형
편을 보아하니, 곧 온 나라가 미쳐 날뛸 것 같구나. 지금은 온

전한 말이 통하는 세상이 아냐. 모든 사람들이 잘못됐다는 걸 알게 될 때까지 이런 세상에서 살아야 할 거다. 유임 운동이 실패한다고 해서 실망할 것까진 없어. 이것도 다 운명이니까."

지로는 어느새 울음을 그쳤다. 지로는 아직도 촉촉히 젖어 있는 눈을 빛내며 슌스케가 다음 말을 하기를 기다렸다.

"내 말은 그게 당연한 결과니까 무조건 지켜보는 수밖에 없다는 뜻이 아냐. 이런 일일수록 너희들은 무척 조심해야 한단다. 가장 중요한 건 자기 멋에 취해서는 안 된다는 점이야. 너는 네가 쓴 혈서에 조금도 불순한 점이 없다고 믿고 있고, 네 말처럼 순수한 의도로 혈서를 쓴 것이 사실일 수도 있어. 내가 걱정하는 것은 자신도 깨닫지 못하는 사이에 무슨 영웅이라도 된 듯한 기분으로 혈서를 바라보게 되는 거란다. 혈서라는 건 따지고 보면 그리 자랑할 만한 것도 못 되거든. 인간의 냉정한 이성에 호소할 능력이 없는 사람이 궁여지책으로 쓰는 수단이니까 말이다. 그런 혈서를 자랑스럽게 생각하는 것처럼 어리석은 짓도 없지. 아니, 어리석은 짓에서 끝난다면 걱정할 필요도 없어. 그 자랑스런 감정이 점점 커지면서 결국에는 대화는 소용없다며 이 나라의 총리대신에게 총을 들이대는 일이 아주 없으리라고도 볼 수 없지. 스스로 제멋에 놀아나는 것은 그처럼 무서운 일이다."

지로는 혈서를 쓰는 동안 자기가 무엇을 생각했는지 새삼 돌이켜보았다. 아버지가 말한 것처럼 스스로도 부정할 수 없는, 어떤 교만한 마음이 숨어 있는 것만 같았다. 더구나 어린 시절에 겪은 일들까지 한꺼번에 떠올라 마음은 더욱 무거워졌다. 무의미하게 반항한 것이라든가, 어린애답지 않게 술수를 부린 것, 남들에게 칭찬받고 싶어 하는 마음을 과장해서 효행을 베푼 일들이 자기 뒤에 한 줄로 늘어서 있는 것 같았다. 이제야 아버지가 무슨 근거로 자기가 쓴 혈서를 비난하는지 알 수 있었다. 지로는 아주 오래전에 어린 시절의 약점을 극복했다고 믿었지만, 아버지를 속일 수는 없었다. 지로는 아버지의 얼굴을 똑바로 볼 수가 없었다. 자기도 모르게 고개를 떨어뜨리고 말았다.

방 안은 조용하기만 했다. 책상 위에 올려놓은 시계가 어느새 밤 열두 시를 지나고 있었다. 슌스케는 슬쩍 시계를 보고는 천천히 입을 열었다.

"아버진 네가 어떤 성격인지 다 알고 있단다. 넌 예전과는 많이 달라졌어. 지금은 누가 널 칭찬한다고 해서 건방지게 굴거나 하진 않을 거야. 그건 이 아버지가 장담한다. 그래서 난 삼 형제 가운데 그래도 널 가장 믿고 있어. 하지만 그런 믿음만으로 한 인간이 홀로서는 것은 아니란다. 진실로 홀로선 인간은 남들이 아무리 부추겨도 흔들리지 않아야 해. 나는 네가 그런 사람이 되면 좋겠다고 생각해왔단다. 다들 영웅 행세를 하는 이 시대에 너희처럼 젊은 사람들이 스스로를 억제한다는 것은 쉬운 일이 아니지. 하지만 시대가 이렇기 때문에 더더욱 난 네가 그렇게 자라기를 기대하는 거란다. 무슨 뜻인지 알겠니?"

"예, 알 것 같아요."

지로는 언제부터인지 무릎을 꿇고 앉아 있었다.

"그렇게 어려워할 것까지는 없다."

슌스케는 그렇게 말하며 지로에게 편히 앉도록 권했다.

"내가 이런 말을 하는 것도 다 경험에서 나오는 거란다. 솔직히 말하면 아버지도 젊을 땐 대단한 영웅이라도 되는 줄 알고 착각한 적이 있었어. 내가 하는 행동은 무조건 대단하다고 혼자 우쭐거렸던 거야. 지금 생각하면 무의미한 독선이었지. 아버진 그렇게 살았단다. 그래서 조상님들이 물려주신 집도 잃어버렸고, 장사도 망했어. 할머니와 너희들을 이렇게 힘들 게 만든 것도 다 아버지 때문이었어. 이런 말을 하면 아버지가 이제 와서 가난해진 것을 후회하는 것처럼 들릴지도 모르지만, 그렇지는 않단다. 문제는 가난해졌다는 결과보다 가난해진 원인이야. 내 자신, 그 무렵의 내가 문제인 거야. 지금도 한밤중에 잠에서 깨어 문득 그 무렵에 일어난 일을 생각해보면 진저리가 쳐진다."

지로는 아버지에게도 말 못할 고민이 있다는 것을 처음 알았다. 문득 아버지가 안쓰럽다는 생각이 들었다. 자기를 깨우쳐 주기 위해 숨기고 싶은 마음까지 모두 털어놓는 아버지를 보면서, 지로는 가슴이 메었다.

"세상에는 젊을 때 공명심으로 불타보지 않으면 언제 그런 포부를 품을 수 있느냐고 말하는 사람도 있어. 하지만 아버지 생각에 그건 틀린 말이야. 더구나 지금처럼 시대가 혼란할 때는 너무 위험한 사고방식이야. 이럴 때일수록 이성을 따라야 한단다. 좀 극단으로 치우친 말 같지만 차가운 기계처럼 이치를 따져야 해. 그런 사람이 자꾸 늘어나야 이렇게 미친 듯이 달려가는 세상을 붙잡을 수 있단다. 그렇다고 감정을 업신여기라는 뜻은 아냐. 너희들이 아사쿠라 선생님을 그처럼 존경하는 마음은 정말 보기 드문 진실한 감정이야. 하지만 진실한 사랑도 정도를 벗어나면 집착이 된단다. 아무리 존귀한 마음도 명예를 생각하면 얼룩이 지는 거야. 얼룩으로만 그친다면 상관없겠지만, 나중엔 그 얼룩이 본성이 되는 것이란다."

"아버지 전……."

지로는 갑자기 책상 위에 펼쳐놓은 혈서를 움켜쥐었다.

"이런 건 찢어버리겠어요!"

지로는 혈서를 곧 찢어버리려고 했다.

"안 돼!"

슌스케가 지로를 막으며 말했다.

"오늘 집에 온 친구들에게 혈서를 쓰겠다고 약속했지?"

"예……."

"그 약속을 취소하려는 거냐?"

지로는 잠깐 생각해보았다. 자기가 먼저 말해놓고 그것을 취소한다는 것은, 자기 처지를 떠나서 유임 운동을 포기하는 것과 같았다.

"넌 취소하지 못할 거야."

슌스케가 확신하듯 말했다.

"사실 취소할 필요도 없어. 네 마음이 이 혈서를 찢어버리고 싶다고 생각했다면 혈서에서 풍기는 비린내는 이미 씻겨진 거나 다름없으니까. 만에 하나 동맹휴교라도 일어난다면 혈서를 포기했기 때문에 말도 못하는 처지가 될 텐데 그것도 곤란하지. 더구나 네가 동맹휴교에 반대한다면 더욱 그렇지 않니?"

지로는 멋쩍은 듯 혈서를 책상 위에 올려놓고 구겨진 곳을 펴려고 했다.

"혈서는 본디 꼬깃꼬깃한 거야. 그렇게 소중히 하지 않아도 된다."

슌스케는 웃으면서 그렇게 말했다. 슌스케는 자리에서 일어나 층계를 내려가다 말고 지로를 돌아보았다.

"네 나이 때는 모든 게 수행이야. 네가 옳다고 생각하는 일에 뛰어들 수 있는 것도 지금뿐이란다. 뭐든 열심히 해봐. 대신 교만해지면 안 된다. 너 자신을 믿는 것과 너 자신을 뽐내고 싶은 것은 완전히 다른 얘기야. 그걸 꼭 기억하라고. 요즘같이 어지러운 시대엔 그것만 배워도 대단한 거다. 그렇게 생각하면 아사쿠라 선생님이 마지막까지 너희들에게 좋은 기회를 만들어주신 것 같구나. 선생님에겐 안됐지만 이 기회를 살려야 해. 간단한 것 같지만 이번 일은 무척 복잡하단다. 그만큼 너희들이 배울 것도 많을 거야. 너희들이 이번 일로 세상에 무엇이 필요한지 배우게 된다면 선생님도 틀림없이 기뻐하실 거다."

슌스케가 아래층으로 내려가자 지로는 혈서를 정성껏 접어 교복 안주머니에 챙겨 넣었다. 지로는 전등을 끄고 모기장 안으로 들어갔다. 벌써 새벽이 다가오고 있었지만, 쉽게 잠이 오지 않았다. 슌조가 코 고는 소리 때문만은 아니었다. 혈서를 쓸 때와는 전혀 다른 기분으로 흥분되어 심장이 뛰었기 때문이다.

결의

이튿날 지로가 교실에 들어가자, 기다렸다는 듯이 신가가 달려나왔다. 신가는 지로를 데리고 운동장 한쪽 구석에 서 있는 백양나무 그늘로 갔다.

"히라오 그 망할 자식이 어제 우리랑 헤어지자마자 아사쿠라 선생님을 찾아갔대."

"뭐라고?"

지로는 넋 빠진 얼굴로 되물었다.

"히라오가 왜 그런 짓을……. 우리 계획을 선생님께 다 말했을까?"

"그야 뻔하지. 유임 운동을 하고 싶지 않다는 거 아니겠어."

"아사쿠라 선생님한테 유임 운동에 반대해달라고 부탁하진 않았겠지?"

"그랬겠지."

"하지만 아사쿠라 선생님이 이런 일에 반대하실 거라는 건 일부러 찾아가지 않아도 다 알 수 있는 일 아냐? 굳이 찾아간 이유가 뭘까?"

"그게 녀석의 특기야. 뻔히 알면서도 일부러 확인한 거라고. 그렇지 않고서는 우릴 설득시키지 못할 테니까."

"망할 자식! 아사쿠라 선생님을 찾아갔다는 이야기를 히라오 자신이 말한 거야?"

"아니, 다우에한테 들었어."

다우에는 히라오와 함께 학생회 총무를 맡고 있었다.

"다우에는 뭐래? 역시 찬성하지 않는다는 건가?"

"그 녀석은 우리 편이야. 히라오가 한 짓을 알고, 화가 나서 나한테 달려왔거든."

"그래? 어쨌든 다행이네. 하지만 총무 둘이 그런 식으로 대립하면 일이 쉽지 않겠는데……. 이러다가 오늘 회의도 연기되는 건 아닐까?"

"걱정 마. 다우에가 아침부터 동아리 부장들을 만나고 있어."

"하지만 총무 자격으로 무슨 의견을 내놓으려고 하겠지?"

"그렇긴 하지만 총무가 안건을 건의할 수는 없잖아. 다우에 말로는 처음부터 백지상태에서 회의를 시작할 거래."

지로는 미간을 찌푸리며 골똘히 무언가 생각하더니 말했다.

"회의만 제때 열 수 있으면 어떻게든 잘 될 텐데……."

"내 말이 그 말이야. 히라오 같은 놈은 회의 시작 전에 쫓아 버려야 해. 그 일은 우메모토가 알아서 처리하겠다고 했어. 그런데 혈서는 다 썼어?"

"응, 다 썼어."

지로는 웃으면서 왼손 약손가락을 들어 올렸다.

"야, 대단한데. 혈서는 그 손가락으로 써야 하는 거야?"

신가는 감탄한 듯 붕대를 감은 지로의 손가락을 자세히 살펴보았다.

"가져왔어?"

"당연하지."

"좀 보여줘."

지로는 안주머니에서 혈서를 꺼내 신가에게 건넸다. 신가는 혈서를 받아들고 심각한 얼굴로 읽어나갔다. 마지막 줄까지 꼼꼼히 읽고 나서 신가는 크게 한숨을 내쉬었다. 신가가 혈서를 돌려주자 지로는 고개를 흔들었다.

"당분간 너한테 맡길게. 내가 썼다는 건 아무한테도 알리지 마."

신가는 조금 이상하게 생각하다가, "알았어." 하고 고개를 끄덕이며 조심스레 혈서를 주머니에 넣었다. 그때 수업 종이 울렸다. 둘은 서둘러 교실로 돌아갔다.

전날과 달리 학교 분위기가 어쩐지 뒤숭숭한 것 같았다. 쉬는 시간마다 상급생들이 다섯이나 열씩 모여 심각한 얼굴로 이야기하는 모습이 자주 눈에 띄었다. 지로는 그런 모습을 든든하기도 하고 불안하기도 한 마음으로 바라보았다. 지로는 되도록 친구들과 떨어져 혼자 지내려고 노력했다.

수업이 끝나자 학생회 임원들이 삼삼오오 모여들었다. 이 층 맨 끝에 있는 교실에 모였는데, 하나같이 잔뜩 긴장해 있었다. 학생회 회의실이 따로 있었지만, 특별히 이 교실을 모임장소로 정한 까닭은 학교 안에서 교무실과 가장 멀리 떨어져 있었기 때문이다.

임원들이 모두 모인 것을 확인한 히라오가 교단에 올라갔다. 히라오는 이번 회의를 소집한 이유를 짤막하게 설명하고는 아사쿠라 선생님을 존경한다는 것과, 선생님이 불명예스럽게 퇴직하는 게 유감스럽다는 것을 흥분한 말투로 장황하게 떠들었다. 하지만 마지막에는 지로와 신가가 걱정하던 말을 꺼내고야 말았다.

"어쨌든 일부 임원들이 요구해서 회의를 열기는 했는데 만일 우리가 결정한 게 아사쿠라 선생님의 뜻과 맞지 않는다면 선생님에게 죄를 범하는 것이니까 다들 신중하게 생각한 뒤 의견을 이야기하면 좋겠다."

임원들은 히라오가 무슨 뜻으로 그런 말을 했는지 알 수 없어 얼빠진 기색으로 두리번거렸다. 곧 여기저기에서 웅성거리는 소리가 들렸다. 나중에는 저마다 아무 말이나 떠들어대는 바람에 교실이 시끌벅적해졌다.

"이게 뭐야?"

누군가 히라오에게 따지듯 물었다.

"회의 진행은 대체 누가 하는 거야? 히라오야, 다우에야?"

신가가 말했다. 히라오는 당황한 듯 옆에 서 있는 다우에를 보았다. 그러나 다우에는 눈썹 짙고 갸름한 얼굴로 여전히 앞만 뚫어져라 보고 있었다.

"오늘은 다우에가 의장을 맡아!"

뒤쪽에서 누군가 소리쳤다.

"오늘은 내가 아냐. 회의 진행은 히라오가 할 거야. 난 자유로운 처지니까 내 생각을 말할 작정이야."

"좋아, 히라오! 빨리 회의나 진행하라고!"

신가가 위협하듯 외치는 소리가 또 한 번 교실에 울렸다. 히라오는 억지로 웃음을 날리며 교탁 옆에 있는 의자에 앉았다.

"그럼 누구든지 좋으니까 의견을 얘기해봐."

"잠깐만! 회의를 시작하기 전에 히라오한테 한 가지 물어볼 게 있어. 넌 방금 아사쿠라 선생님을 불편하게 해드리면 안 된다느니, 어쩌느니 하는 말을 지껄였는데, 어떤 게 아사쿠라 선생님을 불편하게 해드리는 건지 네가 알기라도 한다는 거냐? 알고 있다면 먼저 그것부터 얘기해봐."

그렇게 말한 사람은 우메모토였다. 무언가 중요한 뜻이 그 질문 속에 담겨져 있는 것 같아 다들 우메모토를 보았다.

"아사쿠라 선생님은 학생들이 시끄럽게 할까 봐 걱정하고 계셔."

"시끄럽게 하다니?"

"예를 들면 유임 운동 같은 걸 말하는 거야."

"어떤 방법이든 유임 운동은 안 된다고 말씀하셨단 말이지?"

"그래. 그만두고 안 그만두고는 선생님 스스로 결정할 문제라고 말씀하셨어."

히라오는 지금 밀리면 끝장이라는 것을 알고 단호하게 말했다. 그러자 우메모토는 히라오가 한 말을 귓전으로 흘리듯이 말했다.

"네가 아사쿠라 선생님한테 들은 얘기겠지?"

"맞아."

"언제 들었는데?"

"어제 선생님 댁에서 들었어."

"너 혼자 선생님을 찾아갔다고?"

"그래."

"뭣 때문에 찾아갔지?"

"우리끼리 회의를 하기 전에 선생님 의견을 듣고 싶었거든."

"그럼 오늘 회의가 있다는 걸 선생님께도 알렸다는 말이군?"

"물론 말씀드렸어. 상황을 솔직하게 말씀드리지 않으면 선생님의 진심을 들을 수 없었을 테니까."

"선생님의 진심이라면 들어보지 않아도 뻔한 것 아냐."

히라오는 갑자기 말문이 막혀 너구리 같은 입술을 삐죽거렸다.

"이봐, 히라오!"

우메모토는 웅변부 부장이었다. 우메모토는 교내 웅변대회 때처럼 주먹으로 자기 앞에 있는 책상을 힘껏 내리쳤다.

"넌 오늘 회의를 이끌 자격이 없어. 당장 다우에게 의장 자리를 양보해!"

임원들의 눈길이 일제히 우메모토에게 쏠렸다. 히라오는 얼굴빛이 창백하게 굳어졌다.

"내가 자격이 없다고? 어째서?"

"우리는 선생님의 인격을 모욕한 놈을 의장으로 인정할 수 없으니까. 너와는 선생님의 유임 운동에 대해 의논하고 싶지 않아."

"내가 선생님을 모욕했다고?"

"그래, 넌 선생님을 모욕했어. 네가 무슨 잘못을 했는지 아직도 모르겠다는 거냐?"

"모르겠어. 너한테 이런 말을 듣게 될 줄은 생각도 못했어."

"이봐, 히라오!"

우메모토가 큰 소리로 외치며 벌떡 일어났다. 그 서슬에 의자가 뒤로 나뒹굴었다. 검은빛을 띤 소녀처럼 부드러운 우메모토의 눈매에는 평소에 보기 힘든 분노심이 이글거리고 있었다.

"네놈이 겁도 없이 아사쿠라 선생님을 찾아간 이유가 뭐지? 유임 운동에 대한 선생님의 진심을 확인하고 싶어서 그랬던 것 아냐?"

"그래. 그게 뭐가 잘못됐다는 거야?"

"그렇다면 네놈은 아사쿠라 선생님이 자신을 위해 우리가 유임 운동을 계획하는 걸 기뻐하실지도 모른다고 생각했다는 뜻 아냐? 그런 생각이야말로 선생님의 인격을 모욕한 짓이란 말이다."

히라오는 근시 안경 너머에서 신경질적으로 눈동자를 깜빡거리기만 할 뿐 좀처럼 대꾸를 하지 못했다.

"너희들 생각은 어때? 히라오가 한 행동이 옳다고 생각하냐? 우리가 아사쿠라 선생님을 비겁한 인간으로 매도하려고 모인 거냐?"

우메모토가 교실 안을 둘러보며 큰 소리로 외쳤다.

"히라오가 잘못했어."

"저 녀석은 아사쿠라 선생님이 어떤 분인지도 모르는 놈이야!"

"아사쿠라 선생님이 유임 운동을 기뻐하는 선생이었다면 오늘 모이지도 않았어!"

여기저기에서 히라오를 비판하는 목소리가 터져 나왔다.

"히라오는 아사쿠라 선생님을 그런 사람으로 생각했기 때문에 유임 운동을 하고 싶지 않았던 거야?"

누군가 히라오를 놀리듯 우스갯소리를 했다. 교실은 순간 웃음바다가 되었다. 그때까지 난처한 얼굴로 눈만 끔뻑거리던 히라오가 자리에서 일어났다.

"난 되도록 신중하게 행동해야 한다고 생각했을 뿐이야. 뭣보다 아사쿠라 선생님에게 더 폐를 끼치면 안 된다고 생각했고. 그래서 선생님을 찾아간 거야. 선생님의 진심을 너희에게 전하기 위해서 말야. 그게 선생님에 대한 모욕이라면, 정말 안타까운 일이라고 생각해. 하지만 대부분 의견이 그렇다면 내가 아무리 변명한들 소용없겠지. 분명히 말하지만, 선생님을 모욕하고 싶은 의도는 없었어. 어쨌든 우메모토가 요구한 대로, 아니, 너희들 전체가 요구한 대로 회의 진행은 다우에에게 맡기겠어. 그리고 이번 회의와 학생회 총무인 나와는 아무런 관계가 없다는 걸 미리 말해둔다. 이번 회의에 참석하지 않겠다는 뜻이야. 아사쿠라 선생님을 모욕한 나 같은 인간을 회의에 참석시킨다면 선생님뿐 아니라 너희들까지 모욕하는 꼴이 될 테니까. 그 전에 너희들에게 꼭 하고 싶은 말이 있어. 세상이 어떻게 돌아가는지 정도는 알고 지내면 좋겠어. 세상이 어떤 곳인지도 모르고 어설픈 이상만 붙잡고 있는 건 금궤를 품고 바닷속으로 가라앉는 것과 똑같다고. 아사쿠라 선생님처럼 훌륭한 인격자마저도……."

"야, 임마! 지금 뭐라고 지껄이는 거야!"

맨 앞자리에 앉아 있던 학생이 당장이라도 히라오를 한 대 후려칠 것 같은 기세로 말을 잘랐다.

"건방지게 너 같은 놈이 우리한테 설교라도 하겠다는 거냐."

"청년이라면 부디 시대를 초월하리라."

"진리는 영원하리라!"

"비겁한 놈은 꺼져버려!"

"너구리!"

"사라질 거면 꾸물대지 말고 빨리 꺼져버려!"

여기저기에서 고함소리가 터져 나왔다. 그중 몇 명은 누가 말리기도 전에 소매를 걷어붙이고 당장이라도 히라오에게 달려들 기세였다.

히라오의 낯빛이 흙색으로 변했다. 어쩔 줄을 모르고 주춤거리던 히라오는 체념한 듯 단상에서 내려왔다. 그러고는 재빨리 밖으로 나가버렸다.

교실은 찬물을 끼얹은 것처럼 조용해졌다. 모두들 히라오의 뒷모습을 바라보았다. 그때 누군가 큰 소리로 외쳤다.

"너구리가 도망쳤다!"

그래서 또 한바탕 웃음이 터졌다. 그 웃음소리를 단번에 제압하듯 신가가 쩌렁쩌렁하게 울리는 소리로 말했다.

"다우에! 히라오가 나갔으니 네가 의장을 맡아야지. 빨리 회의 진행해."

다우에는 기다렸다는 듯이 의장석에 앉으면서 말했다.

"내가 보기엔 유임 운동이 만장일치로 결정된 것 같은데, 그렇게 결정해도 되겠지?"

"당연하지!"

"나도 찬성이야!"

교실은 또 한 번 시끌벅적해졌다.

"그럼 지금부터 그 방법을 의논해보자. 누구든 좋은 생각이 있으면 말해봐."

"방법도 이미 결정됐다고."

어디에선가 장난하는 듯한 말소리가 들렸다. 우마다였다. 우마다는 창틀에 올라앉아 발을 흔들거리면서 그 천박한 입술을 혀로 핥고 있었다.

"결정되긴 뭐가 결정돼?"

다우에가 기분 나쁜 표정을 짓고 우마다를 쏘아보며 물었다.

"동맹휴교밖에 더 있어?"

우마다는 다우에는 거들떠보지도 않은 채 대답했다. 그러고는 또 혀를 날름거렸다.

"처음부터 동맹휴교를 일으키자는 얘기냐?"

"그런 건 아냐. 하지만 어차피 할 바엔 빠른 게 좋겠지."

우마다가 말장난을 하자 몇몇 학생들이 웃음을 터뜨렸다. 그러나 신가와 학생들 대부분은 우마다의 태도가 마땅치 않았는지 분개하는 모습이 뚜렷했다.

우마다가 발언한 탓에 동맹휴교가 임원들의 관심을 독차지했다. 자연히 동맹휴교에 대한 문제로 논의가 이어졌다. 학생들은 세 부류로 나뉘었다. 첫 번째 부류는 내일부터라도 동맹휴교를 단행해야 한다는 입장이었다. 우마다는 이 학생들의 대표격이었다. 우마다만큼이나 불량스러운 대여섯 명이 아무런 논리도 없이 다른 학생들을 위협하듯이 동맹휴교를 주장했다. 두 번째 부류는 무조건 안 된다는 입장이었다. 우메모토가 대표로 발언했다. 세 번째 부류는 어느 한쪽 의견에도 찬성하지 않고 중립을 지켰다. 이 학생들은 아사쿠라 선생님을 유임시켜 달라고 간청해보고 만에 하나 거절당하면 어쩔 수 없이 동맹휴교를 선택해야 한다고 생각했다. 이렇게 중립을 지키자는 의견은 특정 임원들이 지지하는 것은 아니었으며, 그다지 설득력 있는 의견으로 받아들여지지 않았다. 그러나 확실한 대안이 없다는 것은 분명했기에 많은 학생들이 심정으로는 자기가 이 세 번째 부류에 속한다고 생각하는 것 같았다.

이렇듯 서로 의견을 주고받는 동안 지로와 신가는 모두들 이상하게 생각할 만큼 입을 굳게 다문 채 다른 사람들이 하는 말에 귀를 기울였다. 더구나 지로는 다른 학생들 눈에 띄고 싶지 않다는 듯 창가에 앉은 우마다와는 반대로 복도 옆에 있는 책상에 기대 고개를 숙이고 있었다. 우메모토와 우마다가 격렬하게 논쟁을 벌이고 있을 때도, 지로는 살짝 고개를 들고 그 둘을 쳐다보기만 했을 뿐, 긴장하거나 흥분한 기색은 없었다. 다만 지로가 조금 긴장한 것처럼 보인 때는 토론이 어느 정도 끝나갈 무렵 의장인 다우에가 "별 수 없군. 이 문제는 다수결로 정하고 싶은데. 다들 반대없지?" 하며 토론을 마무리 지으려고 할 때였다. 그 순간 지로는 눈빛을 번뜩였다. 지로는 긴장한 얼굴로 다우에와 신가 쪽을 쳐다보았다. 그리고 자리에서 일어서려는 듯 엉덩이를 반쯤 들어 올렸다. 하지만 지로가 일어서기도 전에 신가가 먼저 손을 들고 발언을 했다. 지로는 고개를 숙이고 그냥 주저앉아버렸다. 그때 신가가 말하는 소리가 들렸다.

"다수결로 결정하는 건 나중에 해도 괜찮아. 그 전에 너희들에게 보여주고 싶은 게 있어."

교실 안이 조용해지면서 임원들의 눈길이 신가에게 쏠렸다. 신가는 당당하게 어깨를 펴고 칠판 쪽으로 걸어갔다. 그리고 다우에 옆에 서서 안주머니를 뒤적거렸다. 곧이어 신가는 종이 한 장을 꺼내 들고는 학생들이 모두 볼 수 있도록 높이 쳐들었다. 지로가 쓴 혈서였다.

"이게 보이냐?"

신가는 지로가 쓴 혈서를 펄럭이며, 학생들을 차례차례 보았다. 모두들 고개를 쑥 내밀며 신가가 손에 들고 있는 종이쪽지를 보았다. 의장석에 앉아 있던 다우에도 신가 쪽으로 고개를 돌려 그 종이를 쳐다보았다. 지로만이 조금 달아오른 얼굴로 책상 구석을 뚫어져라 볼 뿐이었다.

"이건 말이다, 피로 쓴 혈서야. 먼 곳에서는 글자가 잘 안 보일 테니 내가 대신 읽어줄게."

신가는 그렇게 말하고는 천천히 혈서를 읽어나갔다. 혈서를 다 읽고 나자 신가는 혈서를 뒤집어 다시 한 번 높이 쳐들고 교실 안을 휘둘러보았다.

다들 긴장한 눈초리로 혈서를 쳐다보고 있었다.

"네가 썼냐?"

뒤쪽 창가에 서 있던 학생이 물어보았다.

"내가 쓴 건 아냐."

"그럼 누가 썼어?"

이번에 물어본 사람은 지로 앞에 앉아 있던 학생이었다. 지로는 저도 모르게 깜짝 놀라 고개를 쳐들고 신가 쪽을 보다가, 이내 본디 자세로 돌아왔다.

"분명한 건 이 자리에 있는 임원이 썼다는 거야. 궁금하겠지만 이름은 밝히지 않겠어. 혈서를 쓴 사람이 자기를 내세우고 싶어 하지 않아. 그보다도 이 혈서를 쓴 사람은 혈서에 적힌 내용이 우리 모두의 마음이라고 믿고 있어. 우리는 이 혈서를 쓴 친구의 진심을 살리기만 하면 된다고 생각해."

임원들은 서로 얼굴을 마주 보았다. 그러고는 다시 혈서를 보며 잠자코 있었다.

"어때, 한 인간이 자신의 피를 흘려가며 쓴 혈서다. 이 혈서에 담긴 진심을 살리자는 데 반대하는 사람 있어?"

물론 아무도 신가가 하는 말에 이의를 제기하지 못했다. 지금까지 동맹휴교에 대한 찬반토론을 하는 것 같던 분위기가 한순간에 가라앉았다. 임원들의 가슴속에서 커다란 덩어리 같은 기운이 솟아오르고 있었다.

신가의 눈동자가 혈서를 보고 있는 임원들의 눈빛을 하나하나 확인하고 있었다. 신가는 마지막으로 우마다를 보았다. 우마다는 속으로는 계획이 틀어진 것 같아 조바심이 났지만 겉으로는 비웃듯이 싸늘하게 웃고 있었는데, 신가의 거친 눈길과 마주치고는 창밖으로 눈길을 돌려버렸다. 그래도 우마다의 입가에서는 비웃음이 사라지지 않았다. 신가는 우마다의 그런 모습을 보고 마음을 억누르고 나서 다시 입을 열었다.

"우리가 이 혈서의 뜻을 이해하고 있다면 절대로 동맹휴교 같은 신중하지 않은 짓은 하지 말아야 해. 아마 혈서를 쓴 사람도 그렇게 생각했을 거야. 오늘 아침에 혈서를 쓴 장본인이 나한테 이런 말을 했어. 아사쿠라 선생님은 언제나 폭력을 부정해온 분이다. 하지만 동맹휴교는 엄연한 폭력이다. 폭력을 부정했다는 이유로 폭력의 희생자가 된 선생님을 위해 폭력을 쓰는 것은 아사쿠라 선생님의 신념을 모욕하는 짓이나 마찬가지다. 또 이런 말도 했어. 5·15 사건을 일으킨 군인들은 상대방이 흘린 피로 자신들이 세운 목적을 이루려고 했어. 하지만 이 혈서에는 우리가 흘린 피로 우리가 세운 목적을 이루고 싶어 하는 한 친구의 바람이 담겨 있어. 우린 그 점을 명심해야 한다.

이 혈서가 우리 마음이라면 앞으로 무슨 일이 있어도 동맹휴교는 일으키지 않겠다고 이 자리에서 서로 약속해야 한다고 생각해. 너희들 생각은 어때?"

"난 찬성이야."

얼굴이 검게 그을린 미소년 우메모토가 가장 먼저 그렇게 외쳤다. 우메모토의 뒤를 이어 '찬성'이라는 소리가 대여섯 군데에서 더 나왔다.

"혈서에 찬성하는 사람은 여기 서명해줘. 이건 절대 강요하는 게 아냐. 혈서의 의미를 받들기로 맹세했다는 증표일 뿐이야. 그러니까 조금이라도 내 의견에 반대하는 사람은 서명할 필요 없어. 우리가 그분의 제자가 맞다면 그까짓 피 한 방울쯤은 아까워하지 않으리라고 믿는다. 먼저 내가 서명하겠어."

신가는 그렇게 말하면서 다우에 앞에 있는 교탁에 혈서를 펼쳐놓았다. 혈서 끝에 만년필로 서명하고는 안주머니에 손을 집어넣고 무언가를 찾다가 한참만에야 안주머니에서 손을 뺐는데, 두툼한 손은 연필을 깎는 작은 칼을 들고 있었다. 신가는 그 칼로 왼쪽 약손가락 끝을 푹 찔렀다. 신가의 얼굴이 잠깐 일그러졌다. 이어서 신가는 피가 빨갛게 솟아오르는 약손가락을 종이에 대고 자기 이름 밑에 힘차게 눌렀다.

교실 안에 있는 모든 눈동자들이 신가가 하는 행동을 빠짐없이 지켜보고 있었다. 교실 안은 마치 그림처럼 조용해졌다. 학생들은 모두 신가의 행동에만 정신이 팔려서 신가가 혈판을 찍는 동안 지로가 살짝 눈가를 훔친 것과, 우마다가 불안한 눈길로 학생들 표정을 살펴보고 있는 것을 깨닫지 못했다.

신가는 혈서 옆에 자기 만년필과 연필 칼을 내려놓고는 한쪽으로 비켜서며 말했다.

"누구 종이 더 없냐? 갱지라도 상관없어."

"갱지도 괜찮다면 여기 얼마든지 있어."

다우에가 학생회 도장이 찍힌 갱지 한 뭉텅이를 신가에게 건넸다. 신가는 그중에서 깨끗한 종이만 몇 장 골라내더니 말했다.

"여백이 없어지면 여기에다 서명하라고. 나중에 같이 철할 테니까."

교실 안이 갑자기 시끌벅적해졌다. 시끌벅적하면서도 초조한 불안감이 느껴졌다. 어떤 학생은 억지로 나오지도 않는 웃음을 짓고 있었고, 어떤 학생은 딴청을 피우듯 몸을 쭉 펴면서 쉴 새 없이 사방을 둘러보았다. 그중에는 놀란 가슴을 진정시키지 못하고 파랗게 질린 얼굴로 신가 쪽을 뚫어져라 보고 있는 학생도 있었다. 그때까지 의장석에 앉아 있던 다우에는 심각한 표정을 짓고 눈앞에 펼쳐진 혈서를 보고 있었는데, 갑자기 정신이 든 듯 만년필을 쥐고는 말했다.

"신가 다음엔 내가 서명할게."

다우에는 신가가 한 그대로 태연히 일을 해냈다.

다우에가 서명하자 대여섯 명이 거의 함께 일어나 교탁 앞으로 몰려들었다. 그중에는 우메모토와 오야마도 섞여 있었다. 오야마는 자기 차례가 될 때까지 기다리는 동안 계속 지로 쪽을 흘끔거리다가 농담처럼 말했다.

"혼다, 이제야 혈판을 어떻게 찍는 건지 가르쳐주는 사람이 생겼어."

지로가 멍한 눈으로 오야마를 쳐다보자, 보름달처럼 둥근 오야마의 얼굴에 함박웃음이 떠올랐다. 지로는 왠지 그 웃음을 보기가 민망해서 고개를 떨어뜨렸다.

서명은 이렇게 해서 차질없이 진행되었다. 스무 명쯤 서명하고 나자 교실 분위기는 처음 신가가 서명했을 때와는 완전히 달라졌다. 서명을 한 학생들은 배신자로 찍힐지도 모른다는 불안감에서 해방되어 히히덕대며, 연필 칼을 쥔 채 우물쭈물하는 아이들을 비웃거나 격려하면서 떠들어댔다.

그런 분위기를 틈타 지로도 서명을 했다. 왼쪽 집게손가락에 상처가 있어서 아무도 모르게 왼쪽 가운뎃손가락을 그었는데, 다행히 눈치 챈 사람이 없었다. 지로는 서둘러 혈판을 찍고 교단을 내려왔다.

우마다도 마지못해 일어나기는 했지만, 맨 마지막으로 서명했다. 우마다는 서명하는 데 불만이 많았다. 이 혈서를 지로가 썼다는 것을 분명히 알고 있었기에 자기가 계획한 대로 동맹휴교를 일으킬 명분이 사라진 것 같아 생각할수록 화가 났다. 동료 임원들이 차례로 서명하는 동안 우마다는 서명에 반대하는 사람이 하나라도 나타나면 적극 나서서 서명 반대론을 주장하려고 기회를 엿보고 있었다. 그런데 시간이 지날수록 서명자가 늘어나기만 했고, 대세는 유임 운동으로 결정되어갔다. 그런 상황에서 우마다마저 운동회 때 같은 편을 응원하는 심정으로 서명을 하자, 동맹휴교에 건 기대는 완전히 사라지고 말았다. 우마다와 한패였던 패거리들도 앞다투어 서명에 동참했다. 그들은 혈판을 찍고 혈서에 서명하는 것을 마치 남자다움을 증명하는 시험처럼 생각하는 것 같았다. 솔직히 우마다도 대세에 승복했다기보다는 겁쟁이로 놀림당하는 게 두려워 왼손 약손가락을 칼로 그은 것이다.

지로는 물론이고, 신가와 우메모토도 분위기가 이상하게 돌아가는 데 불만을 느끼고 있었다. 마치 남자다움을 시험하는 듯한 분위기가 마음에 들지 않았던 것이다. 그러나 어쨌든 학생회 임원들이 한 사람도 빠짐없이 서명을 한 것은 무엇과도 바꿀 수 없는 큰 수확이었다. 여전히 마음 한구석에서는 어딘지 모르게 불안감이 떨쳐지지 않았지만, 서로 얼굴을 마주 보며 기쁜 듯이 웃었다.

임원들이 모두 서명하기까지는 한 시간 반이나 걸렸다. 진정서는 혈서와 임원들이 서명한 용지를 합쳐 모두 석 장이었다. 신가는 혈서와 서명을 정리할 겸 그 용지들을 자세히 살펴보았다. 서명한 글씨는 학생마다 다 달랐고, 혈판도 어떤 것은 섬뜩할 정도로 시뻘건가 하면, 또 어떤 것은 수채용 물감을 흐릿하게 덧칠한 데 지나지 않는 것 같았다. 신가는 그것들을 한데 모으다가 슬며시 웃었다. 정리가 끝나자 신가는 용지를 한 방향으로 곱게 접어 다우에에게 건네주었다. 다우에는 보물이라도 받아드는 것처럼 황송해하며 용지를 안주머니에 넣은 뒤 심각한 목소리로 말했다.

"임원들 중에 히라오를 제외한 모두가 서명한 셈인데 이 이상 서명자를 확대할 것인지, 확대한다면 5학년에 그칠 것인지, 4학년 이하도 포함시킬 것인지, 그것에 대해 의논하자고."

우마다가 기다렸다는 듯이 맨 먼저 손을 들었다.

"이미 이렇게 됐는데, 전교생한테 서명을 받지 않으면 의미가 없어. 전교생이 아사쿠라 선생님이 유임하기를 바란다고 혈서에도 써 있잖아?"

하지만 아무도 우마다가 낸 의견에는 찬성하지 않았다. 어떤 학생은 고개를 절레절레 흔들며, "현실로 볼 때 그렇게는 하지 못해." 하고 말했다. 또 다른 학생은 "하나하나 서명을 받다간 올해 안에 못 끝내." 하는 말도 했다. 다른 한쪽에서는 "서명받는 동안 아사쿠라 선생님이 여길 떠나시겠다."며 우마다가 무책임하다는 투로 비난했다. 그런 다양한 반대 의견 중에서도 오야마가 한 말은 모두의 마음을 울렸다. 오야마는 평소와 달리 조금 서글픈 표정을 지으며 말했다.

"이런 일에 1학년이나, 2학년 후배까지 피를 뽑아야 한다면 너무 잔인하지 않을까?"

이렇게 해서 우마다가 계획한 일은 또 한 번 좌절되었다. 이어서 4학년부터 서명을 해야 한다, 5학년만 해야 한다, 학년마다 반장들이 나서야 한다는 의견들이 차례로 쏟아졌다. 새로운 의견이 나올 때마다 토론은 격렬해졌다. 더구나 5학년들은 모두 서명해야 한다는 의견이 나왔을 때는 대부분이 지지했다. 하지만 학생회 임원이 전교 학생들을 대표한다는 의견과, 혈서를 제출하는 시기를 늦출 수 없다는 의견이 채택되었다. 이제 문제는 혈서를 언제, 누가 교장에게 전달하느냐만 남았다. 이에 대해서는 다우에가 임원들에게 의견을 묻기 전에 자기 생각을 발표했다.

"총무인 히라오가 임원에서 탈락한 건 학생회라는 대표성에 도움이 안 돼. 오늘 안으로 히라오를 찾아가서 한 번 설득해볼게. 만약에 히라오가 서명하면 총무 둘에 둘을 더 참여시켜서 넷쯤이 적당할 것 같아. 하지만 히라오가 끝까지 거부하면 세명만 가는 것으로 하자고. 시기는 빠를수록 좋을 것 같아. 지금당장 교장과 만나서 담판을 짓고 싶지만, 히라오부터 설득해야 되니까 오늘은 힘들겠어. 어쨌든 히라오랑 상관없이 내일 수업하기 전에 교장을 만나는 게 좋겠어."

다우에가 낸 의견에 찬성하는 뜻으로 임원들은 손뼉을 쳤다. 총무 외에 두 명을 더 참여시키는 문제도 다우에에게 맡기기로 결정했다. 다우에는 신가와 우메모토를 지목했다. 신가는 오늘 회의에 혈서를 들고 나온 장본인이며, 우메모토는 히라오를 공격해 학생회에서 제외시키는 노릇을 했다. 다우에는 이번 결정을 내리기까지 두 사람이 공을 많이 세웠으므로 앞으로 일을 할 때도 두 사람이 있어야 한다고 말했다. 신가와 우메모토는 학생들에게 두터운 신망을 받고 있었으므로 아무도 반대하지 않았다. 그러나 정작 둘은 무언가 개운치 않다는 생각이 계속 들었다. 혈서를 작성한 지로 본인이 그렇게 되기를 희망했다고는 하지만 지나치다는 생각이 들 정도로 숨어버린 것이 줄곧 마음에 걸렸다.

다우에와 신가, 우메모토만 남겨두고 회의를 마쳤다. 난생처음 혈서를 보고, 혈판까지 찍은 임원들은 아사쿠라 선생님의 유임 같은 건 모두 잊어버린 듯 무슨 큰일이라도 한 사람들처럼 들떠 시끄럽게 떠들어댔다. 그러면서도 대체 누가 혈서를 썼는지 궁금해했는데, 지로와 우마다, 신가 밖에는 누가 그런 일을 했는지 모르고 있었다. 지로는 되도록 자기가 했다는 것을 밝히고 싶지 않았고, 우마다는 지로가 영웅이 되는 것이 싫었고, 오야마는 신가와 우마다가 알면서도 비밀에 붙이는 것을 보고 무슨 사정이 있겠거니, 하고 입을 다물었다. 오야마는 분명 지로가 혈서를 썼을 것이라고 생각했지만, 아직 확실한 것은 아니었기에 지로와 함께 층계를 내려가면서도 그에 대해서는 한마디도 꺼내지 않았다. 모두 집으로 돌아갈 무렵에는 누가 혈서를 썼는지 궁금해하던 마음도 사라지고, 혈판을 찍던 순간 긴장했던 것을 이야기하느라 정신이 없었다.

지로는 집에 돌아오자 하루 종일 신경을 쓴 탓인지 무척 피곤했다. 어젯밤에도 잠을 제대로 못 자 계속 눈이 감겼다. 그런데도 긴장한 탓인지 잠은 오지 않았다. 낮잠이나 자려고 드러누웠지만, 내일 교장과 면담할 일이 어떻게 될지 궁금하기만 했다. 그때 아버지가 생각났다. 지로는 오늘 있었던 일을 아버지께 이야기하고 싶었다. 지로는 몇 번 망설이다가 결국 밭으로 나갔다.

슌스케는 닭장에 없었다. 혹시나 해서 뒤꼍으로 가보니 슌스케가 토마토 밭에 쭈그리고 앉아 있는 게 보였다. 잡초를 뽑는 모양이었다. 그런데 밖에 나갔다 지금 돌아왔는지, 아니면 이제 바로 밖에 나가려는 것인지, 외출할 때 입는 흰색 양복에 밀 짚모자를 쓰고 있었다. 밭 한쪽에는 지팡이까지 세워져 있었 다. 지로가 "다녀왔어요." 하자, 슌스케는 뒤도 돌아보지 않고, "늦었구나." 하고 짧게 대꾸하고는 잡초만 열심히 뜯었다.

"오늘 학생회 임원회의를 했어요. 아사쿠라 선생님 때문에요." 지로는 그렇게 말하며 슌스케 옆에 앉았다.

"그랬구나? 나도 방금 아사쿠라 선생님을 만나뵙고 오는 길 이야."

지로는 놀랐다기보다는 어처구니가 없었다. 한 대 얻어맞은 사람처럼 멍하니 슌스케의 옆모습을 보았다.

슌스케는 그 말만 하고는 다시 잡초를 뽑았다. 지로는 겨우 정신을 차렸다. 무슨 말이든 묻고 싶었지만, 너무 당황해서 뭘 물어봐야 할지 생각이 안 났다. 아버지가 오늘 당장 아사쿠라 선생님을 찾아갈 줄은 정말 상상도 못했다.

"아사쿠라 선생님이 널 보살펴주신 햇수가 꽤 됐지? 그동안 한 번도 고맙다는 인사를 못 드려서 잠깐 들렀어."

슌스케는 우거진 토마토 줄기를 보며 말했다. 지로는 또 한 번 어이가 없다는 얼굴로 아버지를 보았다. 설마하니 그새를 못 참고 작별인사 같은 것을 하지는 않았을 것이다. 하지만 "인 사를 못 드려서 잠깐 들렀어." 하는 말이 마음에 걸렸다. 간밤 에 이야기를 나눌 때도 아버지는 아사쿠라 선생님이 사직하는 것이 거의 결정된 것으로 믿고 있는 것처럼 보였지만, 자기가 혈서까지 쓰면서 유임 운동을 시작하려는 상황을 뻔히 알면서 어떻게 작별인사를 할 수 있는 것인지, 지로는 아무리 생각해도 이해가 되지 않았다.

혹시 아버지가 선생님은 유임 운동을 어떻게 생각하고 있는지 확인하러 가신 건 아닐까, 지로는 문득 그런 생각이 들었다. 히라오처럼 악의에 찬 행동은 아니겠지만, 어쨌든 기분 나쁜 것은 마찬가지였다.

"어젯밤에 말씀드린 걸 선생님께도 이야기하셨어요?"

"얘기했지."

슌스케는 토마토를 만지작거리며 태연하게 대답했다. 지로는 오늘처럼 아버지의 모습에서 혐오감을 느낀 적은 없었다.

"선생님은 뭐라고 하세요?"

"별말씀 안 하셨어. 그냥 안됐다는 표정을 지으시더구나. 그게 다야."

지로는 호되게 한 대 얻어맞는 기분이었다. 더 말할 기운도 없어 말없이 고개를 숙이고 있었다.

"너도 선생님을 한 번 찾아가봐. 선생님이 기다리시는 것 같더라."

"예……."

지로는 맥빠진 목소리로 대답했다. 슌스케는 밀짚모자를 고쳐 쓰고 닭장 쪽으로 천천히 걸어갔다. 지로는 그 모습을 말없이 지켜보다 갑자기 벌떡 일어나 안채로 달려가더니 한달음에 이 층으로 뛰어올라가 벌렁 드러눕고는 크게 한숨을 쉬었다.

여러 눈길

혈서는 약속한 대로 이튿날 수업을 시작하기 전에 하나야마 교장선생님에게 전달되었다. 히라오도 다우에가 권하자 뜻밖에 순순히 서명은 했지만, 학생회 대표로 교장실을 찾아가는 것은 끝까지 거부했다. 그러나 다우에가 총무로서 얼굴만 내밀면 된다, 교장과 이야기하는 것은 모두 내가 맡겠다, 너는 옆에 있기만 하면 된다, 그에 대한 책임은 지우지 않겠다고 하여 마지못해 따라나서기로 약속했다.

교장선생님과 면담을 한 뒤에 넷은 교장실에서 오간 말을 빠짐없이 임원들에게 전했다. 넷이라고는 하지만 히라오는 거의 아무 말도 하지 않았다. 그들이 전하는 말을 듣고 임원들은 분노하고 실망했다. 우마다가 지로네 집에서 이야기한 것처럼 하나야마 교장은 코가 아주 작았다. 코는 미인처럼 오똑했으나, 넓적한 얼굴 때문에 더욱 작아 보였다. 혈색이 나빠서 전체 인상이 음흉해 보이고, 이마는 기름칠을 한 것처럼 번들거렸다. 그 넓적한 얼굴 한복판에 어울리지 않는 조신한 코가 자리잡고 있었으니, 보기만 해도 웃음이 나왔다. 그래서 하나야마 교장이 취임한 뒤로 학생들은 교장선생님을 '피라미드의 코'라는 별명으로 부르고 있었다. 신가가 한 말에 따르면 학생들 사이에서 그렇게 놀림거리가 되고 있는 하나야마 교장의 코는 혈서를 보는 순간, 그 작은 콧구멍이 살짝 벌름거리면서 심하게 떨렸다는 것이다. 그 이야기를 듣고 대강 그때의 상황을 짐작할 수 있을 것 같았다.

네 사람이 증언한 것을 종합해보면 오늘 아침 교장실의 풍경은 다음과 같았다.

교장은 혈서를 받아들고 코끝을 심하게 움찔거렸으나, 눈도 껌뻑이지 않고 다른 말도 하지 않았다. 눈길은 탁자 위에 가지런히 올려놓은 혈서에 붙들려 있었지만, 그 내용을 읽어보는 것 같지는 않았다. 나중에서야 교장은 양치질을 할 때처럼 볼을 씰룩이기 시작했고 이제야 입을 열려나 보다, 하고 네 사람이 기대하는 순간, 교장은 여자처럼 울먹이는 목소리로 "이걸 들고 지사님을 찾아가라, 이 말이냐?" 하고 이해가 안 된다는 듯 물어보았다. 다우에가 "그렇습니다." 하고 대답하자, 이번에는 코를 훌쩍거리면서, "내가 이런 걸 지사님께 보여줄 거라고 생각하냐? 너희들은 도대체 상식이 있는 놈들이야, 없는 놈들이야! 제발 억지 좀 부리지 마라." 하며 울고 있는 건지 화를 내고 있는 건지 모를 소리로 말했다. 그때는 네 사람 다 어떻게 이런 인간이 교장일까 하는 생각에 한심했다고 한다. 다우에가, "저흰 아사쿠라 선생님이 계속 학교에 남으시기를 바라는 거예요. 이 혈서는 그런 저희들 마음입니다. 교장선생님이 저희들을 돕겠다고 약속해주시면 혈서를 어떻게 처리하든 교장선생님께 맡기겠습니다." 하고 말했다. 그러자 교장은 무슨 생각을 했는지 갑자기 벌떡 일어나더니, 겁에 질린 눈초리로 네 사람을 곰곰이 훑어보았다. 그러고는 몇 번씩 고개를 흔들었는데, 한숨을 길게 내쉬며, "너희들은 정말 비정상적인 녀석들이구나. 아사쿠라 선생은 현청이 정한 방침대로 퇴임이 결정된 거다. 현청이 결정을 내린 이상, 교장에겐 권한이 없단 말이다. 그런데 나보고 뭘 어떻게 해달라는 거냐!" 하고 소리쳤다. 그리고 또 한 번 길게 한숨을 내쉬며 털썩 의자에 주저앉더니 자못 괴롭다는 듯 눈을 감고 혼잣말처럼 중얼거렸다. "아사쿠라 선생님이 놓치기 아까운 선생님이라는 건 나도 알아. 아니 내가 누구보다도 아사쿠라 선생님을 가장 잘 알고 있을 거다. 하지만 이건 마음과는 상관없는 일이야. 현청이 결정한 일이란 말이다. 그러니 모두들 체념하는 수밖에 없는 일 아니냐."

그 때문에 다우에와 교장 사이에 험악한 말이 오갔는데, 교장은 앵무새처럼 똑같은 말만 지껄이며 한숨만 내쉬어서 아무래도 결론이 날 것 같지 않았다. 네 사람 중에서 그나마 성질이 억세고 무뚝뚝한 신가가 마침내 버럭 화를 내며 말했다. "그렇게 겁이 나면 진정서나 돌려주세요. 우리가 바로 지사한테 보여줄 테니까요." 그러자 교장은 기겁을 하며 혈서를 움켜쥐더니 많이 놀란 얼굴로 허겁지겁 주머니에 넣었다. 그러고는 한 번 더 의자에서 벌떡 일어나 오른손을 얼굴 높이로 들고 시계

추처럼 좌우로 흔들어댔다. 아직 할 말이 더 남아 있는 것 같았다. 하지만 네 사람의 귀에는 다만 그저 "윽, 윽." 하는 소리로밖에 들리지 않았다. 나중에 우메모토가 들려준 바에 따르면 당시 교장의 콧구멍이 심하게 벌렁거리며 천장을 향해 있었다고 한다. 그러나 신가는 여전히 화를 내며 교장을 다그쳤다. 그때까지도 신가는 맨 뒤쪽에 서 있었는데, 갑자기 다우에를 밀쳐내고 교장에게 달려들어 난폭하게 손을 움켜쥐며 외쳤다. "그 진정서는 우리 피로 쓴 혈서란 말이에요! 돌려주세요!" 그러나 교장은 계속 손을 흔들며 여간해서는 알아들을 수 없는 말만 지껄였다.

그때 교장실 문이 드르륵 열리면서 니시야마 교감이 들어왔다. 니시야마 교감은 세모난 눈꺼풀 뒤에 숨어 있는 작은 눈알을 언제나 날카롭게 빛내고 있는데, 그때는 보기 드물게 싱글거리고 있었다. 니시야마 교감의 손에는 작은 종이쪽지가 들려 있었다. 교감은 종이쪽지를 교장에게 건네고는 아무 말도 하지 않고 교무실로 돌아갔다. 교장은 서둘러 그 종이쪽지를 읽고는 몇 번씩 고개를 끄덕거렸다. 그러고는 쪽지를 마구 구겨서 책상 밑에 있는 쓰레기통에 던져넣었다. 이후로 교장의 태도는 완전히 달라졌다. 방금 전만 해도 어쩔 줄 몰라 하더니 느긋하게 의자에 앉으며 천천히 입을 열었다. "그렇게 화낼 건 없다. 조금 전에 말했듯이 너희들 마음은 이해하고 있어. 너희들이 피 흘려 쓴 혈서를 어떻게 하겠다는 게 아냐. 인간으로서, 아니 교육자로서 그런 짓을 할 수는 없지. 마침 오늘 현청에 나갈 일이 생겼단다. 지사님을 만나게 될지는 모르지만, 교육과에는 어떻게든 이 진정서를 꼭 내고 오마. 그리고 제발 부탁인데, 시끄럽게 할 생각들은 말고 교실에 가 있어. 이 일로 시끄럽게 하다가 지사 각하의 체면을 손상시키는 일이라도 생기면 모든 건 헛일이 되는 거야. 내 말, 무슨 뜻인지 알겠냐?"

신가는 하도 어이가 없어서 세 사람을 돌아보았다. 나머지 학생들도 침통한 얼굴로 눈치만 보았다. 그러자 교장은 다시 한번, "제발 이렇게 부탁한다. 무슨 일이 있어도 시끄럽게 하면 안 돼. 너희들을 믿고 하는 말이다." 하고 다짐을 받아내듯 말했다. 그리고 "나는 지금 곧 현청에 가봐야겠구나." 하면서 서둘러 모자를 챙겨들고 밖으로 나갔다. 그래서 하는 수 없이 네 사람은 아무 말도 하지 못하고 교장을 따라나왔다.

이들이 보고하는 것을 듣고 학생들은 웃음을 터뜨리기도 하고, 화를 내기도 하고, 불안해하기도 했다. 그나마 다행인 것은 현청에까지 혈서가 제출되었다는 점이었다. 그런데 교감이 준 쪽지에는 무슨 말이 적혔기에 교장이 갑자기 차분해졌는지 모두들 궁금해했다. 누군가 속은 것 아니냐고 외쳤다. 그러나 쪽지에 적힌 내용은 곧 밝혀졌다. 교무실에서 선생님들이 몰래 나눈 이야기를 사환이 듣고 학생들에게 귀띔해준 것이다.

사환이 전해준 말에 따르면, 다시 말해 선생님들이 나눈 이야기를 종합해보면 이미 어제 저녁부터 혈서에 관한 내용이 경찰과 헌병대에 전해졌다고 한다. 이 사실은 현청 교육과에도 통보되었다. 오늘 아침에는 그 문제 때문에 현청에서 전화까지 걸려왔다. 교장이 학생들과 혈서를 앞에 두고 신경전을 벌일 때였다. 대신 전화를 받은 교감이 이 사실을 보고하자 현청 교육과에서는 상황이 이렇게까지 진행되었다면 일단 그 혈서를 접수하는 것이 좋겠다, 나중에 교장이 혈서를 가지고 현청을 방문하기를 바란다고 했다는 것이다. 니시야마 교감이 교장에게 건넨 종이쪽지에는 그런 내용이 적혀 있었던 게 틀림없었다. 학생회 임원들은 곧바로 교장실을 감시하기 시작했다. 쉬는 시간이 되면 특별한 볼일이 있는 것도 아닌데 교장실 복도를 서성이기 일쑤였다. 또 어떤 임원은 운동장 구석에서 창문으로 비치는 교장실의 동정을 살피기도 했다. 하지만 그때마다 교장실에서는 별다른 낌새가 느껴지지 않았다. 교장이 현청으로 떠난 것인지도 분명하지 않았다.

쥐죽은 듯 조용한 교장실과 달리 교무실 분위기는 어쩐지 어수선했다. 선생님들은 서넛 또는 네다섯 명씩 모여 심각하게 이야기를 나누었다. 더구나 4학년이나, 5학년 교실에 수업이 있는 선생님들은 평소처럼 행동하지 않았다. 언제나 익살스럽게 수업을 진행하던 선생님은 괜히 심각한 척, 수업은 하지 않고 교단을 서성거리는가 하면, 전날까지만 해도 교과서 내용 아닌 다른 이야기는 절대 하지 않던 선생님이 갑자기 윤리와 도덕 비슷한 이야기를 끄집어내는가 하면, 또 어떤 선생님은 학생들 눈치를 살피며 "지난번에 오가키 교장선생님이 나한테 편지를 보냈는데 말야……." 하면서 그 편지에 적혀 있는 몇 가지 구절을 들먹이며 오가키 교장의 인격을 칭찬했다. 마치

오가키 교장과 자신은 아주 특별한 사이라도 된다는 듯한 말투였다. 선생님들이 갑자기 이렇게 태도가 바뀐 것이 무엇을 설명하고 있는지는 학생들이 더 잘 알고 있었다.

이렇게 되자 쉬는 시간마다 교실은 방금 수업을 마친 선생님을 품평하는 곳이 되었다. 이런 일이 있을 때마다 기발한 아이디어로 학교의 분위기를 단번에 사로잡던 모리가와가 가만히 있을 리 없었다. 5학년인 모리가와는 쉬는 시간마다 4학년 교실과 5학년 교실을 돌아다니며 정보를 수집하느라 몹시도 바빴다. 모리가와는 이렇게 발품을 팔아 모은 정보에 '교원 적성 심사 채점표'라는 그럴듯한 제목을 붙여 학생회 임원실 칠판에 붙여놓았다. 학생회 사무실은 학생 휴게실 옆에 있는 작은 방이었는데, 그 사이에는 유리문이 있었다. 이 유리문을 통해 학생 휴게실에서도 이 채점표를 얼마든지 구경할 수 있었다.

학생회 임원들 대여섯 명이 시끄럽게 떠들어대는 소리를 듣고 평소에는 웬만해서는 학생회 사무실에 얼씬거리지 않던 1, 2학년들까지 몰려들었다. 채점표에는 이름 대신 마적, 채플린, 사마귀, 바다표범, 꼬치안주, 화장비누, 가지, 찹쌀떡 같은 선생님들의 별명이 적혀 있었고, 그 옆에 조그맣게 괄호를 넣어 담당 과목을 표시해놓았다. 그리고 그 오른편에 점수란과 비고란이 있었다. 점수란에는 5점이 한 명 있을 뿐, 나머지는 모두 4점 이하였다. 그나마 0점이 한 명도 없다는 점이 다행이었다. 비고란에는 '품성 비열, 모략꾼', '사랑의 도피가 3회, 정사 미수 1회', '야심이 너무 큰 것도 문제지만 머리가 나쁜 게 더 큰 문제다', '그대 언제쯤에야 회개할 것인가', '가장 무식해 보이지만, 그만큼 조심해야 한다'며 선생님들을 평가한 글이 빼곡히 적혀 있었다. 5점을 받은 선생님은 아이들이 '바다표범'이란 별명으로 일컫는데, 비고란에는 '성격이 거칠고 촌스럽다. 그래도 어린애처럼 투정은 부리지 않는다. 음흉한 것 같지는 않은데, 합격 여부는 나중에'라고 적혀 있었다. 이 채점표에 대한 소문이 전 학년은 물론이고, 교무실까지 발칵 뒤집어놓았다. 나중에는 선생님들까지 자기 점수를 확인하러 몰려들었다. 학생들은 채점표에 실려 있는 선생님이 나타나면 그 점수를 큰소리로 외쳤다. 개중에는 비고란에 적힌 내용까지 소리 내 읽는 학생도 있었다.

선생님들 가운데는 자신의 별명을 알고 있는 선생님도 있었고, 잘 모르는 선생님도 있었다. 그러나 이번 일로 선생님들은 대부분 자신의 별명을 알게 되었다. 중학교 선생님쯤 되는 사람이 자기만은 절대 별명 같은 건 없을 것이라고 생각하며 태평하게 안심하고 있지는 않았을 것이므로 그리 대단한 일은 아니었을지 모른다. 그러나 자신들을 적나라하게 평가하여 비고란에 적어놓은 글은 분명 선생님들에게 커다란 시련이었다. 어떤 선생님은 비고란에서 자기를 평가해놓은 글을 확인하는 순간, 볼이 딱딱하게 굳어지면서 눈동자에 핏발이 섰고, 또 어떤 선생님은 벌개진 얼굴로 학생들을 돌아보며 어떻게든 웃음을 잃지 않으려고 이를 악다물었다. 그러나 대부분은 마치 자기와는 아무런 관계도 없다는 듯한 표정을 지으며 서둘러 교무실로 돌아가기 바빴다. 오직 한 사람, '바다표범'이라는 별명이 붙은 선생님만은 점심시간이 끝날 때까지 그 자리에 남아 다른 선생님들에 대한 평가까지 꼼꼼하고 여유 있게 살펴보았다. 바다표범이라는 별명이 워낙 유명했기에 대놓고 마음 편하게 구경한 것인지, 아니면 비고란에 평가해놓은 글처럼 성격이 거칠고 촌스러워 그랬는지는 잘 모르겠지만, 어쨌든 바다표범은 그 커다란 입을 최대한 길게 늘어뜨려 누리끼리한 이빨을 한껏 드러내놓고 학생들 틈에 섞여 비고란에서 자기를 평가해놓은 글을 몇 번씩 읽었다. 그러다가 갑자기 들창코를 벌렁거리며 와하하 하고 소리 내 웃었다. 그리고 "잘하면 이 학교에서 나 하나만 합격하겠군. 잘 부탁한다!" 하고 말한 뒤 거대한 몸을 떨면서 와하하 하고 웃으며 떼 지어 있는 학생들을 밀어젖히고 돌아갔다.

이 채점표 때문에 이날은 하루 종일 학교가 시끄러웠다. 하급생들까지 수업에 집중하지 못하고 뒤숭숭한 분위기에 휩싸였다. 평소 같으면 그냥 넘어갈 일에도 선생님들은 신경을 곤두세워 날카롭게 반응했고, 선생님들이 그렇게 반응하면 반응할수록 학생들은 재미있다는 듯 선생님들을 자극했다. 예전에 오가키 교장선생님은 조회시간마다, "학생이란 자기들을 위해 목숨을 버릴 수 있는 사람만 선생으로 받아들인다. 그런 각오를 하지 않고 교단에 서봤자 진정한 교육은 이루어질 수 없다." 하고 입버릇처럼 말했는데, 그 뜻을 실천한 선생님은 이 학교에서 아사쿠라 선생님뿐이었다. 지금에 와서는 어떤 선생님도 그 말을 단지 좋은 훈화 정도로만 기억하고 있었다. 결국 선생님들은 자신을 지키려는 얄궂은 생각 때문에 점점 더 학생들에게 모욕과 비웃음을 당했다. 지로는 학교의 이런 모습을 씁쓸한 듯이 지켜보았다. 지로는 하나야마 교장의 코가 순간 꿈틀거렸다는 이야기를 듣고도 웃지 않았다. 모리가와가 만든 교원 적성 심사 채점표를 보고는 오히려 씁쓸한 생각이 들어 혼자 운동장으로 빠져나갔을 정도였다. 평소에도 남 앞에 나서는 것을 좋아하지는 않았으나 그래도 학생회가 있을 때마다 신가나 우메모토와 함께 의견을 가장 많이 발표하는 학생에 속했다. 그런데 어제부터 지로는 계속 한마디도 하지 않고 있었다. 더구나 이날은 신가나 우메모토처럼 친한 친구들하고도 거의 이야기를 하지 않았다. 아침에만 해도 지로가 그렇게 행동하는 것을 눈여겨보는 학생은 없었지만, 재미있는 일이 있을 때도 혼자 씁쓸한 표정을 짓고, 또 교원 적성 심사 채점표나 유임 운동에 대해 이야기할 때도 혼자 자리를 피해 운동장 구석을 어슬렁거리자 모두들 이상하게 생각하기 시작했다. 더구나 지로는 같은 학년 친구들이 아사쿠라 선생님이 학교에 계시다는 것조차 모르던 1학년 때부터 무로자키 사건이나, 도미테루 선생님과 겪은 갈등 때문에 선생님과 가까워져 1학년 때 백조회에 들어갔고, 지금은 아사쿠라 선생님을 가장 따르는 제자라는 사실을 모르는 학생은 아무도 없었다. 학생들이 지금이야말로 지로가 모두들 앞에 서서 활동해야 하지 않을까 하고 생각하는 것은 너무나 자연스러운 일이었다.

"혼다 녀석, 요 며칠 이상한데? 혼자 무슨 생각을 그렇게 하는 건지 모르겠어."

"너무 슬퍼서 그러는 모양이지."

"아사쿠라 선생님이 학교를 떠났으니 그럴 만도 하지."

"하긴 그럴 거야. 혼다는 무슨 애인이라도 되는 것처럼 아사쿠라 선생님이라면 무조건 따랐잖아?"

"그러니까 이런 일이 있으면 더 나서야 되는 거 아니냐고."

"충격이 커서 그런 건지도 몰라. 저 녀석이야말로 가장 불쌍한 놈일지도 몰라."

"그딴 걸로 충격을 받으면 어쩌자는 거야? 내가 볼 땐 틀림없이 다른 이유가 있는 것 같아."

두 서너 명이 복도에 모여 지로 이야기를 하고 있을 때 우마다가 끼어들었다.

"그게 무슨 뜻이야? 이유가 있다니?"

"혼다 말야. 아사쿠라 선생님하고 가장 가까웠던 녀석이 어제부터 한마디도 하지 않고 있으니까 이상해서 해본 말이야."

"응, 혼다 얘기였구나? 그 자식은 아무짝에도 쓸모가 없는 놈이야."

"왜?"

"그놈은 히라오하고 한패야."

"혼다가 히라오랑……. 말도 안 돼."

"나도 믿고 싶진 않아. 하지만 어제부터 혼다 녀석이 돌아다니는 걸 보면 내 생각이 틀림없어. 저 녀석 어제부터 얌전한 척하는 게 무슨 꿍꿍이가 있는 것 같아."

"네가 몰라서 그래. 혼다는 그렇게 비겁한 놈이 아냐."

"쳇."

우마다는 비웃듯이 코웃음을 쳤다.

전날 학생회 임원회의가 끝나고 집으로 돌아갈 때 우마다는 어느 때보다 발걸음이 무거웠다. 지로가 쓴 혈서가 학생회 간부들을 감동시킨 것도 화가 났지만, 무엇보다 자기까지 얼떨결에 서명한 것을 생각하면 분해서 견딜 수가 없었다. 생각할수록 자신이 지로에게 끌려가는 것 같아 화가 치밀었다. 그래서 우마다는 저녁을 먹자마자, 곧 같은 패거리들을 불러놓고 어떻게든 혈서를 무효화시키기 위해 계획을 짜보려고 작정했다. 마음 같아서는 다음 날 당장이라도 보란 듯이 동맹휴교를 일으키고 싶었다. 그런데 밥상 앞에 앉아 젓가락질을 하다가 문득 궁금한 생각이 들었다. 신가가 왜 혈서를 쓴 장본인이 지로라는 사실을 밝히지 않은 것일까, 하는 점이었다. 이 궁금증은 뜻밖에도 우마다에게 새로운 빛이 되어 마음을 밝혀주었다. 우마다는 자기가 지로였다면 왜 그렇게 행동했을까, 하고 생각해봤다. 그리고 이 혈서야말로 지로를 옴짝달싹 못하게 만드는 약점이라 생각하고 제멋대로 판단하기 시작했다.

지로는 어제 한 말도 있고 해서 어쩔 수 없이 혈서를 쓰기는 했지만, 만에 하나 유임 운동을 앞장서서 계획한 주모자로 몰리는 것은 아닌지 겁이 났던 거야. 그래서 신가에게 자기가 혈서를 썼다는 사실을 비밀로 해달라며 건네주었을 것이고, 혈서가 유임 운동을 일으킨 불씨가 되었다는 게 밝혀지면 지로는 앞으로 더욱 기가 죽겠지. 혈서를 무효화시키는 것도 좋은 방법이지만, 그보다는 이 혈서를 문제 삼아 지로를 괴롭히는 게 더욱 재미있겠어. 동맹휴교는 이미 정해진 일이다. 내버려둬도 언젠가는 일어나게 돼 있으니 공연히 내가 나설 필요가 없어.

그렇게 생각한 우마다는 차라리 잘된 일이라며 아주 만족했다. 그래서 지각을 밥 먹듯이 하던 우마다는 오랜만에 일찌감치 학교에 와서 하루 종일 지로가 하는 행동을 조심스레 관찰했는데, 지로가 별볼일 없는 일에도 불안한 표정을 감추지 못하는 것을 보고 자기 생각이 딱 들어맞았다고 속으로 기뻐했다.

그러나 아직은 지로가 혈서를 썼다는 사실을 좀 더 감출 필요가 있었다. 가장 중요한 것은 동맹휴교가 일어났을 때 누가 주도권을 잡느냐 하는 것이다. 지금 혈서를 쓴 장본인이 지로라는 사실을 밝히면, 자칫하다가는 지로 녀석이 자포자기하는 심정으로 신가와 생각이 같은 아이들과 앞장서서 힘을 모아 동맹휴교를 끌어갈 수도 있다. 그렇게 되면 학교 주도권은 눈 깜빡할 사이에 지로에게 떨어진다. 그래서는 곤란하다. 동맹휴교든, 유임 운동이든 지로를 이 학교에서 낙오시켜야만 한다. 그렇게 만들려면 먼저 학생들이 지로는 동맹휴교를 반대하는 무리를 대표하는 학생인 것으로 인식하게 만들어야 한다. 자기가 계획한 대로 지로는 마지막까지 동맹휴교를 반대할 것이지만 지로가 아무리 노력한다고 해도 동맹휴교는 막을 수 없다. 이때가 중요하다. 지로가 동맹휴교에 가담하지 않겠다고 공식 입장을 밝히는 순간이야말로 혈서를 쓴 장본인이 지로라는 것을 폭로할 수 있는 절호의 기회이기 때문이다. 혈서를 써가면서 학생들을 선동할 때는 언제고, 일이 터지자 겁쟁이처럼 도망치다니 이 얼마나 비열하고 야비한 행동인가. 지로는 이 혈서 한 장 때문에 전교생에게 비난을 받을 것이다. 지로가 아무리 발뺌하려 해도 현청은 혈서까지 쓴 지로를 동맹휴교를 일으킨 주범으로 인정할 게 틀림없다. 학교에서는 배신자로 낙인찍히고, 현청에서는 동맹휴교를 일으킨 주범으로 몰리게 되는 것이다. 우마다는 자기가 생각하기에도 소름이 끼칠 정도로 잔인한 계획이라는 생각이 들었다. 그러나 할 수만 있다면 지로에게 이보다 더 큰 상처를 입히고 싶었다. 그것은 미치에 때문이었다.

우마다가 비웃듯이 웃는 걸 보고, 누군가가 말했다.

"어제 혼다 녀석, 혈판을 찍는 모습이 아무래도 수상했어. 혹시 혈판도 가짜로 찍은 건 아니겠지?"

"혈판을 어떻게 속여? 너만 본 게 아니라 나도 봤다고. 하지만 혼다가 머뭇거린 건 사실이야."

"우리가 알지 못하는 이유가 있는 건 아닐까? 어제는 혼다 같지가 않았어."

"우마다, 너 혹시 그 까닭을 알고 있는 것 아냐?"

우마다는 또 쳇 하고 코웃음을 쳤다.

"너희들, 혼다 그 자식을 너무 과대평가하고 있구나."

"그럴지도 모르지. 하지만 생각해봐. 우리가 처음 학교에 들어왔을 때 말야. 5학년 선배들이 우릴 체육관에 가두고 협박했을 때 끝까지 반항한 사람은 혼다뿐이었잖아?"

모두 머릿속에서 오 년 전 체육관에서 살벌하게 벌어진 일이 생생하게 되살아났다. 그때 지로의 영웅 같은 태도는 결코 잊을 수 없는 일이다. 또 실제로 본 것은 아니지만 '단추 셋'이라는 별명이 붙은 5학년생 무로자키와 생사를 건 싸움에서 조금도 밀리지 않았다는 이야기도 유명하다. 그러니 모두가 지로를 기억하는 것도 무리는 아니다.

우마다는 다른 건 몰라도 눈치 하나는 기가 막히게 빨랐다. 더구나 어차피 지금 자신이 나서지 않아도 머잖아 모든 것이 밝혀진다는 생각을 하자 이런 자리에서 지로를 자극할 필요가 없다고 여겨졌다.

"혼다도 요즘은 생각이 꽤 깊어졌으니까."

우마다는 알 듯, 모를 듯 엉뚱한 말을 남기고는 조용히 사라졌다.

그 뒤에도 우마다는 교실을 돌아다니며 동맹휴교를 선동하는 말을 하거나, 지로에 대한 험담을 늘어놓았다.

결국 교장은 현청에서 돌아오지 않았다. 니시야마 교감이 교장을 대신해 전화를 받았고, 오후가 되자 5학년생 학적부를 모두 들고 현청으로 갔다. 이 이야기도 사환이 전해서 곧 전교생에게 퍼졌다. 학생들은 교감이 무슨 까닭으로 자기네 학적부를 들고 현청에 갔는지 알 수 없었다. 의혹이 커질수록 학교 공기는 더욱 살벌해졌다.

다행히 이날은 모리가와가 만든 교원 적성 심사 채점표를 둘러싸고 장난치는 일만 빼면 잠잠했다. 수업이 끝나고 이십 분쯤 지나자 학교에는 학생이 단 한 명도 남아 있지 않았다. 다만 선생님들만이 교장실에 모여 교장선생님이 돌아오기만 기다렸는데, 아무리 기다려도 소식이 없자 교무실과 교장실을 들락거리며 초조해했다.

지로는 신가와 우메모토와 함께 교문을 나왔다. 신가와 우메모토는 생각보다 빨리 혈서를 현청에 제출했지만, 그것이 좋은 일인지 아니면 나쁜 일인지 모르겠다고 말했다. 신가는 소문대로 경찰이나 헌병대에서 혈서를 접수했다면 결과가 비관적이라거나, 경찰과 헌병이 나섰으니 일이 쉽게 풀릴지도 모른다는 이야기를 주고받으며 걸었다. 하지만 지로는 멍하니 따라갈 뿐, 한마디도 하지 않았다. 보다못해 신가가 헤어지기 전에, "기분이 나쁜 것 아냐?" 하고 염려스런 얼굴로 말했지만, 지로는 신가의 얼굴을 슬쩍 보고는 곧 골목길 저편으로 사라졌다. 그렇게 한참을 걷다가 지로는 갑자기 그 자리에 우뚝 멈추어 섰다. 눈앞에 갈림길이 있는데, 왼쪽으로 돌아가면 아사쿠라 선생님의 집이 나온다.

"선생님이 기다리시는 것 같더라." 어제 아버지가 한 말이 하루 종일 마음속을 떠나지 않았다. 그러나 더 마음에 걸린 것은 자기가 혈서를 썼다는 말을 듣고는 선생님이 "가엽게도." 하고 말했다는 것이다. 처음 이런 말을 아버지에게 들었을 때는 도무지 상상도 할 수 없는 말이어서 그저 당황스러울 뿐이었다. 하지만 지로는 아사쿠라 선생님의 말은, 더구나 자신에 관한 선생님의 의견이라면 아무렇지도 않게 한 말이라 하더라도 그냥 지나칠 수 없었다. 아버지에게 그런 이야기를 듣고 나서 지로는 이 층에 누워 이것저것 생각해보았다. 특별할 것도 없는 말이었는데, 그렇기 때문에 더욱 종잡을 수가 없었다. 만일 세상 사람들이 그렇게 말했다면 혈서를 쓴 데 대한 동정쯤으로 이해하면 그만이고, 아니면 현청이라는 국가기관을 상대로 이런 일을 벌였다는 것을 안타깝게 생각하고 있다는 뜻으로 해석하면 된다. 그러나 아사쿠라 선생님은 다르다. 선생님은 절대로 마음에도 없는 위로를 하실 분이 아니다. 선생님은 다른 사람들보다 훨씬 사람에 대한 애정이 깊다. 선생님은 한마디를 해도 언제나 진심을 담아 말했다. 우리 마음을 위해서라면 채찍도 마다하지 않는 분이다. 아사쿠라 선생님의 진심은 '가엾게도 자신을 그렇게 몰라서야…….'가 아니었을까.

여기까지 생각하자 문득 샛바람처럼 차갑게 머리속을 스쳐 지나가는 것이 있었다. 무슨 수를 써서라도 유임 운동을 성공시켜 현청의 의지를 꺾는다고 한들, 아사쿠라 선생님의 양심이 과연 유임을 승낙할 것인가 하는 의문이었다. 이런 의문이 들자 지로는 절망감에 사로잡혔다. 선생님의 성격과 평소 행동을 생각해보면 유임은 어차피 안 할 것이다. 자기는 오직 선생님이 유임할 수 있도록 하기 위해 혈서까지 써가며 온갖 노력을 하고 있는데, 정작 선생님은 처음부터 이번 사건의 결말이 어떻게 될지를 알고 있었던 것이다. 자신이 쓴 혈서는 결국 동맹휴교의 빌미를 제공하게 될 것이고, 선생님의 인격에 지울 수 없는 상처를 입히게 될 것이 뻔하다.

그렇게 생각하니 선생님이 "가엾게도." 하고 말한 의미가 전혀 다르게 다가왔다. 선생님이 그 말에 특별한 의미를 부여한 것은 아닐 테다. 다만 뚜렷한 의지와 지로 자신에 대한 애정이 결합되어 거짓 없이 나타난 것이다. 그런데도 나는 선생님의 그런 마음을 여지껏 왜 한 번도 생각해보지 않은 것일까. 선생님의 마음은 생각해보지도 않고 이런 일을 저질렀으니 얼마나 어리석은 일인가. 선생님이 어떻게 생각하든 지로는 자신이 얼마나 스스로를 모르고 어리석은지 다시 생각했다.

지로는 이런 생각 때문에 전날부터 괴로웠다. 선생님이 자기가 저지른 행동을 불쌍하게 바라볼 수밖에 없는 마음을 이해하면 이해할수록 아둔하게 행동한 것을 후회하는 마음이 밀려왔다. 지로는 중학교에 들어온 뒤로 늘 이런 식으로 자기를 반성하는 데 시달려왔다. 더구나 백조회에 들어가고 난 뒤부터 더욱 냉정하게 자기 자신을 관찰하는 연습을 해왔다. 이번에도 그런 관찰을 하면서 자기가 무엇을 잘못했는지 깨달았다. 그렇지 않았다면 학교에서 친구들에게 의심을 살 만큼 어두운 얼굴로 돌아다니지는 않았을 것이다. 새벽 무렵에야 이번 사건이 강제로 쫓겨난 아사쿠라 선생님을 돕기는커녕, 선생님이 양심에 따라 스스로 선택한 길을 방해할지도 모른다고 생각하게 되었고, 그 뒤부터는 아무 생각도 하지 않고 지금 이 시간까지 온 것이다. 어릴 때 오하마와 헤어지면서 느낀 허전함과 어머니와 사별하면서 겪은 상실감이 다시금 마음속에서 되살아났고, 이 날은 아침부터 그 누구와도 말하고 싶지 않았다.

길모퉁이에 서서 생각에 잠겨 있다가 지로는 결심한 듯 왼쪽 골목으로 들어섰다.

아사쿠라 선생님 댁은 썰렁할 정도로 조용했다. 현관문을 열고 들어서자, 뒷문 쪽에서 사모님이 달려나왔다.

"혼다 아냐? 오랜만이야. 어서 들어와. 선생님은 서재에 계셔."

지로는 일부러 여느 때와 같이 거리낌없는 태도로 구두끈을 풀었다.

"어젠 아버님이 오셨어. 달걀도 아주 많이 주셨단다. 혼다는 양계장 일도 도와드리지?"

"예, 가끔 도와드려요."

지로는 복도를 지나 서재로 갔다. 아사쿠라 선생님은 책상에 두루마리를 펼쳐놓고 무언가 열심히 쓰고 있었는데, 자세히 보니 편지였다. 대여섯 통쯤 되는 편지봉투가 책상 한 쪽에 가지런히 쌓여 있었다. 지로가 인사를 하자, "어서 와라……. 이것만 마저 쓰면 된다. 잠깐 기다려." 하고 평소와 똑같이 반겨주었다. 지로는 툇마루 쪽으로 나가 책상다리를 하고 멍하니 마당을 바라보았다. 오후 세 시의 햇살에 마당 한쪽에 서 있는 밀감 이파리가 은색으로 빛나 눈이 부셨다.

오륙 분쯤 지나자 아사쿠라 선생님은 편지를 모두 썼는지 툇마루로 나왔다.

"어젠 아버지께서 좋은 것을 선물해주셨어. 고맙게 먹겠다고 꼭 전하렴……. 당분간 오지 않을 거라고 생각했는데, 어쨌든 잘 왔다."

"선생님, 정말 죄송해요."

지로는 서둘러 무릎을 꿇고 마룻바닥에 두 손을 짚었다.

"혈서가 마음에 걸리니?"

아사쿠라 선생님은 잠깐 마당을 바라보더니 말했다.

"그런데 나는 정말 기쁘다. 나 때문에 혈서까지 써주는 제자가 있다는 걸 생각하면……."

지로는 아사쿠라 선생님을 알고부터 예상치 못한 말을 듣고 놀란 적이 한두 번이 아니었다. 하지만 지금처럼 선생님이 한 말씀 때문에 당황한 적은 없었다. 선생님은 지로가 미처 고민해보지 못한 부분을 설명해주거나, 자랑스러워하는 일을 반대로 꾸짖거나, 또는 모두에게 칭찬을 받고 우쭐해할 때 엄하게 야단쳐서 지로를 당황하게 했는데, 오늘은 잘못했다고 용서를 비는데 오히려 고맙다고 하는 것이었다. 지로는 갑자기 눈시울이 뜨거워지는 것을 느꼈다. 지로는 고개를 숙인 채 마룻바닥을 짚은 손을 여자아이처럼 꼼지락거렸다.

아사쿠라 선생님은 그런 지로를 보며 말했다.

"아버님은 네가 건방지게 굴었다면서 미안해하시더구나. 생각해보면 네 행동이 건방지긴 건방졌지. 확실히 고민도 부족했고, 이성과는 거리가 멀었으니까. 하지만 사람은 감정의 동물이다. 넌 네 감정에 솔직했어. 그 솔직함 때문에 네가 위험해질 수도 있지만 넌 조금도 걱정하지 않았다. 난 그게 고마운 거야. 물론 너의 진실한 마음을 알게 됐다고 내가 가야 할 길이 바뀌는 건 아니지만."

지로는 감격하면서도 실망했다. 닦을수록 눈물은 더 쏟아졌다. 어느새 눈물은 무릎을 적시고 툇마루의 널조각까지 얼룩지게 만들었다.

"그건 그렇고……."

아사쿠라 선생님은 일부러 지로에게서 눈을 돌리며 말했다.

"학교 분위기는 어때? 혈서는 제출했니?"

"예……. 제출했어요."

"네가 했니?"

"아뇨. 총무 둘하고, 신가와 우메모토가 대표로 했어요."

"물론 교장선생님에게 제출했겠지?"

"예, 하지만 벌써 현청에서도 알고 있을 거예요. 교장선생님이 현청에 가지고 가셨다는 말을 들었거든요."

"그랬구나."

아사쿠라 선생님은 생각에 잠겼다. 그리고 발돋움을 하듯 몸을 일으켜 산울타리 너머로 대문 쪽을 몇 번 흘깃거리고는 고개를 저으며 말했다.

"현청에서 알고 있다면 오늘 괜히 왔구나. 이번 일이 완전히 정리될 때까지는 여기 오지 않는 게 좋겠다. 너뿐 아니라 신가, 우메모토와 다른 동료들, 그리고 너의 아버지께도 오시지 말라고 전해주렴."

"왜요?"

지로는 눈물이 채 마르지 않은 눈을 동그랗게 뜨며 물었다.

"요즘엔 개들이 너무 많이 돌아다녀서 그래. 어쩐지 점심때부터 신사복을 입은 사냥개 몇 마리가 우리 집 앞을 오락가락하더라고."

아사쿠라 선생님은 조용하게 말했지만, 눈에 핏발이 설 만큼 흥분해 있었다. 지로는 방금 길모퉁이에 서 있을 때 이상한 생각이 들 정도로 자신의 얼굴을 자세히 살펴보던 사십대쯤 된 남자를 떠올렸다.

미치에를 에워싸고

지로는 쫓겨나듯이 아사쿠라 선생님 댁에서 나왔다. 밖으로 나와서는 재빨리 선생님 댁을 한 바퀴 휘둘러보았다. 골목 안을 한 번 더 살펴보고 다시 아사쿠라 선생님 댁 대문을 돌아보았는데, 조금 전에 본 남자들은 보이지 않았다.

해는 아직도 중천에 떠 있었다. 메마른 모래땅에 반사되는 햇볕에 머리가 어질어질했다. 지로는 온몸에 힘이 빠진 것처럼 터덜터덜 걸음을 옮겼다.

시내를 빠져나오자 강둑에 소나무 가로수가 널따란 논 사이로 꾸불거리며 뻗어 있는 게 보였다. 그 왼편에는 10미터쯤 되는 강이 있고 맞은편에는 소나무 가로수와 강둑이 펼쳐져 있었다. 에도 시대에 유명한 토목 기술자가 북쪽 산에서 흘러내리는 시냇물을 그러모으기 위해 이 수로를 건설했다고 하는데, 수로에서 가장 깊은 곳은 깊이가 3미터도 넘었다. 언제나 맑고 차가운 물이 힘차게 강 근처를 지나갔다. 물은 읍으로 흘러들어 가기 바로 전에 동쪽이 직각으로 구부려져서 다리 밑으로 흘렀는데, 모퉁이에 한 길쯤 되는 연못이 있어 여름이 되면 이곳에서 동네 아이들이 모여 목욕을 하고는 했다.

둑을 지나 통학하는 중학생 중에는 더운 날이면 이곳에 들러 수영을 하는 아이들도 있었는데, 지로도 그랬다. 이날처럼 더운 날에는 반드시 물에 들어갔을 테지만, 지로는 강둑 쪽은 돌아보지도 않고 그냥 지나갔다. 오륙 분쯤 더 걸어가자 일신교라는 다리가 나왔다. 다리를 막 건넜을 때 막과자 따위를 파는 조그만 찻집이 보였다. 그때까지 지로는 땅바닥만 내려다보며 걸어가다가 고개를 들고 저만큼 앞쪽을 바라보았다. 커다란 소나무 그늘에 사람이 하나 서 있었는데, 옷을 보니 중학생 같았다. 그 학생은 모자를 움켜쥐고 앞쪽을 노려보며 서 있었다. 우마다였다. 교복 단추를 모두 풀어헤치고 가슴을 훤하게 내놓은 듯 목깃이 양쪽으로 넓게 벌어져 있었다. 우마다는 왼손으로 허리춤을 잡고 있었는데, 옷자락이 말려 올라가 있었다.

지로는 그 자리에 서서 우마다를 바라보았다. 이날은 정말이지 우마다를 아는 척하고 싶지 않았다. 그렇다고 우마다를 피해갈 마음은 더더욱 생기지 않았다. 가뜩이나 기분도 좋지 않은데, 우마다 같은 녀석을 피해 다른 길로 간다는 건 비굴하다는 생각이 들었다.

지로는 그 자리에 서서 멍하니 우마다의 뒷모습을 바라보았다. 그때 우마다가 움켜쥐고 있던 모자를 들어 자기 허벅지를 몇 번씩 후려쳤다. 우마다의 버릇이었다. 우마다는 무슨 실수를 했거나, 화가 날 때 자주 그런 행동을 했다.

지로는 우마다가 갑자기 왜 그러는지 몰라 히죽 웃고는 그냥 지나치려 했다. 그러나 바로 그때 다른 한 사람이 눈에 띄었다. 둑을 지나 저 앞으로 여학생이 달려가고 있었다. 교복 입은 뒷모습만으로는 누구인지 구분할 수 없을 만큼 멀리 떨어져 있었지만, 지로는 그 여학생이 미치에라는 것을 단번에 알아차렸다. 그 순간 지로는 정신이 퍼뜩 들었다. 지로는 그 자리에 우뚝 선 채 저 멀리 사라지는 미치에의 뒷모습과, 자기 눈앞에 서 있는 우마다의 뒷모습을 번갈아 바라보았다. 지로는 자기도 모르게 마른침을 삼켰다. 가슴이 심하게 요동쳤다. 지로는 몇 번 더 숨을 가다듬고는 일부러 발자국 소리를 크게 내며 우마다 쪽으로 걸어갔다.

　하지만 우마다는 미치에의 뒷모습에 정신이 팔려 지로가 걸어오는 소리를 듣지 못했다. 우마다는 뚫어져라 미치에의 뒷모습을 바라보고 있었는데, 뭐가 그렇게 불만스러운지 다시 한 번 자기 허벅지를 모자로 힘껏 내리쳤다. 그러고는 "젠장!" 하고 소리치며 길을 가로질러 찻집 안으로 들어가버렸다. 그때 지로는 우마다와 몇 걸음밖에 떨어져 있지 않았다. 우마다는 자기 뒤에 지로가 서 있다는 것은 꿈에도 생각지 못한 채, 사라져가는 미치에의 뒷모습을 쫓는 데만 정신이 팔려 지로가 다가오는 것을 눈치 채지 못한 것 같았다.

　지로는 얼굴을 똑바로 세우고 찻집 앞을 지나갔다. 철사로 온몸을 꽁꽁 묶어놓은 것 같은 답답한 기분이 엄습했다. 찻집 안은 전혀 보이지 않아 우마다가 자기를 보고 있는지, 아니면 어디 다른 데 앉아 있는지도 확인할 길이 없었다. 지로는 우마다에게 먼저 이야기를 걸고 싶지는 않았지만, 혹시라도 우마다가 아는 척할지도 모른다는 생각이 들었다. 차라리 우마다가먼저 말을 걸어오면 좋겠다고 생각했다. 하지만 찻집을 반쯤지나갈 때까지 우마다의 목소리는 들리지 않았다. 지로는 안심하면서도 한편으로는 실망스러운 이상한 기분으로 자기도 모르게 무심히 뒤를 돌아봤다.

어느새 우마다가 찻집 문 앞에 서 있었다. 그 천박한 입술이보기 흉할 정도로 씰룩거렸다. 지로는 잘됐다 싶어 그 자리에서서 우마다를 노려보았다. 두 사람은 정말 오랫동안 아무 말도 하지 않고 서로 얼굴만 노려보았다. 지로도 그렇지만, 우마다 또한 한 걸음도 지로 쪽으로 다가오지 않았다. 서로 상대방이 먼저 입을 열 때까지 기다리기로 작정한 것 같았다. 지로는우마다와 신경전을 벌이는 자신이 한심한 생각이 들었다. 지로는 잠깐 무언가 생각하다가 우마다에게 등을 돌려 걸어갔다.그러자 우마다가 마침내 입을 열었다.

"혼다, 넌 교활한 놈이야."

"뭐가 교활해?"

지로가 다시 우마다를 정면으로 노려보았다.

"내가 여기 있다는 걸 처음부터 알고 있었지?"

"그래, 알고 있었다."

지로는 굳이 숨기려고 하지 않았다. 숨기기는커녕 그렇게 대답하는 순간, 마음이 후련하기까지 했다.

"그런데 왜 그냥 지나가는 거냐?"

"너한테 볼일이 없으니까 그렇지."

"볼일이 없다고?"

우마다는 왼쪽 어깨를 앞으로 내밀며 양쪽 팔꿈치를 으쓱거렸다. 그러고는 천천히 지로 곁으로 다가왔다. 모자는 아직도 오른손에 들고 있었다. 지로는 말없이 우마다가 다가올 때까지 기다렸다. 우마다는 지로와 두서너 걸음쯤 떨어진 곳에 멈춰 섰다.

"볼일이 없다고 모른 척하는 건 실례되는 일 아냐?"

지로는 대답하지 않았다. 그 대신 우마다의 얼굴을 뚫어져라 노려보았다. 우마다는 그 성난 눈빛과 마주치자 조금 움찔했으나 입술을 씰룩이며 다시 한 번 물었다.

"실례라고 생각하지 않느냔 말야."

지로는 이번에도 대답하지 않았다. 둘은 한참을 서로 노려보았다. 지로가 눈도 깜박이지 않고 노려보는 데 반해, 우마다는 쉴 새 없이 손발을 꼼지락거리며 눈동자를 아래위로 굴렸다. 결국 우마다가 먼저 눈길을 피했다. 동시에, 킁, 킁 하고 비웃는 듯한 숨소리를 내뿜었다. 지로는 우마다를 노려보다가 갑자기 몸을 돌려 성큼성큼 걸었다. 소나무 숲 사이로 새어나오는 고요한 햇살이 지로의 구두 위에서 반짝거렸다. 모래를 밟는 구두 소리가 무척 크게 들렸다. 그 밖에는 아무 소리도 들리지 않았다.

우마다는 입을 반쯤 벌린 채 지로가 얼마쯤 가자 "제기랄!" 하고 중얼거렸다. 그리고 들고 있던 모자로 자기 허벅지를 후려쳤다. 지로도 우마다가 내뱉은 소리를 들었다. 그러나 지로는 뒤돌아보지 않았다. 그저 보이지 않는 미치에의 뒷모습을 쫓듯이 걸음을 서둘렀다.

미치에네 집과 우마다네 집은 다리 하나를 사이에 놓고 서로 마주 보는 마을에 있었다. 미치에가 학교에서 돌아올 때 오마키 가나 혼다 가를 들르지 않는다면 언제든지 우마다와 마주칠 기회가 있다. 아마도 오늘 같은 일이 자주 있었을 것이다. 혹시 우마다가 날마다 길목에 숨어 있다가 미치에가 학교에서 돌아오면 치근덕거린 것은 아닌지 걱정이 되었다. 며칠 전에 자기 집 층계 위에서 미치에와 우마다가 우연히 마주쳤을 때가 생각나면서 그런 심증은 더욱 굳어졌다.

지로는 집에 돌아와서 미치에가 와 있기를 바라는 마음으로 곧장 닭장부터 살펴봤다. 미치에는 그곳에 없었다. 지로는 그 길로 오마키 가를 찾아갔다.

오마키 가는 집에서 백 미터도 떨어지지 않은 곳에 있었다. 오마키 할아버지는 특이한 성격처럼 노송나무로 대문을 만들었는데, 그 대문을 열고 들어서자 뜰의 경계로 삼은 산울타리가 보였다. 지로는 그 산울타리에 숨어 거실 쪽을 살펴보았다. 다행히 미치에가 언니인 도시코와 함께 툇마루에 앉아 있는 것이 보였다. 미치에와 도시코는 미닫이문을 활짝 열어젖히고 나란히 앉아 이야기를 나누고 있었다. 가끔씩 고개를 끄덕거리거나, 미간을 찌푸리면서 심각하게 이야기를 하는 것처럼 보였는데, 말소리는 들리지 않았다. 생각보다 미치에는 얼굴에 조금

316

도 흥분된 기색이 없고, 눈썹을 한 번씩 찌푸리기는 했지만 금세 웃으면서 도시코를 보고는 했다. 지로는 사립문 앞에 서서 툇마루 쪽을 바라보며 큰 소리로 말했다.

"외숙모, 저 왔어요. 들어가도 괜찮아요?"

외숙모라고 하기에는 도시코가 너무 젊은 것 같지만, 데쓰타로를 외숙부라고 불렀기 때문에 자연스레 그렇게 불렀다.

"어머, 지로 아냐? 어서 이쪽으로 들어와."

지로는 사립문을 열고 안으로 들어서서 두 줄로 나란히 심어 놓은 나팔꽃 사이를 지나 마루에 걸터앉았다. 그리고 훔쳐보듯 미치에의 얼굴을 보았다.

"오빠 언제 왔어? 지금 오는 거야?"

미치에는 태연한 얼굴로 지로를 돌아보았다.

"응, 지금. 집에 가방 두고 바로 왔어."

"그렇구나? 나도 조금 전에 왔는데."

"아까 봤어. 다리를 건널 때부터 쭉 보고 있었어."

"그래?"

미치에가 눈을 동그랗게 뜨며 조금 불안해하는 것 같았다.

"오빠 어디 있었는데?"

"네 뒤에 있었어."

"어머!"

미치에는 얼굴을 붉혔다.

"그럼 센짱이 장난치는 것도 봤겠네?"

센타로는 우마다의 이름이다.

"장난? 우마다가 너한테 어떻게 장난치는지는 못 봤어. 다리를 막 건너갔는데 우마다 녀석이 나무그늘에 숨어서 네가 달려가는 걸 보고 있더라고. 그래서 좀 이상한 생각이 들었지."

지로는 별일 아니라는 듯 시큰둥하게 대답했다. 말은 그렇게 했지만 속으로는 의사가 환자의 몸에 메스를 들이대기 바로 전 같은 긴장감이 온몸을 휩쓸고 있었다. 미치에가 무슨 말인가를 하려는데, 도시코가 미치에를 가로막으며 먼저 말했다.

"센타로가 장난치는 건 오늘만의 일이 아닌 모양이야."

도시코는 우마다가 미치에 가까이에서 얼쩡거린 것은 오늘이 세 번째였다고 말했다. 세 번 모두 일신교 맞은편 강둑 난간에 누워 미치에가 돌아오는 것을 기다렸다가 계속 치근덕거렸다는 것이다. 맨 처음에는 미치에 주변을 어슬렁거리다가 편지 같은 것을 건넸다. 미치에가 화를 내며 편지를 땅바닥에 팽개치자, 우마다는 누가 볼세라 잽싸게 편지를 주우면서 거칠게 욕을 했다고 한다. 두 번째는 강둑에서부터 미치에를 따라왔는데, 그 또래 남학생들이 쓰는 천한 말을 지껄이면서 마을 어귀까지 쫓아왔다고 한다. 그러고는 갑자기 미치에의 손을 낚아챘다. 미치에가 크게 소리지르며 도망치자, 우마다도 당황했는지 어디론가 내빼버렸다. 세 번째는 이날이었다. 미치에가 나름대로 경계를 하고 있었기 때문에 우마다가 기다리는 것을 알아차리고는 재빨리 다리로 되돌아가 도망쳤다는 것이다.

미치에는 도시코가 지로에게 그동안 있었던 일을 설명하는 동안에도 표정이 변하지 않았다. 마치 남의 이야기를 듣듯이 딴청까지 피웠다. 지로는 그런 미치에를 보면서 속이 부글부글 끓었다. 며칠 전에 자기 집 이 층에서 미치에와 우마다가 마주쳤을 때 미치에는 불쾌한 표정을 지으며 말도 없이 내려갔다. 그때를 생각하면 미치에가 우마다를 싫어하는 것만은 틀림없다. 하지만 우마다 같은 인간을 싫어하는 것 정도로는 무언가 부족하다. 미치에는 우마다가 그렇게 행동하면 여성으로서, 특히 순결한 처녀의 처지에서 모욕감과 분노심으로 치를 떨어야 옳은 것 아닌가. 지로는 미치에의 태도가 못마땅했다.

"앞으론 어떻게 할 건데?"

지로가 따지듯이 물었다.

"일신교로 다니지 않고 조금 멀어도 다른 길로 돌아서 다니면 될 거야."

"피하기만 하면 별문제 없다는 뜻이야?"

"그렇게 하는 수밖에 없잖아?"

지로는 그 말에는 대답도 하지 않고 나팔꽃 화분을 물끄러미 보았다. 시들어버린 나팔꽃은 축 늘어진 채 덩굴에 붙어 있었다. 그 모습을 보고 있으니 어쩐지 지로의 마음도 초조해지는 것 같았다.

"만약 지로가 여자라면 어떻게 하겠어?"

도시코가 빙그레 웃으면서 물어보았다.

"내 생각엔 조용히 피하는 게 상책이라고 생각해."

도시코도 미치에와 똑같은 생각을 하는 게 분명했다. 하지만 도시코의 말투에는 어딘지 모르게 지성적인 분위기가 감돈다.

그래서 미치에의 흐리터분한 태도가 더욱 마음에 들지 않았다. 지로는 불만스런 얼굴로 도시코를 보다가 단호하게 말했다.

"아무리 여자라고 해도 옳지 못한 일을 겪으면 싸우는 게 당연하죠."

"그야 여자들도 마찬가지야."

"그럼 싸우면 되겠네요? 자꾸 피해 다니니까 그런 놈들이 더 달라붙는 거라고요."

"하지만……."

그때 미치에가 살짝 미간을 찌푸리며 말했다.

"난 센짱과 싸울 수 없어."

"왜?"

"왜라니? 싸워봤자 내가 질 게 뻔하잖아? 남자와 여자의 싸움이니까."

"미치에, 내 말은 그런 뜻이 아니라……."

지로는 답답하다는 듯이 고개를 몇 번 가로저었다.

"내 말은 힘으로 우마다에게 대항하라는 뜻이 아냐."

"그럼 어떻게 하라는 거야?"

지로는 고개를 돌려버렸다. 미치에는 우마다가 하는 짓에 별로 분노하는 것 같지 않았다. 순결한 처녀로서 당연히 우마다에게 품고 있어야 할 적의도 찾아볼 수 없었다. 우마다가 자기를 모욕하고 있다는 것도 제대로 깨닫지 못하고 있는 것처럼 보였다. 만일 미치에가 마음속에서 우마다를 증오하고 있다면 이렇게 남의 일처럼 건성으로 대답하지는 않을 것이다. 지로는 미치에가 말끝마다 우마다를 "센짱." 하고 친근한 사이처럼 부르는 것도 화가 나서 못 견딜 것만 같았다.

"우마다가 두 번 다시 그런 짓을 못 하도록 혼을 내줘야겠지만, 어릴 때부터 같은 마을에서 자란 사인데 함부로 그렇게 할 수도 없고……."

도시코는 잠깐 뜸을 들이고 말했다.

"이런 일을 크게 만들어봤자 결국엔 미치에만 창피를 당하게 될 거라고."

"왜 그런 거죠?"

지로가 흥분해서 말하자. 도시코가 웃으며 대답했다.

"왜 그런 건지는 나도 잘 모르겠어. 하지만 사람들은 남자가 여자를 괴롭히면 괴롭힌 남자보다 괴롭힘을 당한 여자를 더 비난하거든. 이런 작은 일 때문에 평생 시집도 못 가고 불행하게 사는 여자가 있다는 걸 지로는 모르겠지?"

지로는 이런 일에는 관심을 기울여본 적이 없기 때문에 그런 사실을 전혀 모르고 있었다. 하지만 도시코가 무슨 뜻으로 그런 말을 하는지는 금방 이해가 갔다. 그럴수록 우마다를 그냥 내버려두어야 한다는 것이 화가 났다.

"그럼 우마다를 이대로 내버려두자는 얘기예요?"

"얼마 전에 데쓰타로 아저씨가 센타로의 아버지를 만난 적이 있어."

"그래 봤자 달라진 건 없잖아요. 오늘도 둑 근처에서 미치에를 기다렸다고요."

"하지만 그런 방법 말고는 별다른 도리가 없어."

"계속 우마다를 피한다고 해서 문제가 해결되는 것도 아니잖아요."

지로는 그렇게 말하면서 미치에를 보았다.

"다른 길로 다녀도 우마다가 쫓아오면 그땐 어떻게 할 거야?"

"모르겠어. 그땐 나도 어떻게 해야 좋을지 정말 모르겠어."

미치에는 풀죽은 얼굴로 고개를 숙였다. 지로는 그 모습이 안타깝기도 하고, 바보같이 보이기도 했다.

"내 생각엔 우마다에게 몇 번을 말해도 소용없을 것 같아. 이럴 땐 미치에가 당당하게 나가야 해. 그래야 우마다도 함부로 행동하지 않을 거야."

"그럴까?"

"괜히 먼 길로 돌아다니면 녀석을 자극하게 될 거라고. 그런 데서 마주쳤다간 놈이 어떻게 나올지 몰라."

미치에는 대답하지 않고 도시코를 보았다.

"맞아, 그럴 수도 있어."

도시코가 고개를 끄덕이며 말했다.

"같은 반에 이 마을 사는 여학생이 하나라도 있으면 날마다 길동무가 되어 안심할 수 있을 텐데……. 우마다가 걱정된다고 지로에게 미치에를 부탁할 수도 없고 말야. 또 지로랑 미치에는 집에 오는 길이 다르니까……."

지로는 얼굴을 조금 붉히더니 이내 좋은 수가 생각났다는 듯 말했다.

"미치에랑 함께 다닐 수는 없지만, 도와줄 수는 있어요."

"도와줘? 뭘 어떻게 도와줘?"

"저랑 우마다는 같은 학년이에요. 끝나는 시간도 같아요. 제가 우마다를 쫓아오면 우마다도 미치에 앞에서 함부로 행동하지는 못할 거예요."

"아, 미치에 대신 센타로를 감시하겠다는 거구나? 하지만 다리를 지난 뒤엔 할 수 없지 않겠니?"

"나도 다리를 건너 상황을 지켜보면 될 거예요. 거기서 마을 어귀까지는 빤히 보이니까 걱정하지 않아도 돼요."

"날마다 센타로를 감시한다는 건 좀 무리가 아닐까? 센타로가 틀림없이 이상하게 생각할 거야."

"그래도 어쩔 수 없죠."

"싸움이라도 걸어 오면 어쩌지?"

"우마다가 그렇게 나오면 싸워야겠죠."

"아니지. 미치에 때문에 동급생이 싸움을 해서야……."

"난 무서워."

미치에가 인상을 쓰며 어깨를 움찔거렸다.

지로는 두 사람의 태도에서 전혀 다른 인상을 받았다. 도시코가 하는 말을 듣고는 자기도 모르게 간담이 서늘해지는 것 같았다. 반대로 미치에의 어리숙한 태도에서는 연민과 비슷한 감정을 느꼈다. 미치에를 가운데 두고 우마다 같은 녀석과 싸워야 하는 자신의 처지를 상상하면 참을 수 없이 비참해졌지만, 또 한편으로는 아직 어리기만 한 미치에를 저대로 내버려두는 것도 용납이 안 되었다. 지로는 이렇듯 반대되는 감정이 자기 안에서 끓어오르는 것을 느끼며 잠자코 있었다.

"나, 그냥 다른 길로 돌아가면 안 될까?"

미치에가 사정하듯 도시코에게 말했다.

"글쎄……"

도시코는 잠깐 생각하더니 이어 말했다.

"지로 말대로 피하기만 하면 상황이 더 나빠질 수도 있어. 그럴 바에야 우리 집에서 다니는 게 어떨까?"

미치에와 지로가 동시에 서로 마주 보았다.

"여기서 다니면 센타로를 신경 쓸 필요도 없고, 또 함께 다녀도 누가 이상하게 생각하지도 않을 테고 말이야."

"여기서 다녀도 돼?"

"당연하지. 사정을 말씀드리면 오늘부터라도 지내라고 하실 거야. 아버님과 어머님이 미치에 널 무척 좋아하시거든. 오늘 집에 계시면 당장 얘기해볼 텐데, 제사 때문에 오늘 친척 집에 가시거든."

"형부는?"

"조금 있으면 돌아오실 거야."

그렇게 말하고 있을 때 데쓰타로가 돌아왔다. 데쓰타로는 거실로 올라오다 지로를 보고는, "오랜만이구나." 하고 반갑게 인사했다. 데쓰타로는 웃옷을 벗고 우물가로 내려갔다. 우물가에서 세수를 하고 수건으로 얼굴을 문지르며 툇마루 쪽으로 다가왔다.

"그러고 보니 지로랑 처제하곤 한 번도 같이 밥을 먹은 적이 없는 것 같구나. 노인네들도 안 계신데, 젊은 사람들끼리 밥이나 먹자고."

"그렇게 해요. 솜씨는 없지만 바로 준비할게요. 미치에, 넌 형부한테 그 얘기나 해봐."

도시코는 그렇게 말하면서 일어섰다.

"얘기라니? 무슨 얘기?"

데쓰타로가 대수롭지 않게 물어보았다. 미치에는 얼굴을 붉히면서 우물쭈물했다.

"설마하니 일생을 결정하는 중대사는 아니겠지?"

데쓰타로가 그렇게 말하며 큰 소리로 웃었다. 지로는 괜히 부끄러운 생각이 들어 억지로 따라 웃었다. 그러고는 미치에 대신 오늘 일어난 일들을 이야기했다. 이야기하는 동안 지로는 자기도 모르게 흥분했다.

데쓰타로는 조용히 이야기를 들은 뒤, 흐음 하고 한숨을 내쉬었다.

"그야 여기서 학교를 다니겠다면 우리야 좋지. 내 생각에도 그게 가장 좋은 방법인 것 같아. 하지만 지로가 미치에와 함께 다니는 건 좀 그런데."

지로는 갑자기 현기증이 일었다. 데쓰타로는 무겁게 가라앉은 목소리로 말했다.

"먼저 넌 그런데 신경 쓸 처지가 아니지 않아? 너희 학교 문제만으로도 머리가 복잡할 텐데. 아직은 소문뿐이고 확실한 건 아무것도 없지만 누구 말로는 경찰과 헌병대가 움직이기 시작했다는구나."

지로는 아사쿠라 선생님을 까맣게 잊고 있었다. 우마다와 미치에의 뒷모습을 본 순간, 학교에 대한 일을 완전히 잊고 있었던 것이다. 지로는 당황스럽기만 했다.

며칠 전에 아사쿠라 선생님의 일로 미치에와 이야기를 나눌때 자신을 걱정해주는 미치에의 마음을 대수롭지 않게 여겼던 것이 생각났다. 상황에 따라서는 모욕이라고 생각할 만큼 지로는 미치에를 차갑게 대했다. 그런데 오늘은 미치에에게 빠져있느라 아사쿠라 선생님 일은 완전히 잊어버렸다. 이것은 완전한 모순이다. 아니, 그보다 더 부끄러운 경박함이다.

지로는 자신을 잃은 듯 힘없이 고개를 떨어뜨렸다. 데쓰타로 외숙부에게도 미치에에게도 부끄러움으로 고개를 들 수가 없었다.

"아사쿠라 선생님의 퇴직 사유도 사유지만 너희들 행동에 당국은 더욱 경계하고 있어."

"무슨 일이 있어도 동맹휴교만은 막을 거예요."

지로는 겨우 그렇게 말하고는 또 고개를 잔뜩 움츠렸다. 동맹휴교를 반대하는 이유가 현청 때문이 아니라 아사쿠라 선생님 때문이라는 것을 설명하고 싶었지만, 지금은 그런 말을 하는 것조차도 부끄러웠다.

"그렇다면 정말 다행이지만……."

데쓰타로는 걱정스러운 눈길로 지로를 보았다.

"어제 아버지에게 들었다. 네가 혈서를 썼다던데?"

"예……, 썼어요."

"그럼 틀림없이 문제가 생길 거다."

"저는 동맹휴교를 하지 않기 위해 혈서를 쓴 거예요. 모두 그 조건으로 혈서를 제출하는데 동의했어요."

"그래? 하지만 동맹휴교를 하게 되면 네 생각과는 정반대로 혈서가 학생들을 부추기게 될 거다."

"멋대로 그렇게 생각하겠다면 어쩔 수 없죠."

"현청에서 널 주모자로 지목해도 상관없다는 거야?"

"상관없는 건 아니지만, 어쩔 수 없잖아요."

지로가 하는 말에는 가시가 조금 돋쳐 있었다. 지로는 미치에에 대한 생각이 옅어지면서 조금씩 현실세계로 돌아오고 있었다. 데쓰타로는 걱정스런 얼굴로 말했다.

"혹시 자포자기한 건 아니겠지?"

"이건 자포자기가 아니에요. 전 이 일이 옳다고 믿어요. 이번 일로 퇴학당해도 부끄럽지 않다고 생각하는 건 바로 그 때문이에요."

"음……."

데쓰타로는 감탄한 듯 고개를 끄덕거렸다.

"그래도 생각이 조금 짧았다고 생각하지는 않니?"

"예, 저도 그렇게 생각해요. 그런 건 아무 소용없다는 것을 나중에야 알았어요."

"하지만 무리도 아니지. 너희는 아직 현청이라는 곳이 어떤 곳인지를 모르고 있었을 테니까."

"전 그런 뜻으로 생각이 모자랐다고 말한 게 아니에요. 현청이란 어떤 곳이죠? 일반 시민들을 위해 올바른 일을 하는 곳 아닌가요?"

"그야 그렇지."

"우린 지금 정당한 요구를 했다고 생각해요. 현청이 형편없다고 올바른 요구를 감추고 숨어 있어야 한다고 생각하는 사람이 있다면 그 사람이야말로 생각이 모자란 것이겠죠."

지로는 완전히 평소 때의 자신으로 돌아가 있었다.

"그건 그렇지. 이런, 정곡을 찔렸는걸. 나도 어느새 현실주의자가 되어 있었군. 하하, 그럼 넌 어떤 점에서 네 생각이 모자랐다는 거냐?"

"전 오늘……."

지로는 또다시 고개를 떨어뜨렸다.

"학교에서 돌아오는 길에 아사쿠라 선생님 댁을 찾아갔어요. 만약 정말 운이 좋아서 현청이 우리가 요구한 걸 받아들인다 해도 선생님은 우리 곁으로 돌아오지 않으실 거예요. 우리가 아무리 사정해도 선생님은 이미 갈 길을 정하셨으니까요. 전 그 점에 대해서는 한 번도 생각해본 적이 없었어요."

"으음……. 그렇구나."

"전 소신껏 혈서를 쓴 것이 사실이지만……."

지로의 목소리가 떨리고 있었다.

"그 혈서 때문에 아사쿠라 선생님은 모욕당하셨어요. 이제 그 혈서 때문에 동맹휴교를 한다면……."

지로는 어느새 울먹이고 있었다.

"이제야 네 마음을 알 것 같구나. 그러니 넌 동맹휴교를 막는 데 최선을 다해야 하는 거야. 미치에는 우리한테 맡기라고. 강둑이 아니더라도 길은 얼마든지 많으니까. 우마다가 미치에를 좋아해도 그렇게 먼 길을 돌아서 쫓아오지는 않을 거야. 그렇지, 미치에?"

"예……."

미치에는 웃으며 대답했지만 금세 얼굴이 심각해졌다.

"오빠, 동맹휴교가 일어나지 않도록 최선을 다해줘. 혈서에 대해서는 전혀 모르고 있었지만 정말 놀랐어. 그것으로 동맹휴교의 주동자로 몰린다면 절대 안 될 일이야."

지로는 미치에의 짧은 생각에 또 한 번 실망했다. 그러나 미치에의 마음이 그만큼 순수하다는 생각도 들었다. 자기를 생각해주는 마음만큼은 의심하고 싶지 않았다. 지로는 웃으며 고개를 끄덕였다. 그러자 미치에도 환하게 웃으며 말했다.

"내 걱정은 하지 마. 지금까지 난 너무 편안하게 지냈어. 오빠 얘기를 듣고 많이 생각했어. 여자도 자기 문제 정도는 자기가 처리해야 해. 이번 일도 내가 알아서 처리할게."

지로는 놀라움으로 미치에를 보았다. 지로 앞에서 미치에가 이토록 자기를 반성하는 말을 한 것은 이번이 처음이었다.

그 뒤에 데쓰타로는 지로의 학교 문제에 대해 몇 가지 더 물어보았다. 지로가 아사쿠라 선생님 둘레에 현청 직원들이 잠복해 있다고 말하자, 데쓰타로는 현청 직원이 아니라 사복형사라고 알려주었다. 데쓰타로는 나치 독일과 소련을 예로 들며, "군국주의와 독재정치는 국민을 감시하느라 정신이 없어. 일본도 조금 있으면 그런 나라가 될 거야. 그땐 정말 큰일이지." "대다수의 일본인들이 정당의 부패한 정치에 진절머리가 나서 관료 정치와 군인들의 힘에 열광하고 있지만 언젠가는 반드시 후회하게 될 날이 올 거다." "교육을 군대식으로 바꾸는 것이야말로 교육의 자살이라고 생각하지만 선생이라는 사람들 중에는 오히려 교육의 군대화를 반기는 자들도 있어. 규율이란 무기로 학생들을 멋대로 통제할 수 있기 때문이지." 같은 이야기들을 한참 동안 설명해주었다. 그러나 미치에는 물론 지로에게도 절실하게 와 닿지는 않았다.

지사와 교장을 비롯해 여러 선생과 학생의 이야기도 입에 올랐다. 우마다에 대한 소문도 나왔다. 지로는 자기 입으로 우마다 이야기를 먼저 끄집어내고 싶지 않았기 때문에 데쓰타로가 "우마다는 학교에서 어떤 녀석이야?" 하고 물어본 것을 기회로 속이 후련해질 때까지 우마다를 비난했다.

"학교에서 동맹휴교를 주장하는 녀석이 바로 우마다예요. 그 녀석은 평소에도 아사쿠라 선생님을 존경하는 마음 같은 건 조금도 없었어요. 그런 녀석이 이제 와서 동맹휴교에 목을 매는 거라고요. 그 녀석은 동맹휴교를 재미난 놀이쯤으로 생각해요. 지난번 학생회 임원회의 때도 그놈이 앞장서서 동맹휴교를 주장했어요. 동맹휴교를 막기 위해서는 우마다 그놈부터 처리해야 해요. 그 녀석 입만 막으면 동맹휴교는 막을 수 있어요."

그러자 데쓰타로가 말했다.

"그렇다면 넌 미치에의 문제에 더욱 관여하면 안 되는 거야. 만일 우마다에 대한 감정에 동맹휴교뿐 아니라 미치에의 문제까지 얽히게 되면 너 자신에게 정당성을 기대할 수 없게 된다고. 어쨌든 우마다가 바라는 대로 끌려가선 안 돼. 그건 너도 우마다와 똑같은 수준이라는 걸 증명하는 길밖에 되지 않으니까."

지로는 데쓰타로가 하는 말에 부끄러움을 느꼈다.

조금 뒤에 도시코가 저녁상을 들고 왔다. 밥을 먹는 동안 별다른 이야기는 없었다.

저녁을 먹고 데쓰타로는 산책도 할 겸 미치에를 집까지 바래다주기로 했다. 밖은 아직도 훤했다. 지로도 데쓰타로를 뒤따라갔다. 가슴속에서는 이날 하루에 일어난 일들이 장난감 상자를 뒤집어놓은 것처럼 어지럽게 나뒹굴고 있었다. 지로는 미치에네 집에 갈 때까지 이날 일어난 일들을 차례로 떠올려봤다. 혈서를 제출하고, 현청에서는 전화가 오고, 학생들은 동요하고, 아사쿠라 선생님을 찾아가고, 사복형사와 마주치고, 미치에 때문에 우마다와 신경전을 벌이고, 오마키 가에서 데쓰타로와 이야기를 나누었다. 하나같이 마음을 무겁게 만드는 것뿐이었다. 그나마 아사쿠라 선생님이 혈서를 쓴 것을 용서해주신 것과 미치에가 오마키 가에서 학교를 다니게 됐다는 것 정도가 마음을 편안하게 감싸주었다. 하지만 어쩐지 미치에를 생각하면 마음은 종잡을 수 없이 흔들거리는 것 같았다.

침묵을 깨고

이틀이 지났다. 그동안 학생대표 넷은 몇 번이나 교장실을 찾아가 현청의 답변을 물었다. 그러나 교장은 현청에서는 아직도 보류 중이라는 말만 늘어놓았다.

참다못해 다우에가 말했다.

"그럼 우리들도 교장선생님이랑 현청에 가면 안 될까요? 지사님께 우리 생각을 바로 전하고 싶은데……."

그러자 교장은, 우메모토가 설명한 대로 말하면 조신하게 생긴 콧구멍을 벌렁거리면서 콧잔등을 사정없이 찌푸렸는데, 미친 듯이 손을 가로저으며 이렇게 대답했다.

"그렇게 상식에 어긋나는 행동은 어림도 없어. 교장과 학생이 함께 지사님에게 탄원을 하다니……. 그게 말이나 된다고 생각하나? 학생들이 이런 일을 꾸미고 있다는 사실을 지사님께서 알기라도 하신다면 그때는 모든 게 끝장이야."

"그럼 저희들끼리 현청을 방문해야겠군요."

신가가 무뚝뚝한 투로 말하자, 교장은 멍한 표정으로 신가를 쏘아보았다. 그러고는 비웃듯이 빈정거렸다.

"지사님이 너희들을 만나주실 것 같아? 정 그렇다면 어디 한 번 찾아가봐라."

아이들은 교장이 비굴하게 구는 것보다도 니시야마 교감 때문에 더 화가 났다. 니시야마 교감은 아이들이 교장실로 들어가는 것을 보면 언제나 슬그머니 따라 들어와 벽 쪽에 있는 긴 소파에 거만하게 앉아 있었다.

니시야마 교감은 본디 영어 선생이었다. 그는 'evil'을 '에빌'이라고 글자 그대로 읽으면서도 부끄러운 줄 몰랐다. 그 때문에 젊은 영어 선생들은 교감이 보이지 않는 곳에서 자기들끼리 교감을 '에빌 씨'라고 할 만큼 형편없이 취급하고 있었다. 그런데도 교감은 독해에서 문법을 들먹이며 학생들을 지독하게 괴롭히는가 하면, 규칙이라며 모든 일을 명령하고 학생들을 체벌했다. 덕분에 학생들은 그를 몹시 싫어했다. 그런 선생이 세모난 눈썹 밑으로 족제비 같은 눈알을 굴리며 교장과 면담하는 데 끼어들었으니 학생들이 화가 나는 것도 당연했다.

그나마 잠자코 듣고만 있다면 또 모르겠는데, 니시야마 교감은 하나하나 참견하면서 잘난 척을 했다. 더구나 교장이 학생들이 질문하는 데 대답할 말을 찾지 못하고 궁지에 몰리면 기다렸다는 듯이 나서 교장을 대신해 말하거나 고쳐 말하기도 했다. 마치 교장의 후원자라도 되는 듯한 태도였는데, 어떻게 보면 학생들 앞에서 교장의 어리석음을 은근히 비꼬는 것 같기도 했다. 이 같은 니시야마 교감의 태도 때문에 여간해서는 이번 혈서 사태에 관여하기를 꺼리는 히라오마저 분노했다.

교장은 지사에 관한 이야기만 나오면 마치 하나님을 대하듯
했는데, 니시야마 교감은 그 점에서 만큼은 그 정도가 덜해 종
종 각하라는 경어조차 쓰지 않았다.

"너희들이 지사를 만난다고 해서 이번 일이 달라지진 않는
다. 아사쿠라 선생이 일으킨 문제는 단순하지가 않아. 아무리
지사라고 해도 할 수 있는 일이 있고, 할 수 없는 일이 있다. 아
사쿠라 선생은 지사가 돕고 싶어도 도울 수 없는 행동을 했어."

니시야마 교감의 태도에 학생 대표들은 분노하고도 남았으나,
그 말에는 반박할 재간이 없었다. 그리고 학생회 때도 니시야마
교감의 이 같은 의견에 대해서는 모두들 공감하는 눈치였다.

이제 학생회는 자주 열렸다. 교장과 면담이 있는 날은 쉬는
시간마다 간단하게 토론하는 식으로 진행되었다. 그러나 수업
이 끝나고 정식으로 학생회가 열리면 간단하게 끝나지 않았다.
학생회는 이 층 맨 끝에 있는 5학년 교실에서 했는데, 임원들뿐
만 아니라 5학년 대부분과 4학년 일부 학생들이 몰려와 복도까
지 발 디딜 틈이 없었다. 한 번씩 보고가 끝날 때마다 벌집을
쑤셔놓은 듯 시끄러웠다. 발언도 임원만 하지 않았다.

"혈서를 낸 지 사흘이 지났다고. 현청은 언제까지 생각만 한
다는 거야?"

"교장 같은 걸 상대하는 것부터가 잘못이야. 왜 처음부터 현
청으로 몰려가지 않은 거야?"

"대표면 대표답게 굴어!"

"대표만 웃기는 게 아냐. 학생회 임원 전체가 잘못됐어. 자기들끼리 혈판을 찍으면 그걸로 전교생을 대표한다고 생각한 것 자체가 건방졌어."

"우물쭈물하다가 아사쿠라 선생님이 퇴직하는 게 발표되면 도대체 누가 책임질 거야?"

"현청으로 달려가자고!"

"전교생이 들고일어 나야 해. 먼저 수업부터 때려치우고 학생 대회를 열자!"

"그렇게 되면 결국 동맹휴교라는 얘긴데, 다들 자신 있어?"

"당연하지. 목적만 달성된다면 동맹휴교든 뭐든 상관없어!"

"그래, 동맹휴교는 이미 정해진 거야!"

이런 외침은 여기저기에서 계속됐고 의장인 다우에는 손을 흔들거나, 탁상을 두드리거나, 자리에서 일어나 학생들이 시끄럽게 떠드는 것을 막아보려 했지만 아무 효과도 없었다. 시끄럽게 떠드는 것을 주도하는 학생들은 대부분 복도에 있었고, 이들은 평소에도 우마다와 몰려다니는 패거리였다. 우마다는 교실 안에 있기는 했지만, 그들과 가까운 창가에 자리를 차지하고 앉아 있었다.

마침내 참다못한 신가가 벌떡 일어났다. 여전히 복도는 시끄럽기만 했다. 신가는 갑자기 책상 위로 뛰어올라갔다. 복도와 교실은 순간 조용해졌다. 눈길이 모두 신가에게로 쏠렸다. 신가는 교실 한가운데 우뚝 서 있었다. 학생들은 마치 동상을 우러러보는 것 같았다. 신가가 밟고 올라선 책상 주변에 있는 학생들은 꼼짝없이 신가를 올려다보는 처지가 되었다. 신가는 교실 안을 한 바퀴 휘둘러보고 나서 낮고 느리지만 위엄 있는 목소리로 말했다.

"우린 분명히 동맹휴교는 하지 않겠다고 약속하고 혈판을 찍었다. 너희들은 벌써 그걸 잊어버렸냐?"

"누가 그따위 약속을 했어? 우린 몰라!"

누군가 복도 쪽에서 큰 소리로 외쳤다.

"누구야!"

신가는 목소리가 들리는 쪽으로 고개를 돌리며 화가 난 것처럼 외쳤다.

"이 모임은 학생회 임원들만 참여할 수 있는 회의란 말야. 난 지금 임원들에게 묻고 있다. 임원이 아니라면 입 다물고 있어."

복도에서 투덜거리는 소리가 들리고, 교실도 조금 시끄러워졌다. 하지만 신가는 상관하지 않았다.

"내 말 안 들려? 우리가 한 약속을 잊어버렸느냔 말이다!"

신가가 묻는 말에 아무도 대답하지 못했다. 교실과 복도는 다시 조용해졌다. 다들 서로 눈치만 살필 뿐, 신가 쪽은 애써 쳐다보려고 하지도 않았다.

그런 중에 우마다만 눈알을 정신없이 굴렸다. 우마다는 신가가 자리에서 일어났을 때부터 비웃는 것 같으면서도 이상하게 불안해 보이는 눈길로 복도와 교실 곳곳을 살펴보았는데, 신가가 호통을 쳐서 조용해지자 점점 더 불안해하는 것 같았다. 우마다는 복도 쪽으로 고개를 쭉 빼고 패거리들을 찾았다. 그러고는 신가와 자기 패거리들을 번갈아 보다가 복도 쪽을 내다보고 알아볼 수 없을 정도로 슬쩍 고개를 끄덕거렸다. 우마다는 자세를 고쳐 다리를 꼬고 앉으며, 빈정거리는 투로 한 마디 툭 던졌다.

"그런 약속쯤 아무려면 어때!"

"뭐라고? 너 지금 장난하냐!"

신가는 꽥 하고 소리를 지르며 우마다를 무섭게 노려보았다. 조금 전까지만 해도 불안한 듯 눈치나 살피던 우마다가 체면 때문인지 신가에게 대들었다.

"장난이라고? 난 진지하게 내 의견을 말하고 있는 거야!"

"너도 혈판을 찍었잖아. 그런데 이제 와서 약속 따위가 뭐 그리 대수냐고?"

"목적에 맞지 않는 약속은 지금이라도 무시하면 그만이야."

"옳소!"

복도에서 또 우마다의 패거리들이 시끄럽게 떠들었다. 신가는 불쾌한 눈으로 복도 쪽을 흘끗 내다보고는 흥분을 가라앉히며 물었다.

"그럼 동맹휴교만 일으키면 목적이 이루어질 거라고 생각하냐?"

"그야 해보지 않고서는 대답할 수 없겠지. 하지만 누구처럼 책상에 앉아 혈서나 쓰는 것보다는 효과가 있을 것 같은데."

그 말을 듣고 신가는 얼굴이 새빨개졌다. 거친 숨을 내쉬면서도 신가는 끝까지 침착한 태도를 잃지 않으려고 애썼다.

"처음부터 그렇게 생각하고 있던 놈이 혈판은 왜 찍었지? 혈판이 동맹휴교를 하지 않겠다는 약속이란 걸 몰랐나?"

"난 그런 약속 때문에 혈판을 찍지 않았어. 단지 혈서를 썼다는 사실에 경의를 표한 것뿐이야."

"우마다!"

그때 신가의 뒤쪽에서 누군가 우마다를 불렀다. 그 목소리의 주인공은 지로였다. 지로는 큰 소리로 우마다를 부르며 자리에서 일어섰다. 하지만 지로 앞에는 책상 위에 우뚝 서 있는 신가가 있었다. 다른 학생들 눈에는 신가의 엉덩이에 가려진 지로의 모습이 보이지 않았다. 지로는 어지럽혀진 책상들 사이를 헤엄치듯 빠져나왔다. 그리고 등을 젖히며 양 손을 허리에 대고 우마다를 노려보았다.

모두들 군침을 삼키며 지로를 보았다. 지로에게 호의를 가진 학생도, 반감을 가진 학생도 지로가 며칠 만에 입을 떼었다는 것에 호기심 가득한 눈초리로 사태를 지켜보았다.

"네놈은 말이지……."

지로는 기분 나쁠 정도로 무겁게 가라앉은 목소리로 말했다.

"신가가 한 말을 듣지 못했다는 말을 하고 싶은 거냐? 혈판을 찍기 전에 우리 모두가 다짐하던 걸 네놈만 기억나지 않는다고 우길 작정이냐?"

"그런 건 아냐."

우마다는 다른 임원들을 보며 내뱉듯이 대꾸했다. 우마다는 어떻게든 여유로워 보이고 싶었지만, 입가에 머무는 비웃음에는 불안해하는 마음이 고스란히 나타나 있었다.

"그렇다면 듣긴 들었다, 이거지? 그런데 처음부터 무시했다는 말이냐?"

"말하자면 그런 거야. 난 처음부터 혈서가 무용지물이라는 걸 알고 있었어."

"그래? 네가 찍은 혈판은 가짜였군."

"혈판은 가짜가 아니지. 피로 물들인 누군가의 진심에 경의를 표한 것은 사실이었으니까."

"그런 이유 때문에 혈판을 찍었다는 얘기냐?"

"맞아."

"네가 하는 말은 모두 진심이겠지?"

"당연히 진심이지."

"지금 네 말이 우리 모두를 모욕한다는 생각은 들지 않냐?"

"천만에! 난 임원 모두를 진심으로 존중한다고!"

"뭐, 존중? 약속을 짓밟은 주제에 누굴 존중해?"

"난 우리가 세운 목적을 이루는 것만이 진정한 존중이라고 믿는다."

"옳소!"

"잘한다!"

복도에서 우마다의 패거리들이 시끄럽게 떠들어댔다.

학생들의 눈길이 복도로 쏠렸다. 바로 그때 교실 마루가 무너지는 듯한 엄청난 소리가 울리면서 교실 창문들이 요란스레 흔들렸다. 교탁 위에 서 있던 신가가 그 커다란 몸집을 날려 교실 바닥으로 뛰어내린 것이다. 신가는 머뭇거리지 않고 우마다에게 돌진했다. 그리고 우마다 앞에 우뚝 버티고 서며 말했다.

"지금 모든 학생들을 존중한다고 했냐?"

"그래, 존중한다고 했다, 왜?"

우마다도 거의 무의식중에 창틀에서 내려왔다. 그 바람에 키가 껑충한 우마다가 중심을 못 잡고 신가 쪽으로 몇 걸음 다가갔다.

"난 어때? 네가 존중하는 학생들 중에 나도 포함되냐?"

"물론 포함되지."

"닥쳐, 그따위 소리는 집어쳐!"

신가는 주먹을 들어 올려 우마다를 후려치려고 했다. 그 순간 신가가 그렇게 하리라는 것을 미리 눈치 채고 있던 지로가 두 사람 사이를 가로막았다. 지로가 신가를 밀쳐내며 외쳤다.

"싸우지 마! 아무리 화가 나더라도 우리가 폭력을 쓰면 모든 게 끝장이야."

"그렇지만……"

신가는 어쩔 수 없다는 듯 지로가 시키는 대로 자기 자리로 돌아갔다. 신가는 의자에 앉아 괴로운 듯 눈을 감고 두 손으로 이마를 감쌌다. 평소 때 신가에게서 볼 수 없는 행동이었다.

지로는 우마다 쪽으로 돌아서며 무언가 말하려고 했으나 머뭇거렸다. 그러나 마음을 다잡은 듯 복도를 등지고 우마다에게 했던 것과는 전혀 다른 침착한 목소리로 천천히 입을 열었다.

"모두에게 사과할 일이 있어. 난 이제야 알았어."

웅성거리던 분위기가 한순간에 다시 잠잠해졌다.

"우리는 지금 동맹휴교를 하느냐, 안 하느냐를 놓고 싸우고 있어. 하지만 동맹휴교 때문에 싸우는 것처럼 의미 없는 일은 없어. 우리가 이렇게 의미 없는 싸움을 하게 된 원인은……."

그때 복도 쪽에서 우마다 패거리 하나가 질문했다.

"동맹휴교가 왜 의미 없다는 거야?"

지로는 고개를 조금 숙인 채 대답했다.

"아사쿠라 선생님이 유임하는 것과 동맹휴교는 아무런 관계가 없기 때문이야."

"알아듣기 쉽게 말해. 동맹휴교를 일으켜도 유임할 수 없다는 거야?"

"맞아."

"해보지도 않고 네가 어떻게 알아?"

"아사쿠라 선생님이 평소에 어떤 분이었는지 기억하고 있다면 내가 굳이 설명하지 않아도 다들 알 거야. 선생님은……."

지로는 달아오른 얼굴을 들어올렸다.

"현청이 혈서를 받아들이고 유임을 결정하더라도 두 번 다시 우리 곁으로 돌아오시지 않을 거다. 난 그저께 선생님 댁을 찾아갔어. 그리고 선생님께 그런 이야기를 들었어."

교실과 복도에서 시끄럽게 수근거리는 소리가 들렸다.

"히라오가 처음 주장한 것처럼 가만히 있어야 했다는 말이군. 너도 그렇게 생각하는 거야?"

그렇게 말한 사람은 우메모토였다. 모두들 히라오를 찾아 눈길을 돌렸다. 히라오는 의장석 옆에 턱을 괴고 앉아 있었는데, 눈은 감고 있었다.

지로도 흘끔 히라오를 보았다. 지로는 우메모토가 질문하자 대답하기가 좀 망설여지는 듯 주저했지만 곧 우메모토를 보며 대답했다.

"결과를 놓고 말하면 그래. 하지만 혈서를 제출한 것까지 후회할 필요는 없다고 봐. 혈서만이 우리가 진정으로 바라는 게 어떤 것인지 보여줄 수 있는 방법이었어. 결과가 좋지 않다고 해서 우리 의무까지 포기할 수는 없는 거잖아?"

지로는 또다시 히라오를 보았다. 히라오는 여전히 눈을 감은 채 조용히 앉아 있었다.

"잘났다, 혼다!"

복도 쪽에서 누군가 큰 소리로 야유를 퍼부었다.

"어째서 혈서만 방법이라는 거냐?"

"우리에겐 동맹휴교라는 진짜 방법이 있어! 동맹휴교를 겁내는 놈들이야말로 의무를 포기하는 놈들이라고!"

지로는 고개를 돌려 시끄럽게 떠드는 우마다 패거리들을 노려보았다.

"동맹휴교는 방법이 될 수 없어. 이건 협박이랑 똑같은 거야. 협박은 정당한 방법이 아냐. 협박은 비겁한 놈들이 좋아하는 범죄라고. 게다가……."

지로는 잠깐 우마다를 쏘아보았다.

"우리 가운데 혹시라도 동맹휴교를 일으키고 싶어 하는 놈이 있다면, 그놈은 우리 학교에서 가장 비열하고 야비한 놈일 거다. 왜냐하면 그놈은 동맹휴교가 목적이니까. 동맹휴교를 일으켜 학교를 시끄럽게 하는 게 진짜 목적이면서 아사쿠라 선생님을 들먹이는 건 그놈이 얼마나 비열한 놈인지 말해주는 증거가 될 거야. 아사쿠라 선생님이 유임하는 걸 위해서라면 무엇이든 저지를 수 있다는 추잡한 놈들 때문에 이 자리가 더럽혀지지 않기를 진심으로 바란다. 이건 내 부탁이자, 마지막 경고다."

"말도 안 되는 소리는 이제 그만 지껄여!"

우마다 패거리 가운데 하나가 외쳤다. 그러나 나머지 학생들은 찬물을 뒤집어쓴 듯 조용하기만 했다. 지로가 한 말에 동의했다기보다는 옛날 생각이 났기 때문이다. 중학교에 들어온 날 거침없이 행동했던 지로의 용기가 바로 어제 일처럼 되살아난 것이다.

얼마 동안 학생들이 잠잠했다. 지로는 복도에 서 있는 우마다 패거리들의 표정을 하나하나 살펴보고 나서 다시 칠판 쪽으로 걸어갔다. 그리고 침통한 얼굴로 입을 열었다.

"하지만 이제 와서 얘긴데, 혈서도 우리의 진심을 담아내지는 못했어. 좋아, 이 자리에서 솔직히 고백할게. 혈서를 쓴 사람은 바로 나야. 지금까지 비밀로 한 것은 혈판을 찍던 날, 신가가 설명한 그대로야. 난 혈서에 쓴 그 마음이 나 혼자 마음은 아닐 거라고 믿었어. 그래서 처음부터 나서지 않았던 거야. 하지만 내 생각이 짧았어. 가장 큰 실수는 진정서를 펜으로 쓰지 않고 피로 썼다는 점이야. 그땐 혈서만이 최선의 길이라고 믿었어. 우리의 피가 들끓는 만큼 우리가 아사쿠라 선생님을 존경하고 있다는 것을 사람들에게 보여주고 싶었어. 내 생각대로 학생회 임원들은 주저하지 않고 혈판을 찍었어. 그 모습을 보면서 난 정말 기뻤어. 내 생각이 옳았다, 동맹휴교 같은 비굴한 방법으로 아사쿠라 선생님의 인격에 상처를 입히는 행동 같은 것은 아무도 좋아하지 않는다……. 난 그렇게 생각한 거야. 그런데 아까부터 줄곧 상황을 지켜보다가 깨달았어. 내 생각이 완전히 틀렸다는 걸 알게 된 거야. 이런 말을 해야 하는 나 자신이 정말 부끄럽고 한심스러워. 만일 내가 펜으로 진정서를 써왔다면 그날 모인 임원들 가운데 쉽사리 서명하는 사람이 있었을까? 아마 없었을 거야. 우린 좀 더 자유롭게 자기 의견을 발표했을 거야. 그렇다면 혈서는 우리가 자유롭게 생각하는 것을 억압하고 혈판까지 강요했던 거야. 그 증거가 오늘 이 자리에 분명히 나타나고 있어. 동맹휴교를 막기 위해 혈서를 썼다고는 하지만, 결과를 놓고 보면 혈서 또한 동맹휴교처럼 우리의 생각을 협박하고 강요하는 수단이 되고 말았어. 협박으로 맺은 약속은 당연히 깨지게 돼 있어. 혈서만 아니었다면 우마다와 신가가 서로 오해하고 주먹질을 할 일도 없었을 거야. 내 생각이 짧았어. 정말 미안해. 모든 게 나 때문이야."

모두 속으로는 크게 동요하고 있었다. 그러나 겉으로는 한없이 조용했다. 임원들의 무거운 분위기가 복도 저편까지 일렁이는 파도처럼 전해지는 것 같았다. 학생들도 저마다 표정이 달랐다. 놀람과 의심, 호기심, 그리고 정체를 알 수 없는 감격 속에서 모두 복잡한 생각에 잠겨 있었다.

관자놀이를 어루만지며 화를 삭이던 신가마저 언제부터인지 목을 길게 빼고 지로를 보고 있었다. 우메모토는 팔짱을 낀 채 미간을 찌푸리며 지로를 보고 있었는데, 눈빛만은 매섭게 빛나고 있었다. 오야마의 얼굴은 보름달 같은 부드러움은 잃지 않았으나 입을 반쯤 벌리고 눈을 깜빡거리는 모습은 평소의 오야마가 아니었다.

오직 한 사람, 여전히 표정없이 앉아 있는 사람은 히라오뿐이었다. 눈을 감고 턱을 괸 채 앉아 있는 히라오의 모습은 마치 지로의 이야기는 한마디도 듣지 않은 것처럼 보였다. 만약 이런 모습이 일부러 꾸민 것이라면 히라오야말로 자신의 본심을 숨기는 데만큼은 수석을 차지하고도 남을 인재였다.

히라오와는 정반대로 가장 눈에 띄는, 그리고 다른 학생들보다 더욱 격렬하게 반응하고 있는 사람은 단연 우마다였다. 우마다는 야물지 않아 보이는 입매를 벌리고 좀 얼이 빠진 기색으로 두리번거렸다. 사람을 무시하는 듯한 비웃음은 사라지고, 지로와 복도에 서 있는 동료들을 쉴 새 없이 번갈아 보고 있었다. 패거리들의 얼굴에서 무언가를 읽어내려고 노력하고 있는 것이었다.

모두 입을 다물고 있는 가운데 지로도 칠판 앞에 서서 꼼짝하지 않고 있었다. 그런데 지로는 갑자기 조용한 분위기를 깨고 우마다 쪽을 바로 보며 물었다.

"우마다, 설마하니 너까지 그 혈서 때문에 협박당한 건 아니겠지?"

우마다에게 이보다 더 짓궂은 질문은 없었다. 그 말이 맞다고
도, 아니라고도 대답할 수가 없었다. 상황은 이미 우마다의 계
획과는 어긋나버린 뒤였다. 우마다는 아무 말도 하지 않았다.
그저 팔짱을 끼고 시치미를 떼며 천장을 올려다보았다.

"네가 대답하지 못하는 이유를 나는 알고 있어."

지로는 목소리를 조금 낮추며 말했다.

"억지로 너에게 대답을 요구하진 않겠어. 몇 번을 물어봐도
협박 때문에 혈판을 찍었다는 말은 하지 않겠지. 나야말로 네
가 자유로운 의지로 혈판을 찍었다고 믿고 싶어. 그래야 너도
아사쿠라 선생님 앞에서 명예를 지킨 게 되고, 난 그만큼 책임
이 가벼워지니까. 만약 네가 자유의지로 혈판을 찍은 게 사실
이라면 넌 우리가 한 약속을 존중해야 한다. 그게 네 의지에 대
한 책임이니까. 내가 혈서를 쓴 데에 경의를 표하려고 혈판을
찍었다는 어리석은 말로 네 명예가 지켜지는 건 아냐. 그럴 바
에야 차라리 협박에 못 이겼다고 말해버려. 아니면 우리가 한
약속이 정당하지 못한 이유를 말해보든가. 하지만 넌 우리가
한 약속에 핑계를 찾을 수 없을 거야. 그렇다면 너도 사나이답
게 명예를 지켜라. 다른 약속도 아니고, 피로 맺은 약속이야.
친구로서 충고한다. 아니, 부탁한다. 제발 이 약속만큼은 지켜
줘. 네 명예를 위해 그리고 아사쿠라 선생님의 명예를 위해 그
전에 아사쿠라 선생님이 우리에게 가르쳐주신, 인간으로서 지
켜야 할 자세부터 기억하길 바래. 이 말은 진심이다."

지로는 그렇게 말하면서 우마다의 표정을 주목했다. 하지만 지로는 복도에 서 있는 학생들이 웅성거리자 조금씩 눈길이 흐트러졌다. 더구나 이번에 학생들이 웅성거리는 것은 지금까지와는 달리 자신이 한 말에 대한 반응 때문이 아니었다. 학생들의 표정을 살펴보건대 교실에서는 보이지 않는 곳에서 어떤 문제가 발생한 것 같았다. 그 때문에 지로의 눈빛은 더욱 복잡해졌다. 우마다도 마찬가지였다. 처음에는 지로가 하는 말을 듣고 기분이 아주 복잡했으나, 복도에서 학생들이 웅성거리는 것을 보고는 그쪽에 신경을 팔고 있었다. 그래서 지로가 마지막으로 한 말은 지로가 기대했던 것만큼 우마다에게 큰 영향을 미치지 못했다.

　조금 뒤 복도가 시끄러웠던 원인이 밝혀졌다.

　"저리 비켜!"

　그렇게 외치는 소리가 복도 뒤쪽에서 들렸다. 그러자 입구를 가로막고 서 있던 학생들이 못마땅한 얼굴로 소리 나는 쪽으로 돌아보는 것이 보였다. 학생들과 목소리의 주인공은 그 뒤로도 실랑이를 몇 번 했고, 결국 학생들은 길을 비켜주었다.

　조금 뒤에 이 학교의 배속장교(교련 과목을 담당하기 위해 학교에 파견된 군인)인 소네 소좌(우리나라의 소령)가 교실로 들어왔다. 그 뒤에는 니시야마 교감도 보였다. 소네 소좌는 슬리퍼를 신고 있었다. 소네 소좌가 박차가 달린 장화를 신고 언제나 요란한 소리를 뿜내며 복도를 돌아다니는 것은 보기 드문 일도 아니었다.

학생들은 소네 소좌에게 '수염'과 '두꺼비'라는 별명을 붙였다. 소내 소좌는 기다란 콧수염으로 유명했는데, 특이하게도 수염 끝을 카이젤 식으로 말아 올려 멀리서 봐도 단번에 알아볼 수 있었다. 교내에 수염을 기르는 선생님이 꽤 많았는데도 학생들이 '수염'이라는 별명을 붙인 인물은 소네 소좌뿐이었다. 그러나 이 별명은 너무 평범했기 때문에 학생들은 다른 별명을 찾고 있었다. 또 소좌 본인이 '수염'이라는 별명을 무슨 계급장이라도 되는 것처럼 여기는 게 못마땅했다. 그래서 모두가 공감하는 별명인데도 학생들은 좀 더 소좌에게 충격을 주는 별명을 원했고, 요즘 들어 '두꺼비'라는 별명이 교내에서 인기를 얻고 있었다.

두꺼비라는 별명은 비 오는 날 한 학생이 운동장에서 두꺼비를 잡아서는 유심히 살펴보다가, "이 두꺼비, 어쩐지 소네를 닮은 것 같아." 하고 말한 데서 시작되었다는 소문이 있지만, 확인된 것은 아니다. 어쨌든 위아래로 짓눌린 것 같은 얼굴에 금방이라도 쏟아질 것처럼 위태롭게 튀어나온 커다란 눈알과 옆으로 길게 찢어진 입은 말할 때마다 버벅거렸고, 그런 인상을 종합해보면 확실히 두꺼비를 닮은 것도 같았다.

소네 소좌는 교실로 들어오자마자 지로를 보았다. 지로는 그때까지도 칠판 앞에 서 있었다. 소네 소좌는 성큼성큼 교단으로 올라와서 의장석에 앉은 다우에를 내려다보며 물었다.

"방금 전까지 뭐라고 떠들던 녀석이 누구지?"

"접니다."

다우에가 미처 대답하기도 전에 지로가 먼저 손을 들어 올렸다.

"아, 너였나? 넌 혼다지?"

"예."

"복도에서 듣기로는 무슨 약속인가를 지키라고 하던 것 같은데 그 약속이란 게 대체 뭘 말하는 거지?"

지로는 입을 다물고 소네 소좌를 보았다. 대답해서 안 될 것은 없지만, 그렇게 되면 자연히 우마다가 동맹휴교를 주장했다는 것도 털어놓아야 한다. 지로는 자기 입으로 그런 말을 하고 싶지는 않았다.

"선생이 알면 안 되는 그런 약속인가?"

소네 소좌는 눈을 심하게 치켜뜨고는 연신 깜박이면서 물어보았다. 이것은 소네 소좌가 학생에게 무언가를 심하게 따져 물을 때 나타나는 표정이었다. 정작 소좌 자신은 이런 표정이 학생들에게 아주 부드럽게 보인다고 착각하고 있었다.

"선생님이 생각하시는 그런 약속은 아닙니다."

"그렇담 숨기지 말고 말해봐."

지로는 이번에도 대답하지 않았다.

소네 소좌는 잠깐 지로의 얼굴을 보다가 니시야마 교감을 보며 고개를 끄덕거렸다. 그러자 니시야마 교감은 세모난 눈썹 밑에 숨은 작은 눈알을 굴리며 무척 침통하다는 표정을 지었는데, 누가 봐도 한눈에 꾸민 짓이라는 것을 알 수 있을 만큼 연기가 형편없었다. 니시야마 교감은 손등을 입술에 대고 눈을 살짝 내리뜨고 헛, 헛 하며 나오지도 않는 기침을 해댔다. 그리고 심각한 비밀이라도 털어놓는 것처럼 목소리를 한껏 낮추었다.

"실은 소네 선생님이 이 학교의 배속장교로서 꽤 오래전부터 너희들의 행동을 걱정스럽게 바라보고 계셨다. 방금 전에도 선생님은 나를 찾아와 단둘이 여러 가지 의논도 해보았다. 선생님의 말씀을 들어보니 너희들이 앞으로 어떻게 행동하느냐에 따라 아주 불행한 결과가 나올 수도 있다는구나. 선생이기 전에 소좌라는 신분상 이런 문제로 너희들과 이야기하는 것 자체가 쉽지 않은 결단이었지만 소네 선생님은 먼저 너희들이 하는 이야기를 들어봐야겠다고 결정하신 거란다. 나 또한 전부터 소네 선생님께 간절하게 이런 부탁을 드렸지. 이에 대해서는 교장선생님도 아직 모르고 계셔. 부디 이 점을 기억해주기 바란다. 먼저 우리가 하는 말을 들어본 뒤에 너희들 생각을 말해주면 좋겠구나. 하나도 숨기지 말고 이 자리에서 다 털어내보자."

만주사변을 계기로 세상이 변했다. 새로운 개혁을 위해 일하다 보면 어디서나 뜻하지 않은 희생이 생기게 마련이다. 세상에는 그런 희생조차 거부하는 사람이 있는데, 아직도 낡은 생각에 사로잡혀 있기 때문이다. 제아무리 훌륭한 인격자라도 낡은 생각에서 벗어나지 못하면 새 시대를 이해하지 못하고, 새 시대를 이해하지 못한 사람이 사회에서 매장되는 것은 당연하다.

새로운 시대는 너희 같은 젊은 학생들을 개혁의 원동력으로 삼고 있다. 앞으로 다가올 세상은 너희들 손으로 새롭게 창조될 것이다. 그런 사명을 가진 학생들이 시대가 변하는 데 둔감해서는 곤란하다. 학생은 선생님의 가르침에 순종하는 것이 의무지만, 그 가르침이 제대로 된 가르침이 아니라면 이를 거부하는 것 또한 의무다. 물론 사제 간의 정의를 생각해서 선생님의 처지를 이해하려고 노력하는 것은 아름다운 일이다. 하지만 새 시대를 창조하는 힘에 견주면 선생님과 맺은 정의는 낡아빠진 이기주의에 지나지 않는다. 학생의 의무는 선생님에게 순종하기 전에 새로운 시대를 창조하는 능력을 키우는 데 있다. 만일 이것을 거스르는 자가 있으면 희생자가 될 것을 각오해야 할 것이다.

니시야마 교감은 연설이라도 하듯 어울리지 않는 말투로 이렇게 말했다. 교감은 단 한 번도 '아사쿠라 선생님'을 언급하지 않으면서도 어떻게든 아사쿠라 선생님에 대한 이야기임을 학생들에게 알려주고 싶어 하는 눈치였다. 그리고 마지막으로 이런 말을 하고 앉았다.

"지금 한 얘기는 사실 교장선생님이 너희들에게 가르쳐야 할 내용이었어. 하지만 유감스럽게도 그런 기회가 없었던 것뿐이야. 어쨌든 중요한 건 너희들이 시대를 잊어서는 안 된다는 점이야. 깊이 생각해서 행동하기 바란다. 더구나 이중에는 앞으로 군인을 지망하는 학생들이 있을 텐데, 훌륭한 군인이 되는 것이 꿈이라면 더욱 조심해야 해. 이 점에 대해서는 소네 선생님이 자세히 말씀하실 게다."

니시야마 교감이 자리에 앉자 소네 소좌가 뒤를 이어 교단 위로 올라왔다.

"나 또한 니시야마 교감선생님과 똑같은 생각이다. 나로서는 더 할 말도 없을 것 같구나. 솔직히 말하면 지난 사나흘 동안 나는 무척 난감했단다. 내 처지가 말이 아니었다고. 내 신분이 이 학교의 교사이기는 하지만, 직책은 어디까지나 소좌이기 때문이지. 따라서 군이 내린 명령이나 요구를 거절할 수가 없는 거야. 며칠 동안 이 때문에 무척 고통스러웠다. 이를테면 헌병대에서 너희들의 동정을 파악한 뒤에 보고하라고 했다 치자. 선생인 소네는 되도록 너희들에게 유리한 보고서를 쓰고 싶지만 군인으로서 책임 있는 자세를 보여야 할 의무도 있어. 오늘 이런 모임이 있다는 건 헌병대에서도 이미 알고 있어. 벌써 나한테 몇 번씩 전화가 걸려왔다. 나로서는 이만저만 곤란한 일이 아냐. 다행히 아직까지는 별다른 문제가 없었다. 혈서 말고는 소동이 일어날 만한 낌새도 없었으니까. 난 이번 문제의 본질이 사제 간의 끈끈한 사랑이라고 믿고 싶다. 어떻게든 사상문제는 아니라고 생각하고 싶은 거야. 지금까지 그렇게 보고해왔고, 앞으로도 그럴 생각이다. 하지만 너희들이 어떻게 행동하느냐에 따라 최악의 상황이 닥칠 수도 있다는 것을 분명히 경고한다. 헌병대는 이 문제를 사상문제로 보고 있어. 너희들 행동에 조금이라도 그런 낌새가 보인다면 난 소좌로서 아무것도 숨기지 않을 거다. 방금 니시야마 교감선생님께서 말씀하신 것처럼, 사관학교를 지망하는 학생들은 특별히 유념해야 할 거야. 군인이 되고 싶다면 이런 모임엔 얼굴도 내밀어선 안 된다는 게 내 소신이다. 또 군인을 지망하지는 않지만, 여기 모인 학생들도 언젠가는 군대에 갈 것이다. 군대에서 하사관이라도 하고 싶다면 중학 시절의 이력이 중요하게 작용한다는 것도 미리 말해두마."

소네 소좌가 말을 마칠 때까지 학생들은 조용히 듣기만 했다. 그러나 마음으로 귀 기울인 것 같지는 않아 보였다. 속으로는 경멸감과 반감으로 치를 떨면서도 괜히 시끄럽게 했다가는 자기들만 손해라는 생각으로 말없이 앉아 있을 뿐이었다.

신가는 물론 사관학교를 지망하는 학생들은 소네 소좌가 하는 말에 긴장하기는커녕 겸연쩍은 표정을 짓고 듣고만 있었다.

교원 적성 심사 채점표를 만들어 학교를 발칵 뒤집어놓은 모리가와도 사관학교를 지망하는데, 모리가와는 작은 수첩을 펼쳐놓고 니시야마 교감이 소네 소좌의 수염에 걸터앉아 먼지를 털어주는 만화를 그리고 있었다. 그 위에는 '사상범을 찾아라 – 니시야마 편'이라는 제목이 적혀 있었다. 그나마 소네 소좌의 기대에 맞게 심각한 표정을 짓고 있는 사람은 지로뿐이었다. 지로는 소네 소좌가 이야기를 마치고 니시야마 교감이 "그럼 지금부터 너희들 생각을 들어보기로 하겠다."고 말하기 무섭게 손을 번쩍 들었다.

"질문 있습니다."

"말해봐."

"개혁을 위해서는 폭력을 휘둘러도 상관없다는 말씀인가요?"

"상관없다는 건 아니지만, 국가를 위해 어쩔 수 없는 경우도 있다고 생각한다."

"어찌할 수 없는 일이었다고 판단되면 어떤 폭력이든 면죄될 수 있다는 말씀인가요?"

니시야마 교감은 대답할 말이 없는지 난감한 얼굴로 소네 소좌를 보았다. 그러자 소네 소좌가 고함치듯 말했다.

"진심으로 국가를 생각한다는 믿음만 있으면 폭력도 선이 될 수 있어."

지로는 심술궂을 정도로 침착하게 말했다.

"학교를 위해서라면 어떨까요. 역시 괜찮습니까?"

"진심으로 학교를 생각하는 폭력이라면 그것도 선이라고 봐야지."

소네 소좌는 며칠 전 자신이 지각한 학생들의 따귀를 마구 올려붙이던 모습을 떠올리며 그렇게 대답했다.

"그렇다면 동맹휴교는 어떻게 되는 거죠?"

학생들은 깜짝 놀라 모두 지로를 보았다. 소네 소좌는 눈알을 부라리며 말했다.

"동맹휴교? 그게 뭐 어쨌다는 거야?"

"제가 생각하기에 동맹휴교는 분명 협박입니다. 협박도 폭력입니다. 학교를 위한 진심만 있다면 폭력도 허용할 수 있다고 말씀하셨는데, 그럼 동맹휴교도 허용하실 수 있지 않을까요?"

"말도 안 되는 소리 집어쳐! 동맹휴교는 다수의 힘만 믿고 설쳐대는 비겁한 짓이란 말이다! 그런 비겁한 행동으로 어떻게 학교를 개혁한단 말이냐?"

"하지만, 늙은 총리대신에게 젊은 군인 여럿이서 총을 쏘아대는 것만큼 비겁한 짓은 아닌 것 같은데요."

"닥쳐라! 네놈이 바로 빨갱이로구나. 네놈이 동맹휴교를 주모했지?"

"난 빨갱이가 아닙니다. 동맹휴교엔 찬성하지도 않습니다."

"근데 왜 그딴 말을 지껄이는 거냐?"

"저는 폭력을 부정하고 싶습니다. 아사쿠라 선생님의 신념이 옳다고 생각하고 싶습니다. 니시야마 선생님……."

지로는 니시야마 교감을 보면서 물었다.

"선생님도 소네 선생님 의견에 동의하시나요?"

"당연히 동의해야지."

대답은 그렇게 했지만 니시야마 교감의 얼굴은 침착함과는 거리가 멀었다.

"그럼 아사쿠라 선생님이 저희들에게 하신 말씀이 모두 거짓말이라고 생각하세요?"

"난 아사쿠라 선생님이 너희들한테 무슨 말을 했는지 모른다. 무슨 말을 했는지 안다고 해도 이런 자리에서 다른 선생님의 교육철학을 비평할 생각은 없다."

그 말에 학생들은 어처구니가 없다는 듯 쓴웃음을 지었다. 그러나 지로는 웃지 않았다. 웃기는커녕 얼음처럼 차디찬 눈빛으로 니시야마 교감을 쏘아보았다.

"아사쿠라 선생님은 폭력을 부정하신 분입니다. 그리고 오가키 전 교장선생님과 마찬가지로 자비로운 정신을 강조하셨습니다."

니시야마 교감은 씁쓰레한 표정을 지어 보였다. 그러자 소네 소좌는 호들갑스러운 몸짓으로 말했다.

"바로 그거야. 그게 대자비야. 대자비를 위해서는 부처님도 칼을 휘두르는 것이란다. 너도 부동명왕(不動明王 : 번뇌와 악마를 물리친다는 분노의 신)에 대해 알고 있겠지?"

지로는 잠깐 소네 소좌의 얼굴을 보다가 내뱉듯이 말했다.

"선생님의 생각이라면 잘 알았습니다. 전 지금 니시야마 교감에게 묻고 있는 겁니다!"

"됐어, 그만 해."

더하면 안 되겠다고 생각했는지 갑자기 신가가 지로에게 달려들었다. 신가는 지로를 가로막으며 어깨를 붙들고는 의장석에 앉아 있는 다우에에게 말했다.

"다우에, 오늘은 이쯤에서 회의를 끝내는 게 좋지 않을까? ……어때, 다들 찬성이지?"

여기저기에서 찬성한다는 목소리가 들렸다. 다우에는 재빨리 회의가 끝났다고 선언했다. 학생들은 교단 위에서 어색하게 서로를 마주 보고 있는 니시야마 교감과 소네 소좌는 아랑곳하지도 않고 자리에서 일어났다.

지로는 감정이 북받쳐 책상에 엎드려 울음을 터뜨렸다. 신가와 우메모토가 양쪽에서 지로를 부축하여 교실 밖으로 나왔다.

학생 하나가 층계를 내려가다가 교가를 흥얼거렸다. 그러자 변성기를 막 지난 굵고 탁한 목소리들이 느릿느릿 따라 부르기 시작했다.

학부모 회의

교내에서 학생들이 아사쿠라 선생님 문제로 소네 소좌와 격렬하게 토론하고 있을 때 현청 이 층에 있는 소회의실에서는 또 다른 회의가 열리고 있었다. 이곳의 분위기는 겉으로 볼 때는 아주 예의 바르고 차분했지만, 서로를 탐색하는 눈치가 뚜렷했다. 이 자리에 모인 사람들은 현청 교육부서의 담당관리들과 하나야마 교장, 그리고 스무 명쯤되는 학부모들이었다. 이 밖에도 경찰서와 헌병대에서 두 사람씩 나와 있었는데, 모두 사복차림이었다. 이들은 날카로운 눈빛을 번뜩이며 학부모들을 쏘아보고 있었다.

이 회의를 주최한 사람은 어쨌든 간에 명목상으로는 하나야마 교장이었다. 하나야마 교장은 잔뜩 주눅 든 얼굴로 학부모들에게 의례적인 인사말을 건넸다. 교장은 처음 계획은 학교 강당에서 5학년 학부모들을 모두 모아놓고 회의를 하려고 했는데, 그렇게 되면 가뜩이나 신경이 날카로운 학생들을 자극할 수가 있고, 결과도 어떻게 나올지 알 수 없기에 현청의 호의를 받아들여 급한 대로 이곳에서 간담회 형식으로 회의를 진행하게 되었다고 설명했다.

교장이 인사말을 마치자 학부모들은 어떤 기준으로 오늘 모임에 학부모들을 선택해서 불렀냐고 질문했다. 하나야마 교장은 그런 질문이 나오기를 기다렸다는 듯이 목소리에 힘을 주고 말했다.

"저희는 현청과 미리 의논했습니다. 성적도 우수하고, 교내 학생회에서 중요한 자리를 맡고 있는 학생들의 학부모님들 가운데 각 방면에서 유력한 분들만 따로 선발해 이렇게 모신 것입니다. 여기 모인 분들 말고도 이런 기준에 적합한 학부모들이 많이 있을 것으로 생각합니다만, 이런 자리일수록 너무 많이 모이는 것도 부담스럽기 때문에……. 아, 그리고 시간이 더 늦어져서는 안 되겠기에 스무 명 정도를 정하고, 되도록 학교 가까이에 사는 분들만 모신 것인데……."

슌스케도 그 자리에 앉아 있었는데, 몇 번을 생각해도 자신이 사회에서 유력한 지위에 있다고는 생각되지 않았다. 이곳에는 우마다의 아버지도 참석했다. 그는 현의회 의원이었기 때문에 사회적 기준만 따진다면 이 회의에 가장 어울리는 사람이라고 볼 수 있다. 그러나 우마다의 학업성적을 조금만 생각해보면 그 사람 또한 이 자리에 어울리는 학부모는 아닌 것 같았다. 학교에서는 이 자리에 참석한 학부모 명단을 한 장씩 나눠 줬는데, 히라오, 다우에, 신가, 우메모토, 오야마처럼 좋은 면에서든, 좋지 않은 면에서든 현재 학교에서 관심을 한 몸에 받고

있는 학생들의 부모는 모두 적혀 있었다. 게다가 학교에서 초
청한 사람은 모두 아버지들이었다. 아버지들은 그 때문에 곤혹
스런 표정을 감추지 못했다. "지금 교장선생님이 말씀하신 대
로라면 다른 분들은 모르겠습니다만, 저 같은 경우는 아무리
생각해도 이 자리에 참석할 자격이 없는 것 같은데요." 하며 괴
로운 얼굴로 무언가 착오한 게 아니냐고 한마디 하는 아버지도
있었다. 이곳에 모인 학부모들 중에서 교장이 말한 대로 학부
모 대표의 조건을 완벽하게 갖추고 있는 사람은 히라오의 아버
지뿐이었다. 히라오의 아버지는 유명한 변호사이고, 다음 선거
때 시장 후보로 출마할지도 모른다는 소문이 꽤 오래전부터 돌
고 있었다.

교장이 설명을 마치자 아직 서른 살도 안 돼 보이는 젊은 남
자가 일어섰다. 자신을 현청 학무과장으로 소개했는데 피부가
유난히 희고, 무척 날카로워 보였다.

"실은 유임 운동 같은 건 처음부터 학교에서 스스로 처리해
야 할 문제지만, 학생들이 문제를 복잡하게 만들었어요. 교장
선생님뿐 아니라 지사님께도 진정서를 보냈단 말이죠. 또 이런
상황에서 강압으로 사태를 해결하는 것보다 학부모들께 아사
쿠라 선생이 왜 사임했는지를 자세하게 설명하고, 양해를 구하
는 편이 좋겠다는 의견도 있어서 이런 자리를 마련했습니다.
교장선생님과 학부모들이 바로 이야기를 나누는 게 가장 좋겠
습니다만, 이번 일에는 저희들 책임도 있고 해서 이렇게 참석
했습니다. 이상하게 생각지 마시고, 오늘 만남으로 문제가 해

결되면 좋겠습니다."

과장은 무척 조심스럽게 목소리를 낮춰서 이번 모임을 꾸린 까닭을 설명했는데, 아사쿠라 선생이 퇴임한 까닭을 설명할 때는 무슨 연설이라도 하는 것처럼 흥분하며 외쳐댔다. 학무과장은 아사쿠라 선생이 해임된 원인은 교사의 품위를 상실한 "말실수" 때문이며, 더구나 그 말실수는 "교육자로서 신중치 못한 시국 비판"을 한 데 해당되기에 도무지 그냥 넘어갈 수 없었다고 설명했다. 한마디로 아사쿠라 선생은 "사회정의를 유린하는 자유주의자"이며, 이런 무책임한 선생에게 학생들을 가르치게 하면 자라나는 어린 학생들의 머릿속에 반국가 사상을 심어줄 수 있으니 위험하다고 얘기했다.

"따라서 아사쿠라 선생은 스스로 교육자의 자질을 포기한 것입니다. 조금도 동정할 필요가 없어요. 아사쿠라 선생은 학교 문제가 아니라 시국사건으로 퇴직당한 것입니다. 학생들이 어떤 운동을 하든 유임은 할 수 없습니다. 현청에서 이런 방침을 내린 것을 이해해주시기 바랍니다. 오늘 회의가 끝나고 집에 돌아가셔서 자녀분들에게 이 점을 이해시키셔야 합니다. 그래도 자녀분들이 유임 운동을 계속하겠다고 말한다면 아사쿠라 선생의 불온사상에 세뇌됐다는 증거이므로 현청에서는 이번 사건을 사상운동으로 보고 진압하는 수밖에 없습니다. 그렇게 되면 사태는 아주 심각해질 겁니다. 학교의 힘만으로 진압할 수 없다면 결국 공권력을 투입해야 하는데, 그렇게 되면 조용히 넘어가지는 못할 겁니다. 뜻하지 않은 선의의 희생자들이 쏟아질 겁니다. 방금 교장선생님이 말씀하시는 걸 듣자하니 여기 모인 분들의 자녀분들이 학교에서 꽤 중요한 임원을 맡고 있고 따라서 다른 학생에 대한 영향력이 클 텐데, 그럴수록 더욱 주의해야 한다고 생각합니다. 저희 현청으로서는 사태가 악화되기 전에 수습하는 것을 가장 먼저 생각하고 있습니다. 학부모님들 처지에서도 자녀분들이 상처받지 않고 상황이 마무리되기를 바라실 겁니다. 오늘 만남은 그래서 더욱 중요합니다. 이런 점들을 감안하셔서 깊이 헤아려주시기를 부탁드립니다."

학부모들은 한동안 아무 말도 하지 않았다. "다른 학생에 대한 영향력이 클 텐데" 하는 학무과장의 표현은 칭찬 같으면서도 동시에 위협하는 말로 들렸고, 무엇보다 자기 아이의 성적이 그다지 좋지 않은 것을 알고 있는 학부모들로서는 더욱 불안해지기만 했다.

"히라오 씨는 어떻습니까? 댁의 자녀분은 성적이 가장 좋은 것으로 알고 있는데요. 또 학생회 총무가 아닙니까? 히라오 씨 같은 분이 학부모를 대표해 먼저 한 말씀 하시면 다른 학부모님들께 참고가 될 것 같은데……."

학무과장은 음흉하게 웃으며 히라오의 아버지를 재촉했다. 그러자 히라오의 아버지는, "원 별말씀을……." 하고 백발이 뒤섞인 머리를 두 손으로 한껏 추어올리며 우마다의 아버지를 보았다. 히라오의 아버지는 금테 안경을 벗고, 움푹 팬 눈자위를 손가락으로 비비면서 오랫동안 뜸을 들였다. 그러다가 말하기 아주 거북스럽다는 표정을 짓고 띄엄띄엄 입을 열었다.

"제 자식놈은 이번에 학생 대표로 교장선생님을 몇 번 찾아간 것으로 알고 있습니다. 먼저 교장선생님께 자식놈이 무례하게 군 것을 사과드립니다. 제가 듣기로 그 녀석은 본인이 원해서 이번 일에 참가하게 된 것 같지는 않습니다만……. 이 자리에서 솔직히 말씀드리면 제 아들은 처음부터 유임 운동에 반대했다고 합니다. 하지만 다수결로 유임 운동이 결정되어 학생회 총무로서 어쩔 수 없이 나서게 됐다는 것인데……. 물론 이렇게 말씀드리면 어쩐지 변명하는 것처럼 들릴 수도 있지만, 제 아들은 이번 일에 책임이 없다는 뜻으로 하는 말은 결코 아닙니다. 본인이 시작했든, 강요받은 일이든 간에 학교 대표로서 유임 운동에 나선 만큼 어떤 경우에도 그만 한 책임을 지는 것이 마땅하다고 생각합니다."

히라오의 아버지는 눈을 비비는 것을 그치고 안경을 다시 고쳐 썼다. 그러고는 다른 학부모들을 슬쩍 둘러보았다. 그리고 갑자기 목소리에 힘을 주어 말했다.

"다만 제 아들놈이 하는 말을 들어보니, 이번 문제가 계획해서 진행됐다는 점입니다. 아주 교묘하게 꾸민 일이기에 아마도 대부분 학생들은 자기도 깨닫지 못한 사이에 엉뚱한 방향으로 끌려가고 있는 건 아닌가, 하는 생각이 듭니다. 제 아들 같은 경우도 그런데……. 아비로서 이런 말까지 하는 건 좀 그렇지만……, 제 아들은 생각이 무척 깊은 편입니다. 방금 말씀드린 것처럼 처음부터 신중하게 생각하고 유임 운동이 쓸모없다고 반대했지만, 어쩔 수 없이 찬성하게 되었다는 말을 들었습니다.

아들 얘기로는 유임 운동에 적극 나선 몇몇 학생들이…… 즉 아사쿠라 선생의 사상에 감화된 학생들 네다섯 명이 유임 운동을 이끌고 있는데…… 그 학생들이 주장하는 게 감성으로나 이성으로나 어느 쪽으로 생각하든 무척 올바르기에 누구 한 사람 대놓고 반박하지 못했다고 합니다. 그 학생들은 아사쿠라 선생님을 존경하는 마음만 나타낼 뿐이지 불온한 행동을 하려는 것은 아니다, 동맹휴교 같은 불온한 행동을 막기 위해 혈서를 쓰고 혈판을 찍었다, 뭐 이렇게 주장하고 있기 때문에 생각이 다른 학생들도 동조할 수밖에 없었다고 합니다. 사실 저도 혈서나 혈판에 대해서는 그리 심각하다고는 여기지 않습니다. 혈기왕성한 학생들이 그 정도로 행동하는 것은 너그럽게 이해해야 한다고 믿습니다. 만약 이런 행동마저 제지당한다면 학생들은 동맹휴교 같은 폭력을 써서 자신들의 감정을 드러내려고 들 겁니다. 그 때문에 저희 집 아이도 대놓고 반대하지 못하고 대표로서 참여했다고 하는데……. 제 아들 말로는 그렇다고 동맹휴교가 안 일어날 것 같지는 않다고 합니다. 오히려 혈서와 혈판까지 제출했는데, 현청에서 이렇게 무시하고 있다, 좀 더 강력한 방법을 찾아봐야 하는 것 아니냐, 이런 얘기까지 나오고 있다는 겁니다. 제 생각엔 바로 이 점이 문제의 핵심입니다. 혈서와 혈판은 처음부터 이런 심리적 충동을 위해 계획된 게 아닌가 싶습니다. 제 아들이 그러는데 유임 운동에서 선봉대 노릇을 하는 학생들은 학생회 회의 때는 동맹휴교에 반대한다고 말하면서 뒤에 가서는 소규모 그룹을 모아놓고 동맹휴교 시기와 방법을 하나하나 이야기하는 것 같다고 합니다. 그런 말을 듣고 제 예상이 맞았다는 생각을 했습니다. 어쨌든 제가 보기에 이번 문제는 그리 단순하지 않습니다. 대다수 학생들은 순진하게도 유임운동이 핵심이라고 믿는지 모르지만, 선봉대들은 그렇게 생각하지 않을 겁니다. 선봉대를 맡은 학생들은 다들 성적도 뛰어나고, 평소에도 학교문제에 적극 개입해서 전교생에게 신임을 받고 있는 학생들이라고 합니다. 그런 점에서 생각해볼 때 분명히 배후에 누군가 있을 겁니다. 이번 문제는 학교문제로 자식을 기르는 부모로서 가볍게 여겨서는 안 됩니다."

히라오의 아버지는 그렇게 말한 뒤 다시 안경을 벗고 학부모 명단을 눈앞에 갖다댔다. 하지만 눈동자는 잽싸게 좌우로 움직이며 다른 학부모들의 동태를 살피고 있었다. 그때 우마다의 아버지가, "한 말씀 여쭤보겠는데……." 하고 정중하면서도 어딘지 모르게 가시가 돋친 말투로 물어보았다.

"말씀을 듣자하니 선봉대 노릇을 하는 학생들은 아주 적은 것 같은데, 혹시 알고 있다면 그 학생들 이름 좀 말씀해보시지요."

"이름까지는 제가 확인해보지 못해서……."

히라오의 아버지는 당혹스럽다는 듯 머리를 쓸어넘겼다.

"아드님이 그런 건 얘기하지 않던가요?"

"저도 몇 번 물어본 적이 있습니다만, 아들 녀석이 다른 건 몰라도 친구들 이름만은 말할 수 없다고 버티는 바람에……. 본디 그 나이 때는 의리를 중요하게 생각하지 않습니까? 우리도 다 어릴 때 한 번쯤은 그랬던 경험이 있지요, 호호호."

그러나 우마다의 아버지는 조금도 웃지 않았다. 다른 학부모들도 굳은 얼굴로 인상만 쓰고 있었다. 분위기가 차가워진 것을 눈치 챈 히라오의 아버지는 허공에 대고 힘없이 몇 번 웃고는 고개를 숙였다.

"여러분, 어떻습니까."

학무과장이 재빨리 뒷수습에 나섰다.

"방금 히라오 씨가 말씀한 것으로 사건의 진상이 밝혀질 듯한데 여러분도 알고 계시는 것에 대해 말씀해주시면 좀 더 명백해질 것으로 생각됩니다만."

학부모들은 서로 빤히 얼굴만 볼 뿐, 입을 굳게 다물고 있었다. 슌스케는 교장이 인사말을 할 때부터 팔짱을 긴 채 눈을 감고 있었는데, 이때는 몸을 뒤로 젖히고 의자에 앉아 있었다. 그러다가 학무과장이 말하는 소리가 들리자 슬쩍 실눈을 뜨고 쳐다보았다. 하지만 이내 눈을 감아버렸다.

"우마다 씨도 무슨 말씀 좀……."

학무과장은 알랑거리듯 웃는 얼굴로 우마다의 아버지를 보았다.

"아닙니다, 아니에요. 실은 저는 아무것도 모르고 참석했습니다. 히라오 씨가 하는 이야기를 듣고 정말 깜짝 놀랐습니다."

"아사쿠라 선생의 일이 문제가 된 것은 알고 계셨으리라 생각합니다만……."

"예, 그 얘긴 저도 몇 군데서 비공식으로 들었습니다. 하지만 그 일로 혈서를 쓰거나, 혈판을 찍었다는 얘긴 오늘에야 비로

소 알게 되었습니다. 제 아들은 한 번도 그런 얘기를 한 적이 없어서요."

그렇게 말하면서 우마다의 아버지는 쑥스러운 듯 고개를 갸웃거렸다.

"어쨌든 이 문제는 빨리 수습될수록 좋다고 생각합니다. 저도 힘닿는 데까지 아들놈을 설득해보겠습니다. 오늘 당장 집에 가서 아들 녀석을 붙들고 자세한 내용을 들어볼 작정입니다. 제 아들은 책임지고 유임 운동에서 손을 떼도록 하겠습니다."

"그렇게만 해주신다면 저희로선 더 부탁드릴 게 없습니다. 다른 학부모들께서도 우마다 씨처럼 노력해주신다면 학교는 곧 정상화될 겁니다."

그러자 우마다의 아버지는 또 고개를 갸웃거렸다. 그리고 하나야마 교장 쪽을 슬쩍 보고는 다른 학부모들에게 웃으면서 말했다.

"아무래도 과장님이 우리를 이 자리에 초청한 건 아들놈들의 문제가 부모 책임이라는 걸 알려주기 위해서 그런 것 같은데, 모두 말씀들 해보시지요?"

"아니, 그런 뜻은 아니었는데……."

학무과장은 다급한 듯이 우마다의 아버지가 하는 말을 가로막았다. 그러나 우마다 아버지는 학무과장 쪽은 신경도 쓰지 않고 말했다.

"아들놈들은 그렇다 치고, 학교에선 이 문제에 대해 어떻게 대응해왔는지 무척 궁금하군요. 현청이 개입해야 할 정도로 문제가 커진 까닭을 모르고서야 아이들을 무조건 야단만 칠 수도 없는 노릇이니……."

몇몇 학부모들이 우마다의 아버지가 의견을 내자 동감한다는 듯 고개를 끄덕였으나 대다수는 거북한 듯 눈길을 떨어뜨렸다. 슌스케는 여전히 눈을 감은 채 생각에 잠겨 있었다.

"당연히 궁금하실 겁니다."

하나야마 교장은 반쯤 일어나 엉거주춤한 자세로 말했다.

"오래전부터 유임 운동에 대해 학생들을 모아놓고 제가 특별히 타이를 작정이었습니다만, 생각만큼 기회가 오지 않았고, 또……."

"기회가 오지 않았다니, 그게 무슨 뜻입니까?"

"이 문제로 현청과 협의하느라……."

"그렇다면 학생들을 그리 내버려두었다는 이야기인가요?"

"아닙니다, 절대 그런 것이 아닙니다. 학생회 대표들과는 아침마다 만나고 있습니다. 또 학생회 대표들에게도 제 의견을 이야기하고 있습니다. 확인해본 적은 없지만, 다른 학생들도 제 뜻을 이해하고 있을 겁니다."

"그 정도면 교장의 책임을 다했다고 생각하시는 겁니까?"

"그런 뜻이 아니라, 지금은 학생들을 소집할 때가 아니라고 생각했습니다. 학생들을 자극하면 좋지 못한 결과가 나올 수도 있기 때문에……. 또 현청에서도 몇 번씩 당부를 했고……."

"그렇지만 학무과장 이야기로는 지금 학생들이 멋대로 모여서 유임 운동이다, 혈서다, 하고 소란을 피우는 건 사실 아닙니까? 그에 대해서는 교장으로서 책임이 없다는 말씀인가요?"

"그런 뜻이 아니라……. 학생회 임원들은 언제라도 자유롭게 모일 수 있어서……."

"그럼 학생회 모임에 교장선생님이 한 번이라도 찾아가신 적은 있습니까?"

"그게 실은 현청 당국에서 교장인 저보다는 일단 다른 선생님들께서 학생들의 의견을 들어보는 게 좋겠다고 해서……."

학부모들은 쓴웃음을 지으며 교장과 학무과장을 차례로 보았다. 슌스케도 눈을 크게 뜨고 어이없다는 듯 교장의 얼굴을 빤히 쳐다보았다. 히라오의 아버지는 한숨을 쉬며 안경을 벗었고, 우마다의 아버지는 화가 난 얼굴로 학무과장을 쳐다보았다. 그러자 학무과장이 말했다.

"이런 문제는 사건의 성질상 배속장교가 수고해주시는 게 가장 적절하다고 생각합니다. 아마 지금쯤 니시야마 교감과 함께 학생들을 설득하고 있을 겁니다."

이때 구겨진 홑옷에 낡은 하의를 검소하게 차려입은 백발노인이 자리에서 일어났다. 어쩐지 기품이 있어 보이는 뚜렷한 이목구비가 사람들의 눈길을 사로잡았다.

"저는 다우에라고 하는 늙은이입니다. 이 학교 5학년인 다우에 이치로가 제 손자되는 녀석입지요. 지금까지 쭉 말씀들을 듣자하니, 오늘 모이게 된 취지는 충분히 이해가 되었습니다. 일이 이렇게 되었으니 학교와 학부모들이 좋은 쪽으로 협력해서 잘 마무리하는 수밖에 없다고 생각되는군요. 그 전에 히라오 씨에게 한 마디 묻고 싶은 말이 있는데, 조금 전에 히라오 씨가 말씀하시기를 학생들을 부추기는 선봉대가 있다고 하셨는데, 그 말씀은 학생들이 무슨 사상적인 배경을 가지고 움직이고 있다는 듯 들렸습니다. 혹시 그놈들 가운데 제 손자가 있는 건 아닌지 걱정스럽군요. 만일 아시는 게 있으면 기탄없이 말씀해주시기 바랍니다."

"그건 좀전에 우마다 씨에게도 말씀드린 것처럼……."

"아드님이 의리상 친구들 이름을 밝히지 않았다는 것이 수긍 안 가는 건 아닙니다. 내 손자 녀석도 아드님과 함께 학생회 총무인가로 선출되었습니다. 그래도 무슨 애기든 들으셨을 것 같은데……."

"죄송합니다만, 들어본 적이 없습니다."

"이 자리에서 말씀하시기가 곤란하다든가, 아니면 괜히 잘못 말했다가 나중에 일이 복잡해질 것을 미리 걱정해서 말씀 못 하시는 건 아니고요?"

"아닙니다, 정말 들은 애기가 없어서 그런 겁니다."

"이럴 때일수록 학부모들끼리도 속이는 게 없어야 해요. 조금 분명하지 않아도 알고 있는 사실이 있으면 다 털어놓아야 서로 도움이 될 겁니다."

"저도 그렇게 생각합니다. 그래서 제가 알고 있는 걸 모두 말씀드렸습니다. 그 밖엔 저도 아는 게 없어서……."

다우에 노인은 그래도 이해가 가지 않는다는 얼굴로 그 자리에 서 있었다.

그러자 슌스케가 감았던 눈을 뜨고 웃으며 다우에의 할아버지에게 말했다.

"다우에 어르신, 그 문제라면 어르신 손자는 걱정하지 않으셔도 됩니다. 그래도 걱정되시면 제가 확인해본 뒤에 말씀드리겠습니다."

"실례지만 댁은 누구신지······."

다우에 노인은 책상 위에 놓여 있는 명단을 뒤적거렸다.

"혼다라고 합니다."

"아, 혼다 씨였군요······. 혼다 씨는 이번 일에 뭔가 아시는 것이라도 있나요?"

"자세한 것은 저도 모릅니다. 하지만 방금 히라오 씨가 이야기한 선봉대 가운데 하나가 누구인지는 잘 알고 있습니다."

"아, 그래요?"

다우에 노인의 눈이 순간 번쩍였다. 그러나 이번에는 그 학생이 누구냐고 꼬치꼬치 캐묻지는 않았다. 다른 학부모도 묻는 사람이 없었다.

슌스케가 웃으면서 말했다.

"그 하나가 바로 제 아들입니다. 혈서를 쓴 장본인이기도 하고요."

"그게 사실입니까?"

다우에 노인은 깜짝 놀라 슌스케를 보았다. 그러고는 자기가 아직도 서 있다는 것을 깨닫고 서둘러 자리에 앉았지만, 여전히 눈길은 슌스케 쪽으로 가 있었다. 소회의실에 모인 모든 눈동자가 슌스케에게 쏠렸다. 모두들 숨을 죽인 채 슌스케가 다음 말을 하기를 기다리는 것 같았다.

"처음 제 아들이 혈서를 쓴 걸 알았을 때는 어린놈이 건방지다는 생각이 먼저 들더군요. 그래서 저도 무척 찜찜했습니다. 그러나 생각해보면 제 아들은 그럴 수밖에 없었다는 걸 알게 되었지요. 녀석은 혈서만이 최선의 방법이라고 믿었던 거죠. 혈서야말로 그 녀석의 진심을 세상에 드러낼 수 있는 오직 한 가지 길이었으니까요. 그걸 알면서 혈서를 찢어버리라고 말할 수는 없었습니다. 그때는 혈서 한 장이 이렇게 상황을 심각하게 만들 것이라곤 생각 못했는데, 정말 죄송하게 됐습니다."

하지만 슌스케의 말투는 그다지 죄송해하는 것처럼 들리지 않았다.

학부모들은 모두 슌스케에게서 학무과장과 교장 쪽으로 천천히 눈길을 돌렸다. 학무과장은 교장의 귀에 대고 무슨 말인가를 속삭이고 있었는데, 학부모들이 보는 것을 느끼고는 자리에서 일어나 천천히 말을 했다.

"혼다 씨, 정말 어렵게 결단을 내리셨습니다. 스스로 나서서 이런 사실을 말씀해주셨으니 아드님께는 절대로 불이익이 돌아가거나 하지는 않을 겁니다. 이에 대해서는 현청이나 학교나 같은 입장입니다. 모든 점을 충분히 고려해서 처리할 테니 걱정하지 않으셔도 될 겁니다."

슌스케는 쓴웃음을 머금고 말했다.

"제가 무슨 결단을 내린 것도 아니고, 또 이런 것을 털어놓는

다고 해서 아들놈이 불리해진다든가, 유리해진다든가 생각해
본 적 없습니다만……."

"말씀은 그렇게 하셔도 어떤 마음이신지 알 것 같습니다."

학무과장은 혼자 고개를 끄덕이며 감탄한 듯 말했다. 그리고
손가락으로 코끝을 비비면서 아래를 내려다보고 있었는데, 문
득 생각났다는 듯이 말했다.

"혼다 씨, 저희들은 이번 사건을 해결하기 위해서는 먼저 그
혈서를 철회시켜야 한다고 생각하고 있습니다. 아드님을 잘 타
일러서 혈서를 철회하도록 도와주시겠습니까?"

"그에 대해선 저도 뭐라고 말씀드릴 수 없습니다."

슌스케의 말은 모두를 깜짝 놀라게 할 만큼 분명했다.

"과장님이 오늘 하신 말씀은 집에 가서 제 아들에게 모두 전
하겠습니다만."

"전하는 걸로 그쳐서는 안 되죠. 설득하셔야 합니다."

"꼭 그래야 한다면 설득도 해보죠. 하지만 설득에도 한계가
있으니……. 이번 문제는 아들놈이 고민한 끝에 내린 결정입
니다. 제가 아버지이긴 합니다만, 양심을 걸고 내린 결단에 함
부로 참견해선 곤란하죠."

"지금 그 말씀은, 혈서를 철회하도록 강요하는 것이 아드님
의 양심에 어긋난다고 생각하시는 겁니까?"

"아닙니다, 꼭 그렇다고는 생각하지 않습니다. 이런 말씀을
드리면 어떻게 생각하실지 모르겠는데, 제가 보기에 우리 아이
는 처음부터 끝까지 양심이 시키는 대로 움직였습니다. 그것만

큼은 부모인 저로서도 인정하지 않을 수 없다고 생각합니다. 이미 일이 이렇게 되었으니 제 아들이 마지막까지 자신의 양심을 지켜내도록 도와줄 작정입니다. 이제 겨우 중학생이니 여러 가지 면에서 생각이 부족한 점이 있었을 거라고 생각합니다. 사실 본인도 나중에 후회하는 일도 있겠죠. 하지만 근본만 잘못되지 않았다면 작은 실수는 도리어 자기 발전의 기회가 될 것이라고 생각합니다. 그래서 앞으로도 깊이 참견할 생각은 없습니다."

학무과장과 교장은 멍한 얼굴로 서로 마주 보았다. 뒤쪽에 서 있던 경찰과 헌병대 간부들은 자기들끼리 숙덕거리며 학부모 명단과 슌스케의 얼굴을 여러 번 비교해보았다. 학부모들의 표정은 모두 달랐다. 어떤 학부모는 걱정된다는 듯 슌스케를 보았고, 어떤 학부모는 팔짱을 낀 채 심각한 얼굴로 눈을 내리떴고, 또 어떤 학부모는 뒤쪽에 있는 경찰과 헌병대의 눈치를 살피느라 여념이 없었다.

실내는 무거우리만큼 조용했다. 조금 뒤에 학무과장이 흥분한 목소리로 말했다.

"혼다 씨가 집에서 어떤 식으로 자녀를 가르치시든 그것은 저희가 상관할 바가 아니겠죠. 다만 이번 사태에 아드님의 잘못이 없다고 여기시는 것에 대해서는 조금 짚고 넘어갈 부분이 있다고 생각되는군요. 지금까지 제가 했던 말을 기억하신다면 그렇게 생각하시지는 못할 거라고 보는데요……."

"저는 제 아들이 아사쿠라 선생님을 존경하는 것은 지극히 당연한 일이라고 생각합니다. 그리고 아사쿠라 선생님을 존경하는 아들의 마음엔 조금도 거짓된 점이 없다고…….”

“잠깐만요! 그 말씀은 아사쿠라 선생이 훌륭한 교육자라는 뜻입니까?”

“물론입니다. 저는 아사쿠라 선생님처럼 훌륭한 교육자가 앞으로 더 많아져야 한다고 믿는 사람입니다. 오늘날 일본에서 아사쿠라 선생님만큼 귀한 분은 없습니다!”

“그럼 제가 아사쿠라 선생에 대해 이야기한 건 모두 거짓말이라고 생각하시겠군요?”

슌스케는 쓴웃음을 지었다.

“과장님이 일부러 거짓말을 하지는 않았겠죠. 판단의 차이라고 생각합니다.”

“아사쿠라 선생이 말실수한 것만은 확실한 사실입니다. 그 점에 대해서는 어떻게 생각하시는지요?”

“말실수라는 표현 자체가 저는 이해가 잘 안 되는데…….”

“그럼 혼다 씨는 아사쿠라 선생이 한 말이 옳은 말이라고 생각하시는 겁니까?”

“세상을 깨우치는 아주 올바른 가르침이었다고 생각합니다.”

“올바른 가르침이었다고요?”

“그렇습니다. 국민들이 자신의 판단력을 포기하고 눈에 보이는 권력에 무조건 조아리는 위험성을 경고한 아주 올바른 가르침이었다고 생각합니다.”

“아사쿠라 선생의 의견에 반군사상이 깔려 있다고는 생각되지 않으셨습니까?”

"한 번도 그렇게 생각해본 적이 없습니다. 폭력을 반대한다는 것은 어렴풋이 알고 있었지만."

그때 헌병대 장교가 현청 직원을 불러 귓속말을 했다. 그러자 현청 직원이 학무과장에게 다가가 귓속말로 전했다. 학무과장은 달아오른 얼굴로 그 말을 듣고 있었는데, 두서너 번 가볍게 고개를 끄덕인 뒤에 어쩐지 불안한 얼굴로 지그시 눈을 감고 생각에 잠겼다.

"혼다 씨, 이렇게 하는 건 어떨까요?"

그 모습을 유심히 지켜본 히라오의 아버지가 어색한 분위기를 누그러뜨리려는 듯 스스럼없는 투로 말했다.

"이번 문제를 해결하는 데엔 방법이 많겠습니다만, 좀전에 혼다 씨도 인정하신 것처럼 혈서와 혈판은 중학생 신분으로 계획할 수 있는 온건한 방법은 아닙니다. 다른 건 제쳐놓고 일단 지사님에게 내려고 혈서를 썼다는 게 중학생답지 못했어요. 배후가 있다느니, 사상에 문제가 있다느니 하는 말이 나오는 것도 이 혈서 때문이에요. 그러니 이쯤에서 혈서를 취소하도록 아드님을 설득하는 게 가장 빠른 방법이 아닐까요?"

"좋습니다."

뜻밖에도 슌스케는 선뜻 동의했다.

"하지만 과장님께 미리 말씀드린 것처럼 한계가 있습니다. 그 점은 미리 양해해주셨으면 합니다."

"그 한계라는 게 뭘 의미하는 건지 여쭤봐도 되겠습니까?"

"제 아들도 지금은 혈서를 괜히 썼다면서 무척이나 후회하고 있습니다. 이 문제가 제 아들놈 혼자 결정할 수 있는 일이라면 누가 시키지 않아도 기꺼이 취소하려고 들 겁니다. 하지만 그 혈서는 이미 제 아들 손을 떠났끼 때문에 제 아들이 이제 와서 후회한들 돌이킬 수 없는 상황이 되고 말았습니다. 학생회 임원들이 모두 혈판까지 찍었는데 새삼스레 혈서를 무효화해야겠다고 말해보십시오. 학생들 사이에서 어떤 일이 벌어지겠습니까? 그러니 이런 문제들을 깊이 생각한 다음에 제 아들이 스스로 선택할 때까지 기다릴 작정입니다."

"아드님 처지에서 그런 말을 한다는 게 무척 어렵다는 것은 저도 공감합니다. 하지만 지금은 상황이 좋지 않아요. 어떤 위험을 무릅써서라도 사태를 빨리 수습하는 게 중요합니다. 그렇게 하는 것이 아드님의 책임인 것 같습니다만……."

슌스케는 무슨 말 같지도 않은 소리를 하느냐는 얼굴로 히라오의 아버지를 보았다.

"제 아들이 상황을 지금보다 더 나쁘게 끌고 가지는 않을 겁니다. 그 점은 제 아들의 양심을 믿으셔도 좋습니다."

이번에는 히라오의 아버지가 무슨 엉뚱한 소리냐는 듯 이상 야릇한 표정을 지었다. 그리고 몇 마디 따지려는 듯 안경을 고쳐 쓰는데, 갑자기 바깥이 시끄러워졌다. 현청과 중학교는 길 하나를 사이에 두고 나란히 있는데, 건너편 중학교 운동장 쪽에서 학생들이 고함치는 소리와 노랫소리가 시끌시끌하게 들려왔다.

소회의실에 있던 사람들의 신경이 한순간 창문 쪽으로 쏠렸다. 어떤 학부모는 자리에서 벌떡 일어나 창가로 달려가기도 했다. 하나야마 교장도 무슨 일인가 싶어 잽싸게 창문 밖으로 고개를 내밀었는데, 얼굴이 핼쓱해져 핏기가 하나도 없어 보였다.

학생들은 운동장과 교문 앞에서 시끄럽게 떠들고 있었지만, 계획해서 집단행동을 하려는 것처럼 보이지는 않았다. 교문을 빠져나온 학생들은 금세 뿔뿔이 흩어졌다. 하지만 흥분한 소리들은 쉽게 가라앉지 않았다.

조금 뒤에 지로가 학생 둘에게 부축을 받으며 걸어 나오는 것이 슌스케의 눈에 띄었다. 슌스케는 마침 창문 쪽에 앉아 있었기 때문에 우연히 밖을 내다보다가 지로를 보았다. 친구들에게 부축을 받고 쓰러질 듯 걸어가는 지로를 보고 슌스케는 너무 놀라서 자기도 모르게 창문 앞으로 걸어갔다. 슌스케는 팔짱을 낀 채 조금씩 멀어져가는 세 사람의 모습을 바라보면서 몇 번씩 고개를 갸웃했다.

수영

"이렇게 된 바엔 아사쿠라 선생님이 사직했다는 것이 하루라도 빨리 발표되는 게 좋을 것 같아."

지로는 아직도 흥분이 가시지 않은 듯 눈을 매섭게 뜨고 하늘을 쳐다보며 말했다.

일신교를 지나 북쪽으로 조금만 더 가면 이 지역에서 유명한 해송 나무가 나온다. 이 해송 나무는 아주 오래된 나무로서 뿌리가 땅 밖으로 조금 드러나 있었다. 마을 사람들은 이 뿌리 한 부분을 오목하게 도려내 말에게 물을 먹이고는 했다. 말하자면 물통인 셈이다. 지로와 신가 그리고 우에모토는 그 아래쪽 강가에 벌렁 누워 있었다. 한가운데에는 지로가 눕고, 신가는 오른쪽에, 우메모토는 왼쪽에 누워 걱정스런 얼굴로 지로의 표정을 살피고 있었다.

"그렇게 되면 우마다 같은 놈들은 동맹휴교를 하고 싶어도 구실이 없어지겠지."

"그래도 우마다 녀석한테 한 방 먹여야 했어."

우메모토가 말하자 신가는 분하다는 듯 허공으로 주먹질을
해댔다.

그러고는 또 한동안 모두 조용했다.

소나무 가로수 사이로 불어오는 산들바람이 시원했다. 그 소
리가 머리 위에 떠 있는 구름에서 나는 소리 같았다. 지로는 허
공의 한 점을 뚫어지게 바라보다가 말했다.

"실은 나, 동맹휴교라도 해보면 좋겠어."

신가와 우메모토는 반사적으로 몸을 퉁겨 윗몸을 일으켰다.

지로는 햇살에 눈이 부신 듯 가만히 눈을 감았다. 그러고는
다시 구름을 바라보며 혼잣말처럼 중얼거렸다.

"아사쿠라 선생님을 해임한다는 발령이 나오기 전엔 동맹휴
교도 할 수 없어. 선생님이 이곳에 계시는 한, 동맹휴교는 안
돼. 그건 선생님 얼굴에 먹칠을 하는 게 되니까."

신가와 우메모토는 서로 마주 볼 뿐, 아무 말도 하지 않았다.

"차라리 선생님이 빨리 여길 떠나시면 좋겠어."

"혼다!"

신가가 벌떡 일어나 지로의 멱살을 잡고 흔들었다.

"너 지금 무슨 생각을 하는 거야?"

"언제, 어떻게 동맹휴교를 일으킬지 생각하는 중이야."

"그러니까 왜 갑자기 동맹휴교냔 말야!"

"학교를 정화시키기 위해서지. 아사쿠라 선생님 문제는 이미
끝났어. 그 문제하곤 상관없는 동맹휴교야. 문제가 완전히 달
라졌다고."

"야, 임마!"

신가는 성난 목소리로 외쳤다.

"우마다 놈에게 항복하겠다는 거냐?"

"우마다에게 항복해? 그게 무슨 뜻이야?"

지로도 몸을 일으켜 신가 앞에 앉았다.

"넌 우마다가 유임 운동을 핑계 삼아 동맹휴교를 일으키려는 걸 알고 있었잖아. 그래서 우마다가 교장이나, 다른 선생님들을 혼내주자고 했을 때 불순하다며 공격하지 않았어?"

"그런데? 그게 뭐 어쨌다는 거야?"

"그랬던 놈이 이제 와서 그 불순한 짓을 하겠다고!"

"그런 게 아냐. 난 유임 운동은 포기했어. 내가 방금 한 말 못 들었어?"

"그딴 말장난으로 변명하지 마! 네가 무슨 짓을 저지르든 유임 운동으로 보일 수밖에 없다고."

"그렇지 않다니까."

"너 혼자 안 그렇다고 떠들면 다야! 유임 운동이 실패하고 동맹휴교가 일어나면 누구든지 유임 운동을 위해서 동맹휴교를 일으켰다고 생각할 거야."

"나도 알아. 그래서 동맹휴교를 할 때와 방법을 고민하는 거라고. 일단 아사쿠라 선생님이 여길 떠나셔야 해. 그리고 학교는 다시 정상으로 돌아와야 해. 바로 그때가 기회야. 좀 있으면 여름방학이야. 동맹휴교를 일으켜도 2학기 때 할 거야. 그때까지 천천히 생각해봐야겠어. 이왕 할 거 제대로 해볼 거야."

그렇게 말하면서 지로는 차갑게 웃었다. 그 웃음 속에는 어렸을 때 그를 지배한 복수에 대한 광기가 되살아나고 있었다. 지로는 마사키 가의 뜰에서 어린 토종닭과 늙은 레그혼이 싸우던 모습이 눈앞에 선했다. 그때 심장에서 솟구치던 뜨거운 피가 또다시 마구 솟구쳐오르는 것 같았다.

"그렇지만 혼다……."

언제부터 일어나 있었는지 우메모토가 두 사람 사이에 얼굴을 내밀며 끼어들었다.

"넌 계속 폭력을 부정해왔어. 그 주장을 뒤집겠다는 거야?"

"그것도 차차 생각해봐야지."

"차차 생각해본다고?"

"응, 시간은 많아. 천천히 생각해볼 거야."

"대체 왜 그러는데?"

"내 생각엔 동맹휴교라고 다 폭력으론 볼 수 없을 거 같아. 어쩔 수 없는 경우도 있는 법이니까. 아니, 이 세상엔 실제로 필요한 폭력이라는 것이 존재하고 있어."

"그렇겠지. 경찰관이 도둑을 때려잡는 것처럼……. 하지만 학교를 정화하기 위해 동맹휴교를 일으켜야 한다는 건 말도 안 되는 억지야."

"이 방법밖에 없다는 결론이 나와도 억지일까?"

"동맹휴교가 아니라도 방법은 얼마든지 있어. 무엇보다 지금의 교장이라면 동맹휴교를 일으킬 만한 명분이 못 돼.

지로는 쓴웃음을 지으며 말했다.

"나는 하나야마 교장과 싸울 마음은 없어. 저따위 교장은 내 버려두면 자연히 사라질 거야. 솔직히 교장이야말로 가장 불쌍한 사람이야."

"그럼 누굴 상대로 싸우겠다는 거야?"

"우리에게 상처입힌 사람은 없어. 우린 학교한테 상처를 입었다고."

"학교?"

"교감과 배속장교 같은 인간들이 지배하고 있는 학교 말이야."

신가의 눈빛이 번뜩였다. 신가는 지로의 얼굴을 뚫어져라 보다가 말했다.

"넌 아까 그 일이 아직도 분하냐?"

"응, 분해."

"그건 사내답지 못한 짓이야."

"사내답지 못하다고?"

"교감이나 배속장교 때문에 네 인생을 망치겠다는 거냐? 그런데 얽매이는 건 사나이답지 못한 행동이야."

"넌 내가 그 두 사람을 상대로 동맹휴교를 일으키는 것쯤으로 착각하는 모양인데, 그런 건 아냐."

"거짓말하지 마. 속으론 그렇게 생각하고 있잖아?"

"절대 아냐. 상대는 어디까지나 학교야. 더 정확히 말하면 학교도 아냐. 교감과 배속장교를 이용해 학교를 협박하는 자들이야. 아니, 그런 자들이 쥐고 있는 권력이야. 나는 그 권력과 싸우려는 거야. 학교를 정화시키기 위해선 그런 권력들을 몰아내야 하니까."

신가를 보고 있는 지로의 눈동자는 무엇인가에 홀린 듯 움직이지 않았다.

"너, 지금 한 말, 진심은 아니겠지?"

신가는 별 싱거운 소리를 다 듣겠다는 식으로 피식거렸다.

"됐다, 됐어. 그런 꿈 같은 말을 해본들 소용없어. 다들 널 미쳤다고 할 거야."

"그럼 너도 날 미치광이 취급할 거냐?"

"당연하지."

신가는 또 피식거렸다. 그러자 지로는 고개를 돌리며 말했다.

"하긴 너도 사관학교 지망생이지."

"야, 임마……."

신가는 얼굴이 빨개졌다.

"지금 날 모욕하고 싶은 거냐?"

"모욕할 만한 녀석이라면 주저하지 않고 모욕한다. 공격해야 할 녀석이라면 당당하게 공격한다. 앞으론 그렇게 할 거야."

그렇게 말하는 지로의 표정은 무척 괴로워 보였다. 차마 신가를 볼 수 없었는지 우메모토를 보면서 그렇게 말했는데, 우메모토의 눈동자가 말없이 자신을 보는 것을 깨닫고는 다시 벌렁 드러누우며 허공에 대고 한숨을 내쉬었다.

"너, 어떻게 그런 말을 할 수 있지? 아사쿠라 선생님에게 죄송하다는 생각 안 들어? 백조회 정신을 버리겠다는 거야?"

우메모토는 거의 울상이 되었다. 지로는 눈을 감은 채 대답하지 않았다. 그러나 조금 뒤에 입을 열었다.

"죄송스럽게 생각하고 있어. 그래도 싸움은 해야 해. 싸우지 않는다면 아사쿠라 선생님이 품고 계신 신념과 사상을 지켜 드릴 수 없어. 이미 싸우기로 결정했으니 동맹휴교도 상관없어. 아사쿠라 선생님은 우익의 폭력에 맞서려고 동맹휴교를 일으키는 좌익에 대해서도 폭력집단이라고 비난하셨지만, 비협조라든가, 단식 같은 방법은 간디도 했다면서 좋게 생각하셨어. 나는 그런 의미에서 동맹휴교를 하고 싶어."

신가는 지로가 말을 너무 과장해서 한다고 느꼈다. 그러나 이번에는 웃음이 나오지 않았다. 지로의 눈빛을 보자 도무지 웃을 수가 없었다.

우메모토는 이건 아니라는 듯 고개를 세차게 흔들었다. 그것을 보고 지로가 바지를 털며 일어섰다.

"내 말이 이상했나?"

"이상하진 않았는데, 지나친 건 사실이야."

"내 생각이 지나치다고? 학교가 부정에 굴복하느냐, 대항하느냐 하는 문제야. 아니, 이 세상에서 정의가 실현되느냐, 사라지느냐 하는 문제야. 정의를 지키고 싶다면 권력에게 반성을 요구하는 수밖에 없어. 그래서……."

"알았어!"

신가가 외치듯이 말하며 지로를 가로막았다.

"네가 무슨 생각을 하는지 알 것 같아. 하지만 정작 동맹휴교가 일어나면 다른 녀석들이 네 생각에 동의할까? 동맹휴교엔 동의해도 네 생각에 동의하진 않을 거야. 너도 마찬가지야. 네 생각이 행동으로 증명될 수 있을까? 교감이나 배속장교를 무시하고 순수한 마음으로 동맹휴교를 이끌 자신이 있냐는 얘기야."

지로는 퍼뜩 정신이 난 듯 눈을 크게 떴다.

그러고 보니 광대뼈가 툭 튀어나온 니시야마 교감의 세모난 눈썹과 수염 기른 두꺼비처럼 생긴 소네 소좌의 얼굴이 밉살스럽게 눈앞에 아른거렸다. 사실은 아까부터 두 사람의 얼굴을 떠올리며 이야기하고 있었던 것이다.

그때 어디에선가 나뭇잎 하나가 날아와 무릎 위에 살포시 내려앉았다. 숨을 쉴 때마다 그 나뭇잎은 바스락거리면서 하늘거렸다. 지로는 멍하니 그 잎사귀를 내려다보고 있다가 갑자기 고개를 들고 말했다.

"뭐가 뭔지 모르겠어. 좀 더 천천히 생각해봐야겠어."

"응, 그러자고."

신가도 고개를 끄덕거렸다. 그제서야 우메모토도 얼굴이 밝아졌다.

"잘 생각했어. 앞으로 이 문제에 대해 토론해서 결정하자."

신가는 지로의 마음을 풀어주려는 듯 말했다.

"어때, 수영이나 할까?"

셋은 일어섰다.

"목욕재계라도 하는 것 같은데."

지로가 비꼬듯이 말하며 웃었다. 그러자 우메모토가 말했다.

"목욕은 그런대로 봐주겠는데 미타마부리는 정말 꼴불견이야."

"미타마부리가 뭐야?"

"목욕하기 전인가 후에 정좌를 하면서 주문 같은 걸 외우는 거야. 주문을 하면서 합장을 하고 몸도 흔들어야 해. 조금 있으면 우리 학교에서도 시작할 거야. 이미 사범학교에서는 시행하고 있으니까."

세 사람은 오랜만에 웃으면서 물속으로 뛰어들었다.

강은 꽤 얕은 편이었다. 깊은 곳이라고 해봐야 허리밖에 차지 않았다. 그래도 맑고 찬 물과 부드러운 흰 모래는 학교에서 겪은 일들을 깨끗이 씻어주었다.

지로는 물속에 들어가 숨이 찰 때까지 물살에 몸을 맡겼다. 몇 번씩 그렇게 하고 나니 마음이 차분해지면서 지나온 시간들이 되살아났다. 오랜만에 교이치, 오자와와 함께 지쿠고 강 상류를 헤매던 날이 떠올랐다. 그날 뒤로 지로의 마음은 '무계획의 계획'과 '섭리'라는 말이 지배해왔다. 지로는 춘월정 주인에게 모욕을 당하고 인간의 도의라는 것에 절망하고 있을 때 아사쿠라 선생님이 들려주셨던 미켈란젤로의 이야기를 떠올렸다. 이끼 낀 대리석에 '갇혀 있던' 여신을 정으로 다듬어 '구원'한 예술가의 마음은 맑고 시원한 물과 함께 지로의 기분을 조금씩 안정시켜주고 있었다.

"야, 혼다!"

지로가 물 밖으로 고개를 내밀었다. 저쪽에서 신가가 큰 소리로 자기를 부르고 있었다. 어느새 지로는 신가가 헤엄을 치는 곳에서 백 미터 이상 떠내려온 것이었다.

지로가 강물을 거슬러 오자 물가에 한 남자가 속옷 바람으로 서 있었다. 슌스케였다. 슌스케는 지로를 보며 장난스럽게 웃고 있었다. 지로는 어이가 없었다. 그리고 급히 물살을 헤치고 거슬러 올라갔는데, 그때는 이미 슌스케도 물속으로 텀벙 뛰어들었다.

"아버지! 언제 오셨어요?"

지로는 곧장 슌스케가 있는 쪽으로 헤엄쳐갔다.

"현청에 갔다가 지금 막 오는 길이야. 지나가다 보니까 너희가 여기서 수영을 하더구나. 그래서 나도 헤엄이나 칠까 해서 내려왔지."

슌스케는 살이 통통하게 오른 흰 몸뚱이를 물에 담그며 대답했다.

"현청엔 왜 가셨는데요?"

"너희 때문이지."

"우리 때문이라고요?"

지로뿐 아니라 신가와 우메모토도 모두 뜻밖이라는 듯 눈을 크게 뜨고 서로 돌아보았다.

"오늘은 네 덕분에 나도 학교에서 꽤 중요한 학부모로 대접받았지. 아마 한 스무 사람쯤 모였을 거다."

슌스케는 웃으면서 현청에서 있었던 일을 하나도 빠짐없이 털어놓았다. 다만 혈서 문제로 학무과장과 언성이 높아졌다는 말은 하지 않았다.

"현청에선 내가 널 설득하길 바라는 것 같아. 한마디로 혈서를 철회해달라는 거지. 그래서 이미 너 혼자 결정할 문제가 아니고, 혈서를 철회하는 것이 좋은지 어떤지를 나는 알 수 없으니까 적당히 대답하고 나왔다."

이야기를 다 듣고 신가와 우메모토는 심각한 얼굴로 지로를 보았다. 지로가 걱정되었기 때문이다. 신가와 우메모토는 아들의 고민을 이해해주는 슌스케 같은 아버지가 있는 지로가 부러우면서도, 한편으로는 자기 아들이 혈서를 썼다는 말을 아무렇지도 않게 밝혀버린 슌스케에게 불만을 느꼈다.

지로는 정반대로 생각하고 있었다. 지로는 무엇보다 현청의 태도에 분개했다. 겨우 화를 삭혔는데 다시 마음속에서 부정한 권력에 반항해야 한다는 감정이 마구 피어올랐다.

슌스케는 지로의 표정을 살피면서 현청에서 일어난 일을 이야기했는데, 이야기를 마치고는 장난기 어린 얼굴로 말했다.

"오늘은 바람 한 점 없구나. 현청 이 층도 무척이나 덥더군. 그래도 여긴 제법 시원하구나. 역시 여름엔 물이 최고야."

지로와 신가, 우메모토는 헤엄칠 생각도 하지 않고 저마다 생각에 잠겨 있었다. 물 위로 그림자 네 개가 나란히 떠올랐다.

조금 뒤에 신가가 갑자기 생각났다는 듯 우메모토에게 물었다.

"이젠 혈서로는 아무것도 할 수 없어. 차라리 철회시키는 게 어떨까? 괜히 붙잡고 있다간 상황만 나빠질 수도 있어."

"맞아, 나도 지금 그 생각을 하고 있었어. 혼다가 나서는 건 어렵지만, 우리 둘이 나선다면 그렇게 어려운 일도 아냐."

그 말을 듣고 지로가 버럭 소리를 질렀다.

"난 찬성할 수 없어!"

그때 헤엄을 치던 슌스케가 모른 척 지로에게 다가왔다.

"야, 이거 물이 너무 찬데. 너희들끼리 놀아야겠다. 아버진 먼저 나가야겠구나."

슌스케는 그렇게 말하면서 물 밖으로 나갔다.

지로는 신가와 우메모토를 보며 조금 주저하다가, "나 먼저 갈게." 하고 부리나케 슌스케를 따라갔다. 신가와 우메모토는 한숨을 내쉬며 지로의 뒷모습을 멍하니 바라보았다.

몇 분 뒤에 슌스케와 지로는 나란히 둑길을 걷고 있었다. 방금 물에서 나와 땀은 흐르지 않았지만, 얼굴에 와닿는 공기는 후끈거렸다.

지로는 오늘 학교에서 있었던 일을 슌스케에게 이야기했다. 지로는 무척 흥분해 있었다. 슌스케는, "응, 응." 하고 가볍게 맞장구만 쳤다. 니시야마 교감과 소네 소좌가 갑자기 들이닥쳤다는 말을 할 때는, "역시 그랬군. 배속장교가 나섰단 말이지?" 하고 잠깐 흥미를 보였지만, 다른 중요한 말에는 "응, 응." 하고 건성으로 대꾸해서 지로는 맥이 풀렸다. 그래도 지로는 이야기가 끝나면 아버지가 무언가 중요한 말을 할 것이라고 기대했다. 그러나 슌스케는, "선생님만 남겨두고 나와버렸다는 거지? 너희들도 보통이 아니구나." 하고 재미있다는 듯 큰 소리로 웃고는 그만이었다.

지로는 더 참을 수 없다는 듯이 말했다.

"배속장교가 학생들을 위협하고, 현청이 학부모를 위협했다고요! 그런 걸 내버려두잔 말씀이세요?"

"내버려두지 않으면 어떻게 할 건데?"

지로는 차마 자기 입으로 동맹휴교를 계획하고 있다고 말할 수 없었다.

바스락바스락 모래를 밟는 구두 소리만이 귓가에 맴돌았다. 얼굴에서 땀방울이 조금씩 흘러내렸다. 슌스케가 손수건으로 땀을 닦아내며 말했다.

"넌 오늘 혼자 힘으로는 교문도 나오지 못하던데?"

지로는 그게 무슨 뜻인지 몰라 아버지의 옆얼굴을 보았다.

"현청 소회의실에서 다 봤어. 거기에선 교문이 똑바로 보이더라."

지로는 신가와 우메모토가 자기를 부축해 걸어나온 것을 떠올렸다. 울먹이면서 제대로 걷지도 못하고 거의 끌려나오는 자기 모습을 상상하니 아무리 아버지 앞이지만 창피했다.

"그 정도 일에 혼자 걷지도 못하는 주제에 혈서를 썼다니. 그건 만용이란다."

얼핏 듣기에는 농담 같았지만 슌스케는 조금도 웃지 않았다. 지로는 어쩐지 아버지가 무섭게 느껴졌다.

"저번에도 말했지만 네가 하고 싶은 대로 해봐. 언젠가는 후회도 하겠지만, 그건 그때 가서 생각하면 돼. 어쨌든 오늘은 잘했다."

슌스케는 여느 때처럼 부드럽게 말했다.

"그건 그렇고, 어릴 때 아버지랑 처음 수영한 것, 기억나니?"

"그럼요."

지로는 다섯 살 때 슌스케와 처음 강가로 놀러가 수영을 배웠다. 오하마와 함께 살면서 늘 겉으로 맴돌던 자기를 데리고 아버지가 수영을 가르쳐주었다. 그 기쁨은 아마도 평생토록 잊을 수 없는 추억일 것이다. 그날 지로는 가정이라는 곳에 처음으로 희망을 품기도 했다.

'그런데 왜 갑자기 그때 얘기를 꺼내시는 걸까?'

지로는 이상한 생각이 들어 슌스케를 보았다.

"벌써 십이삼 년은 지났구나. 그 뒤로 오늘이 처음이지."

아닌 게 아니라 아버지와 수영한 것은 오늘이 두 번째였다. 지로는 슌스케가 왜 자꾸 그런 말을 하는 건지 이해가 안 되었다.

"아까 현청에서 널 봤을 땐 나도 모르게 걱정이 됐어. 집에 올 때도 교문 앞에서 비틀거리던 모습이 계속 생각나는 거야. 그런 생각을 하면서 다리를 건너는데, 저 밑에서 누군가 머리를 파묻고 헤엄을 치고 있잖아. 그게 바로 너였어. 그때 갑자기 옛날 생각이 났단다. 완전히 잊어버리고 있던 십이 년 전 일이 생각난 거야. 그때 생각이 나니까 나도 한 번 헤엄치고 싶더구나."

지로는 아버지의 사랑이 온몸에 전해지는 것을 느끼며 새삼스레 감격했다.

"아버지랑 아들이 함께 수영하는 게 뭐 그리 대단한 일이겠냐? 그런데 오늘은 이상하게 너와 함께 물속에 있다는 게 무슨 운명처럼 느껴졌어. 십이 년 전은 네가 오하마와 떨어져서 억지로 집에 돌아왔을 때고 그리고 오늘이야. 겨우 두 번이지만 이상하게도 네가 기운 없이 풀이 죽어 있을 때뿐이구나."

순스케는 보통 이런 말을 할 때 웃으면서 하고는 했는데, 이 날따라 표정은 더없이 진지했다. 자연스레 지로도 숙연해지지 않을 수 없었다. 아버지의 그런 표정을 보고 지로는 마음이 더욱 무거웠다. 지금까지 경험한 적 없는 사랑의 무게가 마음에 전해지고 있었다.

저 앞에 양계장이 보이자, 순스케가 또 생각났다는 듯이 말을 꺼냈다.

"이쯤에서 물러서야겠다. 헛수고는 이 정도면 돼. 네 마음은 혈서로 이미 드러났으니, 다른 고생은 하지 않아도 될 거야. 시대는 어차피 제가 가고 싶은 대로 가게 될 거다. 너희들이 바동 거린다고 달라지는 건 없어."

지로는 순스케의 말을 듣고 무언가 따지고 싶었지만, 생각을 고치고 가만히 고개를 끄덕였다. 아버지의 사랑 앞에서 세상의 이치 같은 것은 아무런 힘이 없었다.

지로는 이날 다음과 같은 일기를 썼다.

"아버지는 언제나 사랑으로 세상의 이치를 설명해주셨다. 또한 세상의 이치 안에서 나에 대한 사랑을 표현하셨다. 나에 대한 사랑과 염려 때문에 아버지는 정의를 정의라고 말씀하지 못하실 때가 있다. 만일 아버지의 주장처럼 잘못된 시대에 반항하는 모든 노력이 헛일에 지나지 않는다면 아사쿠라 선생님 또한 쓸모없는 것들에 인생을 낭비하신 것이 되지 않을까?"

두 가지 적

지로는 일주일쯤 깊이 생각했다.

혈서 철회 문제는 그 이튿날 신가와 우메모토가 나서서 학생회 때 안건으로 제출했는데, 어느 정도 예상한 대로 부결되었다. 동맹휴교 찬성파는 혈서를 철회하면 동맹휴교를 일으킬 만한 구실이 없어진다고 생각했으며, 동맹휴교 반대파마저도 "혈서를 철회하면 아사쿠라 선생님을 존경하는 우리 마음도 철회된다."고 주장하며 동조했기에 별다른 논의도 해보지 못한 채 부결되었다.

그런 중에도 신가와 우메모토는 혈서를 취소해야 한다고 끝까지 임원들을 설득했다. 지로가 혈서를 쓴 사실이 이미 현청에 알려졌으니, 현청에서는 지로를 유임 운동 주모자로 몰아갈 것이며, 그것은 곧 지로가 위협을 받는다는 뜻이다. 신가와 우메모토는 이런 논리로 임원들을 설득했다. 이에 대해서는 동맹휴교 반대파 가운데 많은 이들이 동감했다. 그러나 지로가 "혈서는 개인 감정으로 쓴 게 아냐. 이제 와서 혈서를 취소한다는 건 혈서를 내 개인문제로 만드는 것밖에 되지 않아. 난 혈서 철회에 찬성할 수 없어." 하고 말했기 때문에 신가와 우메모토가 노력했지만 혈서 철회 문제는 결국 실패로 돌아갔다.

혈서 철회 문제가 이렇게 되자 또다시 동맹휴교 문제가 떠올랐다.

"학부모들을 현청에서 불렀다는 것은 현청에서 이미 몇몇 학생들을 희생자로 정했다는 뜻이야. 따라서 하루라도 빨리 전교생이 나서는 모습을 보여줘야 해."

우마다 일파는 이렇게 주장했다. 그러자 지로도 가만있지 않았다.

"우리는 방금 혈서를 없애지 않기로 했어. 혈서를 없애지 않으면, 동맹휴교를 일으키지 않겠다고 약속한 걸 지켜야 해."

지로는 자기가 생각하기에도 궤변 같아서 하마터면 웃음을 터뜨릴 뻔했다. 다행히 우마다는 지로가 그렇게 말하자, 잠자코 입을 다물었다. 그러나 조금 지나 이번에는 학생대회를 열자고 주장했다.

"어쨌든 이번 문제는 학생회 임원들끼리 처리할 사안이 아닌 것만은 확실해. 아직까지 학생대회를 열지 않았다는 건 말이 안 돼."

지로는 말이 좋아 학생대회지, 우마다의 본심은 따로 있다는 것을 눈치 챘다. 일단 전교생을 모아놓고 분위기를 흥분시켜 일을 벌이겠다는 뜻이었다.

"학생대회는 필요 없어."

지로는 싸늘하게 대꾸했다.

"뭐가 필요 없어?"

"옳고 그름을 분별하지 못하는 학생대회는 무책임한 군중집회랑 다를 게 없어."

"뭐라고? 옳고 그름을 분별하지 못하는 무책임한 학생대회? 너, 지금 전교생을 무시하는 거냐?"

"무시하는 게 아냐. 사실을 말했을 뿐이야."

"해보지도 않고 네가 어떻게 그걸 알아?"

"네 눈으로 지금 상황을 똑바로 봐. 학생회 임원들이 모였는데도 이성을 잃고 동맹휴교니, 뭐니 하는 소리가 나오고 있어. 그런데 전교생을 모아놓고 냉정하게 회의가 진행될 거라고 생각하냐?"

이 말에는 모두들 한마디씩 덧붙였다. 지로는 차갑게 웃으며 다른 임원들을 보았다.

"봐, 금방 이렇게 되잖아?"

그러고는 조금 긴장한 얼굴로 침통하게 말했다.

"우리가 해야 할 일은 아사쿠라 선생님의 제자답게 선생님을 떠나보내는 거야. 나도 너희들처럼 뭐라도 하고 싶지만……. 하지만 소란을 피울수록 우리가 어리석었다는 걸 증명하는 것밖에 되지 않아. 어떻게든 선생님의 명예를 지켜 드리는 방법을 생각해야 해."

지로는 목소리가 가늘게 떨리고 있었다. 눈가에는 언제부터인지 이슬이 맺혀 있었다. 모두들 조용해졌다. 학생대회를 요구하는 목소리도 들리지 않았다.

학생대회 문제가 정리되자, 지로는 기회를 놓치지 않고 제안했다.

"아사쿠라 선생님의 유임 운동에 대한 학생회 임원회의는 오늘로 끝내야 돼. 내 생각엔 오늘 안으로 선생님을 보내드릴 방법을 생각해보는 게 좋을 것 같은데, 다들 어떻게 생각해?"

이 말에는 신가와 우메모토마저 얼굴이 딱딱하게 굳어졌다. 물론 우마다 일파는 지금이 기회라는 것을 재빨리 알아채고 맹렬하게 공격했다.

"혈서를 철회하지 않는 한, 유임 운동은 지금도 계속되고 있다!"

"임원회의도 안 열고 무슨 유임 운동을 하겠다는 거야?"

"혈서면 다 되는 것처럼 떠들 땐 언제고, 이제 와서 송별회야?"

"겉으로는 유임 운동을 주장한 놈이 뒤로는 송별회 계획이라니! 우릴 뭘로 보는 거냐?"

"이번엔 송별사가 쓰고 싶냐?"

"제발 부탁인데 송별사는 피로 쓰지 말고, 펜으로 쓰라고."

이렇게 욕을 퍼붓는 목소리와 야유가 여기저기서 터져 나왔다. 그러나 이것은 시작에 지나지 않았다. 나중에는 지로에게 위선자다, 비겁한 놈이다, 배신자다, 하면서 퇴장하라고 말하는 학생도 있었다.

그러나 지로는 그런 욕을 들으면서도 전혀 흥분하지 않았다.

이럴 때 어떻게 행동해야 하는지를 지로는 어릴 때부터 뼈저리게 배워왔다. 지로는 자기를 욕하는 소리가 들릴 때마다 조용히 그쪽을 보았다. 그러고는 아무 말도 하지 않고 방금 자신에게 욕을 퍼부은 학생을 차갑게 노려보았다. 상대방이 눈길을 떨어뜨릴 때까지 지로는 눈도 깜빡이지 않았다. 그렇게 다섯, 열, 열다섯씩 지로와 눈이 마주치자 고개를 숙였고, 교실은 다시 조용해졌다. 교실 안은 숨 막힐 듯이 조용했다. 지로는 그 한가운데에 석상처럼 서 있었다. 학생들은 꼼짝도 하지 않고 지로를 보고 있었다. 그 눈빛은 저마다 달랐다. 어떤 눈빛은 잔뜩 겁먹은 듯이 지로를 보았고, 또 어떤 눈빛은 애써 지로를 비웃으려는 듯 차갑게 번뜩였다. 또 다른 눈빛은 지로를 의심하듯 보고 있었다.

지로는 그 모습을 확인하더니 천천히 말했다.

"나는 너희들이 왜 그렇게 심한 말을 하는지 다 알고 있어. 그중에는 내가 처벌받는 데 겁을 먹고 비겁해진 거라고 생각하는 사람도 있을 거야. 그런 사람들은 나 때문에 무척 화가 났을 거야. 그에 대해서는 지금 아무 말도 않겠어. 내가 무슨 생각을 하고, 왜 이런 행동을 할 수밖에 없는지 말로는 이해시킬 수 없다는 걸 잘 알아. 그래서 말인데, 앞으로 내가 어떻게 행동하는지를 보고 판단해주길 바란다. 그리고 혹시라도 별 생각없이, 분위기에 휩쓸려서 재미삼아 날 비난한 사람이 있으면 난 그런 인간들을 경멸할 수밖에 없어. 다만 지금까지 내가 동맹휴교를 방해했다고 생각하며, 나를 비판한 친구들에겐 꼭 하고 싶은 말이 있어."

지로는 그렇게 말하면서 우마다를 보았다. 이어서 우마다 곁에 앉아 있는 그 패거리들을 차례차례 쏘아보았다. 누구 한 사람, 우마다마저도 지로의 눈빛을 똑바로 보지 못했다.

"어제까지만 해도 나는 폭력을 부정하는 데 앞장섰어……."

지로는 침통한 얼굴로 말했다. 기분 나쁠 정도로 음산하게 가라앉은 목소리가 듣는 사람을 모두 불편하게 만들었다.

"만약 너희들이 오늘도 내가 그런 생각을 지키고 있고, 어떤 경우에도 폭력을 거부한다고 생각하면 그건 잘못 생각한 거야. 부조리한 학교의 질서를 바로잡기 위해 폭력을 써야 한다면 난 얼마든지 폭력을 지지한다. 폭력 밖엔 방법이 없다면 난 폭력을 쓰는 데 앞장서겠다. 우린 아사쿠라 선생님 때문에 동맹휴교를 해야 한다고 말해왔지만, 그건 아사쿠라 선생님을 위한 행동이 아니라는 것을 모두 알고 있을 거야. 동맹휴교는 아사쿠라 선생님을 배반하는 것과 똑같아. 그걸 알면서도 동맹휴교를 주장하는 건 명백한 부조리야. 그 부조리를 바로잡기 위해서라면 나는 끝까지 너희들과 맞서 싸울 수밖에 없어. 너희들이 폭력을 쓰면 나도 폭력으로 밀고 나가겠어. 너희도 알다시피 나는 피를 겁내는 놈이 아냐. 피를 흘려야 한다면 얼마든지 흘릴 거야. 사실을 말하자면 나는 폭력으로 내 의지를 관철해왔어. 그런 내가 너희들에게 비겁자라는 욕을 들을 만큼 폭력을 미워하게 된 건 모두 아사쿠라 선생님 덕분이야. 선생님을 만나면서부터 난 폭력에 의지했던 내 과거를 수치스럽게 생각해왔어. 그런데 바로 어제부터 모든 폭력이 다 수치스러운 것은 아니라는 점을 알게 되었어. 너희들과 입씨름하는 것도 지겨워. 너희들 목적이 동맹휴교라면 아사쿠라 선생님을 들먹이지는 말라고. 이건 내 진심이야. 만일을 위해 한마디 하겠는데, 이건 나 혼자 생각한 거야. 그러나 나 혼자 생각한 거라 해서 관대하게 대해주길 바라지는 않아. 난 상대가 몇이 되든 상관없어."

지로가 위협하듯이 말하자 우마다 일파는 주눅이 들어 서로 마주 보려고도 하지 않았다.

"어때, 우마다!"

지로는 싸늘하게 웃으며 우마다를 노려보았다.

"네 생각부터 확인해야겠어."

우마다의 볼이 경련을 일으키듯 심하게 떨렸다. 우마다는, "쳇……." 하며 비웃듯이 천장으로 눈길을 돌려버렸다.

"이 비겁한 놈!"

지로가 큰 소리를 지르며 성큼성큼 우마다에게 다가갔다. 교실은 순간 난장판이 되었다.

"그만둬!"

누군가 그렇게 외치면서 지로의 두 팔을 잡아 뒤로 당겼다. 신가였다. 그와 함께 우메모토, 다우에, 오야마를 포함해 네다섯 명이 지로를 가로막았다. 오야마의 보름달 같은 얼굴에 어딘지 모르게 얼빠진 듯한 표정이 떠올랐다. 오야마는 놀라 눈이 휘둥그레져 지로를 보았다.

"일단 혼다 의견대로 이번 일을 정리하도록 하자. 폭력에 호소하는 것은 나중에 논의하면 되고, 또 혼다 말이 옳으니까. 그리고 이 일은 일전에 우리가 약속한 것도 있어."

지로의 뒤에서 어깨를 꽉 붙들고 있던 신가가 외쳤다. 누구 한 사람 반대하는 말을 하지 않았다.

"뭐야? 다들 반대하는 거야?"

신가가 다급한 목소리로 재촉하듯 물었다.

"나는 찬성이다."

우메모토와 다우에가 합창하듯 한 목소리로 외쳤다.

"나, 나도 좋아."

조금 뒤에 오야마가 쉰 목소리로 대답했다. 그 말을 신호로 여기저기에서 찬성한다는 목소리가 터져 나왔다.

동맹휴교 문제는 이렇게 해서 무사히 정리되었다. 지로가 협박한 게 먹혀들어간 셈이다. 지로를 야유하거나, 쓸데없이 떠드는 사람은 하나도 없었다. 임원들은 열병을 막 앓고 난 사람처럼 온몸이 노곤해져서 지로가 아사쿠라 선생님을 어떻게 보내드릴 것인지 의논하자고 하자 별달리 반대하지 않고 동의했다. 송별회는 학생회 내부규칙으로 정한 특별규정을 적용해 학생 한 사람이 1엔씩 내서 선생님에게 기념품을 선물하자고 건의했다. 또 송별식은 학생회 임원들이 중심이 되어 계획하며, 학생회 임원이 아니라도 참여하고 싶어 하는 학생들을 모집해서 송별회를 열되, 다른 선생님은 하나도 부르지 말자고 제안했다. 대부분 송별회는 교외에 있는 조용한 곳에서 하자고 했는데, 강 상류에 있는 실승원에서 하기로 결정했다.

실승원은 읍내에서 북쪽으로 4킬로미터쯤 떨어진 곳에 있는 작은 절이었다. 근처에 골짜기도 있고, 물도 흘러서 경치가 아주 뛰어났다. 이곳은 지로가 다니는 학교와도 관계가 깊었다. 지금으로부터 칠팔 년 전쯤 학생들이 동맹휴교를 한 적이 있었다. 그때 학생회 임원들은 이 절에 식량과 필수품을 숨겨놓고, 열흘 넘게 학교에 맞서 농성을 벌였다.

이런 사연이 숨어 있는 실승원에서 송별회를 하자고 말한 사람은 우마다였다. 지로는 우마다가 무슨 생각으로 그런 말을 꺼냈는지 알 것 같았다. 그리고 어쩐지 우마다가 불쌍했다. 하지만 아사쿠라 선생님은 분명 학생회 이름으로 준비하는 송별회에는 참석하지 않을 것이다. 더구나 사연이 복잡한 실승원에서 송별회를 열면 더더욱 참석하지 않을 게 뻔했다. 그렇기 때문에 지로는 반대할 필요를 느끼지 못했다. 지로는 잠자코 지켜보기만 했다.

그날이 아사쿠라 선생님 문제로 학생회 임원회의를 마지막으로 연 날이 되었다. 이튿날부터 학생회는 아사쿠라 선생님에 대해 어떤 입장도 내세우지 않았고, 아침마다 교장실을 들락거리지도 않았다. 그 덕분에 하나야마 교장은 마음 편하게 출근할 수 있었고, 현청은 예상대로 학부모들을 소집한 효과가 나타나는 것으로 생각했다. 그렇지만 아직 혈서는 공식으로 철회되지 않았고, 혼다 부자에 대해서는 여전히 의혹이 남아 있었다. 그러나 현청에서는 상황이 이렇게 되었으니, 별다른 문제는 생기지 않을 것이라고 생각하며 혈서문제를 묵살하고, 다만 서둘러 아사쿠라 선생을 퇴직시킨 뒤 학교를 안팎으로 예의 주시하기로 했다.

니시야마 교감과 배속장교는 교장이나 현청만큼 사태를 좋게 생각하지는 않았다. 그들은 학생들이 갑자기 조용해진 게 '전술'이라고 확신했다. 분명 자기들이 알지 못하는 아주 중대한 결정을 내린 것 같은데, 그 결정이 드러나면 계획에 차질이 있으므로 일부러 평화롭게 행동하는 것뿐이라고 생각했다. 그 증거는 유임 운동에 앞장섰던 학생들이 입을 다물고 있는데도 일반 학생들이 날이 갈수록 심각하게 동요하고 있는 것이었다. 그 때문에 학교는 전보다 더 시끄러웠고, 불안한 공기도 점점 짙어졌다.

니시야마 교감과 배속장교는 시간이 지날수록 더욱 확고하게 학생들을 의심했다. 학생회 임원회의가 해산되고부터 쉬는 시간만 되면 운동장은 학생들로 버글버글했다. 또 복도 곳곳에 열 명, 스무명씩 모여 무슨 이야기인가를 쑥덕거렸고, 멀리서 선생님의 모습이라도 보이면 잽싸게 흩어지거나, 하던 이야기를 뚝 그치고 선생님이 지나갈 때까지 경계하는 눈빛으로 보고는 했다. 또 어떤 녀석은 괴상한 소리를 내어 수업 분위기를 흐리기도 하고, 수업시간 중에도 복도에서는 늘 학생들의 발자국 소리가 요란했다. 어느 교실에서나 학생들이 선생님의 눈치를 보며 속닥거리는 것을 자주 볼 수 있었다.

일반 학생들 중에는 학생회가 아사쿠라 선생님의 유임 운동을 포기한 데 화를 내는 사람도 있었다. 학생회에서 혈서를 썼다는 소식을 듣고, 호기심과 함께 큰 소동이 일어나기를 기대하다가 특별한 소득 없이 문제가 해결되자 긴장감을 잃은 사람도 있었다. 그중에는 아사쿠라 선생님이 물러나든, 유임하든 관심도 없으면서 어쨌든 학교에 이런 소동이 일어나는 것이 즐거워 학교나 선생님들을 무조건 깎아내리는 학생들도 많았다. 이들 사이에 공통으로 입에 오르는 이야기는 바로 지로에 대한 것이었다.

"혼다 녀석, 많이 약해졌어. 혈서까지 쓰면서 설쳐댈 때는 언제고, 자기 아버지가 현청에 불려갔다는 소릴 듣곤 앞장서서 임원들을 설득했다는 거야."

그런 소문은 5학년들뿐 아니라 자연스레 하급생들에게도 번졌다. 그 정도면 괜찮겠으나, 누구의 입에서 시작됐는지 이런 소문까지 떠돌았다.

"혼다한테 여자친구가 있대. 그 녀석이 혈서를 쓴 것도 여자친구에게 자기가 얼마나 용감한지 자랑하려고 그랬다는 거야."

"그 여자친구가 마음이 약해서 혼다가 퇴학당할까 봐 걱정한다는 거야. 혼다 마음이 변한 것도 그 때문이라던데?"

"아냐, 네가 잘못 아는 거야. 그 여자친구가 본디 혼다 친척인데, 혼다가 짝사랑하는 거랬어. 걔는 혼다 얼굴만 봐도 도망칠 정도로 싫어한대. 그러니 혼다가 퇴학당한다고 겁낼 리가 없지."

"다른 건 몰라도 혼다 녀석이 그 계집애 때문에 일을 이 지경으로 망쳐놓은 건 분명해."

"맞아, 요새 그 녀석을 보라고. 혼자 멍하니 있다가도 미친놈처럼 달려들질 않나, 줏대 없이 건들건들 흔들리는 것이 정말 수상해."

"아주 괘씸한 놈이야! 한 번 혼을 내줘야 해."

"저 자식을 그냥 놔뒀다간 무슨 일이든 일어날 거야."

지로에 대한 소문은 이렇게 꼬리에 꼬리를 물고 갖가지 추문으로 번져갔다.

전교생이 다 알고 있는 소문을 지로 혼자 모를 수는 없었다. 지로는 이런 소문을 만들어낸 놈들이 우마다 패거리라고 생각했다. 처음에는 참을 수 없이 화가 치솟았지만, 지금은 무엇보다 아사쿠라 선생님을 위해 참아야 한다고 생각하며 아무에게도 변명 같은 것은 하지 않았다. 신가나 우메모토가 지로에 대한 소문을 없애려고 바쁘게 돌아다닌다는 말을 들었을 때는 먼저 화를 내며 가만있으라고 부탁할 정도였다.

유임 운동이 정리된 뒤에 지로는 늘 똑같은 시간에 학교로 가고, 수업이 끝나면 곧장 집으로 돌아왔다. 학교에서는 거의 하루 종일 아무 말도 하지 않았다. 집에 갈 때마다 아사쿠라 선생님을 찾아가고 싶었지만, 그랬다가는 선생님의 처지를 곤란하게 만들지나 않을까 하는 생각에 억지로 참았다. 지로는 그런 생각을 떨치려는 듯 집에 오자마자 밭이나 닭장으로 달려가 미친 듯이 땀을 흘렸다. 그리고 저녁에는 공부도 하고 책도 읽으면서 시간을 보냈다.

"태산명동 서일필이로군."

어느 날 슌조는 책상 앞에 앉아 있는 지로를 보고 그렇게 놀렸다.

"나라고 별 수 없잖아."

"평판이 나쁜 정도가 아냐."

"나 말아?"

"그래, 그냥 안 좋은 소문이 아니라고."

"그렇겠지……."

"뭐야, 알고 있었던 거야?"

"응."

"모두 다?"

"그래."

"여자친구가 있다는 말까지 나돌아. 여자친구라면 미치에 애기인 것 같은데……. 그것도 알아?"

"쳇."

지로는 얼굴을 붉히면서도 경멸하듯 코웃음을 쳤다.

"그것도 알고 있었냐고?"

"알고 있었어."

"알고 있었다면 용케도 잘 참았네."

"멋대로 지껄이라고 해. 일일이 상대하면 더 귀찮아져."

"하지만 그런 소문을 계속 내버려두면 나중에 감당하지 못할 수도 있어."

"보나마나 우마다 같은 놈이 소문을 퍼뜨렸을 거야. 그 자식은 나중에 처리하면 돼. 당분간 지껄이는 대로 놔둘 작정이야."

"왜? 한 번 혼내주면 잠잠해질 텐데."

"생각이 있어서 그래."

지로는 귀찮다는 듯이 퉁명스레 말했다.

"무슨 생각?"

"좀 있으면 알게 될 거야."

순조는 훔쳐보듯 지로의 얼굴을 보고는 싱긋 웃었다. 그러고는 말없이 모기장 속으로 들어가 베개에 얼굴을 비비면서 작은 목소리로 중얼거렸다.

"영웅의 마음이 마치 엉클어진 실과 같도다."

지로는 뱃속에서부터 순조에 대한 증오심이 끓어오르는 것을 느꼈다. 그 증오심은 어렸을 때 순조에게 느꼈던 적개심과는 전혀 성질이 달랐다.

지로는 그런 감정을 억누르려고 책상에 펼쳐놓은 책으로 눈길을 돌렸지만 여전히 같은 쪽만 보고 있었다. 모기한테 물어 뜯기는 줄도 모르고 한참을 책상 앞에 멍하니 앉아 있었다. 한참 뒤에야 겨우 기분을 진정시키고 일기장을 꺼냈다. 그리고 정말 오랜만에 일기를 길게 썼는데, 그중 다음과 같은 구절이 있었다.

……내 둘레엔 적들이 넘쳐난다. 내 영혼은 어린 시절과 마찬가지로 내가 투쟁하기를 바라고 있다. 내 안에선 위선과 잔인함 같은 악덕들이 다시 고개를 쳐들기 시작했다. 더욱 두려

운 것은 요즘 내가 그런 악덕들을 반가워하고 있다는 점이다. 나는 잔인해지고 싶다. 그리고 친구들 앞에서 위선을 떨치고 싶다. 그것이 나를 기쁘게 한다. 정말이지 두렵다. 나는 이 유혹을 극복해야만 한다. 만일 내가 이런 유혹을 극복하지 못한다면, 나는 아버지의 아들로서, 또 아사쿠라 선생님의 제자로서 지금까지 지녀왔던 긍지와 기쁨을 버려야 할 것이다. 그것은 나보고 죽으라는 소리밖에 되지 않는다.

과연 내가 이런 유혹들을 극복할 수 있을까. 솔직히 자신 없다. 요즘 같아서는 하루하루가 불안하다. 당장 몇 분 전만 해도 내 앞에서 비아냥거리는 슌조 녀석을 짓밟아버리고 싶었다. 학교에서도 마찬가지다. 위아래로 나를 훑어보거나, 수수께끼 같은 말로 먼발치에서 나를 비웃거나 하는 놈들을 보면 아무 생각도 하지 않고 그냥 달려들고 싶다. 아사쿠라 선생님을 만나면서 나는 적에 대한 개념을 계속 부정해왔다. 선생님은 사랑과 조화가 인내를 낳고, 그 인내가 새로운 길을 시작하는 밑거름이 된다고 말씀하셨다. 나는 그 가르침을 믿었고, 내 생활을 사랑과 조화로 바꿔보려고 노력해왔다. 그러나 지금은 선생님의 가르침에 대한 믿음 때문에 내 처지가 비굴해졌다. 내 머릿속에서 솟아나는 망상들이 나를 겁쟁이로 만들었다는 생각이 든다. 내 주위엔 수많은 적들이 있다. 그 적들이 나를 삼키기 위해 노려보는 게 따갑게 느껴진다. 어릴 때 느낀 것과 마찬가지로 아주 몇몇만 빼고는 모든 인간이 내 적처럼 여겨진다. 나는 적들과 싸울 수밖에 없는 운명을 타고났다. 도무지 참고 견딜 수가 없다. 싸우고 싶다. 무참하게 짓누르고 싶다. 그런 생각이 저주스러우면서도 나의 본질이라는 것을 숨기고 싶지 않다. 내 어린 시절을 인생에서 지울 수 없듯이 타고난 본능을 내 운명에서 떼어낼 수 없다. 나는 지금까지 나 자신을 약한 존재로 만들고 싶어 했다. 그래야만 누군가를 적으로 여기지 않을 것이라고 생각했기 때문이다. 하지만 눈앞에 있는 적들은 내가 만든 적이 아니다. 그들 스스로 나를 찾아왔다. 그리고 내 본능은 또다시 싸움을 준비하고 있다.

그 본능이 천천히 나를 지배하고 있다. 머릿속에 떠오르는 생각은 투쟁뿐이다. 이 파괴하고 싶어 하는 본능이 내 인생에서 가장 큰 적이겠지만, 그걸 인식하고 있는 것은 오직 내 머리뿐이다. 내 가슴과 피는 본능 앞에서 노예가 되고 만다. 그렇다면 나는 어떻게 해야 되는 걸까. 내가 뭘 어떻게 해야만 이 본능을 극복할 수 있는 것일까.

그러나 머릿속에선 또 이런 생각이 고개를 든다. 인간에겐 인간이라는 적이 있어야 하는 것 아닌가. 하느님마저도 악마라는 적을 상대하고 있지 않은가. 하느님에게 악마라는 적이 없었다면 '네 원수를 사랑하라'는 가르침은 나오지 않았을 것이다. 그리고 이 말엔 벌써 '네 원수'라는 적이 등장한다. '죄를 미워하되, 사람은 미워하지 말라'는 가르침도 마찬가지다. 사람이 없다면 죄도 존재할 수 없다. 따라서 죄는 사람만이 저지를 수 있다. 그런 죄를 미워하라는 것은 언제든 그런 죄를 저지를 수 있는 사람을 미워하라는 말과 뭐가 다른가. 우리에겐 사랑과 조화가 필요하지만, 우리가 사랑을 깨닫기 위해선 미움이라는 적을 알아야 한다. 우리에게 조화가 필요하다는 것을 깨닫기 위해서는 불화라는 적의 존재를 느껴야 한다. 진리가 더욱 존귀하게 대접받기 위해서는 그 진리에 반대하는 위선과 가식이 필요하다. 진리가 드러나려면 위선부터 물리쳐야 한다. 사랑과 조화를 외친 아사쿠라 선생님이 지금 걷고 있는 길이 바로 투쟁이다. 선생님은 지금 싸우고 있다. 내 눈엔 그렇게 보인다.

그렇다면 내가 느끼고 있는 수없는 적들은 어떤 의미가 있을까. 내가 적의 존재를 느낀다는 것은 좋은 의미인가, 아니면 나쁜 의미인가. 내 입으로 좋다고는 말하지 못하겠다. 내 주변에 적이 있다는 것을 눈치 챘으니 내 어린 시절을 지배한 악마와 다시 한 번 만나야 하기 때문이다. 그 악마의 힘을 빌어 내 둘레에서 소용돌이치고, 탁해지고, 모든 기쁨과 명예를 앗아가려 하는 적들과 싸워야만 하기 때문이다. 하지만 그 싸움이 나에게 무익하다고는 말할 수 없다. 부정과 싸우지 않는 정의는 존재하지 않는다. 증오를 이기는 것은 사랑이며, 부조리를 변화시키는 힘은 조화에 있다. 새로운 것을 창조하는 기쁨은 한 세계를 무너뜨리지 않고는 생길 수 없다. 증오와 위선과 투쟁으로 얼룩진 세계를 무너뜨리지 않고는 사랑과 조화와 안식이 넘치는 세계를 만들 수 없다. 나는 이 점을 분명하게 인식해야 한다.

그 전에 앞으로 내가 어떻게 행동해야 좋을지 생각해보기로 하자. 학교엔 나를 노리는 적들이 가득하다. 같은 어머니에게서 태어난 동생마저 방금 내 적이 되었다. 그리고 내 적들은 모두 부정하다. 난 그들과 다르다. 난 그들처럼 부정한 것을 연모하지 않는다. 그렇기 때문에 내겐 그들과 싸울 권리가 있다. 하지만 이 권리가 나를 두렵게 만든다. 잘못했다간 나도 모르게 야수로 돌변할 위험이 크기 때문이다. 부정과 싸우기 위해서 파괴에 대한 본능이 커진다는 건 분명한 모순이다. 그러나 이 모순이 싸움에서 필요하다면 현재로선 받아들일 수밖에 없다.

내가 걸어야 할 길은 한 가지뿐이다. 내 안에서 끓어오르는 분노를 한 군데에 집중시키는 일이다. 수많은 적들 중에서도 가장 크고 야비한 놈을 골라야 한다. 그 한 놈에게 분노를 집중시켜야 한다. 옛 무사들이 졸병들을 피해 적의 대장만 노렸듯이 나도 나를 가장 위협하는 적에게 달려가 일대일로 승부를 내야 한다. 그렇다면 나한테 가장 큰 적은 누구인가. 지금은 슌조 녀석이 가장 얄밉지만, 슌조를 적으로 삼을 수는 없다. 또 나를 무시하고 비웃는 녀석들과 싸워서도 안 된다. 녀석들이 나에 대한 헛소문을 퍼뜨려 나를 자극하더라도 이건 거품에 지나지 않는다. 거품의 근원은 다른 곳에 있다. 나는 그 근원으로 돌진할 것이다. 그 근원에 나의 분노를 집중시킬 것이다.

그렇다면 그 근원은 무엇일까. 두말할 필요도 없이 우리에게서 아사쿠라 선생님을 빼앗아간 권력이다. 나의 적은 부정한 권력이다. 어쩌면 일생 동안 이 적과 싸워야 할지도 모른다. 부정한 권력은 학교에만 부정을 저지르는 게 아니라 우리나라에서도 부정을 저지르고 있기 때문이다.

그리고 또 한 가지 내가 분노를 집중시켜야 할 적이 있다. 이 적은 부정한 권력만큼 나를 위협하지는 않는다. 하지만 지금으로서는 내 삶을 위협하는 가장 큰 적이다. 바로 우마다다. 오늘부터 나는 우마다를 적으로 정의한다. 이 적을 제거하기 위해 조금도 주저하지 않을 것이다. 물론 녀석에겐 감정이 많지만, 당분간은 지난날의 감정들은 모두 지워버리겠다. 오직 나의 적으로, 그리고 학교의 적으로 녀석을 징계할 것이다. 나에 대한 온갖 비방과 더러운 추문들은 대부분 녀석의 입에서 쏟아졌을 것이다. 따라서 녀석을 징계하는 것은 내 개인의 원한을 갚는 것이며, 학교를 문란케 만든 벌을 내리는 것이다.

내 적은 이들 두 가지뿐이다. 다른 적을 더 만들어선 안 된다. 둘 중 하나를 제외시켜서도 안 된다. 이 둘을 적으로 삼아야만 내가 처한 위기를 헤쳐나갈 수 있다. 내 생각이 잘못된 것일 수도 있다. 그러나 지금으로서는 다른 생각이 떠오르지 않는다. 다만 최선을 다하고 있다는 확신이 들 뿐이다!

지로는 일기를 다 쓰고 나서 가만히 한숨을 내쉬며 모기장 속으로 들어갔다. 온몸이 기분 좋게 나른해지는 것 같았다. 순조가 코 고는 소리도 별로 크게 들리지 않았다. 그리고 이튿날부터 지로는 확실히 달라졌다. 어딘지 모르게 자신감이 넘쳐 보였다.

며칠 뒤에 교이치가 보낸 엽서 한 장이 왔다. 엽서에는 "드디어 여름방학이구나. 이번 여름방학엔 곧장 집으로 가려고 했는데, 사 년 전에 지쿠고 강 상류를 여행하던 것이 생각나서 오자와와 함께 다시 한 번 그곳을 찾아갈 작정이야. 이번에는 지도도 가져간다. 산 속에 숨어 사는 검객 같던 시라노 노인과, 히다초에 사는 쾌활하고 친절한 다조에 부인도 만나볼 거야. 너도 함께 가면 더욱 재미있겠지만 이번엔 우리 둘만 다녀와야겠어. 나중에 집에 가서 자세히 얘기해줄게.”

지로는 가슴속에서 옛 추억들이 떠올랐다. 볏짚 창고에 누워 있다가 마을 청년들에게 들켜서 시라노 노인 집에 끌려간 일, 다조에 부인이 도와주어 지쿠고 강을 내려갈 수 있었던 일이 마치 오래전에 읽은 동화에 나오는 세계같이 느껴졌다. 지금 자기가 처한 현실과는 너무나도 동떨어진 아름다운 세계였다. ‘무계획의 계획’, 지로는 자기도 모르게 입속으로 중얼거렸다. 그때의 추억들과 떼려야 뗄 수 없는 인연 같은 말이 머릿속을 어슴푸레 비춘다. 지로는 교이치와 오자와가 하루빨리 돌아오면 좋겠다고 생각했다.

‘아사쿠라 선생님 문제에 대해선 형들에게 한 번도 말한 적이 없어. 둘 다 이번 일을 알게 되면 깜짝 놀라겠지. 우리가 취한 태도에 대해서 틀림없이 무슨 이야기든 하겠지.’

지로는 그렇게 생각하자 교이치와 오자와가 돌아오는 순간 이 모든 것이 해결되는 열쇠처럼 느껴졌다.

게시판

    학생회 임원회의가 해산되고 사흘 뒤에 아사쿠라 선생님의 퇴직이 정식으로 결정되었다. 그날 점심시간에 게시판에는 아사쿠라 선생님이 사임했다는 짤막한 통지문이 붙었다. 학생 중에는 이미 그날 아침 지역신문을 보고 알고 있는 사람도 있었다. 점심시간이 되자 게시판 앞으로 학생들이 몰려왔으나, 특별히 놀라는 것 같지는 않았다. 그래도 시끄럽기는 마찬가지였다.

    지로는 게시판을 보고 싶은 생각도 들지 않았다. 지로는 점심을 대충 먹고 운동장 구석에 있는 백양나무 그늘에 누워 멍하니 하늘만 바라보았다. 구름 한 점 없이 따사로운 햇살들이 눈부셨다. 지로는 고독이 이런 것이라는 생각이 들었다. 자기도 모르게 눈이 감겼다. 눈을 감으니, 게시판 앞에 모인 학생들이 경박스럽게 떠드는 소리가 더 크게 들렸다. 지로는 눈살을 찌푸리며 다시 눈을 떴다. 그리고 또다시 하늘을 바라보았다.

    '오늘은 꼭 아사쿠라 선생님을 찾아가야지.'

    하늘을 바라보면서 지로는 그렇게 생각했다.

'벌써 짐을 다 꾸리셨을지도 모르겠군.'

그러자 인기척이라고는 전혀 없는 선생님의 집이 떠올랐다. 지로는 생각을 지우려는 듯 세차게 고개를 흔들었다. 문득 도미테루 선생님이 생각났다. 신가와 둘이서 짐 싸는 것을 돕기 위해 찾아간 것도 생각났다.

'그때도 오늘처럼 외로웠지. 하지만 이렇게 쓸쓸하지는 않았어. 도미테루 선생님께는 미안하지만, 난 그때 도미테루 선생님을 동정했어. 길가에서 구걸하는 노숙자를 바라보듯 불쌍하게 여긴 거야. 그런데 지금은 누군가 날 동정해주길 바라고 있어. ……같은 선생이고, 똑같은 사람인데, 왜 아사쿠라 선생님께는 동정받고 싶어 하면서 도미테루 선생님은 동정했던 걸까?'

지로는 새삼스레 인간이란 저마다 생활태도에 따라 인간다운 가치를 높이기도 하고 낮출 수도 있다고 생각했다. 어쩐지 숙연해지는 듯했다.

하지만 그런 생각은 오래가지 않았다. 마음속에서 검은 그림자 하나가 움직이기 시작했다. 그 검은 그림자는 한순간에 지로의 마음을 흐트러뜨렸다. 마치 깨끗한 바닥에 숨어 있던 작은 물고기가 지느러미를 흔들어 물을 탁하게 만드는 것과 같았다. 그것은 바로 운명이었다. 운명은 지로가 의식하든, 의식하지 못하든 언제나 지로의 마음속에 가라앉아 있었다. 그리고 흙탕물처럼 지로의 마음을 덮어씌우고 있었다.

'도미테루 선생님에겐 도미테루 선생님의 운명이 있고, 아사쿠라 선생님에겐 아사쿠라 선생님의 운명이 있다. 도미테루 선생님이 아사쿠라 선생님처럼 진지하게 살았다고 해도 아사쿠라 선생님 같은 인격을 갖추지는 못했을 거다. 도미테루 선생님은 아무리 노력해도 아사쿠라 선생님처럼 진지하게 살 수는 없었을 거다. 진지하게 살 수 없는 그것이 도미테루 선생님의 운명이었어. 조상 때부터 내려오는 천성은 내가 선택할 수 있는 문제가 아냐. 내가 선택할 수 없는 문제야말로 운명이다. 환경도 마찬가지다. 묘목 때부터 굽혀진 가지를 누가 똑바로 펼 수 있겠는가?'

여기까지 생각하다 지로는 자기의 어린 시절을 생각해보았다. 어린 나이에 걸맞지 않게 증오와 책략과 위선과 투쟁으로 덧칠해진 지난 시간이 떠올랐다. 지로는 갑자기 진저리를 쳤다.

'며칠 전에 쓴 일기가 내 어린 시절에 뿌리를 두고 있다면……'

지로는 벌떡 일어나 주위를 살펴보았다. 둘레에는 아무도 없었다. 게시판 앞에는 여전히 학생들이 잔뜩 모여 시끄럽게 떠들고 있었다. 지로는 멍한 눈길로 그쪽을 바라보다가 갑자기 눈길을 돌려 현관 왼쪽에 있는 상담실 창문을 바라보았다. 아사쿠라 선생님은 오랫동안 학생 주임을 맡고 계셨다. 늘 그곳에는 아사쿠라 선생님의 눈동자가 머물고 있었다. 아사쿠라 선생님을 생각하며 쓸쓸하게 눈길을 돌리려는데, 상담실 창문 너머로 눈동자 네 개가 번뜩이는 것이 보였다. 자세히 보니 한 명은 소네 소좌고, 그 옆은 니시야마 교감이었다.

지로는 자기도 모르게 눈길을 피할 뻔했다. 하지만 본능적으로 반항심이 그것을 용서하지 않았다. 이럴 때 눈길을 피하는 것은 패배와 굴종을 의미한다고 생각했다. 지로는 표정없는 눈길로 창틀 안에서 나란히 깜빡거리고 있는 눈동자를 차갑게 쏘아보았다. 두 사람 또한 싸늘한 눈길로 지로를 바라보고 있었다. 가끔씩 작은 목소리로 무슨 말인가를 주고받는 모양인지, 고개가 움직일 뿐이었다.

이 분쯤 지나자, 니시야마 교감이 슬그머니 창가에서 사라졌다. 그러자 소네 소좌는 두꺼비 같은 입술을 옆으로 벌리며 희고 큰 이를 카이젤 수염 밑에 드러냈다. 지로를 보고 슬쩍 웃은 것이다. 지로는 여전히 표정없는 싸늘한 눈으로 소네 소좌를 노려보고 있었다. 소좌가 웃는 것을 보면서도 지로는 고개조차 까딱거리지 않았다. 이윽고 소좌는 창밖으로 상반신을 내밀면서 오른손을 높이 쳐들고 손짓하며 외쳤다.

"혼다, 잠깐 이리 와 봐!"

하지만 지로는 꼼짝도 하지 않았다. 대신 눈길을 다른 곳으로 돌려버렸다.

"이봐, 혼다!"

다시 한 번 소좌가 외쳤다.

"저요?"

지로는 이제야 소좌가 부르는 소리를 들었다는 듯 상담실 쪽을 바라보았다.

"그래, 너 말야! 이리 와봐."

소좌는 턱으로 창 밑을 가리켰다. 지로는 허리를 몇 번 두드리며 무척 귀찮다는 듯 천천히 걸어갔다.

"내가 부르면 무조건 뛰어야 한다는 걸 잊었나?"

지로가 창가로 다가오자 소좌는 나무라듯 말했는데, 곧 웃음을 띠며 말했다.

"왜 그런 데 누워 있었나?"

"졸려서요."

"낮잠이라도 자고 싶었다는 거냐?"

소좌는 눈을 치뜨며 눈꺼풀을 깜빡거렸다. 그리고 갑자기 심각한 얼굴로 물었다.

"어때, 기분이?"

"기분이라뇨? 뭐가요?"

"너도 게시판 봤겠지? 아사쿠라 선생 말이다."

"보지 못했는데요."

"뭐, 못 봐?"

"예, 못 봤어요."

소좌는 잠깐 생각하는 듯 눈을 내리깔았다.

"왜 보지 못했나? 아사쿠라 선생의 퇴직이 결정됐어."

"그건 저도 알아요."

지로의 목소리는 조금 떨리고 있었다.

"그래? 으음……."

소좌는 또 눈을 치뜨며 눈꺼풀을 깜빡거렸다. 소좌는 갑자기 창틀에 턱을 괴고 친근한 목소리로 말했다.

"네 마음은 다 알고 있어. 나도 널 동정한다. 하지만 사정이 이미 이렇게 되었으니 깨끗하게 단념하는 것이 남자다운 일이야. 어떠냐, 수업이 끝나면 우리 집에 놀러오지 않겠나? 전병이라도 먹으면서 천천히 이야기하고 싶은 게 있는데……"

지로는 대답 대신 소좌의 얼굴을 뚫어져라 쏘아보았다. 소좌는 지로가 찌르는 듯 쏘아보는 눈길을 피하지도 않고, 눈을 가늘게 뜬 채 웃었다. 그리고 여전히 창틀에 턱을 괸 채 두 손으로 줄곧 수염을 쓰다듬었다.

소좌가 아무리 기다려도 지로는 대답하지 않았다.

"사실은 말이다……"

소네 소좌는 주위를 둘러보며 한껏 목소리를 낮추었다.

"요즘 나한테 가끔 학생들이 투서를 보낸단 말야. 그런데 이 투서들이 대부분 너하고 관계가 있는 것들이야. 그중에는 네가 여자 문제를 일으키고 있는 것 같다는 내용도 있어. 나야 널 좀 아니까 설마 여자 문제를 일으키는 바보 같은 짓은 하지 않는다고 생각하지만, 어쨌든 좋지 않은 얘기들뿐이란 말이지. 그래서 네 이야기부터 들어보려는 거다. 나한테 보낸 투서는 어디까지나 내가 처리할 문제니까 내 선에서 얼마든지 막아줄 수도 있어. 아직 다른 선생들에겐 아무 말도 하지 않았다고. 그런 일도 있으니까 괜찮다면 우리 집에 한 번 오지 그러냐?"

지로는 소좌가 좋은 뜻으로 그런 말을 하는 것이 아니라는 것쯤은 알고 있었다.

'조금 전까지 니시야마 교감과 날 보고 있었는데 대체 무슨 얘기를 하고 있었던 겁니까?'

지로는 그 말이 목구멍까지 올라왔으나 억지로 삼켜버렸다.

"다른 얘긴 하실 말씀 없나요?"

지로는 소좌를 똑바로 올려다보며 쌀쌀맞게 물었다.

"으-응?"

소좌는 수염을 쓰다듬다 말고 지로를 보았다. 수염 끝을 붙들고 있는 뭉툭한 손가락이 마치 태엽이 다 돌아간 인형의 손가락처럼 뚝 멈추었다.

지로는 태연하게 소좌를 보며 대답을 기다렸다.

"그래, 용건은 그것뿐이야. 하지만 강요하는 건 아니다. 오기 싫으면 오지 않아도 괜찮아."

소좌는 심사가 뒤틀렸는지 비아냥거리듯 말했다. 다른 용건은 없다고 했지만, 분명히 다른 할 말이 있는 것처럼 들렸다. 지로는 무슨 대단한 비밀이라도 간직하고 있는 것처럼 자기 앞에서 거드름을 피우는 소네 소좌가 우습기만 했다. 지로는 승리감에 들뜬 목소리로 말했다.

"오늘은 안 되겠는데요."

"왜?"

"아사쿠라 선생님 댁에 가봐야 하거든요."

소좌는 눈빛을 번뜩였다. 끝이 달팽이 껍질처럼 위로 말린 수염이 가늘게 떨리고 있었다. 지로는 소좌의 얼굴은 웃을 때보다 지금처럼 화를 내고 있을 때가 그나마 인간답게 보인다고 생각했다.

"그렇다면 하는 수 없지. 너 좋을 대로 해."

소좌는 그렇게 내뱉고는 창틀에서 몸을 일으켰다. 복도를 빠져나가는 구두소리가 요란하게 들렸다. 소좌가 사라지자, 지로는 다시 백양나무 쪽으로 천천히 걸어갔다.

지로는 백양나무 쪽으로 걸어가다 게시판 앞이 갑자기 조용해진 것을 깨닫고, 자기도 모르게 고개를 돌려 그쪽을 보았다. 게시판 앞에 서 있던 학생들이 약속이나 한 듯 자기를 바라보고 있었다. 지로는 별생각 없이 그 눈길을 피했다. 그러나 무슨 이유에선지 그 자리에 멈칫 서더니 게시판 앞에 있는 학생들을 노려보았다. 그러자 어떤 학생들은 반사적으로 지로의 눈길을 피해버렸다. 하지만 대부분은 여전히 지로를 뚫어져라 보았다. 그 속에는 비웃는 듯한 우마다의 눈길도 보였다. 우마다는 지로를 보며 싸늘하게 웃고 있었다.

잠깐 그렇게 서 있던 지로는 생각났다는 듯 게시판 쪽으로 걸어갔다. 지로를 보고 있던 학생들은 지로가 예상치 못한 행동을 하자 놀랐다는 듯이 눈이 동그래졌다. 하지만 그것도 잠깐이었다. 학생들은 지로에게 길을 터주고는 한쪽으로 비켜섰다. 지로가 그들 앞으로 열 걸음 정도 다가오자, 언제 지로를 봤냐는 식으로 다들 고개를 돌려버렸다. 그중에는 시치미를 뚝 떼고 게시판 앞을 떠나는 학생도 있었다. 우마다는 같은 패거리 한 명과 어깨를 나란히 하고, 지로에게 들으라는 듯이 웃음소리를 크게 내며 다른 곳으로 사라졌다.

우마다가 웃는 소리를 듣고 지로는 분노에 사로잡혔다. 그러나 겉으로는 냉정한 모습을 잃지 않았다. 지로는 우마다의 뒷모습을 슬쩍 흘겨보고는 다시 게시판 쪽으로 눈길을 돌렸다. 아사쿠라 선생님의 퇴직을 알리는 대자보는 도미테루 선생님 때와 거의 똑같았다.

'본인 뜻에 따라 교사직을 면한다.'

이 얼마나 간단하고 틀에 박힌 문구인가. 학생들이 그토록 존경하던 아사쿠라 선생님이지만, 학교 처지에서는 사표를 수리하자마자 곧바로 한 줄짜리 대자보로 지워버리는 것이다. 그렇게 생각하자 지로는 무척 화가 났다.

그러나 지로의 마음을 더욱 자극한 것은 선생님들이 보통 전임하거나, 퇴직할 때는 학교에서 게시판에 대자보를 붙이면서 언제쯤 송별식을 할 예정이라는 안내문도 함께 붙이는데, 이번에는 송별식에 대한 안내문을 찾아볼 수 없다는 것이었다.

"야……."

지로는 바로 옆에 서 있는 학생의 어깨를 세차게 흔들면서 물어보았다.

"아사쿠라 선생님 송별식은 언제야?"

"그런 건 나도 몰라."

난데없이 어깨를 붙잡힌 학생은 화가 난 듯 대꾸했다.

"옛날엔 퇴직한다는 대자보랑 송별식 안내문도 같이 붙여놓았잖아?"

"그랬나?"

"그런데 왜 이번엔 송별식 얘기가 없는 거야?"

"아직 정해지지 않았나 보지."

그 학생은 그런 일에는 관심 없다는 듯 대꾸했다.

"그런가?"

지로는 별 수 없이 그렇게 말했지만, 속으로는 저능아 같은 놈이라고 마구 욕을 퍼붓고 싶은 것을 겨우 참았다.

'다들 아사쿠라 선생님의 송별식을 두려워하고 있어. 그래서 어떻게든 그것을 못하게 할 궁리를 하고 있는 거야.'

지로는 그런 생각이 들자 견딜 수가 없었다.

곧 오후수업이 시작되고 무도시간이었다. 지로는 검도장에 들어가 호구를 쓰다가 중학교에 들어와서 처음으로 아사쿠라 선생님을 알게 된 때가 검도시간 바로 전이었다는 것을 생각했다. 그때와 지금의 상황이 너무나 달라져 지로는 어쩐지 마음이 울적해졌다. 사 년 전 지로는 아사쿠라 선생님에게 왜 검도를 연습해야 하냐고 물었다. 그러자 선생님은 "훌륭하게 죽기 위해서."라고 간단하게 대답했다. 그리고 훌륭하게 죽는 것이 무엇을 의미하는지도 자세히 가르쳐주었다. 그로부터 사 년이라는 시간이 흐른 지금, 지로는 자신이 그때 선생님이 가르쳐주신 말씀을 제대로 이해하고 있는지 의문이 들었다. 그런 생각을 하며 연습 상대를 고르기 위해 맞은편을 보는데 오야마와 우마다가 보였다.

'그래, 상대는 우마다야!'

지로는 순간 그렇게 생각했다. 그러나 동시에 가슴속이 섬뜩했다.

'넌 정말 비겁한 놈이야! 지금 네 모습이 아사쿠라 선생님이

말씀하신 검도의 의미를 이해했다는 태도냐. 우마다와 싸우더라도 절대 이 방법은 아닐 거다.'

그때 연습을 시작하라는 호루라기 소리가 울렸다. 지로는 비틀거리며 자리에서 일어났다. 지로는 결국 정면에 서 있던 오야마와 대련하기로 했다. 오야마는 태평스런 성격답게 죽도를 휘두를 때도 여유가 있었다. 죽도를 느릿느릿 휘둘렀지만, 자세히 보면 아주 대범한 데가 있었다. 승패에 집착하지 않아서 그렇지, 오야마는 검도 실력이 지로와 엇비슷했다. 틈이 많은 것 같으면서도 실제로는 상대방에게 기회를 주지 않았고, 어설프게 공격하는 것 같았지만 죽도 끝에 힘이 꽤 실려 있었다. 지로가 상대방의 빈틈을 빠르고 정확하게 노리는 데 견주어 기풍부터 확연히 달랐다. 검도 점수는 지로가 반에서 일 등이었지만, 실력만 놓고 볼 때는 오야마도 뒤지지 않았다. 물론 좀 더 공격을 많이 하는 지로가 이길 확률이 높았다. 그러나 지로는 느리면서도 대범한 오야마의 검도 기풍을 은근히 부러워하고 있었다.

지로는 오야마와 대련하게 된 것이 구원이라도 받은 듯했다. 아사쿠라 선생님이 가르친 대로 훌륭하게 죽어야 할 일이 생긴다면 부디 오야마를 위해 죽고 싶다는 생각이 들 정도였다. 보름달같이 넉넉한 오야마의 얼굴은 호구를 쓰자 완전히 다른 얼굴이 됐다. 그 눈빛은 평소의 무사태평한 성격과는 달리 날카롭게 빛나 보였는데, 그 예리한 눈빛마저도 상대방을 생각하는 따스함은 숨기지 못했다. 지로는 호구 속에서 빛나는 오야마의 눈매가 이날따라 더욱 분명하게 느껴졌다.

오후수업은 내리 무도시간이었는데, 지로와 오야마는 한 번도 상대를 바꾸지 않고 계속 대련했다. 수업을 마치는 종소리가 울렸을 때는 둘 다 완전히 녹초가 되어 있었다.

지로와 오야마는 땀에 흠뻑 젖은 검도복을 벗어던지고, 유도장에 붙어 있는 복도를 지나 샤워실로 들어갔다. 찬물에 몸을 씻자, 상쾌한 기분이 머리부터 발끝까지 시원하게 감돌았다. 지로와 오야마는 함께 교문을 나섰다. 보름달 같은 오야마의 얼굴이 조금 불그스름해져 빛나고 있었다. 지로의 눈에는 오야마의 그런 모습이 자신과 달리 여유롭고 새로워 보였다.

"오랜만에 대련하니까 꽤 재미있었지?"

지로가 먼저 말을 꺼냈다.

"그렇긴 한데, 완전히 지쳤어. 쉬지 않고 그렇게 오래 대련해보긴 이번이 처음이야."

오야마가 웃으며 말했다.

"너한테 머리를 맞으면 뇌가 멍해지는 것 같아. 그 정도로 세게 맞으면 아파야 하는데 오늘은 기분이 좋더라고."

"그래?"

오야마는 얼빠진 사람처럼 말했다.

"역시 네 손목치기는 막을 수가 없어. 손목이 아직도 얼얼해. 오늘은 삼대일 정도로 내가 졌을 거야."

"그 정도는 아닐 걸?"

지로는 손사래를 쳤지만, 부정은 하지 않았다. 삼대일은 몰라도 적어도 이대일 정도로 자기가 이긴 것만은 확실했다. 그러나 오야마를 이겼다는 자신감이 들자 어쩐지 씁쓸하기만 했다. 손목을 잘 치는 명인, 그것은 자랑이 아니라 어쩐지 약점 같다는 생각이 들었다.

검도로 땀을 흘린 덕분에 조금 밝아졌던 마음이 또다시 어둑어둑해졌다. 이날 하루 동안 기분 나빴던 일들이 차례로 떠올랐다. 소네 소좌에 관한 일, 우마다의 얼굴, 그리고 무엇보다 아사쿠라 선생님의 송별식에 대한 안내문이 없었던 일…….

지로는 소네 소좌와 우마다 이야기를 오야마에게 털어놓고 싶지는 않았다. 그러나 아사쿠라 선생님의 송별식 이야기만큼은 도무지 마음속에 담아둘 수가 없었다.

"오늘 게시판 봤지? 좀 이상하다고 느끼지 않았어?"

"게시판? 아사쿠라 선생님 말야? 뭐가 이상한데?"

"선생님이 퇴직한다는 대자보 옆에는 보통 송별식에 관한 안내문도 함께 붙여놓잖아."

"그렇지."

오야마는 아직도 무슨 뜻인지 모르겠다는 듯 고개를 갸웃거렸다.

"그러고 보니 예전에는 네 말대로 송별식은 언제쯤 할 거라는 안내문도 함께 붙었어."

"그렇지? 그런데 이번엔 송별식에 대한 안내문이 없었어."

"그랬나? 아직 날짜가 정해지지 않아서 그런 게 아닐까."

점심시간에 게시판 앞에 있던 학생과 똑같은 말이었다. 그러나 지로는 오야마가 저능아일지도 모른다는 생각은 하지 않았다. 오야마를 저능하다고 생각하기 전에 자기 혼자 쓸데없이 학교를 의심하는 건 아닌가, 하는 생각이 들었기 때문이다. 전교생 가운데 아사쿠라 선생님의 송별식 때문에 학교를 의심하는 사람은 자기 하나뿐인 것 같았다. 그런 생각이 들자, 머릿속에 또다시 운명이라는 말이 뚜렷하게 새겨졌다.

지로는 심각한 얼굴로 그 자리에서 발길을 멈추었다. 오야마도 지로 곁에 서서 말없이 지로의 얼굴을 살펴보았다. 오야마의 얼굴은 여전히 보름달처럼 환했다. 지로는 오야마를 한참 동안 보다가 길게 한숨을 내쉬었다.

"왜 그래, 무슨 일 있어?"

오야마의 눈이 불안한 듯 흔들렸다.

"그게 말이지……."

지로는 그렇게 한마디 하고는 다시 걸음을 재촉했다. 오야마도 더 묻지 않고 잠자코 걸었다. 둘은 한동안 아무 말도 하지 않았다.

아사쿠라 선생님 댁으로 가는 골목길 앞에서 지로가 말했다.

"여기서 헤어지자. 이쪽에 볼일이 좀 있어."

그러자 오야마도 말했다.

"아사쿠라 선생님 댁에 가려는 거지?"

"응."

지로는 주저하며 고개를 끄덕였다.

"그럼 나도 갈래."

오야마는 지로가 하는 말도 듣지 않고 아사쿠라 선생님 댁

쪽으로 걸어갔다. 지로는 오야마와 함께 아사쿠라 선생님을 찾아가는 것이 싫지 않았다. 하지만 오늘만큼은 혼자 찾아가야 했다. 그렇다고 자기 혼자 가야겠다는 말을 오야마에게 할 수도 없어 그 자리에 가만히 서 있었다.

오야마가 다시 지로한테로 다가왔다.

"오늘은 내가 가면 안 되나 보지? 그럼 난 내일 갈게. 나야 선생님이 떠나기 전에 인사만 하면 되니까. 내일 보자고."

물이 흘러가듯 오야마의 태도는 자연스러웠다. 지로는 오야마의 뒷모습을 바라보면서 미안한 생각보다 존경하고 싶은 생각이 먼저 들었다. 그리고 왜 지금까지 오야마에게 백조회에 들어오라고 권하지 않았을까, 하는 아쉬움이 남았다. 만일 오야마가 백조회에 들어왔더라면 신가와 우메모토, 그 밖에 다른 학생들에게서는 도무지 배울 수 없는 것들을 많이 배웠을 거라고 생각했다.

마지막 방문

아사쿠라 선생님 댁으로 들어서자, 사모님이 안 계신지 안 채에서 선생님의 목소리가 들렸다. 안에 들어가 보니 예상한 대로 이삿짐은 거의 다 정리되어 있었다. 짐들도 모두 발송했는지, 간단하게 포장한 짐 몇 덩이가 한쪽에 가지런히 쌓여 있었고, 방들은 텅 비어 있었다. 청소까지 깨끗이 끝마쳐서 거실에는 먼지조차 없었다. 마당에도 지푸라기 하나 떨어진 게 없었다. 다만 낡은 다다미에 가구를 놓았던 흔적만 두드러져 보였다.

아사쿠라 선생님은 언제나 그렇듯 서재에 있었다. 서재에는 이 층 백조회 독서실에 있던 커다란 탁자가 놓여 있고 그 둘레로 방석만 두서너 개 흩어져 있었다. 선생님은 혼자 책을 읽고 있었는지 왕양명이 쓴 《전습록(傳習錄)》이 책상 위에 엎어져 있었다.

"이제야 발표했군."

지로를 보자마자 아사쿠라 선생님은 그렇게 말하면서 웃었다. 지로는 말없이 고개를 숙였다. 현관을 지나 서재에 들어올 때까지 본 집 안 모습 때문에 마음이 심란했다.

"게시판에 대자보가 붙었니?"

"예……."

"그래도 다행이야. 쓸데없이 시끄러운 일은 없었잖아?"

"예……."

"괜히 나 때문에 너만 고생했구나. 고맙다."

지로는 그제야 고개를 들고 선생님을 보았다. 선생님도 온화한 눈길로 지로를 보고 있었다. 지로는 아사쿠라 선생님의 깊고도 맑은 눈 속에서 애정이 백합처럼 향기를 뿜어내고 있는 것을 느꼈다.

"저희가 했던 일, 선생님도 알고 계셨어요?"

"대충 알고 있었어."

"어떻게 아셨어요? 누가 찾아오기라도 했나요?"

"학생은 아무도 오지 않았어. 그 대신 네 아버님이 몇 번 오셨지."

"저희 아버지가요? 아버지가 여길 오셨다고요?"

지로는 뜻밖이라는 듯 눈을 끔뻑거렸다. 그러나 생각해보면 그리 놀랄 일만도 아닌 것 같았다.

"자꾸 우리 집에 오시면 널 위해 좋지 않은 일이 생길 수도 있다는 생각이 들더구나. 그래서 오실 때마다 몇 번이고 그렇게 말씀드렸는데, 네 아버님은 '지로는 괜찮아요. 지로가 하는 일도 그렇게 나쁜 것 같지는 않습니다' 하시면서 그동안 계속 찾아오셨단다."

지로는 고개를 숙이고 다다미를 내려다보았다. 오늘 온 종일 그를 괴롭히던 어둔 그림자가 사라지고, 행복한 기운이 가슴을 적시는 것 같았다.

"짐을 이렇게 빨리 정리한 것도 네 아버님이 애써주신 덕분이야. 벌써 이 집에서 꽤 오랫동안 살았구나. 살 때는 몰랐는데 필요 없는 잡동사니들이 너무 많았어. 그것도 다 아버님이 맡아서 처리해주셨단다. 아마 고물상에 파셨나 봐. 난 그런 건 생각도 하지 못했거든."

지로는 어릴 때 일이 생각났다. 대대로 내려오던 혼다 가가 경매로 넘어갈 때 본 모습이다. 그때 일을 생각하니 좀 씁쓸했으나, 한편으로는 그럴 때 초연한 아버지의 표정을 상상하니 괜히 웃음이 났다.

"아버지는 옛날부터 고물상에 물건 팔아넘기는 데는 소질이 있으셨어요."

"그런가? 장사는 좀 서툰 걸로 알고 있는데……."

"예, 장사엔 재주가 없으세요. 이번에도 고물상 주인이 하자는 대로 헐값에 팔아버렸을 거예요."

두 사람은 오랜만에 큰 소리로 웃었다.

"싸게 팔든, 비싸게 팔든 어차피 버려야 할 물건들이야. 지금은 속이 다 후련하다. 이제 남은 건 이 책상하고, 이 층에 있는 책들뿐이야."

"책은 아직 그대로인가요?"

"당연하지. 그건 너희들 책이니까."

"하지만 저희들 책은 몇 권 안 돼요. 나머지는 모두 선생님 책이에요."

"나한텐 이제 필요 없는 책들이야. 처음부터 너희들에게 남겨주려고 했어. 앞으로도 너희들이 계속 읽으면 좋겠구나. 하지만 이 집에 남겨둘 수도 없는 노릇이니, 어디 적당한 곳이 있으면 그곳에 옮기는 게 좋겠다. 괜찮다면 너희 집은 어떨까?"

"저희 집이요?"

지로는 눈이 휘둥그레져 아사쿠라 선생님을 보았다.

"실은 아버님께도 한 번 말씀드린 적이 있거든. 그땐 별로 반대하시는 것 같지는 않았어. 아버님은 너만 좋다면 그렇게 해도 상관없다고 하셨단다. 책을 둘 만한 방이 있나 보지?"

"이 층이 있긴 한데, 동생하고 저하고 쓰는 방이에요. 그 방밖엔 다른 방이 없는데……."

"방이 넓니?"

"예, 이 층에 방이 하나뿐이라 꽤 넓어요. 하지만 천장도 아무것도 없는 광 같은 곳이에요."

"천장 같은 건 아무려면 어때. 넓기만 하면 되지. 이 책상도 들어갈 수 있을까?"

"예, 이 정도 책상이라면 세 개쯤은 더 들어갈 수 있어요. 하지만 회원들이 좀 불편할 거예요. 읍내에서 집이 꽤 떨어져 있으니까요."

"멀어 봤자 학교에서 삼십 분이면 충분하잖아? 그쪽은 공기

432

도 좋고, 장소로만 따지면 여기보다 훨씬 좋지."

아사쿠라 선생님은 이미 마음속으로 결단을 내린 것 같았다. 하지만 지로는 섣불리 대답할 수가 없었다. 그 책들은 하나같이 아사쿠라 선생님이 손수 모은 책들이었기에 의미가 있었다. 그런 책들을 자기 집에 옮긴들 선생님을 잃게 된 지금으로서는 별다른 쓸모도 없을 것 같았다. 단순히 책만 보관하는 것이라면 일부러 교외에 있는 자기 집을 이용하지 않더라도 읍내 어딘가에 적당한 곳을 구할 수 있을 것이다. 지로도 선생님이 백조회의 명맥을 계속 유지하고 싶어 하는 마음을 모르는 것은 아니었다. 그러기 위해서라도 일정한 장소가 필요하고, 장소만 마련되면 이 책들도 사람들이 다시 읽을 수 있을 것이다. 선생님은 아무래도 자신의 집을 새로운 모임 장소로 생각하는 것 같은데, 지로가 생각하기에는 아니었다. 만약 선생님이 생각하는 게 옳다고 해도 다른 회원들과 한마디 의논도 하지 않고, 이 많은 책들을 자기 집으로 옮기는 것은 왠지 꺼림칙했다. 지로는 그 때문에 당장 대답할 수가 없었다.

"백조회는 어떻게든 계속 끌고나갈 거지?"

"그럼요."

"하지만 너도 내년엔 졸업이구나."

"예."

지로는 불안한 기색으로 대답했다.

"너나 신가, 우메모토가 있는 동안에는 걱정할 필요가 없겠지만, 4학년 밑으로는 나도 걱정이 되는구나. 아직 백조회의 참

뜻을 이해한 것 같지도 않고, 내년에 너희들이 졸업하면 과연 어떻게 될지……."

아사쿠라 선생님은 착잡한 얼굴로 나직하게 말했다. 지로도 대답할 말이 없었다. 가만히 숨소리를 죽이고 선생님이 다음 말을 하기를 기다렸다.

"그래서 내 생각엔 나를 대신해서 누군가 백조회를 위해 애써주면 좋겠어."

"그렇게만 되면 저희들도 안심이죠. 하지만 그럴 만한 선생님이 계실까요?"

"학교에는 없지. 그리고 꼭 선생이어야 한다는 법도 없어. 아니, 선생이 아닌 편이 오히려 좋을 것 같아. 교사라는 신분으로 백조회를 이끌면 아무래도 회원은 그 학교 학생으로 한정될 수밖에 없으니까."

지로는 이해가 잘 안 된다는 얼굴로 아사쿠라 선생님을 보았다.

"난 말야. 이 백조회에 다른 학교 학생들도 참여해주길 바랐단다. 단순히 학생들만이 아냐. 열심히 일하고 있는 일반 청년들도 참여하기를 바랐어. 너희들에게 진짜 세계를 보여주고 싶었거든. 꽤 오래전부터 이런 생각을 하고 있었단다. 신분이나, 직업, 소속, 단체 같은 것에 상관없이 저마다 자기 분야에서 열심히 살아가는 사람들이 한데 모여서 진지하게 토론하는 그런 자리를 만들고 싶었던 거야. 그렇게 발전하지 못하면 백조회도 결국 진짜가 될 수 없거든. 그런데 내 힘이 아무래도 모자랐어.

내 힘이 부족했다는 건 여러 방면에서 착실하게 생활하는 청년들을 만날 기회가 없었다는 뜻이 아니란다. 훌륭한 청년들을 많이 만났고 그들에게 백조회에 들어오라고 권유해본 적도 있어. 하지만 그 청년들 눈에 백조회는 단순히 중학교 선생과 학생들의 모임으로만 비춰진 거지. 그런 선입관 때문에 손사래를 치는 거야. 그래서 이번 기회에 학교와 관계없는 분께 백조회를 맡길 작정이란다."

"하지만 선생님만큼 저희들을 가르쳐주실 분이 있을까요?"

"스스로 그럴 자신이 있다고 나서는 사람이야 없겠지만, 만약 이 사람이면 충분하다고 생각되는 분에게 백조회를 부탁한다면 너희들은 그분을 중심으로 다시 백조회를 끌고갈 수 있겠니?"

"당연하죠! 그렇게만 된다면 모두들 기뻐할 거예요."

"만일 그분이 네 아버지라면 어떻게 하겠니?"

"예?"

"아버님께 이 책을 맡기려는 것도 그 때문이야. 아버님께 백조회를 맡기고 싶거든. 곧 그 얘기를 해볼 생각이야."

"그건 절대 안 돼요. 아버지가 승낙 안 하실 거예요. 저도 반대고요."

지로는 아무것도 생각나지 않을 만큼 당황스러웠다. 그래서 거의 반사적으로 안 된다는 말만 되풀이했다.

아사쿠라 선생님은 그런 지로를 보면서 담담하게 웃었다.

"네 아버지를 그렇게 믿지 못하는 거냐?"

"그런 게 아니라……. 저희 아버진 누굴 가르쳐본 경험이 없으세요. 책도 별로 읽지 않으셨어요."

"백조회는 누가 누굴 가르치는 모임이 아냐. 그리고 책을 많이 읽었다고 남을 가르칠 수 있는 게 아니란다. 중요한 건 사람을 얼마나 이해하고 있느냐는 것이지."

"그래도……."

"내가 보기엔 넌 아버님을 인간으로서 믿고 있는 것 같은데……."

"그야……. 예, 믿어요."

지로는 쑥스러운 듯이 그렇게 대답했다.

"그럼 굳이 네가 반대할 이유도 없다고 생각되는데."

"하지만 너무 뜻밖이라서……."

"뜻밖이라고 생각할 필요 없어. 난 당연하다고 생각하는데."

"다른 친구들이 비웃을 거예요."

"너는 네 아버지라고 생각하기 때문에 얽매이는 거야. 제 삼자 처지에서 생각해보면 사실 별것도 아냐. 신가나 우메모토는 틀림없이 찬성할 거다. 그 아이들도 네 아버지를 알고 있지?"

"예, 알고는 있지만……."

지로는 내키지 않는다는 듯이 대답했다. 지금까지 신가와 우메모토는 여러 번 슌스케를 만났고, 그때마다 좋은 인상을 받았던 것은 사실이다. 또 가끔은 슌스케 같은 아버지를 둔 지로가 부럽다는 말도 한 적이 있었다.

"이번 일은 내가 알아서 할게. 좀 있다 아버님이 오실 거야."

"오늘 아버지가 오신다고요?"

"오늘 만나기로 약속했거든."

때마침 복도에서 발자국 소리가 났다. 사모님이었다. 외출했다가 돌아오는 모양이었다.

"어머, 지로 왔네. 혼자 왔어? 아버지는 어디 계셔? 같이 온 것 아냐?"

"전 학교에서 오는 길인데요."

"그래?"

사모님은 아사쿠라 선생님을 보면서 말했다.

"인사는 다 끝냈어요. 점심도 못 먹고 계속 돌아다녔네요."

"그래, 수고했어요. 나도 당신 덕분에 아직까지 점심을 못 먹고 있어."

"어머, 점심 준비는 미리 다 해놨는데."

"알고 있어. 그런데 별로 생각이 없더라고."

"그럼 과일이라도 가져올까요? 지금 오다가 사온 게 있어요."

사모님은 지로를 보면서 말했다.

"저, 혼다 선생님 댁에 인사드리는 건 내일로 미뤘어요. 오늘 아버님이 오시는데 길이라도 엇갈릴까 염려되어서……."

"잘했어. 나도 어차피 한 번 찾아가려고 했거든. 옆집 분들한테 집 좀 부탁하고 같이 다녀오자고. 내일 하루면 인사 다닐 곳은 다 끝나. 저녁 먹고 산책 겸 천천히 혼다 씨 댁에 갔다 오면 될 거요."

지로는 아사쿠라 선생님이 자상하게 배려하는 말을 듣고 아주 기뻤다. 하지만 그와 함께 학교의 송별식에 대한 일이 떠올랐다. 지로는 선생님 부부가 깜짝 놀랄 만큼 성급하게 물었다.

"그런데 선생님, 학교 송별식은 언제예요?"

선생님 부부는 서로 마주 보았다. 지로는 두 사람의 눈길에서 무언가 숨기고 있다는 것을 직감으로 알아차렸다. 지로는 더욱 재촉하듯 물었다.

"아직 학교에선 아무 소식도 없었나요?"

"아무 소식도 없는 건 아닌데……."

아사쿠라 선생님은 조심스럽게 대답하면서 지그시 눈을 감다가 웃는 낯으로 말했다.

"사실은 내가 아직 학교 쪽에 대답을 하지 않았단다."

"왜요?"

"언제가 좋을지 몰라서 그래."

"하지만 다른 분들한테 인사하는 건 이미 다 정하셨잖아요?"

"그렇긴 한데……. 동네분들이야 잘 아는 사이고, 빨리 하는 게 좋을 것 같아서……."

"그럼 학교 송별식은 늦을수록 좋다는 말씀이세요?"

"늦을수록 뭐 좋을 것도 없지만, 되도록 성가신 일이 없도록 하기 위해서 그래."

지로는 갑자기 우마다가 실승원에서 송별식을 하자고 제안한 게 떠올랐다.

"혹시 누가 찾아와서 송별식 이야기를 꺼내진 않았나요?"

"이삼 일 전에 우마다랑 몇 명이 찾아왔더구나. 다짜고짜 송별식 얘기를 했어. 묘한 걸 다 생각해냈더군."

"거절하셨나요?"

"거절했지. 우마다도 참 어이가 없는 녀석이야. 아직 퇴직도
안 한 사람한테 송별식 교섭을 하러 오다니……. 더구나 실승
원에서 송별식을 하자는 거야."

아사쿠라 선생님은 사모님과 마주 보며 유쾌한 듯 웃었다.
지로는 쓴웃음을 삼켰다.

"그렇게 하면 안 된다고 생각했지만, 어차피 선생님이 거절
하실 거라고 생각해서 저도 적당히 찬성해버렸어요."

"호호……."

사모님은 손수건으로 입을 가리며 웃었다.

"학생회 송별식까지 거절하셨으면 이제 시끄러운 일도 없을
텐데요."

"그렇지도 않아. 시끄러운 건 학생들만이 아니거든. 굳이 송
별식을 해야겠다면 이곳을 떠나는 날 송별식을 하면 좋겠다고
생각해. 식이 끝나자마자 바로 역으로 출발할 수 있게 말야."

"예?"

지로는 충격을 받은 듯 입을 반쯤 벌리고 아사쿠라 선생님과
사모님을 번갈아 보았다. 하지만 아사쿠라 선생님 내외는 아무
렇지도 않은 듯 태연했다.

"언제쯤 떠나실 건데요?"

"내일모레쯤 움직여야지."

아사쿠라 선생님은 사모님을 돌아보았다.

"내일모레면 되겠지?"

"예, 이 층에 있는 책들만 정리하면 다 끝나니까요."

지로는 눈을 둥그렇게 뜨고 두 사람을 번갈아 보다가, 갑자기 덤벼들듯이 말했다.

"그럼 우리 백조회 회원들은 언제 송별식을 해요?"

"뭐, 그럴 필요 있을까."

"선생님!"

지로는 우는 목소리로 외쳤다.

"그런 법이 어딨어요! 저희들은 선생님이 앞으로 무슨 일을 하실지도 전혀 모른다고요. 어디로 가시는지도 모른단 말예요!"

"뭘 해야 좋을지는 나 자신도 아직 아는 게 없어. 먼저 갈 곳은 도쿄야. 학생들에겐 네가 그렇게 전해줘. 송별식 때는 그런 말을 하고 싶지 않으니까."

"선생님!"

지로는 책상 위에 얼굴을 파묻었다. 어깨가 물결치듯 출렁였다.

"그렇게 흥분할 일이 아냐. 작은 일에 얽매이면 안 돼."

"이게 작은 일이에요?"

"송별식 같은 건 아무래도 상관없어. 좀 더 멀리 보고 영원에 대해 생각해."

"저도 그런 걸 생각했기 때문에 송별식을 얘기한 거라고요!"

지로는 고개를 파묻은 채 흐느꼈다.

"나도 모두를 모아놓고 천천히 얘기하고 싶은 게 많아. 하지만 몇 번을 생각해도 모이지 않는 게 좋다는 결론이 나왔어."

"왜요?"

지로는 눈물로 흥건해진 뺨을 닦아내며 애처롭게 선생님을 보았다.

"우리를 감시하는 눈들이 많단다. 나 때문에 단 한 사람이라도 불행한 일을 겪지 않으면 좋겠어. 이유는 그것뿐이야."

아사쿠라 선생님은 비통한 목소리로 말했다.

지로는 책상 한쪽을 물끄러미 바라보며 입을 다물었다. 눈물도 점점 말랐다. 눈물이 마를수록 지로의 눈빛은 차갑게 식어갔다. 조금 뒤에 지로는 마당 너머로 하늘을 바라보며 대답했다.

"무슨 말씀인지 알 것 같아요."

지로는 입술을 굳게 다물었다. 하지만 볼 근육은 쉴 새 없이 꿈틀거리고 있었다.

"화가 나더라도 조심할 건 조심하는 게 좋아. 현청 사람들의 신경이 날카로울 때는 피하는 게 상책이야. 그 사람들은 지금 히스테리 환자나 다름없어."

아사쿠라 선생님은 달래듯이 말했다.

"이렇게 나가다간 일본도 형편없는 나라가 될 거다. 너희들이 단단히 정신을 차려야 돼."

그 말을 듣고 지로는 입술을 더욱 꽉 다물었다.

"과일이라도 좀 가져올게요."

방금 전부터 걱정스러운 얼굴로 지로의 표정을 살펴보던 사모님이 자리에서 일어나 복도로 나갔다.

"어머, 손님 오셨어요."

사모님은 부엌으로 가다 말고 현관 쪽으로 뛰어갔다.

조금 뒤에 현관이 시끌시끌해졌다. 이야기 소리도 들렸다. 사모님은 좀 놀란 것 같은 소리로 반갑게 인사했고, 뒤이어 두서너 사람이 떠드는 소리가 들렸는데, 모두 남자 소리였다. 그중 하나는 슌스케였다. 하지만 나머지 두 사람이 누구인지는 몇 번을 들어도 감이 잡히지 않았다.

아사쿠라 선생님과 지로는 조용히 현관에서 들리는 소리에 귀를 기울였다.

"한 명은 오자와 같은데."

아사쿠라 선생님이 웃으며 말했다. 그러자 지로는 벌떡 일어나 복도로 뛰어나갔다.

"마침 지로도 여기 와 있어요."

그렇게 말하는 사모님의 뒷모습이 보였다. 그 옆에 오자와와 교이치가 서 있었다. 얼굴이 햇볕에 그을려 새카맸다. 둘은 땀에 젖은 셔츠로 몇 번씩 이마를 닦고 있었다.

"정말 귀한 손님들이네요."

사모님은 아사쿠라 선생님을 보며 살짝 웃었다. 그러고는 세 사람을 방으로 안내한 뒤 서둘러 부엌으로 갔다.

슌스케가 자리에 앉으면서 아사쿠라 선생님에게 인사했다.

"집에서 막 떠나려는데 교이치가 오자와를 데리고 들이닥치더라고요. 제대로 씻지도 못한 놈들을 여기까지 끌고 왔습니다."

모두 몇 달만에 만나는 터라 한동안 서로 어떻게 지냈는지 이것저것 물어보는 것만으로도 정신이 없었다. 하지만 이야기를 할수록 분위기는 무겁게 가라앉았다. 오자와와 교이치는 아사쿠라 선생님이 퇴직하게 된 경위를 오늘에야 알게 되었다면서 어떻게 자신들만 빼놓고 이런 문제를 의논할 수 있느냐고 불만을 터뜨렸다. 그때마다 지로는 미안한 생각이 들어 혼자 사과하느라 바빴다. 그러나 아사쿠라 선생님은 지로가 현명하게 판단한 것이라며 두둔했다.

"이 녀석들에게 알리지 않은 건 정말 잘한 일이야. 알려봤자 어차피 아무 소용도 없고, 어쩌면 우리 일에 방해만 됐을지도 몰라."

아사쿠라 선생님은 이렇게 말하며 큰 소리로 웃었다.

지로가 혈서를 쓴 것과 학생회 임원들을 설득해 어떻게든 동맹휴교는 막아보려고 애썼다는 것을 알고 오자와와 교이치는 크게 감동한 눈치였다. 그래도 오자와는 무언가 아쉬움이 남는다는 듯 말했다.

"동맹휴교를 막은 건 정말 훌륭했어. 하지만 이대로 가다가는 학교가 완전히 썩어버릴 거야. 진짜 중요한 건 바로 지금부터인데, 넌 앞으로 어떻게 할 작정이냐?"

그러자 지로가 대답하기도 전에 아사쿠라 선생님이 조금 화가 난 것처럼 말했다.

"그런 건 너희들이 걱정할 문제가 아닌 것 같구나. 이미 너희들은 제삼자란 말이다. 지로는 나 때문에 고생할 만큼 했어. 그리고 너희들이 생각하는 것보다 세상이라는 곳에 대해 깊이 생각하게 됐지."

아사쿠라 선생님이 단호하게 말하자 오자와는 당황했다. 그러나 오자와보다 더 당황한 사람은 바로 지로였다. 지로는 쑥스럽기도 하고, 가슴이 두근거리기도 했다. 얼굴이 붉게 물들어 아사쿠라 선생님과 슌스케를 훔쳐보듯 보았다.

조금 뒤에 사모님이 과자와 과일을 가지고 돌아왔다. 과자는 봉투째, 과일은 광주리째 들고 왔다.

"이젠 차도 대접하지 못하게 됐네. 조금 덥지? 얼음이 올 때가 됐는데……."

그렇게 말하면서 사모님은 과자 봉지를 찢었다. 과일 광주리에는 잘 익은 복숭아가 가득했다. 싱싱한 복숭아 빛깔이 먹음직스럽게 보였다.

과자 봉지가 눈 깜짝할 사이에 비고 광주리에 든 복숭아도 줄어들었다. 얼음이 왔을 무렵에는 복숭아를 거의 다 먹어치웠다. 책상 밑으로 물방울이 뚝뚝 떨어지고, 그 밑에 펼쳐놓은 신문지 위에는 복숭아 껍질과 씨만이 끈적하게 흩어져 있었다. 복숭아 냄새가 방 안에 진동했다. 그 냄새 때문에 방 안 공기가 축축하게 느껴졌다.

먹으면서도 이야기는 계속했다. 오자와와 교이치, 지로는 헌병대와 현청을 사정없이 욕했고, 아사쿠라 선생님은 지금보다 앞으로가 문제라며 걱정했다. 슌스케와 사모님은 말없이 듣기만 했다. 나중에는 두 사람이 따로 앉아 이삿짐에 대해 의논했다.

이야기는 어느덧 백조회의 책들을 어떻게 정리할 것인지 하는 것과, 아사쿠라 선생님의 송별회는 어떻게 할 것인지 하는 문제로 접어들었다. 책들은 아사쿠라 선생님이 제안한 대로 일단 지로네 집에서 보관하기로 결정했다. 교이치와 지로는 회원들과 의논도 하지 않고 책을 옮길 수는 없다고 주장했지만, 오자와가 아사쿠라 선생님이 생각한 대로 해야 한다고 떠드는 바람에 쉽게 결정되었다. 슌스케도 그렇게 하는 것이 도리라고 말했다. 교이치와 지로는 조금 불만스러웠지만, 곧 받아들이는 수밖에 없었다. 송별회 문제에는 슌스케도 거들어 선생님이 참석할 것을 권했지만 선생님은 좀처럼 주장을 굽히지 않았다.

결국 다음 날 오자와와 교이치가 다시 선생님 댁을 찾기로 했다. 급한 대로 책부터 옮길 작정이었다.

어느 정도 이야기가 끝나자 모두들 자리에서 일어나 밖으로 나왔다. 지로가 신발을 신다 말고 조심스레 슌스케에게 물어보았다.

"내일 저녁에 선생님과 사모님이 우리 집에 오신다고 그랬죠? 그때 회원들도 우리 집에 초대하면 안 될까요?"

슌스케는 잠깐 생각해보더니 말했다.

"그것도 나쁘진 않구나. 여기서 잠깐만 기다려봐."

슌스케는 다시 현관 안으로 들어갔다. 십 분쯤 지나자 슌스케가 웃으면서 밖으로 나왔다.

"잘됐다. 내일 선생님 내외분과 같이 저녁을 먹기로 약속했어. 백조회 회원들에게도 저녁 먹지 말고 모이도록 전해줘."

오자와가 눈을 껌뻑이며 말했다.

"백조회 회원이 몇 명이나 되는 줄 아세요? 서른이 넘어요."

"서른? ……생각보다 꽤 많구나. 뭐, 어떻게 되겠지. 닭 네 다섯 마리 잡으면 그럭저럭 될 거야."

지로는 요즘 들어 처음으로 기분이 좋아지는 것을 느꼈다. 회원들에게는 다음 날 학교에서 이 소식을 전해도 늦지 않겠지만, 신가와 우메모토에게는 하루빨리 알리고 싶었다. 두 친구가 놀란 얼굴로 멍하니 자신을 보는 모습이 눈앞에 선했다.

"그럼 회원들에게 알려주고 올게요."

지로는 어느새 뛰어나갈 차비를 마쳤다.

"회원들도 모이는 건 선생님한텐 비밀이다. 그 말도 꼭 전해."

"예, 걱정 마세요."

슌스케는 지로의 뒷모습을 바라보면서 큰 소리로 웃음을 터뜨렸다. 오자와와 교이치도 재미있다는 듯 크게 웃었다.

최후의 만찬

아사쿠라 선생님 부부는 이튿날 약속한 대로 저녁을 먹기 전에 슌스케의 집으로 왔다. 두 사람 모두 평소에 인사 다닐 때 입던 정장 대신 가볍게 옷을 입었는데, 선생님은 유카타(여름에 입는 무명 홑옷)에 하카마(일본 옷에 받쳐 입는 하의)를, 사모님은 로(치마의 일종)에 히토에오비(허리띠)를 두르고 있었다.

백조회 회원은 졸업한 선배들도 두서너 사람이 찾아왔다. 이미 두 시간 전부터 한 사람도 빠짐없이 이 층에 모여 있었는데, 이날이 어떤 날인지를 모두 잘 알고 있었기 때문에 아사쿠라 선생님이 올 때까지 어딘가에 숨어 있어야 한다느니, 갑자기 나타나서 선생님을 당황하게 만들어야 오랫동안 기억에 남는다느니 하면서 시끄럽게 떠들다가, 결국은 다리 근처 상류에서 시원하게 물놀이나 하자고 의견을 모았다. 그래서 선생님이 왔을 때는 다들 그곳에서 정신없이 수영을 하고 있었다. 교이치는 이 층에 혼자 남아 아침 일찍 가져온 백조회 문고를 정리하느라 정신이 없었고, 오자와와 지로와 슌조는 뒤뜰에 있는 우물가에서 난생 처음 닭을 해부 – 해부라는 말은 오자와의 표현이지만 – 하느라 바쁘게 지냈다. 할머니와 오요시, 오카네는 음식 준비로 부엌에서 바쁘게 돌아다녔다. 그래서 아사쿠라 선생님 내외분이 도착했을 때는 집 앞이 의외로 조용했다.

두 분을 마중한 사람은 다실에 앉아 선생님 내외분이 오기만을 기다리고 있던 슌스케였다. 슌스케는 아사쿠라 선생님 내외를 곧 손님방으로 모시고 갔다.

"처음 와보는데, 정말 좋은 곳이네요."

"그런 말씀 마세요. 형편없는 농가인데요. 전망이 좋은 것 빼고는 구질구질하고 낡았죠. 참, 오늘 밤엔 달이 뜬다고 하네요. 저녁 드시고 천천히 달 구경이나 하시죠."

서로 격식을 차린 인사는 오가지 않았다. 사모님은 오랜만에 외출을 해서 신이 났는지 즐거운 얼굴로 두 사람이 나누는 이야기를 듣고 있었다.

조금 뒤에 오요시가 차를 가져왔다.

"처음 뵙겠습니다. 천천히 놀다가세요."

오요시는 그렇게 한마디 하고 일어섰다. 슌스케도 특별히 오요시를 두 사람에게 소개할 생각이 없어 보였다.

"부인이시죠?"

사모님이 방석에서 무릎을 조금 일으키며 반갑게 인사했다.

사모님이 인사를 하자 선생님도 정중하게 고개를 숙였다.

"지로 아버님께 참 많은 폐를 끼쳤습니다. 늘 도움을 받았는데, 이렇게 염치없이 신세를 지게 되었으니……."

오요시는 아사쿠라 선생님 부부가 무슨 말이든 건넬 때마다 예, 아니에요, 하며 단 두 마디 말로 모든 대답을 대신했다. 평소처럼 자기가 먼저 입을 열지는 않았다. 그러면서도 어딘지 모르게 기품 있는 태도로 두 사람이 하는 질문에 하나하나 대답했다. 살짝 웃을 때마다 햇볕에 그을린 얼굴에 커다란 보조개가 떠올랐다. 그 보조개 사이로 부드러운 그림자가 드리워지는 것을 보고, 선생님 내외는 오요시가 소박하지만 아주 강한 어머니라는 것을 느낄 수 있었다.

몇 마디 인사말이 오가고 방 안에서는 화기애애한 이야기가 오갔다. 오요시마저도 아사쿠라 선생님 내외와 아주 오래전부터 알고 지낸 것 같은 착각을 할 정도였다.

"맥주라도 가져올까요? 찬물에 담가둔 게 있거든요."

오요시가 슌스케를 보며 말했다.

"그거 좋지. 사모님껜 사이다라도 갖다 드려요……. 그 전에 선생님이 조금 더우실 텐데, 목욕물을 끓여 놓은 것도 없으니 우물가에서 시원하게 목물이라도 하시는 게 어떨까요?"

"그러죠. 그런데 오다 보니까 강이 있던데, 우물보다는 그쪽에서 몸 좀 담그는 게 더 좋겠군요."

아사쿠라 선생님은 하카마를 벗더니 혼자 밖으로 나왔다.

슌스케는 그 뒷모습을 보면서 웃음을 참는 듯했다. 그 모습이 조금 당황해하는 것 같았는데, 선생님이 밖으로 나가는 것을 확인하고는 차분한 목소리로 사모님에게 말했다.

"이상하게 곧 헤어진다는 생각이 안 들어요."

"그러게요."

사모님은 쓸쓸하게 웃었다. 오요시도 얼굴이 조금 어두워졌다. 오요시는 말없이 자리에서 일어나 부엌으로 갔다.

십 분쯤 지나 아사쿠라 선생님이 돌아왔다. 그때는 손님방에 여러 가지 음식을 차린 커다란 상이 놓여 있었다. 차가운 맥주와 사이다를 가운데 놓고 토마토와 오이, 오믈렛 같은 음식을 차려 놓았다.

"요즘엔 강에 들어가 본 적이 없었거든요. 생각보다 물이 차네요."

아사쿠라 선생님은 그렇게 말하며 하카마를 입었다.

"하카마는 입지 않으셔도 될 것 같은데요. 그냥 시원하게 벗고 계시죠."

슌스케가 그렇게 권하자 아사쿠라 선생님이 말했다.

"아닙니다. 그래도 예의상 입고 있는 게 편할 것 같군요."

선생님이 자리에 앉자, 오요시가 맥주부터 한 잔 따랐다. 아사쿠라 선생님은 두 손으로 잔을 받으며 강에서 겪은 일을 이야기했다.

"이 근처에 수영 금지 구역이라도 있나요?"

"아뇨, 그런 덴 없는데요. 누가 뭐라고 하던가요?"

"그런 게 아니라, 다리 근처에 사람들이 꽤 많더라고요. 갑자기 나를 보더니 다들 도망치는 거예요."

"거 참 희한하네요. 무슨 이유가 있었겠죠."

슌스케는 금방이라도 웃음이 터질 것처럼 얼굴을 씰룩이며 겨우 대답했다.

"멀리 떨어져 있어서 잘 안 보였는데, 머리를 빡빡 깎은 게 중학생 같기도 하고……. 왜 날 보자마자 도망쳤는지, 아무리 생각해도 모르겠어요. 아, 참, 교이치하고 지로는 집에 있나요?"

"예, 다들 있어요. 오자와도 있고요. 선생님이 오시기 전에 문고를 정리해야 한다면서 내려오질 않네요. 조금 있으면 내려올 겁니다."

그런 뒤 슌스케는 오요시에게 물었다.

"선생님 오신 것, 다들 알고 있지?"

"글쎄요, 잘 모르겠는데요."

오요시는 태평스레 대답하고는 곧 자리에서 일어났다.

"혹시 모를 수도 있으니까 제가 가서 알려줄게요."

오요시는 누가 말릴 새도 없이 이 층으로 올라갔다.

몇 분 뒤에 교이치가 내려와 아사쿠라 선생님께 인사했다. 오자와와 지로도 그 뒤를 따라왔다. 슌조는 맨 뒤쪽에 앉아 고개만 꾸벅였다.

아이들이 모이자 자연스레 책 이야기가 나왔다. 아사쿠라 선생님이 이 층에 한 번 올라가 보고 싶다고 하자, 슌스케가 말렸다.

"어차피 저녁은 이 층에서 달을 구경하면서 드실 테니까 그때 올라가시죠."

선생님도 그렇게 하겠다고 대답했다.

오요시를 대신해서 오자와, 교이치, 지로, 슌조가 차례로 선생님께 맥주를 따라 드렸다. 술잔이 돌자 이야기가 점점 재미있어졌다. 어제와 달리 아사쿠라 선생님에 대한 이야기는 되도록 피하는 것 같았다. 주로 오자와 교이치의 고등학교 생활에 대한 이야기를 나누었다. 슌스케도 맥주 탓인지 여느 때보다 말이 많아졌다. 슌스케는 젊었을 때 정치운동을 하다 실패한 이야기를 들려주며 모두를 즐겁게 만들었다.

아사쿠라 선생님은 주량이 약한 편이 아니었으나, 슌스케를 당해내지는 못했다. 네다섯 잔을 마셨는데 술잔에는 맥주가 절반쯤 남아 있었다.

"술이 센 편은 아닌가 보죠?"

슌스케는 그렇게 말할 뿐 억지로 권하지는 않았다. 그리고 가끔씩 사모님에게 맥주를 따라달라고 부탁하며 거침없이 잔을 비웠다.

"사모님, 조금만 기다리세요. 오늘은 달 구경이나 하면서 다 같이 저녁을 먹도록 하죠."

슌스케는 사모님이 따라주는 맥주잔을 비우면서 그렇게 말했다.

맥주 네다섯 병을 비웠지만 밖은 여전히 환했다. 슌스케가 이제야 생각났다는 듯 지로를 불렀다.

"슬슬 이 층으로 올라가야 할 것 같은데……. 선생님은 술도 별로 마시지 않고, 너희들은 배가 고플 테니, 빨리 올라가자고."

"예, 제가 잠깐 가보고 올게요."

지로는 묘한 표정을 짓고 웃으며 자리에서 일어났다.

곧이어 안방에서 손님방까지 이어지는 복도가 시끌벅적했

다. 그리고 사다리를 타고 이 층으로 올라가는 것 같은 발자국 소리가 쉴 새 없이 들렸다. 누군가 이 층으로 올라가는 것 같은데, 발자국 소리로는 한둘이 아닌 것 같았다. 슌스케와 오자와는 능글맞게 웃으며 서로 눈길을 주고받았다. 교이치는 어색한 듯 고개를 숙이고 아사쿠라 선생님을 훔쳐보았다. 슌조도 고개를 숙이고 있었는데, 손등으로 입을 틀어막고 있는 모습이 웃음을 참는 것처럼 보였다. 아사쿠라 선생님 내외는 영문을 모르겠다는 얼굴로 쿵쾅거리는 천장을 멍하니 올려다보았다.

"저 소리가 뭐죠?"

아사쿠라 선생님이 몸을 반쯤 일으켜 세우며 물었다.

"오늘은 선생님 내외분에게 달 구경도 시켜드리고, 연극도 한 편 보여드릴 계획이거든요."

"연극이요?"

"극본은 지로와 제가 썼습니다."

조금 지나 사다리 쪽이 조용해졌다. 천장도 잠잠해졌다.

아사쿠라 선생님은 수상쩍은 눈초리로 슌스케를 보았다.

"학생들이 왔군요. 백조회 회원들이겠죠?"

마치 힐문하는 것 같았다.

"맞습니다. 드디어 범죄가 탄로났군요, 허허."

하지만 아사쿠라 선생님은 웃지 않았다. 그리고 눈을 감고 잠깐 생각에 잠겼다.

"괜찮겠습니까, 이렇게 해도?"

"인간의 진심은 어쩔 도리가 없는 법이지요."

슌스케도 더 웃지 않았다. 조금 취기가 오른 눈으로 물끄러미 선생님을 보았다.

"하지만 현청의 입장은 우리가 생각하는 것 이상입니다."

"잘 알고 있습니다. 그렇다고 인간의 도리까지 포기할 수는 없지요. 선생님께서 백조회 회원들과 작별인사도 제대로 못 나누고 떠나신다면 학생들은 선생님께서 인격적으로 패배했다고 여길 겁니다."

아사쿠라 선생님은 또다시 눈을 감고 입을 다물었다. 옆에 있던 사모님이 선생님의 표정을 살피며 대신 말을 꺼냈다.

"오늘 일 때문에 피해를 입는 학생이 생길지도 몰라요……. 남편은 그게 걱정스러운 거예요."

"아마 한 사람 정도는 피해를 보겠죠. 만약 피해를 보는 학생이 있다면 제 아들이 될 겁니다."

아사쿠라 선생님이 눈을 번쩍 뜨고 슌스케를 뚫어져라 보았다. 슌스케는 선생님의 눈길을 피하면서 말했다.

"그런 일을 겪더라도 지로는 당황하지 않을 겁니다."

방 안 공기가 무겁게 가라앉았다. 오자와와 교이치, 슌조는 아사쿠라 선생님과 슌스케를 번갈아 보면서 어찌할 바를 모르고 앉아 있었다. 아사쿠라 선생님이 초조한 기색으로 물었다.

"지로가 그런 이야기를 꺼낸 적이 있었나요?"

"한 번도 없죠. 본디 그런 녀석이니까요."

"뒤로 물러나지 않는 성질이라는 건 저도 잘 알고 있습니다만……."

"아닙니다, 아니에요. 제가 말씀드린 건 지로의 성격하곤 상관없어요. 지로는 사람의 진심이 얼마나 소중한지를 잘 아는 녀석이에요. 선생님은 잘 모르시겠지만, 그 녀석이 그렇게 살아왔거든요. 예전엔, 그러니까 선생님을 만나기 전에는 사람의 진심이란 게 어떤 건지 잘 몰라서 방황한 적도 있었어요. 하지만 선생님 덕분에 저 녀석은 올바른 길이 어떤 건지를 알게 되었습니다. 이젠 그 값을 해야죠."

"아무리 그래도……."

아사쿠라 선생님은 고개를 절레절레 흔들며 웃었다.

"혼다 씨는 꽤 대담한 데가 있으세요."

"오늘 제가 한 짓이 억지라고 생각하시나요?"

"아뇨, 제가 뭐라고 할 수 있는 처지가 아니군요. 이미 이렇게 되었으니 저도 얌전하게 항복하겠습니다. 이 층에 있는 학생들과 기분 좋게 만나봐야겠습니다. 제가 선생이긴 합니다만, 아들을 이렇게 키우기 위해선 혼다 씨처럼 여간 대담하지 않으면 안 되겠구나, 하는 생각이 들었습니다."

"그런가요?"

"앞뒤를 조금이라도 생각하는 사람이라면 할 수 없는 일이니까요."

아사쿠라 선생님의 눈가에 벌써부터 웃음이 피고 있었다.

"그렇지도 않아요. 선생님만 해도 앞뒤를 전혀 생각하지 않는 점에서는 저보다 한 수 위가 아닙니까? 전 어머니도 계시고, 아이들도 셋이나 있죠. 그러니 학교에서 쫓겨날 걸 뻔히 알면서도 그런 행동은 절대 하지 않을 겁니다."

두 사람은 크게 웃었다.

"맞아요, 혼다 씨 말씀이 딱 맞아요."

사모님도 웃음을 참지 못했다.

그동안 책상다리를 하고 앉아 있던 오자와가 무릎 사이에 두 손을 넣으며 윗몸을 꼿꼿이 세우고는 큰 소리로 말했다.

"오늘 모임은 틀림없이 멋진 백조회가 될 겁니다."

교이치는 고개를 숙인 채 안도했다는 듯 한숨을 내쉬었고, 순조는 재빨리 방 안을 둘러보았다. 표정없는 사람은 오요시뿐 이었다.

그때 지로가 이 층에서 내려왔다. 안으로 들어온 지로는 사 람들의 표정을 보고 방금 무슨 일이 있었느냐는 얼굴로 슌스케 를 보았다.

"다 됐니?"

슌스케가 물어보았다.

"예, 다 됐어요."

지로는 아사쿠라 선생님을 보며 대답했다.

"선생님도 이젠 다 아셔."

아사쿠라 선생님은 웃음 진 눈으로 문 옆에 서 있는 지로를 물끄러미 보았다.

지로는 아직도 뭐가 뭔지 모르겠다는 표정을 짓고 있었다.

"그럼 식사는 이 층에서 드시죠."

슌스케가 먼저 일어섰다. 아사쿠라 선생님 내외도 이 층으로 갔다. 그 뒤를 오자와와 아이들이 따라갔다.

층계를 오르자 요란스레 손뼉이 터져 나왔다. 손뼉 소리는 선생님 부부와 슌스케가 자리에 앉을 때까지 그치지 않았다.

학생들은 타원형으로 둘러앉았다. 안쪽에 방석 세 개가 나란히 놓여 있었는데, 아사쿠라 선생님 내외와 슌스케를 위한 자리였다. 아사쿠라 선생님이 가운데 앉고, 부인과 슌스케가 양옆에 앉았다. 오자와와 지로, 교이치는 슌스케 옆에 앉았는데, 슌조만은 동급생 옆에 끼어들었다.

학생들 앞에는 과자 봉지가 하나씩 놓여 있었다. 여기저기 찻주전자를 올려놓은 쟁반도 보였다. 손뼉 소리가 그치자 조금 조용해졌다.

"인사나 이야기는 나중에 하기로 하고, 먼저 밥부터 먹자. 너희들 누가 좀 도와줄래?"

슌스케가 오자와 쪽을 보며 말했다. 그 목소리가 모두에게 들릴 만큼 컸다. 오자와가 벌떡 일어났다. 그러자 지로가 오자와를 다시 자리에 앉히며 말했다.

"선배님은 앉아 계시죠. 저희들로 충분해요."

지로가 학생들 쪽으로 몸을 돌렸다.

"4학년하고 5학년은 부엌으로 내려가자. 밥하고 국을 가져와야 되거든."

몸집이 커다란 학생들이 한꺼번에 우르르 일어섰다.

"과자 봉지는 아직 찢지 마. 나중에 다과회 때 먹어야 하니까."

지로는 그렇게 말하며 아래층으로 내려갔다. 이 층에 남은 저학년들은 고개를 숙이고 자기네들끼리 킬킬거리며 웃고 떠들었다.

아사쿠라 선생님은 그제야 주위를 둘러보았다. 선생님 댁에서 가져온 책들은 뒤쪽에 가지런히 정리되어 있었다. 그 옆에 '백조, 갈대꽃 속으로 들어가다.'라는 글귀가 들어 있는 커다란 액자가 걸려 있었다. 천장에 그대로 드러난 들보에 끈을 엮어 액자를 걸어놓았다. 액자 밑에 작은 막대기를 받쳐놓았기 때문에 선생님 댁에서처럼 볼품은 없었다. 하지만 아사쿠라 선생님은 감회가 새롭다는 듯이 그 액자를 바라보고 있었다. 료칸의 글귀가 적혀 있는 족자는 문고 왼편에 걸려 있었다.

그러는 동안 커다란 국 냄비 두 개와 주먹밥, 단무지와 된장을 담은 주발과 찬합 열 개를 들고 학생들이 올라왔다. 국 냄비는 밑받침을 깔아놓은 곳에 내려놓고, 주발과 찬합은 적당한 거리를 두고 학생들 사이에 군데군데 흩어놓았다. 두서너 학생이 젓가락과 밥그릇을 나눠주었다.

아사쿠라 선생님 부부와 슌스케 앞에만 따로 상을 차렸는데, 그 위에는 젓가락과 공기, 접시들이 놓여 있었다.

오요시와 오카네가 시중을 들었다. 두 사람은 쟁반을 무릎 위에 올려놓고 층계 옆에 자리를 잡고 앉았다. 학생들이 모두 자리를 정하고 둘러앉자, 곧 주발에 국을 퍼담았다.

"자, 빨리 먹자고. 쌀은 다른 집에서 농사지은 거지만 다른 반찬은 모두 우리 집에서 나왔다고. 양은 충분하니까 실컷 먹어."

슌스케가 기분 좋게 외쳤다.

"잘 먹겠습니다."

백조회 회식 때처럼 아사쿠라 선생님이 먼저 젓가락을 들었다.

떠들썩하던 이 층이 한순간에 적막해졌다. 아무도 말하는 사람이 없었다. 밖은 어느새 노을이 지고 있었다. 하나밖에 없는 전등이 학생들 머리 위로 그늘을 만들었다. 그 희미한 그늘 속에서 국을 들이키고 밥을 삼키는 소리만이 적막을 깨고 있었다.

반찬은 닭국이 전부였는데, 국이라고 하기에는 국물이 너무 적었다. 그 대신 닭조림이라고 할 수 있을 만큼 고기가 듬뿍 들어 있었다. 이날 모인 학생들 가운데 가장 잘 사는 집안의 아이도 닭고기를 이렇게 실컷 먹을 수 있는 기회가 흔하지는 않았다. 만약 이들 중 수북하게 담은 밥에 뜨거운 국을 대접한 슌스케를 비웃는 학생이 있었다면 만성위장병에 걸린 탓에 일찌감치 젊음을 상실했기 때문일 것이다. 날이 어두워지자 전등빛이 점점 밝게 느껴졌다. 학생들은 천천히 포만감에 젖기 시작했다. 어느 정도 뱃속이 차자 모두들 먹는 데만 전념하지는 않았다. 여기저기서 잡담소리가 시끌벅적했다. 누군가 말도 안 되는 속담을 지껄이자, 한꺼번에 웃음소리가 터졌다. 한 시간 전에 지로가 시키는 대로 뒷문으로 들어와 사다리를 타고 이 층으로 올라올 때 모습이며, 아사쿠라 선생님이 알몸으로 다리 밑에 나타난 것을 보고 미친 듯이 물속으로 잠수하여 도망치던 모습을 이야기했다. 이런 추억들은 청년들의 인생에서 조각가의 정과 같은 구실을 하게 되는 법이다.

아사쿠라 선생님 내외와 슌스케도 즐겁게 웃고 떠들었다. 세 사람이 격의 없이 웃는 소리가 들릴 때마다 학생들의 흥미는 먹는 것에서 이야기 쪽으로 조금씩 옮아갔다.

사실 이 자리는 분노로 막을 열고, 분노로 막을 내려야 할 모임이었다. 그러나 분위기는 시간이 지날수록 밝고 명랑해졌다. 이날 모임을 이렇게 즐거운 분위기 속에서 시작할 수 있었던 것은 그 누구도 계획하지 못한 우연에 지나지 않았다. 그리고 이 같은 우연은 학생들의 위장을 위해 닭들이 아낌없이 목숨을 내놓고 희생한 덕분이었다. 그리고 닭들을 희생시킨 장본인은 혼다 일가였다. 그중에서도 아사쿠라 선생님을 초대한 슌스케의 몫이 가장 크다는 것은 누구도 부인할 수 없었다.

밥을 다 먹고 지로가 모두들 냄비와 그릇들을 한데 모아 아래층으로 가지고 내려가자고 했다. 조금 뒤에는 과자 봉지가 처음 있던 자리로 되돌아왔고, 몇몇 학생들은 찻주전자를 들고 돌아다녔다.

오자와가 몇 번 헛기침을 하더니 자리에서 일어났다.

"오늘은 평소에 연 우리 모임과는 완전히 다른 모임입니다. 백조회가 형식에 치우친 모임은 아니지만, 특별히 제가 사회라도 봐야 할 것 같습니다."

오자와는 꽤 엄숙한 얼굴로 그렇게 말했다. 오자와는 오늘 모임을 어떻게 하게 되었는지를 설명하고, 슌스케와 혼다 가에 진심으로 고마워했다. 그리고 아사쿠라 선생님을 떠나보내는 송별사를 시작했는데, 목소리가 평소에 들어볼 수 없을 만큼 차분하게 가라앉아 있었다. 현청이나 학교의 무책임한 태도를 이야기할 때는 자기도 모르게 감정이 격해져 목소리가 높아졌는데, 그때마다 말을 잠깐 멈추고 숨을 가다듬었다. 하지만 지로와 신가, 우메모토가 아사쿠라 선생님에게 배운 것을 실천하기 위해 동맹휴교를 반대했다는 말을 할 때는 감정을 억누르지 못하고 큰 소리로 말했다. 마지막으로 오자와는 조금 전에 손님방에서 아사쿠라 선생님과 슌스케가 나눈 이야기를 들려주며 마무리했다.

"여러 가지 사정이 많았지만, 선생님은 끝까지 사람의 진심을 저버리지 않으셨습니다. 진심으로 감사드립니다. 백조회 회원들 또한 하나도 빠짐없이 이 자리에 모였습니다. 상황이 좋지 않은 가운데 여러분들은 선생님에 대한 진심을 지켰습니다. 그런 점에서 우리 모두는 승자입니다. 기독교도가 그리스도를 십자가 위에서 우러러보면서 진실로 인생의 승자가 되었다면, 우리 또한 아사쿠라 선생님을 권력이라는 십자가 위에서 우러러보면서 인생의 승자가 되었다고 해야 할 것입니다. 아사쿠라 선생님은 인격으로 그 고통을 이겨내셨음은 말할 필요도 없지만, 혼다, 신가, 우메모토가 숭고하게 노력한 것도 잊어서는 안 된다고 생각합니다. 더구나 우리가 나설 수 없는 곳에서 선생님과 함께 해주신 혼다의 아버님께도 진심으로 감사드립니다. 만약 혼다의 아버님이 좀전에 선생님을 설득하지 못했다면 우리는 선생님과 최후의 만찬을 즐기지 못했을지도 모릅니다. 혼다의 아버님은 맛있는 음식과 함께 우리가 선생님과 마지막 추억을 나눌 수 있도록 해주셨습니다. 정말 고맙습니다."

학생들은 힘차게 손뼉을 쳤다. 오자와는 쑥스러운 표정을 지으며 자리에 앉았다. 얼굴이 벌겋게 달아오르고 땀이 났다. 그리고 이제 막 깨달았다는 듯 아사쿠라 선생님 쪽으로 몸을 돌리며 말했다.

"선생님, 무슨 말씀이라도……."

아사쿠라 선생님은 고개를 끄덕였다. 그러나 여간해서는 일어서려고 하지 않았다. 일어서는 대신 팔짱을 끼고 눈을 지그시 감았다. 눈길이 모두 선생님에게 쏠렸다. 일 분이 지나고, 이 분이 지나고, 삼 분이 지나서야 선생님은 천천히 눈을 떴다. 하지만 이번에도 일어날 생각은 없어 보였다. 아사쿠라 선생님의 속눈썹이 조금 젖어 있는 것 같았다. 선생님은 눈을 크게 뜨고 두서너 번 깜빡이더니, 앉은 채 천천히 이야기를 꺼냈다.

"한 시간 전만 해도 백조회 회원들과 오늘 저녁 이렇게 즐겁게 밥을 먹게 될 줄은 상상도 하지 못했어. 실은 오래전부터 이런 자리를 기대하면서도 스스로는 결코 여러분들 앞에 나서지 않겠다고 결심하고 있었지. 두 번 다시 우리가 만나지 못한다고 생각했을 때는 하고 싶은 말이 참 많았는데, 정작 얼굴을 마주하고 앉으니까 마음이 들떠서 하고 싶은 말이 떠오르지 않는구나. 어쩌면 당연한 일인지도 몰라. 지금 이 자리에는 사람에 대한 진심이 가득해. 서로 무슨 생각을 하는지, 얼마나 서로 아끼고 있는지 말하지 않아도 알 수 있어. 그런 믿음이 가득한 곳엔 말이 필요 없는 법이지. 내가 이런 만남을 피한 이유는 여러분들에게 피해를 주고 싶지 않은 나의 인간적인 진심 때문이었다고 생각해주기 바란다. 나의 진심은 여러분의 진심과 정반대되는 방향을 선택했지만 우리들의 입장에 모순 같은 것은 없다고 생각해. 우리가 저마다 선택한 태도는 빛과 어둠이 아냐. 우리는 모두 빛이야. 단지 그 위치가 조금씩 달랐을 뿐이지. 빛이 어지럽게 뒤섞인다고 해서 어둠이 생기는 것은 아냐. 어둠이 생기기는커녕 모든 장소에서 어둠을 무너뜨리는 구실을 하게 될 거야. 인간은 자신의 위치에서 진실해지면 되는 거야. 이것밖에는 길이 없다고 생각해도 좋아. 여러분과 나의 가슴속엔 진실이 숨어 있어. 물론 우리가 가는 길은 그 방향이 서로 달라. 하지만 지금 이 순간에도 우리는 서로를 비춰주고 있고, 앞으로도 영원히 서로를 비춰주게 될 거라고 믿는다.”

아사쿠라 선생님은 숨을 깊게 들이마시며 눈을 감았다. 그러나 아직 이야기는 끝난 것 같지 않았다. 모두들 다음 말을 기대하듯 아사쿠라 선생님을 정신없이 보고 있었다.

그새 달이 떠올랐다. 달빛은 아직 흐릿했다. 마당에 서 있는 나무들 사이로 달빛을 받은 그림자가 어렴풋이 나타났다.

조금 뒤 아사쿠라 선생님은 말을 이었다.

“백조회 앞에서 이렇게 많은 말을 할 수 있는 것도 아마 이번이 마지막일 거야. 하지만 언젠가는 지금 이 자리에 앉아 있는 누군가와 틀림없이 만나게 될 거라는 생각이 들어. 지금은 여러분이 중학생이지만, 그때는 어른이 되어 있겠지. 내가 못 보는 동안에 어떻게 성장할지 벌써부터 궁금해지는구나. 그런데 나한텐 한 가지 큰 걱정거리가 있어. 바로 이 시대야. 여러분과 다시 만날 날이 5년 뒤에 찾아올지, 10년 뒤에 찾아올지 모르지만, 모르긴 몰라도 그때쯤엔 시대가 많이 달라져 있을 거야. 어쩌면 무시무시한 시대로 변해 있을지도 모르지. 무엇보다 그 변화는 내가 생각하기에 그다지 좋은 변화는 아닐 거야……."

지로는 아사쿠라 선생님이 말을 하고 있는 내내 다다미 한쪽 구석에 눈길을 떨어뜨리고 있다가 갑자기 고개를 들고 선생님을 보았다.

지로는 5·15 사건이 일어나고 이삼일쯤 지났을 때 혼자 아사쿠라 선생님을 찾아간 적이 있었다. 저녁 무렵이었는데, 아사쿠라 선생님은 평소에 볼 수 없을 만큼 침통한 표정으로 장쬐린 폭사사건과 류저코 사건, 상하이사변, 만주국 건국 같은, 요즘 잇따라 대륙에서 발생한 사건의 진상에 대해 설명하면서 만일 일본이 이대로 나가다가는 일본이라는 나라의 체면은 땅에 떨어지고, 국제사회의 압력으로 고립 상태에 놓이고, 국내에는 암흑시대가 찾아올 것이라고 말했다. 정치인들이 주장하는 것처럼 국운이 융성하기는커녕 오히려 백 년쯤 후퇴하게 될지도 모른다는 말까지 했다. 지로는 그때를 떠올리고 있었다.

'아사쿠라 선생님은 오늘 밤 결단을 내리시려는 거다. 우리에게 그 말씀을 들려주시려는 거다.'

그렇게 생각하자 간단한 송별회쯤으로 생각한 오늘 모임이 비밀모임이라도 되는 것 같아 숨소리도 크게 낼 수가 없었다. 지로는 아사쿠라 선생님의 입술과 학생들의 동정을 살펴보느라 눈길을 사방으로 돌렸다.

그러나 아사쿠라 선생님은 지로가 기대한 것과는 달리 요즘 시국을 비판하는 말은 꺼내지도 않았다.

"시대가 좋지 못한 곳으로 가고 있다는 점에 대해서는 여러 가지 설명해야 할 것이 많지만 오늘은 그런 이야기를 하고 싶지 않구나. 이런 자리에서 말해봤자 달라지는 것도 없을 테고, 내가 말하지 않아도 언젠가는 여러분 모두가 몸소 겪게 될 거다."

지로는 '뭐야, 이게 다야?' 하는 실망감이 들었다. 무언가 더 중요한 이야기가 있을 것만 같았다. 지로는 아쉬운 마음에 아사쿠라 선생님을 한 번 더 보았다. 선생님도 마침 지로를 보고 있었다.

"하지만……."

아사쿠라 선생님은 지로에게서 눈을 떼며 말했다.

"만약을 위해 한 가지 더 말해두고 싶은 것이 있다. 머지않아 국민들의 양심을 잠들어버리게하는 시대가 올 거다. 너희들도 단단히 준비하지 않으면 너희들의 양심이 잠들어버렸다는 것조차 깨닫지 못할 수도 있어. 그것은 악의 시대가 도래하면서 발생하는 수많은 일들에 쫓겨 자신도 깨닫지 못하는 사이에 그들의 의지대로 휩쓸려 가버리게 되는 거야. 우리에게 있어서 이보다 더 위험한 일은 없다. 아무리 악의 시대가 활개를 친다 해도 국민의 양심이 잠들어버리는 시대처럼 악한 시대는 없으니까. 그런 시대가 오면 선과 악이 완전히 뒤바뀌어 있을지도 몰라. 사람들은 영광을 치욕으로 바꾸고, 짧은 기쁨을 위해 영원한 기쁨을 희생시킬 거야. 야심가들이 진정한 애국자를 감옥에 처넣어도 누구 한 사람, 그것이 잘못이라는 말을 하지 못하는 세상이 올 거야. 이미 그런 시대가 시작되었어. 우리가 다시 만날 때쯤이면 여러분은 이미 그런 시대에 상당히 시달려 있을 거라고 생각해. 과연 그때까지 여러분이 양심을 지켜낼 수 있을지, 아니면 대다수 국민들처럼 잠들어 있을지 무척 궁금하군. 그런 의미에서 여러분의 앞날은 흥미로우면서도 두려움으로 가득 찬 날들이 될 거야. 물론 너희가 양심을 지키든 그렇지 않든 세상은 갈 데까지 갈 거야. 그건 필연적인 결과지. 소수의 힘으로는 어떻게 할 수 없을 만큼 세상은 이미 기울어졌어. 그렇게 기울어버린 것을 고치겠다고 조급해하면 오히려 그 밑에 깔리게 될 뿐이야. 우리가 제아무리 양심에 충실해도 세상을 바로 세우지는 못해. 그리고 세상은 미친 듯이 한쪽으로 기울어질 거야. 그러다가 마침내 낭떠러지로 굴러 떨어지는 날이 오겠지. 짧으면 오 년, 길면 십 년 뒤에 그런 날이 올거야. 그때가 되어야만 아무리 잠을 재우려고 해도 잠들지 않는 자유로운 양심이 나타나게 될 거야. 아마도 대다수 국민은 어찌할 바를 몰라 우왕좌왕하겠지. 오랫동안 눈을 가린 채로 살아왔을 테니까. 그 눈가리개를 제거해도 당장은 분별심이 생기기 힘들 거야. 그러한 국민 사이에 섞여 그들을 격려하고 앞으로 나아갈 방향을 가르쳐주는 일을 할 수 있는 사람은 어떤 협박에도 굴하지 않고 양심의 눈가리개를 뿌리치고 시대를 올바로 보는 사람들뿐이야. 여러분은 앞으로 그런 일을 감당해야 해. 몇 년 뒤에 여러분과 다시 손을 잡고 그 길을 함께 걸어볼 수 있기를 진심으로 기대하고 있겠다. 지금은 너희들이 드러내놓고 시대에 반항하는 활동을 하기를 바라지 않아. 지금은. 아니, 시대가 완전히 기울어버릴 때까지는 오히려 조용히 그저 양심의 자유를 지키는 데 전념하기를 바랄 뿐이야."

선생님의 눈과 지로의 눈이 또 마주쳤다. 지로의 눈길은 그저 못 박힌 듯 선생님의 얼굴에 머물렀다. 선생님은 슬쩍 그 눈길을 피하고는 두세 번 눈을 깜박이고 나서 잠깐 생각하는 듯하더니 다시 말을 이었다.

"양심을 지킨다는 말을 하기는 쉽지만, 그 말을 지키는 건 아주 어려워. 너희들처럼 순진한 청년들이라면 더욱 그렇지. 앞으로 다가올 시대는 너희들에게 마쳐제를 강요할 거야. 그 유혹을 견뎌내는 것은 쉬운 일이 아니지. 사람이 양심의 자유를 저버릴 때는 두 가지 이유가 있어. 그 하나는 권력에 아첨하거나, 대중에게 영합하거나, 이해관계에 현혹될 때지. 속으로는 옳지 않다고 생각하면서도 자신의 양심을 속이는 거야. 또 하나는 지성이 흐릿해져 판단력이 둔해졌을 때야. 자신의 행동을 그리 나쁘게 여기지도 않고 오히려 양심에 따른 선택을 했다고 생각하는 거지. 그렇게 생각하면서 어처구니없는 짓을 저지르는 거란다. 설마 여러분들이 첫 번째 이유로 자신의 양심을 저버릴 거라고는 생각하지 않는다. 그런 점에서 난 여러분을 믿고 있어. 다만 걱정스러운 것은 두 번째 이유야. 누군가 국가를 위해서 뛰쳐나가야 한다고 소리 높여 외치는 소리가 들리면 너희 같은 순진한 청년들은 들끓는 감정을 억제하지 못하고 거리로 뛰쳐나갈 위험이 커. 더구나 그 목소리가 너희들의 양심을 잠들게 만드는 마취제라는 사실을 여간해선 알아내기가 힘들어. 이 시대가 정도(正道)에서 한 발짝씩 멀어지는 것도 따지고 보면 선동가들이 외치는 목소리에 사람들이 너무나 쉽게 현혹되기 때문이지. 그 사람들의 목소리가 다른 사람들 귀에는 애국심에서 나온 외침으로 들리는 게 가장 큰 문제야. 길고 긴 내리막길에는 가끔 그 내리막을 착각하게 만드는 오르막길이 나타나게 마련이야. 이 시대가 비록 우리를 고통스럽게 만들고 있지만 때로는 한줄기 희망 같은 사건이 벌어져. 그러면 사람들은 마치 오르막길을 오르는 듯한 착각에 빠지는 거야. 그 작은 사건 때문에 사람들은 일본이라는 나라가 끝없는 발전을 거듭하고 있는 것처럼 착각해버리는 셈이지. 예를 들자면……."

여기서 아사쿠라 선생님은 잠깐 말을 멈추었다. 선생님은 조금 곤혹스런 얼굴로 학생들을 보았다. 다음 말을 해야 할지, 말아야 할지 고민하는 것처럼 보였다.

"예를 들자면 너희도 알고 있는 만주국 건국 같은 것이다. 만주국은 겉보기엔 일본의 발전을 약속하고 있는 것처럼 보여. 오족 협화(일본, 조선, 만주, 몽골, 중국이 하나가 되어 세계의 중심이 된다는 사상)라든가 왕도낙토(제2차 세계대전 당시 일본 정부가 만주국을 세우며 내세운 정치이념)라든가 하는 표현은 사람들을 들뜨게 만드는 것이 사실이야. 겉만 보면 이런 것들보다 도의적이고 화려한 세상은 다시없을 것 같아. 하지만 과연 실제로도 그럴까. 만주국을 건설한 이념은 어떤 유혹에도 흔들리지 않는 확실한 신념이었을까? 인간의 욕망을 실현시키기 위한 더러운 손이 작용한 것은 아니었을까? 만일 그것이 사실이라면 머잖아 유혈사태가 생길 거야. 피의 진창 속으로 일본도 빠지게 될 거야. 결국 현재 진행되고 있는 정치이념들이 일본인을 피의 진창으로 끌어들이는 셈이지. 정부는 국민들의 이런 목소리를 듣기 싫어하고 외면하려고 하지만 국민이라는 처지에서는 이런 점까지 냉정하게 생각해보지 않으면 안 돼. 그러나 이 시대에 양심을 지키는 국민으로 살아가기란 여간 어려운 일이 아니지. 겉으로 드러난 현상에 모두 속아버리기 때문이야. 겉모습에 도취되어 지적인 판단력을 상실하고, 양심은 그 자유를 잃어버리고, 순진한 청년들은 어리석은 이상을 좇아 폭력을 휘두른다…… 정신을 바짝 차리지 않으면 여러분도 이렇게 될 수밖에 없어. 작별을 앞두고 내가 여러분에게 해줄 수 있는 말은 오직 이것뿐이야. 세상 사람들이 늘어놓는 현학적인 표현에 속는 일이 없기를 바란다. 겉만 보고 판단하지 않기를 바란다. 양심이 잠들지 않도록 끊임없이 지성을 갈고 닦고, 자신의 판단에 따라 세상을 살아가면 좋겠구나. 언제 어디서든 진실을 놓쳐서는 안 돼. 이것이 내 마지막 부탁이자 바람이다."

아사쿠라 선생님은 숨을 고르며 먼발치에 앉아 있는 하급생들을 보며 말했다.

"내가 하는 말이 하급생들에겐 조금 어려웠는지도 모르겠군. 지금은 이해되지 않더라도 되도록 많이 기억하려고 노력하길 바란다. 당장은 이해가 안 되더라도 선배들과 지내다 보면 조금씩 알게 될 거야. 앞으로 상급생들은 부디 그런 생각을 바탕으로 백조회를 이끌어가기 바란다. 세상이 어떻게 변하든 궤도에서 벗어나지 않기를 바란다. 늘 냉정한 시선으로 사물의 진실을 끝까지 확인하기 바란다. 그 진실 속에서 어떻게 살아가야 하는지를 찾아내기 바란다. 그런 훈련을 지금까지 해왔지만 앞으로는 후배들에게도 전수해주면 좋겠어. 그러면 하급생들도 오늘 내가 한 말을 이해할 수 있는 날이 올 거야."

아사쿠라 선생님은 그렇게 말한 뒤 잠깐 말을 그쳤다. 그리고 곁눈질로 슌스케를 보며 입가에 희미하게 웃음을 띠었다.

"너무 딱딱한 얘기만 했군. 자, 내가 백조회 회원에게 해줄 수 있는 선물은 이게 다야. 아 참, 한 가지가 더 남았군. 대엿새 전부터 준비한 선물이긴 한데, 사실 어떻게 전해야 좋을지 무척 고민했어. 오늘 아침까지만 해도 우리가 다 같이 만나게 될 줄은 정말 몰랐거든. 어쨌든 다행이야. 백조회 회원이 모두 모인 곳에서 선물할 수 있게 돼서. 그 선물은 다름이 아니고, 나를 대신해서 앞으로 백조회를 지도해주실 선생님이야."

희미한 전등불빛과 달빛이 교차하는 어두컴컴한 방 안에서 학생들의 눈동자가 한꺼번에 빛을 뿜었다. 교이치와 지로만이 안절부절못하고, 아사쿠라 선생님과 학생들을 번갈아 살펴보다가 고개를 숙이고 말았다. 사모님은 살며시 웃고 있었고, 슌스케는 태연하게 앉아 있었다.

"선물이라고 말하는 것이 그분한테 실례가 될지도 모르겠고,

또 선생님이라는 말도 정확한 설명은 되지 않을 것 같은데, 오늘 모임을 주선하신 혼다의 아버님이 앞으로 나를 대신해 너희들을 지도하실 분이다. 이미 알고 있는 학생도 있겠지만, 이름은 슌스케 씨라고 한다."

학생들은 뜻밖이라는 듯 더욱 눈을 크게 떴다. 교이치와 지로는 죄인처럼 얼굴을 더 깊게 파묻었다. 슌스케는 그 말을 듣고도 여전히 태연했다.

"혼다의 아버님을 알게 된 것은 사실 얼마 안 돼. 이번에 내 임용문제가 터지면서 아버님이 우리 집을 찾아와주셔서 알게 되었단다. 어떻게 보면 아직 서로 잘 모른다고 할 수도 있지. 하지만 내가 알고 있는 어떤 분보다도 나는 혼다의 아버님을 가장 믿고 있어. 실례가 되는 말이지만, 솔직히 나는 아버님을 보면서 또 다른 나를 찾은 것 같아. 내가 학교 안에 갇혀서 진실한 인간에 대해 떠들었다면, 혼다의 아버님은 실제사회에서 진실한 사람이 되려고 노력하신 분이다. 그동안 우리가 보던 책들도 모두 이 댁으로 옮겨놓았어. 혼다 아버님께 백조회를 맡길 생각으로 그랬던 거야. 나는 혼다 아버님이 백조회 회원의 양심과 자유를 지켜주실 것으로 믿는다. 혼다 아버님께는 아직 말씀을 못 드렸는데, 우리 모두가 부탁드리면 아버님께서도 반드시 허락해주실 거다."

그 말이 끝나기 무섭게, "꼭 부탁드리겠습니다." 하고 누군가가 큰 소리로 외쳤다. 우메모토였다. 그러자 신가와 오자와가 거의 같이 힘껏 손뼉을 쳤다. 곧이어 상급생들이 손뼉을 쳤고,

하급생들도 손뼉을 치기 시작했다. 손뼉 소리가 방 안 가득 울려 퍼졌다. 교이치와 지로는 아직도 고개를 들지 못했다. 아예 어깨까지 잔뜩 움츠리고 있었다. 반면에 슌조는 이게 대체 무슨 일인가 싶어 주위를 두리번거리다가, 문득 장난기가 발동한 듯 눈웃음을 지으며 슌스케를 보았다.

상황이 이렇게 되자 슌스케도 태연하게 앉아 있을 수만은 없었다. 민망해진 듯 아사쿠라 선생님을 슬쩍 봤지만, 계속해서 웃고 있는 아사쿠라 선생님을 보고는 고개를 몇 번 흔들더니 자기를 보고 있는 학생들을 마주 보았다. 조금 화가 난 것 같기도 하고, 웃는 것처럼 보이기도 했다. 어떻게 보면 표정이 없는 것 같기도 했다. 슌스케는 홑옷 소매를 걷어올렸다. 통통하고 하얀 팔뚝이 드러났다. 슌스케는 손바닥으로 팔꿈치를 두서너 번 쓰다듬고는 무뚝뚝하게 말했다.

"좋습니다. 제가 한 번 맡아보죠. 대신 한 가지 조건이 있습니다. 난 선생이 아니니 그냥 아저씨라고 부르면 좋겠는데, 만약 그렇게 한다면 선생님을 대신해보지요."

시끌벅적한 손뼉 소리가 방 안에 가득 찼다. 모두들 뜻밖의 상황에 즐거워했다. 아사쿠라 선생님 내외도 다행이라는 듯 슌스케를 보며 손뼉을 쳤다. 웃지 않은 사람은 교이치와 지로뿐이었다. 그래도 궁금했는지 고개를 슬그머니 들고 슌스케를 보았다.

손뼉 소리가 잦아들자, 오자와가 슌스케에게 한 말씀 해달라고 부탁했다.

순스케는 고개를 저었으나 조금 뒤 고개를 끄덕였다. 그리고 오자와가 자리에 앉기도 전에 말을 꺼냈다.

　"나는 닭 장사야. 앞으로는 아사쿠라 선생님을 대신해서 학생들을 보살피는 아저씨가 되겠지만, 그건 내 장사가 아냐. 그래서 하는 말인데, 학생들보다 닭들을 더 많이 보살펴주게 될 거야. 아사쿠라 선생님은 학생들을 보살펴주는 게 직업이었으니까 아침부터 저녁까지 학생들만 생각했겠지만, 난 그렇게 못해. 그리고 난 선생도 아냐. 가끔 학생들 생각을 해도 뭘 어떻게 도와줘야 하는지 전혀 몰라. 그래서 앞으로도 학생들에 대한 생각은 하지 않을 작정이야. 닭에 대한 것이라면 뭐든 열심히 생각하겠지만 여러분에 관한 것이라면 웬만해선 생각하지 않을 거야. 이렇게 말하면 사람보다 닭을 더 소중히 여기는 게 아니냐고 말할 수도 있겠지만 그런 건 아냐. 내가 먹고 사는 장사도 아닌데 너무 깊이 파고들면 여러분에게 방해가 될지도 모르기 때문이야. 그러니까 여러분에 관한 것이라면 아무것도 생각하지 않을 작정이야. 여러분을 인간으로서 소중히 여기기 때문에 여러분에 대해 생각하지 않겠다는 말이야. 그렇게 생각하면 좋겠군. 뭔가 의논할 일이 있으면, 그러니까 내 도움이 꼭 필요한 일이 생기면 그땐 주저하지 말고 나한테 부탁해. 닭들을 내팽개치고서라도 도와줄 테니까. 그렇다고 나한테 뭔가 배울 생각은 하지 마. 난 가르쳐줄 게 없는 사람이야. 대신 같은 사람으로서 진지하게 고민은 해줄 수 있어. 앞으로 의논할 일이 생기면 날 이용해. 내가 해줄 수 있는 일은 그 정도뿐이니까. 어때요, 아사쿠라 선생님, 난 기껏해야 이 정도밖에 할 수 없는데, 어떻습니까, 이런 저라도 괜찮겠습니까?"

순스케는 꽤 심각한 얼굴로 아사쿠라 선생님에게 물었다. 기분 좋게 웃으면서 순스케가 하는 이야기를 듣고 있던 아사쿠라 선생님은 말했다.

"괜찮고말고요. 사실 저도 이 녀석들에게 그 이상은 해주지 못했습니다. 여러 사람이 모이면 모두가 용감해지기도 하고 겸손해지기도 하죠. 다 함께 모여서 무엇이 올바른지를 생각해보는 것이 백조회의 정신이니까요."

"그렇군요. 그럼 한 마디만 더 하겠습니다."

그렇게 말하며 순스케는 학생들 앞에 똑바로 앉았다.

"장사꾼의 자리에서 이야기할 수밖에 없는 내 처지를 이해해 줘. 나는 닭이 귀여운 거야. 그 때문인지 잡아먹고 싶다는 생각은 좀처럼 들지 않아. 또 무작정 잡아먹으면 장사가 안 돼. 그러니 오늘 같은 저녁은 아주 드문 일이야. 어쩌면 두 번 다시 이런 만찬은 없을지도 몰라. 만일 닭이 먹고 싶어서 나를 아사쿠라 선생님 대신으로 생각하는 학생이 있다면, 그 학생은 며칠 뒤엔 틀림없이 실망하게 될 거야. 이 점은 미리 말해둬야겠어. 왜 내가 이런 말을 하냐 하면 말이지, 백조가 갈대꽃 속으로 들어가야 하는데, 괜히 나 때문에 닭고기가 뱃속으로 들어가는 모임이 될까 봐 걱정돼서 그래. 그렇게 되면 선생님한테 너무 미안하잖아. 하지만 닭도 결국엔 사람을 위해 키우는 거야. 만약 사람에게 정말 필요하다는 생각이 들면 아무리 귀여

워도, 또 내가 망하는 한이 있더라도 몇 마리든 잡을 각오가 돼 있어. 오늘 저녁에도 그런 생각으로 몇 마리 희생시킨 거고. 지금쯤은 뱃속에서 아사쿠라 선생님에 대한 학생들의 진심과 뒤섞인 닭고기도 기분 좋게 웃고 있겠지."

슌스케가 큰 소리로 웃었다. 그러자 모두 따라 웃었다. 웃고는 있었지만, 학생들의 얼굴은 이상하게 굳어 있었다. 그리고는 누가 신호라도 내린 것처럼 동시에 멈추었다. 상급생들 중에는 머리를 긁적이는 학생도 있었다.

"좋은 말씀, 감사합니다."

아사쿠라 선생님은 가볍게 고개를 끄덕이고는 눈을 내리뜨고 차분한 목소리로 말했다.

"서로가 진실한 속내를 털어놓고 사는 것만큼 행복한 인생은 없어. 우리끼리라도 그런 마음으로 서로를 생각하다 보면 언젠가 일본에도 새로운 희망이 찾아올 거야. 오늘 혼다 씨의 진심을 잊지 말아야 한다."

방 안이 잠깐 조용해졌다. 달빛이 창가에 앉은 학생들의 빡빡 깎은 머리를 희미하게 비추고 있었다.

"그럼 지금부터는 회원들의 자유 토론 시간을 갖도록 하겠습니다. 그 전에 오늘 신입회원이 하나 있습니다. 그 친구부터 소개하죠."

오자와가 웃으면서 슌조를 가리켰다. 슌조는 조금 창피한 듯이 머리를 긁적이며 일어났다. 그러자 오자와가 웃음을 참으며 말했다.

"이름은 혼다 슌조이고, 4학년입니다. 상급생들은 다들 알고
있겠지만, 교이치와 지로의 동생입니다. 슌조는 어제까지만 해
도 백조회 같은 모임이 왜 필요하냐고 생각했는데, 오늘 낮에
지로와 나를 도와 닭을 해부하는 사이에 백조회에 들어오고 싶
어졌다고 하네요. 아저씨가 좀전에 말씀하신 것처럼 우리 백조
회를 닭고기가 뱃속으로 들어가는 모임 정도로 여기는 건지도
모르지만, 장래성이 있는 학생인 것만은 틀림없습니다."

오자와가 농담하는 것을 듣고 다들 웃음을 터뜨렸다. 그 바
람에 슌조는 더 세게 머리를 긁적였다. 하지만 수줍어하지는
않았다. 웃음소리가 조금 낮아지자, 어깨를 펴며 말했다.

"오자와 선배 말대로 닭 손질을 하다가 백조회에 들어가고
싶다는 마음이 들었습니다. 오자와 선배랑 여러 가지로 이야기
해봤는데, 내가 늘 졌어요. 그런데 오자와 선배는 말끝마다 백
조회 얘기를 꺼냈어요. 오자와 선배 같은 사람이 백조회를 그
렇게 대단하게 여긴다면 나도 한 번 가입해봐도 괜찮겠다는 생
각이 들었습니다. 이중에는 제가 닭고기 때문에 백조회에 들어
왔다고 의심하는 사람이 있는지 모르겠지만, 그런 건 아니니까
걱정하지 않아도 됩니다."

또 한바탕 웃음소리가 터졌다. 슌조도 웃으면서 자리에 앉았
다가, 다시 일어서서 슌스케에게 다가갔다. 그러더니 능청스럽
게 말했다.

"아저씨께도 잘 부탁드리겠습니다."

아사쿠라 선생님 내외도 슌스케를 보며 소리 내 웃었다. 슌

스케도 참지 못하고 웃음을 터뜨렸다.

"그래도 너나 지로는 날 아버지라고 불러야 하는 거 아냐? 그게 인간의 진심이라는 거다."

아무렇지 않게 받아넘기는 슌스케 때문에 웃음소리가 더욱 커졌다. 그러나 이런 분위기는 오래가지 않았다. 진심이라는 말이 모두의 마음속에서 함부로 다가갈 수 없는 힘으로 느껴졌기 때문이다.

"자, 이제부턴 자유롭게 회원들끼리 토론이나 하자고. 주제는 상관없으니까 아무나 먼저 말해봐. 과자도 좀 뜯으라고."

오자와가 숙연해진 분위기를 환기시키듯 자기 앞에 놓여 있는 과자 봉지를 뜯었다. 그러자 여기저기에서 과자 봉지 뜯는 소리가 들렸다. 몇몇 학생들은 찻주전자와 컵을 들고 바쁘게 돌아다녔다. 분위기는 또 금방 시끄러워졌다. 이 같은 소란을 잠재우듯 한 사람이 벌떡 일어났다. 우메모토였다. 우메모토는 아사쿠라 선생님의 퇴임이 결정된 뒤부터 학생회가 어떤 계획을 세웠으며, 지로와 신가를 중심으로 몇몇이 동맹휴교를 막기 위해 얼마나 노력했는지를 자세히 설명했다.

우메모토가 자리에 앉자, 곧바로 신가가 일어섰다. 신가는 아사쿠라 선생님이 떠난 학교의 앞날이 걱정된다고 말하며 이야기를 꺼냈다. 신가는 백조회 회원들이 앞장서서 학교를 새롭게 하는 데 도움이 돼야 한다고 주장했다. 그러면서도 아사쿠라 선생님 대신 슌스케가 백조회를 이끌게 되어 무척 기쁘다는 말도 빼놓지 않았다.

그 뒤 5학년을 중심으로 여러 학생들이 개인 소감을 발표했
다. 대부분은 아사쿠라 선생님의 가르침과 백조회 모임 중에서
기억하고 싶은 일들을 떠올렸다. 어떤 학생들은 앞으로 자신이
하고 싶은 일을 이야기하면서 도움을 구하기도 했다. 지난날을
떠올리는 학생들은 하나하나 자세하게 얘기했지만, 자신의 앞
날에 대해 이야기하는 학생들은 조금 추상화시켜 말했다. 2, 3
학년들은 쉽게 자기 생각을 발표하지 못했다. 주위에서 선배들
이 권하자 기껏, "앞으로 혼다 아저씨와 선배님들의 가르침에
따라 열심히 공부하겠습니다." 하고 말했다. 그중에 단 하나,
조금 특별하게 말한 학생이 있었다.

　"저는 이곳에서 양심에도 자유가 있다는 것을 처음 알게 되
었고, 사람에겐 진심이 필요하다는 것도 배웠습니다. 앞으로 살
면서 힘들고 어려운 일이 있을 때마다 오늘 이 자리를 기억하겠
습니다. 그리고 우리를 위해 죽은 닭들도 기억하겠습니다."

　아사쿠라 선생님과 슌스케, 지로는 약속이나 한 듯이 그 학
생을 보았다.

　"이 학생은 올해 2학년인데 ㅁ 소장의 아들입니다. 다 아시
지요. ㅁ 소장은……."

　아사쿠라 선생님은 슌스케의 귀에 대고 방금 말한 학생에 대
해 속삭였다. 슌스케는 가만히 고개를 끄덕이며 더욱 주의 깊
게 그 학생을 보았다.

　ㅁ 소장은 만주사변이 일어나기 전까지는 차기 육군 대신으
로 지명될 확률이 가장 높다는 평가를 받았으나, 만주사변 당

시 일본군의 태도가 군인답지 못하다고 비난했다가 예비역으로 쫓겨난 인물이다.

ㅁ 소장의 아들이 말을 마치고 자리에 앉자, 그동안 입을 굳게 다물고 있던 지로가 마침내 자리에서 일어났다.

"ㅁ 의 말을 듣고, 솔직히 이유는 잘 모르겠는데 내가 백조회에 들어온 지 얼마 안 되었을 때의 일이 떠올라 이야기하려 합니다."

그렇게 말을 꺼낸 지로는 문고 양쪽에 걸려 있는 '백조, 갈대꽃 속으로 들어가다'가 적혀 있는 액자와 료칸의 단가, '어떻게 하면 참된 길에서 살아갈 수 있을까. 천 년 중 단 하루라도'를 써놓은 족자를 바라보면서 평소와 다른 차분한 목소리로 말을 꺼냈다. 지로가 아직 1학년이었을 때 사모님과 단둘이 그 액자와 족자에 대해 문답을 주고받던 때였다.

지로는 마치 어제 겪은 일을 털어놓듯이 아주 작은 부분까지 모두 기억해서 이야기했다. 그날 창가에 비친 햇살이 어떤 색깔이었는지, 탁자 위에 놓여 있던 꽃병이 어떻게 생겼는지, 또 그 꽃병에 무슨 꽃이 꽂혀 있었는지, 사모님은 무슨 색깔 옷을 입었는지까지 모두 기억하고 있었다. 지로는 모노드라마의 주인공처럼 사모님과 자신의 역을 번갈아 맡으며, 그때 주고받은 이야기를 빠짐없이 되새겼다. "갈대꽃 본 적 있니? 그 꽃은 아주 하얗단다. 그 하얀 꽃 속으로 백조가 한 마리 숨어버린 거야." 하면서 살짝 웃어 보이기까지 했다. 나중에는, "오늘은 여기까지만 말해줄게, 호호호." 하고 장난치듯 웃으면서 아래층으로 내려가는 사모님을 그대로 흉내 냈다.

"왜 내가 그때 일을 이렇게 뚜렷하게 기억하는지 나 자신도 이상할 정도지만……."

지로는 사모님을 보며 다시 말을 이었다.

"분명 특별한 이유가 있을 거라고 생각해. 지금 생각해보면 그때 나는 어떻게 행동해야 하는지를 몰랐는데, 그날부터 모든 일을 깊이 생각하는 버릇이 생긴 것 같아. 더구나 그때 처음으로 사모님의 진심 어린 애정과 충고를 경험했으니 더욱 기억에 남을 수밖에 없겠지. 그 뒤로 늘 사모님은 무엇이든 가르쳐 주시려고 했고 언제나 변함없는 애정으로 우리를 따뜻하게 감싸 주셨어. 그런 의미에서 사모님을 제외하고는 백조회에 대해 생각하지 못할 것 같아. 백조회에서 사모님과 헤어지는 것은 선생님을 잃는 것만큼이나 슬픈 일이야. 여러분 중에도, 아니 우리 모두가 나와 똑같은 마음일 거라고 생각해. 선생님에 대한 고마운 마음은 앞에서 다들 이야기했으니까 저는 우리의 성모마리아였으며, 관세음보살이고, 말 그대로 백조였던 사모님께 진심으로 고맙다는 말씀을 드리고 싶습니다."

손뼉 소리가 가장 크게 터져 나왔다. 아사쿠라 선생님도 고개를 숙이고 있었다. 사모님의 눈가에 눈물이 글썽거렸다.

한참 뒤에야 사모님은 고개를 숙인 채 조용하면서도 차분한 목소리로 말했다.

"방금 지로의 칭찬을 듣고 정말이지 부끄러워서 견딜 수가 없네요. 그날 일이라면 나도 기억하고 있어요. 아직도 철이 없는 내가 주제넘게 참견했던 것뿐이에요. 다들 아시겠지만 난 자식이 없어요. 여러분처럼 어린 학생들을 보고 있으면 어떻게든 친하게 지내고 싶어서 못 견디는 거예요. 그래서 가끔 응석이라도 부리는 거지요. 난 여러분들이 생각하는 것처럼 대단한 구실을 하지는 못했어요. 이제껏 나를 숙모나 누나처럼 허물없이 대해준 것이 기쁠 뿐이에요. 나야말로 여러분에게 그동안 고마웠다는 말을 하고 싶어요⋯⋯. 내일이면 여기를 떠나야 하는 처지지만⋯⋯."

사모님은 눈물을 참으며 잠깐 말을 멈추었다. 그러다 갑자기 고개를 들고 눈물을 글썽거리며 억지로 웃어 보였다.

"어쩐지 우울해지는 듯해서 여기서 마칠게요. 그 대신 나도 지로에게 한 가지 보답을 해야겠죠? 지로가 예전에 이건 다른 사람한텐 비밀인데요, 하면서 시 한 편을 보여준 적이 있어요. 내가 한 번 읊어볼게요."

그렇게 말하면서 사모님은 목소리를 가다듬었다.

내가 나를 잊지 못하며 길을 걷노라면
길가 유리창마다 내 모습만 비치는구나.

그리고 사모님은 다시 말을 이었다.

"그때 지로는 이 시가 백조회 정신과는 반대되는 마음이라면서 나에게 보여주는 것이 부끄럽다고 했어요. 하긴 잠깐이라도 자기를 잊지 못하는 것이 부끄러운 일이기는 하지만 생각해보면 우리 모두가 한시도 자신을 잊지 못하고 있죠. 그러면서도 겉으로는 늘 아닌 척하면서 살아가는 거예요. 내 생각엔 그렇게 사는 것이야말로 가장 부끄러운 일이라고 생각해요. 지로가 이 시를 보여줬을 때 문득 그런 생각을 하게 된 거예요. 늘 자기만 생각하는 이기주의를 괴로워하지 못한다면 백조회의 정신도 깨닫지 못한다는 점이지요. 그리고 나 자신이 그렇게 살아왔다는 것을 알게 되었어요. 그때부터 지로의 시를 료칸의 노래와 함께 마음속으로 되뇌고 있답니다……. 지로와 비밀로 하기로 한 일을 폭로하고 싶은 마음에 이런 이야기를 꺼냈는데, 결국엔 제 잘못을 참회하는 시간이 되어버렸네요."

학생들은 사모님과 지로를 한 번씩 번갈아 보았다. 그리고 잠깐 사이를 두고 떠들썩하게 손뼉을 쳤다. 지로는 고개를 숙인 채 꼼짝도 하지 않았다.

조금 뒤에 오자와가 달이나 보자며 창가로 갔다. 달은 어느새 꽤 높이 떠올랐다. 보름달을 지나 조금 일그러지고 있었다. 거대한 달덩이가 길게 깔린 구름의 가장자리를 하얗게 빛내면서 떠 있었다. 먼 곳에 펼쳐진 논두렁이 희미하게 보였다. 강둑 근처에 서 있는 소나무 가로수들은 어느새 잠들어가고 있었다.

달을 구경하던 학생들은 끼리끼리 자리를 잡고 토론도 하고, 농담도 주고받았다. 비슷한 학년끼리 세 명, 다섯 명씩 마주앉아 흥분해서 외치는가 하면, 또 다른 곳에서는 웃음소리가 쉴 새 없이 터져 나오기도 했다. 그러다가도 아사쿠라 선생님이나 슌스케가 무슨 이야기를 꺼내면 자기네들끼리 하던 말을 그치고, 그쪽으로 귀를 기울였다.

서로 이것저것 이야기하는 중에 교이치가 들려주는 고등학교 생활은 꽤 오랫동안 학생들의 이목을 집중시켰다. 교이치가 그때까지 한 번도 이야기를 하지 않았다는 이유로 상급생들이 말을 건넸고, 교이치는 고등학교 생활에 대해 몇 가지 소개해 주었다. 이에 덧붙여 오자와가 가끔 한마디씩 하고는 했다. 그러나 주로 이야기한 것은 교이치였다. 기숙사에서 하는 자치활동에 관한 이야기가 대부분이었는데, 학생들 스스로 공동생활을 만들어나가는 즐거움이 꽤 큰 것 같았다. 그리고 마지막으로 이런 이야기를 했다.

"가끔 학생 가운데는 특권이니, 뭐니 하면서 좀 심한 주장을 하는 녀석들도 꽤 있어. 언젠가 한 번은 정말 엉뚱한 주장을 해서 학교가 발칵 뒤집힌 적도 있었지. 그래도 저마다 의견을 종합해서 생활을 스스로 꾸려나가는 건 정말 새로운 경험이었어. 고등학교와 중학교의 차이점이라고나 할까? 뭐, 어쨌든 내 경험에서는 그 점이 가장 큰 특징 같아. 또 그렇게 하는 것이 당연하다는 생각도 들어. 교육이 인간을 단련시키는 과정이라면 학생들이 자주성을 경험하도록 돕는 게 최고의 교육이니까. 명령하고 복종하는 관계는 인간을 기계로 여기는 생각이야. 요즘에 단련이라는 말이 유행하는 것 같은데, 말이 좋아 단련이지, 따지고 보면 자기네들 입맛에 맞게 학생들을 길들이겠다는 것밖에 안 돼. 우리 학교에도 연성이니 뭐니 하는 대자보가 많이 돌아다녀. 고등학교까지 단련시켜야 할 대상이 된다면 그땐 모

든 게 끝이야. 이건 고등학교에만 닥친 문제가 아니라고. 고등
학교가 이렇다는 것은 머잖은 미래에 일본 지도층이 그렇게 된
다는 뜻이며, 따라서 일본 전체가 이렇게 될 거라는 예시 같은
거야. 늘 혼자 생각하고 있는 문제인데, 우리 같은 고등학교 학
생들이 우리 생활에 이런 바람이 불어오지 못하도록 틈을 만들
지 않아야 한다고 봐. 그러기 위해서는 먼저 우리 자신이 특권
층이라는 관념에서 벗어나야 해. 사회에서도 통용되지 않는 관
념을 우리 생각이라고 무턱대고 주장할 수는 없는 일이라고.
그 다음은 식견이 높고 양심에 따라 행동하는 선생님에게 고문
을 맡아달라고 부탁하는 거야. 인간으로서 존경할 만한 선생님
에게 인격이나 생활을 지도받는 것은 아주 중요하거든. 기숙사
동료들과 이런 문제로 몇 번 토론을 한 적이 있었는데 안타깝
게도 우리 학교에는 가능성이 없는 것 같아. 학교에서는 학생
들이 특권을 버리는 것도 싫어하고 선생님께 지도를 받는 것도
반대해. 학생 자치에 모순된다는 얘기지. 또 선생님들은 군자
는 위험한 곳에 발을 들여놓지 않는 법이라면서 곧 교육청에서
단련 바람이 불어오기만을 기다리고 있어. 만에 하나 전국의
고등학교가 우리 학교 처지와 비슷하다면 너희들이 고등학교
에 들어갈 때는 이미 고등학교 생활에서 낭만 같은 것은 기대
하기 힘들 거야. 그런 것을 생각할 때마다 백조회에서야말로
단순한 단련이 아닌 진정한 의미에서 인격수행을 하고 있으니
대단한 행복이라 생각해."

모두 헤어진 것은 밤 열한 시가 다 되었을 때였다. 마지막으

로 헤어지기 전에 아사쿠라 선생님은 도쿄의 새로운 주소를 가르쳐주었고, 학생들은 저마다 수첩을 꺼내 적었다.

교이치와 지로, 오자와가 아사쿠라 선생님 내외를 배웅하기 위해 강둑까지 따라갔다. 헤어질 때 아사쿠라 선생님은 세 사람과 차례로 악수를 나누며 말했다.

"머지않아 너희들과 다시 만날 것 같구나. 자꾸만 그런 생각이 들어. 그땐 이 나라를 위해 정말 중요한 일을 하게 될 거야. 그때를 기약하자."

선생님과 헤어지고 돌아오면서 셋은 아무 말도 하지 않았다. 저마다 마음속에서 아사쿠라 선생님이 마지막으로 한 말을 되새길 뿐이었다.

달은 하늘 한가운데서 밝게 빛나고 있었으나 세 사람은 말없이 땅만 내려다보며 걸었다.

헤어지던 날

　아사쿠라 선생님의 송별식은 이튿날 오후에 예정대로 열렸다. 예상은 하고 있었지만, 처음부터 끝까지 사제 간에 정을 느낄 수 없이 형식만 갖춘 송별식이었다. 하나야마 교장은 겁에 질린 눈초리로 쉴 새 없이 두리번거렸고, 니시야마 교감은 그런 하나야마 교장을 싸늘하게 보다가도 한 번씩 학생들의 표정을 유심히 살펴보았다. 니시야마 교감 뒤에 서 있는 소네 소좌는 어느 때보다 매섭게 눈을 빛내고 있었다. 학생들은 비웃음과 반감이 뒤섞인 얼굴로 세 사람을 노려보았다. 이런 것 밖에는 별다른 특징도 없는 아주 평범한 송별식이었다. 아사쿠라 선생님은 삼 분 남짓 고별사를 했는데, 지금까지 이 학교를 떠난 어떤 선생님보다도 형식에 치우쳐 있었다. 이어서 학생 대표로 히라오가 송별사를 읽었다. 언제나 그렇듯 틀에 박힌 문장들이었다. 학생들이 1엔씩 모아 선생님께 선물할 기념품도 아직 준비가 되어 있지 않았다. 송별식이 끝나고 학생들이 채 강당에서 나오기도 전에 아사쿠라 선생님은 교문에 대기시켜

놓았던 인력거를 타고 역으로 떠나버렸다.

송별식 때 대단한 사건이 일어나기를 나름대로 기대하고 있던 학생들이 적지 않았던 만큼, 학생들은 운동장으로 나와 저마다 한마디씩 불평을 쏟아놓았다.

"이게 뭐야? 무슨 송별식이 이렇게 싱거워⋯⋯. 아사쿠라 선생님이라면 무슨 특별한 말씀을 할 줄로 기대했더니."

"난 선생님이 웅변이라도 하실 줄 알았어. 처음부터 긴장하고 있었는데, 정말 실망이야."

"어째 우리가 바보 취급당한 것 같아."

"그러게 말야. 어쨌든 교장은 재수가 좋았어."

"교장 때문에 우릴 실망시킨 건 아니겠지?"

"아사쿠라 선생님도 오늘은 좀 이상했어."

"교장과 타협한 게 아닐까?"

"그럴지도 모르지. 그렇지 않고서야 그냥 떠나실 분이 아닌데⋯⋯."

"쫓겨난 다음에 타협한다고 뭐가 달라져?"

"앞날을 생각하셨겠지."

"그럴 수도 있겠는데."

"요즘 세상엔 헌병한테 한 번 찍히면 어디로 튀든 감시를 받으니까."

"정말이야? 넌 그걸 어떻게 알았어?"

"소네한테 들었어."

"역시 두꺼비 주둥이에선 그딴 말밖에 안 나오는군."

"그 자식은 아무나 붙잡고 그런 말을 하더라. 저번엔 나한테
도 그런 말을 했다고."

"아사쿠라 선생님도 어쩌면 두꺼비에게 협박당했는지 몰라."

"에이, 설마?"

"생각해봐. 아사쿠라 선생님은 이렇게 학교를 떠나실 분이
아니라고. 갑자기 변했어. 무슨 일이 있었던 거야. 그게 사실이
라면 선생님이 늘 말씀하셨던 신념도 결국 믿을 만한 것이 못
된다는 뜻이지."

지로도 그런 이야기를 들었다. 아사쿠라 선생님의 진심을 알
리가 없는 학생들이 한심하기도 하고, 화가 나기도 했다. 그러
나 지로는 아사쿠라 선생님을 위해 변명하고 싶지는 않았다. 어
차피 세상은 많은 바보들이 여론을 만든다는 것 정도는 배웠다.
지로는 그렇게 생각하면서 마음속으로 그들을 실컷 비웃었다.

역으로 전송 나간 학생들은 플랫폼으로 들어가지 않고 정거
장 동쪽 기찻길 옆 울타리 너머에서 선생님을 배웅하는 것이
평소의 관례였다. 그곳에 모인 학생들은 8백 명이 넘었다. 비좁
은 창고 근처에 학생들 한 무리가 줄지어 서 있었으므로 몸을
움직이는 것도 쉽지 않다. 5학년이 가장 앞쪽에 섰는데 지로
는 오른쪽 뒤편에 자리를 잡았다.

지로는 울타리에 몸을 기대어 손목시계를 보았다. 도쿄 행
기차는 세 시 오 분에 떠난다. 15분, 10분, 7분……. 지로는 남
은 시간을 하나하나 확인하면서 시끌벅적한 곳에서 홀로 쓸쓸
해지는 마음을 달랬다.

언제 준비했는지 조그만 깃발을 가져온 녀석들도 많았다. 그 학생들은 전쟁터에 나가는 군인을 배웅할 때처럼 시끄럽게 떠들면서 기찻길에 들어가지 못하도록 쳐놓은 철조망에 매달려 쉴 새 없이 깃발을 흔들었다. 그 장난스런 행동 때문에 지로는 더욱 쓸쓸했다. 지로는 깃발을 준비하지 못한 것을 조금도 후회하지 않았다. 차분히 마음을 가라앉히고, 선생님과 얽힌 추억을 떠올리고 싶을 뿐이었다. 어떻게든 아사쿠라 선생님을 경건한 마음으로 떠나보내고 싶었다.

정확하게 세 시가 되었다. 앞으로 오 분 남았다. 지로는 아사쿠라 선생님도 플랫폼에 나와 있을 것이라는 생각이 들었다. 지로는 고개를 쭉 빼고 기찻길 너머를 바라보았다. 하지만 플랫폼은 너무 멀리 떨어져서 잘 보이지 않았다. 짐을 들고 바삐 돌아다니는 사람들의 머리만 보일 뿐이었다.

드디어 기차가 기찻길로 들어왔다. 기차에 가려 플랫폼은 전혀 보이지 않았다. 기관차가 위협하듯 이쪽을 노려보고 큰 숨을 토해내고 있었다.

지로는 멍하니 기관차를 바라보다가 문득 아사쿠라 선생님과 마지막으로 서로 보지 못하지는 않을까 하고 생각하니 두려워졌다. 아사쿠라 선생님은 기차에 올라타서 창문을 열고 얼굴을 내밀 것이다. 그리고 학생들에게 손을 흔들 것이다. 따라서 자기가 선생님의 얼굴을 보는 것은 문제없다. 하지만 그것 때문에 여기까지 온 건 아니다. 아사쿠라 선생님에게도 자기를 보여주고 싶었다. 그렇다고 자신이 선생님을 전송하기 위해 왔다는 것을 인정받고 싶은 것은 아니었다. 그런 것은 아무래도 상관없었다. 단지 아사쿠라 선생님과 마지막으로 눈을 마주하고 싶었다. 선생님 옆에 앉은 사모님과도 마지막으로 눈길을 주고받고 싶었다. 이런 생각에 휩싸이자 지로는 마음이 다급해졌다. 이건 아사쿠라 선생님이 바라는 게 아닐지도 모른다는 생각도 들었지만, 절대로 무시할 수 없는 엄숙한 명령에 복종하듯 지로는 움직이기 시작했다. 아사쿠라 선생님이 내가 여기 왔다는 것을 확인하지 못하고 떠난다면……. 그 생각만 해도 지로는 온몸에 소름이 돋았다.

지로는 갑자기 울타리를 벗어나 오른쪽에 길게 늘어서 있는 학생들을 대여섯 명 밀어젖히고 앞으로 달려갔다. 그 앞에 조그만 창고 같은 건물이 하나 있었다. 그 건물 때문에 학생들은 줄지어 서 있을 수가 없었다. 그 건물과 울타리 사이로 겨우 한 사람이 지나갈 수 있을 만한 공간이 있었다. 지로는 곧장 그리로 들어가더니 울타리에 한쪽 발을 걸치고 다른 한 발로는 건물의 판자벽을 딛고 올라섰다. 그러고는 오른손에 모자, 왼손에 더러운 손수건을 쥐고 무슨 신호라도 보낼 듯한 기세로 서 있었다. 지로처럼 뜀뛰기를 잘하는 사람이 아니라면 흉내조차 낼 수 없는 행동이었다. 근처에 있던 학생들이 지로를 보고는 마구 소리를 지르며 떠들어댔다. 하지만 지로는 학생들 쪽은 보지도 않고 그저 멍하니 기차만 바라보고 있었다.

얼마 뒤 기차가 움직였다. 맨 앞 기관차가 학생들 앞을 지나갈 때는 아주 느리게 움직였다. 그러나 객차가 두 대, 세 대 지나갈수록 점점 빨라졌다. 객차의 창문을 하나하나 확인하느라 지로는 눈동자를 정신없이 양옆으로 굴렸다. 네 번째 객차가 거의 다 지나갔을 때, 다섯 번째 객차에서 창문이 하나 열리며 누군가 윗몸을 밖으로 내미는 것이 보였다. 바로 아사쿠라 선생님이었다. 그 옆에 사모님의 얼굴도 보였다. 지로는 정신없이 모자와 손수건을 휘둘렀다. 기차는 이미 빠른 속도로 달리고 있었다. 길게 늘어선 학생들에게 손을 흔드는 아사쿠라 선생님 부부의 얼굴이 눈 깜짝할 사이에 지로 쪽으로 다가왔다. 두 사람은 연신 고개를 끄덕이며 학생들에게 손을 흔들었다. 그러나 혼자 떨어져 있는 지로를 아직 발견하지 못한 것 같았다.

"선생님!"

지로는 아사쿠라 선생님이 탄 객차가 아직 자기 앞에 오지도 않았지만, 급한 마음에 큰 소리로 불렀다. 그러나 시끄러운 기차 소리와 학생들이 떠드는 소리에 묻혀 아무런 효과도 없었다. 아사쿠라 선생님은 여전히 학생들을 바라보며 손을 흔들고 있었다. 그렇게 지로 앞을 막 지나가려 했다.

"선 – 생 – 님!"

지로는 다시 한 번 목이 터져라 외치며 모자와 손수건을 좌우로 마구 흔들어 댔다.

그제야 사모님이 지로를 발견한 듯 지로와 눈이 마주쳤다. 사모님은 슬픈 눈으로 웃고 있는 것처럼 보였다. 그러나 아사쿠라 선생님은 아직도 학생들만 바라보고 있었다. 지로는 이제는 다 틀렸다고 생각하며 체념했다. 그 순간 사모님이 하얀 손가락을 창밖으로 쑥 내밀면서 지로가 서 있는 울타리 너머를 가리켰다. 아사쿠라 선생님에게 지로가 있는 곳을 알려주려는 것 같았다. 그제야 아사쿠라 선생님은 지로가 서 있는 울타리 쪽을 돌아보았다. 지로는 가슴속에서 기쁨과 슬픔이 엇갈렸다. 아사쿠라 선생님과 정면으로 눈이 마주치는 순간, 지로의 얼굴이 일그러졌다. 아사쿠라 선생님은 이제껏 한 번도 본 적 없는 매정하면서도 차디찬 눈빛으로 지로를 쏘아보고 있었다. 지로는 돌에 얻어맞은 전깃줄처럼 부르르 떨었다. 하지만 이런 이유 때문에 아사쿠라 선생님의 눈길을 피하는 것은 말이 안 됐다. 단 일 초도 소홀히 지나칠 수 없는 귀중한 순간들이었다. 아사쿠라 선생님의 마지막 눈길……. 비록 지로가 기대한 것과 정반대되는 차디찬 눈빛이었다고 해도 두 번 다시 경험할 수 없는 소중한 기억이었다. 그보다도 선생님이 마지막으로 자기를 바라보는 눈이 차갑고 매정할수록 그것을 끝까지 가만히 바라보아야만 하는 것이 자신의 숙명이라 느꼈다.

아사쿠라 선생님은 지로의 시야에서 조금씩 사라져갔다. 아직도 매정하게 자신을 바라보고 있는지, 아니면 안타깝고 슬픈 눈으로 보고 있는지 모를 만큼 기차는 멀어졌다. 하지만 지로의 눈은 아직도 기차의 꽁무니를 쫓고 있었다. 마지막으로 남자인지, 여자인지 구별할 수 없는 두 얼굴이 완만하게 굽은 기찻길 위에서 점점 사라져버리는 것을 보았다. 지로는 넋이 나간 얼굴로 열차를 바라보았다. 모자와 손수건을 쥐고 있던 두 손도 맥없이 풀어졌다.

지로는 기차가 작은 철교를 지나, 산 저쪽으로 완전히 사라지고도 이 분쯤 더 지난 뒤에 울타리에서 내려왔다. 학생들은 이미 흩어졌고, 공터에는 배속장교인 소네 소좌와 학생 너댓 명이 이야기를 나누며 서 있었다. 지로는 눈썹을 찌푸렸다. 소네 소좌와 이야기하는 학생들 틈에 우마다가 있었던 것이다. 소네 소좌는 우마다의 패거리와 이야기하면서도 눈만은 지로를 보고 있었다. 지로는 그때까지도 손수건과 모자를 들고 있었는데, 정신을 차린 듯 모자를 눌러쓰고 손수건을 주머니에 넣고는 소네 소좌에게 다가가 거수경례를 했다. 소좌는 재빨리 답례를 했으나 평소처럼 이빨을 드러내고 간사스럽게 웃지는 않았다. 지로가 지나가려고 하자, "아, 혼다. 대합실에서 잠깐 기다려라. 할 말이 있으니까." 하고 용건이라도 생겼다는 듯이 서둘러 말했다.

　지로는 불쾌하기도 했지만, 왠지 불길한 느낌이 들었다. 하지만 딱히 핑계거리도 없어서 대합실로 건너갔다. 지로는 빈자리를 찾아 털썩 주저앉았다.

　지로는 소네 소좌가 또 무슨 일로 자신을 보자는 것인지 궁금했다. 그리고 무언지 모르지만 소좌가 우마다와 나눈 이야기도 마음에 걸렸다. 하지만 그런 것보다 지로의 마음을 답답하게 만든 것은 아사쿠라 선생님의 마지막 눈길이었다. 그 눈길이 눈앞에서 계속 어른거렸다.

　선생님의 눈길은 이때까지 한 번도 본 적이 없을 만큼 험악했다. 아사쿠라 선생님의 눈빛이라고는 믿어지지 않을 만큼 차가웠다. 이별의 아쉬움을 뜻하는 것이었을까. 아무리 좋게 생각하려고 해도 그런 뜻은 아닌 것 같았다. 선생님은 이런 일 때문에 그토록 차갑고, 그토록 험악하게 자신을 보지는 않는다.

그렇다면 선생님의 눈빛은 무엇을 의미하는가. 지로는 방금 전 자신이 저지른 행동을 생각하고는 등골이 오싹해지는 것을 느꼈다.

엉뚱한 놈! 다만 자신의 모습을 보여주고 싶어 혼자 바보 같은 짓을 저지른 엉뚱한 놈! 우마다마저도 이런 짓은 하지 않을 것이다. 백조회 회원으로서 나는 지금까지 대체 무엇을 배웠나. 아사쿠라 선생님을 전송하는 곳에서 이게 무슨 꼴이란 말인가.

지로는 그렇게 생각하며 자신이 무엇 때문에 대합실 의자에 앉아 있는지를 완전히 잊어버렸다.

그때 뒤에서 어깨를 가볍게 두드리는 사람이 있었다. 정신을 차리고 고개를 돌리니, 소네 소좌가 그 커다란 입을 벌리고 하얀 앞니를 드러내놓고 있었다.

"오늘은 꼭 너에게 물어볼게 있어서 말야. 근데 여긴 장소가 좋지 않은 것 같군. 지금 학교로 가겠나, 아니면 우리 집으로 가겠나?"

"학교로 가죠."

지로는 소네 소좌가 말을 끝내기도 전에 대답했다.

"그래? 하지만 학교에서 우리가 만나면 남들 눈에 띌 텐데."

"누가 보면 안 되는 일인가요?"

"나야 아무 상관없지만 네가 좀 곤란하지 않겠나?"

"저도 아무 상관없는데요."

지로는 자포자기한 심정으로 아무렇게나 대답해버렸다.

"그래? 좋아, 그럼 학교로 가자고."

대합실에서 나온 두 사람은 말없이 한참을 걸었다. 읍내를 거의 다 지나갈 때 갑자기 소좌가 발길을 멈추고 가까운 골목을 가리키며 말했다.

"우리 집은 저 골목 안쪽에 있어. 여기서 오 분밖에 안 걸려. 일부러 학교까지 갈 것 없이 우리 집에 잠깐 들르지 그러냐. 학교에선 차도 마실 수 없고, 아마 지금쯤이면 사환이 교무실 청소를 하고 있을 거야."

지로는 소좌가 무슨 이유로 자기를 집에 데려가고 싶어 하는지 알 수가 없었다. 모르기는 해도 무언가 꿍꿍이속이 있을 것 같았다. 그래서 어떻게든 학교로 가서 담판을 지어야겠다고 생각했다. 그러나 한편으로는 호기심 같은 것도 생겼다. 소좌가 자기 집에서는 어떻게 나올지 무척 기대됐다. 또 만에 하나 여름방학이 끝나고 학교 혁신을 요구하며 동맹휴교를 할 기회가 찾아온다면, 학교에서 가장 큰 적이라고 할 수 있는 소네 소좌부터 제압해야 한다. 따라서 소좌가 무슨 생각을 하고 있으며, 학생들에게 무엇을 요구하고 싶은 건지, 그 본심을 확실하게 알아둘 필요가 있을 것도 같았다. 그런 것을 생각하면 소좌가 바라는 대로 집까지 따라가는 것도 괜찮을 듯 싶었다. 지로는 마음속으로 불순한 짓을 하고 있다는 가책을 느끼면서 말했다.

"선생님 댁이 그렇게 가까우면 가도 좋겠습니다."

"그렇게 하겠나?"

소좌는 이빨을 드러내며 웃었다.

"암 그렇게 하는 게 낫지. 잘 생각했어. 긴장을 풀고 터놓고 얘기하다 보면 일이 쉽게 해결되는 법이거든. 서로 마음을 이해하기 위해서는 집보다 좋은 곳이 없지."

그렇게 말하고 소좌는 골목으로 돌아섰다.

소좌는 고풍스런 집들이 즐비한 거리에서 드물게 서양식 거실을 갖춰놓은 주택에 살고 있었다. 지로는 곧 그 거실로 안내받았다. 지로는 서양식 거실에 들어가 본 적이 없어 조금 망설여졌다. 현관에 서서 우두커니 실내를 둘러보자 소좌는 웃옷을 벗어 소파에 내던지며 말했다.

"창가가 시원하니, 거기에 앉아라."

그리고 안쪽을 보고 소리쳤다.

"이봐, 학교에서 학생이 찾아왔다고. 뭐 찬 것 좀 가져와!"

지로는 소좌가 권하는 대로 소파에 앉았다. 아직 낯선 탓인지 몰라도 이상하게 신경이 곤두섰다.

지로는 한 번 더 실내를 둘러보았다. 세트나 장식품이 얼마나 값진 것인지는 전혀 짐작이 안 되었지만 그래도 꽤 비싼 물건인 것만은 분명해 보였다. 그리고 지금까지 찾아가서 보았던 선생님들의 궁핍한 생활을 떠올렸다. 이 얼마나 모순된 현실인가. 지로는 학교 선생님들의 생활과 군인들의 생활이 이토록 큰 차이가 난다는 사실에 마음이 불편했다.

"너도 웃옷을 벗지 그러냐. 날씨가 꽤 더운데."

소좌가 말했다.

"교복 안에 셔츠를 입지 않아서요."

"괜찮아. 오늘은 서로 벌거숭이가 돼서 속마음을 털어놓자고. 하하하!"

지로는 눈빛을 빛내며 소좌를 슬쩍 보았을 뿐 여전히 꼼짝도 하지 않았다.

이때 서른대여섯 살쯤으로 보이는 뚱뚱한 여자가 화사한 유카타를 입고 쟁반을 들고 들어왔다. 쟁반에는 사이다 병과 컵이 놓여 있었다.

"어서 와요. 처음 보는 학생 같네요."

쟁반을 탁자에 내려놓으면서 여자는 소좌와 지로를 번갈아 보았다.

"응, 우리 집엔 처음 왔어. 혼다라는 학생이야. 5학년인데 아주 쟁쟁한 인물이지."

"어머, 그래요? 잘 왔어요."

지로는 두 사람이 자신을 놀리는 것 같은 기분이 들었지만 그냥 자리에서 일어나 가볍게 머리를 숙여 인사했다. 소좌의 부인은 얼굴에 하얀 분을 짙게 발랐는데 둥그런 콧등에 기름기가 번질거리고 있었다.

"뭐 먹을 것도 좀 가져오라고."

"예, 알았어요."

부인이 소좌와 지로에게 사이다를 따라주고는 다시 밖으로 나갔다. 그 모습을 보며 소좌가 우쭐거리며 뽐내듯이 말했다.

"우리 마누라는 군인을 꽤 좋아하는 편이지만 군인보다 학생이 더 좋은 모양이야. 내가 학교 배속장교가 된 걸 알고는 어찌나 좋아하던지."

지로는 기분이 나빠질 뿐이었다. 학교로 가는 건데 잘못했다는 후회가 밀려왔다. 그래서 사이다에는 입도 대지 않고 뚱 하니 앉아 있었다.

그 뒤로도 부인은 몇 번씩 드나들며 단팥묵이나 수박 같은 먹을거리를 가져왔다. 그때마다 소좌는 부인과 함께 자기 집에 찾아온 학생들에 대해 농담을 섞어가며 이야기를 나누었다. 마치 자신들이 얼마나 학생들에게 인기가 있고 친숙한지 지로에게 보여주고 싶어 하는 것처럼 보였다. 그러다가 이런 말까지 나왔다.

"하지만 지난번에 온 학생들과 전골파티를 했을 때는 정말 혼났어. 날씨가 너무 더웠지."

"맞아요. 다다미 여덟 장에 풍로를 세 개씩이나 피웠으니까요. 학생들은 여름하고 겨울도 구별하지 못하는 것 같아요. 이렇게 더운 날씨에 전골이 먹고 싶다고 조르는 걸 보면 말이에요."

"우리도 사관학교 시절엔 한여름에도 자주 그랬어."

"그래도 학생들 모두가 성격도 좋고, 아주 재미있었어요."

"나도 놀랐어. 다들 학교에선 모범생으로 통하는데 그런 장기가 있을 줄은 몰랐거든."

"그때 한시를 멋지게 읊은 학생 이름이 뭐라고 했죠? 그날 처음 온 것 같은데……"

"우마다였을 거야."

"맞아요, 우마다 군이었죠……. 우마다 군 아버님은 현청 의회 의원님이라고 하셨죠?"

"응, 요즘 의원치고는 보기 드문 분이지. 철저한 국가주의자니까."

지로는 우마다의 최근 동정을 희미하게나마 알게 되었다. 그 때문에 한결 더 기분이 나빠져 갈 뿐이었다. 지로는 입을 굳게 다문 채 아무것도 먹지 않았다. 그러자 점점 분위기가 싸늘해졌다. 소좌 부부는 점점 더 어색한 표정을 지었고, 이야기도 중단되기 일쑤였다. 마침내 부인은 지로를 보지도 않고 방을 나가버렸다.

부인이 나간 뒤에 소좌는 잠깐 망설이다가, 엄숙한 태도로 말했다.

"오늘 우리 집에 널 데려온 이유는 몇 가지 물어볼 말이 있어서다."

지로는 소좌를 똑바로 보았다. 지로는 자세를 고쳐앉았다.

"어젯밤엔 어디 있었지?"

"집에 있었는데요."

"집에서 뭘 했나?"

"친구들과 모임을 했어요."

"모임이라……. 그게 어떤 모임이지?"

"백조회입니다."

"백조회라면 지금까지 아사쿠라 선생이 자택에서 해오던 그 모임을 말하는 건가?"

"예."

"그런데 왜 어제는 너희 집에서 했지?"

"알맞은 곳이 없었으니까요."

"알맞은 곳이 없었다? 음……. 그럼 모이는 날이 따로 정해져 있나?"

"예전에는 정해져 있었습니다. 달마다 첫째 토요일과 셋째 토요일에 모였어요."

"하지만 어젠 토요일이 아니었는데?"

"예, 어젠 특별한 모임이었습니다."

"특별한 모임?"

"아사쿠라 선생님 송별회였거든요."

"아사쿠라 선생도 참석했겠군?"

"예, 사모님도 초대했습니다."

소좌는 어쩐지 맥이 빠져 보였다. 그리고 평소 버릇처럼 눈을 치켜뜨며 연신 깜빡거렸다.

"그렇다면 비밀스런 모임도 아니었겠군."

지로의 눈썹이 꿈틀거렸다.

"예, 하지만 아사쿠라 선생님에겐 비밀이었습니다."

그렇게 대답하면서 지로는 자기 얼굴에 얄궂은 웃음이 떠오르는 것을 느꼈다.

"아사쿠라 선생에겐 비밀이었다니? 그게 무슨 말이지?"

"선생님은 송별회를 하지 말라고 말씀하셨거든요."

"음, 선생이 그런 말을 했다고? 왜 그런 말을 했을까?"

"왜 그랬는지는 저도 모르죠."

지로는 소좌를 빤히 보며 대답했다.

"선생에겐 비밀이었다면서 선생이 참석했다는 건 조금 이상하군."

"저희 아버지가 선생님께 저녁을 같이 드시자고 하셨어요."

"그래? 어제저녁 일은 네 아버님이 계획하신 거냐?"

"제가 아버지에게 그렇게 해달라고 부탁했습니다."

"음, 그랬군. 이제야 알겠다. 그래서 네 아버님도 그 자리에 계셨던 거군."

지로는 기가 막히다는 듯 소좌의 얼굴을 보다가 물었다.

"그럼 선생님은 어젯밤 일을 알고 있었던 건가요?"

"응, 대충 알고 있었다. 나한텐 여러 군데서 보고가 들어와."

소좌는 제법 거드름을 피우며 대답했다.

"어쨌든 모든 걸 자백한 건 잘 생각한 거야. 네 자백으로 사정을 더 확실히 알게 되었으니까."

지로는 자백이라는 말이 무척 거슬렸다. 그리고 다음 순간에 견딜 수 없을 만큼 모욕감이 치밀어올랐다. 지로는 탁자 밑에서 주먹을 꽉 움켜쥐었다.

소좌는 지로를 보면서 잠깐 생각에 잠기더니 갑자기 친근하게 나왔다.

"네가 이렇게 솔직히 말할 줄은 몰랐단다. 이제야 좀 안심이 되는구나. 넌 잘 몰랐겠지만 오늘 이 자리는 너한테 아주 중요한 자리야. 네가 어떻게 나오느냐에 따라 넌 행복해질 수도 있고, 불행해질 수도 있어."

지로는 주먹을 더욱 세게 쥐며 소좌를 차갑게 노려보았다.

"아직 몇 가지 더 물어볼게 있어. 하지만 그 전에 미리 말해두고 싶은 것도 있어. 난 오해는 딱 질색이야. 배속장교로서 내처지가 어떤지 너도 알고 있어야 한다. 그래야만 내가 왜 널 불렀는지 이해할 수 있을 테니까. 난 우향우, 좌향좌를 가르치려고 여기 온 게 아니야. 내 진짜 임무는 너희들에게 바른 사상을 심어주는 거야. 너희들이 국가를 위해 건전한 사상을 가진 사람으로 자란다면 그까짓 교련 성적 같은 건 빵점이 나와도 대수롭지 않아. 내가 처음 이 학교에 부임할 때부터 다짐한 게 있단다. 내가 있는 한, 이 학교에서 사상문제는 생기지 않는다, 단 한 사람도 그릇된 사상을 신봉하게 만들지 않겠다. ……내마누라가 너희들에게 관심을 갖는 것도 남편인 나를 돕고 싶어하기 때문이야. 네가 이 점을 명심한다면 나한테 아무것도 숨겨서는 안 돼. 네 과거가 어떻든 간에 솔직히 털어놓기만 하면 힘닿는 데까지 널 지켜줄 거다. 무슨 말인지 알겠어? 그리고 한 가지 더 말해둘 게 있는데, 난 절대로 아사쿠라 선생의 인격을 의심하지 않아. 아사쿠라 선생은 인격이 꽤 훌륭한 사람이었어. 그나마 학교에서 가장 나은 편이었지. 너희들이 아사쿠라 선생을 존경하는 것도 무리는 아니라고 생각해. 다만 문제는 선생의 머릿속이다. 아사쿠라는 민주주의 사상을 신봉하는 자유주의자란 말이야. 이탈리아나 독일에선 새로운 국민운동이 일어나고 있어. 하지만 아사쿠라 선생은 이런 변화를 전혀 이해하지 못하고 있어. 또 일본에서 새롭게 싹트기 시작한 정치혁신에 대해서도 공산주의와 별 차이가 없다면서 마구 비난해왔다. 내가 보기에 아사쿠라 선생은 동아시아에서 일본이 차지하고 있는 역사적 사명과 이상에 대한 이해가 전혀 없는 것 같아. 그런 사람이 어떻게 젊은 군인들이 정치혁신에 뛰어드는 진심을 이해할 수 있겠나? 그만 한 인격자가 이런 현실을 이해하지 못하는 것이 안타까울 뿐이지. 아사쿠라 선생이 새로운 사상을 받아들이기만 했더라면 이 시대에 가장 필요한 교육자가 될 수도 있었을 텐데 말이야……."

지로는 소좌의 말에도 일리가 있다는 생각이 들었다. 일본의 사명이라느니 이상이라느니 하는 말에 어쩐지 마음이 끌리고, 그 내용이 정확히 무엇을 말하는지 자세히 알고 싶은 충동도 느꼈다. 하지만 아사쿠라 선생님이 늘 강조한 건 인간의 성실뿐이었다. 성실한 인간의 사상만이 세상을 변화시킬 수 있다고 말했다. 비열하고 무자비한 사상에 빠져 있는 소좌의 말에 어떻게 권위라는 것이 허락될 수 있겠는가? 지로는 그렇게 생각하며 말없이 소좌를 노려보기만 했다.

소좌는 이렇게까지 설명했는데도 지로의 태도가 변하지 않는 것을 보고는 슬슬 화가 치밀어올랐다. '이 건방진 놈'이라는 말이 목구멍까지 치밀어올랐다. 지로가 사이다나, 단팥묵, 수박 같은 것에는 손도 대지 않은 채 탁자 위에 그대로 놓아둔 것을 보니 더욱 화가 났다. 그러나 여기서 화를 내면 겨우 찾아온 기회를 날려버린다. 학교에서 만났으면 모르지만 집에까지 끌고 와서 실패하면 배속장교로서 능력을 의심받게 된다. 게다가 이런 완고한 학생을 변화시키는 것이야말로 배속장교의 책임이 아닌가. 소네 소좌는 그렇게 마음을 고쳐먹고 억지로 웃으며 물어보았다.

"이봐, 지로, 내 처지를 조금은 이해하겠나?"

"예, 압니다. 그러니까 저한테 어떤 말이 듣고 싶은 건가요?"

"아니, 뭐 대단한 건 아냐. 나도 대충 알고 있으니까……."

소좌는 애써 고개를 돌리며 말했다.

"내가 걱정하는 건 너희들 사상문제야. 여기까지 널 데려온 것도 그 때문이라고. 난 아사쿠라 선생이 어제저녁에 너희들한테 무슨 말을 했는지, 그걸 듣고 싶어. 먼저 그 말부터 듣고 나서 조언이 될 만한 얘길 해주고 싶어."

지로는 소좌가 하는 말을 듣고 잠깐 생각에 잠겼다. 그러다가 결심한 듯이 말했다.

"아사쿠라 선생님은 앞으로 양심의 자유를 지키기 어려운 나쁜 시대가 올 거라고 말씀하셨어요. 그러니 지금부터 단단히 마음의 준비를 단단히 하지 않으면 세상에 휩쓸리게 될 거라고 하셨어요."

"양심의 자유를 지키기 어려워진다고?"

"예, 시대가 악해져서 저희를 압박할 거라고 하셨습니다. 속임수로 저희들의 양심을 빼앗고, 거짓된 길을 강요할 거라는 말씀도 하셨어요. 제 생각엔 누구나 자기 양심은 스스로 지켜야 한다, 그런 뜻으로 하신 말씀이라고 생각합니다."

"음……, 그래서 넌 어떻게 생각하나? 아사쿠라 선생의 의견이 옳다고 여기나?"

"예, 전 선생님 말씀이 모두 사실이라고 생각합니다. 아사쿠라 선생님은 지금까지 한 번도 저희들을 속이시거나, 잘못된 가르침을 받아들이라고 강요하신 적이 없으니까요."

"아사쿠라 선생이 그런 말을 했기 때문에 사실로 받아들인다, 그 얘기지?"

"예, 아사쿠라 선생님은 훌륭한 인격을 갖추신 분입니다. 그런 분이 말씀하신 거라면 그대로 믿어야 한다고 생각하는데요."

"그렇지만 말이다……."

소좌는 지로의 말을 반박하려다가 이내 마음을 돌린 듯 다른 말을 꺼냈다.

"좋아, 그건 그렇다 치고, 다른 말은 하지 않았나?"

"여러 가지 말씀하셨지만, 요점은 그런 뜻이었습니다."

"혹시 만주사변에 대해선 뭐라고 얘기하지 않았나?"

지로는 이번에도 망설여졌다. 하지만 역시 결심한 듯 말했다.

"만주사변 이야기도 하셨어요. 이런 사건은 국민들에게 마취제를 맞히는 것이라고 했습니다. 그 마취제 때문에 국민들이 양심을 저버리게 될 수도 있다는 뜻으로 들렸습니다."

"분명히 그렇게 말했나?"

"정확한 말은 기억하지 못하지만……."

"어쨌든 종합해보면 대체로 그런 뜻이었다는 얘기지?"

"저는 그렇게 생각했습니다."

"그렇군. 넌 어떻게 생각하나? 아사쿠라 선생의 의견이 옳다고 생각하나?"

"그렇습니다."

"이유가 뭐지? 또 아사쿠라 선생이 그렇게 말했으니까 믿어야 한다는 건가?"

"그렇습니다."

"흠……. 그래서 어제저녁엔 몇 명이나 모였지?"

"서른 명쯤 모인 걸로 알고 있습니다."

"이름도 다 알고 있겠지?"

"예, 알고 있습니다."

"나중에 학생들 이름을 알려주겠나?"

"그럴 필요가 있나요?"

"내가 좀 알아둬야 할 필요가 있어서 그래."

"그렇다면 알려 드리죠."

지로와 소네 소좌는 어느덧 상대방에게 시비를 걸듯 이야기를 주고받았다.

"한 가지 더 물어볼 게 있는데 말야……."

소좌는 지로의 얼굴을 쏘아보며 말했다.

"백조회는 앞으로도 계속 유지되는 건가?"

"아마 그럴 겁니다."

"아사쿠라 선생이 없어도?"

"예, 합니다. 아사쿠라 선생님께서 백조회가 계속 유지되기를 간절히 바라고 계시거든요."

"그럼 앞으론 어디서 모일 거지?"

"우리 집에서 모일 겁니다."

"뭐, 너희 집에서? 그럼 선생은?"

"선생님은 없어도 괜찮습니다."

"학생들만 모인다는 얘기냐?"

"예, 저희들만 있어도 되니까요."

"네 아버지도 이런 사실을 알고 계신가?"

"알고 계십니다."

"그런데도 허락하셨다는 거냐?"

"예, 허락하셨습니다."

"음……."

소좌는 심각한 얼굴로 잠깐 눈을 감았다.

"왜 너희 집에서 모이게 된 거지?"

"백조회 회원들이 그렇게 결정했을 뿐입니다."

"그래도 누군가 먼저 너희 집에서 모이자는 말을 했을 거 아냐?"

"그건 아사쿠라 선생님입니다."

"아사쿠라 선생? 그 얘긴 어제저녁에 있었던 거냐, 아니면……."

"어제저녁에 그런 말씀을 하셨습니다."

"그때 네 아버님도 그 자리에 계셨나?"

"계셨습니다."

"그런데도 찬성하셨다는 거냐?"

"예, 찬성했습니다."

"혹시 사전에 아사쿠라 선생과 의논한 것 같지는 않았나?"

"그런 것까진 저도 모르겠는데요."

"앞으로 백조회가 너희 집에서 모이면 네 아버님은 어떻게 하실 거지?"

"그건 잘 모르겠습니다."

"아사쿠라 선생 대신 네 아버님이 백조회를 지도하게 된다는 얘긴 없었나?"

"우리 아버지는 그런 거 못합니다."

소좌는 갑자기 히죽거리기 시작했다. 지로는 소좌가 웃는 것을 보고는 화가 치밀었다. 지로가 벌떡 일어나며 말했다.

"이제 가도 괜찮습니까?"

소좌의 얼굴에서 웃음이 사라졌다. 소좌는 거만한 태도로 소파에 등을 기대며 지로를 올려다보았다. 그러고는 나오지도 않는 웃음을 싱글거리면서 말했다.

"그래, 더 물어볼 말은 없어. 하지만 아직 너한테 충고해둘 말이 남았다. 자리에 앉아!"

지로는 어쩔 수 없이 다시 자리에 앉았다. 소네 소좌는 수염을 쓰다듬으며 눈을 깜빡거렸다. 그러다가 몸을 지로 쪽으로 내밀며 말했다.

"넌 생각보다 단순한 면이 있군."

지로는 지금까지 들어온 평가 중에서 단순하다는 평가만큼 자신에게 어울리지 않는 평가는 없다고 생각했다. 소좌의 말이 우습기도 하고, 또는 자신을 비웃는 것처럼 들리기도 했다. 그런 생각을 하면서 자기도 모르게 슬며시 웃고 말았다.

"단순한 건 좋은 거야. 단순한 인간은 정직하거든. 아까부터 네 대답을 들으면서 생각한 건데 뜻밖으로 정직하게 잘 대답했다. 그런 점에서 난 오늘 너와 얘기하길 잘했다고 생각해. 그렇지만 사람이 너무 단순하면 너처럼 별것 아닌 얘기에도 쉽게 화를 내곤 하지. 넌 그게 단점이야. 앞으로 조심하는 게 좋을 거야."

소좌는 잠깐 말을 끊고 지로의 표정부터 살폈다. 지로는 소좌가 자기가 화를 잘 낸다고 평가한 건 자기도 인정하는 부분이기에 조금 창피한 생각이 들어 고개를 떨어뜨렸다.

"흥분을 잘한다는 건 그만큼 정의감이 있다는 뜻이지. 그 정도라면 대수롭지도 않은 문제야. 그보다 이건 아주 중대한 문제라고 생각하는데, 미신에 빠지지 않도록 조심하는 게 좋을 거야. 단순한 인간은 미신에 쉽게 속아 넘어가거든."

지로는 소좌가 지금 무슨 말을 하고 있는 건지 쉽게 이해가 안 되었다. 소네 소좌는 자신이 무슨 철학자나 되는 것처럼 미신이라는 표현을 쓴 것 같은데 미신이라는 것은 자신과는 아무런 상관이 없는 말이었다. 그런데도 소좌는 마치 미신이라는 표현으로 지로의 심중을 꿰뚫어버린 것처럼 거드름을 피우고 있었다.

"내가 지금 한 말, 무슨 뜻인지 모르겠나?"

조금 뒤 소좌가 말했다.

"잘 모르겠네요. 혹시 미신에 빠질 염려가 있다는 그 말씀은 절 두고 하신 얘긴가요?"

"그래, 내가 볼 때 넌 이미 미신에 취했어."

"왜 그렇게 생각하시는데요?"

"아사쿠라 선생이 말했다는 이유로 무조건 믿어야 한다고 하지 않았나?"

이번에는 지로도 조금 움찔했다. 지로는 조용히 생각에 잠겼다. 하지만 조금 뒤 단호한 목소리로 말했다.

"선생님이 하신 말씀에는 그만 한 가치가 있습니다. 그 믿음은 미신과 다른 겁니다."

소좌는 말이 안 나왔다. 그러나 여기서 꾸물거릴 수는 없었다.

"그 가치라는 건 누가 정하는 거냐?"

"제가 결정합니다."

"그럼 네 말은 아사쿠라 선생의 말이라고 무조건 옳다는 식으로 받아들이진 않는다는 말이냐?"

"물론입니다. 전 아사쿠라 선생님을 믿는 게 아닙니다. 아사쿠라 선생님이 말씀하신 것 중에 옳다고 생각하는 부분만 믿고 있습니다. 하지만 아사쿠라 선생님은 한 번도 틀린 말씀은 하신 적이 없습니다."

"그게 바로 미신이란 말이다! 아사쿠라 선생은 틀려먹었어. 그래서 학교를 떠나게 된 거다! 넌 그렇게 생각하지 않나?"

"전 그렇게 생각하지 않습니다! 아사쿠라 선생님은 희생되신 겁니다! 부당한 권력에 맞섰다는 이유로 박해당하신 겁니다!"

"뭐, 부당한 권력? 박해?"

"예, 선생님은 박해당했습니다! 그리고 선생님을 박해한 권력이야말로 미신 덩어리입니다!"

"혼다, 말조심해!"

"저는 해야 할 말을 하고 있는 겁니다! 선생님이야말로 말조심하십시오!"

"입 닥쳐, 건방진 놈!"

"저는 학생으로서 제 양심을 말한 것뿐입니다. 선생님이 아무리 위협해도 제 양심을 막지는 못합니다!"

지로와 소네 소좌는 누가 먼저랄 것도 없이 자리에서 벌떡 일어났다.

"네놈은 도대체 질서라는 걸 모르는구나!"

"알고 있습니다!"

"질서를 아는 놈이 어떻게 선생 앞에서 이런 무례한 태도를 보인다는 거냐?"

"양심을 따르는 것이 질서입니다. 불법적인 권력에 복종한다면 질서는 지켜질 수 없습니다."

"뭐야? 그럼 네 눈엔 내가 불법적인 권력이라도 휘두르고 있는 걸로 보인단 말인가?"

"그렇습니다. 아사쿠라 선생님은 옳은 일을 하신 겁니다. 그래서 불법적인 권력이 선생님을 괴롭힌 겁니다. 이것은 틀림없는 사실입니다. 잘못된 권력을 잘못됐다고 말했다는 이유로 억압하는 것은 불법입니다. 불법적인 권력입니다!"

지로는 얼굴이 새파랗게 질려 심하게 볼을 떨고 있었다. 소좌도 얼굴이 푸르죽죽하게 변해 있었다. 소좌는 이를 악물며 지로를 노려보다가, 갑자기 푸후 하고 크게 숨을 내뱉었다.

"네가 이렇게 고집을 부릴 줄은 몰랐다. 하는 수 없지. 난 너에게 기회를 준 거다. 하지만 넌 그걸 거부했어. 이제 두 번 다시 기회는 없다. 더 볼일 없으니 나가."

지로는 정중하게 허리를 숙여 인사하고 거실을 나왔다. 소좌는 그 자리에 꼿꼿이 서서 지로의 뒷모습을 바라보았다. 지로가 현관에서 구두를 신고 돌아가려는데 거실 맞은편 다다미방 입구에서 어떤 여자가 고개를 내밀고 있는 것이 보였다. 하얗게 분칠을 한 소좌의 부인이었다. 부인은 조롱하는 듯한 눈길로 지로를 바라보고 있었다.

밖으로 나온 지로는 기분이 훨씬 좋아졌다. 하고 싶은 말을 거리낌 없이 몽땅 쏟아냈다는 자부심이 느껴졌다. 지로는 목이 말랐다. 물을 마시고 싶었다. 역 앞에 있는 공공수도가 생각나 역 앞까지 한 달음에 달려갔다. 그곳에서 지로는 실컷 물을 마셨다. 그러고는 홀가분한 마음으로 천천히 걸었다. 하지만 몇 걸음 못 가서 아사쿠라 선생님의 험악한 눈매가 떠올랐다. 이상하리만큼 뚜렷했다.

엉뚱한 놈!

아사쿠라 선생님의 목소리가 들리는 것 같았다. 한 시간 전쯤 대합실 의자에 앉아서 생각했을 때보다 훨씬 충격이 컸다. 이번에는 역 앞 울타리 위에 올라간 자기에게 한 말이 아니었다. 바로 조금 전에 소네 소좌의 집에서 소좌를 상대한 자신의 태도야말로 엉뚱한 짓이었다는 생각이 든 것이다.

지로는 기차에 탄 아사쿠라 선생님을 상상했다. 사모님과 마주 보면서 아직도 험상궂은 눈으로 무엇인가 골똘히 생각하고 있다. 아사쿠라 선생님의 그 선한 눈매는 다시 돌아오지 않는다. 지로는 자꾸 그런 생각이 들었다.

지로는 더 걸어갈 기운도 없어 강둑 근처에 다다르자마자 소나무 그늘을 찾아 누워버렸다. 그리고 조용히 하늘을 바라보았다. 구름 너머로 아사쿠라 선생님의 무서운 눈길이 떠올랐다.

남은 문제

지로는 채 한 시간도 못 되어 집으로 돌아왔다. 이 층에 올라갔더니 오자와, 교이치, 슌조 그리고 미치에가 머리를 맞대고 수군거리고 있었다.

지로가 올라오자 네 사람은 이야기를 뚝 그치고 지로를 쳐다보았다. 지로는 그들이 자기 이야기를 하고 있었다는 것을 직감했다. 지로는 그 자리에 서서 이삼 초 동안 네 사람의 얼굴을 차례로 내려다봤는데, 미치에와 눈이 마주치는 순간 쑥스러운 생각이 들어 눈길을 돌렸다. 그리고 슌조와 오자와 사이에 자리를 잡았다. 오자와 왼편에 교이치가 앉았고, 교이치와 슌조 사이에 미치에가 앉아 있었다.

잠깐 동안 아무도 입을 열지 않았다. 네 사람은 지로를 보며 무슨 말이라도 꺼내기를 기다리는 듯했다.

지로는 이상한 생각이 들었다.

"어떻게 된 거야?"

참지 못하고 오자와가 입을 열었다.

"뭐가?"

지로는 무슨 말인지 모르겠다는 얼굴로 오자와를 보았다.

"배속장교랑 어딜 간 거냐고?"

"배속장교? 그걸 어떻게 알았어?"

"우린 아사쿠라 선생님을 배웅하고 나서 일진당에서 책을 읽고 있었다고."

일진당은 역 근처에 있는 책방인데, 지로가 소네 소좌와 함께 그 앞을 지나간 것이다.

"음……."

지로는 학교로 가지 않고, 굳이 소네 소좌 집까지 따라간 것을 또다시 후회했다.

"소좌하곤 무슨 얘길 했어?"

"어젯밤에 모인 얘길 했어."

"역시 그랬군."

넷은 서로 얼굴을 보며 또다시 입을 다물었다. 지로는 조금 흥분한 목소리로 말했다.

"벌써 소좌도 다 알고 있더라고. 그래서 숨김없이 말해버렸어. 그래도 괜찮지?"

"괜찮아. 나쁜 짓을 한 것도 아닌데, 뭐. 하지만 아사쿠라 선생님이 걱정이야."

"선생님이 왜? 또 무슨 일 있었어?"

"선생님도 어제저녁 일 때문에 헌병한테 조사를 받으셨어."

"언제?"

"오늘 역에서."

"역에서?"

지로는 얼굴이 새파랗게 질릴 정도로 놀란 표정을 지으며 물었다.

오자와가 교이치한테 보충 설명을 받으며 이야기한 데 따르면 상황은 대충 이랬다.

오자와 교이치는 슌스케와 함께 아침 일찍 역에 갔다. 아사쿠라 선생님을 대신해 전송나온 사람들에게 명함을 받기 위해서였다. 그런데 몇 분이 안 돼서 오토바이 한 대가 시끄러운 소리를 내며 역 앞으로 왔다. 오토바이에서 내린 사람은 서른 살 안팎쯤 되어 보이고, 신사복을 입은 남자였다. 그 남자는 곧장 슌스케에게 달려와, "아사쿠라 씨는 아직 안 오셨나요?" 하고 물어보았다. 슌스케가 아직 안 오셨는데 왜 그러시냐고 묻자, "만나서 할 얘기가 좀 있거든요." 하고 말하고는 역장실로 갔다. 얼마 지나지 않아 남자는 다시 슌스케가 서 있는 곳으로 돌아와서는 대합실을 서성거리며 시계만 보고 있었다. 슌스케가 "아사쿠라 선생님을 전송하러 오신 분이라면 저한테 명함을 주시죠?" 하고 말하자, "아니, 괜찮습니다. 만나면 알게 될 테니까." 하고 짤막하게 대답했다. 그때는 기차 시간이 아직 오십 분이나 남아 있었다.

십 분쯤 지나자 사모님이 먼저 왔다. 사모님과 슌스케가 반갑게 이야기하는 동안에도 그 남자는 사모님의 얼굴을 슬금슬금 볼 뿐, 인사할 생각도 하지 않았다. 그때까지는 선생님을 전

516

송하러 온 사람들이 많지 않았기 때문에 네 사람은 간밤에 있었던 모임 이야기를 하며 아쉬움을 달래고 있었다. 그러자 남자는 어느새 슌스케 뒤에 서 있었다. 얼굴은 엉뚱한 곳으로 돌리고 있었지만, 분명히 네 사람이 하는 이야기를 엿듣는 것 같았다. 그제야 슌스케는 이 남자가 아사쿠라 선생님을 전송하러 온 사람이 아니라는 것을 깨닫고 급히 입을 다물었다.

아사쿠라 선생님을 전송하려는 사람들이 몇 명씩 역에 나타나기 시작했을 때, 아사쿠라 선생님이 인력거를 타고 왔다. 선생님은 역까지 전송나온 사람들과 반갑게 인사를 주고받았다. 바로 그때 이 남자가 갑자기 끼어들더니 아사쿠라 선생님에게 명함을 한 장 내밀었다. 그리고 귓속말로 뭐라고 중얼거렸다. 그러자 아사쿠라 선생님은 조금 난처한 얼굴로 슌스케를 본 뒤 그대로 그 남자와 함께 역장실 쪽으로 갔다.

그 뒤에도 선생님을 전송하려고 사람들이 계속 왔다. 그때마다 사모님은 사람들이 "아사쿠라 선생님은 아직 안 오셨나요?" 하고 질문하는 데 허둥지둥 대답하느라 진땀을 흘렸다. 한쪽에서는 먼저 온 사람들이 심각한 얼굴로 이야기를 나누었다. 대합실 분위기는 서먹하기만 했다. 슌스케와 교이치, 오자와는 기차 시간이 가까워질수록 초조해졌다.

개찰이 시작되었을 때야 아사쿠라 선생님은 역장실에서 나왔다. 왠지 모르게 얼굴이 조금 파랗게 질려 있었고, 평소의 맑은 눈매는 온데간데없이 사라지고 섬뜩할 정도로 차갑게 빛나고 있었다. 그러나 선생님은 곧 안정을 되찾고 침착한 목소리로 사람들과 마지막 악수를 나누었다.

"이렇게 많은 분들이 일부러 시간을 내주셔서 진심으로 감사
드립니다. 갑자기 어쩔 수 없는 일이 생겨서 잠깐 역장실에 다
녀오느라 인사가 늦었습니다."

사람들 가운데는 아사쿠라 선생님에게 다가와 굳은 악수를
나누는 사람도 두서너 명 있었다. 그러나 슌스케와 다른 사람
들 대부분은 때마침 요란한 소리를 날리며 역 광장을 가로지르
는 오토바이에게 온 신경을 빼앗겼다.

일행은 아사쿠라 선생님과 함께 플랫폼까지 따라나갔다. 기
차에 오르기 전에 아사쿠라 선생님은 슌스케에게 침통한 소리
로 말했다.

"아까 그 사람은 헌병대에서 나왔어요. 역시나 어젯밤 일이
문제가 될 것 같군요. 괜히 숨겼다간 의심만 살 것 같아서 사실
대로 모두 얘기했습니다. 저 때문에 피해를 입지나 않을지 걱
정입니다. 백조회도 이제 마음 편하게 모이지는 못할 거예요.
백조회는 그렇다 치고 가장 걱정되는 건 지로입니다."

슌스케는 말없이 고개만 끄덕거릴 뿐이었다.

기차에 올라탄 선생님은 다시 플랫폼으로 내려와 슌스케에
게 말했다.

"그럴 리는 없겠지만, 만일 지로가 불행한 일을 당하면 곧바
로 알려주십시오. 그리고 중학교는 꼭 졸업해야 합니다. 그래야
도쿄로 올라와서도 어떻게든 방법을 찾아볼 수 있으니까요."

그 말에도 슌스케는 잠자코 고개만 끄덕거렸다.

오자와는 여기까지 말했다. 오자와는 낮에 있었던 일을 생각하면 지금도 속이 거북하다는 듯 인상을 찌푸리며 말했다.

"오늘은 선생님도 무척 기분이 나쁘셨나 봐. 기차에 오르셔서도 표정이 좋지 않더라고. 눈이 얼마나 매섭던지, 난 선생님이 그런 표정을 지을 수 있다고는 생각해본 적이 없어서 이상한 기분이 들었어."

지로는 마지막으로 본 아사쿠라 선생님의 험상궂은 눈매를 다시 한 번 떠올렸다. 자기 때문에 화가 났다기보다는 앞으로 자기가 겪게 될 일을 생각하고는 걱정이 되어 그랬을 거라는 생각이 들자 놀랍기도 하고, 다행스럽기도 했다. 먼 곳으로 떠나면서까지 자기를 사랑하는 마음을 버리지 못한 아사쿠라 선생님이 안쓰럽기도 했다. 지로는 고통스러웠다.

지로의 표정이 점점 복잡해지는 것을 주의 깊게 보다 교이치가 조심스레 물었다.

"소네 소좌하곤 어떻게 됐어?"

지로는 고개를 숙인 채 무언가 생각하는 듯하다가 어렵사리 입을 열었다.

"어떻게든 참으려고 했는데 결국 싸우고 말았어."

"싸웠다고?"

"어머나!"

교이치와 미치에가 동시에 외쳤다. 그러나 지로는 두 사람이 외치는 소리가 공허하게 들리기만 했다. 지로는 문득 슌조에게 눈길을 옮겼다. 슌조는 잔뜩 호기심 어린 눈으로 지로가 다음 말을 하기를 기다리고 있는 것 같았다.

"배속장교랑 싸웠다니……. 앞으로 더 골치 아파지겠군."

교이치의 말이 끝나기 무섭게 미치에가 그 말을 받아 울먹이는 것 같은 목소리로 말했다.

"오빠, 그러지 마. 오늘 아사쿠라 선생님이 떠나신다는 얘기를 듣고 오빠를 위로해주려고 여기까지 왔단 말이야. 교이치 오빠가 조금 전에 얘기해줘서 나도 다 알아. 헌병대 얘기도 들었어. 그래서 내가 얼마나 걱정했는데……. 배속장교는 일반 선생님보다 훨씬 더 엄하다고 하던데. 그런 사람한테 함부로……."

지로는 자기를 생각해주는 미치에의 마음이 거짓이라고는 생각하지 않았다. 하지만 교이치가 하는 말을 받아 그런 말을 하는 게 조금 꺼림칙했다. 무엇보다 미치에에게 역에서 일어난 일을 이야기해준 사람이 교이치였다는 사실에 마음이 불편했다.

지로는 그런 속내를 감추듯 미치에의 눈길을 피하며 교이치에게 대들듯이 따졌다.

"배속장교니까 더 참을 수 없었다고."

"하지만 지금이 어떤 시기야? 꼭 오늘 그랬어야 했냐고."

"맞아, 지로 오빠 성격이 너무 급해."

지로의 속마음도 모르고 미치에가 또 끼어들었다. 지로는 속에서 무언가 울컥 치밀어오르는 것을 느끼면서 입을 꾹 다물고 있었다. 그러자 오자와가 웃으면서 말했다.

"아무리 싸웠다고 해도 설마 주먹질까진 안 했겠지?"

"물론 그런 어리석은 짓은 안 했어."

"그럼 야, 이 바보 같은 놈아, 하는 식으로 네가 먼저 욕한 거야?"

"그런……. 그런 턱없는 말은 하지 않았어."

"그것도 아니라……. 그럼 대체 어떻게 싸웠다는 거야?"

"그냥 좀 심하게 논쟁했을 뿐이야."

"논쟁은 싸움이 아냐. 그렇다면 무슨 논쟁을 한 거야?"

"소네는 비열한 인간이었어. 먹는 걸로 비겁하게 잔머리를 쓸 줄은 몰랐어. 더 화가 나서 마음속에 있던 말을 다해버렸어."

소네의 집을 생각하니 또다시 그때 흥분하던 것이 되살아났다. 지로는 어젯밤 모임을 물어본 것부터 아사쿠라 선생님의 사상문제로 욕설을 주고받을 뻔한 상황까지 자세히 털어놓았다. 이야기를 마치고 지로는 힘이 빠졌는지 뒤로 벌렁 누워버렸다. 그리고 천장을 바라보며 혼잣말처럼 중얼거렸다.

"이제 학교 같은 건 아무래도 괜찮아."

교이치는 한숨을 내쉬었고, 미치에는 살며시 눈가를 닦았다. 슌조는 지로가 소네 소좌 집에서 있었던 일들을 이야기할 때는 자기도 덩달아 흥분했는데, 나중에는 걱정스러운 듯 다른 사람들의 눈치만 보았다. 오자와는 계속 무릎에 팔꿈치를 대고 손에 턱을 괸 채 눈을 감고 있으면서 "응, 응." 하고 맞장구를 치고 있었는데, 갑자기 지로가 자리에 누우면서 모든 것을 포기한 듯 말해버리는 것을 듣고는 무슨 생각을 했는지 천천히 일어나 아래층으로 내려갔다.

오자와의 발자국 소리가 완전히 사라질 때까지 아무도 먼저 말을 꺼내지 않았다. 다들 오자와가 왜 아래층으로 내려갔는지 궁금해하지는 않았다.

"학교 그만두면 어떻게 할 건데?"

순조가 지로의 눈치를 살피며 조용히 물어보았다.

"천천히 생각해봐야지."

지로는 팔을 베고 누워 있다 맥빠진 목소리로 대답했다. 다들 말이 없었다. 그때 갑자기 지로가 벌떡 일어나 교이치에게 물었다.

"아버지가 오늘 아사쿠라 선생님을 전송하고 나에 대해 다른 말씀은 안 하셨어?"

"별다른 얘긴 없었는데……."

"아사쿠라 선생님이 나한테 무슨 일이 생기면 곧장 알려달라고 역에서 아버지께 말씀했다고 그랬지?"

"맞아, 그래서 집에 오자마자 오자와랑 같이 아버지한테 어떻게 생각하시냐고 물어봤어. 그런데 아버지는 지로 일은 지로에게 맡기겠다면서 다른 말씀은 더 하지 않으셨어."

지로는 아버지가 그토록 자신을 믿고 있다는 사실이 오히려 고통스러웠다.

지로는 혼자 생각에 빠졌다. 지난 번 모임 때문에 퇴학당하거나 하지는 않을 것이다. 만약 그 일로 학교가 자신에게 퇴학을 강요한다면, 그것이야말로 학교가 불법적인 권력을 옹호한다는 증거가 될 것이다. 하지만 오늘 소네 소좌에게 시대의 상식과 완전히 반대되는 불량한 말을 했던 것도 사실이다. 어쩌면 학교는 그런 이유로 자신을 퇴학시킬지도 모른다는 생각이 들었다. 혹시라도 일이 그렇게 진행되면 아버지의 믿음을 배반하는 것과 다를 게 없지 않은가.

그러나 한편으로는 이런 생각도 들었다. 아버지는 내가 소네 같은 비열한 인간에게 굴복하는 것을 좋아하지 않는다. 지금 당장 소네에게 찾아가서 무릎을 꿇고, 어젯밤 일을 다 지워버리고 탈없이 학교를 졸업하면 아버지는 날 경멸하실 것이다.

이런 생각들로 머리가 복잡해진 틈을 타고 우마다의 얼굴이 떠올랐다. 우마다가 불량기가 있다는 건 전교생이 다 아는 사실이다. 이 점에 대해서는 선생님들도 인정하고 있다. 그런 놈이 요즘 들어 소네 소좌의 집을 드나들면서 *끄나풀* 노릇을 하고 있다. 우마다가 소네의 *끄나풀*이 되려는 이유는 순전히 자기 자신을 안전하게 지키기 위해서다. 그리고 자기가 미워하는 학생들에게 상처를 입히기 위해서다.

우마다를 생각하자, 자연스레 눈길이 미치에에게 옮겨갔다. 지로의 눈길이 옮겨간 곳에는 방금까지도 자기를 위해 눈물을 흘린 젖은 눈동자가 있었다. 이삼일 전에 미치에의 눈물을 보았다면 그 눈동자를 불쌍히 생각하고, 또 진심으로 고마워했을 것이다. 또는 그 눈동자를 보고 참을 수 없을 만큼 뿌듯해했을지도 모른다. 하지만 지금 그 눈동자는 교이치의 눈길과 나란히 있다. 그리고 교이치와 계속 눈길을 마주치고 있다. 그 한 가지 이유만으로 지로는 종잡을 수 없이 기분이 헝클어지고 있었다.

나는 방금 아사쿠라 선생님을 잃었다. 지로는 이미 마음속으로 그 사실을 냉정하게 바라보고 있었다. 나는 머잖아 학창 시절을 빼앗길 것이다. 아쉽기는 하지만, 정의를 위한 결단이라면 감당할 자신이 있다.

하지만 또다른 불행, 즉 마음속으로 사랑했던 연인을 잃게 될지도 모른다는 의식은 아직도 지로의 마음속에서 분명하게 떠오르지는 않고 있었다. 분명하게 떠오르는 것은 그만두고, 지로는 아직까지 미치에를 자신의 연인이라고 생각해본 적이 없었다. 지로가 우마다와 격렬하게 싸운 이유는, 적어도 지로 자신이 의식한 바에 따르면 어디까지나 자기는 아사쿠라 선생님을 존경하는 제자였기 때문이다. 미치에가 우마다에게 모욕당하는 일이 없도록 나섰던 것도 정의감 때문이지, 사랑하는 연인을 경쟁자에게 빼앗기지 않으려고 했기 때문은 아니었다.

그러나 교이치라면 사정이 다르다. 교이치는 어떤 의미로든 우마다는 아니다. 교이치는 한때 아사쿠라 선생님이 가장 아끼는 학생 가운데 한 사람이며, 친형이다. 더구나 자기가 알고 있는 한, 교이치는 어른들 사이에서 미치에의 남편으로 예정되어 있다. 물론 그처럼 예정되어 있는 길이 교이치가 스스로 선택한 운명은 아니다. 그러나 시간이 이대로 가면 머잖아 두 사람을 갈라놓을 수 없는 시기가 찾아올 것이다. 아니, 어쩌면 두 사람은 이미 갈라놓을 수 없을 정도로 연결되어 있는지도 모른다. 적어도 미치에는 그 같은 운명을 향해 손을 뻗고 있는 것으로 보인다. 내 눈앞에 있는 미치에는 어떻게든 교이치와 눈길을 마주치려 하고, 교이치와 같은 생각을 품으려고 노력하고 있다. 평소에는 교이치 근처에는 잘 가지도 않고 단둘이 별다른 이야기도 주고받은 적이 없던 미치에가 오늘 역에서 있었던 사건을 교이치에게 바로 들었다는 것부터가 마음에 걸린다.

그렇게 생각하자 지로의 감정은 마구 뒤엉켰다. 두 사람에 대해 생각할수록 마음이 어지러워졌다. 그리고 시간이 지날수록 미치에가 자신의 '연인'처럼 생각되었다. 결국 지로는 교이치를 사랑의 경쟁자로 보게 되었다.

자신의 사랑을 탐하는 경쟁자가 양심없는 나쁜 인간이라면 사랑하는 사람에게는 결코 불행이 아니다. 만에 하나 이런 경우에 빠지면 자신의 사랑을 부끄러워할 이유도 없고, 정의라는 명분 아래 연인을 위해 싸울 수도 있기 때문이다. 이 세상에서 가장 불행한 사랑은 자기 연인을 사랑하는 경쟁자가 자신의 존경을 한몸에 받고 있는 사람인 경우다. 그 사람은 자신보다 훨씬 더 훌륭하므로 자기가 사랑하는 사람의 연인이 되는 게 맞다. 이 경우 사랑하는 사람은 자신의 사랑이 얼마나 고통스러운지를 정확하게 깨닫게 된다. 그리고 사랑하는 연인을 위해서라도 자신의 사랑을 깨끗이 포기해야 한다는 것을 깨닫게 된다. 그렇게 해서 그 사랑은 더욱 애처로운 것이 된다.

지로는 미치에를 보면서 얼굴이 점점 굳어졌다. 이번에도 운명은 자기편이 아니라는 사실만이 더욱 분명해졌다. 운명은 오늘 지로에게 영혼의 지주였던 아사쿠라 선생님을 빼앗아가고, 오랫동안 정열을 기울였던 학창 시절을 위협하기 시작하고, 미치에를 바라보는 마음이 사랑이라는 것을 깨닫게 하고, 또 그 사랑의 공허함을 깨닫게 해주었다.

지로의 눈길은 힘없이 미치에에게서 멀어졌다. 그 눈길이 하필이면 교이치에게 닿았다. 지로는 자기도 모르게 고개를 숙였다.

"지로 오빠, 이대로 자포자기하면 안 돼. 아저씨랑 의논하는 건 어떨까? 그렇죠, 교이치 오빠?"

미치에는 또 한 번 촉촉하게 젖은 눈길로 교이치를 보았다.

교이치는 미치에가 하는 말에는 대답하지 않고 잠깐 생각하더니 말했다.

"아버지께 부탁해서 오늘 안에 소좌 집으로 가는 건 어떨까?"

"소좌 집에? 아버지가? 왜?"

"사과하러 말이야."

"바보 같은 소리 마!"

지로가 호통치는 듯한 소리로 외치며 교이치를 노려보았다. 하지만 그것도 잠깐이었다. 지로는 다시 고개를 숙였다.

"꼭 사과해야 한다면 나 혼자만으로도 돼."

지로는 옛날 생각이 났다. 아버지가 읍내에서 술 도매상을 하고 있을 때 자신이 철없이 행동한 일로 아버지와 함께 춘월정 주인에게 사과하러 가던 날이 떠올랐다. 하지만 소네 소좌와 얽힌 일은 그때와 다르다. 철없는 행동이라고는 절대 생각할 수가 없었다.

"그럼 네가 사과하는 게 어때?"

"굳이 사과할 이유가 있을까?"

"물론이지."

"대체 뭘 사과해야 한단 말이야? 내가 한 말을 용서해주세요, 하고 빌고 오란 얘기야?"

지로는 거칠게 외쳤다. 그러면서도 입가에는 희미한 비웃음이 배어 있었다.

"네 말이 잘못됐다는 뜻이 아냐. 네 태도가 문제였어."

"난 버릇없이 굴진 않았다고. 나올 때는 깍듯이 인사까지 했단 말이야."

지로는 이런 구차한 말을 늘어놓는 자신이 부끄러웠다. 하지만 여기서 물러설 수는 없다는 생각이 들었다.

"인사만 하면 다야? 상대방을 실컷 모욕하고는 인사만 하면 다냐고. 권력으로 압박한다느니 하는, 그런 실례되는 말을 듣고 어떤 선생이 가만있겠어?"

"그렇지만 난 사실을 얘기했을 뿐이야. 사실을 사실대로 말했을 뿐인데 그쪽에서 실례로 받아들인다면 잘못은 그쪽에 있는 거야."

지로는 말이 길어질수록 자기가 엉뚱한 고집만 부리는 것 같아 얼굴이 화끈거렸다. 교이치가 한심하다는 얼굴로 또 무슨 말인가를 하려고 하자, 듣기 싫다는 듯 자리에서 벌떡 일어났다.

"어쨌든 사과는 하지 않겠어. 내가 저지른 일이니까 내가 책임을 지면 될 거 아냐?"

지로는 아래층으로 내려가려고 했다.

"지로 오빠, 오늘 정말 왜 그래?"

미치에가 금방이라도 울음을 터뜨릴 것 같은 목소리로 외쳤다. 분위기가 심각해지자 순조가 얼버무리려는 듯이 말했다.

"지금 도망가는 거야? 둘이 좀 더 얘기해봐. 내가 심판봐줄게."

그러나 지로는 돌아보지도 않고 층계를 내려갔다.

그때 마침 아래층에 있던 슌스케가 이 층으로 올라오려고 층계 앞에 서 있었다. 슌스케 뒤에는 오자와가 서 있었다.

"어디 가려고?"

슌스케가 밑에서 물었다.

"밭에요."

지로는 층계를 반쯤 내려가다 다시 계단을 올라가면서 대답했다.

"밭에 간다고?"

슌스케는 그 자리에 서서 지로의 뒷모습을 물끄러미 보았다.

"너에게 할 말이 좀 있는데. 이 층이 좋겠지."

슌스케의 등그스름한 몸이 천천히 층계 위로 올라갔다.

"아니, 미치에도 와 있었군."

슌스케는 반가운 듯 미치에를 보고 빙그레 웃으며 자리에 앉았다. 그러고는 허리춤에서 부채를 꺼내 목둘레에 부채질을 했다. 하지만 아무리 기다려도 방 안을 둘러보기만 할 뿐, 달리 말이 없었다.

"좀전에 지로가 했던 말을 아저씨께 말씀드렸어."

오자와가 참지 못하고 먼저 말했다. 그래도 슌스케는 빙긋이 웃기만 했다. 그러다가 부채를 접어 바닥에 내려놓으며 지로에게 물었다.

"그래 넌 어떻게 생각하냐?"

"학교엔 더 못 나가게 될 것 같아요."

지로는 눈을 내리뜨며 대꾸했다.

"그건 아버지도 알고 있어. 배속장교가 널 불렀다는 말을 들었을 때 벌써 각오했지. 아사쿠라 선생님이 헤어질 때 하신 말씀을 생각하면 아직도 미련이 좀 남지만 말이다. 선생님은 어떻게든 중학교는 졸업해야 하지 않겠냐고 하셨지."

모두들 서로 얼굴을 마주 볼 뿐이었다. 슌스케의 입에서 나온 말은 그들에겐 전혀 뜻밖의 내용이었다. 지로는 뒤통수를 한 대 얻어맞은 것 같기도 하고, 맥이 탁 하고 풀리는 것 같기도 했다. 또 한편으로는 마음이 한결 가벼워진 느낌도 들었다.

"헌데 말이야……."

슌스케는 조금 생각한 뒤 말했다.

"학교를 그만두는 것보다 더 중요한 게 있어. 바로 네 태도야. 네가 어떤 태도로 학교를 그만두느냐가 중요해. 그것도 생각해봤어?"

지로는 당황했다. 설마 아버지가 지금 동맹휴교라도 하고 당당하게 학교에서 쫓겨나라는 말씀을 하시는 건 아닐 것이다. 그렇다면 학교가 바라는 대로 조용히 물러나면 되는 것 아닌가.

지로가 얼굴이 어두워지며 대답을 못하자, 슌스케는 갑자기 옛날 이야기를 꺼냈다.

"아마 그땐 네가 일곱 살인가 여덟 살이었을 거야. 마을에서 유명한 불량배들이 우리 집에 자주 왔지. 나랑 술도 마시고, 자기네들끼리 싸움도 하고…… 생각나니?"

지로는 '손가락 없는 곤씨'와 '만두 호랑이'라는 별명이 붙은 불량배들이 떠올랐다. 언젠가 한 번 술을 진탕 마시고 두 사람 사이에 시비가 붙었을 때, 아버지가 중간에 끼어들어 싸움을 말리던 모습이 뚜렷하게 떠올랐다. 지로가 그 이야기를 꺼내자, 슌스케도 조금 무안한지 쓴웃음을 지었다.

"맞아, 너도 기억하는구나. 그런 불량배들도 우리랑 똑같은 사람이었어. 이쪽에서 사람답게 대우해주면 그쪽에서도 양심이라고 해야 되나, 아니면 뭐라고 해야 되나…… 어쨌든 사람답게 정직한 모습을 보여줬다고. 그 사람들을 보면서 뱃속에서부터 악인으로 정해지는 사람은 없다는 걸 배웠지."

처음 손가락 없는 곤씨와 만두 호랑이 이야기가 나왔을 때 지로는 슌스케가 자기를 그들과 똑같은 불량배쯤으로 여기는 건 아닐까, 하는 생각이 들어 움찔하기도 했지만, 듣다 보니 그런 말은 아닌 것 같아 안심이 되었다. 그러나 슌스케가 어떤 의도로 옛날 이야기를 끄집어냈는지 감이 잡히지 않기는 마찬가지였다.

"뱃속에서부터 나쁜 놈은 없어. 그리고 하나에서 열까지 완벽한 인간도 없지. 내가 볼 때 사람은 대부분 불량배처럼 사는 거야. 아사쿠라 선생님 같은 분은 아주 드물지. 너희 학교 선생님들도 겉으론 멀쩡하지만 속을 들여다보면 하나같이 엉뚱할 거야. 요즘 세상에 군인들은 더하지. 그 친구들은 불량배 정도가 아냐. 차라리 손가락 없는 곤씨나 만두 호랑이가 사람답지. 그냥 내버려뒀다간 앞으로 엄청난 일들을 저지를 게다."

이런 말을 하면서도 슌스케는 아무렇지 않은 듯했다. 누구나 알고 있는 것을 지극히 자연스럽게 이야기하고 있다는 태도였다. 하지만 슌스케의 그런 태도가 다른 사람들에게는 조금 이상하게 보였다. 다들 슬며시 웃고 있었다. 슌조는 당장이라도 웃음을 터뜨릴 것 같은 기색이었다. 슌스케는 아이들을 둘러본 뒤 지로를 보며 말했다.

"다시 지로 얘기를 해볼까? 내가 왜 이런 얘기를 하는지 모르겠니?"

지로는 뭐라 대답할 말이 없었다. 다만 침통한 표정을 지으며 고개를 숙였다. 오자와도, 교이치도, 미치에도 모두들 고개를 갸웃거릴 뿐 입을 열지 않았다. 슌조는 이제 흥미가 없어졌다는 듯 딴청을 부리다가 다른 아이들이 입을 굳게 다문 것을 보고는 자기도 고개를 조금 갸웃거렸다.

슌스케는 싱글벙글 웃으며 말했다.

"서두를 필요는 없어. 내일쯤엔 아마 학교에서도 결정을 내리겠지. 우리도 그때까지 정해두면 되는 거야. 그때까지 숙제로 남겨두마."

슌스케는 곧 자리에서 일어났다. 층계를 내려가다가 다시 지로를 돌아보며 말했다.

"아사쿠라 선생님은 걱정하지 말아라. 오늘 중에 편지를 쓸

테니까 넌 그렇게만 알고 있어. 이런 일은 빠를수록 좋은 법이
거든."

조금 뒤에 저녁을 먹었다. 오자와는 당분간 신세를 질 작정
으로 와 있었고, 미치에도 함께 저녁을 먹었다. 할머니, 오요
시, 그리고 오카네까지 합쳐 아홉이나 되는 대식구였다. 상을
둘로 나눠 남자는 남자끼리, 여자는 여자끼리 먹었다. 저녁을
다 먹을 때까지 지로에 대한 일은 입도 뻥긋하지 않았다. 슌스
케와 오자와가 이런저런 이야기를 나누는 것만으로도 밥을 먹
기 힘들 만큼 웃음이 터졌다. 모처럼 즐겁게 웃고 떠들며 저녁
을 먹었다.

저녁을 다 먹고 나서 지로와 아이들은 곧 산책을 나섰다. 미
치에도 따라나섰다. 선단교를 건너 강둑을 따라 올라가면 왼편
에 옛날 영주시대에 차를 마셨다는 정자 터가 나왔다. 그곳은
누구나 자유롭게 돌아다닐 수 있었다. 모두 근처를 걷다가 연
못가에 있는 잔디밭에 앉았다.

이야기는 자연히 지로 문제에 집중되었다. 그러나 지로가 퇴
학당할지 모른다는 걱정 같은 것은 하지 않았다. 지로가 학교
를 그만두겠다고 말했을 때 울면서 매달리던 미치에마저 "아저
씨가 그렇게 생각하실 줄은 정말 몰랐어." "도쿄에 가면 아사쿠
라 선생님을 만나게 될 테니 오빠한텐 더 잘 된 것 아냐?" 하고
말했다. 이제 다섯 명은 슌스케가 내놓은 문제를 풀기 위해 머
리를 맞대고 앉았다. 손가락 없는 곤씨와 만두 호랑이가 지로
의 학교문제와 어떤 관계가 있다는 건지 아무리 궁리를 해도

마땅한 답이 떠오르지 않았다.

"날아간 새는 흔적을 남기지 않는다, 뭐 이런 정도가 아닐까?"

교이치가 말했다. 그러자 오자와는 이렇게 말했다.

"아냐, 학교에 커다란 못이라도 하나 박아두라는 뜻일 거야."

그러나 그럴싸한 답은 더 나오지 않았다.

그때까지도 지로는 한 번도 입을 열지 않았다. 지로는 시무룩하게 멍하니 연못만 내려다보았다. 교이치와 오자와는 서로 자기 주장이 옳다며 언성을 높이기 시작했다. 그때 지로가 자리에서 벌떡 일어나더니 말도 없이 혼자 연못 맞은편에 있는 석가산에 올라가 그 뒤쪽 대숲으로 들어갔다.

지로는 슌스케의 질문에 혼자 힘으로 답을 찾고 싶었다. 그리고 교이치와 미치에가 없는 곳에서 그 답을 찾고 싶었다. 두 사람을 보고 있으면 계속 엉뚱한 생각만 들어서 가뜩이나 복잡한 머릿속이 더 어지러웠다.

지로는 대숲에 웅크리고 앉아 무릎 사이에 얼굴을 파묻고 생각에 잠겼다. 날은 어느새 저물었다. 연못 근처여서 모기떼가 기승을 부렸다. 지로는 달려드는 모기떼를 손바닥을 내저어 쫓기만 할 뿐, 자리를 옮기려고 하지 않았다. 손가락 없는 곤씨, 만두 호랑이, 소네 소좌, 니시야마 교감, 우마다의 얼굴이 차례로 머릿속을 지나갔다. 맨 마지막으로 독살스럽게 생긴 여자가 생각났다. 춘월정 주인의 얼굴이었다. 춘월정 주인의 얼굴을 떠올리자 이상하게도 마음속에 한 줄기 빛이 스며들었다. 문득 춘월정 사건이 있던 날 아사쿠라 선생님을 찾아가 미켈란젤로에 대해 들었던 것이 생각났다.

"이 돌 속에 여신이 갇혀 있다. 나는 그 여신을 구출해야 한다."

미켈란젤로는 그렇게 말하며 이끼가 잔뜩 긴 보잘것없는 돌덩이를 쪼개 세상에 둘도 없는 아름다운 여신상을 조각했다. 지금 아버지는 자신에게 미켈란젤로의 마음을 요구하고 있다. 아버지와 아사쿠라 선생님이 생각하는 인생의 뿌리는 생각할수록 똑같다. 자신에게는 이토록 훌륭한 아버지가 있고, 이토록 훌륭한 선생님이 있다.

지로는 힘차게 자리에서 일어났다. 그리고 대나무 이파리 사이로 떠오르는 별빛을 바라보았다.

"이봐, 지로!"

굵고 탁한 오자와의 목소리가 연못 맞은편에서 들려왔다.

"왜 불러?"

지로의 목소리에 힘이 들어갔다.

"우리 갈 거야!"

"알았어! 잠깐만 기다려!"

그들은 밤길을 걸어 집으로 돌아왔다. 교이치와 미치에는 어두워진 길에서 가끔씩 어깨를 나란히 하고 걸었다. 하지만 지로는 그 모습을 보아도 더 심란해지지 않았다.

지로가 집에 왔을 때 슌스케는 아사쿠라 선생님에게 보낼 편지를 다 쓴 뒤 할머니 혼자 바람을 쐬고 있던 툇마루로 막 나오려던 참이었다. 주소와 이름을 붓으로 쓴 편지 한 통이 거실 탁자 위에 놓여 있었다. 슌스케가 쓴 편지치고는 꽤 두툼했다.

모두들 누가 먼저랄 것도 없이 슌스케를 둘러싸고 앉았다. 그러나 슌스케가 내준 숙제에 대해서는 말을 아꼈다. 할머니에게 지로 문제를 알리고 싶지 않아서였다. 그때 지로가 입을 열었다.

"언젠가 아사쿠라 선생님이 이런 얘기를 하신 적이 있어요."

지로는 미켈란젤로의 이야기를 천천히 풀어놓았다. 이야기를 마친 지로는 그에 대한 설명이나 감상도 말하지 않고 조용히 슌스케의 얼굴을 보다가 나지막한 목소리로 말했다.

"이 얘기가 아버지가 숙제를 내준 문제에 대한 저의 해답이에요."

오자와와 교이치, 슌조, 미치에가 놀란 눈으로 지로를 보았다. 슌스케는 툇마루 기둥에 등을 기대고 앉아 있었는데, 지로를 보며 말했다.

"백 점으로는 부족하겠는데, 네 마음이 그렇다면 더 좋은 해답은 없을 것 같구나. 아버지도 너와 비슷한 생각을 하고 있었는데, 그래도 아직은 찌꺼기 같은 게 남아 있는 것 같구나. 여전히 네 마음에 상대방과 싸워서라도 이겨야겠다는 생각이 남아 있다면 백 점은 줄 수 없어."

그렇게 말한 뒤 슌스케는 슬며시 눈을 감았다.

"마음보다 중요한 건 현실이란다. 현실에서 네 행동이 네 마음과 달라진다면 여신은커녕 잡동사니도 만들지 못한다. 이런 얘기라면 아직까지는 아버지가 너보다 한 수 위일지도 모르지. 하하하……. 어쨌든 몸소 겪어보지 않고서는 모르는 거야. 어차피 아버지도 한 번 학교에 들를 생각이었으니 그때가 진짜 시험이 되겠구나."

지로는 고개를 숙인 채 툇마루 구석을 뚫어져라 보고 있었다.

"애비도 학교에서 시험이 있는 게야?"

할머니가 좀처럼 이해가 안 된다는 표정을 짓고 뜬금없이 질문을 던졌다.

모두들 웃음을 터뜨렸다. 지로는 할머니가 하는 말을 듣고 쓴웃음을 지었을 뿐, 다시 고개를 떨어뜨리고 말았다.

교차하는 명암

이튿날 학교에는 아침부터 소문이 파다하게 번졌다. 아사쿠라 선생님이 역에서 헌병에게 붙들려 조사받았다는 이야기와, 지로가 역에서 돌아오는데 소네 소좌가 나타나 자기네 집에 데리고 갔다는 이야기가 단 하루 만에 전교생들 입에 오르내렸다. 그 이유가 백조회 회원들이 아사쿠라 선생님을 위해 '비밀스런' 송별회를 열었기 때문이라는 것이 알려지면서 평소 지로에게 반감을 품었던 학생들은 지로를 비난하기에 바빴다.

"백조회에서 아사쿠라 선생님을 혼자 차지하려고 했기 때문에 이런 일이 벌어진 거야."

"혼다는 처음부터 아사쿠라 선생님에게 잘 보이고 싶었던 거야. 혈서를 쓴 것도 같은 백조회 회원인 신가 밖엔 아무도 몰랐다고 하잖아?"

"한마디로 이번 소동은 백조회 때문에 일어난 거나 다름없어."

"백조회 때문이라면 또 몰라. 이건 순전히 혼다 개인을 위한 것이나 다름없어."

"생각할수록 어이가 없군."

"어차피 다 끝난 일이야. 아마 뒷감당은 혼다가 다 떠안아야 될걸."

"하하하!"

점심시간이 되자 교무실 칠판에 이런 문구가 적혀 있었다.

'오늘 수업을 마치고 제1회의실에서 긴급 교직원회의가 있습니다. 사무직원 외에는 모두 참석하여주시기 바랍니다.'

이 같은 사실을 처음 발견한 학생은 무슨 대단한 공이라도 세운 것처럼 의기양양해져서 곧 친구들에게 알렸다. 이제 학생들은 새로운 사건으로 흥분하기 시작했다. 아사쿠라 선생님이 퇴임하고 처음 열리는 교직원회의이고, 게다가 그 장소는 제1회의실이었다. 그곳은 중대사안이 있을 때만 이용하는 것이 관례였다. 제1회의실에서 회의를 하는 의미가 무엇인지는 누가 알려주지 않아도 금세 알아차릴 수 있었다.

"드디어 처벌이군. 이번엔 아주 심각할 거야."

"어쨌든 소네 소좌가 끌어가고 있으니까."

"문제는 소네 소좌가 확대시키려고 하지 않는다는 점이지."

"그럴 리가. 그 녀석한테 인자함을 바란다는 거야?"

"인자함 같은 게 아냐. 그게 녀석의 수법이라고."

"수법이라면?"

"자기가 배속장교로 있는 한, 사상문제가 없다는 걸 보여주고 싶어하겠지."

"그렇단 말이지……. 그럼 생각보다 대단치도 않겠네."

"내 생각엔 가벼울 것 같아. 퇴학은 무리가 아닐까. 징계가 생각보다 강하면 우리도 가만히 앉아 있을 수만은 없고, 결국 또 학교가 시끄러워지겠지."

"소네 소좌도 그게 걱정스러운 거야. 틀림없어."

"결국 명예라는 건가?"

"후후."

"어쨌든 정학이나 근신 정도로 끝난다면 두꺼비도 꽤 힘이 있다는 뜻이군."

"그렇게 쉬운 얘기가 아냐. 백조회가 비밀 송별회를 열었다는 걸 헌병대가 알고 있다고. 헌병대가 나서면 소네 같은 건 꼼짝도 못해."

"역시 혼다는 좀 위험하겠어. 혈서문제도 있고……."

"혼다 놈이 너무 설쳤어. 자업자득이지, 뭐."

"혈서까지 쓴 놈이 왜 동맹휴교엔 반대했을까? 그건 아사쿠라 선생님에 대한 충성심 때문이었을까?"

"글쎄, 그것도 무슨 수를 쓰려는 것이었는지도 모르지."

"혼다도 완전히 헛짓했군. 소네 소좌는 지금도 혼다가 동맹휴교를 선동했다고 여길 텐데."

"그런 것 같아. 혼다는 음흉한 놈이라 늘 겉과 속이 다른 녀석이라고 말했다는 것 같던데."

"어쩌면 혼다도 동맹휴교를 일으키지 않은 걸 후회할지도 모르겠어."

이런 소문은 평소 지로에게 반감을 품었던 학생들에게만 떠
도는 풍문이라고만은 할 수 없었다.

　학생들 대다수는 동맹휴교에 대한 흥분에서 깨어난 뒤였다.
학생들은 아사쿠라 선생님 문제로 지로가 처벌받는 것도 부당
하다고 생각했다. 그래서 이왕이면 근신이나 유기정학 정도로
끝나기를 바랐다. 그러나 한때는 자기들도 동맹휴교를 일으키
려고 한 만큼, 혹시라도 불똥이 자기들에게 튀는 것은 아닌지
겁을 먹고 있었다. 그래서 지로가 혼자 죄를 뒤집어써주길 바
라는 마음이 있었다. 그 때문에 아사쿠라 선생님의 퇴임 문제
로 학생들이 반발하는 이야기보다 지로와 지로를 증오하는 소
네 소좌가 대결한 것 때문에 지로가 처벌받을 것이라는 소문이
더 많이 번졌다.

　그런 소문이 한창 번지고 있을 때, 아무도 예상치 못한 새로
운 소문이 빠르게 퍼지고 있었다. 지로가 오늘 안으로 퇴학처
분을 받을 것이며, 그 이유는 동맹휴교 선동이나, 사상문제가
아니라 바로 여자문제 때문이라는 소문이었다. 이 소문은 아주
빠르게 퍼져 나갔다. 나중에는 눈밭에서 주먹만 한 눈덩이를
굴리면 금세 커다란 눈덩이가 되는 것처럼 엄청난 음모로까지
발전했다.

　그 소문은 이런 것이었다.

　학교는 지로가 아사쿠라 선생님을 지원했다는 이유를 들어
처벌하지는 않을 모양이다. 이렇게 되면 처벌해야 할 학생이 한

둘이 아니기 때문이다. 또 학생들을 하나하나 자세히 조사해야한다. 그러는 동안 학교 안에서 새로운 사건이 벌어지면 학교로서는 부담스러울 수밖에 없다. 무엇보다 아사쿠라 선생님을 유임시키기 위해 탄원서를 제출한 것만으로는 학생을 처벌하기 힘들다. 아사쿠라 선생님이 학교를 떠난 마당에 탄원서를 사상문제와 결부시키는 것은 불필요한 행동이다. 또 소네 소좌의 처지에서도 찬성하기 힘든 문제다. 그렇다고 혈서를 쓰고 은밀히 송별회를 추진한 지로를 그냥 놓아둘 수도 없다. 그래서 소네 소좌와 니시야마 교감이 의논한 끝에 한 가지 해결책을 내놓았다. 다름 아닌 여자문제를 내세워 지로를 처벌하는 것이다. 교장과 다른 교사들은 두 사람이 하자는 대로 따를 수밖에 없는 처지이니 아마도 오늘 회의에서 그렇게 결정될 것이다.

이런 소문이 학생들 사이에서 마치 결정된 사실처럼 받아들여진 데에는 그럴 만한 이유가 있었다. 우마다 패거리의 활약이 대단했기 때문이다. 우마다는 이 사건을 계기로 지로가 학교의 영웅이 되는 것을 두고 볼 수 없었다. 우마다는 여자문제를 들먹이며 어떻게든 지로에게 오명을 덧씌우고 싶어졌다. 더구나 요즘 들어 소네 소좌의 집을 자주 들락거리면서 믿을 만한 정보원이라는 유리한 지위에까지 올라가 있었기에 힘들이지 않고 이런 소문을 퍼뜨릴 수 있었다.

지로는 이날도 평소처럼 학교에 왔다. 하지만 지로에 대한 소문은 언제나 지로가 없는 곳에서 이야기되고 있었고, 지로도 될 수 있으면 그런 소문에는 관여하려고 하지 않았다. 쉬는 시간이 되면 운동장을 어슬렁거리면서 아쉽기도 하고 슬프기도 한 심정으로 이곳저곳을 둘러볼 뿐이었다.

정작 지로에 대한 소문 때문에 화가 난 사람은 신가와 우메모토였다. 처음에는 둘 다 말도 안 된다며 웃어넘겼지만, 학생들이 모이는 곳마다 다들 똑같은 이야기를 하고 있어서 참을 수가 없었다. 그래서 지로를 인기척이 없는 창고 뒤로 끌고 가 여자문제에 대해 추궁하듯 물어보았다.

지로는 쓸쓸하게 웃으며 두 사람을 보고는 감정이 격해진 듯 목소리를 높였다.

"난 어차피 퇴학이야. 이미 그렇게 정해진 거야. 어제 소네에게 한 일도 있으니까. 나도 학교엔 미련이 없어. 어떤 처벌이 내리든 관심도 없어. 하지만 불미스런 행동으로 퇴학처분을 받았을 때 그것이 여자 때문이라고 오해를 받는다면 나도 가만있지는 않겠어. 너희들한테 분명히 말하는데 이런 소문을 퍼뜨리는 녀석은 분명 우마다야. 아무에게도 말하려고 하지 않았지만 우마다를 위해서라도 너희들에게만은 알려줄게."

지로는 우마다가 미치에에게 저지른 짓을 숨김없이 털어놓았다. 하지만 그렇게 털어놓을수록 마음속에는 정체를 알 수 없는 검은 그림자가 드리워졌다. 마치 변명이라도 하는 것처럼 계속 말이 꼬였다. 지로는 마음속의 그림자를 걷어내듯 큰 소리로 말했다.

"난 양심을 속인 적이 없어! 내가 해야 한다고 생각한 일을 했을 뿐이야! 그게 잘못이라면 내가 책임지겠어. 하지만 너희들만은 날 믿어주면 좋겠어."

우메모토와 신가는 오히려 놀란 듯이 지로를 보았다. 지로는 쓸쓸히 웃을 뿐이었다.

"나 하나만 희생되면 그걸로 끝이야. 여자문제든, 무슨 문제든 상관하고 싶지 않아. 그래도 걱정되는 게 하나 있어. 바로 너희들이야. 나 때문에 너희들까지 피해를 입는 건 아닌가 싶어 마음이 무거워. 송별회도 내가 계획했고, 너희들을 초대한 것도 나야. 학교에서 뭐라고 하든 너희들은 무조건 나한테 떠넘기면 되는 거야."

신가는 붉게 달아오른 얼굴로 잠자코 있었다. 하지만 우메모토는 감정이 북받친 듯 울먹이며 말했다.

"너 혼자 뒤집어쓴다고 해결될 것 같아! 내가 만일 학교에 남게 되면 우마다를 가만두지 않겠어!"

그러자 신가도 외쳤다.

"맞아, 그 다음은 니시야마와 소네야. 난 이들과 싸우기 위해서라면 해군 지망 같은 건 포기해도 괜찮아."

지로는 가슴이 뜨겁게 벅차올랐다. 하지만 친구들을 진정으로 생각한다면 자기 하나로 끝나야 한다는 생각이 들었다. 지로는 흥분을 억누르며 힘겹게 입을 열었다.

"그런 바보 같은 소리하지 마. 이까짓 중학교는 어떻게 되든 상관없어. 우린 앞으로 더 큰일을 하게 될 테니까."

그러나 지로는 자기가 거짓말을 하고 있다는 생각을 떨쳐내

지 못했다. 지로는 마음속으로 이것이 진심이 아니라는 것을
잘 알고 있었다.

이날은 다행히 아무 일도 일어나지 않았다. 학생들은 교직원
회의가 궁금했지만, 수업이 끝나자 썰물처럼 학교를 빠져나갔
다. 학생들 대부분은 지로의 문제가 자신의 처지와는 별다른
상관이 없다고 생각했고, 또 시험이 코앞에 닥쳐왔는데도 아사
쿠라 선생님 문제로 시험 준비를 게을리 해왔기에 마음이 급했
기 때문이다. 사건이 한창일 때는 동맹휴교에 기대를 걸고 시
끄럽게 하는 데만 급급했던 패거리일수록 눈앞의 시험이 걱정
스러워 견딜 수가 없었다.

그래도 이튿날 아침이 되자 학생들은 흥분을 감추며 일찌감
치 학교로 왔다. 교직원회의 결과가 궁금해서 견딜 수 없었던
것이다. 하루 사이에 새로운 소문과 억측이 난무했다. 그중에
는 처벌 수위가 예상보다 높으며, 범위도 학생회 전체일 것이
라는 이야기도 돌았다. 적어도 대여섯 사람은 퇴학당하고, 열
사람이 넘게 무기정학을 받을 거라는 내용이었다.

그러나 이런 소문은 1교시 수업이 끝나기 전에 완벽한 정보
가 밝혀지는 바람에 깨끗이 사라졌다. 이 정보는 그동안 비밀
스런 교직원회의 내용을 전문으로 폭로해온 한 학생이 발표했
다. 이 학생은 지금껏 백 퍼센트 믿을 수 있는 정보만 제공했기
에 누구 한 사람, 이 정보를 의심하지 않았다.

일본의 중학교에서 교직원회의 내용이 학생들에게 알려지지
않는 경우는 거의 드물었다. 많은 선생님들이 비밀스런 회의

544

내용을 학생들에게 알려주지 않고서는 마음 놓고 수업을 할 수 없다고 생각했기 때문이다. 이런 선생들 대부분은 학교를 질투와 음모, 모략 따위로 세력 다툼이라도 벌여야 하는 곳쯤으로 여기고 있었다. 그렇게라도 하지 않으면 인생이 재미없다고 생각하는 선생님들이 너무나 많았다. 지로가 다니는 학교도 예외는 아니었다. 학교 소식에 유난히 집착하는 학생들 중 선생의 약점이라도 알고 있는 학생이라면 교직원회의가 열린 날 저녁을 먹고, 산책 삼아 평소 약점을 잡고 있는 선생의 집에 들른다. 그러면 선생은 전병 같은 과자를 대접하며 그날 회의에서 어떤 말들이 오갔는지 자세하게 털어놓았다.

물론 마지막에는 "이건 특별히 너에게만 알려주는 거니까 다른 아이들에겐 비밀이다." 하고 주의를 준다. 하지만 이것은 형식에 지나지 않았다. 그 학생의 마음속엔 처음부터 선생님이 주의를 줘도 그것을 지킬 만한 양심이라는 게 없었다. 마찬가지로 선생님의 마음속에도 교직원회의 결과를 비밀에 부친다는 교사 사이의 믿음을 지킬 만한 양심이라는 게 없었다. 그리하여 그 학생은 아무개 선생한테 바로 들은 이야기라며 다른 학생들에게 회의 내용을 알려주고 전교생의 손뼉을 한몸에 받고는 했다.

회의 내용을 알아낸 어느 학생이 전교에 퍼뜨린 정보는 다음과 같았다.

지로는 결국 권고퇴학이 결정되었다. 나머지는 모두 무사하다. 권고퇴학인 만큼 형식으로는 지로의 아버지가 학교에 와서 자퇴서를 제출해야 한다. 지로가 권고퇴학을 당하게 된 첫 번째 이유는 교사에 대한 반항심이 강하다는 점이었다. 1학년 때 도미테루 선생에게 불손한 말과 행동을 했고, 최근에는 배속장교를 그 정도가 지나칠 만큼 위협하기도 했다. 더구나 반국가적인 행동도 서슴지 않았다. 이는 다른 학생들에게 나쁜 영향을 끼칠 수 있으므로 학교에서는 다른 학생들을 생각해서라도 당연히 지로를 퇴학시키기로 결정한 것이다. 여자문제는 오래 전부터 있었던 문제이며, 그 증거를 손에 넣은 학생도 있는데, 개인 일이므로 이번에는 문제 삼지 않기로 했다.

이 밖에 지로를 동정하는 선생님이 두 분 정도 있었다. 한 분은 지로의 담임이고, 또 한 분은 회의 결과를 누설한 선생님이었다. 그러나 교장선생님이 지로의 아버지를 이해시키려면 모든 직원이 의견을 모아야 모양새가 좋아 보인다고 해서 두 사람도 더 이야기하지 않았다.

3교시 수업 중에 이 정보가 사실로 확인되었다. 지로가 '즉시 소환'이라는 도장을 찍은 쪽지를 받은 것이다. 지로는 쪽지를 받아들고 담담하게 펼쳐 보았다. 교실은 숨소리도 나지 않을 만큼 조용했다. '즉시 소환'이라는 글자 밑에 소환하는 선생님의 성명과 소환되는 학생의 이름이 조그맣게 적혀 있었다. 대체로 이 소환 쪽지에는 학생에게 퇴학이나 무기정학 같은 심각한 처벌을 내린다는 뜻이 담겨 있었다. 더구나 수업 중에 사환이 이 쪽지를 들고 교실로 찾아올 때는 해당 학생에게 언제나 중대한 의미가 있었다.

지로는 책상 속에 든 소지품을 전부 가방에 넣었다. 그 행동이 같은 반 아이들의 주목을 끌었다. 지로는 가방을 어깨에 멘 뒤 표정없는 얼굴로 학생들을 천천히 둘러보고 선생님에게 꾸벅 인사를 했다. 그리고 조용히 교실을 나갔다. 지로가 교실을 나간 뒤에도 선생님과 학생들은 무엇인가에 홀린 사람들처럼 꼼짝도 하지 않았다. 복도를 걸어가는 지로의 발자국 소리가 들리지 않을 때까지 교실 안은 텅 빈 것처럼 조용하기만 했다.

지로를 부른 선생님은 담임인 구로다였다. 지로는 구로다 선생님과 특별히 가깝게 지낸 적은 없었지만, 그나마 지금 학교에 남아 있는 선생님들 중에서는 가장 괜찮은 선생님이라고 생각하고 있었다. '즉시 소환'이라는 도장을 찍은 쪽지를 받았을 때도 구로다 선생님이 담임이라는 게 정말 다행이라는 생각이 들 정도였다.

지로가 교무실로 들어오자, 구로다 선생님은 하던 일을 멈추고 지로를 교무실 옆에 달린 상담실로 데려갔다. 도미테루 선생님과 난투를 벌였을 때도 지로는 이곳에 들어왔다. 그때는 1학년이었고, 지금은 5학년이다. 벌써 4년이 흐른 것이다. 탁자에 깔아놓은 파란 양탄자는 여전히 구멍이 듬성듬성 뚫려 있었고, '사무사(思無邪)'라는 글귀가 들어 있는 액자도 옛날 그대로였다.

구로다 선생님은 자리에 앉아서 작게 한숨만 내쉴 뿐 한동안 입을 떼지 않았다. 그리고 탁자 한쪽 끝을 내려다보고 있었는데, 이삼 분쯤 지난 뒤에야 결심했다는 듯 지로를 보았다.

"내가 왜 불렀는지 아니?"

"죄송합니다."

지로는 자기도 모르게 고개를 떨어뜨렸다.

"하지만 차라리 잘됐다고 생각합니다. 어차피 끝내고 싶었어
요."

"끝내다니, 뭘?"

"퇴학당하는 거 맞죠?"

구로다 선생님은 눈이 휘둥그레졌다. 지로는 선생님의 그런
눈길과 마주치자, 어쩐지 구로다 선생님도 처지가 딱하게 됐다
는 생각이 들어 또다시 고개를 숙이고 말았다.

"며칠 전부터 이 학교를 다닐 수 없다고 생각했습니다."

"그건 왜지?"

"제 양심이 허락하지 않았기 때문입니다."

"양심이라니? 이번 일 말고 다른 잘못을 저지른 거라도 있
어?"

"그런 건 아니에요. 뭘 잘못했다는 뜻으로 말씀드린 게 아니
에요."

"그럼 무슨 뜻이지?"

"전……."

지로는 잠깐 망설이다가 말했다.

"부정한 권력에게 복종하며 공부하고 싶지 않아요. 그런 생
각만 해도 견딜 수가 없어요."

구로다 선생님의 눈이 더욱 크게 휘둥그레졌다. 선생님은 한참 동안 지로를 보다가 한숨을 내쉬며 눈을 감아버렸다.

오 분쯤 지로와 구로다 선생님은 서로 아무 말도 하지 않았다. 지로는 문득 서글픈 감정이 북받쳐 올랐다. 도미테루 선생님 때문에 처음 이 방에 들어왔을 때 아사쿠라 선생님이 자신을 타이르던 일이 생각났다. 아사쿠라 선생님을 생각하니 선생님의 맑은 눈빛과 역에서 마지막으로 본 험악하게 일그러진 눈동자가 겹쳐졌다. 지로는 소리 내 울고 싶었다.

한참만에야 구로다 선생님은 힘겹게 입을 열었다.

"네가 그렇게 생각한다면 나는 너에게 해줄 말이 없다. 아니, 나 같은 선생에겐 말할 자격조차 없다는 게 더 정확하지. 선생처럼 약한 것도 없구나. 물론 나도 약하지. 정말 강한 사람은 아사쿠라 선생님뿐이었어. 하지만 선생님도 떠나셨고, 너희들도 허전하겠지."

참지 못하고 지로가 눈물을 흘렸다.

"선생님, 죄송합니다. 정말 죄송합니다. 용서해주세요."

지로는 탁자 위로 엎드렸다.

"용서받을 사람은 나야."

구로다 선생님은 손을 내밀어 지로의 어깨를 잡고 몸을 일으켰다. 어느새 선생님의 눈가도 촉촉하게 젖어 있었다.

지로는 고개를 들고 재빨리 눈물을 훔쳐냈다.

"선생님만이라도 제 마음을 이해해주셔서 정말 기뻐요. 이젠 어떻게 되든 상관 안 해요. 교장실로 가겠습니다."

"교장실은 안 가도 돼. 네가 충분히 이해했으면 그걸로 된 거야."

"하지만 교장선생님께 명령을 받아야 하는 것 아닌가요?"

"명령 같은 건 없어. 권고퇴학으로 결정됐단다."

"권고퇴학이라고요? 그럼 제가 퇴학 원서를 내야 하나요?"

지로는 눈을 번뜩였다. 형식에 지나지 않는 절차지만, 강제 퇴학보다는 스스로 퇴학 원서를 내고 당당하게 학교를 그만둘 수 있다는 것이 기뻤기 때문이다.

"그렇게 결정됐어. 그러니까 당장 오늘 퇴학당하는 건 아냐. 내 생각엔 학교를 그만두는 것보다 다른 학교로 전학했으면 하는데 네 생각은 어때?"

"아사쿠라 선생님에게 부탁해보겠어요."

"음……, 그것도 좋은 생각이구나. 나도 선생님께 한 번 연락해볼게. 도쿄에는 사립학교도 많으니까 전학은 문제없을 거야."

지로는 얼굴이 밝아졌다. 처벌을 기다리는 학생처럼 풀죽어 보이지 않았다.

구로다 선생님은 쓸쓸하게 웃으면서 말했다.

"여기서 잠깐만 기다리고 있어. 너 혼자 돌아가도 괜찮겠지만 오늘은 아버님이랑 같이 가는 게 좋겠다. 아버님은 지금 교장실에 계셔."

지로는 깜짝 놀란 얼굴로 방을 나가는 구로다 선생님의 뒷모습을 멍하니 바라보았다.

그 시간, 슌스케는 교장실 소파에 앉아 있었다. 맞은편에는 교장과 니시야마 교감, 그리고 소네 소좌가 앉아 있었다.

슌스케는 지로가 학교에 간 지 얼마 안 되어 학교에서 보낸 소환장을 받았다. 학교에 와서 교무실로 들어가니 구로다 선생님이 기다리고 있었다. 구로다 선생님에게서 어제 저녁에 교직원회의에서 결정한 내용을 자상하게 듣고 교장실로 자리를 옮겼다. 교장은 지로가 권고퇴학당하는 이유를 자세히 설명해주었는데, 그 자리에는 니시야마 교감도 함께 있었다. 슌스케는 구로다 선생님과 이야기할 때와는 달리 교장선생님이 설명하는 내내 한마디도 하지 않았다. 그저 씁쓸하게 웃을 뿐이었다. 교장선생님이 설명을 마친 뒤에도 이해했다든지, 이해하지 못하겠다든지 하는 말은 하지 않고 입을 굳게 다문 채 생각에 잠겼다. 교장선생님은 그런 슌스케가 걱정스러웠는지, "이 문제는 교직원회의에서 결정한 일입니다. 한 분도 이의를 제기하지 않았어요. 그러니까……" "많은 학생들을 맡고 있다 보니 제 뜻은 아닙니다만 이렇게 돼서……" 같은 말을 늘어놓았다.

슌스케는 교장이 하는 말을 흘려듣고 있었는데, 깜빡했다는 듯 니시야마 교감을 보며 말했다.

"배속장교 성함이 소네 소좌라고 하셨죠? 그분을 좀 만나고 싶은데 어떻게 안 될까요?"

교장은 콧구멍을 씰룩거리며 니시야마 교감을 보았다. 그러자 니시야마 교감이 쌀쌀맞게 대꾸했다.

"배속장교님은 학생을 처벌한 데 책임이 없습니다. 처벌은 학교에서 결정한 일입니다."

"저도 알고 있습니다만……."

슌스케는 니시야마 교감을 똑바로 보며 말했다.

"제 아들 문제로 배속장교에게 뭘 따지겠다는 게 아닙니다."

"그렇지 않다면 왜 만나시려는 건지……."

"지로라는 인간을 어떻게 생각하시는지, 제 귀로 들어보고 싶군요."

"그 점이라면 교장선생님이 충분히 설명하셨으니 더 물어보실 것도 없다고 생각되는데요."

"나는 당사자의 의견을 듣고 싶습니다."

"교장선생님을 믿지 못하시겠단 말씀입니까?"

"믿고, 안 믿고 할 문제가 아닙니다. 아버지로서 다른 사람이 제 아들을 어떻게 생각하는지 듣고 싶은 것뿐입니다."

슌스케는 조금도 물러서지 않았다.

니시야마 교감은 교장과 몇 번 눈길을 주고받더니 갑자기 부드러운 목소리로 타이르듯 말했다.

"그분은 다른 교직원과는 여러 가지로 달라 이런 문제로 학부모를 만나게 해드리기가 조금 어려운 점이 있어서……."

"이 학교의 교직원으로서 만나게 해달라는 게 아니라 같은 인간으로서 만나게 해달라는 얘깁니다."

"그렇지만……."

니시야마 교감은 애써 웃는 낯으로 머리를 긁적거리며 말했다.

"그런 식으로 말씀하시면 일이 더 커질 수도 있다는 걱정이 드는데……."

"그런 건 염려하지 않으셔도 됩니다. 그리 대단한 문제는 아니니."

"아무리 그래도 이건 좀……."

니시야마 교감은 비웃는 듯한 쓴웃음을 지으며 슌스케를 보았다. 그러자 슌스케는 엄숙한 얼굴로 말했다.

"지로라는 한 인간이 새로운 운명을 겪게 하신 분입니다. 운명이라는 표현이 조금 허황되게 들리실지 모르겠지만, 어쨌든 부모로서 그런 분과 한 번 만나고 싶은 겁니다. 선생님이 보시기엔 이런 요구가 잘못된 것입니까?"

니시야마 교감의 세모난 눈이 긴장한 듯 꿈틀거렸다. 교장의 콧구멍은 위로 솟구친 채 움직이지 않았다.

한동안 방 안이 어색하리만큼 조용했다. 니시야마 교감은 혼자 고개를 주억거리더니 슌스케에게 말했다.

"일단 그렇게 말씀하시니 배속장교에게 물어보겠습니다. 만에 하나 면담 요청을 거절하더라도 그분은 이 학교의 교직원이 아닌 만큼 양해해주시기 바랍니다."

니시야마 교감은 그렇게 말하고 교장실을 나갔다. 몇 분 뒤에 니시야마 교감과 소네 소좌가 복도에서 크게 웃는 소리가 들렸다.

소네 소좌는 교장실로 들어오자, "혼다 지로의 아버님 되시나요?" 하고 평소부터 잘 알고 지낸 사이처럼 허물없이 인사했다. 소네 소좌는 슌스케가 일어나서 인사하는 동안 소파에 털썩 주저앉았다.

"이번 일은 생각할수록 정말 안타깝습니다. 하지만 제가 볼 때 지로는 장래성이 있어요. 마음을 바로잡고 열심히 노력하면 또 좋은 기회가 올 겁니다."

슌스케는 말없이 소좌의 얼굴을 찬찬히 살펴보고는 말했다.

"그렇습니까. 당신도 장래성이 있다고 보셨군요?"

소좌는 '당신'이라는 말이 귀에 거슬렸던지 눈꼬리를 치켜올렸다.

"그럼요, 지로는 장래성이 있어요. 조금만 생각이 깊었으면 이런 일은 생기지 않았을 것이고, 그랬으면 지로를 이 학교의 풍토를 쇄신할 때 가장 믿고 의견을 구할 수 있는 학생으로 삼았을 겁니다."

슌스케는 입가에 웃음을 띠었다.

"그렇게 생각해주셔서 감사합니다. 그런데 대체 어떤 면을 보고 장래성이 있다고 생각하게 되셨나요?"

"지로는 고집이 있어요. 한 번 옳다고 생각하면 여간해선 뒤로 물러나지 않는 성격이더군요."

"아버지인 제가 봐도 보통 고집이 아니에요. 고집만 센 게 아니라 생각도 아주 깊은 아이죠. 그 점에 대해선 어떻게 보셨는지요?"

"생각이 깊다……. 글쎄요, 그건 좀 아닌 것 같군요. 잔꾀가 많고 머리가 좋은 건 인정합니다만 생각이 깊다면 처음부터 이런 일에 겁 없이 뛰어들진 않았겠죠."

"잔꾀가 많다고요?"

슌스케는 뜻밖이라는 표정을 지었으나 곧 고개를 끄덕이며 말했다.

"확실히 그랬을 수도 있겠군요. 하지만 요즘 들어서는 사리에 맞지 않는 잔꾀 같은 건 쓰지 않는다고 생각했는데……. 아사쿠라 선생님과 관련된 일에서도 처음부터 끝까지 자기 생각을 밀고 나가려고 나름대로 노력하는 모습이 보였고, 또 엊그제 당신 집에서도 자신의 신념을 지키려다가 예의에 어긋나는 행동을 했다고 생각하는데요."

처음부터 슌스케를 우습게 여겼던 소네 소좌는 그 말을 듣고서야 긴장한 듯 자세를 고쳐앉으며 콧수염을 만지작거렸다. 피라미드처럼 생긴 교장의 콧망울과 니시야마 교감의 세모난 눈도 적잖게 긴장한 것처럼 보였다.

그러나 슌스케는 조금도 개의치 않고 하던 말을 계속했다.

"사실 저는 이렇게 생각하고 있습니다. 지로라는 인간은 사려가 깊지만 잔꾀가 없다……. 만일 당신이 말씀하신 것처럼 잔꾀가 있고 사려가 깊지 못했다면 비굴한 짓을 해서라도 오늘 같은 처벌을 면하려고 했을 겁니다."

세 사람의 눈동자는 슌스케의 얼굴에 꽂히기라도 한 것처럼 움직이지 않았다.

슌스케는 웃으면서 세 사람의 얼굴을 찬찬히 훑어보았다. 슌스케와 눈이 마주치자 소네 소좌는 상대해봤자 나만 손해다, 하는 얼굴로 천장을 올려다봤다.

니시야마 교감이 말했다.

"혼다 씨가 이제 와서 그런 말씀을 하신다고 퇴학처분이 취소라도 될 것 같습니까?"

"그럴 리가요."

슌스케가 웃음을 터뜨렸다.

"나는 지로에게 한 번도 잔꾀를 쓰라고 가르친 적이 없고, 내 아들은 아사쿠라 선생님을 위해 잔꾀를 쓴 적도 없습니다. 누구보다 양심에 따라 행동했단 말입니다. 그런 말씀을 듣는 것만으로도 부끄러운 생각이 듭니다."

니시야마 교감은 얼굴이 시뻘게져 소네 소좌를 보았다. 소좌는 여전히 천장만 뚫어져라 올려다보면서 눈을 꿈뻑거렸다.

"지로는 신념을 지키기 위해 노력했고 앞으로도 노력할 겁니다. 그러니까……."

슌스케는 소네 소좌의 옆얼굴을 보며 말했다.

"방금 당신은 지로가 마음을 다잡고 당신이 생각하는 옳은 방향으로 새 출발을 하면 좋겠다는 식으로 말했지만 그렇게는 안 될 것 같군요. 나 또한 지로가 당신들이 바라는 대로 새 출발하기를 바라지 않고 있습니다. 지금처럼 자신의 신념을 꿋꿋하게 지켜낸다면 지로는 한 인간으로서 정당한 인생을 살게 될 겁니다. 다만 한 가지 걱정스러운 것은 방금 말씀하신 대로 고집이 너무 세서 어른들께도 실례되는 말을 함부로 한다는 점입니다. 그런 잘못이라면 본인이 잘 알아듣도록 제가 타이르겠습니다. 여러 선생님들께 좋지 못한 모습을 보여 진심으로 사과드립니다."

계속 천장만 뚫어져라 올려다보던 소네 소좌가 무섭게 눈을 치뜨며 슌스케를 노려보았다.

"듣자 듣자 하니까……."

소좌는 등을 뒤로 젖히며 말했다.

"지로가 저렇게 된 건 아버님 책임이 크다는 걸 이제야 알겠군요. 혼다 씨는 지로의 신념이 무슨 자랑이라도 되는 것처럼 말씀하시는데, 앞으로 조심하셔야 할 겁니다. 가장 중요한 것은 사상입니다. 그 사상이 올바르지 못하다면……."

"충고 감사합니다. 하지만 제 아들은 사상에 아무런 문제가 없다고 생각합니다."

"뭘 모르시나 본데 지로는……."

"아니, 다른 건 몰라도 이런 문제라면 안심하셔도 될 겁니다. 내가 지금까지 지켜본 바로는 지로는 국가를 위해서라도 부정한 권력과 싸울 작정인 것 같습니다."

소네 소좌의 길다란 수염이 바르르 떨렸다. 슌스케는 태연하게 말했다.

"요즘 들어 그런 생각이 더욱 확고해진 걸로 보이더군요. 아마도 아사쿠라 선생님이 많이 노력하신 덕분이기도 하겠지만, 이번 사건을 겪으면서 현실이라는 벽에 부딪혀본 경험이 크게 작용했다고 생각합니다. 단련이라는 의미에서 지로는 아주 좋은 경험을 했습니다. 아사쿠라 선생님뿐 아니라 이런 기회를 제공한 여러분에게도 깊이 감사드려야 할 것 같군요."

슌스케의 말에는 조금도 비웃는 듯한 기색이 없었다. 담담한 듯 표정없는 얼굴로 그렇게 말했다.

교장도, 니시야마 교감도, 소네 소좌도 떫은 표정을 짓고 서로 마주 볼 뿐이었다.

이때 문을 가볍게 두드리는 소리가 들렸다. 구로다 선생님이었다.

구로다 선생님은 소네 소좌가 앉아 있는 것을 보고 멈칫했는데, 곧 교장에게 인사를 하고는 말했다.

"본인에겐 방금 통보했습니다. 지로는 이의를 제기하지 않았습니다. 이의를 제기하지 않았다기보다는 처음부터 그럴 작정이었던 것 같습니다. 그리고……"

구로다 선생님은 슌스케를 보면서 말했다.

"본인은 전학을 희망하는 것 같습니다. 아버님께서 찬성하신다면 아침에 써주신 퇴학원서는 당분간 제가 맡겠습니다."

"그렇게 해주시면 정말 고맙겠습니다."

그러자 니시야마 교감이 말했다.

"전학을 바라시면 되도록 빨리 결정해주시면 좋겠군요. 학적부 정리 때문에 저희가 언제까지 기다릴 수는 없으니까요."

"걱정 마십시오. 오래 끈다 싶으면 교감선생님께서 알아서 구로다 선생님에게 맡긴 퇴학원서를 가져가면 될 것 아닙니까!"

슌스케도 마침내 화가 나는 모양이었다.

"그럼 실례했습니다. 제가 함부로 말했다면 너그럽게 용서해주십시오."

문 앞에서 고개를 숙이고 있던 구로다 선생님이 슌스케를 붙잡고 말했다.

"지로가 상담실에서 기다리고 있습니다. 오늘은 함께 가시는 게 좋을 것 같아서……."

"마음써 주셔서 정말 고맙습니다."

슌스케는 어쩐지 웃음이 터질 것만 같았다.

그때 수업이 끝나는 종이 울렸다. 슌스케는 구로다 선생님을 따라 시끄러운 복도를 지나 지로가 기다리는 상담실로 들어갔다. 지로는 창틀에 몸을 기댄 채 밖을 내다보고 있었다.

"집에 가자."

슌스케는 그렇게 말하며 앞장섰다. 지로도 말없이 복도로 나왔다.

슌스케와 지로는 구로다 선생님한테 배웅을 받으며 현관을 나왔다. 지로는 여기저기에서 자신을 바라보는 따가운 눈길을 느끼고 있었다.

교문을 나서자 슌스케가 물어보았다.

"마지막에 흔들린 건 아니지?"

"아뇨, 구로다 선생님이 불쌍할 정도였어요."

"왜?"

지로는 구로다 선생님과 나눈 이야기를 슌스케에게 들려주었다.

"선생님이 그런 말씀을 하실 줄은 몰랐거든요."

"너희 담임선생님은 미켈란젤로의 정도 필요하지 않았단 말이지, 하하! 하지만 마음은 정말 착한 분이구나. 너도 기분 좋게 학교와 헤어지게 돼서 다행이구나."

"교장은 만나보셨어요?"

"그래, 만났다. 교감하고 소좌도 만났지."

슌스케는 교장실에서 있었던 일은 자세히 말하려고 하지 않았다. 다만 웃으면서 말했다.

"아버지는 미켈란젤로의 정 같은 건 도무지 쓸 수가 없어. 잘못했다간 여신은커녕 악마가 나올 것 같거든. 정말 어려운 일이야. 하지만 아버지의 정도 쓸모가 없는 건 아냐. 아버지가 휘두른 정이 닿았다는 흔적만은 어딘가에 남아 있을 테니까."

아버지와 아들은 후련한 마음으로 교문에서 점점 멀어져갔다. 지로는 뒤돌아보려고 하지도 않았다. 두 사람은 빠른 걸음으로 읍내를 빠져나와 둑 근처에 다다랐다. 일신교가 가까워오자 지로는 우마다가 생각나서 기분이 나빠졌다. 자기가 퇴학한 뒤 미치에가 학교에 오갈 게 걱정되었기 때문이다.

"아버지, 헤엄이나 치고 가죠?"

"그거 좋지."

둘은 강둑에서 말을 물 먹이는 곳까지 내려가 옷을 벗고 물속으로 뛰어들었다.

"너하고 헤엄치는 건 이번이 세 번째지?"

"예."

지로는 답답했던 지난날을 모두 떨쳐버리려는 듯 물속을 마구 휘저으며 헤엄쳤다. 슌스케는 몸을 담근 채 지로의 모습을 지켜보았다.

강에서 나오자 슌스케가 말했다.

"오늘도 닭을 좀 잡아야겠다. 누구 부를 만한 친구 없어?"

"신가하고 우메모토요. 부르지 않아도 알아서 올 거예요."

지로는 즐거운 듯이 대답했다.

"오마키 댁에도 같이 저녁이나 먹자고 말씀드려. 데쓰타로 아저씨랑 미치에도 꼭 부르라고. 두 사람 모두 네 일이라면 걱정이 많던데."

슌스케는 천천히 걸어갔다. 지로는 그 뒤를 따라가면서 마음속에 어둔 그림자가 길게 뻗어가는 것을 느꼈다. 어쩐지 미치에라는 이름이 어떤 경우에도 시원한 바람처럼 자신의 마음을 달래주는 일은 없을 것 같았다.

〈4부 끝〉

　소설은 크게 두 가지로 분류할 수 있다. 소설 자체보다 작가의 명성이 더 높은 경우와 작가보다 소설이 더 유명한 경우가 그것이다. 소설보다 더 유명한 작가는 많지만, 작가보다 더 유명한 소설은 드물다. 《지로 이야기》는 후자에 속하는 작품 중에서도 가장 큰 영향력을 발휘한 소설 중 하나일 것이다.

　시모무라 고진이 이 소설을 집필한 때는 1936년이다. 1930년 대는 우리가 잘 알고 있듯이 일본의 제국주의적 침략이 본격화되던 시기이며, 2차 대전의 전운이 전 세계로 확산되던 때다. 당시 시모무라 고진은 52세였다. 그 전까지 교육자로서 일본과 대만을 오가며 사회교육에만 헌신해온 시모무라 고진은 이 한 편의 소설로 일약 대중의 각광을 받기에 이른다. 소설이 출판된 후 라디오 드라마와 영화로 만들어졌고, 일본 청소년들이 반드시 읽어야 할 필독서가 되었다. 2차 대전이 발발한 후에도 시모무라 고진은 지로에 대한 이야기를 멈추지 않았다. 평화와 인간으로서의 고유한 존엄을 외치는 시모무라 고진의 소설이 전쟁의 소용돌이를 물리치고 간행될 수 있었던 것은 이 소설을 마음속에 품고 살아가길 원하는 독자들 때문이었다. 전쟁에 눈이 먼 일본 당국은 이 소설을 눈엣가시로 여겼지만 전쟁이 끝날 때까지 소설 출판을 막지는 못했다.

《지로 이야기》는 시모무라 고진의 자서전격인 소설이다. 주인공 지로는 시모무라 자신을 모델로 하고 있다. 시모무라 고진의 본명은 우치다 토라로쿠로인데 어린 시절 집안이 몰락한 후 시모무라 가의 양자가 되면서 시모무라 토라로쿠로가 되었다. 시모무라 고진은 작가의 필명이다. 지로와 마찬가지로 고진은 삼형제 중 둘째였고, 어린 시절 어머니가 돌아가셨다. 할머니는 고진이 못생겼다는 이유로 형과 동생만을 편애했다고 한다. 고진도 지로만큼이나 장난꾸러기였고, 반항아였던 것 같다. 이 소설에 등장하는 대부분의 에피소드는 시모무라 고진이 직접 경험한 사건들이다.

이 소설을 번역하면서 나의 어린 시절이 떠오른 것은 어찌 보면 당연한 일인지도 모른다. 《지로 이야기》가 작가인 시모무라 고진보다 더 유명해진 것은 우리 모두가 '지로'였기 때문이다. 우리도 지로처럼 가족과의 관계에서 갈등하고, 사랑하는 사람들로부터 상처받고, 미래엔 더 나아지기를 소망하면서 그렇게 인간의 길을 걸어간다. 지로는 소설 속에 등장하는 특별한 주인공이 아니라 우리 자신의 모습이며, 우리가 살아온 과정이고, 지금 이 순간에도 누군가 겪고 있는 인생의 모습이다.

이 소설을 번역하는 내내 성장소설의 고전으로 대접받고 있는 대작을 번역하는 느낌보다는 최근에 발표된 현대물을 번역하는 것 같은 착각을 느낀 이유도 지로라는 인물이 시대를 초월하는 우리의 자화상이었기 때문이라고 생각한다. 시대가 변해도 우리

는 지로일 수밖에 없다. 지로처럼 자신의 삶을 사랑하고, 자신의
삶과 이어진 수많은 사람들의 삶을 사랑하는 수밖에 없다. 이 책
이 오늘날까지 그 생명력을 유지해온 이유도 이 같은 '사랑'을
이야기했기 때문이다.

《지로 이야기》는 성장과 사랑에 관한 이야기다. 인간은 무엇
인가를 사랑하기에 성장하고, 성장하기에 사랑할 수 있다. 성장
과 사랑은 살아있는 인간의 특권이자 의무다. 그 보편적인 진리
가 독자들의 삶에 새로운 희망이 되기를 꿈꿔본다.

2009년 3월

김욱